Deutschland in der unmittelbaren Nachkriegszeit. Es herrscht Krieg im Frieden, aller Umerziehung zum Trotz. Körperteilopferungen werden ausgestellt, und das Waisenhaus brennt. Flugzeuge stürzen ab, Züge entgleisen, die Pläne zur Weltmechanik sind unauffindbar. Kinder gründen eine neue Religion und ersticken unter Lawinen. Der begabte Zögling Fählmann verlässt das Waisenhaus nicht mehr, und die Krötenkinder arbeiten an ihrem Bibelkommentar. Siebert steht am Fenster. Er wartet auf Marga. Doch Marga scheint verschwunden.
Was geschah wirklich? Mit einem Chor von Stimmen versucht Frank Witzel, Geschichte durch Geschichten zu erfassen.

Frank Witzel, geboren 1955, lebt und arbeitet in Offenbach. Für seinen Roman »Die Erfindung der Roten Armee Fraktion durch einen manisch-depressiven Teenager im Sommer 1969« bekam er den Robert-Gernhardt-Preis und den Deutschen Buchpreis 2015. Für das gleichnamige Hörspiel gewann er den Deutschen Hörspielpreis 2017. Für seinen Roman »Direkt danach und kurz davor« war er nominiert für den Wilhelm-Raabe-Literaturpreis 2017.

FRANK WITZEL BEI BTB
Die Erfindung der Roten Armee Fraktion
durch einen manisch-depressiven Teenager
im Sommer 1969. Roman
Bluemoon Baby. Roman

Frank Witzel

Direkt danach und kurz davor

Roman

btb

Sollte diese Publikation Links auf Webseiten Dritter enthalten,
so übernehmen wir für deren Inhalte keine Haftung,
da wir uns diese nicht zu eigen machen, sondern lediglich auf
deren Stand zum Zeitpunkt der Erstveröffentlichung verweisen.

Verlagsgruppe Random House FSC® N001967

2. Auflage
Genehmigte Taschenbuchausgabe Dezember 2019
btb Verlag in der Verlagsgruppe Random House GmbH,
Neumarkter Straße 28, 81673 München
Copyright © 2017 by MSB Matthes & Seitz Berlin Verlagsgesellschaft mbH
Alle Rechte vorbehalten
www.matthes-seitz-berlin.de
Umschlaggestaltung: semper smile, München
nach einem Umschlagentwurf von Dirk Lebahn, Berlin,
unter Verwendung eines Motivs von Aleksey Pogrebnoj-Alexandroff
Umschlagmotiv: © »fingers« von Aleksey Pogrebnoj-Alexandroff
(Wikimedia) gemäß CC BY-SA 3.0
Druck und Einband: GGP Media GmbH, Pößneck
MK · Herstellung: sc
Printed in Germany
ISBN 978-3-442-71738-5

www.btb-verlag.de
www.facebook.com/btbverlag

I do not find the Hanged Man.
Fear Death by water.
T. S. Eliot

Die Umgangssprache sagt: Jetzt.
Der Physiker jedoch sagt: Vorbei.
C. A. van Peursen

Natürlich gab es einen Garten. Einen Garten, den wir nicht betreten durften. Nicht weit entfernt von der Stadt. Mit dem Rad eine halbe Stunde. Einen staubigen Weg entlang. An Telegraphenmasten vorbei. Manche mit, die meisten ohne Drähte. Im Gegenlicht meinte man, da hängt noch einer. Wir traten in die Pedale und hielten die Köpfe gesenkt. Aber es war nur ein vergessener Kittel. Verschlissen. Wir hielten an und blinzelten in die Sonne. Wir stellten uns vor, dort oben zu baumeln. Der Bach gurgelte. Der Körper schlackerte hin und her. Hin und her. Der Wind fuhr in die Nasenlöcher. Das Blut rauschte in den Ohren. Es waren die weit entfernten Stimmen der Mädchen, die in der Aula das Lacrimosa übten. Es war der Schiefer, der sich in dünnen Blättchen vom Felsen hinter dem Nahrthalerfeld löste und nach unten glitt. Bevor man stirbt, wird der Körper noch einmal heiß. Dann kalt. Dann wieder heiß. Man meint, ein Gesicht ganz nah vor dem eigenen zu sehen. Mit aufgerissenen roten Augen. Dann kommt der Tod.

Wir hatten das Zählen verlernt. Die Zahlen wollten uns einfach nicht mehr über die Lippen. Wir dachten immer nur: Eins und eins und eins. Weiter kamen wir nicht. Manche Einwohner erkannte man wieder. Andere nicht. Vieles blieb fremd. Gebräuche änderten sich unmerklich. Auch deshalb ging nichts mehr gedankenlos von der Hand. Selbst am Weihwasserbecken gab es ein unwillkürliches Zögern. Begann das Kreuzzeichen wirklich an der Stirn?

Ein Mädchen stand im Mittelschiff und rührte sich nicht. Es sind dünne Fäden, die der Herr von seinen Wundmalen zu unseren noch unversehrten Gliedmaßen führt und an denen er uns durch das Leben führt. Unsere Großväter hatten es noch erlebt. Unsere Väter hatten es noch gesehen. Wir kannten es nur vom Hörensagen. Das Mädchen im Mittelschiff trug ein weißes, frisch gestärktes Kleid. Zum ersten Mal sahen wir etwas makellos Reines vor uns. Wir zögerten. Überlegten, wie eine Kniebeuge ging, und machten sie dann. Wir stellten uns dahin, wo früher die Bänke gestanden hatten. Hielten die Hände, wie wir sie früher gehalten hatten. Schauten nach vorn, wie wir früher nach vorn geschaut hatten. Meinten, das Licht durch die schwarzen Löcher wie durch Glasfenster auf die zersprungenen Fliesen fallen und die Stelle markieren zu sehen, an der wir früher den Leib des Herrn empfangen hatten. Eins und eins und eins. Die Dreifaltigkeit hatte sich in uns in ihre Einzelteile zerlegt. Auf einem alten Stück Pflaster um unser linkes Handgelenk stand verwischt ein Name geschrieben. Natürlich hatte dieser Name eine Bedeutung. Es gab Bedeutungen und Dinge, so viel wussten wir. Aber beides blieb voneinander getrennt. Die Zuordnung wollte uns nicht gelingen. Auch deshalb waren wir so schreckhaft. Wir suchten überall nach einer Verbindung. »Ihr erschreckt vor eurem eigenen Schatten«, sagten die Erwachsenen und lachten. Sie selbst hatten keine Zähne, oft weniger Finger als zehn, zuckten mit dem Mund und zogen ein Bein nach. Nur schreckhaft waren sie nicht. Das Mädchen mit dem makellosen Kleid drehte sich zu uns um. Jetzt erst sahen wir den roten Fleck. Jetzt erst sahen wir den verschmierten Lippenstift. Die dunklen Augenhöhlen. Zwei alte Frauen murmelten den Anfang des Recordare. Wieso hatten sie überlebt? Ausgerechnet sie? Dem Tod ist das Alter egal. Im Gegenteil: Er ist auf Junge aus. Je jünger, desto besser. Das Mädchen ging an uns vorbei dem Ausgang zu. Waren es unsere Gesichter, die sie als Letztes sah?

Der Wald war dicht. Der Weg schattig. Wir lernten die Naturgesetze mit kleinen Figuren aus Holz. Wir lernten das Beten mit kleinen Figuren aus Wachs. Wir lernten die Gesetze der Schöpfung mit kleinen Figuren aus Lehm. Wir lernten Geheimschriften, gaben uns andere Namen und dekorierten uns mit selbstgebastelten

Ehrenabzeichen. Hinter der Hütte standen Männer, denen es immer noch ernst war. Man konnte vor ihnen nicht weglaufen. Noch bevor sie das Wort an einen richteten, musste man ihnen ins Gesicht schlagen. Nur so hatte man überhaupt eine Chance.

Der Direktor lehnte am Fenster und blickte hinunter in den Anstaltshof. Eine Sirene heulte. Es war ein Probealarm. »Ab jetzt nur noch Probealarm«, sagte er und schenkte sich einen Selbstgebrannten ein. Die Gefangenen hatten sich auf den Boden geworfen. »Man wirft sich nicht mehr zu Boden, man stellt sich in Zweierreihen auf. Man rennt nicht mehr in den Keller, man tritt ins Freie. Man sitzt nicht mehr mit angezogenen Knien und Bauchweh in der Zimmerecke, man legt sich flach auf die Pritsche.«

Zu spät kamen wir abends nach Hause. Ein Mann stand neben der Spüle und trank aus einer Feldflasche. Die Wiege war weggeräumt. Die Spiegel verhängt. Das stehende Wasser ausgegossen. Die Mutter machte eine unmerkliche Bewegung mit dem Kopf: Frag jetzt nicht. Wir wussten nicht, was wir nicht fragen sollten, und fragten sicherheitshalber gar nichts.

Die Stadt schien von sich selbst befreit. Das, was Tag um Tag in sie hineingepresst wurde, das, was beständig aus ihr herausströmte, auf das Land, hinein ins Unbekannte, ins Blaue, wie man weiterhin sagte, obwohl es grau war, olivgrün und lediglich hier und da von einem phosphoreszierenden Schimmel besetzt, unterlag keiner fassbaren Ordnung mehr, sondern nur noch einem mechanisierten Ablauf.

Die aufgeplatzten Straßen gingen über die Trümmer hinweg wie angeklebte Bahnen einer Spielzeugsiedlung, zu der eben auch Wege gehören, eben auch Häuser gehören, Gärten, Bürogebäude und ein Bahnhof. Die Stadt war ein bedeutungsloses Abbild ihrer selbst. Gerade weil sie nicht komplett dem Erdboden gleichgemacht worden war – und darin glich sie der eben vergangenen

Ordnung –, sondern in allem noch beinahe so vorhanden war wie immer. Aber eben nur beinahe. Und dieses Beinahe war leicht zu übersehen.

Der Vater, der sich weiterhin so nannte und auch von uns weiterhin so genannt wurde, obwohl wir in der Regel vermieden, ihn direkt anzusprechen, trat vor das Haus. Dieses Haus, damit fing es schon an, zeigte nicht nur Risse, einen halb eingefallenen Dachstuhl und einen unbegehbaren, mit Schutt angefüllten Keller, sondern war in seiner Funktion für ihn, den Vater, und uns, seine Familie, ungewiss. Man traf Personen im Hausflur, die man nicht kannte und die sich auch dann nicht vorstellten, wenn man grüßte und den eigenen Namen nannte, von denen man kurzum nicht wusste, was sie im Schilde führten. Ja, dieser Ausdruck wurde wieder häufiger benutzt und tat ein Übriges, sich der eigenen Zeit nicht als etwas Unbekanntem und Neuem zu vergewissern, sondern sie mit den Hilfskonstruktionen historischer Möglichkeiten zu vermessen. In diesem Fall dem Mittelalter.

War das Mittelalter dieser Zeit wirklich so fern? Solche Verknüpfungen sind im Nachhinein schwerlich auszumachen, da es immer nur Vorstellungen eines Mittelalters sind – dunkel und abgekappt von den Erkenntnissen der Antike –, die sich an den Vorstellungen einer Gegenwart messen – auf eine andere Art dunkel und von seiner Geschichte getrennt.

Der Vater hielt einen Brief in der Hand. Der Brief war adressiert an den Schüler Ralph Fählmann. »Wer ist das?«, wollten wir wissen. Und: »Hat er früher hier gewohnt?« Denn unter seinem Namen stand unsere Anschrift. Der Vater antwortete nicht. Er schaute an uns vorbei. Wir liefen hoch in die Wohnung. »Ralph Fählmann! Ralph Fählmann! Ralph Fählmann!«, riefen wir und ließen uns auf das wacklige Bett fallen, das wir nachts teilten. Einer von uns nahm einen Schmierzettel, faltete ihn zusammen und stellte sich mit ernster Miene vor uns andere hin. Erst wagten wir nicht zu lachen, denn er spielte den Vater. Dann schrien wir: »Antworte! Oder hat es dir die Sprache verschlagen? Wer ist Ralph Fählmann?« Wir versuchten an den Schmierzettel zu kommen und lasen einen erfundenen Liebesbrief vor. »Mein lieber Ralph«, begann der Brief, »ich liege hinter dem Holunderbusch und lauere Dir auf. Ich habe ein Seil gespannt, das ich straffziehe, wenn Du kommst. Du wirst stürzen und Dir das Knie aufschlagen, und ich werde Dich pflegen. Wir werden in einem Keller leben und Kinder haben, die das Tageslicht nicht kennen. Verstoße mich nicht. Verlache mich nicht. Zeige Deine Zähne nicht. Klopfe an jeden Baum und jede Borke. Meide Kreuzwege. Gehe rückwärts über den Karmeliterseg. Falte aus diesem Brief keinen Flieger, sondern eine Schwalbe. Wirf sie nachts aus der Dachluke. Such sie am nächsten Morgen nicht. Such sie am übernächsten Morgen nicht. Such sie nicht.«

Während wir unter dem Bett mit einem Kopierstift das traurige Gesicht des Schülers Ralph Fählmann auf die Rückseite des Schmierzettels malten, steckte der Vater vor dem Haus den Brief in die Hosentasche und schaute sich um. Die Bewegung, mit der er sich umsah – der Vater war jung, gerade einmal Mitte dreißig, auch wenn er älter aussah –, erinnerte ihn an eine Zeit, in der das Haus frisch verputzt war und er jeden Mieter, selbst jeden Besucher, den die Mieter von Zeit zu Zeit empfingen, kannte. Das Gefühl der Angst, das diese kurze, durch eine körperliche Bewegung entstandene Irritation in ihm hätte hervorrufen müssen, blieb jedoch ungefühlt. Stattdessen schüttelte er den Kopf über einige Jungen, die auf dem Schuttplatz herumlungerten, den er von der leichten Anhöhe, auf der das Haus stand, sehen konnte. Die Jungen teilten sich eine halbe Zigarette, vielleicht war es auch nur ein Stummel, dann malten sie sich aus Langeweile die Gesichter mit einem Kohlerest schwarz an. Wenn alles um einen herum in Trümmern liegt, lässt sich ein Gefühl der Zerstörungswut nur schwer ausleben.

Aber gab es nicht eine unbeschreibliche Wut? Und hätte man nicht am liebsten, anstatt wieder Stein auf Stein zu setzen, alles noch tiefer und diesmal ganz bewusst und mit eigener Hand in Grund und Boden rammen wollen? Die ersten sorgsam eingesetzten Fensterscheiben einschmeißen, den wackligen Buden einen Tritt versetzen? War die Aufforderung, an einer neuen Ordnung mitzuarbeiten, nicht eine Unverschämtheit, nachdem Ordnung Synonym geworden war für Vernichtung, für Anmaßung, für Willkür und Chaos? Hätte man sich nicht erstmal ein, zwei Jahre im Schlamm wälzen müssen und jegliches Mittun verweigern? Einfach dasitzen im Matsch und die Planeten kreisen lassen und an sich selbst herunterschauen, um zu erahnen, was das ist, dieser Körper, der durch Zufall entstanden war und durch einen weiteren Zufall überlebt hatte.

Wann hatten wir das letzte Mal einen Drachen steigen lassen? »Noch nie«, sagte der Jüngste, »Schon ewig her«, der Älteste. Wann hatten wir etwas gebastelt, das nicht anschließend in großen Körben eingesammelt und an Bedürftige verteilt worden war? Wer waren diese Bedürftigen? Wir warfen uns ein Bettlaken über und versteckten uns in der Speisekammer. Schließlich bekamen wir Angst vor uns selbst, rissen das Laken hastig herunter und liefen zurück ins Wohnzimmer. Vielleicht war Ralph Fählmann der Junge, der in der kleinen Souterrainwohnung neben dem Holzhandel saß und nie nach draußen durfte. Vielleicht war es der Junge, der eine Woche lang mit seinem toten Zwillingsbruder in einem Bett gelegen hatte. Oder der Junge, dem manchmal das eine Auge aus der Höhle nach draußen rutschte. Oder der, der immer so leicht Nasenbluten bekam und stotterte. Wir würden warten, bis alle schliefen, und dann den Brief aus der vom Vater über einem Stuhl abgelegten Hose stehlen und lesen.

Der Vater ging ins Haus zurück und stieg die knarrende Treppe zu der Wohnung im dritten Stock empor. Das Geländer, kippelig, fasste er nicht an, auch wenn er sich immer wieder dabei ertappte, seine Hand danach ausstrecken zu wollen. Der kurze Weg zur Wohnung erlaubte es ihm nicht, die eigenen Schritte als schwer und den eigenen Körper als müde zu empfinden. Der Abend drang durch das leicht schlagende Flurfenster und fiel über das Schild »Vorsicht frisch gewachst«, dessen Schrift fast völlig verblasst war in den letzten Jahren, als er keine Zeit gehabt hatte, darauf zu achten. Bohnerwachs gab es schon lange nicht mehr. Aber wahrscheinlich war die Idee, die Stufen zu bohnern, bereits davor abhandengekommen.

Die Wohnungstür hatte kein Schloss. Der Vater bahnte sich auf dem Treppenabsatz einen Weg zwischen abgestellten Dingen, deren Wert nur der hätte benennen können, der sie hierhergeschleppt hatte. Oder gab es keine Werte mehr? Nahm man nach Belieben etwas mit, weil es herumstand und niemandem zu gehören schien? Auch diese Frage lässt sich kaum beantworten. Werte, ein ähnlich diffuser Begriff wie: Ordnung. Eigenartig, dass der Plural den banal materiellen Begriff des Werts adelt, während die Ordnung umgekehrt durch den Plural bedroht scheint. Waren beide nicht ohnehin Begriffe, die den meisten Menschen ein Leben lang kein einziges Mal in den Sinn kamen, es sei denn, sie wurden gezwungen, sich dazu zu äußern, weil man sie auf eine bestimmte Ordnung oder gewisse Werte einschwören wollte? Und was sollten sie dann schon groß sagen? Sie würden ahnen, dass sie nicht ehrlich sein und von dem würden sprechen können, was ihnen unwillkürlich in den Sinn kam, dem Wetter zum Beispiel oder dem unbefestigten Weg, den sie jeden Tag entlanggingen, einem Brief, der nicht zugestellt werden konnte, oder der Faszination, die eine Dose mit Drops in ihnen auslöste. Denn was sollte eine banale Dose Drops mit Ordnung und Werten zu tun haben? Und weil sie nicht wagten, diese Verbindung zu knüpfen, blieb etwas Grundlegendes unbenannt.

Allein der Name Drops: ein Wort, das jeder Flexion widerstand und seine Einsilbigkeit in reinen Klang transzendierte. Ein Wort, von dem man nicht wusste, woher es stammte, das fremd war und zugleich sofort vertraut. Man betrachtete die Dose, sagte das Wort, öffnete den Deckel mit einer halben Drehung gegen das Unterteil und legte ihn beiseite. Das plissierte Papier war zu sehen. Gefaltet wie eine Kerzenmanschette und mit einem Loch in der Mitte. Daumen und Zeigefinger fuhren von oben in die Öffnung und zogen die Papierrosette auseinander. Die mattglänzenden Drops, teilweise von weißem Puder bestäubt, kamen zum Vorschein. Ein Drops wurde genommen, höchstens einer pro Tag, und in den Mund gesteckt. War die kurze und unangenehme Reibung durch den Puderzucker am Gaumen überwunden, ließ der Drops sich leicht und immer leichter lutschen, bis er sich von selbst im Mund drehte und bei jeder Drehung einen manchmal hellsauren, dann wieder süßdunklen Geschmack abgab. Dieser Geschmack war der Triumph der Auflösung, die Aura des Vergehens. Dieser Drops war Verheißung und Erfüllung in einem und entstammte einer anderen Welt als die aus dem verschmierten Kindermund herausgestammelte Verdopplung Bonbon oder die dem hageren Greis verschriebene Pastille.

Wir standen ehrfürchtig um den Tisch, wenn die Mutter sich setzte, die Hände an der Schürze abtrocknete, die runde Blechdose nahm, aufdrehte, abstellte, den Inhalt betrachtete und dann einen Drops herausnahm und in den Mund steckte. Noch nie hatten wir selbst einen berühren, geschweige denn in den Mund nehmen dürfen. Und bereits jetzt konnten wir uns nicht mehr daran erinnern, wie der Drops zu uns gekommen war und welches frühere Abendritual er ersetzte. Das Apfelschälen, das Nennen der drei Namen, das Richten der Haarnadel, das Falten des Tuchs, das Horchen an der Wand, das Prüfen der Finger, das Vergleichen der Nähte, das gabellose Geben oder das achtlose Nehmen? Der Jüngste stupste seinen ausgestreckten Zeigefinger vorsichtig in den Puderzucker, der anders war als gewöhnlicher Puderzucker, mehlhafter, bitter im Geschmack, wie Backpulver, das bald wieder in kleinen Tütchen im oberen Fach des Küchenschranks liegen würde.

Der Tag neigte sich, das Licht wurde sanft und verbarg die verstaubte Armut der Wohnküche. Wir hörten nur noch unseren

Atem und spürten allein unsere heißen Backen und zusammengeballten Fäuste. Die Mutter setzte sich, und schon das war ungewöhnlich, da sie sonst immer in Bewegung war und selbst während der Mahlzeiten zwischen Herd und Esstisch hin- und herging. Der Vater, noch abgelenkt vom Moment des Alleinseins im Treppenhaus, trat in die Stube und sah seine Frau mit entrückter Miene und uns in andächtigem Schweigen und blieb stehen, weil er wortlos begriff, dass er seiner Frau nie näher würde kommen können, als wenn er sie in diesem Moment bei sich beließ. Und er begriff, ebenso wortlos, aber anders als sonntags oder an Feiertagen auf Knien in der Kirche, dass es etwas wie die jungfräuliche Geburt geben musste. Der Drops war die Dreifaltigkeit, deren Göttlichkeit sich in der auserwählten menschlichen Mundhöhle zum Heiligen Geist entgegenständlichte. Die Dose der Tabernakel. Die Wohnküche der Sakralraum. Und nur weil man den Umgang mit dem Numinosen im Alltag nicht gewohnt war, räusperte sich der Vater und erlöste seine Frau von der Unerträglichkeit des Moments, dem etwas hätte folgen müssen, ohne dass ihm etwas hätte folgen können. Und vielleicht war das seine Funktion: Das Unerträgliche immer wieder zu unterbrechen, um es durch diese Unterbrechung als Möglichkeit zu erhalten.

Wir aber hassten diesen Moment, weil wir wieder entscheiden mussten und überlegen, vor wem wir mehr Angst hatten und wer uns gleichgültiger war und wie lange diese gemeinsame Gefangenschaft noch dauern würde. Der Vater lächelte, weil er uns in Andacht versunken glaubte, während wir auf den Moment warteten, in dem die Mutter den Drops verschlucken und an ihm ersticken würde. Wir erwarteten und fürchteten diesen Augenblick gleichermaßen, weil wir danach mit einem unfähigen Mann zusammenleben müssten, der uns mit leeren Drohungen würde in Schach zu halten versuchen. Wir konnten uns die eigene Freiheit aber nur über den Tod der Mutter vorstellen. Wäre es nicht ein schöner Tod, dachten wir uns, halb als Ausrede, halb als Trost, mit einem bunten Drops im Hals dahinzuscheiden? Der Vater würde sie schütteln und wir würden schreien, so wie wir es gelernt und immer wieder geübt hatten. Bis morgens früh würden wir wach bleiben, wie besessen hin- und herlaufen, um dann wieder ganz unerwartet völlig still und ausdruckslos dazusitzen. Wir würden gleichzeitig lachen und weinen und eine Nachbarin würde uns eine heiße Milch kochen und sagen: »Ihr seid ja völlig übermüdet.« Aber wir wären nicht übermüdet. Wir wären auf der Suche nach einem Ausweg. Einem Ausweg, den uns die Erwachsenen versperrten.

Sie waren einfältig, hatten alles geglaubt, was man ihnen vorgebetet hatte, und nicht einmal geblinzelt, wenn ihnen befohlen wurde, die Augen zu schließen. Augen zu, Mund auf. Nach diesem Motto hatten sie gelebt, alles geschluckt und nichts von der Welt gesehen. Für sie war es egal, wo sie lebten. Funktionierte das elektrische Licht nicht, gingen sie früher ins Bett und schliefen mit offenen Mündern, bis der Rachen ausgetrocknet war. Ihr Horizont reichte bis zu einem bunten Bonbon, und das Gefühl für diesen Bonbon verwechselten sie mit Inbrunst und Religion. Ihre Welt war immer zugig. Immer klemmte eine Schublade. Immer ließ sich eine Tür nicht richtig schließen. Alles, was sie auf etwas anderes hätte hinweisen können, verstanden sie nicht. Wurde es ihnen aufgedrängt, wie etwa ein Brief an einen unbekannten Schüler, spürten sie keine Neugier, sondern nur eine der vielen Varianten von Gleichgültigkeit. Sie sprachen von Postgeheimnis und ahnten noch nicht einmal, was ein Geheimnis war. Als sie jung waren, hatten sie sich einmal eine Kladde gekauft, auf die erste Seite geschrieben »Liebes Tagebuch« und auf den nächsten Seiten doch nur ihre Pfennigausgaben notiert.

Selbst der Tod und das Vorbeihetzen der Geschichte konnte sie nicht schrecken. Nicht weil sie unerschrocken gewesen wären, sondern weil sie von alldem nichts mitbekamen. Die Welt drehte sich wie ein Wirbelsturm um ihr kleines, vollgestopftes Haus, aber wenn sie am anderen Morgen vor die Tür traten, waren sie wieder einmal verschont geblieben. Sie faßten sich an den Hut und grüßten den Nachbarn: »Na, da sind wir noch mal mit einem blauen Auge davongekommen.« Doch selbst dieses blaue Auge existierte allein in ihrer Vorstellung und gesellte sich dort zu Kindstaufe, Eheschließung und anderen Stadien auf dem Lebensweg, für die man einen entsprechenden Satz parat hielt.

Da sie nichts wirklich überwanden, verharrte alles in einem Dämmerzustand, aus dem es jederzeit würde hervorbrechen können als das Immer-wieder-Gleiche: ein mit dickem Firnis lackiertes Familienporträt, je nach Epoche mit oder ohne Volksempfänger, je nach Gemütslage mit oder ohne Lächeln, je nach Finanzlage mit oder ohne Perlenkette. Draußen die glühende Landschaft, drin die anheimelnde Düsternis. Draußen Erde, drinnen Holz. Und irgendwann wurden die drei dann eins: der Leib in einer Holzkiste im Erdreich. Verscharrt.

Die längst angebrochene Zeit wurde nach einigen Jahren noch einmal als solche verkündet und damit auch offiziell dem allgemeinen Vergessen übergeben. Vater und Mutter saßen sich mit halb offenen Mündern am Esstisch gegenüber. Die Kinder waren herangewachsen. Das Haus neu verputzt. Das Unglück war von nun an Privatsache. Die Erinnerung war nicht einmal verschwommen. Sie fehlte.

I

1

Krank? Stellte sich das nicht erst später heraus, sehr viel später, als alles schon vorbei war?

Ich glaube auch nicht, dass Siebert wirklich krank war. Ein Simulant, wenn man meine Meinung hören will.

Man simuliert nur das, was man hat.

Sagt wer? Dr. Ritter?

Leben wir nicht in einer Welt der Simulation?

Mittlerweile. Aber nicht damals. Damals war alles real.

Das heißt?

Siebert war krank. Der Alltag war grau. Dr. Ritter kam, drückte mit einem Spatel Sieberts Zunge herunter und hörte ihn ab.

Aber es muss doch eine Diagnose geben. Um welches Leiden soll es sich denn bei dieser angeblichen Krankheit Sieberts gehandelt haben?

Um das sogenannte von Dr. Ritter untersuchte, beschriebene und als Oneirodynia Diurnae bezeichnete Alltägliche Irrgehen.

Von Irrgehen kann keine Rede sein. Siebert hatte bereits damals seit Wochen die Wohnung nicht mehr verlassen.

Genau das ist doch eins der Symptome besagten Leidens. Der Betroffene vermeidet es, aus dem Haus zu gehen, aus Angst, sich zu verirren.

Sieberts Zuhausebleiben war also eine Vermeidungshaltung?

Er stand den ganzen Tag am Fenster und sah nach draußen auf die Straße und in Richtung Lindholmplatz.

Gab es am Lindholmplatz nicht ein altes Hünengrab und später dann den Exekutionsplatz, oder bringe ich da etwas durcheinander?

Seelenloch nannte man den Ort meines Wissens, aber ich weiß nicht, warum.

Am Lindholmplatz stand die alte Remise. Wir haben da selbst noch als Kinder gespielt.

War das an dem bewussten Winterabend, als das Unglück passierte?

Stimmt, dieser Winterabend, der so harmlos anfing. Siebert wurde von seiner Mutter zum Einholen geschickt.

Aber das war nicht am Lindholmplatz. Siebert wohnte mit seinen Eltern ganz woanders.

Mit dem bewussten Abend ist also nicht der Abend des Attentats gemeint?

Siebert war mit seinen Eltern in einem abgelegenen Haus untergekommen. Und ich meine mich zu erinnern, dass dieses Haus Seelenloch genannt wurde. Woher der Name kam, kann ich allerdings auch nicht sagen.

Besagtes Haus stand lange leer. Außerdem hatte man dort den kleinen Ralph Fählmann tot aufgefunden.

Nein, Ralph Fählmann war das nicht. Der Junge, den man im Seelenloch fand, hieß anders.

Er hing an der Decke.

Auch das stimmt nicht. Er steckte mit dem Oberkörper in einem mit Schlacke gefüllten Bottich.

War er nicht schon skelettiert?

Die Fenster waren verhängt. Im ersten Stock stand eine Frau in einem weißen Kleid.

Die Gräfin?

Nein, die ermordete Prostituierte.

Kein Wunder, dass Siebert als Kind Alpträume hatte und sich nachts nicht mehr nach Hause traute.

Es war doch genau umgekehrt. Er wollte nach Hause, traute sich aber nicht über das dunkle und unbeleuchtete Feld.

Weil es dort noch ungeräumte Granaten gab?

Die Granaten hatte man geräumt, aber das Feld war mit sogenannten Seelenlöchern übersät.

Kinder, die gesündigt hatten, blieben mit ihren Füßen in einem Seelenloch hängen und verhungerten.

Wurde Siebert von der Dunkelheit überrascht oder hatte ihn seine Mutter zu spät losgeschickt?

Siebert war ein verträumtes Kind. Er trödelte beständig auf dem Heimweg.

Vielleicht hat sich dieses Trödeln bis in seine Erwachsenenzeit fortgesetzt. Dann litt er unter Umständen gar nicht unter einer spezifischen Krankheit.

Die Winterabende waren sehr düster damals.

Sieberts Elternhaus lag auf einer Anhöhe.

Nicht in einer Talsenke?

Nein. Es war ein seltsames Gebäude mit einem windschiefen Dach. Draußen lagen allerlei alte Schrottteile herum. Wenn man an der letzten Straßenecke der Selbsthilfesiedlung stand, sah man es in der Ferne. Es hatte etwas von einer alten Mühle, nur ohne Flügel.

Handelt es sich um die Ecke, an der Siebert mit seinen Einkäufen zitternd anhielt und auf einen Bekannten seiner Eltern oder einen der Hausbewohner wartete, um sich ihm anzuschließen?

Wie viele Meter waren das von dieser Stelle bis zu Sieberts Elternhaus? Fünfhundert? Höchstens siebenhundert.

In der Dunkelheit verschwimmen die Proportionen. Wenn man nicht einmal die Hand vor den eigenen Augen sieht, können zwanzig Meter unüberwindbar erscheinen. Noch dazu für einen Jungen, der keine zehn ist.

Schließlich kniff er die Augen zusammen, presste die Lippen aufeinander, als wäre die Dunkelheit eine Flüssigkeit, in die er tief eintauchen müsste, um einen auf den Grund gesunkenen Handschuh emporzuholen, und rannte los.

Einen Handschuh?

Ja, einen Damenhandschuh aus braunem, feinem, leicht brüchigem Leder, der vor ihm in der flüssigen Dunkelheit schwebte und dessen Finger Siebert mit einer Bewegung, als pflückten sie aus der sie umgebenden viskosen Leere etwas heraus, aufforderten, ihm zu folgen.

Er fiel zweimal der Länge nach hin. Beide Male so unerwartet, dass er die eng an den Körper gepressten Arme nicht mehr rechtzeitig hochbekam, sondern lediglich und erst kurz vor dem Aufprall den Kopf mit einem Ruck zur Seite drehte, um sein Gesicht zu schützen.

War er mit dem Fuß in eins der Seelenlöcher geraten? Spürte er, wie es ihn hinab in die darunterliegenden Gänge zog? Träumte er nicht auch als Erwachsener noch regelmäßig von diesem Abend? Selbst in der Nacht vor dem Attentat?

Dr. Ritter hatte Siebert ein Mittel für eine traumlose Nachtruhe verschrieben.

»Traumlose Nachtruhe«, heißt nicht so ein Roman von Horst Nehmhard?

Zuhause konnte er seiner Mutter nicht erklären, warum er die Einkäufe an der Straßenecke zurückgelassen hatte. Selbst als sie ihn aufforderte, genauer nachzudenken, fiel ihm kein wirklicher Grund ein. Dennoch hatte er die Lebensmittel nicht einfach vergessen, sondern ganz bewusst zurückgelassen.

Gab es Zeugen für diesen Vorfall?

Keine, die sich dazu äußern wollten.

Also ist Sieberts Tagebuch doch noch aufgetaucht? War es nicht mitsamt seinen anderen Schriften verschollen? Angeblich von ihm selbst vernichtet?

Ist es nicht merkwürdig, dass alle anderen Papiere verschwunden sind und ausgerechnet dieses Tagebuch erhalten sein soll?

Welche Bedeutung hat der braune Damenhandschuh?

Stand eigentlich eine Kastanie am Lindholmplatz oder ein Walnussbaum?

Ist Siebert nicht der in den Schriften Dr. Ritters als S. abgekürzte Kranke, dem neben dem Alltäglichen Irrgehen auch noch das ebenfalls von Dr. Ritter beschriebene »Manische Kritzeln« diagnostiziert wird?

War Dr. Ritter nicht ein Studienkollege von Dr. Hauchmann? Und war der alte Siebert nicht sein Doktorvater?

Der alte Siebert war doch Schrotthändler, ohne jede akademische Ausbildung.

Mit der Bezeichnung »der alte Siebert« ist nicht zwangsläufig Sieberts Vater gemeint.

Sind nicht die verstreuten Notizen Horst Nehmhards unter dem Titel »Manisches Kritzeln« erschienen?

Können wir uns darauf einigen, dass es regnete?

Es kam tatsächlich ein ziemlicher Guss herunter, der die Passanten nicht weit vom Lindholmplatz in die engen Seitengassen drängte. Unter ihnen ein Arzt, der von einem Hausbesuch kam, sowie eine junge Frau, deren Handtasche sich beim eiligen Überqueren der Straße öffnete, sodass ein Stenoblock herausrutschte und auf das nasse Pflaster fiel. Als ginge ihn das alles nichts an, lief jemand mit einem schlechtsitzenden Verband vorbei.

Handelt es sich bei dem Arzt um Dr. Ritter, der gerade seinem Patienten Siebert einen Hausbesuch abgestattet hatte, nicht wegen der durchaus beherrschbaren Oneirodynia Diurnae, sondern um ihm eine weitere, wesentlich schlimmere Diagnose zu überbringen, die Sieberts Leben von Grund auf verändern würde?

Der Arzt ist ein zufällig vorbeieilender Passant. Siebert geht es vor allem um die junge Frau mit dem Stenoblock. Er meint in ihr nämlich Marga zu erkennen.

Arbeitete Marga zu dieser Zeit nicht als Sekretärin?

Marga arbeitete in einem der Büros im unzerstörten Gebäudekomplex am Friedrich-Fritz-Winter-Platz. Warum aber sollte sie an ihrer eigenen Wohnung vorbeigehen, um kurz vor dem Lindholmplatz in die Schneidgasse einzubiegen, die sie leicht auf anderem Weg hätte erreichen können, ohne Gefahr zu laufen, dass Siebert, der die meiste Zeit am Fenster stand und nach draußen schaute, sie entdeckte?

Diese angeblich überbrachte Diagnose, die dann auch noch zu einer Veränderung in Sieberts Leben führen soll, ist ein schrecklich aussageloses Klischee, das nur dazu dient, die Aufmerksamkeit von anderen Dingen abzulenken.

Das stimmt. Es war nicht die Zeit, in der sich ein Leben durch eine überbrachte Diagnose veränderte. Erstens. Zweitens: Diagnosen wurden und werden nicht überbracht. Drittens: Es gab überhaupt nicht das Instrumentarium, um eine wie auch immer geartete mortale, fatale oder auf andere Art lebensverändernde Diagnose zu stellen. Die Ärzte konnten, wenn überhaupt, etwas erahnen, die Menschen vertrösten und aus ihren überfüllten Wartezimmern wieder nach Hause schicken.

Dennoch gelang es Dr. Ritter in dieser Zeit, ein komplexes Krankheitsbild wie das der Oneirodynia Diurnae zu beschreiben.

Bei der Oneirodynia Diurnae handelt es sich bestenfalls um eine Arbeitshypothese. Die Beschreibung von Dr. Ritter ist zudem ungenau und in einer romantisierenden Sprache verfasst.

Heißt es nicht sogar an einer Stelle: »Die Bewegungen der Stadt bestimmen den Pulsschlag des Erkrankten«? Und später dann: »Ihm wird durch eine Auflösung der Raumstrukturen in reine Zeitlichkeit die Orientierung versagt, weshalb er die Ruhe des Rechtecks sucht«?

Wird damit auf die eigenwillige Form der Stadt angespielt?

Der Kranke sucht Beruhigung in einem Zimmer, das er nicht mehr verlässt, einer Wohnung, in die er sich zurückzieht, oder auch dem genau abgegrenzten Ausblick aus einem Fenster.

Stammt der Begriff von der »Ruhe des Rechtecks« nicht aus dem gleichnamigen Roman von Horst Nehmhard?

Nehmhards Roman erschien erst Jahre später, nachdem sich die Definition des Alltäglichen Irrgehens als Krankheit in einer von Bechthold und Meininger durchgeführten Untersuchung bereits als unhaltbar erwiesen hatte. Dr. Ritter wurde dabei neben dem Fehlen entsprechender Testreihen zu Recht eine unzulässige Bündelung von disparaten Symptomen nachgewiesen.

Ist nicht jeder Krankheitsbegriff eine Bündelung disparater Symptome? Zeichnet das Zusammenführen vorher nicht als zusammengehörig gedachter Erscheinungen nicht generell die Schaffung eines Begriffs aus?

Als Bechthold und Meininger die Untersuchungsergebnisse Ritters widerlegten, war bereits eine andere Zeit angebrochen. Krankheiten entwickeln sich nie unabhängig von der Epoche, in der sie auftauchen, sondern werden von den historischen Gegebenheiten getragen. Die nervösen Ticks der Moderne etwa, die dem flimmernden Zucken der neu entwickelten Filmprojektoren entsprachen. Das sogenannte Rauschsprechen, das mit den ersten Grammophonen auftauchte. Das Streckengehen bei Männern und das nie eindeutig gefasste, vielmehr allgemein als »Weichen« beschriebene Gehverhalten von Frauen zur Zeit der ersten Eisenbahnen. Und was ist mit der Fleckgestalt?

Der Fleckgestalt?

Die Unfähigkeit, eine Person als Ganzes wahrnehmen zu können. Der Erkrankte sieht sein Gegenüber als verschiedenfarbige Flecken, die auseinanderzufallen drohen.

Welche Bedeutung haben die an der Straßenecke zurückgelassenen Einkäufe in der Erinnerung Sieberts? Geht er auf sie noch einmal genauer ein?

Waren Bechthold und Meininger nicht Assistenzärzte bei Dr. Ritter? Sorgte das Ergebnis ihrer Untersuchung nicht für die frühzeitige Entlassung von Dr. Ritter, während sie ihre eigene Karriere dadurch beförderten und wenig später Leiter des neuen Klinikums an der Ostflanke wurden?

In Aufzeichnungen anderer Tagebuchschreiber, die zum Vergleich herangezogen wurden, ist von Regen übrigens keine Rede. Das

Eisenbahnunglück auf der Zufahrt zum Ostbahnhof wird erwähnt. Die Fällung der letzten beiden Platanen im Stadtpark. Und der ungewöhnlich starke Wind, der die Sandhügel am Nahrthalerfeld abtrug.

Kam unter dem Sand etwas zum Vorschein?

Was hätte zum Vorschein kommen können?

Seelenlöcher zum Beispiel.

Die Seelenlöcher befanden sich nicht auf dem Nahrthalerfeld, sondern in der Nähe von Sieberts Elternhaus. Außerdem sind das Ammenmärchen.

Und was ist mit der alten Karte im Privatmuseum in der Dolmenstraße, auf der sämtliche Seelenlöcher der Stadt minutiös verzeichnet sind?

Könnte es nicht sein, dass das Wetter bei Siebert eine symbolische Rolle spielt und seinen Seelenzustand beschreibt, weshalb andere Tagebuchschreiber in ihren Aufzeichnungen nicht zwangsläufig auch Regen erwähnen müssen?

Der auf die regennasse Straße fallende und vom Arzt aufgehobene Stenoblock wäre dann als Symbol einer Verbindung zwischen Arzt und Sekretärin zu interpretieren.

Siebert verdächtigte Marga, ein Verhältnis mit dem ihn behandelnden Arzt, Dr. Ritter, zu haben?

Siebert selbst wäre folglich der Mann mit dem schlechtsitzenden Verband, der vorübergeht, als ginge ihn das alles nichts an.

Wofür steht der schlechtsitzende Verband?

Vielleicht für eine Verletzung, die sich nicht richtig behandeln lässt?

Also die Oneirodynia Diurnae?

Nein, eher ein psychisches Problem, etwas, das Sieberts Verhältnis zu Marga betrifft.

Das Alltägliche Irrgehen ist eine psychische Krankheit.

Siebert fürchtete Dr. Ritter, weil er ihm und seinen Behandlungsmethoden schutzlos ausgeliefert war.

Vielleicht war Dr. Ritters Diagnose vorgeschoben, um Siebert als Rivalen auszuschalten.

Das hieße, Marga hätte Dr. Ritter nicht durch die Krankheit Sieberts kennengelernt, sondern weil sie Dr. Ritter kennenlernte und ein Verhältnis mit ihm begann, veranlasste sie Dr. Ritter, Siebert eine psychische Krankheit zu diagnostizieren? Ist das glaubwürdig? Hätte Siebert nicht irgendwelche Symptome aufweisen müssen?

Symptome lassen sich leicht einreden. Niemand ist gesund. Uns allen fehlt irgendetwas. Und oft sind wir froh, wenn man uns den Weg in eine Krankheit erleichtert.

Das stimmt. Siebert brachte zudem aus seiner Kindheit eine gewisse Disposition für ungewöhnliche Krankheiten mit.

Hatte er sich nach dem bewussten Abend nicht eine seltsame Gangart angewöhnt, mit der er den Seelenlöchern auszuweichen versuchte?

Konnte er ferne Objekte nicht nur noch verschleiert wahrnehmen?

Hatte er nicht beständig Angst vor einer erneuten Begegnung mit der Gräfin?

Es gab keine Gräfin. Nur besagte Prostituierte. Aber auch die hatte mit Sieberts ehemaligem Elternhaus nichts zu tun.

Dafür aber mit Siebert, oder?

Nach dem Vorfall mit den an der Straßenecke zurückgelassenen Einkäufen konnte Siebert einen Arm nicht mehr bewegen. Als seine Mutter ihn am anderen Morgen weckt und er die Bettdecke fassen will, versagen ihm die Finger den Dienst und er muss feststellen, dass der rechte Arm ab der Schulter wie ein Fremdkörper kalt und leblos an ihm hängt. Siebert schreit, springt auf, rennt in die Küche und schüttelt sich, als wolle er sich von dieser nicht mehr zu ihm gehörenden Extremität befreien. Die Mutter will ihn beruhigen, packt ihn an den Oberarmen, erschrickt aber ebenfalls, als sie den kalten Arm berührt, worauf sie Siebert wieder loslässt und sich dessen Panik noch einmal steigert, er sich in einem Gefühl der besinnungslosen Verzweiflung mehrfach im Kreis um sich selbst dreht, schließlich zum Fenster läuft, dies aber glücklicherweise nicht öffnen kann, da er in seiner Erregung nicht auf den Gedanken kommt, den linken Arm zu benutzen.

Warum läuft Siebert zum Fenster? Wollte er hinausspringen? Nur weil er seinen rechten Arm nicht mehr spürt?

Folgte er dem Befehl der Gräfin, die ihm einflüsterte, sich in eins der zahlreichen Seelenlöcher vor dem Haus zu stürzen?

Die letzten Nachkommen des einzigen Grafengeschlechts der Gegend wurden vor über 150 Jahren hingerichtet.

Trug die ermordete Prostituierte nicht den Spitznamen Baronesse?

Da es ihm weder gelingt, den Arm zu beleben, noch abzuschütteln, gerät Siebert in Panik. Er fühlt sich von der abgestorbenen Extremität als etwas Fremdem verfolgt. Es ist ein Moment des Schocks, weil eine bestehende Ordnung – »mein Körper funktioniert« – nicht mehr gültig ist, sich aber noch keine neue Ordnung – »ich kann meinen rechten Arm nicht mehr bewegen« – etabliert hat.

Das ihn in diesem Dazwischen beherrschende Gefühl der völligen Orientierungslosigkeit und Entfremdung lässt Siebert vor sich selbst fliehen. Anders ausgedrückt, das Gefühl, das Eigene als fremd zu empfinden, ist so unerträglich, dass Siebert bereit ist, alles zu tun, um diesem Gefühl ein Ende zu setzen, auch wenn es ihn, so absurd es scheinen mag, sein Leben kostet.

Dann ist diese Episode eine Parabel für die Zeit, in der die bestehende Ordnung nicht mehr gültig ist und noch keine neue etabliert wurde?

Liefen die Menschen damals unentwegt umher und versuchten, ihrem Leben ein Ende zu bereiten? Wohl kaum.

Dieses von Siebert erwähnte Beispiel soll seine Disposition verdeutlichen, sich unter Umständen von Marga und Dr. Ritter ein Krankheitsbild einreden zu lassen, da er nach besagtem Erlebnis das Vertrauen in seinen Körper verloren hatte und sich auch später noch ständig beobachtete, um selbst minimale Veränderungen frühzeitig wahrzunehmen und eine drohende Verschlimmerung abzuwenden.

Es ist also eine Parabel für den Verlust des Vertrauens in die abgestorbenen Staatsorgane?

Wünschte sich der kleine Siebert den Adel aus seinen Märchenbüchern zurück?

Es handelt sich nicht um eine Parabel, sondern um ein Erlebnis aus Sieberts Kindheit. Die Mutter gewinnt die Fassung wieder, schickt den Bruder los, um Dr. Ritter zu holen, bringt Siebert zurück ins Bett und beginnt, seinen leblosen Arm mit Alkohol einzureiben. Siebert riecht den Alkohol, spürt aber weder Wärme noch die Hand der Mutter. Er weint, weil er meint, sterben zu müssen. Gleichzeitig fallen ihm zwei Mädchen aus der Volksschule ein, die ihre langen Zöpfe abgeschnitten bekamen, weil sie Läuse hatten. Auch sie meinten, sterben zu müssen, und weinten und schrien, bevor sie sich in ihr Schicksal fügten.

Wollte sich der junge Siebert mit diesem Bild beruhigen? Bereitete er sich innerlich darauf vor, seinen rechten Arm opfern zu müssen, so wie die Mädchen ihre Zöpfe opfern mussten, um weiterleben zu können? Oder ist es ein ganz anderes Bild, das Siebert in der Erinnerung vor Augen hat und von ihm auf sein jugendliches Ich übertragen wird, denn es scheint wenig wahrscheinlich, dass den beiden Mädchen die Zöpfe öffentlich abgeschnitten wurden?

Siebert sinkt durch die Aufregung und den Alkoholdunst in eine Ohnmacht. Als er wieder aufwacht, gerät er erneut in Unruhe, weil er lauter fremde Menschen um sich sieht und zunächst nicht weiß, wo er sich befindet. Er denkt sogar für einen Augenblick, bereits gestorben und in einer anderen Welt zu sein. Zuerst ist er erleichtert, da er sicher war, wegen seiner Sünden in die Hölle oder zumindest ins Fegefeuer zu geraten, dann aber erinnert er sich an seinen Arm, versucht, abermals vergeblich, ihn zu bewegen, und empört sich über eine Nachwelt, die sich nicht wesentlich von der alten Welt unterscheidet. Schließlich sieht er seine Mutter und erkennt in einem der fremden Männer Dr. Ritter, der seinen Arm untersucht und feststellt, dass sich Siebert, wahrscheinlich durch einen der beiden Stürze am Vorabend, die rechte Schulter ausgekugelt hat und über Nacht so ungünstig lag, dass die Blutversorgung abgedrückt wurde. Dr. Ritter renkt die Schulter ein und fixiert sie mit einem Verband, dann setzt er die Blutzirkulation durch feste Massagen wieder in Bewegung. Siebert schreit auf, denn das in den Arm zurückströmende Blut verursacht ihm große Schmerzen. »Siehst du«, sagt Dr. Ritter, »jetzt spürst du schon wieder was.«

Darauf bezieht sich viele Jahre später der Tagebucheintrag des erwachsenen Siebert, dass Schmerz Empfindung bedeutet, während Empfindungslosigkeit darauf hinweise, dass etwas abgestorben sei.

Spielt er damit auf seine Beziehung zu Marga an? Hofft Siebert einerseits darauf, dass etwas in ihm abstirbt, während er sich andererseits davor fürchtet? Schmerzt ihn das Verhältnis von Marga und Dr. Ritter, während ihn der Gedanke ängstigt, seine Beziehung zu Marga zu beenden?

Vielleicht hat Siebert Angst, dass ein Gefühl in ihn zurückströmt und ihm dadurch Schmerzen verursacht.

Das alles sind Hypothesen. Es ist noch nicht einmal klar, ob Marga Dr. Ritter überhaupt kannte.

Obwohl Dr. Ritter Siebert behandelte?

Selbst das ist nicht eindeutig erwiesen. Es spricht nämlich einiges dagegen, zumindest gegen die Person Dr. Ritter, der einmal als Kinderarzt des jungen Siebert, dann als behandelnder Arzt des erwachsenen Siebert auftaucht, was recht unglaubwürdig ist.

Warum sollte ein Arzt nicht zwanzig, dreißig Jahre praktizieren?

Das schon, aber bleibt man als Erwachsener bei seinem Kinderarzt? Gibt es nicht aus gutem Grund Kinderärzte?

Das heißt, Siebert macht aus seinem Kinderarzt und dem Arzt, der ihn wegen der Oneirodynia Diurnae behandelt, eine Person? Warum sollte er das tun?

Ein weiterer Eintrag aus Sieberts Tagebuch: »Ein Geflecht von Schnüren. Dunkelblaues Wollgarn. Graue Fäden. Zurückgelassen auf einem Holztisch zwischen Obstbäumen. Es ist bereits Herbst. Ein Abend. Tiefhängende Wolken.«

Das bestätigt die Auffassung, Sieberts Eintragungen nicht als Beschreibungen einer Realität, sondern als metaphorische Reflexionen zu verstehen. Siebert versucht, seine Gefühle in entsprechende Bilder zu fassen. Das Geflecht von Schnüren könnte zum Beispiel dem Beziehungsgeflecht zwischen ihm, Marga und Dr. Ritter entsprechen.

Eine solch eindimensionale Interpretation raubt den Bildern ihre Mehrdeutigkeit. Gerade um die geht es aber.

Merkwürdig ist folgender Eintrag: »Müde auf dem Heimweg. In der Dunkelheit neben einem Stück Mauer schaut ein Junge auf seine ausgestreckte Hand und fühlt zum ersten Mal die Möglichkeit, etwas vergessen zu können. Es ist ein Vergessen, das nichts mit Erinnern zu tun hat, sondern aus sich selbst entsteht und eine erste Trennung andeutet. Er meint, von außen auf sich zu sehen. Ein Jeep fährt vorbei. Gegenüber steht Siebert am Fenster.«

Was ist daran merkwürdig? Siebert bewegt sich, wie wir gesehen haben, in seinen Aufzeichnungen oft in der Erinnerung. Warum sollte er nicht eine fiktive Welt konstruieren, in der er selbst auftauchen und am Fenster gesehen werden kann? Er ist der Junge und gleichzeitig der, der den Jungen beobachtet.

Es geht gerade nicht um Erinnerung, sondern um das Vergessen. Ein selbstständiges Vergessen, das nicht Gegenteil des Erinnerns ist, sondern ein eigenständiger Vorgang.

Wie könnte man den Vorgang des eigenständigen Vergessens beschreiben? Handelt es sich um eine gedankliche Bewegung, die aber, anders als das Erinnern, nicht durch etwas ausgelöst wird, sondern aus dem Nichts kommt?

Könnte man das mit Seelenlöchern überzogene Feld vor Sieberts Elternhaus oder die mit Seelenlöchern durchsetzte Stadt als Symbol für Sieberts lückenhafte Erinnerung verstehen?

Der Junge betrachtet seine ausgestreckte Hand. Heißt das, Siebert erinnert sich wieder an den abgestorbenen Arm und merkt, dass er selbst dieses einschneidende Ereignis, wenn auch vielleicht nur für wenige Momente, hatte vergessen können?

Und der Jeep wäre dann eine Anspielung auf die Zukunft.

Der Jeep?

Der Jeep steht mit dem Attentat in Verbindung. Immer wieder taucht er in Sieberts Tagebuch auf. Scheinbar nur am Rande erwähnt, lässt er sich als Andeutung lesen, als Hinweis auf etwas, das noch aussteht.

Am Abend des Attentats setzt sich Siebert übrigens, und auch das ist bezeichnend, in eine größtmögliche Distanz vom Tatort. Er beschreibt sich außerhalb seiner Wohnung – ausgerechnet an diesem Abend, möchte man sagen –, mehrere Kilometer entfernt unter einer Eisenbahnbrücke. Es heißt dort: »Die gelb erleuchteten Rechtecke der Zugfenster tanzen über die nächtliche Brücke. Wasser schwappt gegen die Pfeiler. Von weiter oben kommen Stimmen. Jemand bietet eine Wette an. Um was? Erst jetzt fällt ihm ein, dass er keinen Einsatz zu bieten hat. Wie früher auf dem Schulhof sagt er reflexhaft: ›Um die Ehre.‹«

Um die Ehre. Es geht Siebert also um seine verletzte Ehre. Siebert versucht, das Attentat zu rechtfertigen.

Wie bereits gesagt: Das alles sind Interpretationen. Was Siebert mit diesen Eintragungen genau meinte, ist nicht zu sagen. Die genauen Umstände des Attentats sind ebenso wenig aufgeklärt.

Und wenn diese Eintragungen gar nicht von Siebert selbst stammen?

Gibt es eine Schriftanalyse?

Sieberts Handschrift soll sich durch die Krankheit stark verändert haben.

Je weniger Siebert ausging und zu Hause ausharrte, desto deutlicher nahm er die Bewegungen der Stadt wahr, beinahe so, als könne er sie am Himmel über der alten Schlosserei ablesen. Allen anderen, die draußen entlangliefen, die in Häusern verschwanden, wieder herauskamen mit einem Aktenordner unter dem Arm, über den Platz gingen, im Vorübergehen in die immer noch leeren Auslagen der Geschäfte blickten, schienen diese Bewegungen zu entgehen.

Ist das ein weiterer Eintrag aus Sieberts angeblichem Tagebuch, in dem er sich zu einem Menschen mit einem besonderen Sensorium stilisiert, wie es Kranke übrigens oft tun, um sich über ihre aussichtslose Lebenssituation hinwegzutrösten? Verständlicherweise.

Siebert spricht von sich selbst in der dritten Person. Mindert oder verstärkt das die Selbststilisierung?

Bemerkenswert, dass er mit der Formulierung »Bewegungen der Stadt« an die Beschreibung anknüpft, die Dr. Ritter von dem an Alltäglichem Irrgehen Erkrankten gibt, wenn er schreibt: »Die Bewegungen der Stadt bestimmten den Pulsschlag des Erkrankten.«

Wir wissen nicht, wer hier wen kopiert.

Als der Arzt und die anderen Menschen, bei denen es sich wahrscheinlich um Nachbarn handelte, wieder gegangen sind und Siebert sich etwas beruhigt hat, bringt ihm die Mutter auf einem Tablett eine Tasse Milch und ein Frühstücksbrot ans Bett. Siebert nimmt einen ersten Schluck, spürt jedoch plötzlich und für ihn völlig unerwartet einen nicht zu unterdrückenden Widerwillen und Ekel und muss sich sofort übergeben. In dem Moment nämlich, als er die Milch herunterschluckt, meint er, dass es sich um die Milch handeln muss, die er am Vorabend geholt und mit den anderen Einkäufen, auch Brot und Butter, an der Straßenecke zurückgelassen hat. Die Mutter hatte das Einkaufsnetz noch am selben Abend herbeigeschafft, gleich nachdem Siebert nach Hause zurückgekommen war. Dennoch hatten die Einkäufe für etwa eine Viertelstunde unbewacht an der Straßenecke gestanden. Siebert entwickelt aus diesem unvermutet auftauchenden Ekel, vielleicht auch, um ihn zu rechtfertigen, die Vorstellung, dass Mäuse in die Milchflasche eingedrungen seien, Käfer sich in die Butter gebohrt hätten, Wanzen und Ungeziefer im Brot nisteten. Tagelang kann er nichts zu sich nehmen, weil er von diesen Phantasien heimgesucht wird. Jeder Bissen verursacht ihm Übelkeit. Er lässt sich auf gutes Zureden hin etwas Kamillentee einflößen und begleitet, obwohl geschwächt und durch seinen bandagierten Arm zusätzlich beeinträchtigt, seine Mutter schließlich zum Einkaufen. Sie will ihm zeigen, dass sie frische Milch, neue Butter und gerade angeliefertes Brot kauft, allesamt Dinge, vor denen er sich nicht ekeln muss. Doch es hilft nichts. Kaum haben sie das Lebensmittelgeschäft betreten, überkommt Siebert ein erneuter, diesmal noch allgemeinerer Ekel, weil er meint, sämtliche Waren seien von Mäusen, Käfern, Wanzen und Ungeziefer befallen. Da er schon lange nichts mehr im Magen hat, kann er sich nicht übergeben, wird aber von einem Würgreflex heimgesucht, der ihn die nächsten Wochen nicht mehr verlässt. Die erste Nahrung, die er wieder zu sich nehmen kann, ist Zwieback. Weil Zwieback in versiegelten Blechbüchsen verkauft wird, erscheint er Siebert relativ sicher. Siebert untersucht die Büchse genau, bevor sie geöffnet wird. Nach dem Essen verschließt er sie mit Klebeband und lässt sie von seiner Mutter auf den Schrank stellen. Siebert selbst muss das Klebeband vor jeder Mahlzeit, und nachdem er die Büchse erneut untersucht hat, entfernen. Mithilfe dieses Rituals kann man ihn langsam wieder an normale Nahrung gewöhnen. Indem ihm die Mutter zeigt, dass alles, was sie zubereitet, aus versiegelten Blechdosen kommt, wird es Siebert langsam möglich, wieder an den täglichen Mahlzeiten teilzunehmen. Nur Milch verweigert er weiterhin über Monate. Obwohl es unwahrscheinlich erscheint, dass eine Maus ausgerechnet in eine Milchflasche geraten sollte, sieht Siebert genau dieses Bild immer wieder vor sich und meint sich sogar zu erinnern, dass ein Junge vor seinen Augen eine ganze Flasche Milch leergetrunken und ihm anschließend eine tote Maus auf dem Flaschenboden gezeigt und vor seinen Augen hin- und hergeschwenkt habe.

Ist das nicht eine recht eindeutige Allegorie? Die alten Lebensmittel sind kontaminiert und nur die in Dosen importierte Nahrung der Alliierten genießbar? Stichwort: Corned Beef.

Können diese Erinnerungen nicht für noch etwas anderes stehen? Sind nicht gerade die Bilder von den beiden Mädchen, denen die Zöpfe abgeschnitten werden, und dem Jungen, der Milch aus einer Flasche trinkt, in der eine Maus schwimmt, so aussagestark, dass sie nur symbolisch zu verstehen sind?

Ist es nicht merkwürdig, dass sich die imaginierte Vorstellung von verseuchtem Essen über das reale Leiden einer ausgekugelten Schulter und eines beinahe abgestorbenen Arms legt und diese in den Hintergrund drängt? Oder erfahren wir noch mehr darüber, etwa wie der Heilungsprozess verlief und ob irgendwelche Schäden zurückblieben?

Dazu äußert sich Siebert nicht. Stattdessen findet sich nach der Schilderung der Episode mit dem Arm völlig unvermittelt folgender Eintrag: »Jemand blutet aus der Nase. Eine Frau öffnet, diesmal ganz bewusst, ihre Handtasche. Die Wiederholung der Rituale täuscht über die Geschichte der Endlichkeit hinweg.«

Ist »Geschichte der Endlichkeit« nicht auch ein Romantitel von Horst Nehmhard?

Viel interessanter ist doch das bewusste Öffnen der Handtasche. Könnte man nicht sagen, dass Marga Dr. Ritter in der Schneidgasse zufällig begegnete und sie sich dort kennenlernten, weil er den zu Boden gefallenen Stenoblock aufhob und ihr reichte? Es wäre eine Variation des fallengelassenen Taschentuchs. Das bewusste Öffnen der Handtasche wäre dann Margas spätere Hingabe an Dr. Ritter.

Fand diese sogenannte Hingabe in der Pension Guthleut in der Ulmenallee statt?

Warum verbinden sich bei Siebert Kindheitserinnerungen regelmäßig mit seinem Verhältnis zu Marga? Ist es die Melancholie angesichts seiner unglücklichen Liebe, die diese Erinnerungen hervorruft?

Siebert hatte von seinem Fenster aus keinen Einblick in die Schneidgasse, die vor dem Lindholmplatz, von Sieberts Wohnung aus gesehen, rechts abgeht.

Auf einem Normalachtfilm sieht man einen Mann auf einer Terrasse mit einem Kind tanzen. Der Kopf des Mannes ist nicht zu erkennen. Orangefarbene Farbkleckse und weiße Lichtblitze umkreisen die beiden. Ein unschuldiger Sommertag.

Was heißt unschuldig in dem Zusammenhang?

Diese Szene findet an einem Sommertag statt, dem man weiter keine Beachtung schenkt, weil man meint, dass noch viele solcher

Tage folgen werden. Wir befinden uns am Beginn des Sommers. Am Beginn einer neuen Zeit zudem.

Es sind also relativ neue Filmaufnahmen? Woher stammt das Filmmaterial? Wer hat es entwickelt? Und wer hat die Szene gefilmt?

Spielt das eine Rolle?

Man denkt unwillkürlich an eine Frau. Die Mutter des Kindes und die Gattin des Mannes, der dort tanzt. Was aber, wenn ein anderer Mann diese Szene aufgenommen hat?

Handelte es sich bei dem Mann, der mit dem Kind tanzt, um den alten Siebert? Während Dr. Ritter, sein ehemaliger Doktorand, diese Szene filmt?

Liegt Ritters Promotion beim alten Siebert zu diesem Zeitpunkt nicht bereits sehr viele Jahre zurück?

Warum sollte er seinem Doktorvater nicht weiterhin freundschaftlich verbunden sein und ihn von Zeit zu Zeit besuchen oder einer Einladung folgen?

Ist Dr. Ritter dem alten Siebert etwas schuldig?

Dr. Ritter legt großen Wert auf Beziehungen. Nur darum bekam er in einer so schwierigen Zeit überhaupt Gelder für seine fragwürdige Untersuchung der Oneirodynia Diurnae.

Vielleicht bekam Dr. Ritter gar keine öffentlichen Gelder für seine Untersuchungen, sondern einen entsprechenden Zuschuss aus einem Fonds, den der alte Siebert eingerichtet hatte. Dennoch kann es sich bei diesem Filmausschnitt um ein ganz harmloses Vergnügen mit einem Enkel- oder Nachbarskind handeln. Hinter den orangefarbenen Farbklecksen und weißen Lichtblitzen, vielleicht auch außerhalb des Kameraausschnitts, kann eine komplette Kaffeegesellschaft versammelt sein, die dem unschuldigen Vergnügen des Mannes mit dem Kind zuschaut.

Es gibt keine unschuldigen Vergnügen. Und sie sind es schon gar nicht, wenn man sie so nennt.

Sie sind es vor allem dann nicht, wenn andere zuschauen. Der Zuschauer raubt allem die Unschuld.

Was hieße das für Siebert, der Tag für Tag am Fenster steht, auf die Straße schaut und damit längst zu einem chronischen Zuschauer geworden ist? Kann man wirklich sagen, dass er den Menschen, die über den Lindholmplatz spazierten und auf der Straße vorübergingen, allein durch seinen Blick die Unschuld raubte?

Man kann immer zufällig in den Fokus eines anderen geraten. Bei dem mit einem Kind tanzenden Mann handelt es sich aber um eine Vorführung, zu der Menschen geladen wurden. Sie mögen vielleicht auch aus anderen Gründen gekommen sein, zum Beispiel um bei einem Sektempfang über den vom alten Siebert eingerichteten Fonds unterrichtet und danach zum Spenden aufgefordert zu werden. Nichtsdestotrotz wurden sie im Laufe dieses Empfangs Zeuge dieser fragwürdigen Zurschaustellung.

Man trägt also für alles die Verantwortung? Selbst für Situationen, in die man zufällig gerät? Sind solche Gedanken nicht Auslöser der Oneirodynia Diurnae? Man wird von der überall lauernden Verantwortung erschlagen, wagt nicht länger, bewusste Ziele anzustreben, sondern verfällt dem besagten Alltäglichen Irrgehen, das einen dazu bringt, das Haus nicht mehr zu verlassen, da man sich nur dort in einer überschaubaren, vor allem abgeschlossenen Umgebung sicher sein kann, nicht in eine Situation zu geraten, die einem eine weitere Verantwortung aufbürdet.

»Bilder, die verwischt einen Arm zeigen, der sich dreht, eine Schulter, die sich wendet, eine Hand, die nach etwas greift, ein Gesicht, das sich aufrichtet, Augen, die sich schließen: Warum gibt es kaum Erinnerungen an solche Momente, wo doch das meiste, wenn genau erinnert, unscharf sein müsste?«

Beschreibt Siebert hier seine nachlassende Sehschärfe, die ihm eine Orientierung zusätzlich erschwerte? War Sieberts Situation nicht relativ aussichtslos? Hatte er sein Leben nicht, wie es an anderer Stelle heißt, »an die Wand gefahren«, und beging er deshalb eine Gewalttat, die ihn aus dieser ihn immer weiter einengenden Entwicklung befreien sollte?

»Ein Arm, der sich dreht«. Taucht hier erneut der ausgekugelte Arm auf? Bezieht sich die Unschärfe auf den ungenauen Vorgang des Erinnerns?

Man kann am Beispiel Sieberts sehen, dass auch eine Tat, die später als unüberlegt und für den Ausführenden selbst als unerklärlich beschrieben wird, einen Vorlauf hat, den man »unbewusste Planung« nennen könnte.

Ist »Unbewusste Planung« nicht der Titel eines Romans von Horst Nehmhard?

Haben die Kindheitserinnerungen in diesem Zusammenhang eine spezifische Bedeutung? Vermitteln sie Siebert das Gefühl, alles sei vorherbestimmt und ergebe sich aus dem bereits Erlebten? Oder verstärken sie seine Abwehr gegen das Leben, aus dem er sich, aus welchem Grund auch immer, zu befreien versucht?

Eine Frau sitzt in einem gekachelten Raum und wartet. Ein Hotel wird abgerissen. Ein anderes bleibt stehen, obwohl das obere Stockwerk fehlt. Es wird ein Leinentuch über einen Körper gelegt. Die langen Gänge. Das flackernde Licht. Einer lässt die Aktenmappe nicht los, die er bei sich trägt. Ein anderer erscheint in zerschlissener Uniform ohne Rangabzeichen. Ein Mädchen dreht sich vor einem leergeräumten Geschäft auf der Straße um. Ein Jeep fährt vorbei. Die Organisation ist schwer aufrechtzuerhalten.

Kann es sein, dass Marga Sieberts Tagebuch ergänzt hat? Diese Stelle hört sich so an.

Der Jeep würde dagegensprechen. Der Jeep ist, wie wir gesehen haben, ein für Siebert signifikanter Topos. Er versucht sich durch ihn zu rechtfertigen.

Bevor sie die Anstellung in einem der Büros im unzerstörten Gebäudekomplex am Friedrich-Fritz-Winter-Platz bekam, arbeitete Marga vorübergehend als Krankenschwester. Sie sprach selten von ihren Patienten und den Erlebnissen, denen sie dort ausgesetzt war, aber es gibt tatsächlich eine Geschichte, in der ein Mann mit einer Wunde im Bauchraum eingeliefert wurde, der seine Aktenmappe, wahrscheinlich um sich zu schützen, vor diese Wunde presste und nicht bereit war, sie loszulassen, bis einer der Ärzte die Tasche kurzerhand entzweischnitt.

Wenn Marga als Krankenschwester arbeitete, liegt es doch auf der Hand, dass sie in diesem Zusammenhang Dr. Ritter kennenlernte.

Dr. Ritter führt eine eigene Praxis und arbeitet nebenher in der Forschung. Mit dem notdürftig in der ehemaligen Brauerei in der Gottfried-Helm-Straße eingerichteten Lazarett hatte er nie etwas zu tun. Zudem war Marga keine ausgebildete Krankenschwester, sondern leistete dort eine Art Hilfsdienst.

Kam sie dabei mit dem angeblichen Spion in Berührung, der sich als Arzt ausgab?

Es handelt sich um den Fall Behring. Ein angeblicher Arzt und Chirurg, der im Lazarett in der Gottfried-Helm-Straße arbeitete und durch seine Zurückhaltung auffiel, mit der er nur alltägliche Diagnosen und Bagatellbeschwerden kommentierte, sich aber standhaft weigerte, bei schwerwiegenden Krankheiten eine Meinung abzugeben oder gar, obwohl ein akuter Mangel an entsprechend ausgebildeten Ärzten herrschte, zu operieren. Seine Umgebung nahm seine Weigerungen gezwungenermaßen hin. Er schlich wie ein Gespenst durch die Kellergewölbe des Lazaretts, jemand, den man nicht gerufen hatte, der aber pünktlich jeden Morgen erschien und jeden Abend verschwand. Der blieb, wenn man ihn dazu aufforderte, und mit etwas billigem Fusel anstieß, wenn jemand Geburtstag hatte. Einmal folgte ihm eine Krankenschwester eher zufällig auf dem Heimweg und meinte zu hören, wie er immer wieder einzelne Sätze vor sich hin sprach, so als wolle er sich unbedingt etwas einprägen. Ein anderes Mal sah ihn ein Kollege zufällig im Flur etwas hastig auf einer Karteikarte notieren. Diese und andere Beobachtungen untermauerten das Gerücht, es handele sich bei dem Kollegen nicht um einen Arzt, sondern um einen Spion, der herausfinden sollte, ob sich unter den Ärzten, Schwestern und Helfern noch Anhänger der alten Ordnung befanden. Natürlich befanden sich noch Anhänger der alten Ordnung unter den Ärzten und dem Krankenhauspersonal, und genau die empörten sich darüber, dass man sie nicht ihre Arbeit machen lasse und sie sogar daran hindere, Menschen zu helfen, ja, dass sogar Menschen sterben mussten, weil man sich um solch unwichtige Details kümmerte anstatt um die Versorgung Bedürftiger.

Mit der alten Ordnung ist doch die Ordnung gemeint, die sich selbst neue Ordnung nannte?

Genau, die alte Ordnung war die sogenannte neue Ordnung.

Aber war dann die zeitlich neue Ordnung, also die Ordnung, die die sogenannte neue Ordnung ablöste, wieder die alte Ordnung?

Mit Neu und Alt verhält es sich wie mit Gut und Böse: Begriffe ohne Aussage, die nur in Relation zu etwas anderem existieren.

Was existiert nicht in Relation zu etwas anderem?

Besagtem Kollegen gegenüber, dessen Eigenheiten man bislang geduldet hatte, verhielt man sich fortan distanziert. Man sprach in seiner Gegenwart schnell, nachlässig und mit veralteten und gehobenen Ausdrücken, um herauszufinden, ob er wirklich Deutscher war. Was man bislang als Schüchternheit und Unsicherheit gedeutet hatte, interpretierte man nun als hinterlistige Täuschung und Verstellung.

Nach einigen Wochen waren selbst die Kollegen und Schwestern, die sich anfänglich skeptisch den Anschuldigungen gegenüber gezeigt hatten, dazu übergegangen, den Arzt ebenfalls zu schneiden. Warum, so fragten sie, habe er auch etwas hastig auf einer Karteikarte notiert? Überhaupt: Was für eine Karteikarte? Handelte es sich um eine entwendete Krankenakte? Ein Duplikat? Eine Fälschung, die er hatte unterschieben wollen? Und wer wisse überhaupt, was er nicht alles schon untergeschoben habe, um unschuldige Mitarbeiter zu denunzieren?

Es schneite. Ein harter Winter setzte ein. Es gab Todesfälle unter den Patienten wie unter den Ärzten. Aus der Not machte man eine Tugend. Nun müsse der Spitzel operieren, da helfe nichts mehr, und dann werde man schon sehen, was er draufhabe. Die Patienten starben ohnehin, so oder so. Was das anging, hätte man sich nichts vorzuwerfen.

An einem Montagmorgen rief man den Verdächtigen in den Operationssaal, hieß ihn, sich umzukleiden, sich zu desinfizieren und eine einfache Blinddarmoperation vorzunehmen. Überrascht, konsterniert, unfähig zu antworten, folgte der angebliche Spion den Anweisungen zuerst wie im Schlaf, um dann im letzten Moment vor dem bereits anästhesierten Patienten aus dem Operationssaal zu fliehen. Eine beherzte Schwester folgte ihm laut rufend treppauf in den Hof, dann wieder treppab in den Keller, wo er schließlich zurück in den von einigen Holzwänden notdürftig abgetrennten Operationssaal stürmte, die bereits operierenden Ärzte zur Seite stieß und mit bloßen Händen in den gerade geöffneten Leib des Patienten griff, um wahllos Organe herauszureißen. Die vor Schrecken erstarrten Anwesenden brauchten einen Moment, bevor sie ihn überwältigen, niederringen, narkotisieren und endlich außer Gefecht setzen konnten.

War Marga die Schwester, die den Spion auf dem Nachhauseweg beim Einprägen aufgeschnappter Gesprächsfetzen beobachtet hatte? Und war sie es auch, die ihn aus dem Keller hinauf in den Hof und wieder zurück verfolgte, ihn also erst dazu brachte, diese Kurzschlusshandlung zu begehen?

Marga war an dem Geschehen nicht beteiligt. Sie musste sich gerade um einen Jungen kümmern, der mit mehreren in Hände und Füße eingeschlagenen Eisennägeln eingeliefert worden war. Sie hatte dem Spion einmal einen Bleistift geliehen und ihm während einer Mittagspause die Hälfte ihres Frühstücksbrots angeboten, weil er ihr hungrig vorgekommen war. Er hatte jedoch dankend abgelehnt.

Und was geschah mit dem angeblichen Spion, nachdem man ihn überwältigt hatte?

Der war mit einem Mal verschwunden. Der Betrieb im Lazarett ging seinen normalen Gang, als habe es ihn nie gegeben. Jahre später angestellte Nachforschungen ergaben Folgendes: Nachdem man mit allen zur Verfügung stehenden Kräften vergeblich versucht hatte, den so grausam auf dem Operationstisch zugerichteten Patienten zu retten, beschlossen zwei an diesem Morgen anwesende und inzwischen verstorbene ältere Ärzte, dessen Tod zu nutzen, um die Existenz des angeblichen Spions zu vernichten. Sie trugen seinen Namen und seine Daten in die Sterbeurkunde ein und gaben als Todesursache einen Blinddarmdurchbruch an. Dann operierten sie den immer noch narkotisierten und niedergerungenen Spion, durchtrennten seine Stimmbänder, kappten die Sehnen seiner Hände, um ihm auch eine schriftliche Mitteilung unmöglich zu machen, und fügten ihm noch weitere chirurgische Veränderungen zu, die ihn unkenntlich machen sollten. Nachdem man die Schnitte einige Tage notdürftig hatte verheilen lassen, wurde der Spion in der Südstadt ausgesetzt.

Hatte man ihm die Papiere des auf dem Operationstisch verstorbenen Patienten zugesteckt?

Nein, natürlich nicht. Das hätte ja den Verdacht wieder auf das Lazarett gelenkt. So hielt man den Spion für einen der Überlebenden des Eisenbahnunglücks, die immer wieder orientierungslos und mit ähnlichen Wunden in den Straßen anzutreffen waren.

Aber doch nicht mit frischen Operationsnarben.

So etwas lässt sich nur bei genauerem Hinsehen unterscheiden. Und niemand betrachtete die an Straßenecken oder in Hauseingängen herumlungernden Verwundeten genauer. Außerdem darf man das damals herrschende Chaos nicht vergessen, nicht nur in den Krankenhäusern und Lazaretten, nicht nur in der Verwaltung mit ihren willkürlich verteilten Ämtern, sondern auch im Alltag und in den Straßen der Stadt.

Drückt sich dieses Chaos, besser dieses verlorene Ordnungsprinzip, nicht auch in Sieberts Krankheit aus? Wer unter Oneirodynia Diurnae leidet, hat Mühe, Strukturen wahrzunehmen. Er empfindet eine Stadt nicht durch Straßen geordnet, sondern in gewisser Weise leer. Das macht ihm die Orientierung unmöglich. Ebenso geht es ihm mit gesellschaftlichen Strukturen.

Damit ist der Kranke eine Zeiterscheinung. Die Zeitungen, genauer der eine Bogen Notzeitung, der zu dieser Zeit in unregelmäßigen Abständen erschien, berichtete immer wieder von einer »allgemeinen Machtlosigkeit«.

Unter den zerborstenen Buchstaben der Leuchtreklame am Bahnhofshotel hielt ein Mannschaftswagen. Niemand stieg aus. Niemand wurde eingeladen.

Der Kranke empfindet die Leere der Stadt nicht so, als habe man die Menschen aus ihr vertrieben, sondern als wären die Menschen in ihr verschwunden. Es sind nicht die kaum bevölkerten Straßen, die ihn irritieren, sondern die Lücken in den Häuserreihen und die zuvor noch nie von ihm bemerkten Gassen und Durchgänge, die in unbekannte Viertel führen.

Welche Viertel sind genau gemeint?

Das ist nicht mit Bestimmtheit zu sagen. Versuchen wir es einmal so: Die Ordnung der Straßen und Häuserreihen ist für den Kranken aufgehoben. Er ist auf sich selbst gestellt.

Könnte man vielleicht besser sagen: Die Ordnung hat sich für ihn auf den Begriff reduziert?

Alles, besonders die Straßen, besonders die Häuser, scheinen in einer Ordnung zu verharren, die der Kranke zwar als solche wahrnimmt, ohne sie jedoch benennen, begreifen, geschweige denn befolgen zu können.

Liegt es daran, dass der Alltag noch nicht zurückgekehrt war und viele Menschen noch kein Ziel hatten, sondern sich mehr aus alter Gewohnheit tagsüber draußen herumdrückten? Die gebeugten Nacken der Passanten waren auffällig. Das Wort »stromern« erlebte eine Renaissance.

Woher stammen eigentlich diese Aufzeichnungen sogenannter »anderer Tagebuchschreiber«?

Handelt es sich bei den anderen Tagebuchschreibern um weitere Patienten Dr. Ritters? Dann wären diese Zeugnisse als Quellen unbrauchbar und wir müssten versuchen, andere zu finden.

Immer wieder tauchen Unbeteiligte in Sieberts Aufzeichnungen auf. Gibt es den Unbeteiligten überhaupt?

Wir haben die nicht ganz unwichtige Frage aus dem Auge verloren, ob Marga Sieberts Tagebuchaufzeichnungen unter Umständen an manchen Stellen ergänzt hat. Das würde gewisse Widersprüche erklären, die Quellenlage aber noch weiter verunklaren.

Um das herauszufinden, müsste man in Erfahrung bringen, wann Marga und Siebert sich kennenlernten. Hatte Siebert vielleicht doch das Lazarett in der Gottfried-Helm-Straße aufgesucht und Marga dort zum ersten Mal gesehen?

Siebert hat den Eiskeller der ehemaligen Brauerei in der Gottfried-Helm-Straße tatsächlich einmal betreten. Allerdings ist nicht mit Sicherheit festzustellen, ob das Lazarett zu dieser Zeit dort bereits eingerichtet war oder noch nicht. Eine Begegnung zwischen ihm und Marga kann allerdings mit Sicherheit ausgeschlossen werden. Als Siebert Marga kennenlernte, arbeitete sie bereits als Fremdenführerin.

Ist Fremdenführerin ein anderer Ausdruck für Psychopomp? Ist Siebert also bereits tot, als er Marga begegnet?

Nein, Fremdenführerin ist ein anderer Ausdruck für Reiseführerin.

Dann war Marga also keine Krankenpflegerin?

Doch, natürlich. Das eine schließt das andere nicht aus.

Sollte sie durch die Tätigkeit als Fremdenführerin nicht diffamiert werden? Man unterstellte ihr, dass sie sich nicht nur mit Fremden einließ, sondern sie auch noch führte. Marga als Umstürzlerin.

Könnte es nicht sein, dass sie doch mehr mit dem angeblichen Spion zu tun hatte und man deshalb entsprechende Tagebucheinträge gefälscht hat? Denn warum sollte man sonst versuchen, sie in Misskredit zu bringen?

Marga hat sich zu diesem Punkt selbst nie geäußert.

Bleiben wir nicht alle an gewissen Punkten in der Zeit stehen? Gewöhnlich an Punkten, die wir mit unserer Erinnerung nicht mehr erreichen können?

Können wir diese Punkte vielleicht mithilfe des eigenständigen Vergessens erreichen?

Ist das ein weiterer von Dr. Ritters fragwürdigen Therapieansätzen?

Wenn Siebert später an den Abend zurückdachte, an dem er ängstlich an der Straßenecke ausgeharrt und schließlich dort seine Einkäufe zurückgelassen hatte, glaubte er, dass er ohne Angst und mit Leichtigkeit über das dunkle Feld nach Hause hätte laufen können, wenn seine Mutter ihn gerufen hätte.

Warten wir nicht alle darauf, gerufen zu werden?

Liegt im Gerufenwerden nicht etwas Anheimelndes und Beruhigendes? Ist das Gerufenwerden nicht konstitutiv für jede neu entstehende Gesellschaft? Zeigte deshalb nicht der Vorspann etlicher Fernsehserien, wie ein Junge auf einen Hügel steigt, um von dort oben und weit über die angrenzenden Felder hinaus ein Pferd, einen Hund oder einen Ritter zu rufen? Riefen in anderen Filmen nicht immerzu Menschen von der Straße nach oben zu einem Wohnungsfenster oder umgekehrt aus einem Wohnungsfenster nach unten auf die Straße oder in einen Hof? Was ist aus dem Gerufenwerden geworden?

Legen sich nicht oft völlig banale Erinnerungen über ein vergessenes Erlebnis und fragen wir uns nur deshalb, weshalb wir von einem bestimmten Häusertyp, einer Straßenbiegung, einem Ausblick auf ein Feld, das am Horizont von einem Bach begrenzt wird, einem unbefestigten Weg, dem plötzlichen Auftauchen von zwei Einfamilienhäusern hinter einem Waldstück oder einer Reihe von Garagen in einem weitläufigen, aber dennoch leeren Hof fast magisch angezogen und tief berührt werden?

An was dachte Siebert, während er am Fenster stand, nach draußen schaute und seinen Blick zu fokussieren versuchte? Beruhigte ihn der ungestörte und gleichförmige Ablauf der Wochentage, die ihrem Vergehen nichts mehr entgegensetzten, weder Mühsal noch Vergnügen, sondern sich willenlos vom Wetter und dem Gang der Sonne ihrem vorbestimmten Ende zutreiben ließen?

Sind hier vielleicht nicht die vergehenden Tage gemeint, sondern das Vergehen des Lebens, dem der todkranke Siebert nichts mehr entgegensetzt?

Es ist bereits gesagt worden, dass es sich bei der Vermutung, Siebert sei sterbenskrank, um eine reine, unter Umständen sogar von Siebert selbst in Umlauf gebrachte Behauptung handelt, um sein Verhalten und seine mögliche Beteiligung am Attentat zu rechtfertigen. Formulierungen wie »dem Vergehen des Lebens nichts mehr entgegenzusetzen«, oder auch die Kopplung »weder Mühsal noch Vergnügen«, werden wahrscheinlich benutzt, um Mitleid zu erregen, tatsächlich sind sie nichts weiter als Kitsch.

Es ist nicht mehr zu ermitteln, wer die Geschichte von Siebert und Marga zuerst erzählte und ob diese Geschichte eher beiläufig und zufällig oder mit Absicht gestreut wurde. Der Zeitpunkt, an dem die Geschichte erstmals auftauchte, ist ebenfalls nicht mehr eindeutig festzustellen, sodass sich nicht sagen lässt, ob die Geschichte bereits vor dem Attentat am Lindholmplatz bekannt war oder erst danach die Runde machte. Bei jeder Wiedergabe, so scheint es, wurden Details hinzugefügt, die schon bald die eigentliche Geschichte überwucherten und oft noch erinnert wurden, als die Geschichte selbst längst in Vergessenheit geraten war.

Warum sollten sich Menschen beim Frisör oder Kaufmann harmlose Schilderungen des Stadtverkehrs, der angeblich »ruhig dahingeflossen« sei, berichten? Was steckt hinter dem Satz: »Die Menschen hielten sich bei der Hand«, der sich kaum in dieser verallgemeinernden Form aufrechterhalten lässt? Natürlich nehmen sich Menschen in bestimmten Situationen an die Hand, etwa, wenn sie den anderen behutsam führen oder stützen oder ihre Zuneigung für ihn zeigen wollen, doch zur Beschreibung eines allgemeinen gesellschaftlichen Zustands ist das An-der-Hand-Nehmen, selbst wenn es seinerzeit gehäuft aufgetreten sein mag, untauglich. Gleichzeitig war vom Hungerwinter und einer umgehenden Tuberkulose die Rede. Aber auch dieser Blick auf das scheinbar Offensichtliche verdeutlicht die Geschichte nicht wirklich, sondern lenkt, wenn auch versteckt, erneut von ihr ab.

Siebert, so heißt es nach einer allgemeinen Einleitung und gegenseitigen Vergewisserung der näheren Umstände etwas konkreter, sei damals noch relativ gesund gewesen und habe, wie beinahe täglich seit Jahresbeginn, am Fenster der kleinen Wohnung gestanden und auf die Straße gesehen, während Marga hinter ihm am Tisch gesessen und die Zeitung gelesen habe.
»Sie haben schon wieder zwei gefunden«, habe Marga gesagt. »Diesmal in Sigmaringen.«
Siebert habe sich nicht umgedreht oder gerührt, sondern weiter,

das ist das Einzige, worüber sich alle einig sind, am Fenster gestanden und über die Straße gesehen. Angeblich habe er sich gefragt, wann die Straße so unförmig geworden war. Dazu ist zu sagen, dass die Straße, von Westen kommend, durchschnittlich breit ist, sich vor Sieberts Haus jedoch fast verdoppelt, um weiter hinten vor dem Lindholmplatz, an dem sie sich teilt, wieder auf ihr vorheriges Maß zusammenzulaufen. Vielleicht, so überlegte Siebert, hatten sie die Schlosserei gegenüber nach dem Abriss des Gaswerks ein Stück zurückgesetzt, damit die Lieferwagen eine bessere Zufahrt hatten.

»Hörst du mir zu?«, habe Marga gefragt, und Siebert habe geantwortet:
»Ja. Sigmaringen.«
Die Straße sei menschenleer gewesen. Bis auf einen Mann, der mit dem Gesicht nach unten vor dem Tor der Schlosserei gelegen habe. Das Tor habe in den Angeln geschaukelt, und Siebert habe das Geräusch der Tür daran erinnert, dass er den Nachtwächter der Schlosserei hatte bitten wollen, das Tor festzubinden, da er und Marga selbst bei leichtem Wind mehrmals nachts von dem Geklapper geweckt würden.
Nach einer längeren Pause habe Siebert gefragt, wo eigentlich die Kinder seien.
»Welche Kinder?«, habe Marga daraufhin erwidert.
»Einfach so, die Kinder«, habe Siebert gesagt. »Früher gab es doch immer Kinder, die auf der Straße spielten oder drüben bei der Schlosserei.«
»Früher«, habe Marga gesagt und die Zeitung zusammengefaltet.
Auf der Straße seien zwei Männer gekommen und hätten sich neben den immer noch regungslosen Mann gekniet. Einer der beiden habe den Puls des Liegenden gefühlt, der andere seinen Mantel abgetastet, wahrscheinlich auf der Suche nach dessen Papieren. Ein paar Vögel hätten sich auf dem Zaun versammelt.
»Was gibt's da draußen?«, habe Marga gefragt, und Siebert habe geantwortet: »Zwei Männer kümmern sich um einen Mann, der dort liegt.«

»Was für einen Mann?«, habe Marga darauf wissen wollen, und Siebert habe erwidert, dass er nicht wisse, wer das sei, der Mann außerdem schon eine Weile dort liege. »Und da sagst du nichts?«, habe Marga gefragt, und Siebert habe mit den Achseln gezuckt und geschwiegen.

Die beiden Männer seien aufgestanden und weggegangen. Sie hätten nicht den Puls des Liegenden gefühlt und nach seinen Papieren geschaut, sondern ihm die Armbanduhr und das Portemonnaie abgenommen.

»Wahrscheinlich ist er tot«, habe Siebert gesagt, worauf Marga habe wissen wollen, was er da rede.

»Er rührt sich nicht«, habe Siebert gesagt, »man kann ihn ausrauben. Und er rührt sich nicht.«

»Vielleicht ist er auch nur ohnmächtig.«

Wieder sei ein Mann gekommen. Dieser Mann habe eine Uniform getragen und sei neben dem Liegenden stehengeblieben. Er habe den Liegenden mit dem Fuß angestoßen. Erst leicht, dann etwas fester. Der Liegende habe sich nicht gerührt. Der Mann habe sich daraufhin gebückt und ihn durchsucht. Da er nichts gefunden habe, habe er den Liegenden ein Stück zu sich gedreht und begonnen, ihm den Mantel auszuziehen. Der Mantel habe noch gut ausgesehen. Im Versuch, den rechten Arm des Liegenden aus dem Ärmel zu ziehen, habe er sich unwillkürlich umgedreht und dabei nach oben zu Siebert gesehen, der immer noch am Fenster gestanden habe. Kaum habe er Siebert dort am Fenster entdeckt, habe er den Liegenden zurückgleiten lassen, sei aufgestanden und habe eine Waffe aus seiner Jacke gezogen. Er habe den Arm mit der Waffe in der Hand in Richtung Siebert ausgestreckt und gleichzeitig von links nach rechts bewegt, wahrscheinlich um mit dieser Bewegung Siebert vom Fenster zu verscheuchen. Noch bevor Siebert den Sinn dieser Bewegung hätte ausmachen können, habe der Mann nach ihm geschossen.

An diesem Punkt der Geschichte entsteht zwangsläufig eine Pause. Man muss innehalten und von etwas anderem sprechen. Zum Beispiel vorgreifen auf das Attentat. Stimmt es, so könnte man fragen, dass vier Tage lang niemand den Mut, manche sagen: das Interesse aufbrachte, sich dem verunglückten Jeep zu nähern? Später, als die Unfallstelle von offizieller Seite geräumt wurde, seien die Leichen der drei Armeeangehörigen und des Alten bereits so zusammengeschrumpft gewesen, dass ihre Uniformen am Körper schlackerten, als man sie in Sitzhaltung erstarrt aus dem Fahrzeug gehoben habe.

Weitere Beobachtungen aus unterschiedlichen Quellen:
Der Gummi der Reifen wäre mit dem Boden verschmolzen, sodass das Fahrzeug nicht mehr hätte bewegt werden können.

Der Kühlergrill sei durch den Aufprall zu den Initialen des ranghöchsten Insassen des Jeeps verformt worden, einem Oberleutnant, dem der Anschlag wohl in erster Linie gegolten habe.

Der Kühlergrill sei völlig eingedellt und nicht mehr zu erkennen gewesen, da der Fahrer die Kontrolle über den Jeep verloren und in den Bretterverschlag am Lindholmplatz gerast sei, diesen mitgeschleift habe und erst ein Stück weiter hinten am Ende des Platzes an der großen Kastanie zum Stehen gekommen sei.

Der Fahrer habe zwar die Kontrolle über den Jeep verloren, der Jeep aber habe sich durch das plötzliche Bremsmanöver einmal um sich selbst gedreht und sei dann schräg gegen das Tor der Schlosserei gerast. Der Kühlergrill sei danach nicht mehr zu erkennen gewesen.

Das Fahrzeug sei ausgebrannt.

Das Fahrzeug habe gebrannt, aber das Feuer sei wie durch ein Wunder von selbst erstickt.

Das Fahrzeug habe nicht gebrannt.

Das Fahrzeug habe Feuer gefangen, doch der Brand sei durch den Regen, der bereits seit den frühen Morgenstunden gefallen sei, gelöscht worden.

Es habe nicht geregnet.

Es habe geregnet, aber der Regen sei zu schwach gewesen, um ein brennendes Fahrzeug zu löschen, weshalb das Fahrzeug nicht gebrannt haben könne.

Als man das Fahrzeug mit einem Kran habe anheben können, sei der Straßenbelag darunter ausgebleicht gewesen.
Vier Tage lang habe es keinerlei Unfälle in der näheren Umgebung gegeben. In dem Moment aber, als man den Jeep angehoben habe, sei kurz vor dem Ostbahnhof ein Zug entgleist.
Der Himmel sei sonnenlos, mondlos und wolkenlos gewesen.
Zwei Sonnen seien zu sehen gewesen.
Es habe geschneit.

Handelte es sich bei Siebert eigentlich um den Besitzer oder ehemaligen Besitzer des einzigen Privatmuseums, zeitweise des einzigen Museums der Stadt, weil die städtischen Einrichtungen noch geschlossen waren? Genauer gefragt, bewohnte er ein kleines, etwas zurückgesetztes Haus in der Ulmenallee? Unten musste man die Schuhe abstreifen, dann ging es gleich links eine Treppe hinauf. Im Parterre befand sich wahrscheinlich der Wohnbereich, den man vom Besucherbereich durch eine tapezierte Holzwand abgetrennt hatte. Oben im ersten Stock kam man auf einen Flur. Dort fing die Ausstellung an. Überall Vitrinen mit in Miniatur nachgestellten Autounfällen, Zugunglücken und Flugzeugabstürzen. Ich meine mich zu erinnern, dass sie aus Zinn gegossen waren. Die Türen zu den vom Flur abgehenden Zimmern waren ausgehängt. Der Eintritt kostete zehn Pfennig. Für Kinder fünf.

Das Museum gab es. Es befand sich in einer schlichten Villa in der Dolmenstraße. Der Besitzer des Hauses und Sammler der Exponate war ein älterer Herr. Es konnte sich dabei nicht um Siebert handeln. Siebert starb mit vierunddreißig und bewohnte zuletzt eine Einzimmerwohnung mit Gemeinschaftsküche über dem Gang schräg gegenüber vom Lindholmplatz. Die Exponate zeigten außerdem keine in Miniatur nachgestellten Autounfälle, Zugunglücke und Flugzeugabstürze, sondern Wachsrepliken sogenannter Körperteilopferungen. Der Eintritt kostete zwanzig Pfennig. Kindern war der Eintritt untersagt.

Der Brand. Wir wissen, dass es einen Brand gegeben hat. Nicht aber, wer gerettet wurde und wer darin umkam. Es war nicht im Sommer und auch nicht im Winter. Wahrscheinlich war es ein Herbstabend. Man konnte den Brand vom Hügel aus sehen. Wir selbst waren nicht dort.

Wenn das Privatmuseum nicht in der Ulmenallee, sondern in der Dolmenstraße war, was befand sich dann in der Ulmenallee?

Am Anfang der Ulmenallee lag ein Brachgrundstück, gefolgt von einigen leerstehenden Siedlungshäuschen, die wegen des sich absenkenden Bodens nicht mehr bewohnbar waren. An der Kreuzung war dann rechts die alte Zoohandlung, anschließend auf beiden Straßenseiten bewohnte Mehrfamilienhäuser und schließlich ein Stück weiter oben die Pension Guthleut.

Die Pension, in der sich angeblich Marga zum ersten Mal Dr. Ritter hingab?

Ist der Begriff des »sich absenkenden Bodens« symbolisch zu verstehen?

Es gab wirklich kein Lager in der Ulmenallee, auch nicht auf dem genannten Brachgrundstück?

Um was für ein Lager sollte es sich dabei gehandelt haben?

Das ist leider nicht weiter bekannt. Hatte es nicht einmal eine Schießerei in der alten Zoohandlung gegeben und wurde die Pension Guthleut nicht längere Zeit geschlossen, weil in einem Zimmer bei einem Treffen der Gesellschaft für neuen Magnetismus ein Junge von einem Exorzismus schwere körperliche Schäden davongetragen hatte?

Eine Gesellschaft für neuen Magnetismus gibt es nicht. Es handelte sich um den Magischen Zirkel der Stadt, ein Zusammenschluss von Freizeit-Magiern. Von einem Exorzismus ist nichts bekannt. Die Pension Guthleut musste einige Monate wegen eines Wasserschadens geschlossen werden. In der alten Zoohandlung hatten sich gegen Kriegsende einige Widerstandskämpfer verbarrikadiert. Vielleicht kam es in diesem Zusammenhang zu einem Schusswechsel.

Was waren das für Widerstandskämpfer? Gegen wen leisteten sie Widerstand? Stimmt es, dass man für den Tod eines ihrer Mitglieder über lange Zeit die Belagerer der alten Zoohandlung verantwortlich machte, obwohl der Mann in Wirklichkeit am Biss einer giftigen Schlange verstarb?

Wer genau wen, vor allem aber warum sie sich gegenseitig erschlagen hatten, schien niemanden zu interessieren. Man tat so, als sei der Grund allgemein bekannt und müsste nicht näher erläutert werden. Wirkliche Untersuchungen wurden erst Jahre später aufgenommen.

Kann es sein, dass es sich bei dem Mann auf dem Normalachtfilm, der mit einem Kind tanzt, um den Besitzer des Museums mit den Körperteilopferungen handelt? Wenn nicht, könnte es der Mann sein, der am Lindholmplatz aus unbekannten Gründen nach einem Kind gerufen hatte?

Beides erscheint unwahrscheinlich. Der Besitzer des Privatmuseums lebte lang allein. Er sprach kein Wort. Er würde nie in der Öffentlichkeit sein Jackett ablegen. Er würde nicht mit einem Kind tanzen. Nein, das alles erscheint, wie bereits gesagt, mehr als unwahrscheinlich. Am Lindholmplatz hat er sich nie aufgehalten.

Um was handelt es sich bei diesen sogenannten Körperteilopferungen, die angeblich in dem Privatmuseum ausgestellt wurden?

Wie kann man von einem Menschen behaupten, er habe sich dort oder dort niemals aufgehalten? Natürlich sucht man gewisse Stadtteile selten oder so gut wie nie auf. Siebert etwa hatte seit seiner Kindheit nicht mehr die Südstadt besucht, obwohl er die Stadt ganz allgemein sehr gut kannte, weil er dort geboren wurde und, mit Ausnahme von dreieinhalb Jahren, sein ganzes Leben dort zugebracht hatte. Die Praxis seines damaligen Kinderarztes befand sich sogar in der Südstadt. Selbst wenn er fünfundzwanzig Jahre lang nicht mehr in der Südstadt war, kann man dennoch nicht behaupten, er habe sich niemals dort aufgehalten.

Wo befand sich Siebert in den dreieinhalb Jahren, die er nicht in der Stadt verbrachte? Um welche dreieinhalb Jahre seines Lebens handelt es sich? Besteht nicht berechtigter Grund zu der Vermutung, dass Siebert die letzten dreieinhalb Jahre nicht in der Stadt zugebracht hatte? Dass er gerade erst zurückgekehrt war? Zurückgekehrt, um was zu tun? Rache zu üben? Rache wofür?

»Sehr viele weiße Laken. Gestärkte Hemdkragen und Manschetten. Ein Mann reißt mit einem Rechen das Spalierobst herunter. Die Narbe des kleinen Mädchens auf der linken Backe will nicht verheilen. Der Hund steht abgemagert an der Regentonne.«

»Selbst beim Leichenverscharren lernte man noch jemanden kennen. Man lernte immer jemanden kennen, ob man auf dem Bahnsteig stand und auf den Zug wartete oder ob man durch das Lager ging, man lernte immer jemanden kennen.«

Auf welche ungenannten Ereignisse bezieht sich diese Aussage? Ist das Zugunglück am Ostbahnhof gemeint? Der Absturz des Kampfflugzeugs auf dem Nahrthalerfeld? Diese Aussage klingt erneut nicht nach Siebert, sondern eher nach Marga. Aber wen hatte sie kennengelernt? Dr. Ritter? Und bei welcher eigenartigen, um nicht zu sagen unheimlichen Gelegenheit?

Gab es also doch ein Lager in der Ulmenallee?

Es handelt sich um eine nicht zu unterschätzende Aussage, mit der sich, obwohl sie allgemein gehalten ist, gewisse Beziehungen bestätigen, andere ausschließen lassen. Mit dem sogenannten Leichenverscharren könnte die Beseitigung des auf dem Operationstisch im Lazarett in der Gottfried-Helm-Straße verstorbenen Patienten gemeint sein, dem man die Identität des angeblichen Spions untergeschoben hatte. Das heißt, es kann sich bei diesem Kennenlernen nicht um Dr. Ritter handeln, der mit dem Lazarett bekanntermaßen nichts zu tun hatte. Mit dem Bahnsteig könnte tatsächlich auf das Eisenbahnunglück vor dem Ostbahnhof angespielt werden, denn die Leichen der dabei tödlich Verunglückten wurden bis zur Bestattung auf dem Hagelberger Friedhof im Lazarett gelagert. Wahrscheinlich ist damit auch das Lager gemeint, das im dritten Beispiel erwähnt wird, denn ein anderes Lager ist nicht weiter bekannt. Alle drei Beispiele sind also dem Lazarett zuzuordnen, sodass eine Beziehung zwischen Marga und Dr. Ritter auszuschließen ist, allerdings die Frage offenbleibt, wen Marga bei besagten Gelegenheiten kennenlernte.

Könnte es sich nicht auch um eine weitere Fälschung handeln, in der Marga erneut eine gewisse Freizügigkeit und Promiskuität unterstellt wird, da man auch meinen könnte, dass es sich um drei unterschiedliche Männer handelt, die sie kennenlernte, nämlich einen auf dem Friedhof, einen auf dem Bahnhof und einen im Lager?

Wenn jemand durch ein Lager geht, so kann er nicht Gefangener dieses Lagers sein, denn keinem Gefangenen ist es erlaubt, sich innerhalb des Lagers frei zu bewegen. Er hat sich an vorgeschriebenen Orten innerhalb des Lagers aufzuhalten und wird auf direktem Weg zu bestimmten Plätzen gebracht. Marga wäre demnach eine Art Lagerleiterin oder zumindest mit einem Lagerleiter bekannt.

Schön und gut. Nur dass es eben keine Lager gab und gibt.

Wir können uns kein Bild machen, solange Sieberts Geschichte nicht weitererzählt wird. Man braucht uns nicht zu schonen. Wir können mit solchen Geschichten schon umgehen und sie entsprechend interpretieren. Wir nehmen nicht alles für bare Münze.

Gut, die Geschichte, so wie sie einige erzählen, geht folgendermaßen weiter: Die Kugel drang durch die Fensterscheibe, verfehlte Siebert aber. Er sprang zur Seite und drehte sich um. Marga lag auf dem Boden. Er ging zu ihr. Sie hatte die Augen verdreht. Auf ihrer Brust war ein großer Blutfleck zu sehen. Siebert holte ein Handtuch, um die Wunde abzudrücken. Die Tür flog auf. Der Soldat kam herein.
»Da sehen Sie, was Sie angerichtet haben«, sagte Siebert.
»Was stehst du auch am Fenster!«
»Ich kann am Fenster stehen, solange ich will.«
»Das Resultat siehst du ja.«
»Helfen Sie mir lieber.«
»Da gibt es nichts mehr zu helfen.«
Beide sahen Marga an. Sie war tot.
»Sie sind ein Unmensch. Ein Scheusal. Ein Schwein«, schrie Siebert.
»Ich kann nicht zulassen, dass man mich erkennt.«
»Dann müssen sie mich auch erschießen.«
»Deshalb bin ich hochgekommen.«
Beide standen sich einen Moment stumm gegenüber.
»Marga war meine Frau«, sagte Siebert.
»Das stimmt nicht. Sie waren nicht verheiratet.«
»Aber wir haben zusammengelebt.«
»Ja. Das haben Sie. In diesem engen Zimmer.«
»Und uns geliebt.«
»Das wage ich zu bezweifeln.«
»Wie dem auch sei, Marga verdient eine würdige Bestattung.«
»Dafür fehlt die Zeit.«
»Dazu muss Zeit sein. Das ist meine letzte Bitte. Jeder hat ein Anrecht auf eine letzte Bitte.«

»Marga hatte das Anrecht nicht.«
»Umso mehr verdient sie eine würdige Bestattung.«
»Dann wanderst du gleich mit ins Grab.«
»Meinetwegen. Mein Leben ist ohnehin sinnlos geworden.«
»So schnell?«
»Ja. So schnell.« Wieder schwiegen beide.

Siebert wunderte sich, dass sich ein Leben tatsächlich so schnell verändern konnte. Er meinte damit nicht Margas Leben, das abrupt und unerwartet zu einem Ende gekommen war, sondern sein eigenes. Noch vor wenigen Minuten hatte er am Fenster gestanden und versucht, seine Gedanken zu sammeln. Seit etwa einem Jahr konnte er keinen Gedanken richtig zu Ende denken. Er konnte sich nicht konzentrieren. Obwohl es in seiner Umgebung nur wenige Dinge gab, auf die er sich überhaupt hätte konzentrieren können. Sein ständiges Grübeln hatte Marga verunsichert.

»Liegt es daran, dass wir nur ein Zimmer haben?«, hatte Marga gefragt.
»Wieso? Ein Zimmer ist doch viel. Es reicht doch. Ich kann hier am Fenster stehen, während du auf dem Bett liegst. Ich könnte mich auch an den Schreibtisch setzen, während du auf dem Bett liegst. Und umgekehrt.«
»Was sollte ich am Schreibtisch?«
»Das war nur ein Beispiel.«
»Ich würde deine Sachen durcheinanderbringen.«
»Das würde mich nicht stören.«
»Bist du sicher?«
»Ja.«
Der Soldat unterbrach Sieberts Erinnerungen. »Was ist jetzt? Ich hab nicht ewig Zeit.«
»Ewig«, dachte Siebert, »wie leichtfertig man mit diesem Wort umgeht.« Und dann sagte er: »Wir müssen sie an einen Ort bringen, wo sie ihren Frieden findet.«
»So einen Ort gibt es nicht«, sagte der Soldat.

Siebert stellte sich einen Ort vor, den es nicht gab. Er stellte sich ein Grab vor, in das sie beide Marga legen würden, nachdem sie Marga durch die Nacht getragen hatten, an der Kastanie am Lindholmplatz vorbei und den Pfad zwischen den Schrebergärten entlang, ein Grab an einer Stelle, die sie ausgesucht hatten, weil ihnen der Ort friedlich erschienen war, unbelebt, vor allem verlassen. Erst wog Marga schwer, dann, nachdem sie eine halbe Stunde gelaufen waren, wurde sie immer leichter. Der Soldat ging vorneweg. Er hatte Marga an den Kniekehlen gepackt, während Siebert sie unter den Achseln hielt. Sie war in das weiße Laken gehüllt, das Siebert von ihrem Bett gezogen hatte, das Laken, auf dem sie noch in der Nacht davor geschlafen hatte. Sie hatte geschlafen und davon geträumt, wie sie von zwei Männern durch die Nacht getragen wird. Sie ist ein Mädchen und es ist ein Spiel.

»Weißt du noch, wie ihr mich manchmal durch die Nacht getragen habt?«
»Natürlich. Wie könnte ich das vergessen?«
»Ich habe versucht, mich völlig ruhig zu halten. Habe versucht, ganz flach zu atmen.«
»Ja, Marga.«
»Ich konnte nichts sehen unter dem Laken. Und auch weil es dunkel war. Trotzdem habe ich die Augen zugekniffen. Ganz fest.«
»Ja. Ich habe deinen Atem gehört. Ich habe gesehen, wie sich das Laken leicht mit deinem Atem bewegte, wenn wir unter einer Laterne vorbeigingen. Ja, Marga.«

Siebert überkommt ein seltsames Gefühl. Hatte Marga ihm diese Unterhaltung geschildert? Er kann sich nicht daran erinnern. Mit wem könnte Marga sich darüber unterhalten und gemeinsam erinnert haben? Wer könnte sie durch die Nacht getragen haben? Wohin? Und wer war der zweite Träger? Unwillkürlich fiel Siebert die Szene wieder ein, wie er am späten Nachmittag nach Hause gekommen war. Die Wiege war bereits weggeräumt. Der Spiegel verhängt. Das stehende Wasser weggeschüttet. Der fremde Mann stand neben dem Waschbecken. Seine Mutter bewegte beinahe unmerklich den Kopf. Im Nachhinein kann man alles zurechtrücken, weil man weiß, wie es weiterging. In der Erinnerung verschmilzt alles zu einer kleinen überschaubaren Strecke. Es ist ein Fußweg. Ein Katzensprung. Die ganze Kindheit ein kurzer Augenblick. Als hätte man sich versehen. Als hätte man nicht aufgepasst. So wie in der Schule. Eine Stunde versäumt und dadurch den gesamten Stoff nicht verstanden. Man merkt es erst bei der Klausur. Dann ist es zu spät. Man sitzt mit dem Kopf in die Hand gestützt und starrt immer wieder auf die Aufgaben, die man von der Tafel abgeschrieben hat. Man schaut vom Blatt zur Tafel und wieder zurück und findet keinen Anhaltspunkt. Man versucht sich zu erinnern. Schritt für Schritt. Man kam in die Klasse. Man setzte sich. Die anderen setzten sich auch. Frau Biehsholder kam rein. Alle sind aufgestanden und traten aus der Bank und grüßten. Frau Biehsholder stellte die schwere Tasche auf das Pult. Sie machte die Tasche auf und holte die Arbeitshefte heraus. Das alles war keine Überraschung. Die Arbeit war angekündigt. Arnulf ging nach vorn, nahm die Arbeitshefte in Empfang und teilte sie aus. Frau Biehsholder klappte die bislang geschlossene Tafel auf. Dort standen die Fragen. Wann hatte Frau Biehsholder sie dorthin geschrieben? Warum nur war Siebert nicht auf die Idee gekommen, in den Minuten vor der Stunde die Tafel aufzuklappen? So wie er manchmal auch den Schwamm nahm, ihn am Waschbecken mit Wasser durchtränkte und dann quer durch den Klassenraum warf? Genauso hätte er aus Übermut die Tafel aufklappen können. Dann hätte er mit einem Blick auf die Fragen verstanden, dass er den Stoff versäumt hatte, der dort abgefragt wurde, und zwar so komplett versäumt, dass er noch nicht einmal von seiner Existenz gewusst hatte. Siebert hätte sich in diesem Moment fragen können, wann sie diesen Stoff durchgenommen hatten, und, weil er auf diese Frage keine Antwort hätte finden können, zu Arnulf oder Erich umdrehen, um diese zu fragen, wann sie diesen Stoff durchgenommen hatten, und sie bitten, ihm kurz zu sagen, um was es sich handele und wie man an diesen Stoff am besten ranging, den Lösungsweg konstruierte oder was auch immer. Viel zu langsam und viel zu behäbig und unwillig hätten ihm beide geantwortet, während er, aus Angst, dass Frau Biehsholder jeden Moment erscheinen könnte, die Tafel wieder geschlossen und nach unten gezogen hätte. Er hätte versucht, die umständlichen Erklärungen von Erich und Arnulf abzukürzen, und sie gebeten, ganz allgemein, ganz grundsätzlich zu sagen, um was es bei diesem Stoff ging, und hätte sich konzentriert und mit zusammengekniffenen Augen zugehört und versucht, diesen Stoff mit irgendetwas, was er bereits kannte, in Verbindung zu bringen. Doch es wäre ihm nicht gelungen, weil es sich tatsächlich um einen völlig neuen Stoff gehandelt hätte, etwas, das keinerlei Anknüpfungspunkte bot. Er hätte ein Gefühl des Schwindels in sich aufsteigen gespürt, wie damals, als er auf der hohen Mauer bei der alten Brauerei entlanggerannt und in einigen Metern Entfernung plötzlich eine Stelle vor sich gesehen hatte, an der sich früher einmal ein breites Tor befunden haben mochte, das es jetzt nicht mehr gab. Er hatte diese Lücke in der Mauer auf sich zurasen sehen und nicht mehr die Zeit gehabt, die Entfernung abzumessen, um zu entscheiden, ob er über diese Kluft hinwegspringen würde können oder nicht. Den Moment, um seinen Lauf abrupt, aber noch rechtzeitig abzubremsen, ließ er in der Hoffnung verstreichen, während der wenigen Schritte, die ihn noch von der breit aufklaffenden Lücke trennten, auf wundersame Weise genügend Informationen für eine abwägende Entscheidung sammeln zu können, obwohl eine solche Entscheidung nach dem versäumten Moment des Anhaltens schlicht und einfach nicht mehr möglich war. Vielmehr lief er im sicheren Wissen, nicht mehr bremsen zu können weiter und hatte nur noch zwei Möglichkeiten: Entweder mit aller Kraft und einer im letzten Moment verstärkten Anstrengung versuchen, über die Lücke hinwegzuspringen oder unverändert weiterrennen, um aller Wahrscheinlichkeit nach abzustürzen, aber wenigstens nicht mit voller Wucht gegen das gegenüberliegende Mauerstück zu prallen. Diese verschiedenen imaginierten Möglichkeiten schwirrten durch Sieberts Gehirn, das ihm noch einige Sekunden lang ein Nachdenken vorgaukelte, bis es seine Tätigkeit schlicht und einfach einstellte und ihn in einem Augenblick des Glücks hinaus in den freien, schwerelosen Raum entließ, wo er ohne gedankliche Reibung schwebte, ja, beinahe aufstieg, um nicht nur diese Lücke in der Mauer, sondern sämtliche Lücken seiner noch kindlichen Existenz in einem widerstandslosen Dahingleiten zu überwinden.

Von einem vergleichbaren Schwindel und auch vergleichbarer Freiheit war der Moment, an dem Frau Biehsholder die Tafel aufklappte und Siebert in den dort angeschriebenen Aufgaben die klaffende Lücke in der Mauer wiedererkannte, in die er nun stürzen würde. Dass er die Fragen abschrieb, obwohl Frau Biehsholder gesagt hatte, dass es genüge, die Nummern der vier Fragen und der Zusatzfrage hinzuschreiben, war bereits dem Moment vergleichbar, in dem Siebert sich auf dem Boden wiederfand und nach oben zu den beiden Mauerenden sah, die ihm einen Abstand markierten, den er von hier unten als unüberwindbar begriff.

Wie war Siebert auf dieses Ereignis gekommen? Und was stellte die Verbindung zwischen seinem Heimkommen am späten Abend zu dem frühen Morgen im Klassenzimmer her? Träumte Siebert nicht auch jetzt noch immer wieder von diesem Klassenraum? Öffneten sich nicht immer wieder Tafeln vor seinen unter den Lidern hin und her rollenden Pupillen, Tafeln, auf denen ein Stoff abgefragt wurde, von dem er nicht einmal wusste, dass er existierte? Meist in einer fremden Schrift oder einer ihm unbekannten Sprache? Und beging er nicht immer wieder denselben Fehler, sich in diesem Moment nicht umzudrehen, sich nicht abzuwenden, sich nicht zu erheben und zu sagen: »Das verstehe ich nicht«, anstatt immer weiter stumm zu versuchen, aus dieser unbekannten Schrift und unbekannten Sprache wenigstens eine Fragestellung herauszulesen, wenigstens irgendeine Verbindung zu seiner eigenen Existenz zu knüpfen, so schwach sie auch sein mochte?

Lag es daran, dass man aufwächst und bei jedem Schritt mit etwas konfrontiert wird, das man nicht versteht, und weiß, dass man es verstehen muss, um zu überleben? Man muss es verstehen. Man kann nicht fragen, warum ist die Wiege weggeräumt, der Spiegel verhängt und das stehende Wasser weggeschüttet, und vor allem, wer ist der Mann am Waschbecken, der gerade aus einer Feldflasche trinkt? Und warum machst du, liebe Mutter, eine fast unmerkliche Bewegung mit dem Kopf, den Ansatz eines Kopfschüttelns, eine Bewegung, die außer mir niemand sonst im Raum mitbekommt? Und wo ist der Mann, den wir Vater nennen sollen und auch so nennen? Und wo ist der andere Mann, den wir nur von Fotos kennen und den wir auch Vater nennen sollten, falls er zu Besuch kommt? Und warum kam er nie zu Besuch, das heißt warum kam er nur ein einziges Mal zu Besuch, und ausgerechnet dann, als wir im Landschulheim waren? Ja, er hat uns den kleinen Flieger zum Zusammenbasteln dagelassen. Und es war auch bestimmt noch kein Riss im Flügel dieses Fliegers, als er ihn uns daließ. Der Riss muss bestimmt erst später in das Holz gekommen sein. Bestimmt hatten wir ungeduldig auf eine Verbindung gehofft zwischen dem Mann, den wir nur von Fotos her kannten und dem, was in dem Paket lag, und die Verpackung zu hastig aufgerissen. Aber da lag nur der Bausatz für diesen Flieger. Und hatten wir den Mann jetzt ein für alle Mal verpasst oder würde er nochmal kommen? Das nächste Mal würden wir bestimmt nicht wieder ins Landschulheim fahren. Garantiert nicht. Das nächste Mal würde Siebert nicht wieder zu Hause bleiben, wenn er Fieber hätte. Er würde sich in die Schule schleppen. Um keinen Stoff zu verpassen. Aber man verpasste immer etwas. Entweder zu Hause oder in der Schule. Man kann schließlich nicht überall zugleich sein.

Marga ging es anders. Sie wurde in einem Laken durch die Nacht getragen. Sie besaß ein Urvertrauen in die Welt. Ihr konnte nichts geschehen. Sie kannte den Lehrplan. Sie kannte den Mann ihrer Mutter. Es war immer derselbe. Sie musste nicht darüber nachdenken. Ihr brauchte niemand zu sagen: Das ist dein Vater. Genauso wenig: Das ist der neue Stoff. Sie bekam alles von selbst mit. Es fiel ihr zu. Sie besuchte die Handelsschule und lernte Steno und ging nach der Arbeit zum Tanzen. Sie nähte gern und spielte mit ihren jüngeren Geschwistern. Alles fiel ihr leicht. »War sie deshalb so leicht?«, dachte Siebert, während er blindlings dem Soldaten folgte, so wie er Erich und Arnulf blindlings gefolgt war, als sie den Nachmittagsunterricht geschwänzt hatten. Es war genau eine Woche nach der Arbeit mit dem unbekannten Stoff bei Frau Biehsholder gewesen. In der letzten Stunde hatten sie Bio bei Studienrat Schmitt. Studienrat Schmitt hatte Siebert auf dem Kieker. Siebert konnte machen, was er wollte, sobald er bei einer Antwort nur einmal kurz zögerte, geschweige denn tatsächlich nicht mehr weiterwusste, schüttelte Studienrat Schmitt den Kopf und sagte: »Oh du Siebert, da du hangest, wenn das deine Mutter wüsste, ihr Herz tät ihr zerspringen.« So absehbar und abgedroschen diese Bemerkung des Studienrats auch war, die Klasse lachte aus Erleichterung, nicht selbst Opfer des Spotts zu sein, wie auch aus einem über viele Schulstunden antrainierten Reflex, mit dem das Lachen die Erleichterung darüber ausdrückt, dass das ungeduldig Erwartete endlich eintritt und man es hinter sich gebracht zu haben hofft. Es war nicht Siebert, der am Fahrrad von Studienrat Schmitt die Luft rausließ, bevor sie alle durch das Gatter verschwanden, das der Hausmeister nachmittags aus Bequemlichkeit nicht abschloss. Aber Siebert wagte auch nicht, Erich davon abzuhalten, obwohl er ahnte, dass es auf ihn zurückfallen und seine Stellung bei Studienrat Schmitt noch aussichtsloser machen würde.

»Als Soldat muss man vorauslaufen können«, dachte Siebert. »Als Frau reicht es, sich durch die Nacht tragen zu lassen.« Was aus Erich geworden war, wusste er nicht. Arnulf hatte er noch einmal gesehen, nackt aufgebahrt im Eiskeller der ehemaligen Brauerei in der Gottfried-Helm-Straße. Er war nach einem wieder einmal unnütz vertrödelten Tag gegen Abend aus dem Haus gegangen, hatte sich erst auf dem Gelände hinter dem Ostbahnhof herumgedrückt und einigen Jungen zugesehen, die sich aus einem alten Kartoffelsack eine Puppe zusammengebastelt hatten, die immer einer von ihnen auf einen ausrangierten Kran hochschleppte und unter dem Geschrei der anderen herabfallen ließ. Als man ihn aufforderte, selbst einmal mit der Puppe nach oben zu klettern, hatte er den Kopf geschüttelt und sich unter dem Spott der Gruppe in Richtung Hagelberger Friedhof verdrückt. Er war nur außen an der Mauer entlanggegangen, hatte aber zufällig hinübergeblickt und zwölf säuberlich ausgehobene Gräber bemerkt und sich noch gewundert, dass kein Mensch da war, weder Totengräber noch Angehörige. An der nächsten Ecke hatte ihn ein junger Mann angesprochen, den er meinte, vom Sehen zu kennen. Der hatte ihn gefragt, ob er nicht ein Bekannter von Arnulf und früher mit ihm in einer Klasse gewesen sei. Als Siebert nickte, hatte ihn der Junge aufgefordert mitzukommen. »Zu Arnulf«, wie er sagte. Da er ohnehin nichts Besseres zu tun hatte, war Siebert dem Jungen zu der ehemaligen Brauerei in der Gottfried-Helm-Straße gefolgt. Einige andere flüchtige ehemalige Bekannte aus der Schule standen vor dem Eingang zum Keller und rauchten. Siebert stieg dem Jungen hinterher nach unten und stand mit einem Mal vor einer Bahre, auf die man den nackten Arnulf gelegt hatte. Im ersten Moment dachte er, Arnulf würde leben, aber auch als er begriff, dass Arnulf tot war, beschäftigte ihn die Frage, warum Arnulf dort nackt lag, mehr als die Frage, warum Arnulf nicht mehr am Leben war. Warum hatte ihn niemand mit einem Laken zugedeckt? Gab es kein Laken oder musste Arnulfs Leiche aus Gründen nackt aufgebahrt werden, die Siebert nicht kannte, die aber für alle anderen so selbstverständlich waren, dass niemand sie infrage stellte? Siebert postierte sich in Höhe von Arnulfs Hüfte seitlich an der Bahre, um nur Arnulfs Brust und Kopf im Blickfeld zu haben. »Jetzt hat es ihm doch nichts genutzt, dass er immer das Klassenbuch geholt und die Arbeitshefte ausgeteilt hat«, dachte Siebert. Er hatte Arnulf seit mehreren Jahren nicht mehr gesehen, was sollte einem da schon groß in den Sinn kommen? So rechtfertigte Siebert diesen Gedanken vor sich. Dann überlegte er, wie lange man an einer Bahre mit einem nackten Toten stehenbleibt, um genügend Anteilnahme und

Pietät zu beweisen. »Ich zähle jetzt noch einmal langsam bis zwanzig, dann gehe ich«, dachte Siebert. Als er bei siebzehn war, hielt ihm der Junge, der ihn hierhergebracht hatte, eine Blechbüchse mit Münzen hin. »Wir sammeln.«
Siebert zuckte mit den Schultern. »Tut mir leid, ich hab nichts. Ehrlich.«
»Gar nichts?«
»Nein, absolut nichts. Tut mir leid.«
Der Junge drehte sich wortlos um und verschwand im unbeleuchteten Teil des Kellers, wo Siebert ihn leise mit jemandem reden hörte. Musste er jetzt von Neuem bis zwanzig zählen? Siebert entschloss sich, die Hände zu falten, den Kopf zu senken und noch einmal intensiv ein- und auszuatmen. Das konnte man dann als Gebet oder Trauer oder tiefe Erschütterung oder was auch immer interpretieren. Anschließend tat er so, als müsste er sich abrupt losreißen, und ging mit schnellen Schritten zur Treppe und wieder nach oben. Die Jugendlichen, die eben noch dort gestanden und geraucht hatten, waren verschwunden. Es war dunkel geworden und auch etwas kühler. Weil er befürchtete, dass der Junge, der ihn hierhergebracht hatte, ihm folgen könnte, ging er nicht direkt nach Hause, sondern zurück in Richtung Hagelberger Friedhof. Er ärgerte sich, dass er nicht nach einem Laken für Arnulf gefragt oder sich wenigstens nach dem Grund erkundigt hatte, warum Arnulf dort nackt lag. Hätte man nicht zumindest sein Geschlecht bedecken können? Warum taten Menschen so etwas? Vor allem, warum lockten sie ihn immer wieder in Situationen, auf die er nicht vorbereitet war? Oder lag es an ihm? Waren diese Situationen für andere weder ungewöhnlich noch schockierend? Konnten sie einfach nach Hause kommen und sehen, dass die Wiege weggeräumt war und ein fremder Mann am Waschbecken aus einer Feldflasche trank? Konnten sie die Prüfungsfragen in einer fremden und unverständlichen Sprache an der Tafel stehen sehen und nichts weiter dabei finden, so wenig wie an einem Toten, der in einem noch guten Mantel auf der Straße lag, oder eben einem alten Klassenkameraden nackt auf einer Bahre in einem Eiskeller? Konnten sie

das alles hinnehmen, mit allem entsprechend umgehen, hatten sie für alles einen entsprechenden Satz oder zumindest einen entsprechenden Gedanken parat? Fiel nur ihm nichts ein, weder zu sagen, noch zu denken? Hatte nur er immer etwas verpasst: den Stoff, den Vater, den Tod?

»Oh du Siebert, da du hangest«, wiederholte er nun selbst den Satz von Studienrat Schmitt, schüttelte über sich selbst den Kopf und schaute vor seine Füße und dann hoch in den Himmel, um wenigstens den zweiten Teil zu vergessen, die Sorgen der Mutter, die ihm doch immer wieder gesagt hatte, er solle einfach fragen, bevor er den anderen hinterherlief, solle einfach stehenbleiben, solle sich die Zeit nehmen und auf einer Antwort bestehen, obwohl doch gerade sie ihm gezeigt hatte, dass man die wichtigen Sachen nicht erfragen kann. »Liebst du mich?« oder: »Gibt es Gott?« zum Beispiel. Oder: »Warum kommt Papa zwei nicht und wo ist überhaupt Papa eins geblieben?« Oder: »Was ist das für ein Blutfleck da und wo ist die Wiege?«

Und wenn man all das nicht fragen konnte, wann sollte man mit dem Fragen dann anfangen? Kurz vor dem Gatter, nachdem Erich die Luft aus den Reifen von Studienrat Schmitts Rad gelassen hatte, und sie nach hinten, am Umkleideraum vorbei, weggelaufen waren, ausgebüxt, wie der Hausmeister später sagen würde? Ungefähr zwanzig Minuten liefen sie, bis Arnulf und Erich vor einem Abbruchhaus stehen blieben und hintereinander aus einer Flasche Selbstgebrannten tranken, die Erich aus dem Ranzen gezogen hatte. Und selbst die unverfängliche Frage, ob Erich die Flasche schon in der Schule dabeigehabt hatte, obwohl nicht selten Stichproben gemacht wurden und die Schultaschen vorgezeigt werden mussten, verkniff sich Siebert. Er fragte auch nicht, was das für ein Selbstgebrannter war und wo Erich den herhatte, trank sogar zuerst vor den anderen, so wie er zuerst vor den anderen in das Abbruchhaus ging, natürlich nur, weil Arnulf und Erich ihn in den Flur vorgehen hießen und dann gleich links in das erste Zimmer, dessen

Tür mit einem Vorhang verhängt war. Siebert schob den Vorhang zur Seite und trat in einen klammen und feucht riechenden Raum. Das einzige Fenster war mit Brettern verrammelt. Durch die Ritzen fielen ein paar Streifen staubiges Sonnenlicht. In der Mitte des Zimmers stand ein Tisch und auf dem Tisch lag eine ältere Frau. Die Frau war nackt. Siebert sah sich um, konnte aber keine Kleider oder wenigstens eine Handtasche entdecken. Arnulf drückte sich an Siebert vorbei, ging zu der Frau und blieb neben ihrem Kopf stehen. Sie machte die Augen auf, grinste und griff nach seinem Hosenlatz. »Nee, nee«, sagte Arnulf und deutete auf Siebert, »der zuerst.« Dann gab er der Frau die Flasche. Sie hob den Kopf ein Stück, setzte an und trank in großen Zügen, bis Arnulf ihr die Flasche wieder abnahm und an Siebert vorbei nach draußen ging. »Sie macht's umsonst«, flüsterte er ihm noch zu.

Von was sollen uns eigentlich diese klischeehaften Jugendgeschichten ablenken? Der Schnaps, das Abbruchhaus, die gealterte Prostituierte, das ist die billige Fabelwelt des Kitsches, aus Illustrierten und Groschenheften, die nichts mit einer wie auch immer gearteten Realität zu tun hat.

Sollen diese Geschichten nicht zeigen, dass Siebert unfähig war, sich zu erinnern? Weil er keine eigene Vergangenheit hat, behilft er sich mit Gemeinplätzen, die jeder kennt und in denen, davon kann man wohl ausgehen, irgendein Funken Wahrheit stecken muss, da sie sich sonst kaum so hartnäckig halten würden.

Auch das ist nichts anderes als ein weiterer Gemeinplatz.

Geht es nicht um eine Verbindung des nackt aufgebahrten Arnulfs mit der ebenfalls nackt daliegenden Prostituierten? Derjenige, der ihn eben noch zu ihr führt, liegt jetzt selbst unbekleidet in einem Keller? Siebert selbst bleibt immer unbeteiligt. Es ist kaum vorstellbar, dass es zu irgendwelchen sexuellen Handlungen zwischen ihm und der Prostituierten kam.

Aber wie weit reicht die Passivität Sieberts? Würde er selbst die Avancen der Prostituierten ablehnen? Und unterlaufen nicht gerade denen, die sich, so wie Siebert, versuchen, aus allem herauszuhalten, die furchtbarsten Fehler?

Die tot in einem Abbruchhaus am Karmeliterssteg aufgefundene Frau war nicht nackt, sondern bekleidet. Sie war außerdem gerade einmal Anfang dreißig.

Für Jugendliche kann Anfang dreißig schon älter bedeuten. Und auch eine Leiche lässt sich bekleiden.

Und es soll Siebert gewesen sein, dem dieses angebliche Missgeschick unterlief? In welcher Form?

Eine ungeschickte Abwehr. Die Frau war schließlich betrunken. Sie fällt vom Tisch und schlägt unglücklich mit dem Kopf auf. Das Leben ist recht fragil.

So ein Sturz würde genau in das Klischee dieser Geschichte passen. Wir entfernen uns immer weiter von Sieberts wirklicher Vergangenheit.

Alle Erinnerungen, die zu einer Erzählung werden, sind Klischees und haben nichts mit dem zu tun, was in einem Leben wirklich geschieht.

Es gibt also eine Wirklichkeit?

Es gibt einen Raum und es gibt eine Zeit. Die Stadt zum Beispiel und die besagten Jahre.

Das ist eine Umschreibung der Voraussetzungen für Wahrnehmung und nicht viel mehr. Völlig aussagelos. Komplett ohne Kontur.

Monatelang hatte Siebert an nichts Bestimmtes gedacht und den ganzen Tag am Fenster gestanden und die Gedanken kommen und gehen lassen. Und jetzt, wo er sich auf Marga hätte konzentrieren müssen, auf den vorangehenden Soldaten, auf einen würdigen Ruheplatz, wenigstens auf seine Hände, die das Laken hielten, oder seine Schritte in der Dunkelheit, fielen ihm diese Begebenheiten ein, an die er nie mehr hatte denken wollen, so sein Schwur aus alten Tagen. Aber solche Schwüre, das wusste auch Siebert, waren sinnlos. Im Gegenteil, sie mobilisierten die Erinnerungen und sorgten dafür, dass sie sich bündelten und zu unpassender Zeit hervorbrachen und ihn erneut ablenkten und ihm einen Strich durch die Rechnung machten, weil er wieder einmal nicht mitbekam, was im Moment geschah, und das Verpasste später mühsam erinnern und rekonstruieren musste, um den Bezug zu sich selbst wenigstens nicht ganz zu verlieren. Es war ein ewiger Kreislauf, in dem Siebert immer hinterherhinkte und warten musste, dass er sich irgendwann daran erinnern würde, wie er zusammen mit einem Soldaten Marga durch die Nacht getragen hatte.

Es tut uns leid, aber wir können das alles nur noch als Rechtfertigung lesen.

Rechtfertigung für was?

Für diese permanente Ablenkung.

Ablenkung von was?

Genau das wissen wir nicht, aber eben das interessiert uns.

Der Tod ist keinem recht begreiflich. Aber für Siebert war er noch auf eine ganz eigene Art befremdlich und entrückt, da ihm immer wieder Momente und Episoden, oft ganze Wochen in seiner Erinnerung fehlten und er sich nicht sicher sein konnte, dass er in diesen Jahren nicht Menschen hatte sterben sehen. Es fing mit seiner

Mutter an. Siebert konnte nicht sagen, ob seine Mutter noch lebte und wann er sie das letzte Mal gesehen hatte. Ebenso seine Geschwister. Er war sich sicher, dass er Geschwister hatte, mit denen er zusammen bei seiner Mutter gelebt hatte, nur was aus ihnen geworden war, das konnte er nicht sagen. Er sah zwei kleine Jungen vor sich, dann wieder einen Jungen und ein Mädchen, wusste aber nicht, ob er selbst einer dieser Jungen war oder nicht. Waren sie nicht zu dritt gewesen? Oder doch eher zu viert? Oder doch nur er allein mit seiner Mutter? Nein, das war unmöglich, was hätten sie an den langen Abenden denn zu zweit gemacht?

Und noch etwas anderes: Dass er Philosoph war, hatte Siebert nie behauptet. Er müsse nachdenken, das war alles, was er Marga und wenigen anderen gegenüber des Öfteren wiederholt hatte. Damit meinte er jedoch nicht, wie es allgemein verstanden wurde, dass er das Nachdenken von Berufs wegen betreibe, sondern dass er zum Nachdenken verurteilt war. Das war alles. Wäre er Philosoph von Beruf, gäbe es eine gewisse Distanz. Er könnte sich einem Thema nähern und es bearbeiten, dieses Thema aber aus freien Stücken wählen, so wie er sich umgekehrt von anderen Themen fernhielt. Genau diese Möglichkeiten hatte Siebert nicht. Er musste nachdenken, weil er sich im Leben nicht zurechtfand und sich ohne das Nachdenken noch weniger zurechtfinden würde. So zumindest seine Annahme.

Hatte das scheinbar makellose Mädchen im Mittelschiff der Kirche mit dem weißen Kleid nicht auch eine Wunde in der Bauchgegend wie Marga?

Wer war es, der Marga früher regelmäßig durch die Nacht getragen hatte, und war dieses Vergnügen wirklich so harmlos, wie Siebert es zu erinnern meinte? Gab es vielleicht eine Verbindung zu dem Mann, der mit einem Kind auf der Terrasse tanzt? Und handelte es sich bei diesem Kind eigentlich um einen Jungen oder um ein Mädchen?

Neigte Siebert nicht ohnehin dazu, alles zu dramatisieren, was ihn betraf, und alles zu verharmlosen, was Marga anging? Selbst ihren Tod?

Siebert erscheint seltsam abgebrüht.

Er ist nicht abgebrüht, er steht unter Schock. Er kann Realität und Traum nicht mehr unterscheiden. Er hat das Zeitgefühl verloren. Er kann unter den Eindrücken, die auf ihn einströmen, nicht auswählen. Alles ist von gleicher Bedeutung.

Spätestens dann, wenn er vor dem ausgehobenen Grab steht, in das Marga gesenkt werden soll, wird er wieder zu sich kommen. Er wird in das rechteckige Loch starren und sich daran erinnern, wie er monatelang zuvor Tag für Tag aus dem Fenster gestarrt hat. Siebert wird begreifen, was mit der Ruhe des Rechtecks gemeint ist.

Siebert erinnert sich an einen Besuch im Privatmuseum in der Dolmenstraße. Auf einem Wandgemälde sah man zwei Männer einen in ein weißes Tuch gewickelten Körper durch eine mit Gewitterwolken verhangene Nacht tragen. Er überlegt, ob man Bilder, die einen beeindrucken, unwillkürlich nachstellt.

Prophezeiungen sind nichts anderes als Verpflichtungen.

Wie nah, denkt Siebert, während er hinter dem Soldaten hergeht, sind die Gerüche des Dumpfen, Fauligen, Modrigen, Brackigen, Verwesenden und wie fern alles Süße, Blumige, Frische und Neue. Liegt es daran, dass sie an Häusern und Hinterhöfen vorbeigingen und in der Nacht die feuchten Gerüche aufsteigen? Hatte Marga ihren Geruch bereits verloren? Hatte sich ihr Geruch gewandelt in den gestockten Blutes, des angehaltenen Atems, der zerfallenden Innereien und der aufspringenden Haut? Oder hielt der Moment noch an, in dem zwischen einem Geruchswechsel die völlige Geruchlosigkeit herrscht? Würde Siebert wagen, bevor ihr Körper in die Grube gesenkt würde, noch einmal an ihr zu riechen?

Etwa zur selben Zeit, als Marga im Lazarett in der Gottfried-Helm-Straße arbeitete, hatte Siebert eine kurzzeitige Anstellung bei einem Schausteller auf einem kaum Jahrmarkt oder Rummelplatz zu nennenden Vergnügungsfest. In einem kleinen Verschlag wurden in abgetrennten Kabinen Fundstücke und Kuriositäten aus aller Welt gezeigt. Es gab Zettel, die man in Fäusten von Toten gefunden hatte, von Stigmakranken aus den Augenwinkeln herausgepresste Eisennägel, eine Reihe mit Bluttränen, Blutschweiß und Blutsperma gefüllter Flakons, die Nabelschnüre berühmter Persönlichkeiten, ein Kalb mit Entenschnabel, eine Gans mit vier Beinen sowie eine Universalstadtkarte, die einem angeblich in jeder Stadt der Welt den Weg zum nächstgelegenen Friedhof wies. Der Besitzer der Bude besaß selbst keinen Geruchssinn mehr, sodass er jemanden brauchte, der ihn über den Zustand der teilweise nur sehr mangelhaft präparierten Exponate informierte. Siebert erinnerte sich später, wie anstrengend das bewusste Riechen für ihn gewesen war und dass es ihn nicht nur ermüdet, sondern nach einer Weile unfähig gemacht hatte, Gestank von Wohlgeruch zu unterscheiden. Es kam bei ihm zu einer Art objektiven Geruchswahrnehmung, bei der sich Gefühle von Abscheu und Ekel nicht länger einstellten. Doch als sei das Wahrnehmen von Gerüchen mit ebendiesen körperlichen Reaktionen verbunden, war sich Siebert nun nicht mehr sicher, was er genau roch, und konnte nicht mehr sagen, ob hier bereits etwas faulte oder vielmehr angenehm frisch duftete, weshalb er wegen ständiger Überforderung seine Anstellung wieder aufgab.

Wurden in dieser Bude auch sogenannte Körperteilopferungen oder Repliken von Körperteilopferungen gezeigt, wie sie angeblich auch in dem Privatmuseum in der Dolmenstraße ausgestellt wurden?

Können wir noch einmal zum Anfang der Szene zwischen Marga und Siebert zurückkehren. Was meinte Marga mit dem Satz, man habe schon wieder zwei gefunden? Zwei Menschen? Warum schien es zum Alltag zu gehören, dass Menschen aufgefunden wurden? Handelte es sich bei dem Mann, den Siebert von seinem Fenster aus auf der Straße liegen sah, auch um einen solchen Menschen? Hatten diese herumliegenden Menschen etwas mit dem Hungerwinter zu tun oder mit der Tuberkulose oder dem Alltäglichen Irrgehen? Oder handelte es sich um illegale Hinrichtungen, die von einzelnen Gruppen, besonders ein Zusammenschluss aus der Südstadt wäre zu nennen, in einer Art Selbstjustiz an ihnen unbequemen Personen vollstreckt wurden?

Warum waren diese Personen unbequem? Ist das ein passender Begriff, wenn man von illegalen Hinrichtungen spricht, die offenbar landesweit und nicht nur in der Stadt ausgeführt wurden? Handelte es sich um Kollaborateure? Warum wurden diese Fälle von Selbstjustiz nicht genauer untersucht und noch nicht einmal entsprechend dokumentiert? Handelte es sich ausschließlich oder meistens um Männer? Gibt es eine Verbindung von diesen Männern zu den Männern, die sich in der alten Zoohandlung in der Ulmenallee verschanzt hielten? Und sind ihre Opfer nicht vor allem die herumstreunenden Überlebenden des Eisenbahnunglücks, zu denen man fälschlicherweise auch den verstümmelten Arztspion zählte?

Was bedeutet der Begriff »symbolische Versehrung«?

Es wurde behauptet, man habe nicht genügend entsprechend ausgebildete Kräfte, um die Funde vorschriftsgemäß aufzuarbeiten. Auch fehle ein Platz, um die Leichen fachgerecht und mit entsprechender Sorgfalt zu lagern.

Die Szene zwischen Siebert und dem Soldaten, auch wenn ihr vorausgeschickt wurde, dass sie unglaubwürdig sei, ist von einer hanebüchenen Groteske und seltenen Einfall. Wie im Marionettentheater für Erwachsene führt sie uns ein Verhalten vor, dass bar jeglicher menschlicher Regungen zu sein scheint. Siebert kümmert sich nicht weiter um die schwerverletzte und allem Anschein nach verblutende Marga und drängt zu allem Überfluss und vor allem viel zu schnell, denn sie ist keine zwei Minuten tot, auf eine adäquate Bestattung. Handelt es sich hier also doch nur um eine der vielen recht holzschnittartig konstruierten Parabeln, die man im Verlauf der Umerziehung an verschiedenen Orten der Stadt, unter anderem am Lindholmplatz, aufführte, und zwar tatsächlich mit Marionetten? Scheint es nicht wahrscheinlich, dass sich eine solche Aufführung in der Erzählung mit dem Fall von Siebert und Marga vermischt, wir demnach immer noch nicht wissen, was wirklich vorgefallen ist, noch nicht einmal, um was es bei alldem geht?

Und noch eine weitere Frage: Kann es sich bei dem Besitzer des Privatmuseums vielleicht um Sieberts Vater gehandelt haben? Denn der Name Siebert, das wurde von mehreren Seiten bestätigt, wird immer wieder in diesem Zusammenhang genannt. Hatte Siebert nicht bereits vor Jahren mit seinem Vater gebrochen? Und hatte Siebert nach diesem Bruch nicht einen anderen Namen angenommen, nämlich den Namen Siebert, sodass der Name des Besitzers des Privatmuseums nicht zwangsläufig Siebert lauten muss, es sich aber dennoch bei ihm um den Vater von Siebert handelt?

Wir dachten, der alte Siebert sei Arzt. Außerdem kannte Siebert weder seinen leiblichen Vater noch den zweiten Mann seiner Mutter. Er ist also kaum möglich, dass er bewusst mit seinem Vater gebrochen hat.

Wie ist es möglich, dass ein Kind weder seinen leiblichen Vater noch den zweiten Mann der eigenen Mutter, mit der er und seine Geschwister ja zusammenleben, kennt? Dass dieser Mann nur ein einziges Mal erscheint, als Siebert gerade im Landschulheim ist, scheint unglaubwürdig. Handelt es sich hier vielleicht um die bereits erwähnten Lücken in seiner Erinnerung, die es ihm auch unmöglich machen, anzugeben, ob seine Mutter noch lebt und wie viele Geschwister er genau hat?

Entstanden diese Gedächtnislücken durch den Sturz vom Karmelitersteg, nachdem die Prostituierte verunglückt und gestorben war?

Siebert war damals noch jung.

Ein solch traumatisches Erlebnis kann sich immer wieder bemerkbar machen. Schließlich fiel Siebert einige Meter in die Tiefe und in einen Fluss, in dem er gegen das Ertrinken ankämpfen musste.

Handelte es sich um einen Unfall oder versuchte Siebert, sich nach dem Tod der Prostituierten das Leben zu nehmen? Er neigte schon immer zu solchen Verzweiflungstaten, schließlich wollte er sich auch damals aus dem Fenster stürzen, als sein Arm abgestorben war. Zudem erinnerte ihn der Karmelitersteg an die Besuche bei seinem Kinderarzt. Das konnte leicht zu einer zusätzlichen sentimentalen Aufwallung führen, besonders weil es um seine gerade beginnende Sexualität ging, die, kaum erblüht, bereits infrage gestellt worden war.

Angeblich war das Geländer wackelig, an das sich Siebert erschöpft lehnte, nachdem er in Panik von dem Abbruchhaus bis zum Karmelitersteg gerannt war.

War das Geländer bewusst angesägt oder anderweitig beschädigt worden? Wollte man die Verbindung zur Südstadt kappen? Wer steckte hinter diesem Sabotageakt? Der Sportverein oder die marodierenden Überlebenden des Eisenbahnunglücks? War es vielleicht der verstümmelte Spion, der sich an dem Kinderarzt Dr. Ritter rächen wollte, dessen Praxis sich schließlich in der Nähe des Karmelitersteges befand, sodass die meisten seiner Patienten zwangsläufig über diese Brücke kommen mussten?

Dr. Ritter hatte nichts mit dem im Eiskeller der ehemaligen Brauerei in der Gottfried-Helm-Straße eingerichteten Lazarett und somit auch nichts mit der Verstümmelung des Spions zu tun.

Wenn wir gerade von der Südstadt sprechen, was hat es mit dem Bergfels auf sich, der auch erschöpfter Felsen genannt wird? Warum findet man ihn nicht in alten Chroniken beschrieben? Ist es sinnvoll, diesem Stein allein durch den Namen im Nachhinein eine solch große und beinahe mythische Bedeutung zuzuschreiben? Ist dieser Felsen in folgender, mittlerweile aus den Geschichtsbüchern wieder getilgten Stelle gemeint, wo er »Stein« genannt wird und es unter anderem heißt: »Als die Alliierten vom Westen den Fluss und vom Osten die Anhöhe überschritten und langsam die Stadt einkreisten, stießen sie auf eine Kultur, die innerhalb der letzten zwölf Jahre die Wände des Privaten eingerissen, die Gewaltenteilung abgeschafft und das Tieropfer durch das Menschenopfer ersetzt hatte. In einem Wohnhaus lag ein sterbender Mann umkreist von einer Anzahl klagender Frauen und einem Schreiber, der gekommen war, seine letzten Worte aufzuzeichnen. Es tropfte von den Wänden. Die Kinder spielten unbeteiligt in den Fluren. Ihre Blicke waren leer. Schokolade nahmen sie nur, um sie in den Händen schmelzen zu lassen. Unter einem Stein auf einem großen Platz schien ein magischer Gegenstand vergraben, den einige waffenlose Soldaten bis auf den letzten Mann verteidigten. Einige Straßen weiter entdeckte man ein erstes Lager.«

Also doch ein Lager. Ist es das besagte Lager aus der Ulmenallee? Und warum »erstes Lager«? Gab es noch andere Lager? Und wenn ja, wie viele? Und wozu wurden sie benutzt? Handelt es sich vielleicht um dasselbe Lager, durch das Marga ging?

Von einem oder mehreren Lagern ist nichts bekannt.

Was hat es mit dem magischen Gegenstand auf sich, der unter dem Stein vergraben ist? Wenn es sich bei diesem Stein um den sogenannten erschöpften Felsen handelt, den man versucht hat, dem Bergfels in der Südstadt zuzuordnen, dann könnte es sich bei besagtem magischen Gegenstand um die dort vermuteten Bodenschätze handeln, vermutlich ein Kupfervorkommen, da die unablässig vom Bergfels herabfließenden Rinnsale eine entsprechende Färbung aufweisen. Gleichzeitig wäre allerdings die Vermutung, es habe sich in der Ulmenallee ein Lager befunden, hinfällig, da sich die Ulmenallee nicht in der Südstadt, sondern am anderen Ende der Stadt befindet, in der Nähe von Dolmenstraße und Lindholmplatz.

Von einem unter dem Bergfels in der Südstadt vermuteten Kupfervorkommen spricht man erst seit einigen Jahren, während ein unter dem Bergfels, vielmehr dem erschöpften Felsen liegender »magischer Gegenstand« bereits seit dem Mittelalter bekannt ist. Es handelt sich dabei um ein bislang dreimal aufgefundenes und viermal verlorenes Kruzifix, im Volksmund Hohlkreuzchen genannt.

Ist dieses Hohlkreuzchen aus Kupfer? Spielt Kupfer nicht auch bei magnetischen Heilverfahren eine Rolle? Könnte es nicht sein, dass an dem missglückten Exorzismus in der Pension Guthleut in der Ulmenalle doch etwas Wahres dran ist und sich die Gesellschaft für neuen Magnetismus des Hohlkreuzchens hatte bemächtigen können, das nach dem vierten Wiederfinden besondere Kräfte entwickelt, die vor allem zur Heilung Besessener eingesetzt werden können? Es bliebe dann allerdings die Frage offen, warum der Junge dabei ums Leben kam?

Es gibt keine Gesellschaft für neuen Magnetismus. Wie gesagt handelt es sich dabei um eine Vereinigung von Freizeit-Magiern mit dem Namen Magischer Zirkel. Kupfer ist nicht magnetisch. Der Junge soll bei dem vermeintlichen Exorzismus nicht umgekommen sein, sondern schwere körperliche Schäden davongetragen haben. Darüber hinaus hat ein solcher Exorzismus in der Pension Guthleut nicht stattgefunden.

Handelt es sich bei diesen schweren körperlichen Schäden um Blindheit?

War der alte Siebert nicht auch blind?

Verlor der junge Siebert nicht auch gerade sein Augenlicht?

Der Junge war nicht blind und erblindete auch nicht. Er hatte allerdings eine Schwester, die durch ein traumatisches Erlebnis ihre Sehfähigkeit vorübergehend einbüßte. Die Sehkraft des alten Siebert entsprach der Norm. Der junge Siebert hatte zeitweise seinen Geruchssinn verloren, litt an Oneirodynia Diurnae und den mit dieser Krankheit in Verbindung stehenden Vermeidungs- und Kompensationshandlungen und hatte immer wieder mit den Folgen eines Sturzes von einer Mauer und einem ausgekugelten Arm aus Kindheitstagen zu tun. Seine Sehkraft war und ist völlig funktionsfähig, allerdings wird Siebert immer wieder von Gedächtnisschwund heimgesucht, was hier vielleicht gemeint sein könnte.

Ist es nicht gerade das Besondere an dem viermal verlorenen und dreimal wiedergefundenen, unter Umständen mittlerweile auch viermal wiedergefundenen Hohlkreuzchen, dass es zwar aus Kupfer besteht, aber dennoch magnetisch ist? Und ist es gerade deshalb bei der Heilung von Besessenen, aber auch von Blinden so wirksam?

Wenn Kupfer magnetisch ist, dann ist es mit Eisen oder einem anderen magnetisierbaren Metall legiert.

Wurde der alte Siebert durch das Hohlkreuzchen genannte Kruzifix von seiner Blindheit geheilt? Oder die Schwester des besessenen Jungen?

Der alte Siebert war nie blind und besaß selbst im hohen Alter noch sehr gute Augen.

Aber irgendetwas war doch mit dem alten Siebert und seinen Augen. Vielleicht ging es auch um andere Augen. Aber irgendeinen Zusammenhang gab es da. War er vielleicht Augenarzt?

Haben die sogenannten Körperteilopferungen etwas mit der sogenannten symbolischen Versehrung zu tun?

Was ist die symbolische Versehrung?

Was sind die Körperteilopferungen?

Stimmt es, dass man in Amerika die Villa des alten Siebert – wir bleiben vorläufig bei dieser Benennung, bis wir seinen wirklichen Namen in Erfahrung gebracht haben – detailgenau und bis auf die Vitrinen mit den Körperteilopferungen nachgebaut hat? Und stimmt es, dass die Leute dort Schlange standen, um nicht nur die Exponate zu sehen, sondern die Villa selbst? Meinten die Menschen dort, dass sie mit Besichtigung dieses nachgebauten Privatmuseums etwas Grundsätzliches und Allgemeines über uns und unser Land erfahren würden, obwohl ihnen in Wirklichkeit nur etwas sehr Spezielles dargeboten wurde?

Dieser angebliche Nachbau in Amerika hat nie existiert. Sinn dieser Aussage war allein, die eigene Kultur, gerade dort, wo sie besonders fragwürdige Blüten trieb, als Vorbild für andere Kulturen darzustellen. Niemand in Amerika interessierte sich für ein kleines Privatmuseum mit einer Ausstellung fragwürdiger Repliken.

Hieß es nicht, dass Marga kupferfarbenes Haar hatte? Gibt es hier eine Verbindung zum magnetischen Kupfer des Hohlkreuzchen genannten Kruzifixes? Wer überhaupt war Marga genau? Wo kam sie her? Wann und wo lernte sie Siebert kennen? Wohnte sie aus Not bei Siebert? Oder war es Siebert, der bei ihr hatte einziehen müssen, nachdem er sich von seinem Vater losgesagt hatte?

Wie bereits gesagt, kannte Siebert seinen Vater nicht. Wo Marga und Siebert sich kennenlernten, ist noch ungeklärt. Marga arbeitete zeitweise als Krankenschwester, dann als Reiseführerin und zuletzt als Sekretärin in einem der Büros im unzerstörten Gebäudekomplex am Friedrich-Fritz-Winter-Platz. Sie war es, die das Geld verdiente und auf deren Namen auch das Zimmer angemeldet war, denn um mehr handelte es sich bei dieser sogenannten Wohnung nicht. Marga ist allerdings, wenn man der Erzählung mit dem Soldaten Glauben schenken darf, tot und wird von Siebert und dem Soldaten auf der Suche nach einem Ort zur Bestattung durch die Nacht getragen.

Gibt es auch die Möglichkeit, dass der Soldat Marga zwar erschossen hat, nicht aber mit Margas Leiche und Siebert durch die Nacht irrte? Oder auch, dass der Soldat mit Siebert und der in ein Laken eingewickelten, aber vielleicht noch lebenden Marga durch die Nacht irrte, sie aber nicht erschossen oder angeschossen hatte?

Hilft es uns vielleicht weiter, wenn wir uns erst einmal auf andere Fakten konzentrieren, zum Beispiel den Brand? Hatte Siebert etwas mit diesem Brand zu tun? Hieß es nicht, er habe eine Verletzung an der rechten Hand, außerdem ein Mal im Gesicht? Ist Margas Leiche je irgendwo aufgetaucht?

Angeblich fand man Margas Leiche erst Jahre später. Ihr kupferfarbenes Haar war vollkommen unversehrt und hatte nichts von seinem Leuchten eingebüßt. Siebert hatte keine Verletzung an der rechten Hand, sondern sich als Kind den rechten Arm ausgekugelt.

Margas Leiche wurde nie gefunden. Marga blieb verschwunden. Manche sagen, Marga habe nie existiert, sondern sei eine Personifikation des Brandes, der zwei Nächte nach dem Attentat ausgebrochen sei. Allein deshalb wird ihr das selbst im Grab noch leuchtende kupferfarbene Haar zugesprochen: Es symbolisiert die lodernden Flammen.

War der Brand nicht zwei Nächte vor dem Attentat ausgebrochen?

»Sie mussten sich im Hof aufstellen, die Köpfe in den Nacken legen und die Bewegungen des Himmels betrachten.«

Ist das wieder eine eingestreute Aussage von Marga? Beschreibt sie hier eine Situation im Lager? Kann man sagen, dass sich die Indizien gegen Marga langsam verdichten?

Warum hatte die Stadt kein Interesse daran, das Attentat entsprechend zu dokumentieren? Was bedeutet das Attentat für die Geschichte der Stadt? Hätte man nicht eine Ausstellung konzipieren können, in der das Attentat mit anderen Anschlägen in Verbindung gesetzt wird?

Genau das wurde unserer Meinung nach in dem Privatmuseum in der Dolmenstraße getan. Dort befanden sich Miniaturnachbildungen des Attentats, des Zugunglücks und des Flugzeugabsturzes auf dem Nahrthalerfeld und nicht, wie immer wieder behauptet wird, Repliken sogenannter Körperteilopferungen, deren Bedeutung immer noch nicht geklärt ist.

Ist Körperteilopferung vielleicht ein anderer Ausdruck für Attentat oder Unglück? Ein Ausdruck, der das Willentliche und das Unwillentliche, das Geplante und das Zufällige, das Rekonstruierbare und das Nicht-Rekonstruierbare in sich vereint?

Es ist sehr unwahrscheinlich, dass Marga überhaupt nicht existiert haben soll. Schließlich hatte sie eine Stelle als Sekretärin, außerdem wohnte ihre Mutter in derselben Stadt und besuchte Marga und Siebert ab und zu in deren Einzimmerwohnung. Marga und Siebert besaßen lediglich zwei Stühle. Wussten sie vorher, dass Margas Mutter zu Besuch kam, liehen sie sich einen Stuhl von der Nachbarin. Kam Margas Mutter überraschend, musste Siebert auf dem Bett sitzen.

Ist Margas Mutter nicht wie Marga selbst mit den kupferfarben lodernden Flammen gleichzusetzen? Und bedeutet das überraschende Erscheinen von Margas Mutter nicht einen unerwartet ausbrechenden Brand, während der angekündigte Besuch für eine geplante Brandstiftung steht?

Übrigens gab es in der Stadt durchaus einen geeigneten Lagerplatz für Leichen, an dem man die an verschiedenen Orten leblos Aufgefundenen hätte entsprechend lagern und untersuchen können. Die Toten des Eisenbahnunglücks vor dem Ostbahnhof etwa wurden über mehrere Wochen im Eiskeller der ehemaligen Brauerei in der Gottfried-Helm-Straße aufgebahrt, weil nicht nur die Ursachen des Unglücks zu klären waren, sondern auch die Frage, ob die Leichen überführt werden sollten und wenn ja, wohin. Man entschied sich schließlich für ein Grab auf dem Hagelberger Friedhof, da von vielen Verstorbenen die Verwandten nicht ausfindig gemacht werden konnten.

Ist solch eine Erklärung wirklich stichhaltig? Es wird immer von einem Eisenbahnunglück vor dem Ostbahnhof gesprochen, dabei ist der Ostbahnhof über drei Kilometer von der Unglücksstelle entfernt. Tatsächlich verunglückte der Zug in der Nähe des Hagelberger Friedhofs, der eigenartigerweise auch der Friedhof war, auf dem die Opfer des Unglücks Wochen später beigesetzt wurden. Das wirft die Frage auf, ob nicht eine der beiden Begebenheiten eine Hinzudichtung ist, also entweder das Zugunglück oder die Bestattung.

Wenn die Bestattung eine Hinzudichtung ist, wo wurden dann die Opfer des Eisenbahnunglücks begraben? Wenn das Eisenbahnunglück eine Hinzudichtung ist, wer wurde dann in den zwölf Gräbern bestattet?

Bevor Siebert von dem Jungen angesprochen und zu dem tot aufgebahrten Arnulf gebracht wird, geht er am Hagelberger Friedhof vorbei und entdeckt zwölf frisch ausgehobene Gräber. Es ist allerdings merkwürdig, dass er im Eiskeller der ehemaligen Brauerei nur den toten Arnulf sieht und nicht die Leichen des Eisenbahnunglücks. Das kann allerdings auch damit zusammenhängen, dass er von dem Anblick Arnulfs so erschüttert ist, dass er nichts anderes wahrnimmt.

Ist nicht davon auszugehen, dass die ehemalige Brauerei in der Gottfried-Helm-Straße zu dieser Zeit schon in ein Lazarett umfunktioniert war? Und hätte Siebert dann dort nicht Marga kennenlernen können?

Meinte Marga vielleicht das Lazarett, wenn sie vom Lager sprach?

Das wäre entweder eine ungeheuerliche Verharmlosung, was das Lager angeht, oder eine maßlose Übertreibung in Bezug auf das Lazarett. Es ist aber richtig, dass etwas anderes gemeint sein muss, da es keine Lager gab.

Gab es nicht noch einen zweiten Stock über dem Privatmuseum in der Dolmenstraße, in dem sich ein großer Kartentisch mit Plänen der Stadt befand und über diesen Plänen verschiedene Folien, auf denen mit unterschiedlichen Farben bestimmte Wege markiert waren? Um welche Wege handelte es sich dabei, und stimmt es, dass sie alle den Lindholmplatz und die Stelle des Eisenbahnunglücks kreuzen, um dann zum Museum in der Dolmenstraße zu führen?

Das erinnert etwas an die in der Bude auf dem Jahrmarkt ausgestellte Universalstadtkarte, die einem angeblich in jeder Stadt der Welt den Weg zum nächstliegenden Friedhof weist. Selbst wenn sich der Lindholmplatz, Ort des Attentats, mit dem Ort des Eisenbahnunglücks und dem Privatmuseum, das angeblich Nachbildungen, in welcher Form auch immer, beider Unglücke ausstellte, in eine solche kartographische Verbindung bringen lässt, so ist damit nichts ausgesagt und schon gar nicht geklärt.

Es wurde übrigens auch nie geklärt, wer eigentlich für das Eisenbahnunglück verantwortlich war. Kinder sollen auf der Strecke gespielt haben, sodass der Lokomotivführer eine Notbremsung habe einleiten müssen. Waren es Jungen aus dem Waisenhaus an der Neugasse, Kinder aus einem Nachbarort oder Mitglieder der Kindermannschaft des Sportvereins Südstadt? Der Lokomotivführer verstarb noch am Tatort und konnte nicht mehr befragt werden. Der Zug entgleiste an der Biegung, die zum Hagelberger Friedhof führt. Doch die Menschen dort, in Trauer versunken, hoben erst die Köpfe, als das Mahlen und Klirren kein Ende nehmen wollte.

Ist mit Sicherheit zu sagen, dass das Bluttuch von dem Piloten des abgestürzten Flugzeugs auf dem Nahrthalerfeld stammt und nicht von dem Lokomotivführer des am Hagelberger Friedhof verunglückten Zugs?

Waren es vielleicht gar keine Kinder, die auf den Gleisen spielten, sondern junge Männer, die dabei waren, die Bahnstrecke bewusst zu manipulieren, um das Zugunglück zu provozieren?

Stimmt es, dass der Zugang zum zweiten Stock des Privatmuseums nicht gestattet war, weil die dort ausliegenden Pläne geheim waren, und dass es sich bei diesen Plänen um den Entwurf einer Weltmaschine, andere sagen einer Geheimwaffe, handelte, an deren Entwicklung der alte Siebert zusammen mit anderen Honoratioren der Stadt arbeitete?

Es gibt tatsächlich solche Vermutungen. Die Angaben über diese Apparatur sind jedoch ungenau und widersprüchlich und stimmen nur in dem Punkt überein, dass sich in dieser Konstruktion Mensch und Maschine zu einer Einheit verbinden und der Mensch die Schwächen der Maschine, umgekehrt die Maschine die Unzulänglichkeiten des Menschen ausgleichen soll. Wer diese These stützt, behauptet meist auch, dass die Exponate im ersten Stock, die sogenannten Repliken der Körperteilopferungen, allein dem Zweck gedient hätten, unter den Besuchern eine bestimmte für die Weltmaschine brauchbare Klientel ausfindig zu machen, nämlich diejenigen, denen nach dem Abschreiten sämtlicher 32 Vitrinen und dem Betrachten aller 94 Graphiken sowie des großen Wandgemäldes weder Müdigkeit noch Schwindel anzumerken gewesen sei, die weiterhin einen frischen, interessierten und vor allem wissbegierigen Eindruck vermittelt hätten. Diesen Besuchern habe sich, wie zufällig, eine Tür geöffnet, durch die sie in den zweiten Stock haben gelangen können. Natürlich nicht in die Räume mit den Plänen und den ersten Versuchsmodellen der Weltmaschine, aber in einen Vorraum, wo sie von einer freundlichen Dame unbestimmten Alters empfangen und in ein scheinbar harmloses Gespräch verwickelt worden seien. Dieses Gespräch sei ein weiterer Test gewesen, in dem noch einmal die jeweilige persönliche Tauglichkeit überprüft worden sei. Hätten sich auch hier keine Widerstände gezeigt, seien Zähne intakt, Haut gesund und nach erster äußerer Inaugenscheinnahme keinerlei chronische Krankheit zu vermuten gewesen, so seien die Personen zu einem weiteren Gespräch einige Tage später geladen worden, bei dem man sie zur Mitwirkung an dem Projekt der Weltmaschine zu bewegen versucht habe.

Bei ersten Versuchen mit der sogenannten Weltmaschine soll es zu mehreren Todesfällen gekommen sein. Ob auch das Eisenbahnunglück etwas damit zu tun hat, ist nicht auszuschließen, aber auch nicht eindeutig festzustellen. Verbindet man übrigens auf einer handelsüblichen Stadtkarte das Privatmuseum in der Dolmenstraße mit dem Ort des Attentats am Lindholmplatz, so schneidet diese Linie die Eisenbahnstrecke genau an der Stelle, wo oberhalb des Hagelberger Friedhofs das Unglück geschah.

Was ist mit der Behauptung, dass die an verschiedenen Orten der Stadt aufgefundenen Leichen nicht an den Stellen, wo man sie auffand, unter ungeklärten Umständen verstorben waren, sondern dass es sich um Opfer verschiedener Auto-, Eisenbahn-, oder Flugzeugunglücke handelte, die man als Warnung an bestimmten Orten der Stadt abgelegt hatte?

Wer sollte die Leichen an diesen Orten platziert haben? Als Warnung vor was?

Warum nicht als generelle Einschüchterung und Verunsicherung der Bevölkerung? Oder glauben immer noch alle das Märchen, es habe sich bei den Umerziehungsmaßnahmen allein um Marionettenspiele für Erwachsene gehandelt, die hier und da aufgeführt worden seien? Marionettenspiele! Erscheint so etwas nicht noch absurder und realitätsferner als das Platzieren von Leichen?

Bei der Konstruktion im zweiten Stock des Privatmuseums in der Dolmenstraße handelte es sich übrigens nicht um eine Weltmaschine, sondern um eine Weltmechanik.

Stimmt es, dass es zwar hieß, zwölf Menschen seien bei dem Eisenbahnunglück ums Leben gekommen und schließlich auch auf dem Hagelberger Friedhof, in dessen Nähe es zu dem Unglück gekommen war, bestattet worden, es aber keine Informationen darüber gab, wie viele Menschen verletzt wurden, mehr noch, wie viele Insassen der Zug insgesamt an diesem Tag befördert hatte? Bekanntermaßen sollen mehrere Verwundete ziellos in der Stadt umhergeirrt sein. Selbst nach Wochen entdeckte man Ortsfremde mit zerrissener Kleidung und verschmiertem Gesicht, oft blutend, meist ohne Gepäck, in Hinterhöfe oder schmale Gassen gekauert. Sprach man sie an, reagierten sie abwehrend, schlugen oder traten nach einem und versuchten zu fliehen.

Könnten nicht einige von diesen ehemaligen Insassen des verunglückten Zugs ihren Verletzungen erlegen sein und würde das nicht das Auftauchen von Toten in den Straßen erklären?

Die Toten in den Straßen waren immer gut gekleidet und wiesen keinerlei äußere Verletzung auf. Wir halten es umgekehrt für unwahrscheinlich, dass sich Verletzte vom Unglücksort entfernt und die nicht eben geringe Entfernung vom Hagelberger Friedhof zur Stadt zurückgelegt haben können. Vielleicht vereinzelt, aber bestimmt nicht zuhauf. Die Angabe, dass sich nach dem Zugunglück Verletzte in der Stadt aufhielten, soll vielmehr das Auftauchen der verschreckten Kinder erklären, die man über mehrere Monate an mehreren Orten der Stadt antraf. Hier ist inzwischen geklärt, dass es sich um Jungen des Waisenhauses an der Neugasse handelte.

Könnte es sich bei den besagten Personen nicht auch um ehemalige Lagerinsassen gehandelt haben, die sich aus eigener Kraft aus dem Lager befreien konnten, nachdem man sie dort ihrem Schicksal überlassen hatte?

Oder wurden die Opfer des Eisenbahnunglücks gar nicht bestattet, vielmehr leere Särge in die zwölf ausgehobenen Gruben gelassen, während man die Leichen dem alten Siebert und seinem Projekt der Weltmaschine zur Verfügung stellte? Was aber hätte er mit Leichen anfangen können, da es doch angeblich um eine Verbindung von Maschine und Mensch ging in seinen Versuchen? Oder war genau diese Auffassung von der Weltmaschine irrig und unsinnig? War es eben doch eine Maschine zur Vernichtung der Welt gewesen? Eine Maschine, die sich von Menschen ernährte, wenn sich ein solcher Begriff auf eine Maschine überhaupt anwenden lässt?

Wie bereits gesagt, handelt es sich nicht um eine Weltmaschine, sondern um eine Weltmechanik. Überträgt man alle Vorstellungen von der Weltmaschine auf diese Weltmechanik, lösen sich diese Vorstellungen auf. Natürlich sind die Fragen dadurch noch nicht beantwortet. Manche Fragen lassen sich nicht beantworten, weil die Fragestellung falsch ist, zumindest in eine falsche Richtung zielt. Dazu gehört auch die Frage nach den Körperteilopferungen. Allerdings würde die These mit den leeren Särgen erklären, warum

Siebert außer dem nackt aufgebahrten Arnulf keine anderen Leichen im Eiskeller der ehemaligen Brauerei in der Gottfried-Helm-Straße entdecken konnte.

Stimmt es, dass sich Verletzte des Eisenbahnunglücks zu sogenannten marodierenden Banden zusammenschlossen und die Stadt unsicher machten? Und ist es weiter richtig, dass der Sportverein Südstadt als Reaktion auf diese organisierten Banden von Verletzten gegründet wurde?

Ist es nicht auffällig, dass es sich um genau zwölf Tote gehandelt haben soll beziehungsweise um zwölf leere Särge? Ist die Zahl nicht zu symbolisch, um wahr zu sein? Scheint es so gesehen nicht realistischer, dass niemand bei dem Eisenbahnunglück ums Leben kam?

Warum wurde dem alten Siebert nach dem Attentat keine Ehrerweisung zuteil? Warum behauptete man, er habe, wenn auch schwerverletzt, überlebt und werde im Hospital von aus dem ganzen Land herbeigerufenen Fachärzten versorgt und schon bald das Bewusstsein wiedererlangen, auch wenn es einige Monate dauern könne? Wollte man mit dieser Aussage Zeit gewinnen, bis der alte Siebert wieder vergessen sein würde, um seinen Tod, so er nicht ohnehin vorher, wahrscheinlich sogar unmittelbar nach dem Attentat eingetreten war, nicht mehr öffentlich bekanntgeben zu müssen, sondern ihn in einem schmucklosen, vor allem aber namenlosen Grab neben den zwölf Opfern des Eisenbahnunglücks zu bestatten?

Warum wurde der alte Siebert auf demselben Feld wie die ausschließlich ortsfremden Opfer des Eisenbahnunglücks bestattet? Ist die Erklärung wirklich ausreichend, dass dieses Grabfeld der Stadt gehörte und der alte Siebert als Besitzer des einzigen Privatmuseums und ohne Nachkommen in den Zuständigkeitsbereich der Gemeinde fiel?

Was heißt ohne Nachkommen? Wurde er denn nicht von seinem Sohn überlebt? Oder haben doch diejenigen recht, die keinerlei Verbindung zwischen dem Besitzer des einzigen Privatmuseums der Stadt, dem Entwickler einer Weltmechanik und Opfer des Attentats am Lindholmplatz und dem Siebert sehen, der schräg gegenüber vom Lindholmplatz lebte und dort gewöhnlich mehrere Stunden täglich am Fenster stand, sofern es sein Gesundheitszustand erlaubte?

Wurde Siebert vernommen? Was war mit Marga? War sie zu diesem Zeitpunkt schon verschwunden? Warum wurde ihr Verschwinden nicht näher untersucht?

Wir müssen uns noch einmal besinnen und uns die Zeit genau in Erinnerung rufen. Die düsteren Straßen, als die Straßenbeleuchtung in den Außenbezirken noch nicht funktionierte. Die unregelmäßig angefahrenen Bahnhöfe. Die ortsfremden Lieferwagen, die etwas Bedrohliches ausstrahlten und noch weiter zurückliegende Erinnerungen an eine Zeit hervorriefen, in der alles überschaubar und geordnet gewesen war. Einer Zeit, in der immer nur andere gelebt haben. Einer Zeit, in der man wusste, was der andere tat, und in der man die Kinder ohne Aufsicht an den Bahngleisen spielen oder in das einzig privat geführte Museum gehen lassen konnte. Es gab keine fremden Stimmen in dieser Zeit, kein Außen, das sich nach innen wölbte und dadurch unscharf wurde.

Stimmt es, dass es Gründe gab, gute Gründe, diese guten Gründe aber nicht ohne Weiteres anzuführen waren, weil die Zeit für diese Gründe noch nicht reif war? Während das Historische alles zusammenfasst, alles befriedet, mit Glanz überzieht, und wenn nicht mit Glanz, so mit Patina, und wenn nicht mit Patina, so doch mit einer gewissen Gleichgültigkeit.

Ist es nicht möglich, dass der alte Siebert gar nicht an einer Weltmechanik oder Geheimwaffe arbeitete, sondern versuchte, bestimmte gesellschaftliche Bewegungen zu kanalisieren, einzudämmen und untauglich zu machen? Ist es deshalb gar nicht richtig, dass er zum Zeitpunkt des Attentats nur zufällig im Jeep saß, sondern war unter Umständen gerade er gemeint?

Gibt es einen Nachlass des alten Siebert? Was ist aus dem Privatmuseum geworden? Was aus den Plänen für die Weltmechanik?

Es war in Wirklichkeit eine völlig normale Vorgehensweise, die Häuser in der unmittelbaren Nachbarschaft des Lindholmplatzes routinemäßig zu durchsuchen. Die Wohnung von Siebert war davon nicht ausgenommen. Nachdem man vergeblich geklopft hatte, öffnete man die Tür mit Gewalt. Die Wohnung war leer. Das Fensterglas des einzigen Zimmers offenbar von einem Schuss zerstört. Es gab einen Blutfleck auf dem Fußboden. Das Alter des Flecks ließ sich nicht genau bestimmen, weil zu viele Beamte, Polizisten, später Nachbarn darüber hinweggetrampelt waren.

Natürlich würde sich Siebert nicht länger in der Wohnung aufhalten, wenn er etwas mit dem Attentat zu tun gehabt hätte. Mehr noch, hätte er sich nicht einen anderen Ort ausgewählt, weit entfernt von seinem Haus, wenn er die Absicht gehabt hätte, ein Attentat durchzuführen? Sein Gesundheitszustand muss in diesem Zusammenhang ebenfalls in Betracht gezogen werden, da die Vorbereitung des Attentats, das Anbringen der Dynamitschiene, sowie die Konstruktion der Schießanlage nicht ohne körperliche Kraft und Anstrengung zu bewerkstelligen gewesen waren.

Eine weitere Möglichkeit: Es gab diesen auf der Straße liegenden Mann gar nicht. Tatsächlich entdeckte einer der Attentäter Siebert am Fenster und schoss nach ihm. Oder er sah Marga am Fenster und schoss nach ihr. Marga und Siebert versuchten zu fliehen, wurden aber schon unten auf der Straße von einem der Attentäter abgefangen und überwältigt.

Oder war es vollkommen anders? Hatte man vielleicht aus Versehen oder aus Willkür und aufgrund einer falschen Information oder Verleumdung Marga und Siebert verhaften wollen und beide dabei aus noch ungeklärten Gründen erschossen? Hielt man in der Folge diesen Doppelmord erst einmal geheim und inszenierte daraufhin das Attentat, das man Siebert in die Schuhe schob, um einen Grund für seine und Margas Erschießung zu haben, die man offiziell entsprechend einige Tage rückdatierte?

Dann wäre der mit Margas Leichnam durch die Nacht irrende Siebert die Phantasie eines Sterbenden? Die immer wieder auftauchenden Kindheitserinnerungen sein Leben, das noch einmal vor seinen Augen Revue passiert?

Warum sollte man einen solchen Aufwand wegen zweier unbedeutender Zivilisten betreiben. Hunderte kamen aus ungeklärten Gründen in diesen Tagen um.

Und wenn es doch eine Verbindung zwischen dem alten Siebert und dem jungen gibt? Könnte es nicht sein, dass Siebert herausgefunden hatte, wer sein wirklicher Vater war, und sich zu ihm in die Dolmenstraße aufmachte, ohne etwas im Schilde zu führen? Der alte Siebert bekommt mit einem Mal Angst um sein Erbe, mit dem er ganz andere Pläne hat, kontaktiert einige Männer, die ihm noch etwas schulden, zum Beispiel Dr. Ritter, und inszeniert das Attentat als Ablenkung und Vorwand für die Ermordung Sieberts?

Der alte Siebert war längst nicht mehr klar bei Verstand und hätte so einen ausgeklügelten Plan niemals durchführen können. Früher vielleicht, aber jetzt doch nicht mehr.

Wenn der alte Siebert tatsächlich nicht mehr klar bei Verstand war, entwickelte er sich unter Umständen selbst zu einer Gefahr für das Projekt der Weltmechanik und die damit in Zusammenhang stehenden Ärzte wie etwa Dr. Ritter.

War es nicht so, dass man einen Seitensprung von Marga inszenierte, um Siebert zu dem Attentat zu bewegen, das in Wirklichkeit dem alten Siebert galt, wovon der junge Siebert jedoch nicht das Geringste ahnte?

Das wäre zumindest ein Motiv. In wieweit gibt es aber eine ebenso logische Verknüpfung zu dem Eisenbahnunglück, oder besteht die einzige Verbindung allein darin, dass der alte Siebert in ein dreizehntes Grab neben den zwölf tödlich Verunglückten gelegt wurde?

Siebert sah nur zwölf Gräber, als er über die Friedhofsmauer blickte.

Das dreizehnte Grab wurde erst nachts angelegt, sofort wieder zugeschüttet und nicht durch ein Kreuz oder einen Grabstein gekennzeichnet.

War die Beziehung zwischen Siebert und Marga nicht ohnehin angespannt? Und lag diese Spannung nicht an den ungleichen Einkommen der beiden, genauer daran, dass Marga durch ihre Anstellung als Sekretärin als Einzige ein Einkommen hatte, während Siebert sich nach der gescheiterten Anstellung auf dem Jahrmarkt lediglich noch ein einziges Mal etwas halbherzig auf einer Baustelle um Arbeit bemüht hatte, sich dort aber bereits am ersten Tag den Fuß verknackste oder Arm verstauchte, sodass er umgehend zu seiner alltäglichen Beschäftigung zurückkehren konnte, die darin bestand, am Fenster zu stehen und angeblich über sein philosophisches Werk nachzudenken? Ist es übertrieben, dieses philosophische Werk als Ausrede für seine Untätigkeit oder aber als Ausrede für das von ihm geplante Attentat zu bezeichnen? Manuskripte wurden keine in der Wohnung gefunden. Noch nicht einmal Notizzettel, was im Übrigen auch dem kolportierten Dialog zwischen Marga und Siebert widerspricht, in dem es unter anderem darum geht, dass Marga Sieberts Schreibtisch in Unordnung bringen würde. Diese Quelle ist somit als unglaubwürdig einzustufen und auszuschließen. Und mit ihr auch die Szene von Margas Erschießung.

Wenn sich keinerlei Manuskripte und noch nicht einmal Notizzettel fanden, woher kommen dann die angeblich aus Sieberts Tagebuch stammenden Passagen?

Natürlich kann man die Krankheit Sieberts als Entschuldigung anführen, zusätzlich die allgemeinen Umstände der Zeit, aber wie lange will man eigentlich noch immer und immer wieder die allgemeinen Umstände der Zeit als Entschuldigung, um nicht zu sagen Rechtfertigung für alles Mögliche anführen?

Wir sollten uns nicht so sehr auf die Beziehung von Marga und Siebert konzentrieren. Stattdessen könnte man die Aufmerksamkeit noch einmal dem sogenannten erschöpften Felsen zuwenden und sich fragen, was es mit ihm auf sich hat und ob es sich um den Bergfels in der Südstadt handelt, der mittlerweile wieder von Häusern umstanden ist, obwohl die Feuchtigkeit ein Problem darstellt, da von dem Felsen beständig kleine kupferfarbene Rinnsale nach unten fließen. Natürlich mag der Name »Erschöpfter Felsen« einmal etwas ganz anderes bedeutet haben, trotzdem wäre es interessant zu erfahren, ob der Felsen ehemals Mittelpunkt einer anders ausgerichteten Stadt war und ob die Erschöpfung für das Ende dieser Ausrichtung und damit das Ende der Stadt steht.

Wir haben den Betrug außer Acht gelassen. Weshalb? Weil die Zeiten nicht danach waren? Weil der generelle Betrug den persönlichen Verrat überdeckte? Weil sich die Menschen zusammenreißen mussten? Konnte Marga Siebert nicht verraten haben? Umgekehrt er sie? Konnte das Attentat nicht rein zufällig aus diesem Verrat resultiert sein, so wie man nach einem Streit auf die Straße und dort in ein Auto läuft, das einen zur Seite schleudert, oder eben in einen anderen Menschen, den man selbst, immer noch voller Wut, umreißt, umrennt, ohne es gewollt oder gar geplant zu haben?

Aber ein Attentat braucht eine Vorbereitung. So etwas geschieht nicht spontan. Zumindest muss man die Waffen vorrätig haben. Zumindest muss man wissen, wer gerade vorbeifährt.

Es kann andere Gründe geben, Waffen vorrätig zu haben. Und warum muss man unbedingt wissen, wer vorbeifährt? Zufallsopfer müssen bei einer solchen Handlung immer einkalkuliert werden.

Ist das mit den Körperteilopferungen gemeint?

Marga könnte tatsächlich eine Affäre angefangen haben. Siebert war krank, saß zu Hause und arbeitete angeblich an einer neuen Existenzphilosophie, weil er der Meinung war, dass man sich ohne eine neue Existenzphilosophie in der neuen Zeit nicht mehr zurechtfinden würde. Tatsächlich aber kam allein er mit der neuen Zeit nicht zurecht. Diese neue Zeit war nicht wirklich neu. Sie war wie die alte, nur mit etwas mehr Bewegungsfreiheit. Es war enttäuschend. Das sollte tatsächlich alles sein? Genau damit kam Siebert nicht zurecht. Es wollte ihm nicht gelingen, die einfachsten Gedanken zu formulieren. Noch nicht einmal, einige Prämissen zu Papier zu bringen. Denn selbst wenn eine Geschichte banal ist oder erscheint, kann sie dennoch geschehen sein.

Lässt sich umgekehrt schließen, dass die Banalität einer Geschichte automatisch ihre Glaubwürdigkeit erhöht, weil es keinen anderen Grund gäbe, sie sonst zu erzählen, außer, dass sie wahr ist? So etwa, dass Marga Siebert über Wochen und immer wieder gedrängt habe, sich eine Arbeit zu suchen, und Siebert schließlich aus seiner Lethargie erwacht sei, sich zumindest gesagt habe, dass er irgendetwas unternehmen müsse, wenigstens eine Form der Bemühung zeigen, gleichgültig, ob sich aus der Bemühung etwas ergeben würde oder nicht?

2

Siebert war er für seine Verhältnisse sehr früh aufgestanden, hatte das Geld genommen, das ihm Marga auf den Tisch gelegt hatte, und war aus dem Haus gegangen, nach rechts die Straße hinunter, um am Lindholmplatz abermals nach rechts abzubiegen und die Dormagenerstraße entlangzulaufen bis zur Bushaltestelle. Er hatte sich gewundert, dass für die frühe Zeit verhältnismäßig viele Menschen unterwegs gewesen waren, dass die Dormagenerstraße überhaupt ganz anders wirkte als die schmale Straße, auf die er seit Wochen und Monaten blickte und die er bislang für ein getreues Abbild der übrigen Stadt gehalten hatte. Er hatte dann mit anderen an der Bushaltestelle gestanden, und unverhofft hatte ihn ein Gefühl der Gemeinschaft und des Wohlempfindens heimgesucht, ja, das war genau das Wort, das ihm in diesem Moment eingefallen war, so fremdartig, gleichzeitig angenehm fühlte sich dieses Stehen an der Bushaltestelle für Siebert an. Nicht, dass ihm diese Empfindung unbekannt gewesen wäre. Doch meist verband sich mit ihr ein Gefühl der Scham, so etwa wenn er zufällig einen eigenen Brief wiederlas, den er zurückgeschickt bekommen hatte, oder sich an Sätze erinnerte, die er meist zu Unbekannten, oft auch zu Bekannten gesagt hatte, Sätze, die ihm in der Erinnerung eigenartig fremd erschienen, so fremd, dass er sich nicht mehr vorstellen konnte, aus welchem Winkel seines Wesens die Gedanken dazu aufgestiegen waren und wie er diese Gedanken überhaupt in solche Worte hatte fassen können. Dennoch war er gezwungen, sich auch in diesen Sätzen wiederzuerkennen, vor allem eine Eigenart von sich wiederzuerkennen, mit der er versuchte, einer gewissen Form zu genügen, die er im Moment des Redens als gültig und von seinem Gegenüber erwünscht oder sogar gefordert glaubte, im Nachhinein jedoch als Konstrukt seiner eigenen Vorstellung erkannte. Dass er so gesprochen hatte, wie er meinte, dass man in diesem Moment sprechen müsse, löste ein stärker werdendes Gefühl in seinem Inneren aus, das sofort auf seine Arbeit übersprang, die er in diesem Zusammenhang auch selbst als »angebliche Arbeit« bezeichnete und genauso einschätzte, sodass er fast gleichzeitig alles infrage stellte, was er tat oder je getan hatte, und sich nun allein schon für die Vermessenheit schämte, gemeint zu haben, eine wie auch immer geartete Existenzphilosophie entwickeln zu können.

Siebert kannte diese Gedankenkaskaden nur allzu gut, und um ihnen nicht weiter Vorschub zu leisten, verließ er die Bushaltestelle und überquerte die Straße in Richtung eines länglichen Bretterverschlags, den er etwas weiter hinten auf einem mit tiefen Schlaglöchern überzogenen Grundstück entdeckt hatte. Angeblich weil er hoffte, dort Zigaretten zu bekommen. Obwohl Siebert selten rauchte, schien es ihm an diesem Morgens und in Anbetracht seines Vorhabens, mit anderen im Bus in die Stadt zu fahren und sich dort nach einer Arbeit umzusehen, angebracht, im Besitz von Zigaretten zu sein. Sei es, um selbst eine zu rauchen oder vielleicht später eine anzubieten. Hinter dem Bretterverschlag, den man durch eine herabhängende Filzdecke betrat, kam man in eine längliche Baracke, die aus einer zusammengezimmerten Theke bestand, vor der ein halbes Dutzend Männer und eine Frau im dichten Zigarettenqualm standen und tranken. Siebert fragte den Wirt, oder den Mann, den er für den Wirt hielt, da sich hinter der Theke mehrere Personen aufhielten, nach Zigaretten, worauf der den Kopf schüttelte. Zigaretten seien seit Tagen keine mehr gekommen, aber er könne Tabak haben. Ja, in Ordnung, Tabak, sagte Siebert, obwohl er sich unwohl dabei fühlte, weil er keine Übung hatte, Zigaretten selbst zu drehen. Die Frau schien das bemerkt zu haben, denn bevor er das Päckchen mit Tabak noch richtig geöffnet hatte, trat sie neben ihn, sagte: Darf ich? Und drehte erst ihm, anschließend sich eine Zigarette. Dann standen sie da und rauchten. Der Frau fehlten vorn zwei Zähne und sie roch nach Alkohol, dennoch war sie Siebert nicht unangenehm. Jetzt wollte er auch etwas trinken und bestellte für sich und die Frau einen Schnaps. Und dann noch einen. Ein Mann sprach ihn vertraulich an und redete über Sport und einen Verein, der gerade im Begriff sei, gegründet zu werden, und für den man noch Mitglieder oder auch einfach Helfer suche, die das Gelände in der Südstadt wieder »auf Vordermann« brächten. Siebert überlegte, was er dazu sagen könnte, aber es wollte ihm nichts einfallen, und nicht das verunsicherte ihn, denn es war nicht weiter verwunderlich, dass ihm hier in dieser fremden Umgebung nichts Passendes in den Sinn kam, sondern der sich anschließende Gedanke, dass ihm eben auch zu Hause in der ihm vertrauten Umgebung und selbst auf einem Gebiet, in dem er sich doch auskannte, zumindest auskennen sollte, ebenfalls nichts mehr einfallen wollte. Der Grund dafür konnte nur sein, dass es in Wirklichkeit keinen Unterschied gab zwischen dem vertrauten Daheim und den Gedanken über die immer wieder durchgekaute neue Existenzphilosophie und dem fremden Hier mit den Gesprächen über den Sportverein und die jüngste Vergangenheit, die gar nicht so schlecht gewesen sei, wie man sie jetzt mache, denn damals seien die Busse pünktlich gefahren, habe es jeden Tag Zigaretten gegeben und gemütliche Kneipen und vor allem eine geregelte Arbeit, obwohl Siebert sich nicht recht vorstellen konnte, dass die hier Stehenden je einer geregelten Arbeit nachgegangen waren, wobei man das genauso über ihn, Siebert, hätte sagen können, der noch nie richtig Fuß gefasst hatte, auch wenn er sich bislang noch nicht völlig aufgegeben und seine Zukunft noch nicht ganz aus dem Blick verloren hatte.

Das hatte er zumindest bislang so angenommen. Nun aber, wie er hier stand, sich, wenn man ihn nicht gerade ansprach, einigermaßen wohlfühlte, musste er erkennen, dass er sich von den anderen Anwesenden durch nichts, aber auch rein gar nichts unterschied, vielmehr einer von ihnen war. Wie sie kannte er sich nicht aus, wusste über nichts Bescheid und hatte sich die Philosophie nur ausgesucht, um wenigstens irgendetwas als sein Gebiet bezeichnen zu können, so wie sich andere eben ein Grundstück in der Südstadt aussuchten, um darauf einen Sportverein zu gründen. Die hatten wenigstens etwas Konkretes, etwas, wo sie hingehen und um das sie herumstehen konnten, etwas, für das es sich zu planen lohnte. Er hingegen war völlig unfähig und konnte sich lediglich hier und da noch vormachen, sich mit etwas zu beschäftigen. Es war ein Gefühl der Ohnmacht, das sich auf alles erstreckte, auch auf seine Beziehung zu Marga, die in eine Wolke der Distanz und Gefühlskälte gehüllt war, eine Wolke, die sich um eine von Siebert befürchtete Impotenz gelegt hatte, denn warum sollte er ausgerechnet auf diesem Gebiet über Kräfte verfügen, die ihm sonst in einem so umfassenden Maße fehlten? Es handelte sich dabei übrigens um eine typische Verhaltensweise von Siebert, der ein Defizit, sobald er es auch nur erahnte, einkapselte und isolierte, um diesen Mangel in Zukunft umgehen, besser: umschiffen zu können.

Während er nun an diesem Vormittag, der bereits zu vergehen drohte, in diesem Bretterschuppen stand und, wie man so sagt, nicht wusste, ob er lachen oder weinen sollte, wurde der Geruch von Qualm und Alkohol in seiner Wahrnehmung immer weiter nach hinten gedrängt, sodass er auf einmal meinte, die Haut der Frau neben sich riechen zu können, und seit längerer Zeit, unterstützt durch den Alkohol, so etwas wie ein Begehren spürte, dem er sich natürlich genauso wenig nähern konnte wie seiner vermuteten Impotenz, da beide gemeinsam in demselben abgekapselten Bereich in seinem Inneren versteckt lagen. Und so kam es noch nicht einmal zu einer sachten Annäherung, stand Siebert einfach weiter herum, trank und rauchte und wehrte die Gesprächsangebote so höflich und geschickt wie möglich ab. Zumindest sah es so aus. Innerlich wütete es in ihm, denn durch die Kopplung von Begehren und Impotenz wurde ein Gefühl der aussichtslosen Verzweiflung geweckt, das ihn hin- und herwarf, als sei er in einen Streit mit Betrunkenen geraten, die rücksichtslos auf ihn eindroschen. Siebert sah an sich herunter, als wollte er feststellen, ob nicht einige dieser Schläge, die er vor allem im Brustbereich und in der Magengrube spürte, äußerlich sichtbar würden, ähnlich den Tritten eines Kindes am Bauch einer Schwangeren. Peinlich war ihm der Gedanke, mehr noch der Vergleich mit der weiblichen Schwangerschaft, sodass ihm die eben noch gar nicht einmal unangenehme Gesellschaft dieser Männer und dieser Frau unerträglich wurde und er nach draußen stürzte.

Der Himmel hatte sich mit etwas zugezogen, das nach Regen aussah. Gleichzeitig war der Tag noch hell genug, um ihm die vergeudeten Stunden vor Augen zu führen. Einfach die Dormagenerstraße wieder hoch und nach Hause gehen konnte er nicht. Er musste wenigstens so tun, als wäre er noch woanders gewesen und hätte sich zumindest in Richtung Stadt, in Richtung Arbeit aufgemacht. Er überquerte die Straße an der Bushaltestelle, an der immer noch Menschen standen. Andere Menschen natürlich, obwohl Siebert sich für einen Moment nicht sicher war und wie ein Kind, das hofft, man könne die Zeit zurückdrehen, den Gedanken in sich aufsteigen fühlte, dass in den Stunden, die er in der Baracke verbracht hatte, kein Bus gekommen war und er sich einfach anstellen und unter die Wartenden mischen konnte, die seit dem frühen Morgen hier standen, als sei nichts weiter geschehen. Diese dümmlich kindliche Hoffnung führte zu weiteren Schlägen und Tritten von innen. Wie kam er nur auf so eine einfältige Idee? Konnte es denn sein, dass jemand, der an einer neuen Existenzphilosophie arbeitete, gleichzeitig von solch kindischen Gedanken heimgesucht wurde? Wohl kaum. Unmöglich. Jemand, der an einem existenzphilosophischen Werk arbeitete, hätte diesen Moment ganz anders wahrgenommen und analysiert. Existenziell nämlich. Er hätte irgendwas, irgendwas ... Eben das war ja das Problem, denn Siebert fiel noch nicht mal etwas ein, das er diesem anders denkenden Existenzphilosophen hätte zuschreiben können.

Er stolperte an der Bushaltestelle vorbei, grüßte dabei die Wartenden übertrieben höflich und mit einem pantomimischen Hutlupfen. Verhöhnte er damit die arbeitende oder arbeitssuchende Bevölkerung? Nein, das wäre ihm nie in den Sinn gekommen. Er verhöhnte sich selbst, der er vor einigen Stunden noch dort gestanden und gewartet hatte. Ihm wollte er es heimzahlen. Grüß Gott, Siebert, der du da stehst, mit dem extra rausgelegten Geld von Marga in der Tasche und den allerbesten Absichten, dir eine Arbeit zu suchen, nicht, weil du es willst, sondern weil es sich so gehört, weil es auch besser aussieht, zum Beispiel wenn Margas Mutter wieder einmal zu Besuch kommt, damit ihr euch nicht einen Stuhl von der Nachbarin leihen müsst oder, wenn ihr die Nachbarin nicht angetroffen habt, einer von euch auf dem Bett hocken und Margas Mutter Kuchen mitbringen muss und nicht schon Kuchen, besser noch Torte, von deinem, Sieberts, selbstverdienten Geld auf dem Tisch steht, wo eben noch die Seiten der fast fertiggestellten neuen Existenzphilosophie lagen, die jetzt zur Seite geräumt wurden, ordentlich zur Seite geräumt, um an diesem Tisch nun Kaffee zu trinken, gepflegt, wie es sich gehört, denn jemand, der tagsüber arbeitet und Geld verdient und nach Feierabend noch an seiner neuen Existenzphilosophie arbeitet, der ist zu bewundern, ja, das ist er. Und davor zog Siebert den Hut, vor diesem imaginierten Siebert, mit dem er vor wenigen Stunden noch identisch gewesen war und mit dem er immer noch hätte identisch sein können, hätten sich ihre Wege nicht bereits am frühen Morgen hier an der Bushaltestelle infolge eines idiotischen Einfalls getrennt, dem Einfall nämlich, sich unbedingt Zigaretten besorgen zu müssen, während der andere, der arbeitende und Geld verdienende Siebert höchstens nach getaner Arbeit Pfeife rauchte, eine gepflegte Pfeife, die er sich zum Beispiel auch nach dem gemeinsamen Kaffeetrinken mit Marga und ihrer Mutter anzündete, um über die Welt zu sinnieren, zum Beispiel über den neu gegründeten Sportverein in der Südstadt, den er neben seiner Arbeit und seiner philosophischen Tätigkeit auch noch unterstützte, was den Blick von Margas Mutter aufrichtig bewundernd werden ließ und Margas Augen mit Rührung umflorte. Ein Rauchkringel wanderte aus Sieberts halb geöffnetem Mund in Richtung Marga, verwandelte sich über ihrem Kopf zu einem kreisenden Heiligenschein und senkte sich erst dann hinunter auf ihren leicht gewölbten Bauch, in dem Sieberts und ihr Nachwuchs heranreifte.

Gratuliere, stammelte Siebert und winkte dem Siebert, den er vor einigen Stunden verlassen hatte, mit hocherhobener Hand zu, bevor er in einer engen und ungastlichen Seitengasse verschwand, um dort, wie er selbst laut vor sich hin sagte »Wasser abzuschlagen«. Er war, so schoss es ihm oben durch den Kopf, während es unten aus ihm herausplätscherte, innerhalb weniger Stunden zu dem geworden, was andere und jetzt auch er ein »verkommenes Subjekt« nannten. Kurz regte sich bei dem Begriff »Subjekt« in Siebert der Reflex des Philosophen, den er mit einem breiten Grinsen abschmetterte, denn ja, für sich selbst, in seiner eigenen Beschreibung und Bewertung konnte er nach allen Regeln der Logik Subjekt sein, und ja, in dem Wort »verkommen« verbargen sich allerlei Ansätze einer mehrschichtigen Interpretation, denen er nur im Moment nicht Folge leisten konnte, auf die er aber spätestens morgen früh, daheim in seinem Zimmer, zurückkommen würde. Der Gedanke an morgen früh ließ ihn für einen Moment nüchtern werden. Er knöpfte die Hose zu, nahm Haltung an, legte die Stirn in Falten und überlegte, ob es jetzt im Moment noch etwas für ihn zu tun gab, um dieses »morgen früh« zu retten. Er starrte einige Sekunden vor sich hin, hielt das für den Vorgang des Denkens und entschied dann: Nein, es gab jetzt und hier nichts weiter für ihn zu tun, als diese enge Seitengasse zu verlassen und noch etwas herumzulaufen, um nicht allzu früh nach Hause zurückzukehren.

Er lachte. Ein verkommenes Subjekt, das Wasser abschlägt. Warum war er dazu überhaupt in diese enge Seitengasse gegangen? Hätte er das nicht auch an der Hauswand hinter der Bushaltestelle erledigen können? Seitlich zu den Wartenden gewandt, damit sie sehen konnten, was er vorzuweisen hatte? Siebert drehte sich einmal um sich selbst, weil ihm der Gedanke kam, zurück zur Baracke zu gehen und doch noch etwas mit der Zahnlosen anzufangen.

Es war doch egal. Völlig egal. Wenn Marga etwas zu sagen wagte, dann würde er antworten: »Trink doch einfach mal einen. Das entspannt. Wirst sehen.« Da hockten sie Abend für Abend aufeinander, schwiegen sich an und vergruben sich in Problemen, anstatt mal einen hinter die Binde zu kippen und ein fröhliches Lied anzustimmen. Da konnte ja nichts draus werden. Existenzphilosophie! Das sind dann so Gedanken, die in dieser sterilen und beklemmenden Atmosphäre auftauchen.

»Lichter der Großstadt«, dachte er und »ja«, dachte er, »da will ich jetzt hin«, und dann dachte er noch: »Gesagt, getan!«, um sich entsprechend Mut zu machen. Die Zahnlose in der Baracke war bereits wieder vergessen. Wie eine Motte auf Stelzen, mit imaginärem Hut und mittlerweile etwas verdrecktem Mantel, verließ er die Seitengasse und durchlief andere Straßen auf der Suche nach den verheißungsvollen Lichtern. Die aber gab es kaum. Selbst als es Abend wurde, blieb alles in einen fahlen Schimmer getaucht und trug zur beginnenden Ernüchterung Sieberts bei. Noch einmal wandte er die letzten Kräfte auf, rief einer Gruppe nachhause eilender Sekretärinnen »Wo kann man sich denn hier amüsieren?« hinterher und versank schließlich in Trübsinn und Melancholie. Seine Schritte wurden langsamer. Er bemerkte den Buckel nicht, den er machte, so natürlich schien er in seinen Wirbeln angelegt. Ja, jetzt war's genug, jetzt hieß es: Auf nach Hause.

Er hörte ein Lachen hinter sich in der Dunkelheit. Ein Lachen, das ihm bekannt vorkam, obwohl er es lang nicht mehr gehört hatte. Margas Lachen. Er drehte sich um und sah, wie sie auf der anderen Straßenseite, ein paar Schritte vom Gehweg entfernt, neben einer Parkbank stand. Sie stand dort und lachte. Warum lachte sie? Weil der Soldat, der neben ihr stand, einen Witz gemacht hatte? Sie lachte und umarmte den Soldaten und küsste ihn. Da Siebert bereits nüchtern war, konnte er nicht noch nüchterner werden. Also wurde er taumliger. Sein Herz begann heftiger zu schlagen. Das Blut stieg ihm in den Kopf. Er drehte sich unwillkürlich in die andere Richtung weg und machte ein paar unkoordinierte Schritte. Dann hielt er an und wandte sich wieder um. Marga hakte sich gerade bei dem Soldaten unter. Dann gingen sie zusammen die paar Meter bis zur Straßenecke und bogen nach links ab. »Dort also sind die Lichter der Großstadt«, dachte Siebert, kniff die Augen etwas zusammen und überquerte die Straße, um den beiden zu folgen. Er wusste, dass der Ausdruck überhaupt nicht auf die Situation passte, dennoch dachte er, während er um die Ecke bog: »Hier also liegt der Hase im Pfeffer«, so als würde plötzlich alles erklärt werden, seine Unfähigkeit, eine Arbeit zu finden, genauso wie seine mangelnde Konzentrationsfähigkeit und überhaupt alles.

Von fern wurde das Schreien einer Gruppe Jugendlicher herübergeweht. Kam es aus der Südstadt? Hatte man den Sportplatz schon hergerichtet und kickte jetzt fröhlich darauf herum? Eine genauere Ausdehnung von Zeit existierte nicht mehr für Siebert. Was vor wenigen Stunden noch ein Plan gewesen war, konnte jetzt schon vollendet sein. Denn die anderen Menschen waren anders als Siebert, so viel stand fest. Sie brauchten keine neue Existenzphilosophie, um in einer neuen Zeit Fuß zu fassen, sondern lebten mit einer alten ausgeleierten Philosophie fröhlich weiter, einer Philosophie, die sie sich passend machten, als sei es eine Bar in einer Bretterbaracke. Ja, genau so. Hauptsache, es gab Schnaps und was zu rauchen und ein paar Lichter. Ein fürchterlicher Verdacht stieg in Siebert auf und er hielt an, um ihn genau zu fassen: Konnte es sein, dass die anderen Menschen gar keine Philosophie benötigten, sich einen Dreck um jene Gedanken scherten, die doch Grundlage ihres Lebens sein sollten? Und wenn dem so war, dann, natürlich, dann konnte er sich wirklich nicht als nützliches Mitglied der Gesellschaft bezeichnen. Wieder hörte er das ferne Gejohle und überlegte, warum er so selten ausgegangen war in den letzten Monaten. In der Südstadt etwa war er seit Jahren nicht mehr gewesen, obwohl dort sein Kinderarzt seine Praxis gehabt hatte, Dr. Ritter. Seine Mutter war jedes halbe Jahr mindestens einmal mit ihm dort hingegangen. Später, als er schon zwölf war, sogar einmal jeden Monat und teilweise sogar einmal die Woche. Obwohl ihm nichts fehlte. Weshalb er auch gar nicht mit hinein in die Praxis musste, sondern in dem engen Hausflur oder draußen auf der Straße bleiben und dort spielen konnte. Andere Patienten sah er nie herauskommen. Trotzdem war es immer voll in der Praxis, denn seine Mutter brauchte nie unter einer halben Stunde, oft sogar eine ganze, auch weil sie mit Dr. Ritter so viel über ihn, den schlecht zusammengewachsenen Jungen, zu besprechen hatte. Hatte seine Mutter wirklich gesagt, dass er schlecht zusammengewachsen sei? Siebert meinte sich daran zu erinnern. Und auch an seine Vorstellung, dass er folglich in Einzelteilen zur Welt gekommen sein musste, die Dr. Ritter zu einer Zeit, als er noch nicht hatte denken können, zusammengesetzt und aneinandergenäht hatte. Er untersuchte seinen Körper nach Nähten, konnte aber keine finden. Wahrscheinlich lief alles da unten zusammen, weshalb er dort auch nicht hinschauen durfte, weil dieser Anblick so furchtbar war, dass er in Ohnmacht fallen, wenn nicht sogar sterben würde. Auch hinfassen durfte er nicht, denn unwillkürlich würde er an den Nähten herumspielen, sie lösen und seinen Körper wieder in seine Einzelteile zerlegen. Deshalb hielt er die Hände nachts über der Bettdecke und schaute selbst beim Wechsel von Unterhose zum Schlafanzug nicht dorthin, auch nicht wenn er pinkelte, selbst nicht beim Baden, wo er das Bisschen Kernseifenschaum auf der Wasseroberfläche über seinem Geschlecht sammelte. Geschah es doch einmal, dass er beim Umziehen da unten etwas streifte, so brannten seine Finger danach, als hätte er in lodernde Flammen gefasst. Er lief in die Küche und schrubbte sich die Hände mit der Wurzelbürste. Es war ein reiner Zufall, dass er noch lebte, weshalb Dr. Ritter seiner Mutter jede Woche aufs Neue die komplizierten Schautafeln mit den Nähten erklären musste, schließlich war er noch im Wachstum, rumorte, zerrte und juckte alles da unten und war zum Zerreißen gespannt. Sollte es durch eine unachtsame Bewegung aufplatzen, musste seine Mutter schließlich wissen, was zu tun ist, und ihn notdürftig versorgen können, bis Dr. Ritter kommen und ihn neu vernähen würde. Wäre er dann zum Mann geworden? Und war das das Geheimnis, das die erwachsenen Männer teilten und worüber sie lachten, wenn sie zusammenstanden und Bier tranken? Ängstlich wartete er auf den Tag, an dem die Nähte gezogen oder ersetzt werden müssten, und war erleichtert, wenn seine Mutter mit gerötetem Gesicht und etwas verwuscheltem Haar von dem anstrengenden Studium seiner Nahtverläufe aus der Praxis kam und nichts weiter zu ihm sagte. Manchmal bekam er danach ein Eis, wahrscheinlich, wenn sie wieder einmal keine guten Nachrichten über seinen Zustand gehört hatte. Es war ein Leben ohne Dauer, in das hinein er neben seiner Mutter ging. Die Platanen drohten ihm mit ihren knochigen Aststummeln und der Karmelitersteg schwankte, wenn sie die Südstadt wieder verließen und die Bedrohung des Felsens in seinem Rücken langsam abnahm. Einmal hatte er während der Wartezeit seinen ganzen Mut zusammengenommen und war die Straße hinuntergegangen, um sich den großen Bergfels anzuschauen, um den herum sich während der Zeit der Prosperität kleine Einfamilienhäuser gruppiert hatten, trotz der dünnen kupferfarbenen Rinnsale. Diese Häuser waren eigenartig dunkel und still, als seien sie unbewohnt. Warum kamen Siebert mit einem Mal solche Gedanken? Weil er es nicht geschafft hatte, mit Marga in der Südstadt in einem dieser Einfamilienhäuser am Bergfels zu leben? Wahrscheinlich gab es diese Häuser gar nicht mehr. Sie waren schon vor Jahren beschlagnahmt und umfunktioniert worden. Gab es nicht sogar Pläne, den Bergfels zu sprengen, um eine freie Fläche für eine eigene neue, kleine Siedlung zu schaffen?

Marga und der Soldat hatten ihr Ziel erreicht, ein Lokal mit tatsächlich einigen bunten Lichtern und Lampions über der Eingangstür. Obwohl er wusste, dass er kein Geld mehr hatte, tastete Siebert seine Hosentaschen ab. Das Lokal hieß »Zum Morgengrauen«, hatte aber eigenartigerweise einen recht großen Kakadu neben dem Schriftzug als Signet. Wahrscheinlich ein Überbleibsel von einem früheren Besitzer. Siebert sah durch die Fenster. Drinnen war es voll. Der Soldat hatte ein paar seiner Kameraden getroffen, die mit ihren Biergläsern in der Hand dichtgedrängt um Marga herumstanden. Allem Anschein nach war es nicht die erste Begegnung mit ihnen, denn Marga schien gelöst und mit den anderen vertraut. Siebert fing an zu frieren. Als drinnen eine Kellnerin mit einer Wurstplatte vorüberging, fiel ihm ein, dass er heute noch nichts gegessen hatte. Im selben Moment raste ein Militärfahrzeug mit großer Geschwindigkeit die Straße entlang und hielt mit quietschenden Reifen direkt vor dem Eingang der Gastwirtschaft. Ein Soldat sprang heraus und stürzte in das Lokal. Durch die Fensterscheibe konnte Siebert sehen, wie der Soldat mit Margas Begleiter sprach und diesem offenbar eine Nachricht überbrachte, die ihn zum sofortigen Verlassen der Gaststätte nötigte, da der Soldat Marga umarmte und einige bedauernde Gesten machte.

3

Stimmt es, dass bereits am anderen Morgen die Straßen abgeriegelt waren und die Menschen, die zur Arbeit gingen, anfänglich glaubten, sie würden weiter einem festgelegten Weg folgen, und erst nach einiger Zeit bemerken mussten, dass sie in eine Gegend geraten waren, die sie nicht kannten, mit fremden Namen auf den Straßenschildern und Bussen mit unbekannten Zielen?

Zwei Männer, die sich hinter einer Barriere einen Zettel zugesteckt hatten, wurden aus der Menge herausgeholt und mussten im strömenden Regen neben den Mannschaftswagen warten, während die anderen mit einem Gefühl der Erleichterung weitergingen.

Kaum einige Meter weiter, stellte sich bei den Passanten ein Bild ein: In die Handinnenfläche eines Ohnmächtigen, vielleicht sogar Toten, wird ein zusammengefalteter Zettel gelegt und jeder Finger einzeln um diesen Zettel gebogen.

Was steht auf dem Zettel?

Ist es nicht oft umgekehrt, dass man die Hand eines Ohnmächtigen oder Toten öffnet, um ihr einen Zettel zu entnehmen?

Der Zettel enthält eine Wegbeschreibung und eine Anweisung.

Ist es für beides nicht zu spät?

Alle Wegbeschreibungen kommen zu spät, denn wenn man nach ihnen fragt, ist man bereits aufgebrochen. Ebenso verhält es sich mit den Anweisungen. Wir dürfen nicht immer auf Zweckmäßigkeit bedacht sein. Sie verstellt uns den Blick.

Die Menschen gehen unbeteiligt vorüber. Sie geben vor, ihrer Wege zu gehen. Dabei haben sie gar keine Wege mehr.

Das Wort »unbeteiligt« stellt eine Beziehung her, die nicht existiert, denn es bestätigt die Beziehung, um sie gleichzeitig zu leugnen. Man kann nie unbeteiligt sein, sondern höchstens so tun, als sei man unbeteiligt.

Jemandem war ein Verband aufgegangen. Darunter wurde eine alte, schlecht vernarbte Wunde sichtbar.

Auf dem Dach des alten Bahnhofsgebäudes stand ein Mann mit einem nicht genau auszumachenden Werkzeug in der ausgestreckten rechten Hand, und niemand wagte zu sagen, ob es sich um einen Arbeiter oder um jemanden handelte, der, von einer unglücklichen Liebe getrieben, bereit war, von dort herunterzuspringen.

Der Tag wollte sich nicht aufhellen. Die Menschen hielten sich länger als nötig in den Geschäften auf. Nicht allein, dass immer wieder Straßen nicht passierbar waren und man willkürlich kontrolliert wurde, die Normalität des Alltags ließ sich nicht einfach weiter behaupten, sondern musste zumindest für diesen Tag aufgegeben werden. Da die meisten dennoch ihrer Arbeit nachzugehen hatten, kamen ihnen die Häuserzeilen, in denen sich ihre Büros befanden, fremd und sie sich selbst wie entlassene, pensionierte oder in Urlaub geschickte Mitarbeiter vor, die unerwartet für alle anderen frühmorgens, und so als sei nichts geschehen, am Arbeitsplatz auftauchten. Was sollte man mit ihnen anfangen? Sie grüßen oder besser so tun, als habe man sie nicht gesehen? Und wer würde ihnen eine Arbeit zuteilen oder die unangenehme Aufgabe übernehmen, sie auf das Unangebrachte ihres Hierseins hinzuweisen?

Ist Marga damit gemeint, die nichtsahnend nach ihrem verlängerten Wochenende am Dienstag in dem unzerstörten Gebäudekomplex am Friedrich-Fritz-Winter-Platz erschien?

Und weil der Tag nicht zu sich finden wollte, erinnerten sich immer mehr Menschen an eine Zeit, an die sie seit Langem nicht mehr gedacht hatten und die ihnen nun wieder plastisch vor Augen stand und in jedem ungeleerten Briefkasten, in jedem hastig abgestellten Rad, in jeder Stufe, die zu einer geschlossenen Ladentür führte, und selbst in der leichten Drehung eines Arms und dem verschatteten Profil eines vorbeieilenden Passanten begegnete.

Nichts traute man sich zu verändern, obwohl alles nach Veränderung schrie. Und so strichen viele nach Feierabend um die leergeräumten Kirchen und versuchten sich an den Geruch von Weihrauch zu erinnern und an das Bild eines Heiligen, doch alles gerann ihnen sofort zu einem beliebigen Aberglauben, weil ihnen die einfache Frage nicht einfiel, die jedem Glauben vorausgehen muss.

Wie lautet diese Frage?

Wir sollen also annehmen, dass Siebert, einem plötzlichen Impuls folgend, den vor dem Lokal »Zum Morgengrauen« wartenden Jeep entsprechend manipulierte, zum Beispiel indem er die Leitung mit Bremsflüssigkeit kappte. Dass im Weiteren der Fahrer des Jeeps zusammen mit Margas Bekanntschaft zur Villa des alten Siebert fuhr, dort den alten Siebert und dessen Adjutanten zu einem kurzfristig anberaumten Treffen abholte und dass auf dem Weg dorthin, nämlich kurz vor dem Lindholmplatz, die Manipulation Sieberts wirksam wurde, die Bremsen ihren Dienst versagten und der Jeep mit seinen vier Insassen gegen die Umfriedung der alten Schlosserei raste, dort Feuer fing und ausbrannte, ohne dass sich einer der Insassen hatte retten können. Beruht diese Annahme nicht auf so vielen Zufällen, dass es sich schlechthin um ein unwahrscheinliches gedankliches Konstrukt handeln muss?

Warum sollte jemand eine Geschichte konstruieren, die unglaubwürdig ist?

Dann gibt es also keine unglaubwürdigen Geschichten?

Marga war einige Tage auf dem Land gewesen und fand die Stadt bei ihrer Rückkehr am Montagabend verändert vor. Sie beeilte sich, an den Menschen vorbei nach Hause zu kommen, und hoffte heimlich, schon von Weitem Siebert am Fenster stehen oder wenigstens das Licht der Lampe über dem Esstisch schimmern zu sehen. Beide Wünsche erfüllten sich jedoch nicht. Bereits als sie das Treppenhaus betrat, beschlich sie das eigenartige Gefühl, das einen überkommt, wenn man begreift, dass man einen Weg, den man Hunderte Male gegangen war, nie mehr gehen, einen Gegenstand, den man ebenso oft gesehen und in die Hand genommen hatte, nie mehr berühren, eine Landschaft, die einem seit Ewigkeiten vertraut gewesen war, nie mehr betreten könnte und dass man das letzte Mal, als man es bewusst hätte tun und ebenso bewusst davon Abschied nehmen können, ein für alle Mal versäumt hatte.

Die Wohnung war nicht abgeschlossen, und gleich als Marga das Zimmer betrat, schlug ihr ein eigenartig fremder Geruch entgegen, nicht stark, sondern so schwach, dass ein Fremder ihn nicht hätte wahrnehmen können, ein Geruch, den Marga Tage später als den von Fensterkitt identifizieren würde, als sie feststellte, dass die Scheibe des rechten Fensterflügels ausgewechselt worden war. Sie schaltete die Lampe über dem Esstisch an, stellte erst dann ihren kleinen Pappkoffer ab und sah sich um. Das Bett war gemacht. Der Tisch war leer. Sie ging zum Schrank, nicht um nachzusehen, ob Sieberts Sachen dort noch hingen, obwohl ihr kein anderer Grund einfallen wollte, nachdem sie die Schranktür geöffnet hatte. Ja, Sieberts Kleider waren noch da. Alles war noch so, wie sie es vor drei Tagen verlassen hatte, außer eben dass Siebert fehlte und auf den Dielen ein dunkler, nicht eben kleiner Fleck zu sehen war.

Marga schlief in dieser Nacht sehr unruhig und wachte von jedem leisen Geräusch im Haus auf, weil sie meinte, Siebert würde die Treppen hochkommen oder gerade das Zimmer betreten. Als sie am nächsten Morgen übernächtigt, aber pünktlich an ihrem Arbeitsplatz am Friedrich-Fritz-Winter-Platz erschien, teilte ihr eine Kollegin mit, kaum dass sie sich an ihren Schreibtisch gesetzt hatte, sie solle sich umgehend beim Abteilungsleiter melden. Marga nahm sofort an, dass sie nun eine Nachricht über den Verbleib Sieberts erhalten würde, stattdessen musste sie feststellen, dass der frühere Abteilungsleiter, für den sie einige Male ein Diktat aufgenommen hatte, durch einen jungen Mann in Uniform ersetzt worden war. Der ließ Marga vor seinem Schreibtisch stehen, schaute nur kurz von seinen Akten auf, um ihr mitzuteilen, dass sie fristlos gekündigt sei, weil sie den gestrigen Montag unentschuldigt gefehlt habe. Als Marga sich verteidigen wollte und sagte, dass es sich um einen Urlaubstag gehandelt habe, den sie bereits vor Wochen beantragt und letzte Woche genehmigt bekommen habe, schnitt ihr der Soldat das Wort ab und fragte nur: »Von wem?«, um sofort und ohne ihre Antwort abzuwarten, hinzuzufügen: »Und ebendieser Herr ist nicht mehr bei uns, weshalb sämtliche Erlasse und Verfügungen ungültig sind, von privaten Vergünstigungen ganz zu schweigen.« Marga wollte gegen die letzte Bemerkung Einspruch erheben, überlegte es sich aber im letzten Moment noch anders und fragte lediglich: »Und jetzt?« Worauf sie zur Antwort erhielt: »Jetzt können Sie gehen.« »Das heißt?« »Wie gesagt, Sie sind entlassen. Fristlos.«

Auch an diesem Abend kehrte Siebert nicht nach Hause zurück und auch an den folgenden Abenden nicht. Marga versuchte mit aller Gewalt eine ganz bestimmte Gedankenkette zu verhindern, und lenkte sich mit zufälligen Erinnerungen und Zukunftsträumereien ab. Tagsüber lief sie auf der Suche nach einer neuen Arbeit durch die Stadt. Am Abend las sie die Zeitung. Drei, vier Tage konnte sie es aufhalten, dann nahm die Gedankenkette ihren Lauf. Diese Gedankenkette war das erste Mal drei Wochen nach ihrem siebten Geburtstag aufgetaucht. Sie hatte zu diesem Geburtstag eine schon lang ersehnte Puppe bekommen, ein Baby, das nicht nur die Augen auf- und niederschlug, sondern auch aus einer Flasche trank, deren Milch immer weniger wurde, wenn man sie im richtigen Winkel ansetzte. Diese Puppe begleitete sie drei Wochen lang überallhin, war dann aber plötzlich auf unerklärliche Weise verschwunden. Dieser Verlust war für Marga so unfassbar, dass sie ihren Eltern nicht einmal sagen konnte, wann sie die Puppe das letzte Mal gesehen und wo sie sie liegengelassen haben könnte. Viele Nächte lang weinte sie, dann bekam sie Fieber und wurde krank. Und in einem ihrer fiebrigen Träume tauchte dann die Gedankenkette das erste Mal auf. Sie war dem Lied ganz ähnlich, das sie gerade in der Schule gelernt hatte. In diesem Lied schickt ein Bauer den Jockel aus, Hafer zu schneiden. Der Jockel aber weigert sich, weshalb der Bauer den Knecht ausschickt, den Jockel zu holen, und auf dessen Weigerung hin den Hund, damit er den Knecht beiße, damit der den Jockel hole, um den Hafer zu schneiden und immer so weiter, bis selbst der Henker getötet werden soll, der aber ein Einsehen hat, und das ganze Lied rückwärts abläuft und der Hafer am Ende doch noch vom Jockel geschnitten wird. In ähnliche Form gefasst stellte Marga sich verschiedene Todesarten vor, die ihre Puppe womöglich hatte erleiden müssen, um für jede zugleich ein Gegenmittel zu erfinden, etwa dass sie schwimmen kann, wenn man sie ertränken will, ihr Hals zu fest ist, um erwürgt zu werden, dass nur ihr Kleidchen brennt, aber nicht ihr Körper, wenn man sie ins Feuer wirft und so weiter. Es war eine komplizierte und immer länger werdende Gebetsformel, da Marga jede Todesart, von der sie hörte, einbauen und gleichzeitig ausschließen musste. Eine Gebetsformel, die jedoch tröstete, indem Marga sich auf die richtige Abfolge der einzelnen Stationen konzentrierte, wenn sie wieder einmal in ihrer großen und untröstlichen Verzweiflung zu versinken drohte und durch das allabendliche Vorsingen schon bald in einen erlösenden Schlaf fiel.»Das Püpplein sollt am Aste hangen«, der erste Satz des innerhalb von wenigen Wochen auf gut dreißig Todesarten angewachsenen Gesangs begleitete Marga auch später noch und löste die schmerzhaften Gedanken, wenn etwas, meist eine Trennung, nicht zu ertragen war, in einem beruhigenden Repertieren auf. Nachdem sie den Singsang über viele Jahre nicht mehr aufgesagt hatte, bemerkte Marga eines Abends, dass ihre Überlegungen, was wohl mit Siebert geschehen sein mochte, langsam abgelöst und ersetzt wurden, nämlich durch das Püpplein am Aste und im Feuer und im Backofen und im Sumpf und überfahren auf der Straße und zerteilt im Häcksler und zerkleinert im Fleischwolf und passiert durch das Sieb und verfüttert an die Tauben und zerrissen von den Hunden und verschleppt vom Marder und aufbewahrt als Kompott im Keller der Hexe. Natürlich stellten sich diese Bilder aus Angst ein, Siebert ebenfalls verunglückt, ertrunken, erschossen, erstickt, gemartert, lebendig begraben und schließlich nackt aufgebahrt im Eiskeller der ehemaligen Brauerei in der Gottfried-Helm-Straße wiederzufinden. Diese Bilder wurden aber von der mittlerweile gegenstandslosen Litanei überlagert, in der die Puppe zusammen mit den ihr möglicherweise zugefügten Grausamkeiten längst dem reinen Klang gewichen war, der seine Kraft, wie jedes tief empfundene Gebet, dadurch entfaltete, dass er sich auf nichts mehr bezog.

Der Mensch ruft immer nur aus der Tiefe der Gegenständlichkeit hinauf in die Höhe der Abstraktion. Er hofft auf ein Echo, doch wenn es von dort oben niederschallt, rammt es ihn oft noch tiefer in die Verzweiflung.

»Der Mensch«, wer sollte das sein? Der Mensch, wenn er so genannt wird, ist nur ein Konstrukt des moralischen Denkens, er ist eine Leerformel der Macht. Wer »Mensch« sagt, möchte diesen Menschen verändern oder unterdrücken.

Stell dir vor, das Private wäre nicht vom Tod begrenzt? Stell es dir nur einen Moment lang vor. Was würde daraus folgen? Wie lange würde die Stadt untätig daliegen und langsam überwuchern? Wie lange?

Mit seiner viel zu großen Schultasche geht ein Junge an der alten Schlosserei vorbei. Was hat er hier verloren? Er geht über den Lindholmplatz und zwängt sich zwischen den Zäunen auf den schmalen Pfad, der zwischen den zwei dahinterliegenden Gärten verläuft. Er reißt sich dabei den Arm und beide Hände auf. Er ist spät dran. Es ist schon halb vier durch. Siebert schaut ihm von seinem Fenster aus hinterher. Er denkt: Das bin ich. Genauso ging ich vor beinahe 25 Jahren über diesen Platz und zwängte mich zwischen den Zäunen auf den schmalen Pfad zwischen den zwei Gärten. Damals waren es noch Holzzäune, jetzt sind sie aus Draht und geben etwas mehr nach, wenn man sich zwischen ihnen bewegt.

Ist das Marga, die sich in den abwesenden Siebert hineinversetzt, und jetzt, so wie er wochen- und monatelang zuvor, am Fenster steht, anfangs, weil sie ihn erwartete, später um zu sehen, was er dort unten gesehen haben mochte, und schließlich grundlos?

Genau in diesem Moment, denkt Marga, als sich der Junge in den schmalen Pfad zwischen den Gärten hinter dem Lindholmplatz quetschte, ging Siebert das Gefühl für eine Zukunft verloren. Er wusste in diesem Moment, dass er es nicht schaffen würde. Er wusste nicht, was er nicht schaffen würde, nur dass er es nicht schaffen würde. Dass es vergeblich war. In diesem Moment verschwand für einen Augenblick das Private und eine Hoffnung auf das Allgemeine entstand. Aber auch sie sollte nicht von Bestand sein.

Ebenso wenig wie es eine Beziehung gibt, an der man unbeteiligt ist, existiert das Gefühl der Hoffnungslosigkeit. Vergeht eine Hoffnung, entsteht eine neue. Zu sagen, ein bestimmter Umstand sei hoffnungslos, drückt nichts anderes aus als die Hoffnung, ohne falsche Erwartung erneut beginnen zu können.

Wenn es unwahrscheinlich und wenig realistisch ist, dass der Jeep direkt vor Sieberts und Margas Wohnung verunglückte, kann es sich dann nicht um eine Allegorie handeln, in der eine Verbindung zwischen Täter und Opfer geknüpft werden soll?

Dann wären sämtliche Erklärungsversuche hinfällig. Es handelte sich allein um eine Parabel, die das Private zum Gesellschaftlichen in eine Verbindung zu setzen versucht. Den wahren Ursachen wären wir dadurch kein Stück nähergekommen.

Aber es stimmt doch, dass das Private gesellschaftlich wirksam ist, umgekehrt die Gesellschaft auf das Private einwirkt, wie man an diesem Fall erkennen kann.

Es ist vor allem die Lüge von Mann und Frau, die sich in gegenseitiger Demut vor der Folie ihrer gesellschaftlichen Aufgabe betrachten, während diese Gesellschaft in Wirklichkeit in sie hineinregiert und auf gegenseitige Vernichtung drängt.

Es geht nicht darum, ob etwas stimmt oder nicht, sondern darum, wie sich etwas tatsächlich zugetragen hat. Parabeln und Allegorien helfen uns dabei genauso wenig weiter wie Spekulationen und markige Geschlechterkampf-Parolen.

Es geht um das Wetter, es geht um den Geist, es geht um Gefühle, es geht um das Symbolische. All das wird in diesen Überlegungen immer wieder ausgeschlossen. Es gibt Beobachtungen, die sich nicht in Worte fassen lassen. Beschreibungen liefern deshalb immer nur ein unvollständiges Bild. Wir sprechen selten von Gerüchen. Wir sprechen noch seltener vom Ungenauen. Kaum vom Unscharfen. Dies alles findet sich in wenigen numinosen Objekten versteckt und wird in mystischen Handlungen stellvertretend abgetan.

Für den einen verbindet sich der Geruch von Seife mit dem Bild von geröteter Haut, deshalb gehören beide jedoch nicht zwangsläufig zusammen.

Die Erinnerungen selbst sind nicht trügerisch, sondern trügerisch in der Behauptung, Erinnerungen zu sein. Darin liegt die Ursache unserer ständigen Irrwege und unseres Fragens.

Die Eltern denken, dass es mit ein paar Schnappschüssen und einigen Filmaufnahmen getan ist. Im Sommer stellen sie den Kindern ein Planschbecken in den Garten. Im Winter legt man ihnen einen Schal um den Hals. Um den Rest müssen sie sich selbst kümmern. Ja, es ist der Tod, der auf dem breiten Ast des Apfelbaums sitzt. Und ja, ihr entkommt ihm nicht.

Was sind Glasheilige? Sind es Heilige, die in einem Glas leben, so wie andere auf einem Pfosten stehen oder in einer Höhle hausen, oder sind die Heiligen selbst aus Glas? Und warum spielt die Religion keine Rolle mehr? Sind die Fragen der Religion wirklich bedeutungslos? Oder ist die Bedeutung so übermächtig, dass wir sie aus unserer jetzigen Lage heraus noch nicht einmal mehr zu befragen wagen?

Nach Monaten meinten die Einwohner der Stadt, die Stadt selbst sei eine Insel oder mehr noch eine Scheibe und man könne sie nicht verlassen, selbst wenn man wolle. Und nur deshalb habe es auch das Eisenbahnunglück gegeben.

Stimmt es, dass in dem großen Ausstellungsraum im ersten Stock des Privatmuseums ein Wandgemälde hing, das die Weltmechanik zeigte, jedoch auf völlig unterschiedliche Weise, je nachdem, ob man von der Treppe aus rechts in den Saal ging oder erst die Vitrinen im Flur abschritt, um den Raum von der anderen Seite zu betreten? Und stimmt es, dass dieses Wandgemälde schon seit über zweihundert Jahren dort hing, als man von der Weltmechanik noch nichts wusste, vielmehr noch gar nicht die Möglichkeiten hatte, sie in geeigneter Weise darzustellen? Stimmt es, dass der Maler des Gemäldes damals vor Gericht musste, wo man ihm das Malen per Dekret untersagte? Und wurde ihm die Arbeitshand zur Warnung nur gebrochen oder tatsächlich abgeschlagen? Und stimmt es, dass sich dieses Gemälde viele Jahre unter Verschluss befand und öffentlich nicht zugänglich war und man absichtlich Legenden unter das Volk streute, wie gefährlich es sei, das Bild zu betrachten, da man Gefahr laufe, den Verstand zu verlieren und die ganze Welt infrage zu stellen? Und erreichte man nicht genau das Gegenteil damit, sodass die Menschen begierig waren, dieses Gemälde zu sehen, und unermüdlich versuchten, in die von Wachen gesicherte alte Remise am Lindholmplatz, die es damals noch gab, zu gelangen?

Man fragt sich, mit welcher Erwartung diese Menschen das Gemälde sehen wollten. Hofften sie tatsächlich, den Verstand zu verlieren, oder wollten sie den Beweis antreten, dass man das Gemälde auch betrachten könne, ohne die geistige Gesundheit einzubüßen?

Seit das Gemälde sich im zweiten Stock des Privatmuseums in der Dolmenstraße befand, war es zu keinem Zeitpunkt mehr öffentlich zugänglich. Es erscheint fragwürdig, Personen an Ereignisse oder bestimmte Orte zu koppeln, so als erklärten oder entlasteten sich beide gegenseitig. Der alte Siebert ist ein Privatier, dem zu viel Bedeutung beigemessen wird. Das Museum mit seinen Exponaten hat eine vom alten Siebert völlig unabhängige Geschichte. Gleichgültig, ob es sich nun um seine Villa handelt oder nicht.

Warum laufen Kinder so gern im Kreis? Warum bleiben sie grundlos stehen und schauen zum Himmel? Warum ist es ein ihnen vertrautes Gefühl und gar keine Drohung, dass man ihre Glieder abnehmen und verkehrt wieder ansetzen könnte? Was ist mit dem Tod? Ist er mehr als ein Blick durch die Gitterstäbe des Heims auf einen Platz und noch einen weiteren Platz etwas weiter dahinter und eine Reihe von Bäumen, vor denen Arbeiter stehen, die sich auf ihre Schaufeln stützen? Später findet sich das Drehen nur noch einmal im Jahr auf den Karussells des Jahrmarkts.

Traf sich der Sportverein Südstadt nicht auch auf einem Jahrmarkt? War es nicht ein Jahrmarkt, der kaum der Rede wert war, weil er nur aus einem Kettenkarussell, einem Kinderkarussell und einer Baracke bestand, in der man außergewöhnliche Dinge zeigte, wie etwa das Bluttuch und verschiedene zusammengefaltete Zettel, die man in den Fäusten von Toten gefunden hatte?

Handelt es sich dabei um die Baracke des Schaustellers ohne Geruchssinn, bei dem Siebert zeitweise arbeitete, bis auch er nichts mehr roch?

Dieses Bluttuch war mit Sicherheit eine Fälschung. Selbst die Echtheit des zeitweise im Privatmuseum in der Dolmenstraße ausgestellten Tuchs wurde immer wieder infrage gestellt.

Dass ein einfacher Schausteller auf die Idee gekommen sein soll, eine Fälschung des Bluttuchs anzufertigen und auszustellen, weist auf den tiefen Glauben an das Bluttuch in der Bevölkerung hin.

Wie kann ein solcher Glaube existieren, wenn das Bluttuch erst kurz zuvor von einem Geschwisterpaar auf dem Nahrthalerfeld gefunden wurde?

Handelt es sich hierbei nicht vielmehr um das Motiv des Wiederauffindens, bei dem der Vorgang des Findens wichtiger ist als das Wiederaufgefundene?

Das Geschwisterpaar war zum Nahrthalerfeld gelaufen, weil es gesehen hatte, dass dort ein Kampfflugzeug abgestürzt war. Sie hatten sich der Maschine genähert und vergeblich versucht, den halb aus dem Cockpit heraushängenden Piloten nach draußen zu ziehen. Dabei hatte sich sein blutverschmiertes Halstuch gelöst und war auf die Schulter des Mädchens geglitten, die es genommen, zusammengefaltet und in ihre Schürze gesteckt hatte. Anschließend waren die beiden zurückgelaufen, um Hilfe zu holen. Das

Motiv des Wiederauffindens scheidet demnach aus, da das Bluttuch überhaupt erst durch den Absturz und den Tod des Piloten zum Bluttuch wurde.

Es handelt sich folglich um das Motiv der Erneutentstehung. Das Motiv der Erneutentstehung ist seltener als das des Wiederauffindens.

Lässt sich mit dem Begriff der Erneutentstehung nicht beinahe alles erklären?

Das wäre ein Missverständnis. Es ist wie mit der Kopie, die das Original infrage stellt, weil es sich selbst in dessen Geschichte einschreibt und diese Geschichte dadurch offenlegt. Die Erneutentstehung legt eine sonst nicht sichtbare Verbindung offen.

Es steht immer noch nicht fest, ob der alte Siebert tatsächlich im Jeep saß und ob er tatsächlich der Vater des jungen Siebert ist. In diesem Fall wäre die Geschichte überdeterminiert und damit unglaubwürdig. Dass der betrogene Ehemann dem Liebhaber seiner Frau schaden will und dabei den eigenen Vater tötet, verweist die Erzählung in den Bereich der Fabel und des Mythos, vielleicht noch in den der Psychoanalyse.

Kann man den mythologischen Gehalt einer Geschichte als Beweis dafür anführen, dass die Geschichte selbst unglaubwürdig ist? Was wäre dann mit anderen vergleichbaren Geschichten, zum Beispiel der über das Bluttuch, um noch einmal darauf zurückzukommen?

Das Bluttuch ist ein schlechtes Beispiel, weil es sich bei ihm tatsächlich um einen Gegenstand aus der Legende handelt.

Es ist also kein Flugzeug auf dem Nahrthalerfeld abgestürzt?

Doch, es ist ein Flugzeug auf dem Nahrthalerfeld abgestürzt. Ein Abfangjäger.

Und waren es nicht zwei Kinder, ein Junge und ein Mädchen, genauer ein Geschwisterpaar, das in der Nähe des Nahrthalerfelds spielte und zu dem abgestürzten Abfangjäger hinlief, dort den toten Piloten fand und ihm einer Regung folgend das Halstuch abnahm?

Das alles mag stimmen. Dass allerdings das Bluttuch dieses Geschwisterpaar fortan vor jeglicher Krankheit, jeglichem Leid, jeglichen Strafen, die ihnen bislang von Eltern, Lehrern und Ärzten zugefügt worden waren, beschützte, dass die beiden durch das Bluttuch unverwundbar geworden waren und sich mithilfe des Bluttuchs über alle Regeln der Gemeinschaft straflos hinwegsetzen konnten, ist falsch und lässt eine Kontaminierung der Überlieferung durch einen Volksglauben vermuten, die aus Gründen der Propaganda gefördert, zumindest nicht unterbunden wurde.

Welcher Propaganda? Bestimmt nicht der Propaganda der reedukativen Marionettenspiele. Garantiert nicht. Und noch weniger der Propaganda der Gesellschaft für neuen Magnetismus oder des Sportvereins Südstadt. Welcher Propaganda also?

Es gibt keine Gesellschaft für neuen Magnetismus, sondern nur, wie bereits mehrfach erwähnt, einen sogenannten Magischen Zirkel, eine harmlose Vereinigung von Freizeit-Magiern.

Wir versuchen über Beziehungen zu sprechen, ohne Gefühle zu erwähnen. Ist das überhaupt möglich? Was war mit den Paaren, die schließlich weiterhin existierten, sogar schneller als zuvor zusammenfanden und sich nur schwer wieder voneinander lösten?

Sind Siebert und Marga gemeint?

Kann man die Kategorie des Schicksals hier nutzbringend anwenden?

Nur wenn man das Schicksal als das Unzureichende versteht.

Das Unzureichende ist eine schwer zu handhabende Kategorie.

Darin besteht ihr Sinn. Wenn man die Kategorie des Schicksals schon bemüht, soll man an ihr verzweifeln.

Wie an der Liebe?

War der alte Siebert Mitglied des auffällig oft benannten Magischen Zirkels? Und traf sich dieser Zirkel gewöhnlich im zweiten Stock des Privatmuseums? Kam es zu dem Attentat, als der alte Siebert auf dem Weg zu einem Treffen des Magischen Zirkels war? Ging es bei diesem Treffen um die Verbindungen zum Sportverein der Südstadt?

Es ist unwahrscheinlich, dass der alte Siebert von Soldaten in einem Militärfahrzeug zu einem privaten Treffen gebracht wird. Der alte Siebert war eine mittlerweile marginale Gestalt, der man versucht hatte, mit der Leitung des Privatmuseums eine Beschäftigung zu verschaffen, die seine letzten Tage ausfüllen sollte.

Ist es nicht allgemein bekannt, dass das Militär gerade und mit Vorliebe mit Kräften zusammenarbeitete, die sich in solchen Kreisen wie dem Magischen Zirkel zu sammeln pflegten?

Kennt man den Namen des Geschwisterpaars und ihren genauen Wohnort? Und was ist aus dem Piloten des abgestürzten Abfangjägers geworden? Wurde er in dem dreizehnten Grab auf dem städtischen Feld des Hagelberger Friedhofs neben den Opfern des Eisenbahnunglücks begraben und nicht der alte Siebert, der keinem Attentat zum Opfer fiel, sondern eines Tages tot im zweiten Stock seines Museums aufgefunden wurde?

Der alte Siebert ist nicht tot, sondern immer noch am Leben. Der junge Siebert ist tot. Er soll sich angeblich umgebracht haben.

Nachdem er erfahren hatte, dass er für den Tod seines Vaters verantwortlich war?

Nein. Er war nicht für den Tod seines Vaters verantwortlich, weil die These, dass er den Jeep manipuliert hat, eine reine Behauptung ist, wir außerdem nicht wissen, ob der alte Siebert in dem Jeep saß, und wenn ja, ob der alte Siebert tatsächlich der Vater des jungen Siebert ist. Wir wissen noch nicht einmal, ob der Jeep wirklich verunglückte. Und wenn er wirklich verunglückte, ob es in der Nähe des Lindholmplatzes war.

Wenn Siebert sich tatsächlich das Leben genommen hat, dann außerhalb seiner Wohnung. Von wem aber stammte in diesem Fall der dunkle Fleck auf den Dielen, den Marga nach ihrer Rückkehr aus dem verlängerten Wochenende auf dem Land entdeckte, und warum, und vor allem von wem, war die Scheibe des rechten Fensterflügels ersetzt worden?

Steht denn wenigstens der Absturz des Abfangjägers zweifelsfrei fest?

Ja, über diesen Absturz besteht Einigkeit. Es ist nicht ganz sicher, ob es sich wirklich um einen Abfangjäger gehandelt hatte oder um ein Jagdflugzeug oder eine andere Art von Kampfflugzeug, was aber keine entscheidende Rolle spielt.

Es gibt keinen Unterschied zwischen abfangen und jagen? Und stimmt es, dass man den Piloten zur selben Zeit, als sein Flugzeug angeblich auf dem Nahrthalerfeld abstürzte, auf dem Dach des alten Bahnhofs gesehen hatte, mit einem Werkzeug in der ausgestreckten rechten Hand, zum Sprung bereit?

Es handelte sich nicht um ein Werkzeug, das er in der ausgestreckten rechten Hand hielt, sondern um das sogenannte Bluttuch.

Stimmt es, dass das Bluttuch am Jahrestag des Absturzes und auch an anderen hohen Feiertagen blutet?

Nein, das stimmt nicht.

Das heißt, das Bluttuch existiert, blutet aber nicht?

Ist es nicht vielmehr so, dass das Bluttuch selbst völlig wirkungslos ist und nur dann, wenn man das Hohlkreuzchen darin einwickelt, zu bluten und seine Heilkraft zu entfalten beginnt?

Was ist mit der bislang noch nicht erwähnten These, dass in den besagten Tagen überhaupt nichts geschah und die Einwohner genau diesen Zustand als bedrohlich, unheimlich und kaum erträglich empfanden, da aus der Ereignislosigkeit, gerade nach der Zeit der beständigen Bedrohung, ein ungekanntes und alles beherrschende Gefühl der Angst entstand, denn gerade von der Angst ist nie die Rede, stattdessen agieren alle Personen so, als wäre die Beziehungslosigkeit, durch die sie auf sich allein gestellt sind, völlig normal?

Diese Beziehungslosigkeit ist auch völlig normal. Sie ist das eigentlich Unfassbare. Aus ihr entsteht alles.

Wirklich alles?

Was nicht aus ihr entsteht, entsteht aus dem Impuls, ihr zu entkommen.

Das also hat es mit dem Erscheinen des Piloten auf dem Dach des alten Bahnhofs in genau dem Moment, in dem er auf dem Nahrthalerfeld starb, auf sich?

Unter anderem.

Lässt sich damit wirklich alles damit erklären?

Vielleicht nicht erklären, aber verstehen.

Auch Margas Tod oder Verschwinden? Und Siebert, der mit ihr, eingewickelt in ein weißes Laken hinter einem Soldaten durch die Stadt irrt oder am Fenster steht, Siebert, der nichts zustande bringt und über eine neue Existenzphilosophie nachdenkt, Siebert, der selbst verschwunden ist, während Marga lebt?

Alles erscheint in zweierlei Form.

Auch das Bluttuch?

Gerade das Bluttuch. Ein Sommertag, ein Geschwisterpaar, ein abgelegenes Haus, in dem sie für einige Ferientage zu Besuch sind. Direkt hinter dem Haus beginnt der Wald mit einem Weg, gesäumt von hohen Kiefern. Man meint einen Raum zu betreten, einen langen Tunnel, denn die eigene Stimme hallt zurück wie die eigenen Schritte. Eigentlich kann man sich hier nicht verlieren. Sie vergessen die Zeit. Plötzlich bricht in dieses unschuldige Vergessen die vom Himmel stürzende Maschine des Abfangjägers ein. Sie laufen, ohne nachzudenken, in die Richtung des Aufpralls. Sie erstarren vor dem leeren Feld, in das sich die Maschine bohrt. Sie nähern sich und sehen ihren ersten Toten. Die Verbindung von Unschuld mit dem gleichzeitigen Verlust der Unschuld – nichts anderes symbolisiert das Bluttuch. Um nichts anderes geht es: Das Vergehen der Unschuld im Moment ihres Entstehens.

4

Verlassene Wagen. Verlassene Wohnungen. Offene Fenster mit wehenden Vorhängen. Offene Schranktüren. Leere Straßen. Leere Hinterhöfe. Ein angeketteter Hund, der sich vor Schwäche nicht mehr bewegen kann. Tiefe schwarze Fensterhöhlen. Eingeknickte Klopfstangen.

Sie fanden nichts dabei, sich wieder in Turnhallen aufzustellen. Hintereinander. In Unterwäsche. Nach Größe geordnet und Geschlechtern getrennt.

Zwei Stunden musste man gehen, bis man keine Trümmer mehr sah. Zwei Stunden, bis man in einem Feld knorriger Weinreben stehen konnte. Unbeschnittene Weinreben. Blattlos. Traubenlos.

Es gab den Blick vom Hügel zum Berg, der aber sofort wieder zurückfiel auf einen selbst, weshalb man sich zwangsläufig zum Tal drehte und die in Schleifen zur Stadt führenden Wege mit den Augen verfolgte. Am Wegrand lagen gefällte Bäume, vielleicht auch nur achtlos umgefahren, Felsbrocken, Gestein, sodass selbst hier oben sofort der Zweifel entstand, wie man hierhergekommen sein sollte. Doch nicht diesen Weg entlang? Diesen Weg dort, der in der ungeschützten Frühjahrssonne lag und den man schon einmal vor einigen Jahren entlanggegangen war mit einer Frau, die man zu kennen gemeint hatte. Zumindest insoweit zu kennen gemeint hatte, dass man den Gedanken, sie könne einen sechs Wochen später verlassen, in diesem Moment als absurd abgetan hätte. Solch ein Gedanke, hätte man gedacht, zeigt doch bloß wieder einmal, wie willkürlich und zusammenhangslos Gedanken auftauchen und wieder verschwinden. Dabei war der Gedanke nicht einfach wieder verschwunden. Er war aufgetaucht, unvermutet und scheinbar ohne einen Zusammenhang, hatte dann aber innegehalten, sich nach links und rechts gebogen und einmal um sich selbst gedreht, um auch noch von der anderen Seite bedacht werden zu können. Diese Pirouetten, die er aufgeführt hatte, durchaus gekonnt, wie es nur ein echter Gedanke kann, waren aber in keinen entsprechenden Zusammenhang gerückt, sondern so betrachtet worden, wie man eine Turnerin betrachtet, die in einem Hinterhof, an dessen offenem Tor man zufällig vorbeigeht, ein paar Lockerungsübungen macht. Er hatte diesem Gedanken sozusagen die Bühne verweigert und ihn noch nicht einmal in den Wettkampf mit anderen Gedanken geschickt, wo er entsprechend schlecht hätte abschneiden und dadurch neutralisiert werden können. Immerhin hatte er ihm aber doch diesen Hinterhof zubilligen müssen, mit einer Toreinfahrt und einer Häuserfront und einer Straße davor und sich selbst, den Denkenden, der diese Straße entlanggeht und sich langsam von diesem dort weiterturnenden Gedanken entfernt.

Doch wo ging er hin? Vielmehr: Wo kam er her? Wenn er sich einmal genau umgeschaut hätte, wären ihm unter Umständen einige Hinweise aufgefallen. Auf der anderen Straßenseite etwa saß ein Mann auf einem Mauervorsprung und schien zu warten. Er war dabei keineswegs ungeduldig, sondern in jener freudigen Erwartung, die einen jede Minute auskosten lässt, in der das, auf was man wartet, noch nicht eingetreten ist. Er befand sich also in jenem illusorischen Stadium, in dem man glaubt, die Unsicherheit überwunden zu haben, ob die, auf die man wartet, tatsächlich kommen wird, ohne sich aber bereits an eine Routine gewöhnt zu haben. Geradezu elektrisiert und aufgeladen wurde der Mann auf dem Mauervorsprung durch dieses Warten, während das Warten doch gemeinhin bedrückt oder beunruhigt, weil die Gegenwart als Durchgang empfunden wird, den man möglichst schnell verlassen will, aber nicht kann. Natürlich kann man von sich nicht erwarten, dass man beim Zurücklassen eines Gedankens in einem Hinterhof auch noch nach links und rechts schaut und die zufällig anwesenden Personen entsprechend bemerkt, mustert und betrachtet. Man kann es nicht erwarten, aber man darf nachher auch nicht behaupten, es hätte keinerlei Anzeichen gegeben. Es war nichts anderes als die Verbindung von Unschuld mit dem gleichzeitigen Verlust der Unschuld.

Etwas anderes war ihm bei diesem Spaziergang auch noch in den Sinn gekommen, ähnlich kurzlebig und im Vorübergehen, nämlich der Gedanke, dass er inzwischen alt geworden war, älter zumindest. Auch dieser Gedanke, denn natürlich dachte er nicht das erste Mal an das Alter, hatte sich in einer neuen und ihm bislang unbekannten Form präsentiert, sich nämlich nicht auf das Unansehnliche bezogen, das sich ganz natürlich mit der Zeit aus der Physiognomie herausschält, sondern auf den eigenen Blick, von dem er zum ersten Mal bemerkt hatte, dass er nicht länger aus einem jungen Inneren auf die Dinge fiel, einem Inneren, das noch alles vor sich hat, dem die Haare im Wind wehen und der Bart nicht weiß wächst und dem die Falten der Stirn, wenn sie überhaupt einmal in Falten gelegt wird, nicht bleiben, sondern wie Schatten zwischen den Felsen hinwegziehen. Das Äußere war ihm in diesem Moment lediglich als Abbild des Inneren erschienen, angestoßen, abgenutzt und stumpf, sodass man diesen Blick, der nach außen auf die Dinge fiel, zu Recht als müde hätte bezeichnen können. Dabei schien die Sonne aus einem wolkenlosen Himmel auf den schattenlosen Weg, und vielleicht war es gerade dieses ungeschützte Ausgesetztsein, das den Pfad selbst im Rückblick vom Hügel noch mühsamer und die dort Gehenden wie verloren Strauchelnde in einer Welt der reinen Natursymbolik erscheinen ließ.

Es lässt sich nicht genau sagen, was alles in einen Moment hineinspielt, wie viel Geschichte, eigene, fremde, gewollte, ungewollte, angenommene und abgewehrte, persönliche und allgemeine Geschichte, einen Moment mitbestimmt, der selbst wieder Teil der Geschichte wird. Versuche, Ereignisse auf das ein oder andere zurückzuführen, sind müßig. Ob man sich küsst, stehenbleibt und auf blattlose Birken zeigt, sich über die brennende Sonne beklagt, noch einmal über die eine Situation im Restaurant spricht, scheint im Nachhinein für den Moment selbst belanglos und wird doch gleichermaßen, wenn auch nur im Hintergrund, erinnert, sodass alles Teil des Bildes wird: Die beiden dort unten auf dem Weg, sie, deren Aussehen an diesem Tag er nicht mehr hätte genau beschreiben können, weil er den Blick leicht gesenkt und nach vorn gerichtet hielt, während sie nebeneinandergingen, sie mehr eine Vermutung war als Gewissheit, eine Vermutung, die beruhigend auf ihn wirkte, da die Gewissheit sich in ihrer schroffen Selbstbehauptung oft viel zu schnell in ihr Gegenteil verkehrte.

Die Gedanken, darin sind wir den Tieren dann doch ähnlicher, als wir meinen, dienen der Absicherung. Der Spaziergang, den beide doch gleichermaßen freiwillig antraten, nachdem sie ihre Koffer in das Ferienappartement gebracht, die Tür zum Balkon geöffnet und die Aussicht bewundert, zumindest entsprechend bewundernd kommentiert hatten, damit die Zufriedenheit des anderen nicht gestört, sondern noch weiter gesteigert und hin zu einem Wohlempfinden gebracht würde, dieser Spaziergang verlief dann doch recht unbeteiligt, als wäre man bereits jetzt, am ersten Urlaubstag, erschöpft von der Anstrengung, den anderen bei Laune halten zu müssen, und als würde man den Weg nur hinter sich bringen, um danach etwas anderes tun zu können, zum Beispiel noch einmal kurz auf das Zimmer gehen, um sich frisch zu machen, und dann hinunter in den Ort, der, wenn auch natürlich ebenso sonnenüberstrahlt, nicht viel zu bieten hatte, was man auch nicht erwartete, denn deshalb, um einmal weg zu sein von allem, war man schließlich hierhergefahren, sodass der Krämerladen, in den man ging und nur aus Verlegenheit eine Tafel Schokolade einer Marke kaufte, die man nicht kannte, amüsiert betrachtet und dazu benutzt wurde, sich erneut gegenseitig zu versichern, man fühle dasselbe, wenn man die mit Dosen vollgestopften Regale hinter der alten Registrierkasse betrachtete. Die Registrierkasse war übrigens nicht so alt, wie man meinen könnte, also nicht etwa aus Bakelit mit hervorstehenden weißen Druckknöpfen, sondern von jenem angerauten Beige der ersten Computer. Allerdings gab sie noch einen Klingelton von sich, wenn die Lade geöffnet wurde, wie auch die Ladenklingel an der Eingangstür.

Die Geschichte, deshalb beschäftigen wir uns wahrscheinlich immer wieder mit ihr und lassen sie uns erklären und beibringen und in Daten fassen, ist so unheimlich wie unverschämt in dieser Ungeheuerlichkeit, mit der sie unser Leben einordnet und uns auf Wege setzt, die wir dann auch noch in der Meinung, das alles freiwillig und zur Entspannung und zum Vergnügen zu tun, abgehen. Diese Zumutung der Geschichte muss immer wieder aufs Neue isoliert und von uns abgetrennt werden, damit wir nicht auf die Idee kommen, sie habe wirklich etwas mit uns zu tun. Denn was sollte dieser Spaziergang den Weg hinauf auf die Anhöhe mit Krieg und Vorkrieg und Nachkrieg und Zwischenkrieg, was mit Grenzen und Verschiebung der Grenzen, was mit der Entstehung von Städten, von Kulturen, von Menschheit gar, zu tun haben?

Würden die beiden erfahren, dass auf dem Weg, den sie gingen, auch einmal andere gegangen waren, wovon sie natürlich ausgingen, ohne es zu benennen, andere von geschichtlicher Bedeutung, die etwa hier hoch auf den Hügel getrieben wurden, um noch einmal zum Berg hinauf, und zum Tal hinunterzuschauen und anschließend die eigene Grube auszuheben, dann würden sie auf einmal alles mit anderen Augen sehen. Aber mit welchen anderen Augen eigentlich? Sie würden vor der Schautafel stehen und das lesen, was dort in Daten zusammengefasst war, und sich darüber ähnlich verständigen wie über den Anblick des mit Dosen vollgestopften Regals im Lebensmittelgeschäft unten im Dorf. Das Schreckliche, das Unvorstellbare würde sie für einen Moment den Streit vergessen lassen, der gerade aufzukeimen gedroht hatte, weil sie mit den Gedanken kurz woanders gewesen waren und einen

Moment nicht aufgepasst hatten. Um Absicherung bemüht hatten sie sich vergewissern wollen, wie es nachher, nach dem Spaziergang, überhaupt nachher, also am Abend und vor allem am nächsten Morgen weitergehen würde. Etwas essen müsste man heute Abend, und dazu könnte man in die nahgelegene Stadt fahren. Das Essen wäre angenehm, weil man schon etwas erlebt hatte, denn schließlich war man zusammen diesen Weg entlanggegangen, hoch auf den Hügel, und außerdem hatte man erfahren, dass dort, kurz vor Kriegsende, eine Gruppe von Männern hochgetrieben und dort, nachdem sie ihr eigenes Massengrab hatten schaufeln müssen, hingerichtet worden waren. Daran würde man noch einmal kurz denken und sich über die Speisekarte hinweg anschauen und zulächeln und hoffen, dass diese gemeinsame Erinnerung an den Spaziergang und die Verbindung mit dem historisch Bedeutsamen ausreichte, um den Streit, der während des Spaziergangs aufzukeimen gedroht hatte, zu begraben, sozusagen mithinein in das Massengrab zu werfen, das mit seiner unvorstellbaren und zynischen Grausamkeit alles Kleinliche zumindest vorübergehend zurückdrängen, wenn natürlich auch nicht vollkommen außer Kraft setzen müsste.

Denn schon nach dem Essen, als man aus der Stadt die sich lang hinziehende Serpentine durch den dunklen Wald gefahren war und das Autoradio keinen richtigen Sender empfangen konnte, auch nicht, wenn man den automatischen Sendersuchlauf auf manuell umschaltete, war die Gefahr nicht völlig gebannt. Immer wieder drohte ein beliebig kleiner Konflikt aus dem Nichts heraus zu entstehen, dessen innere Abwehr so viel Kraft kosten und dazu führen würde, dass sie schon gleich ins Bett gehen und er noch im Wohnzimmer des Ferienappartements bei offener Balkontür vor dem Fernseher sitzen und in einem Kabelprogramm, das sie zuhause nicht hatten, zum ersten Mal eine dieser Frauen sehen würde, von denen er schon gehört hatte und die eine Art Quiz mit Zuschauern, die beim Sender anriefen, veranstaltete. Eine Frau, die dort stand und sich zwischen den Fragen, die sie stellte, und den meist ungenügenden Antworten, die sie von den Anrufern entgegennahm, auszog.

Er hatte bislang gedacht, dass dieses Ausziehen in irgendeinem Bezug zu den Antworten auf die von dieser Frau gestellten Fragen stand, musste jedoch nun verwundert mitansehen, dass diese Frau einfach ihre Kostümjacke ablegte und anschließend die Bluse, und schließlich im Bikini dastand, so als sei nichts weiter. Ja, anders konnte man es nicht sagen: So als sei nichts weiter. Er war nun gespannt, weil er wenigstens hier eine mehr oder minder natürliche Grenze der Scham oder zumindest eine ästhetische Hürde vermutete, die einem weiterhin lakonischen Ausziehen dieser Frau ihr natürliches Ende bereitete. Spätestens beim Ablegen des Bikinioberteils musste in dieser Sendung doch eine Entscheidung der Art gefällt werden, dass man sagte: Gut, sobald da eine Frau nackt oder halbnackt steht, verlassen wir den Bereich des Ungefähren und befinden uns im erklärten Gebiet der sexuellen Ausbeutung. Wahrscheinlich konnte man von den Redakteuren einer solchen Sendung, die sich selbst nicht grundlos als »Macher« bezeichnen ließen, nicht erwarten, dass sie den Begriff der sexuellen Ausbeutung verwandten, darum ging es auch nicht in erster Linie, sondern darum, dass diese »Macher« im Moment der Entkleidung den spezifischen Zweck dieser Sendung eingestanden, sich ihrerseits quasi ebenfalls ein Stück weit entblößten, zumindest teilweise Farbe bekannten.

Er hielt mit dieser naiven Vorstellung an einem Rest von Parität und Menschenwürde fest, der darin bestand, sich wenigstens zur Ausbeutung und Unterdrückung zu bekennen, wenn man sie denn schon praktizierte. Natürlich hätte er selbst nicht sagen können, worin dieses Besondere des Moments, dieses Bekenntnis der »Macher« hätte bestehen können. Einem Wechsel des Dekors, des Lichts, der Musik? Oder hatte er gehofft, es würde mit der Entblößung bis zum Bikini aufhören, einer Entblößung, die man sich bis dahin als harmlosen Spaß hätte zurechtdenken können? Das Wort

»harmlos« hätte ihm in diesem Zusammenhang zu denken geben müssen, denn das Wort »harmlos« war eins dieser Worte, die genau das Gegenteil von dem vermittelten, was sie zu bezeichnen vorgaben. Es gab keine Harmlosigkeit, sobald sie einmal so benannt worden war. Ein harmloser Spaß war eben gerade kein harmloser Spaß, sondern ein Spaß, der einem anderen Harm zufügte, einen Harm, den der Zufüger jedoch nicht bereit war anzuerkennen und deshalb entsprechend verleugnete, indem er sein harmvolles Tun als harmlosen Spaß deklarierte. Bezeichnenderweise ist ein harmloser Spaß nie witzig, lacht niemand bei einem harmlosen Spaß oder zeigt ein Lächeln, es sei denn das erzwungene Lächeln des offen Gedemütigten, das dann auch die namenlose Frau im Bikini zeigte, als sie, scheinbar genauso unbeteiligt wie zuvor die anderen Kleidungsstücke, auch ihr Bikinioberteil ablegte. Er hoffte, oder besser: war bereit anzunehmen, als eine Form des Trostes, mehr für sich als für diese Frau natürlich, dass es sich bei diesem Bikini wenigstens nicht um ihren eigenen Bikini handelte, sondern um einen eigens für dieses Ausziehen gekauften Bikini, dass sie also nicht auch noch offenbarte, welche Sorte Bikinis sie privat bevorzugte. Er war mit diesem Gedanken allerdings bereits in der Schleife einer Ausbeutungslogik gelandet, die den Körper selbst als nicht schützbar ansieht und damit von vornherein verlorengibt und sich zum Trost auf Zufälliges und Nebensächliches konzentriert. Es war die Pervertierung der kartesischen Zweiteilung, die der res cogitans den Einfluss auf den Körper absprach und diesen damit völlig dem äußeren Einfluss unterstellte: Die res extensa als ein von innen unbeeinflussbares und deshalb umso mehr von außen manipulierbares Material, das immer dem anderen gehört und nie einem selbst.

Es gab nun noch eine letzte, ja, wie sollte er sagen, Hürde?, Stufe?, zu nehmen, das Unterteil des Bikinis. Hier trat der Gedanke an den Bikini selbst und ob er dieser Frau gehörte oder nicht hinter einer noch bedeutenderen, weil doppeldeutigen Akzidenz zurück, nämlich der des Schamhaars. Das Schamhaar, wie Haar überhaupt, war der Teil des Körpers, der sich genau auf der Grenze zwischen

Natur und Kultur, zwischen Essenz und Akzidenz befand und eine unumgängliche Entscheidung forderte, im Gegensatz zum sonstigen Körper, der sich einer Entscheidung im Allgemeinen entzog, wenn er sie nicht sogar verhinderte. Auch dass man sich die Haare nicht schnitt, war eine Entscheidung, denn niemand konnte so tun, als habe er noch nichts von dieser Möglichkeit mitbekommen. Die einzige Möglichkeit war der Schleier, der nicht so sehr das Haar verbarg als vielmehr die Entscheidung dem Haar gegenüber, denn die Entscheidung, ob und wie man es schnitt, war intim, nicht das Haar selbst, das nur auf diese Entscheidung verwies oder, um es anders zu sagen, dessen Bedeutung überhaupt aus der Notwendigkeit, über es entscheiden zu müssen, entstand. Bei der Schambehaarung war das Geflecht der Bedeutungen natürlich noch komplexer, da sie im Gegensatz zur Kopfbehaarung nicht dafür gedacht war, öffentlich gezeigt zu werden. Die Entscheidung über das Schamhaar war damit einerseits eine Ausdehnung des Kulturellen auf den Intimbereich, andererseits das Signal einer vermeintlichen Bereitschaft, diesen Intimbereich öffentlich zu machen, zumindest gab es die Möglichkeit, diese Entscheidung als ein solches Signal zu interpretieren. Diese Möglichkeit aber war ein Eingriff des Öffentlichen in die Intimssphäre. Hatte man vielleicht bis in die jüngere Vergangenheit hinein noch so tun können, als beträfe die kulturelle Entwicklung nur das dem öffentlichen Blick Zugängliche und als müsse man sich gegenüber der Körperbehaarung nicht entscheiden, so hatte man mittlerweile auch auf diesem Gebiet eine Entscheidung zu treffen. Seltsamerweise, das fiel ihm an dieser Stelle auf, schien die Möglichkeit, eine Entscheidung treffen zu können, einen Zustand der Unfreiheit zu beschreiben, da die Entscheidung und Wahlmöglichkeit tatsächlich Notwendigkeiten waren, vor die man nicht mehr zurückkonnte. Entstand daraus der Wunsch, mit einer einzigen Entscheidung, zum Beispiel für eine Diktatur, alle anderen Entscheidungen abzugeben und sich damit aus der Unfreiheit der Wahlmöglichkeiten und Entscheidungsfindungen zu befreien? Es schien absurd und widersprüchlich und doch einleuchtend.

Natürlich ging er davon aus, dass diese namenlose Frau komplett enthaart war, so wie es der Mode der Zeit entsprach, doch dass man auch in diesem Bereich von einer Mode sprach, banalisierte das Thema im Sinne einer beständig weitergetriebenen Aufhebung des Intimen und allgemeinen Pornographisierung des Öffentlichen. Dabei ging es um wesentlich mehr: Da das Geschlecht der Frau nicht sichtbar war, wurde die weibliche Schambehaarung zu dessen Stellverteter ein Symbol am Platz des Symbolisierten. Aber es war weder eine Krone, die als äußeres Insignium dem Träger Macht verlieh, noch ein Kainsmal, das als körperliches Merkmal auf Charakter und Vergangenheit verwies. Mehr noch, wenn man die Schambehaarung entfernte, wurde darunter eben nicht das sichtbar, was sie verdeckte, sondern eben nichts, sodass die Ambivalenz weiter erhalten blieb: Die fehlende Schambehaarung behielt ihre Symbolkraft auch in ihrer Negation. Sie ließ sich quasi nicht entfernen. Sie zwang weiter zu einer Entscheidung über sich, die durch ihre Entfernung höchstens aufgehoben, das heißt auf einer anderen Ebene bewahrt werden konnte. Sie war damit, und auch hier unterschied sie sich von anderen Symbolen, individuell und verwies durch ihre Individualität auf das, was sie symbolisierte, obwohl sonst das Symbol allgemeingültig ist und individualisierte Formen eines Dings, einer Funktion oder einer Vorstellung zusammenfasst. Und weil das Schamhaar damit überkonnotiert war, brauchte es, anders als die relativ eindeutig zu erfassende Brust, das sie verdeckende Unterteil dringender als diese etwa das Oberteil. Dieses Unterteil ließ sich deshalb auch auf eine völlig nutzlose Schnur reduzieren, denn es hatte lediglich eine Verweisfunktion, die auch von einer Schnur, selbst einem Faden erfüllt werden konnte. Auch darum blieb es weiterhin wichtig, dass dieser Faden abgelegt wurde, obwohl er nichts weiter enthüllte. Vielmehr vereinigte sich in ihm die schwer erträgliche Vieldeutigkeit der völligen Nacktheit zu einem Versprechen von Eindeutigkeit. Der Faden wurde damit zum Fixpunkt des Begehrens, eines irrtümlichen Begehrens, das hinter dieser eindeutigen Vorstufe eine ebenso eindeutige Erfüllung vermutete. In seinem Abgelegt-Werden löste sich die erhoffte Eindeutigkeit jedoch sofort auf und frustrierte die Erwartung. Deshalb war das Ablegen des Unterteils auch automatisch das Ende des Ausziehens, dem entweder ein relativ schneller Abgang zu folgen hatte oder eben eine Art zweiter Akt, ein angedeuteter oder ausgeführter Sexualakt.

Die Logik des Alltags würde behaupten, dass das Ablegen von Kleidern mit dem Ablegen des letzten Kleidungsstücks an sein natürliches Ende gekommen ist, aber das war nicht der Grund dieses Endes, das nicht zwangsweise folgen müsste, da die Frau sich etwa auch weiterhin vollkommen nackt darstellen könnte. Da das scheinbar angestrebte voyeuristische Ziel, nämlich die völlige Nacktheit, sich im Moment ihrer Einlösung als Enttäuschung entpuppt, muss ein Verbergen erfolgen, entweder durch den Abgang von der Bühne oder durch ein erneutes Bekleiden. Der Inhalt der Begierde ist ein Meinen, es ist ein Wissen-Wollen und damit dem Wissen selbst entgegengesetzt. Und so legte die namenlose Frau der Quizsendung noch kurz ihr Bikiniunterteil ab, war natürlich kahlrasiert und ging nach vorn in Richtung Kamera ab.

Er schaltete den Fernseher aus und trat auf den Balkon. Es war gar nicht einmal so spät und die Nachtluft noch angenehm warm. Gern hätte er jetzt Zigarettenqualm gerochen, vielleicht weil er ihn daran erinnern würde, wie sie früher manchmal eine Zigarette neben ihm auf einem Balkon geraucht hatte. Eine Zigarette und ein Glas Rotwein. Er würde jetzt gleich rübergehen ins Schlafzimmer und sich neben sie legen. Ja, und selbst dieser vermeintlich einfache Vorgang war nicht zu unterschätzen und deshalb zu planen. Bestenfalls schlief sie schon oder tat so, als ob sie schliefe. Wenn nicht, dann war er in einer Zwickmühle. Sollte er einfach und unbekümmert von der Strip-Quizsendung erzählen? Wenn er davon erzählte, war jede Art der körperlichen Annäherung unterbunden, denn es würde so aussehen, als habe er sich, wie man so sagt, woanders Appetit geholt und wolle jetzt daheim essen. Aber selbst wenn er nicht darüber sprach, wirkte diese Sendung in ihm nach und brachte denselben Gedanken mit sich, obwohl er bei diesem unbeteiligten Herunterziehen von Kleidungsstücken nichts gespürt hatte als Irritation und Befremdung.

Aber worin lag diese Befremdung eigentlich? Man betrachtete etwas, das allem Anschein nach zum Katalog menschlicher Verhaltensweisen gehörte, und war irritiert, weil man sich die Frage nicht beantworten konnte, für wen diese Sendung gemacht war. Die Befremdung entstand aus der Unfähigkeit, auf diese Frage eine Antwort zu finden. Im Gegenteil, schloss das Format dieser Sendung nicht sogar genau die beiden Gruppen aus, die es vorgab anzusprechen, nämlich Quizfreunde und Erotomanen? Warum sollte jemand, der gerne ein Quiz sieht, sich durch das befremdliche Verhalten der Moderatorin irritieren lassen? Und umgekehrt, warum sollte jemand auf der Suche nach wie auch immer gearteter Nacktheit diese von Quizfragen beeinträchtigen lassen? Es musste aber einen Grund für diese Sendung geben, denn selbst wenn sie keine Zuschauer fand, musste irgendjemand diese Idee entwickelt und nicht nur entwickelt, sondern auch noch umgesetzt haben. Er wäre jetzt gern rübergegangen ins Schlafzimmer und hätte sie gefragt, wenn sie noch wach gewesen wäre, was sie von so einer Sendung hält, aber natürlich ging das nicht so ohne Weiteres, weil er sich mit dieser Frage auf ein ungesichertes Terrain begeben und unter Umständen den beim Spaziergang und anschließend beim Abendessen und selbst später im Auto noch umgangenen Streit gleichermaßen unerwartet plötzlich und heftig hervorrufen könnte, da sie sein Befremden nicht ernstnehmen, sondern ihm unterstellen würde, er wolle sich mit dem Ausdruck seines Befremdens bei ihr lieb Kind machen, oder mit diesem Befremden lediglich ihr Befremdens hervorrufen, während er selbst in Wirklichkeit gar nicht befremdet wäre. Erhoffte er sich durch die Mitteilung seiner Befremdung eine Erklärung oder zumindest eine Hilfestellung zu einer Erklärung, so konnte sie diesen Wunsch übergehen und behaupten, dass so eine Sendung für sie keineswegs befremdlich sei, denn was gebe es nicht alles, was sich Männer ausdächten und wozu sie Frauen benutzten, und dann würde sie eine Pause machen und während dieser Pause würden die Gedanken in seinem Kopf rasen, weil er überlegen würde, ob sie damit auf etwas zwischen ihnen anspielte, er sie also auch benutzte oder benutzt hatte. Hatte er? Er konnte sich nicht erinnern. Gut, das konnten die Nazis in der Regel auch nicht. Das war kein Argument. Wenn er sie wenigstens hätte fragen können in diesem Moment, um vielleicht ein Missverständnis auszuräumen, aber er konnte sie nicht fragen, weil er ahnte, dass es nicht darum ging, ein eventuelles Missverständnis auszuräumen, weshalb er ihre Pause abwarten würde, so wie er sich vorstellte, dass ein Schauspieler die Pause eines anderen Schauspielers abwartet, einfach wartet, weil er an dieser Stelle keinen Text hat. Im Gegensatz zum Schauspieler aber, der, weil er es in vielen Jahren gelernt hatte, ein entsprechendes Gesicht aufsetzen konnte, während er auf den nächsten Satz wartete, wollte ihm kein entsprechendes Gesicht gelingen, weil er immerzu denken musste, dass er sich mit jedem Gesicht verraten würde. Verraten, obwohl er nichts zu verraten hatte. Verraten, weil ihn eben jedes Gesicht unter ihrem Blick verriet, da sie nach Anhaltspunkten suchte, die ihre vorgefasste Meinung über ihn bestätigen würden, vorgefasst, weil sie ihn anhand von anderen Männern oder dem Mann an sich beurteilte, weshalb er sich fahrig mit der Hand über das Gesicht fuhr, eine Geste, die wahrscheinlich nichts anderes bedeutete als den unvollständigen Versuch, sein Gesicht zu verbergen. Und ja, das zeigte diese Geste, und ja, sie zeigte Scham und Verunsicherung, aber sie zeigte nicht, dass er sich tatsächlich für etwas schämte, sondern nur, dass er es nicht ertragen konnte, was sie mit ihrer kurzen Pause angedeutet hatte: dass mit allem, was sie sagte, auch er gemeint war oder gemeint sein konnte. Und so schämte er sich dafür, überhaupt in dieser Situation zu sein, während sie diese Scham als Eingeständnis seiner Schuld, auf die sie nun gestoßen war, interpretieren konnte. Denn es kam ihr nicht in den Sinn, dass man nur auf das stößt, was man sucht, es mit dem Suchen nicht nur hervorholt, sondern erschafft.

Ihr nächster Satz ließ für sein Empfinden ewig auf sich warten, aber dann kam er, kurz und schneidend, ein Satz, der noch einmal bestärkte, was sie bereits gesagt hatte, nur jetzt noch einmal die Rolle der Frauen beleuchtete, die so etwas mit sich machen ließen. Auch hier überlegte er kurz, ob man sich nicht vielleicht auf diesem Weg treffen könnte, dass sie über das Verhalten, überhaupt die Existenz solcher Frauen befremdet war und er über die Existenz der Männer, die so etwas sahen oder die diese Frauen in diese Situation brachten, obwohl er natürlich nicht wusste, ob diese Sendung tatsächlich von einem Mann ausgedacht war, auch wenn er davon ausging. Aber nein, er musste nicht weiterdenken, denn sie atmete tief aus und drehte sich zur Seite, und dieses Ausatmen und Zur-Seite-Drehen war so koordiniert, dass es den Ausruf: Männer! suggerierte, durch den er schachmatt gesetzt wurde, so banal und einfältig und abgegriffen er auch sein mochte. Denn dieser nicht ausgesprochene, sondern allein körperlich dargestellte Ausruf eröffnete eine wunderbare Zwickmühle, eine Zwickmühle, mit der sie jetzt leicht Stein für Stein einsammeln und das Spiel würde beenden können, denn wenn er etwas dagegen sagte, ordnete er sich automatisch dieser Gruppe zu, und wenn er nichts dagegen sagte, hatte er ihr zugestimmt. Er kannte diese Zwickmühlenkonstruktion aus ihren Streiten sehr genau, hatte aber bislang keinen zufriedenstellenden Gegenzug gefunden, mit dem er sie hätte abwehren können. Je nach Stimmung, warf er manchmal das Spielbrett um und brüllte und setzte sich auf diese Art ins Unrecht, oder er versuchte wie ein Kind den ein oder anderen Stein zurückzuerbetteln, ohne dabei zu beachten, dass er damit keine Lösung herbeiführte, sondern das Spiel nur verlängerte. Dann sagte er sich wieder, er müsse einfach von vornherein besser aufpassen, gleich zu Beginn des Spiels. Jeden Zug genau abwägen, sich nicht durch irgendwelche Finten und Ablenkungsmanöver irritieren lassen. Schließlich spielten sie nicht auf Zeit. Doch da irrte er sich, denn natürlich spielten sie auf Zeit, und eben darin war sie ihm überlegen, wie die Blitzschachspieler in den Straßen von New York, an die Mathieu Carrière nicht nur sein Geld, sondern auch seine teure Kamera verloren hatte. Wieso fiel ihm jetzt Mathieu Carrière ein, dessen Gesicht er mit neun zum ersten Mal in der Rasselbande gesehen hatte, weil Mathieu Carrière, der damals vierzehn war, ein Preisausschreiben gewonnen hatte und deshalb bei einem Film als Statist mitspielen durfte. Aber das konnte nicht der Grund für diese Assoziation sein. Gab es da nicht noch irgendetwas anderes? Trat Carrière nicht für mehr Rechte der Väter ein? War es das? Das war doch nun wirklich affig und ein Punkt, an dem er am liebsten zusammen mit ihr gegen sich selbst losgezogen wäre, aber auch das ging natürlich nicht. Er als kleiner Bruder des großen Carrière, der kein Blatt vor den Mund nahm, dem es egal war, als Unsympath dazustehen. Carrières wirklicher kleiner Bruder war auch depressiv gewesen und hatte sich mit 27 umgebracht.

Das alles dachte er auf dem Balkon in der Nachtluft. Und dann versuchte er, diese Gedanken wieder zu vergessen. Und weil das nicht gelang, versuchte er, sich noch einmal anders zu positionieren, gegen sie zu positionieren, weil sie ihn nicht verstand, sondern einfach unter irgendeinen läppischen Begriff der Männlichkeit subsumierte und so tat, ja, genau, vor allem so tat, als habe sie selbst mit diesem Begriff von Männlichkeit, dieser Zuordnung überhaupt nichts zu schaffen, weil sie als Frau einfach nur die Augen verdrehen konnte, wenn sie durch Zufall über so etwas drüberzappte. Ach was, sie schaute überhaupt kein Fernsehen. An diesem Punkt fragte er sich, warum er überhaupt mit ihr hierhergefahren war. Nur damit er ihre unangenehme Stimmung ertragen musste? Ihre pauschalisierenden Zuordnungen? Jetzt hätte er selbst gern eine geraucht und ein Glas Wein getrunken. Aber sie hatten nichts da, hatten nur diese blöde Tafel Schokolade in dem Krämerladen gekauft. Er könnte natürlich in die Stadt fahren, aber wer weiß, vielleicht hatte da um diese Zeit auch schon alles zu. Obwohl irgendwas bestimmt noch offen hätte. Und mit einem Mal sah er sich in einer Kneipe, Wein trinken und eine Frau ansprechen, der es egal war, welche Sendungen er sich ansah. Nein, halt, das führte auch zu nichts, denn mit so einer Frau wollte er erst recht nichts zu tun haben. Das war wirklich kein Gegenentwurf zu ihr. So eine Frau ärgerte ihn noch mehr, weil ihr Männerbild weitaus eingefahrener war, im Grunde auch nicht anders, nur eben nicht bei jeder Gelegenheit als Kritik und Vorwurf verwendet, sondern angenommen und akzeptiert. Aber das lief auf dasselbe heraus.

Er ging vom Balkon zurück in das Wohnzimmer und schaltete, eher reflexhaft, den Fernseher wieder an. Da stand nun eine andere Moderatorin in einem etwas anders aufgemachten Quiz, diesmal bereits bis auf den Bikini entkleidet. Befremdete ihn diese Sendung vielleicht nur, weil er versuchte zwei Dinge zusammenzubringen oder voneinander zu trennen, nämlich Quiz und Sex, um die es hier gar nicht ging? Ging es hier vielleicht einfach um eine vorgeführte Erniedrigung? Sollte den Frauen einfach mal gezeigt werden, wie der Hase läuft? Und sahen diese Sendung dann Männer, die sich damit an ihren Frauen oder Frauen überhaupt rächen wollten? Die sich eben genau über dieses kontextlose Entkleiden freuten, das für sie gar nicht kontextlos genug sein konnte, gar nicht absurd genug, eben um die Demütigung noch zu erhöhen? Könnte er vielleicht mit dieser Erkenntnis rübergehen und sich noch einmal bei ihr dieser Erkenntnis vergewissern und sie fragen, ob das der Grund für diese Sendung war? Besser nicht.

Aber über was konnten sie dann überhaupt noch sprechen? Spontan fiel ihm nur die Massenerschießung ein. Darüber hatten sie sich beim Spaziergang verständigen können. Aber auch die hatte mit einem Mal und durch diese Quizsendung ihren Charakter verändert, denn er war nun eines dieser Ungeheuer mit Namen Hans, die alle Spiele erfunden hatten, Zahlenspiele und Wortspiele, Traumspiele und Liebesspiele, und eben auch Quizsendungen, bei denen sich Frauen auszogen, und natürlich auch Massenerschießungen. Das war er. Das war Teil seiner Historie. Und mit dieser Historie stand er nun da. Undine war gegangen, Marga war gegangen, und sie, die noch nebenan lag, würde auch gehen, nein, sie war auch bereits gegangen.

Er wollte sich nicht davor drücken. Keine Ausrede sollte gelten. Er würde nicht seine Eltern ins Feld führen. Seine Kindheit. Nein, nichts dergleichen. Er war verantwortlich. Er war verantwortlich für Massenerschießungen und Strip-Quizsendung. Und er sagte das nicht einfach so dahin. Er übernahm nicht die Verantwortung so wie andere Männer aus Vorstandsetagen, die mit dem Übernehmen von Verantwortung in den gutbezahlten Ruhestand gingen, obwohl er sich natürlich auch, langfristig gesehen, irgendwo am Horizont, eine Form von Ruhe durch diese Übernahme der Verantwortung erhoffte. Und nein, um Gottes willen nein, er wollte sich mit dieser Übernahme der Verantwortung auch nicht auf eine ganz perfide Art zum Opfer stilisieren. Das war auch so eine Masche der Männer, entweder ableugnen oder selbst das Opfer sein, und das wäre in seinem Fall ziemlich raffiniert, weil er den Vorwurf annehmen, die Verantwortung übernehmen und gerade dadurch die Verantwortung wieder abgeben würde, denn andere sollten über ihn entscheiden, über ihn, das arme unschuldige oder vielleicht auch schuldige Opfer, was in dem Fall keinen großen Unterschied machte. Nein, auch das wollte er auf gar keinen Fall. Wenn er überhaupt etwas wollte, dann ein klares Urteil und anschließend eine entsprechende Strafe. Und die würde er absitzen. Selbst wenn es lebenslang sein sollte. Doch wenn dieser Wunsch nach einem Urteil wieder nichts anderes unter Beweis stellte, als dass er sich herumdrücken, eben nur wieder auf eine noch andere, noch raffiniertere Art herumdrücken wollte, dann wäre er auch bereit, das Urteil über sich selbst zu fällen und die entsprechende Strafe zu verhängen. Versuchte er aber genau das nicht schon ein Leben lang? Waren das nicht diese immer wiederkehrenden Episoden larvierter Depression, während derer er nicht mehr aufstehen konnte oder nichts essen oder nur schlecht atmen? Ja, er ahnte es schon, wusste es schon: Es würde ihm nicht angerechnet. So wie es auch keine Resozialisierung geben würde für ihn, keine Rückkehr in den Alltag, in das Unbefangene, weshalb er in Gedanken immer wieder und wieder würde zurückkehren müssen zu eigentlich unbedeutenden Straßenecken und Wegen, zu Hotelzimmern und Wohnungen, wo er am Fenster stand und nach draußen sah auf den Straßenverkehr und auf die Sonne, die zusammen mit den Wolken unterging hinter den Gärten, aus denen noch einmal etwas Wärme aufstieg.

Er war dann ein halbes Jahr später noch mal zu dem Ort gefahren und war den Weg zu dem Hügel noch mal allein hinaufgegangen. Erst hatte er den Weg komischerweise nicht gefunden und war stattdessen zu einem etwas versteckt liegenden See weiter unterhalb gelangt, wo ein Paar auf einer Decke ein Picknick machte. Er stellte sich vor, dass die Frau den Picknickkorb gepackt hatte. Eier gekocht, Erdbeeren gewaschen, die gute Salami gekauft, Baguette vom Bäcker Grabert, obwohl sie dafür durch die halbe Stadt gemusst hatte, aber das schmeckte wenigstens. Und Besteck. Und vor allem ein Tütchen mit Salz für die hartgekochten Eier. Er hatte sich abgewendet, weil er das Paar nicht hatte stören wollen, war den Weg zurück nach oben durch den Wald gegangen, dann einfach nach rechts abgebogen und war mit einem Mal und zu seiner eigenen Verwunderung oben auf dem Hügel gewesen. Von dort hatte er auf den Weg hinuntergeschaut, den sie damals gegangen waren und den sie anschließend von hier oben noch einmal angeschaut hatten. Die abgeholzten Bäume waren inzwischen weggeräumt worden. Irgendwas hatte man offenbar mit der Gegend vor, denn weiter hinten stand, wenn auch verlassen, eine Planierraupe. Er schaute zum Berg hoch, dann wieder ins Tal. Dann ging er noch einmal zur Informationstafel. Jemand hatte ungelenk ein Hakenkreuz über den Text gesprüht. Auch so eine männliche Erfindung, dachte er.

II

1

Der aus dem Loch kommt also auf die Bühne und stellt die Erschaffung des Menschen dar. Wie macht der das? Er weiß es selbst nicht, hat keine Vorstellung, überhaupt keine Idee, nur eben diesen Auftrag. Das ist nicht viel. Ist eigentlich gar nichts. Aber wenn wir überhaupt eine Chance haben, dann diese. Was haben wir sonst? Eine Bruchbude, die uns jeden Moment über dem Kopf zusammenzukrachen droht. Zerschlissene Sitze. Einen abgewrackten Schnürboden, auf den sich niemand mehr hochtraut. Ein bisschen Gerümpel zwischen zerhauenen Prospekten. Aber es kommt eben auf die Haltung an. Die Bühne ein bisschen leergefegt, einen Scheinwerfer aufgetrieben. Wir haben keine Wahl und die da sowieso nicht. Wir haben es uns im Parkett bequem gemacht. Meist sind wir zu viert. Manchmal kommt noch einer dazu. Und die fünf aus dem Stall. Für die ist das eine Abwechslung. Die sind froh, wenn sie da mal rauskönnen. Also sollen sie uns auch was bieten. Der aus dem Loch betritt also die Bühne. Er ist mager. Offenbar ein Idiot. Kann natürlich auch sein, dass er sich verstellt. Sieht aber erst mal nicht danach aus. Wir haben ihn aus einem Loch gezogen. Ein Loch, aus dem er allein nicht mehr herausgekommen wäre. Obwohl er selbst hineingesprungen ist. Von Dankbarkeit allerdings keine Spur.
»Was soll ich sagen?«, fragt er.
»Keine Ahnung. Woher sollen wir das wissen? Sind wir der erste Mensch oder du?« Ungefähr so reden wir. Also immer ein bisschen lax. Dabei sind wir nicht lax, ganz im Gegenteil. Wir wollen

sehen, ob dieser Typ als erster Mensch irgendwas zum Ausdruck bringt, aus dem sich was machen lässt. Die anderen vier sitzen im Stall. Noch drei weitere Männer und eine Frau. Die Tür ist nicht abgeschlossen. Sie ist nicht abgeschlossen, weil uns Kette und Riegel fehlen. Aber wo sollen sie schon hin? Wir würden sie im Handumdrehen finden und am Schlafittchen zurück in den Stall oder gleich hoch zum Bahndamm schleppen. Deshalb bleiben sie schön brav auf ihren Strohsäcken hocken.
Der aus dem Loch steht immer noch unschlüssig auf der Bühne rum. Wir warten. Man muss Geduld haben. Das kann dauern. Es sind nicht die Ersten, mit denen wir hier arbeiten. Das geht Schlag auf Schlag. Seit November. Mittlerweile haben wir schon Routine. Haben unsere Fragen. Haben unsere kleinen Tricks, um sie zum Sprechen, dann wieder zum Schweigen zu bringen. Um sie mürbe zu machen. Bis was Eigenes kommt. Einen Freifahrtschein gibt's bei uns nicht. Wir rauchen und blättern in Manuskripten rum. Machen uns Notizen. Irgendwann machen wir auch wieder was Eigenes. Irgendwann, wenn wir alle durchhaben. Irgendwann kommen wir schon raus aus diesem Verhau.
Eigentlich hält es sich bei dem aus dem Loch in Grenzen. Fünfmal tritt er ab. Dazwischen winselt er. Das Übliche. Man muss hart bleiben. Schließlich Folgendes: »Ich bin aus dem Fenster gefallen, auf einen, der dort stand. Und weil der starb, bin ich am Leben.«
»Ja«, sagen wir und machen eine Pause, »das ist schon nicht schlecht. Das hat was. Damit können wir arbeiten. Aber gerade noch mal kurz zurück, nur für einen Moment. Gerade noch mal kurz eine Frage: Der erste Mensch, verstehst du? Darum ging es doch. Und der erste Mensch, das bist du. Kapiert? Also, Frage: Wer ist dann der andere da unten?«
»Na ja«, sagt der aus dem Loch zögerlich, »das muss ja kein Mensch sein, sondern ein Tier oder ein Zentaur oder ein Engel oder irgendein anderes Wesen.«
»Das heißt«, sagen wir, »du kannst dir die Welt unbevölkert nicht vorstellen? Könnte man das so sagen?«
»Ja«, sagt der aus dem Loch, »das könnte man so sagen.«

»Gut. Eigenartig, aber gut. Vielleicht nicht gut, aber akzeptabel. Aber weiter: Fenster. Du bis aus dem Fenster gefallen. Dürfen wir noch mal erinnern: Du bist der erste Mensch. Aber Häuser gibt es schon? Die haben dann die Zentauren gebaut oder wer?« Wir lachen. Wir trinken. Wir rauchen. Aber in Maßen. Schließlich ist es uns ernst. Es geht um was.
»Na ja«, sagt der aus dem Loch.
Wir unterbrechen. »Hör mal, fang bitte nicht jeden Satz mit ›Na ja‹ an. Sag, was du zu sagen hast. Du bist auf der Bühne.« Wir merken, dass wir an einen heiklen Punkt geraten sind. Wir merken, dass Gebäude und andere Wesen von ihm einfach nicht aus der Welt wegzudenken sind. Dass sie selbst dem ersten Menschen vorausgehen. Wir merken, dass er sich etwas Erstes nicht vorstellen kann. Er ist also unfrei. Ein unfreier Mensch, dem die Vorstellungskraft des Anfangs fehlt. Somit auch die des Neuanfangs. Aber gut, wir lassen ihn weitermachen. Sein Leben löscht das Leben eines anderen aus, um überhaupt entstehen zu können. Eigentlich ein recht brauchbares Bild. Ein recht bezeichnendes Bild. »Was da stürzt«, fragen wir, »das kann nach den Gesetzen der Logik aber dann noch kein Mensch sein, oder?«
Der aus dem Loch zögert. Er denkt nach. Er ist nicht auf den Kopf gefallen. »In gewissem Sinne nicht«, sagt er schließlich.
»Heißt?«
»Na ja ... ich meine, nein, es ist wie bei der Zeugung. So ähnlich.«
»Verstehe«, sagen wir, »da fällt einer aus dem Fenster auf einen anderen. Beide sind keine Menschen, und der eine, der fällt, tötet den anderen und wird dadurch zum Menschen. Können wir das so festhalten?«
»Ja, könnt ihr«, sagt der aus dem Loch zufrieden. Seine Zufriedenheit passt uns nicht. »Außerdem«, sagt der aus dem Loch, »haben Sie gerade von Erschaffung geredet.«
»Was haben wir? Quatsch.« Wir kennen das schon, jetzt will er mal was vorlegen und uns aus der Fassung bringen. Kann das alles nicht so stehenlassen, was er von sich gegeben hat. Muss man gar nicht weiter drauf eingehen.

»Doch, haben Sie«, wiederholt er. Allein schon der Ton. Dieses Nölige.
»Selbst wenn, mein Lieber, wüssten wir nicht, was das ausmacht. Erschaffung oder Zeugung oder was auch immer. Oder hast du selbst nicht kapiert, was du da von dir gegeben hast? Sieht nämlich ganz so aus. Dabei war's gar nicht schlecht. Das war in die Praxis umgesetzter Fichte. Aber auch das braucht dich nicht zu interessieren. Das ist auch egal. Schnuppe. Einfach wurscht. Ohne Bedeutung für unsere Arbeit hier. Und besonders für dich.«
Der aus dem Loch schweigt. Traut sich jetzt nicht mehr. Der ist durch für heute. Das sieht man auf einen Blick. Hat keinen Sinn mehr. Man muss Geduld haben. Immerhin kam ja wenigstens ein bisschen was rum heute. »Du kannst gehen«, sagen wir. »Und sag der Frau, dass sie kommen soll.« Der aus dem Loch schlurft zur Seite. »Und was ist mit Gott?«, rufen wir ihm noch hinterher, bevor er die Bühne verlassen kann. Er bleibt stehen. »Wie: Gott?«
»Ja, was ist mit Gott? Gibt es einen, um mal damit anzufangen?«
»Denke schon.«
»Und wenn ja, in was für einer Beziehung steht er zum Menschen?«
»Ich verstehe nicht.«
»Gibt es da eine Verbindung? Ist er zum Beispiel auch von irgendwo herabgestürzt auf einen anderen Gott und dadurch erst zum Gott geworden? Und hat er die Häuser gebaut, aus denen die Menschen stürzen, um Mensch zu werden und so weiter?«
»Schwer zu sagen. Eher nicht.«
»Heißt?«
»Ich kann mir nicht vorstellen, dass Gott sich irgendwo runterstürzt.«
»Nein? Sondern?«
»Der thront irgendwo.«
»Aha, der thront irgendwo. Lass mal gut sein für heute. Und schick uns die Frau.« Wir merken, dass ein Rest von Trotz in ihm aufsteigt. Den werden wir ihm auch noch austreiben. Dazu müssen wir aber erst alles rauskitzeln, was noch so an verqueren Gedanken in ihm rumspukt.

Wir überlegen, wie wir die Frau am besten angehen. Sie darf nicht als Mitläuferin durchgehen. Händeringen und Lamentieren müssen wir gleich unterbinden. Sie kommt auf die Bühne. Stellt sich hin und sagt nichts. Auch gut.
»Du bist schwanger«, sagen wir.
»Was?«, ruft sie. Na gut, das hat schon mal gesessen. Deren Aufmerksamkeit haben wir. Ihr Konzept kann sie vergessen. Jetzt sagen wir, wo's langgeht. »Du bist jung verheiratet und schwanger und dein Mann lädt dich zu verspäteten Flitterwochen ein. Er hatte immer so viel zu tun. Er hat jetzt zwar immer noch viel zu tun, aber er lädt dich zu seiner Arbeitsstelle ein. Du freust dich, packst einen Koffer, hievst deinen Bauch in einen Zug und fährst hin zu ihm.«
»Ich verstehe nicht«, sagt sie. Wir merken, dass es in ihr arbeitet.
»Wo fährst du hin und was macht dein Mann beruflich?«
»Woher soll ich das denn ... Ach so, das ist die Aufgabe? Das soll ich jetzt darstellen?« Wir sagen nichts. Haben ihr ohnehin schon zu viel vorgegeben. »Na gut, meinetwegen, denke ich mir was aus.« Wir unterbrechen. Es ist ähnlich wie bei dem aus dem Loch. Man muss ihnen jede Kleinigkeit haarklein auseinanderfriemeln. »Du musst hier deinen Denkprozess nicht weiter erläutern. Das interessiert uns gar nicht. Leg einfach los.«
»Mein Mann ist im Ausland. Er arbeitet an einem Staudamm. Jeden Tag schreibt er mir eine Karte und erzählt von den Wassermassen, die sie dort bändigen. Und dem stahlblauen Himmel und der Anhöhe mit der kleinen Pension, wo das Zimmer schon für uns bereitet ist. Wenn ich den Morgenzug nehme, bin ich in zwei Tagen bei ihm. Er holt mich am Bahnhof ab. Einem mickrig kleinen, völlig verdreckten Bahnhof. Ich bin enttäuscht. Hier sollen wir unsere Flitterwochen verbringen? Hier in diesem Drecksnest mit diesen komischen Visagen auf der Straße? Hast du vergessen, dass ich im achten Monat bin? Soll ich ein Kind mit zwei Köpfen zur Welt bringen, oder was hast du dir gedacht, mir so was hier zuzumuten?
Aber nein, mein Schatz, ich wollte ja auch, dass alles ganz anders ist, aber wir kamen mit unserem Projekt einfach nicht voran.

Der Staudamm?
Ja, das heißt nein, also nicht wirklich, ja, schon der Staudamm. Ich konnte auf den Karten nichts anderes schreiben. Du weißt doch, wie das ist.
Nein, weiß ich nicht. Ich habe keine Ahnung. Ich sehe nur, dass ich in einem Drecksloch gelandet bin, mit einem seltsamen Volk hier auf den dreckigen, engen, stinkenden Straßen. Blauer Himmel, das ist aber wirklich das Einzige, was stimmt. Und jetzt noch nicht mal ein Staudamm?
Versteh doch, Liebling, versteh doch, mir waren die Hände gebunden.
Er lächelt dabei. Lüstern. Weil er daran denkt, wie ich seine Hände zusammenbinde. Aber auch darauf habe ich keine Lust mehr. Nicht die geringste Lust.
Was dann?, sage ich unwirsch. Was dann, wenn ich fragen darf?
Na ja, du siehst ja selbst. Du siehst ja diese Menschen. Das ist ein unwürdiges Leben, das sie führen, und deshalb allein bin ich hier. Ich bin hier, um diesen Menschen, wie soll ich sagen, zu helfen.
Du? Helfen? Du kriegst die Motten. Das ist ja wohl das Erste, was ich höre.
Natürlich nicht ich persönlich, aber eben im Auftrag. Du verstehst, im Auftrag. Deshalb konnte ich auch nicht ... Deshalb musste ich ... Na ja, eben das mit dem Staudamm. Das war eine Art Notlüge.
Ja, ja, das habe ich schon verstanden, hast du ja jetzt oft genug wiederholt. Aber was ist es dann?
Das zeige ich dir, mein Liebling.
Und dann steigen wir in ein Taxi, was heißt Taxi, in so einen klapprigen Jeep und fahren durch diesen jämmerlichen Ort, in dem nur alte, degenerierte und zerquetschte Gestalten hausen. Ein einziges Grauen. Aber schließlich kommen wir in den Ortskern, und da erstrahlt, ganz wunderbar, ein weitläufiges Gebäude. Mit Säulen und Treppen und Türmen und hohen Mauern ringsherum. Und Stacheldraht, um die Gestalten aus dem Ort fernzuhalten.
Das ist es?, frage ich.
Ja, das ist es. Das ist der Staudamm.

Und er lacht. Und ich lache.
Wunderbar, sage ich. Und da werden wir leben.
Was?, sagt er erschrocken. Leben? Wir? Nein, das ist eine Zelle, eine winzige Zelle der Weltmechanik.
Wie?, frage ich. Eine Zelle? Eine Zelle der Weltmechanik? Von was redest du?
Ich rede von unserem heiligen Auftrag.
Aber ich verstehe nicht? Wofür ist dieses Prachtgebäude denn?
Für die Einwohner des Ortes.
Was?
Ich kann es nicht fassen. Ich bin wirklich außer mir. Da stellen sie diesen Kretins, die selbst nichts auf die Reihe kriegen, die in ihrem Dreck ersaufen, so was Modernes und Prächtiges, fast könnte man sagen: Vollkommenes hin, nur damit sie das dann in ein paar Wochen runtergewirtschaftet haben. Anstatt dass wir da drin residieren und ihnen mal zeigen, was Lebensart ist.
Und morgen ist Einweihung, sagt er. Die Minister kommen. Die Staatssekretäre. Die Militärs. Prominenz. Die erste Zelle der Weltmechanik. Das ist ein Ereignis. Und du, du bist auserwählt. Ach komm, ich muss es dir zeigen.
Wir steigen aus. Eine von den Gestalten, die sie mühsam in eine fadenscheinige Livree gezwängt haben, nähert sich uns mit einem roten Samtkissen auf den ausgestreckten Händen. Darauf liegt, das Kissen zu beiden Seiten weit überstehend, eine schwarz geflochtene Lederpeitsche.
Und?, frage ich. Was soll ich damit?
Damit wirst du morgen die Einwohner in die Weltmechanik hineintreiben.
Ich?
Ja. Er lächelt gerührt. Ja, mein Schatz, du. Ich habe mich bei allen Stellen und Ämtern darum bemüht, und weil meine Verdienste so groß sind, weil man so viel von mir hält, so viel auf mich setzt, weil ich die erste Zelle unserer Weltmechanik geplant, entworfen und gebaut habe, hat man uns die Ehre zuteil werden lassen, dass du morgen mit dieser Peitsche ... Ist das nicht wunderbar?«

Die Frau legt eine Pause ein. Ehrlich gesagt: wir sind geplättet. Was sie da hingelegt hat, das hat was. Wir lassen uns natürlich nichts anmerken. Tuscheln ein bisschen. Geben uns gegenseitig Feuer. Lassen sie erst mal da auf der Bühne stehen. Dann kommen wir ins Grübeln. Dumm scheint sie nicht zu sein. Auch nicht naiv. Einfach so mit der Sprache rausrücken wird sie wohl kaum. Die verplappert sich nicht. Verrät nichts. Aussichtslos. Nur aus Not. Nicht freiwillig. Aber diese Weltmechanik. Diese erste Zelle der Weltmechanik. Das klingt zu gut. So was kann man nicht erfinden. Nicht so. Nicht hier. Nicht so aus dem Stehgreif. Konkret danach fragen geht nicht. Dann weicht sie garantiert aus. Also sagen wir: »Gar nicht schlecht. Gar nicht schlecht. Ja, doch, da hat man einiges vor sich gesehen. Durchaus. Außer bei diesem Weltdingsbums ...«
»Der Weltmechanik.«
»Ja, ja, genau, also da, da wollte sich nichts einstellen. Kein richtiges Bild.«
Sie zuckt mit den Schultern. »War halt nur so 'ne Idee.«
»Ja, klar, aber es muss eben jede Idee sitzen, verstehst du?«
»Ja, klar, verstehe ich. Dann nehmen wir eben was anderes.«
»Nein, nein, halt, so geht das hier nicht. So arbeiten wir hier nicht. Wenn etwas nicht gleich funktioniert, dann muss man dranbleiben, gerade dann muss man es probieren. Erklär doch einfach mal, wie dieses Weltdingsbums aussieht, deiner Meinung nach.«
»Na ja, so 'ne Art riesiger Tempel.«
»Aha, 'ne Art Tempel. Und was passiert in dem Tempel?«
»Woher soll ich das denn wissen?«
»Wissen musst du gar nichts, aber dir vorstellen. Das ist das A und O.«
»Ich stell mir einfach so 'n riesigen Tempel vor. Und da drin ist so n Zahnrad, so 'ne Maschinerie.«
»Die was macht?«
»Die was macht? Was weiß ich.«
»Du weißt ganz genau, was die macht.«
»Was soll das heißen? Ich hab mir das doch nur ausgedacht. Das kam mir einfach in den Sinn.«

»Nichts kommt einem einfach in den Sinn. Nichts. Was ist diese erste Zelle der Weltmechanik? Für was steht sie? Für die Vernichtung?«
»Quatsch.«
»Wozu dann die Peitsche?«
»Wozu die Peitsche? Das war ein Bild. Einfach ein Bild. Die Frau da sollte 'ne Venus im Pelz sein. Sie hat ihn ja auch gefesselt, und da passte eben auch die Peitsche, meiner Meinung nach, also, das fiel mir einfach nur ein. Er steht auf so was und stellt sich eben vor, wie sie mit der Peitsche die Leute zusammentreibt.«
»Was bedeutet die Sintflut?«
»Wie bitte?«
»Welche Bedeutung hat die Sintflut? Antworte!«
»Ich weiß nicht, sie hat die Erde gereinigt. Den Menschen eine neue Chance gegeben?«
»Gab es nach der Sintflut noch Menschen?«
»Ich denke, ja. Natürlich. Muss ja.«
»Und wie viele?«
»Zwei, denk ich. Vielleicht auch 'n paar mehr.«
»Und warum nur so wenige? Warum haben sich nicht mehr Menschen retten können?«
»Weil sie zu nachlässig waren. Sie haben nicht geglaubt, dass es so kommen könnte.«
»Und dann?«
»Und dann? Dann kam es eben doch so.«
»Und was haben sie dann gemacht?«
»Nichts mehr. Sie konnten nichts mehr machen. Sie sind einfach untergegangen.«
»Und davor, als sie merkten, dass das Wasser steigt?«
»Keine Ahnung.«
»Haben sie sich geliebt oder gehasst gegenseitig?«
»Was ist das für 'ne Frage. Hat man denn dafür noch Zeit?«
»Was denkst du?«
»Ich weiß es nicht. Weiß es nicht. Die haben sich geliebt.«
»Und haben sie an Gott geglaubt?«

»Das war egal. Völlig egal. Die Frage hat sich gar nicht gestellt. Sie haben Gott angefleht.«
»Muss man nicht glauben, um Gott anzuflehen?«
»Quatsch. Völliger Quatsch. Gar nichts muss man. Man fleht. Das ist alles. Man fleht. Jetzt und in der Stunde unseres Todes.«
»Man fleht also und liebt den anderen?«
»Ja. Verdammt noch mal, ja. Was soll der ganze Mist? Was wollt ihr denn von mir?«
»Was denkst du?«
»Ihr wollt mich fertigmachen.«
»Warum sollten wir?«
»Damit ihr recht habt. Ich soll euch beweisen, dass ihr recht habt. Aber ihr habt nicht recht.«
»Was hat sich verändert?«
»Nichts.«
»Ah so, interessant. Nichts also.«
»Es gibt keine Veränderung, wie ihr sie euch vorstellt. So was gibt es nicht.«
»Kann man von Menschen enttäuscht werden?«
»Natürlich.«
»Wird man enttäuscht?«
»Natürlich.«
»Und dann?«
»Und dann? Und dann? Auf was wollt ihr raus?«
»Was macht man dann? Was geschieht dann?«
»Nichts. Man lebt weiter. Man steht einfach da und schaut die Straße hinunter. Eine Stunde, zwei Stunden. Das spielt keine Rolle mehr.«
»Bis der Jeep kommt?«
»Ich hab keine Ahnung, von was ihr redet. Wirklich keine Ahnung.«
»Es ist die erste Zelle der Weltmechanik.«
»Ich weiß nicht, was das bedeuten soll.«
»Der Ausdruck stammt von dir. Du hast ihn benutzt.«
»Ja, aber deshalb muss ich noch lange nicht wissen, was er bedeuten soll.«

»Aber du stellst dir was vor.«
»Der Begriff ist mächtiger als die Vorstellung. Ich kann kein Bild entwerfen. Sehe nichts vor mir. Der Begriff ist alles. Er sagt nichts anderes aus. Es ist kein Platz für ein Bild, einen Gegenstand, irgendwas. Nur der Begriff. Der Begriff hat alles verursacht. Er hat uns alle hinweggefegt. Dem Erdboden gleichgemacht. Wir haben keine Phantasie mehr. Der Begriff hat unsere kühnsten Vorstellungen übertroffen. Er hat uns besiegt. Er, versteht ihr? Er. Und nicht ihr.«

»Gut«, sagen wir, »gut. Da haben wir ja mal was. Damit können wir arbeiten.« Es war mehr, als wir uns hätten träumen lassen. Aber das binden wir der natürlich nicht auf die Nase. Wir lassen sie noch ein paar Minuten auf der Bühne stehen, sagen ihr dann, dass sie abgehen kann, nach hinten, in den Stall zu den anderen.

2

Wir haben uns natürlich für die Frau und den aus dem Loch entschieden. Die haben am meisten gebracht, konnten selbst was entwickeln. Natürlich versuchen sich hier alle, ins beste Licht zu setzen. Aber das bedeutet noch lange nicht, dass man auch mit allen arbeiten kann. Ganz im Gegenteil. Sie klammern sich an was, und wenn man nachfragt, blockieren sie. Wollen an nichts mehr richtig ran. Wollen sich nicht erinnern. Sich auch nichts ausdenken, weil man damit unter Umständen und ganz zufällig auf eine Erinnerung stoßen könnte. Am liebsten überhaupt nicht mehr denken. So stehen sie da. Reagieren auf nichts. Starren dich an. Und wenn du sie zwingst, dann brabbeln sie gerade mal das nach, was du ihnen vorbetest. Die Frau und der aus dem Loch sind da ganz andere Kaliber. Da steckt was dahinter. Da kann was passieren. Deshalb konzentrieren wir uns auf die. Sie haben die Hauptrollen. Die anderen drei sind Komparsen. Machen gleichzeitig die Beleuchtung. Klar steht das alles auf wackligen Füßen. Klar fehlt es uns vorn und hinten. Aber wir ziehen das durch. Schließlich geht's ja um was.
Auf der Bühne haben wir ein Zimmer aufgebaut. Ein Bett, ein Tisch, zwei Stühle, ein Nachttisch mit Plattenspieler, im Hintergrund ein Durchgang zu einer angedeuteten Küche. Es ist ihr Zimmer. Die beiden Figuren sind Prototypen, haben also keine Namen. Heißen einfach Sie und Er. Fertig. Auch im Text kommen keine Namen vor. Das ist zwar mühsam manchmal, aber wichtig. Gestern haben wir die gemeinsame Arbeit an dem Stück abgeschlossen. Heute gehen wir das Ganze zum ersten Mal komplett durch mit den beiden.
Wir sagen:»Also: Er liegt auf dem Bett. Sie kommt von hinten aus der Küche, sagt: ›Ich brauch deinen Ausweis.‹ Er, völlig neutral:

›Tut mir leid. Den haben sie mir letzte Woche abgenommen.‹ Das ist erst mal alles. Sie geht zum Tisch, nimmt ihre Handtasche, klappt die auf, schaut rein. Steht unschlüssig rum. Und genau jetzt müsst ihr die Spannung halten. Es geht nicht um die Sätze, sondern um das, was dazwischenliegt. Darauf kommt es an. Sie schaut nicht einfach so in ihre Handtasche, sondern schaut rein, weil sie sehen will, ob die Waffe noch drin ist. Er liegt immer noch auf dem Bett, tut unbeteiligt, beobachtet sie aber genau. Er denkt: ›Alle haben eine Waffe mittlerweile, nur ich nicht.‹ Dann fällt ihm ein, wie sie ihm den Ausweis abgenommen haben vor ein paar Tagen. Mitten auf der Kreuzung haben sie ihn angehalten, aus dem Auto gezogen, ihn gegen die Fahrertür gepresst. Er hatte keine Ahnung, wer das war: Zivile, irgendwelche Kleinkriminelle oder vielleicht auch Organisierte. Daran denkt er, während er da liegt. Versteht ihr? Er hat keine Waffe, keinen Ausweis, und sein ganzes Geld, das er gerade abgehoben hat, ganze 800 Piepen, ist auch weg. Das haben sie einfach so mitgehen lassen. So. Das geht in euch vor, während sie in die Handtasche schaut und er da weiter rumliegt. Sie sagt: ›Dann leih mir wenigstens deinen Wagen.‹ Er: ›Würde ich ja. Aber ich hab keine Ahnung, wo der steht. Die haben den unter Garantie abgeschleppt.‹ Jetzt, genau an dem Punkt, kommt es aufs Timing an. Wir erfahren also Stück für Stück, was los ist. Deshalb ist es so wichtig, was ihr dazwischen denkt, ja? Er ist sofort wieder beim Thema, weil er ohnehin gerade daran denken musste, wie sie ihn aus dem Auto gezerrt haben. Ihn gefilzt haben. Ihm Ausweis und Geld abgenommen haben. Und dann? Versteht ihr, darauf kommt es an. Ihr müsst die Geschichte weiterspielen in eurem Kopf. Wie fühlt man sich, wenn einem so was passiert? Da kannst du dich nicht einfach wieder zurück ins Auto setzen. Du bist ja völlig durcheinander. Dein ganzes Geld. Dein Ausweis. Ohne Ausweis bist du verloren. Das wisst ihr doch selbst. Deine Existenz ist bedroht. Du stehst da auf der Kreuzung. Schaust dich um. Suchst nach Hilfe. Hat das überhaupt jemand mitbekommen? Du machst ein paar Schritte auf jemanden zu. Der geht vorbei. Interessiert sich nicht. Weiter entfernt steht eine Frau. Du läufst hin. Die dreht sich auch weg. Will nichts mit dir zu tun haben. Jetzt willst du zurück zum Auto. Da siehst du einen Streifenwagen. Dein Auto steht mitten auf der Kreuzung. Du hast Angst, dass es noch mehr Ärger gibt. Schließlich sind deine Papiere weg. Wenn die deinen Ausweis sehen wollen, hast du nichts vorzuweisen. Das alles denkst du, und an das alles erinnerst du dich, während du da auf dem Bett liegst und sie anschaust. Deshalb kannst du auch nicht mehr liegen bleiben. Du musst dich aufsetzen. Dir ist schlecht. Du erlebst das alles noch einmal. Aber sie bekommt davon nichts mit. Oder vielleicht bekommt sie was davon mit, lässt es sich aber nicht anmerken. Sie fragt auf alle Fälle nicht nach. Das, was man normalerweise machen würde. Sie fragt nicht: ›Wo ist denn dein Auto? Wie, abgeschleppt?‹ So was in der Art. Nein. Sie sagt stattdessen: ›Ich muss noch meinen Pullover auswaschen.‹ Stellt die Handtasche wieder hin und geht nach hinten ab in die Küche. Volle Konzentration jetzt auf ihm. Er sitzt auf dem Bett. Ihm ist schlecht. Aber jetzt bitte keine Schmiere. Nicht die Haare raufen oder so was. Ganz dezent. Du kannst einfach nicht mehr liegen, das ist alles. Die Erinnerung treibt dich hoch. Mehr nicht. Und dann sitzt du da und schaust eine Weile vor dich hin. Nimm dir ruhig Zeit. Nimm dir Zeit. Und erst nach einer Weile lässt du den Blick etwas schweifen. Du suchst irgendwo im Zimmer 'nen Halt. Willst dich an irgendwas orientieren. Und dabei, ganz zufällig, fällt dein Blick auf ihre Handtasche. Das musst du aber ganz subtil bringen. Du darfst da nicht draufstarren, das wäre zu viel. Aber man muss spüren, wie die Handtasche in das Zentrum deiner Aufmerksamkeit rückt. Wie du überlegst, ob du vielleicht hingehen und zum Beispiel die Waffe rausnehmen sollst. Oder nach Geld schauen. Schließlich bist du völlig blank. Langsam stehst du auf, als wolltest du dir einfach die Beine vertreten. Gehst erst einmal in die andere Richtung, machst dann eine Drehung und bewegst dich langsam auf die Tasche zu. Dein Blick bleibt abgewendet. In Gedanken bist du aber weiterhin bei der Tasche. Und genau in dem Moment, als die Tasche in deiner Reichweite ist, wenn man denkt, gleich streckt er die Hand danach aus, kommt sie aus der Küche zurück. Völlig unbedarft. Hat angeblich nichts bemerkt. Schaltet den Plattenspieler an, bewegt sich ein bisschen hin und her und streckt die Arme nach ihm aus. Er weiß nicht, ob er ertappt wurde. Geht also zu ihr. Sie legt die Arme um seinen Hals, er seine um ihre Hüften. Sie tanzen ein bisschen. Das heißt, bei dir, wenn du aus der Küche kommst, darf man absolut nicht merken, was du vorhast. Ob du überhaupt was vorhast. Ob du einfach nur den Pullover ausgewaschen hast und jetzt tanzen willst. Obwohl das komisch wäre, weil du ja das Gespräch davor abgebrochen hast. Weil die offenen Fragen noch nachschwingen. Also ist automatisch schon eine Spannung da. Nicht draufsetzen! Im Gegenteil, es bleibt nur spannend, wenn du gar nichts machst. Du musst völlig leer sein in dem Moment. Ohne Plan. Gedankenlos. Es wird sowieso alles interpretiert. Deine Arme um seinen Hals als Kontrolle und so weiter. Ihr tanzt, bis das Lied zu Ende ist. Dann setzt sie sich aufs Bett und zündet sich eine Zigarette an. Und das ist jetzt ganz wichtig. Diese Zigarette, die erscheint quasi aus dem Nichts. Das wird nicht vorbereitet. Da wird nicht gekramt. Man kriegt es gar nicht mit, wie du sie anzündest. Ganz unvermittelt und völlig selbstverständlich rauchst du. Und er denkt: ›Wie die jetzt plötzlich eine Zigarette in der Hand hat, könnte sie auch plötzlich eine Waffe in der Hand haben.‹ Diese Zigarette ist alles andere als banal. Hat nichts mit der Zigarette danach oder so was zu tun. Die hat was Bedrohliches. Alles ist bedrohlich, was du machst. Und genau deshalb musst du es völlig nonchalant tun. Wie nebenbei. Und so nebenbei sagst du dann: ›Ich hol dir auch die siebenhundert zurück, wenn du mir dein Auto gibst.‹ So. Der Satz muss natürlich sitzen. Den kann man gar nicht gut genug setzen, weil da wirklich viel drinsteckt. Eine ganze Reihe von Implikationen. Erstens: Sie glaubt ihm das nicht mit dem Auto. Zweitens: Sie weiß das mit dem Geld. Hat am Ende sogar was damit zu tun. Weiß es aber, zweitens b sozusagen, nicht genau, weil sie von 700 spricht statt von 800. Wie schon gesagt, sie bleibt dabei völlig gelassen, während es in ihm rumort. Arbeitet. Aus diesem Gedanken raus, sagt er: ›Ich hab dir doch schon gesagt, dass ich nicht weiß, wo das Auto ist.‹ Das ist aber schon irgendwie resignativ. Weil er gleichzeitig überlegt, was sie weiß und warum sie ihm nicht glaubt. Was sie mit dem Geld zu tun hat und so weiter. Dann wieder sie: ›Ach komm, jetzt sei mal nicht so. Das dauert höchstens eine Stunde.‹ Da kannst du meinetwegen aufstehen. Aber nicht zu ihm hingehen. Sondern einfach nur vielleicht in die Küche gehen und die Zigarette dort in der Spüle ausmachen. Also den Bogen halten. Dann kurze Pause. Und wenn du wieder, alles in einem Ding, zurückkommst, dann bleibst du in der Küchentür stehen und sagst: ›Außerdem: Denk an das Geld.‹ Und damit machst du es praktisch klar. Du weißt Bescheid. Er hat sich nicht verhört. Allerdings bleibt immer noch unklar, woher du das weißt und was du damit zu tun hast. Und deswegen kommt gleich der nächste Wendepunkt. Er greift in die Hosentasche, sagt: ›Meinetwegen‹, zieht den Autoschlüssel raus und wirft ihn ihr zu. Sie fängt ihn, macht eine übertriebene Verbeugung, mit Knicks und nach außen gespreizten Ellbogen. Eben wie im Theater. Und dann nimmt sie ihre Handtasche, gibt ihm vielleicht noch einen flüchtigen Kuss auf die Backe und geht raus. Die Tür fällt ins Schloss. Das ist für ihn das Signal. Er geht zum Plattenspieler. Nimmt die Platte vom Teller und pfeffert sie unter das Bett. Wir wissen plötzlich nicht mehr, ob wir da jetzt einer Komödie beiwohnen. Wissen nicht mehr, wem wir glauben sollen. Theater im Theater sozusagen. Haben die beiden am Ende *uns* was vorgespielt? Sind *wir* die Gelackmeierten? Und mit dem Effekt müssen wir arbeiten. Das Licht im Zimmer fährt runter. Der Spot wandert auf die Wand neben der Küchentür. Auf das Fenster dort. Einfach ein quadratisches Loch, durch das man in den Hof schauen kann. Idealerweise würde man zwei Arbeiter ein Drahtseil über den Hof spannen sehen. Aber das kriegen wir wahrscheinlich nicht hin. Er setzt sich aufs Bett und schaut zum Fenster. Dann kommt der Text aus einem Brief aus dem Off. Eine Frauenstimme: ›Man schminkt die Leichen, legt sie in einen Marmorsaal und telegraphiert den Verwandten in der Heimat.‹ Und so weiter und so weiter. Bisschen Zeit vergeht. Das Licht folgt ihm. Er lässt sich nach hinten fallen und macht die Augen zu. So. Dann ein neuer Tag. Er steht auf. Geht in die Küche. Sie kommt rein. In der erhobenen Hand acht Hunderterscheine. Hinter ihr ein Mann mit einem Lebensmittelkorb. Sie wirft die Scheine aufs Bett. Sagt dem Mann, er soll den Korb auf den Tisch stellen. Sagt dann zu dir: ›Ich hab gerade kein Kleingeld‹, nimmt einen der Scheine wieder vom Bett, faltet ihn zusammen und steckt ihn dem Lieferanten in die Brusttasche. Der geht. Sie verbreitet jetzt Hektik. Nimmt Sachen aus dem Korb. Will den Plattenspieler anmachen, sieht aber, dass keine Platte mehr aufliegt. Sagt zu ihm: ›Dein Auto ist wirklich nicht mehr da. Deshalb hat es auch so lang gedauert. Ich musste alles zu Fuß erledigen.‹ Gut, und jetzt an der Stelle, das wisst ihr, haben wir ein Problem, das wir noch irgendwie lösen müssen. Jetzt kommt die Autofahrt. Die Autofahrt, die im Bett beginnt und da auch wieder endet. Da brauchen wir jetzt alle ein bisschen Phantasie. Sie lassen sich aufs Bett fallen und sitzen dann quasi in einem Cabrio, das eine Küstenstraße entlangrast. Aus dem Autoradio kommt derselbe Neil-Diamond-Song wie vorher von der Platte. In einer Endlosschleife. Sie sitzt am Steuer, greift nach hinten, holt eine Dose Bier. Macht sie mit einer Hand auf. Trinkt sie leer. Wirft sie auf die Straße. Er sagt: ›Ich wusste gar nicht, dass ich ein Cabrio habe.‹ Sie: ›Das haben mir die beiden netten Arbeiter im Hof zusammengeschweißt.‹ Er: ›Musst du so rasen?‹ Sie rasen weiter. Blauer Himmel. Unten das Meer. Ihre Haare im Wind. Musik. Dann eine Straßensperre. Sie bremst. Hält neben einem Uniformierten. Sie grüßt. Er bleibt völlig unbeteiligt. Denkt immer noch über sein Auto nach. Warum das umgebaut ist. Überlegt, wo er da plötzlich hineingeraten ist. Und das ist einer der entscheidenden Punkte. Hier könnt ihr dann mal echt zeigen, wie plötzlich und wie einfach man in was reingerät. Der Uniformierte brüllt ihn an: ›Können Sie nicht grüßen?‹ Er zuckt zusammen. Sie lächelt und sagt mit ganz süßlicher Stimme: ›Der Faschismus ist ausgebrochen.‹ Darauf der Uniformierte: ›Haargenau, Sie Würstchen, Sie!‹ Und jetzt er wie aus dem Nichts, wie aus seinen Gedanken heraus, immer noch ohne richtige Orientierung: ›Ich denke, wir sind im Ausland.‹ Der Uniformierte: ›Wie kommt er denn auf so eine Schnapsidee? Wohl ein bisschen plemplem, was?‹ Er: ›Ich dachte einfach, hier, das Meer. Die Küste. Das alles.‹ Der Uniformierte: ›Ja, glauben Sie denn etwa, so was gibt es bei uns nicht? Sie Defätist und Kameradenschwein! Außerdem ist der Faschismus international. Und jetzt hätte ich gern mal Ihre Papiere!‹ Jetzt erst, in dem Moment, wird er richtig wach und ruft ihr zu: ›Gib Gas! Los!‹ Jetzt geht es um Leben und Tod. Es kommt auf jede Sekunde an. Er treibt sie an, loszufahren, Gas zu geben, schneller zu fahren. Und in dem Moment merken wir, dass ihr das Zimmer gar nicht verlassen habt, sondern immer noch auf dem Bett liegt und miteinander schlaft. Er liegt auf dem Rücken und du sitzt auf ihm. Reitest auf ihm. Wie ein Sukkubus. Während er dich antreibt und dann langsam zur Besinnung kommt, begreift, was da geschieht, und dich von sich runterstößt. Du federst den Stoß ab, stehst ganz gelassen auf und sagst: ›Ich muss meinen Pullover auswaschen. Du kannst ja bisschen fernsehen. Es gibt einen Film mit Musik von Neil Diamond.‹ Du nimmst die Fernbedienung, schaltest damit quasi das quadratische Fenster neben der Küche ein, das wieder beleuchtet wird und ins Zentrum rückt, und gehst weiter in die Küche. Er setzt sich auf und sieht, wie dieselben zwei Arbeiter immer noch dabei sind, ein Drahtseil über den Hof zu spannen. Alles ohne Ton. Er schaut eine Weile hin, obwohl da in dem Viereck kaum was passiert. Totale Ruhe jetzt nach der Hektik mit dem Auto. Dann ruft er zu ihr in die Küche: ›Ich denke, da soll Musik von Neil Diamond dabei sein.‹ Sie aus der Küche zurück: ›Wenn du auch die Platte wegwirfst.‹ Er schaut weiter den Arbeitern zu. Nach einer Weile sagt er ganz gedankenversunken: ›Was ist eigentlich aus den restlichen siebenhundert geworden?‹ Sie kommt aus der Küche, trocknet sich die Hände an der Schürze ab, die sie sich umgebunden hat: ›Na, du bist vielleicht gut. Meinst du vielleicht, den Faschismus gibt es umsonst?‹ Er darauf: ›Ich wollte keinen Faschismus.‹ Sie: ›Natürlich. Du willst ja nie etwas.‹ Dann geht sie zu ihrer Handtasche und holt einen Zettel raus. ›Hier. Das ist die Quittung. Genau 678, 45. Für den Rest habe ich Bier gekauft.‹ Er, immer noch gedankenverloren und mit dem Blick auf das Fenster: ›Ich würde für so was kein Geld ausgeben.‹ Sie: ›Du weißt doch gar nicht, was alles dabei war.‹ Er: ›Na, was wohl?‹ Sie: ›Ein Radiosender.‹ Er: ›Allerdings mit nur einer Platte.‹ Sie: ›Na und? Schließlich fängt jeder mal irgendwie an.‹ Das muss alles wie ein ganz banales Alltagsgespräch kommen, was es ja auch ist. Du setzt dich aufs Bett. Zündest dir eine Zigarette an. Irgendwann sagt er dann, wieder ganz tief in Gedanken: ›Vielleicht war das dann auch damals schon Faschismus, als die mir den Ausweis abgenommen haben.‹ Darauf du: ›Waren die uniformiert?‹ Er: ›Glaube nicht.‹ Du: ›Dann war das auch kein Faschismus.‹ Ihr schaut beide zu dem Fenster. Die Arbeiter auf dem Hof beenden ihre Arbeit, stellen sich nebeneinander auf und singen die Nationalhymne. Darauf er: ›Was ist das eigentlich für ein Programm?‹ Und du: ›Das ist kein Programm, das ist ein Loch in der Wand.‹ Er: ›Dann bin ich ja zu Hause.‹ Du: ›Na siehst du, jetzt bist du auch froh, dass es im Faschismus keine Fremde gibt, sondern nur ein Daheim.‹ Aber das nicht als Pointe bringen. Das muss so aus dem Ärmel kommen. Spiel's einfach mal runter. Das Ende ist eher seine Feststellung. Du musst das wirklich ganz beiläufig sagen mit dem Faschismus, als würdest du gerade den Tisch abräumen und er hätte dir erzählt, dass er am Freitag eine Stunde früher aus dem Büro gehen kann. Also, so: Na, ist doch schön, dass das noch geklappt hat. So nach dem Motto. Nicht wirklich interessiert. Weil das alles für dich gar kein Thema ist.«

3

Der aus dem Loch und die Frau sind unzufrieden. Nachdem wir anderthalb Wochen rumprobiert haben, bitten sie ums Wort. Erst mal stehen sie verdruckst auf der Bühne rum. Dann rücken sie mit der Sprache raus. Das Stück gefällt ihnen nicht. »Ach so«, sagen wir, »gefällt euch nicht? Interessant. Muss euch vielleicht auch nicht gefallen.« Wir lachen. »Wir machen hier kein Boulevard, ja? Hier geht's nicht um ›gefallen‹.«
»Aber das ist es doch gerade«, sagen sie.
»Was?«, fragen wir.
»Wir finden, das ist eine Klamotte, die dem Thema nicht gerecht wird.« Und das dann auch noch aufzuführen, würden sie einfach nicht einsehen. Wir sagen: »Was heißt hier Klamotte? Macht mal halblang. Nur weil es nicht bierernst zugeht, heißt das noch lange nicht, dass da nicht was dahintersteckt. Thema gerecht werden. Was erlaubt ihr euch eigentlich? Entscheidet ihr das neuerdings?« Uns gefällt die Art nicht, mit der sie hier auftreten. Haben wohl vergessen, dass wir sie stante pede zurück in den Stall schicken könnten? Was heißt hier Stall? Abknallen könnten wir sie. Wir schauen uns an und denken alle: Ja, abknallen. Und das machen wir auch irgendwann noch, wenn die sich nicht zusammenreißen. Noch nicht mal versuchen, sich zusammenzureißen. Anderthalb Wochen. Das ist doch nichts. Nichts ist das! Nicht nur im Vergleich zu früher. Nicht nur im Vergleich zu dem ganzen Mist. Sondern auch im Vergleich zu einer ganz stinknormalen Produktion.
»Das hat keinen Sinn mit euch«, sagen wir. »Bei euch ist Hopfen und Malz verloren.« Und damit war's das dann erst mal. Obwohl es uns schon in den Fingern juckt. Aber dann würden wir uns mit denen auf eine Stufe stellen. Na ja. Stall oder Grube, was ande-

res sehen wir trotzdem gerade nicht. Auch darum bleiben wir völlig ruhig und fragen: »Und? Was wollt ihr stattdessen auf die Bühne bringen?«

»Eine Satansgeschichte.«

»Was?« Uns platzt der Kragen. »Eine Satansgeschichte?« Wir schlagen uns mit der flachen Hand gegen die Stirn, schmeißen 'ne Flasche nach vorn, springen auf und fuchteln mit den Armen. »Sagt mal, habt ihr sie noch alle? Jetzt packt ihr *den* Scheiß aus. Der Satan war's also. Der Satan ist an allem Schuld. Wollt ihr das damit sagen? Hört mal, ihr ... Wir machen hier kein Kindertheater, kapiert? Den revisionistischen Quatsch könnt ihr euch gleich abschminken.«

»Nein, nein«, sagt die Frau beschwichtigend. »Nein, Sie haben das ganz falsch verstanden. Wir wollen keinen Aberglauben auferstehen lassen, sondern damit aufräumen.« Aufräumen. Mit etwas aufräumen wollen die. Jetzt räumen die also schon mit etwas auf. Wir hätten sie einfach abknallen sollen, aber das hatten wir ja schon. Wir zünden uns eine Zigarette an und setzen uns wieder. Wir schließen die Augen. Wir denken: »Haben wir das eigentlich nötig?« Und geben uns selbst die Antwort: »Nein, das haben wir nicht.« Wir könnten am Meer sitzen und eigene Ideen zu Papier bringen. Wir könnten Stücke für die Weltbühne entwerfen und nicht für dieses beschränkte Laientheater hier.

»Hören Sie uns doch nur mal einen Moment zu«, flehen jetzt beide. Wir haben ihnen zu viel Freizeit gelassen zwischen den Proben. Klar, dass sie irgendwas aushecken mussten. Wahrscheinlich haben sich die beiden zu allem Überfluss noch ineinander verliebt, sind jetzt ein Paar und planen ihre Zukunft. Einfach widerlich.

»Seid ihr ein Paar?«, fragen wir. Völlig unnötig die Frage. Natürlich schütteln sie den Kopf und sagen nein und fragen, wie in aller Welt wir darauf kommen. Und dann rücken sie, Laiendarsteller, die sie sind, anderthalb Schritte auseinander. Wozu auseinanderrücken, fragen wir uns, wenn man nicht zusammen ist? Na ja. Wir grinsen und zünden 'ne zweite Zigarette an der ersten an. Na ja.

»Dürfen wir?«, fragen sie wie im Kindergarten. Also sagen wir:

»Unseretwegen«, und: »Wird schon was sein, was ihr da ausgebrütet habt.« Es ist kaum mitanzusehen, wie sie sich in Positur bringen. »Was der Satan ist«, sagt der aus dem Loch, »das können wir natürlich auch nicht sagen. Aber darum geht es auch nicht, sondern darum, wer den anderen beschuldigt, vom Satan besessen oder mit dem Satan einen Pakt eingegangen zu sein. Ist es nicht merkwürdig, dass man als Zeugen mit einem Mal alle anhört, die man eben noch abgelehnt hat? Als ginge es nur noch darum, einen Schuldigen auszumachen, koste es, was es wolle. Auf Teufel komm raus, sozusagen. Man ist sogar bereit, genau die freizulassen, die man eben noch als Verbrecher verurteilt hat, und mit denen zu paktieren, die einem schon immer verhasst waren. Nur, damit man für den ganzen verworrenen Kram einen einzigen Schuldigen hat. Und, das ist jetzt unsere Frage an euch, und bitte seid ehrlich: Ist es euch lieber, dass wir die Schuld auf einen anderen schieben, zu Denunzianten werden, dass wir ...«

»Halt, halt, halt. Mensch, halt mal die Luft an«, sagen wir, »wir haben keine Ahnung, von was du da redest. Kannst du das mal erklären?«

»Exkommunizierte, Verbrecher, Infame und Lasterhafte, Sklaven gegen den Herren. Aber es wird noch besser: Ketzer gegen Ketzer, Magier gegen Magier. Selbst Meineidige.« Wir schauen uns an. Wir kapieren immer noch nicht, was der aus dem Loch meint. Jetzt fängt die Frau auch noch an zu reden und sagt, dass sie gerne mal über die Kategorie des Verwunschenen sprechen möchte. Wir hören wohl nicht recht? Was? Wir reißen uns zusammen. »Das Verwunschene«, sagen wir und betonen jede einzelne Silbe, weil wir uns wirklich beherrschen müssen, »das Verwunschene ist keine Kategorie. Es gibt keine Kategorie des Verwunschenen. Was kommt als Nächstes? Die Kategorie des Märchenwalds? Des Zaubertrunks? Des Männleins im Walde?« Wir lachen, geben uns gegenseitig Feuer und hüllen den Zuschauerraum in Rauch. Die Frau kann froh sein, dass wir so gut gelaunt sind. Sie kann froh sein, dass wir uns zusammenreißen. Dass wir nicht sagen: »So, meine Liebe, jetzt reicht's. Du hast wohl immer noch nicht kapiert, um was es hier geht. Du denkst wohl, dass hier ist ein Vergnügungsnachmittag? Du denkst wohl, du kannst uns für dumm verkaufen? Du denkst wohl, wir haben einen an der Klatsche? Wissen selbst nicht, was wir wollen. Warum wir überhaupt hier sind? Haben vergessen, um was es hier geht? Nein, meine Liebe, haben wir nicht. Und jetzt raus. Auf den Hof und an die Wand. Und der aus dem Loch gleich mit. Jetzt habt ihr ein für alle Mal ausgewinselt. Jetzt könnt ihr der Kategorie des Todes mal in die Augen schauen. Könnt mal sehen, wie es ist, wenn es einem wirklich die Sprache verschlägt. Und zwar ein für alle Mal. Für immer. Raus aus allen Kategorien. Juchhu! Freut euch des Lebens! Gevatter Tod ist da.« Aber nein, das sagen wir nicht. Wir machen einen auf zivilisiert. Bleiben den Errungenschaften der Zivilisation treu. Machen uns mit denen nicht gemein.

»Dann ist aber auch das Private keine Kategorie«, springt der aus dem Loch der Frau bei. Natürlich sind die ein Paar. Und die im Bett hat immer recht. In diesem Fall, die auf dem Strohsack. Wir fragen uns, wie die das da anstellen mit den anderen drei Komparsen, immer dicht dabei. Die müssen sich dann mal die Beine vertreten. Bekommen dafür was von ihrem Zwieback ab. Oder vielleicht einen Teil der Schnapsration. Braucht man ja nicht als junges Glück. Wir greifen in die Tasche und befühlen unsere Waffen. Unwillkürlich. Müssen uns einfach vergewissern, wer hier wer ist. Wer hier das Sagen hat. Wer hier am längeren Hebel sitzt. Wer hier den Laden in null Komma nichts dichtmachen kann. »Gerade damit«, sagen wir noch einmal betont ruhig, so wie man zu ungezogenen Kindern spricht, »gerade damit haben wir uns sehr genau auseinandergesetzt. Und: Ja, da stimmen wir euch zu, es gibt die Kategorie des Privaten nicht. Genauso wenig wie die des Verwunschenen. Das ist eine revisionstische, überkommene, antiquierte Sichtweise, die man euch eingeimpft hat, sodass ihr glaubt, sie käme aus euch, sei von euch erdacht, erspürt, erkannt. Weit gefehlt. Ihr plappert nur nach, was man euch vorher ins Hirn gequetscht hat. Und wir sind dazu da, euch genau das klarzumachen. Und vielleicht könnten wir jetzt mal weitermachen mit den Proben.«

»Aber wo kommen denn diese Kategorien her?«, sagt die Frau.
»Wie? Was?«
»Warum existieren denn solche Kategorien überhaupt, wenn es sie angeblich nicht gibt?« Wir grinsen und ziehen unsere Hände aus den Taschen. Die Waffen lassen wir stecken. »Meine Güte«, denken wir, »hier hapert es aber wirklich an allem. Da fehlen sämtliche Grundlagen. Gar kein Wunder also.« Und wir müssen grinsen, weil wir ihnen das einfach nicht übelnehmen können. Wirklich, wir können das diesen armen, verblendeten Geistern einfach nicht weiter übelnehmen. »Hört mal«, sagen wir, »diese Kategorien existieren genau darum. Um euch zu verwirren. Um euch zu unterdrücken. Um euch zu gefolgsamen Menschlein zu machen. Genau darum existieren solche Kategorien. Alles ist privat. Alles ist verwunschen. Oder was war es noch, was ihr da hattet? Der Teufel ist in mich gefahren. Der Satan war dran schuld. Das passt alles genau zusammen. Das Private mit dem Teufel. Das Verwunschene mit dem Satan. Mit solchen Phrasen kann man euch wunderbar manipulieren. Und nachdem man euch wunderbar manipuliert hat, kann man euch wunderbar überall einsetzen.« Die beiden gehen wieder ein paar Schritte auseinander. Diesmal echt. Nicht gespielt. Und gerade das sieht gut aus, denken wir. Genauso haben wir uns das vorgestellt. Genau so sollte das aussehen. Dahin müssen wir sie kriegen, denken wir. Und: Vielleicht ist das ja ein Anfang. Tut sich was bei denen. Sie stocken. Wir halten die Luft an. Rühren uns nicht. Zwei, drei Minuten. Genau das wollten wir. Genau das. So müssten sie da stehen in dem Zimmer mit dem Loch und dem Geld auf dem Bett. Weil sie nichts voneinander wissen. Weil sie nicht durchschauen können, welche Rolle der andere spielt. Nicht durchschauen können, welche Rollen sie selbst spielen. Gesellschaftlich. Und privat. Genau so. Wenn sie das schaffen! Von wegen Klamotte. »Wunderbar«, rufen wir, »genau so. Genau so. Da kommt was rüber. Da spürt man euren inneren Kampf.«
»Weil wir die Prämissen hinterfragen«, sagt der aus dem Loch und ist gleich wieder auf Zack.
»Was für Prämissen?«, fragen wir.

»Die Prämisse zum Beispiel«, fällt sie ihm ins Wort, »die uns hier auf die Bühne gebracht hat. Die Anklage sozusagen. Und das, auf was diese Anklage fußt.«
»Wir wissen jetzt nicht, was ihr da sagen wollt. Drückt euch mal klarer aus.«
»Ihr benutzt die Aussagen von Attentätern, um gegen Attentäter vorzugehen. Ihr benutzt die Aussagen von Denunzianten, um gegen Denunzianten vorzugehen. Daraus kann nichts Gutes entstehen. Niemals.«
»Das ist Unsinn. Wir müssen uns auf irgendwen verlassen. Wir leben nicht im luftleeren Raum.«
»Eure Auswahl ist willkürlich. Sie ist von persönlichen Interessen getragen. Das ist alles eine Farce. Wer die Fragen stellt, hat die Macht.«
»Schon wieder völliger Blödsinn. Wer die Fragen stellt, ist ohnmächtig. Er ist hilflos. Ausgeliefert. Auf die Antwort angewiesen. Er muss wissen. Muss.«
»Warum kommt ihr dann mit diesem lächerlichen Stück an, mit dieser Klamotte? Warum lasst ihr uns so einen Mist spielen, in dem es um nichts geht, nur um billige Lacher.«
»Das meint ihr! Natürlich geht es um was. Trotzdem muss man nicht alles bierernst nehmen.«
»Ihr werdet bezahlt. Wir nicht. Ihr sitzt da unten und raucht. Wir stehen hier oben und zittern.«
»Jetzt mach aber mal 'nen Punkt! Das hat alles seine Gründe.«
»Die Gründe gibt's schon längst nicht mehr.«
Wir wittern unsere Chance und sagen: »Na gut, dann lassen wir das eben mit diesem Stück, wenn euch das so zuwider ist.«
»Die Prämissen sind uns zuwider«, unterbrechen sie uns.
»Ja, wie dem auch sei. Wir sind hier nun mal im Theater, und das heißt, dass wir an Stücken arbeiten. Das ist nun mal so. Daran können wir auch nichts ändern. Egal, wie die Prämissen genau liegen. Aber wir sind bereit, euch entgegenzukommen. Vergesst das Ganze jetzt mal und lasst uns überlegen, was wir stattdessen machen könnten. Zum Beispiel deine Idee mit dem Weltdingsbums ...«

»Der Weltmechanik.«
»Ja, genau. Das hatte doch was. Da war doch ein Ansatz. Stellen wir uns also einfach noch mal vor, dass du deinen Bräutigam besuchst. Wie gesagt hochschwanger, irgendwo im Ausland, wo er, das denkst du, an einem Staudamm arbeitet. Wir sollten das am Anfang ruhig so lassen, immer nur vom Staudamm sprechen. Denn ein Staudamm hat was. Und dann kommt Stück für Stück raus, um was es sich in Wirklichkeit handelt.«
»Ja? Und um was handelt es sich denn?«, fragen die beiden.
»Na ja, eben um diese Weltmechanik, um diese erste Zelle der Weltmechanik.«
»Und was soll das sein?«
»Das wissen wir doch nicht. Das war doch deine Idee. Das müsst ihr eben erspielen.«
»Die Weltmechanik ist der Satan«, sagt er.
»Ach, komm, nicht das schon wieder, bitte. Was soll das denn immer mit dem Satan?«
»Die Weltmechanik«, redet er weiter, als hätte er uns nicht gehört, »das ist die ewige Maschinerie der Aburteilung, denn wer in der Weltmechanik umkommt, der war unschuldig, und wer sie überlebt, der war schuldig und muss hingerichtet werden.«
Mit einem Mal ist es still. Wir sagen nichts und die beiden sagen auch nichts. Wir sitzen da und glotzen vor uns hin. Auch wir sind langsam erschöpft von den letzten Wochen. Dieses ewige Drehen um einen Punkt, der immer ungewisser wird und auch uns langsam zu entgleiten droht. Diese Tagundnachtgleiche hier, in diesem engen, grauen Saal mit den Brandflecken an den Wänden und den aufgestochenen Polstern der Klappsitze und den losen Planken auf der Bühne, dem letzten Fetzen Vorhang. Regnet es? Irgendwas war da draußen. Vielleicht Regen. Der Geruch von einem Kartoffelfeuer. Vielleicht kommt ein Wetterwechsel.

III

1

Wir müssen an dieser Stelle noch einmal einer grundsätzlichen Frage nachgehen, nämlich, ob es sich bei dem, was wir bislang gehört haben, wirklich um eine politische Affäre und nicht vielmehr um eine banale Liebesgeschichte handelt, wie es sie tausendfach gibt. Wäre dem nämlich so, dann ließen sich einige recht eklatante Widersprüche auflösen. Wenn wir zum Beispiel davon ausgehen, dass sich in Sieberts Vorstellung die Erinnerung an seinen Kinderarzt mit der Person des ihn wegen einer unspezifischen Oneirodynia Diurnae behandelnden Arztes vermischte, vielleicht weil sich beide ähneln oder eine vordergründige Gemeinsamkeit in Gestik, Bewegung oder Sprache teilen, unter Umständen tatsächlich denselben Namen tragen, weil der eine der Sohn des anderen ist und vielleicht dessen Praxis übernommen hat, so könnten sich die bislang widersprüchlichen Aussagen zwar nicht ganz auflösen, aber doch auf ein erträgliches Maß reduziert werden. Warum musste der kleine Siebert denn einmal die Woche mit seiner Mutter in die Südstadt zum Kinderarzt? Doch nicht, weil er besonders krank gewesen wäre, sondern weil seine Mutter ein Verhältnis mit besagtem Doktor unterhielt. Ein Verhältnis, von dem der kleine Siebert natürlich nichts ahnte, weshalb er sich den Kopf zermarterte, während er unten vor der Praxis wartete, was mit ihm nicht in Ordnung sein könnte, weil er den Grund der Konsultationen in seinem Gesundheitszustand vermutete. Deshalb begann er, sich eine Reihe von Krankheiten zu imaginieren, unter anderem, dass er schlecht zusammengewachsen und davon bedroht sei, auseinanderzufallen. Diese seinerzeit antrainierte Verhaltensweise behielt Siebert auch im Erwachsenenleben bei, sodass wir davon ausgehen können, dass es sich bei besagter Oneirodynia Diurnae um keine real existierende Krankheit handelt, sondern um eine Erfindung Sieberts, der mit ihr die entsprechenden vom behandelnden Arzt diagnostizierten Wehwehchen dramatisierte, gar nicht einmal in der Absicht, damit seine Umwelt zu beeindrucken, sondern weil er sich selbst nicht anders als von einer unerkannten Krankheit heimgesucht begreifen konnte. Die neuerlichen Arztbesuche bewirkten, dass er den nie ausgesprochenen und seinerzeit noch nicht einmal erahnten, jedoch unbewusst erfühlten Verdacht gegenüber seiner Mutter auf Marga lenkte und nun sie, wenn auch ungerechtfertigt, verdächtigte, ein Verhältnis mit seinem Arzt zu haben. Es ist ein einfaches Schema, das im Leben Sieberts mit Sicherheit bereits des Öfteren wiedergekehrt sein dürfte und das man wie folgt zusammenfassen kann: Ich bin krank und bedarf der Hilfe, doch derjenige, der mir helfen soll, betrügt mich mit der Frau, die mir nahesteht.

Ist das nicht ein bisschen zu viel des Guten, zwei Dr. Ritter, Sohn und Vater? Es gibt doch bereits den alten und den jungen Siebert, wovon zumindest der Ältere ja auch Arzt war.

Das war nur eine der Annahmen, die jedoch für die Entwicklung unserer Theorie keine entscheidende Rolle spielt, denn Siebert könnte durch seine psychische Disposition natürlich auch zwei völlig fremde Ärzte miteinander in Verbindung bringen. Ob es eine Verwandtschaftsbeziehung zwischen dem alten Siebert und dem jungen gibt, ist weiterhin ungeklärt. Im Gegenteil, wenn wir unsere Theorie einmal weiter entwickeln dürfen, so wird deutlich werden, dass Sieberts Vater, und Vater ist hier in Anführungszeichen zu lesen, zwar Arzt war, es sich bei diesem Arzt aber nicht um den alten Siebert, sondern vielmehr um den Kinderarzt Dr. Ritter handelte.

Jetzt sind wir endgültig im Groschenroman angelangt: Alle auftauchenden Personen sind doppelt und dreifach determiniert. Die Geschichte entwickelt sich, indem unterschiedliche Beziehungsstränge in den Vordergrund treten. Das ist keine Weltschöpfung, das ist Weltverzwergung.

Wahrscheinlich können wir Welt überhaupt nur verzwergt wahrnehmen.

Enthält nicht jedes Rätsel notwendigerweise seine Lösung, wenn auch versteckt?

In den »Wahlverwandtschaften« heißen auch alle Otto: Otto und Ottilie, Charlotte, selbst Eugen heißt in Wirklichkeit Otto und auch das Kind wird auf diesen Namen getauft.

Vom ersten Vater Sieberts, seinem Erzeuger sozusagen, wissen wir zwar immer noch nichts, aber wir könnten auf diese Weise den sogenannten zweiten Vater erklären, der angeblich nur ein einziges Mal auftaucht, nämlich ausgerechnet in dem Moment, in dem sich Siebert im Landschulheim befindet. Siebert erfährt nichts weiter über ihn, als dass er existiert und ihm, quasi als Antrittsgeschenk, ein Modellflugzeug hinterlassen hat.

Damit verdoppelt Sieberts Mutter den abwesenden Vater.

Wahrscheinlich hat sie diese Möglichkeit unbewusst gewählt, weil sie ahnte, dass Siebert den Vater am besten durch dessen Abwesenheit begreift.

Wahrscheinlich hoffte Sieberts Mutter zu diesem Zeitpunkt, ihre geheime Affäre mit Dr. Ritter zu einem öffentlichen Verhältnis machen zu können. Sie nutzte die Abwesenheit ihres Sohnes, um ein Geschenk vorzubereiten und damit den neuen Vater einzuführen. Ihre Voreiligkeit führte jedoch dazu, dass Dr. Ritter das Verhältnis ganz auflöste, da er bereits verheiratet war und sich darüber hinaus in seiner gesellschaftlichen Position niemals mit einer Patientin liiert hätte. Gerade dieser Teil unserer Theorie erscheint doch recht zwingend, denn wie sonst sollte man diesen sogenannten zweiten Vater, der niemals in Erscheinung tritt, erklären? Wir können davon ausgehen, dass diese durch das Verhältnis seiner Mutter mit Dr. Ritter in Sieberts Gefühlswelt eingeschriebene Disposition für eine Reihe von ähnlich gelagerten Ereignissen in seinem weiteren Leben sorgte, so etwa auch die Szene mit Arnulf, Erich und der Prostituierten im Abbruchhaus. Dieses Abbruchhaus befindet sich nämlich in der Südstadt, genau wie die Praxis von Dr. Ritter. In ihm wird der herangewachsene Siebert zum ersten Mal mit seiner Sexualität konfrontiert, was eine Erinnerung an die bei seiner Mutter unbewusst miterlebten Momente der Begierde aktiviert und erneut jene panische Angst vor jeglichem sexuellen Verlangen auslöst, die sich seinerzeit in der Phantasie manifestierte, »die schlecht zusammengewachsenen Nähte dort unten« könnten aufreißen und seinen unmittelbaren Tod verursachen. Selbst wenn der pubertierende Siebert diese Vorstellung längst vergessen hatte, tauchte das seinerzeit damit verknüpfte Gefühl der existenziellen Verunsicherung unerwartet und gleichermaßen stark in ihm auf. Siebert wird von Angst und Verzweiflung gepackt, läuft blind vor Panik und völlig orientierungslos davon, wählt dabei aber unbewusst den Heimweg, den er damals immer mit seiner Mutter gegangen war. Als er auf dem Karmelitersteg kurz innehält, wird er von den Zweifeln und Befürchtungen, die er während der häufigen Gänge zu seinem Kinderarzt hatte ausstehen müssen, überwältigt. Er verliert das Gleichgewicht und stürzt hinab in den Fluss. Während er dort unten im Wasser treibt, wird eine weitere Erinnerung in ihm wach, nämlich die an die Nacht, als er sich vom Einkaufen kommend bei einem Sturz die Schulter auskugelte. Seinerzeit meinte er, nicht durch die Nacht nach Hause zu rennen, sondern vielmehr durch eine Flüssigkeit in die Tiefe zu tauchen, um von dort einen Damenlederhandschuh an die Oberfläche holen zu müssen. Schon damals drängte das nach oben, was er nicht einmal ahnen oder vermuten, sondern lediglich spüren konnte, nämlich das Verhältnis von seiner Mutter zu Dr. Ritter, symbolisiert durch den abgelegten und vergessenen Handschuh.

Das, was in Bezug auf Marga der heruntergefallene Stenoblock ist?

Ja. Wenig später, nachdem er zweimal gestürzt ist und aus der Ohnmacht erwacht, sitzt genau dieser Mann an seinem Bett, renkt ihm die Schulter ein und sagt zu ihm: »Siehst du, jetzt spürst du schon wieder was.« Eine doppeldeutige Aussage, denn Siebert wollte ja gerade das nicht spüren, wollte nicht, dass sein erster Vater durch einen zweiten ersetzt wird, der zudem noch sein Kinderarzt ist, denn dadurch würden die zwei wichtigsten Menschen in seinem Leben, die Menschen, auf die er sich als Kind verlassen muss, eine Verbindung eingehen, die unter Umständen dazu führt, dass er ausgeschlossen und zurückgelassen wird. Wenn wir diese traumatische Anlage, die nicht zu unterschätzen ist, in Betracht ziehen, scheint die Vermutung durchaus angebracht, dass Siebert in seiner verzweifelten Panik nicht nur die Prostituierte, ob aus Versehen oder mit Absicht, erschlug, sondern sich später auch noch an Arnulf rächte, der diese schmerzhafte wie nicht zu benennende Erinnerung in ihm ausgelöst hatte, indem er ihn in das Zimmer mit der Prostituierten führte. Darum sieht er Arnulf auch nackt aufgebahrt vor sich und in einer ähnlichen Haltung wie die Prostituierte im Abbruchhaus. Dass er angeblich von einem Jungen in den Eiskeller der ehemaligen Brauerei in der Gottfried-Helm-Straße gerufen wird, ist eine Selbsttäuschung, mit der er das Bild des toten Arnulf neutralisiert, ohne sich an seine Tat erinnern zu müssen. Tatsächlich beschreibt er aber den Moment nach der Gewalttat, als er wieder zu sich kommt und vor dem ausgezogenen und aufgebahrten Körper des von ihm selbst gerade erst erschlagenen Arnulf steht. Ebenso scheint sich der Verdacht zu bestätigen, der sich ohnehin bereits immer deutlicher abzeichnete, dass Siebert auch Marga in einer ebenso plötzlichen wie ihm selbst nicht mehr erinnerbaren Regung erschlagen hat.

Dann könnten wir also diese Geschichte abschließen und uns endlich den wirklich wichtigen Dingen zuwenden?

Durchaus.

Aber bleibt nicht immer noch vieles ungeklärt? Oder ist Siebert jetzt für alle Gräueltaten verantwortlich?

Natürlich nicht. Aber wir haben die grundlegenden Fakten geklärt und können uns jetzt wirklich Entscheidenderem zuwenden.

Das da wäre?

Die Weltmechanik natürlich. Wie etwa hat man sich den Staudamm, vielmehr die erste Zelle der Weltmechanik vorzustellen? Bedeutet die Existenz einer ersten Zelle, dass aus ihr weitere Zellen entstehen, die dann zusammen die Weltmechanik bilden? Oder wird Zelle einfach als Grundlage für ein System verstanden, das sich in anderer Weise und unabhängig von dieser ersten Zelle ausbildet?

Weil uns die Phantasie ihren Dienst versagt, stellen wir uns Schachteln vor und Zahnräder, die diese Schachteln bewegen. Wir stellen uns vor, dass Menschen in eine fensterlose Halle geleitet werden, nicht getrieben, und dass sie dort in einem großen Saal stehen. Die Mechanik befindet sich hinter einer großen Stahlwand. Dort drehen sich beinahe lautlos Zahnräder und bewegen in einem endlosen Reigen die Schachteln. Und man hört ein Summen und seltsames Schwirren. Das stellen wir uns vor. Mehr nicht.

Warum stellt ihr euch nicht mehr vor? Warum überlegt ihr nicht einmal für einen Moment, was der Sinn dieser Anlage ist? Oder zumindest was der Begriff »Mechanik« in diesem Zusammenhang bedeutet.

Wir können uns nicht mehr vorstellen. Tut uns leid. Auch wenn wir uns noch so sehr bemühen, es will sich einfach kein anderes Bild einstellen. Da ist diese riesige Halle, eingeteilt in den großen Saal, in dem die Menschen in weißen Gewändern vor der Stahlwand stehen, hinter der sich die Mechanik befindet. Die Mechanik bleibt vor den Menschen verborgen. Wahrscheinlich ist sie sogar nur ein Symbol. Ein Symbol für das Nicht-zu-Erkennende. Das Numinose. Das Göttliche.

Nicht zu erkennen? Eben waren es noch Zahnräder und Schachteln. Besteht das Numinose aus Zahnrädern und Schachteln? Und warum sind die Menschen weiß gekleidet? Um welches sonderbare Ritual handelt es sich dabei? Meint ihr nicht, dass sich die Stahlwand irgendwann einmal öffnet? Seid ihr wirklich so naiv?

Wir können nur das beschreiben, was wir vor uns sehen. Und wir sehen nur diesen Saal und Menschen in Weiß vor der Stahlwand. Und hinter der Stahlwand vermuten wir die Mechanik. Das mit den Zahnrädern und Schachteln ist nur der Versuch einer Annäherung. Wir sind, was Mechanik angeht, zugegebenermaßen ungebildet. Ja, das mag man auch naiv nennen.

Wenn man etwas als unvorstellbar bezeichnet, kann man es sich vorstellen. Nicht das Unvorstellbare ist unvorstellbar, sondern das Vorstellbare.

Warum in aller Welt werden Menschen in diese Halle getrieben?

Wir versuchen einen neuen Zugang und fragen uns, ob zumindest einzelne Aussagen zur Weltmechanik, die sich bei bestem Willen nur ansatzweise rekonstruieren lässt, nicht symbolisch zu interpretieren sind. Handelt es sich bei Siebert, um mit dem christlichen Ansatz zu beginnen, um den Erlösersohn, der krank wird, frühzeitig stirbt, während seiner im Haus des Vaters, des alten Sieberts, von dem er sich lossagen musste, in Form sogenannter Körperteilopferungen gedacht wird? Welche Bedeutung hat der Tod von Marga? Welche Bedeutung hat es, dass Siebert Marga nicht begraben kann? Ist hier der Antigone-Mythos eingewoben? Ist der erschöpfte Stein Symbol für den erschöpften Herrscher und das brachliegende Land? Können wir das Märchen vom Teufel mit den drei Haaren hier fruchtbar anwenden?

Wir hatten Sieberts Geschichte bereits geklärt, weitere Interpretationsansätze sind somit unnötig.

Wir haben gelernt, dass jede Interpretation eines Mythos ihren Wert hat und somit gerechtfertigt ist.

Wenn man Siebert als mythische Figur betrachtet, dann natürlich. Dagegen ist nichts einzuwenden. Wir hatten versucht, dem realen Siebert auf die Spur zu kommen, was uns letztendlich auch geglückt ist.

Es ist fraglich, was die Psychoanalyse in Bezug auf eine Stadt, mehr noch ein Land, mehr noch ein ungenaues und beinahe willkürlich zusammengeworfenes Gebilde von Häusern, Straßen und Menschen bewirken kann.

Ist es nicht typisch, dass die Erzählung des Mythos unvermittelt und scheinbar belanglos beginnt? Ein König wird mit seiner Frau zu einem Festbankett geladen, bei dem sich herausstellt, dass ein anderer Herrscher es auf sie abgesehen hat. Die unterschwellige Gewalt ist das mythische Element der Geschichte. Gleichzeitig vermittelt diese Gewalt Normalität und schafft damit Glaubwürdigkeit. Wir steigen hinab in die verschlafenen Gemächer, die jegliche Historie zu überleben scheinen.

Damit könnte also auch Siebert, der am Fenster steht, Teil und Beginn eines Mythos sein, hier etwa vergleichbar mit dem der Lady von Shalott, der es, anders als ihm, verboten ist, aus dem Fenster zu schauen. Stattdessen erblickt sie das, was draußen geschieht, in einem Spiegel und webt alles, was sie sieht, in einen Teppich.

Als sie jedoch Lancelot erblickt, wendet sie sich gegen jegliches Verbot jäh um und schaut direkt aus dem Fenster. In diesem Moment zerbricht der Spiegel. Können wir den Schuss des Soldaten durch das Fensterglas und den Tod Margas somit als das Hereinbrechen der Realität in das Imaginäre interpretieren? Der Spiegel des Imaginären wird zerbrochen. Wir müssten dann nicht länger nach einer wirklichen Marga suchen, denn sie wäre nur Symbol für das Spiegelbild, das zerstört wird.

Und doch ist Siebert auch ein real existierender Mensch. Er steht vor der langen Bürozeile und wartet dort auf eine der Sekretärinnen. Das langgestreckte Gebäude scheint sich aufgrund der leicht ansteigenden Straße perspektivisch falsch zu verkürzen. Die Fenster des Blocks sind quadratisch. Drei Stockwerke und das Erdgeschoss. In jedem Stock 25 Fenster. In jedem Fenster eine Kaktee. Ein Aschenbecher. Eine etwas zu kurze, angegraute Gardine. Der Abendverkehr fließt ruhig vorbei. Die Menschen sind auf dem Heimweg.

Der Beschreibung nach scheint es sich um den unzerstörten Gebäudekomplex am Friedrich-Fritz-Winter Platz zu handeln, in dem Marga zeitweise arbeitete, bis sie an einem Dienstagmorgen, nachdem sie ein verlängertes Wochenende auf dem Land verbracht hatte, fristlos entlassen wurde. Und zwar von einem Mann in Uniform, also einem Soldaten. Steht Siebert vor dem Bürohaus, um diesem Soldaten aufzulauern? Oder weiß er noch nichts von Margas Entlassung und will sie vielmehr dort treffen, nachdem er sich mehrere Nächte nicht nach Hause getraut hatte, weil man ihn in seiner Wohnung festzunehmen versucht hatte?

Mit den Jahren verändert sich viel. Man spielt Szenen aus vergangenen Leben nach, ohne sie zu erfassen. Man sagt zu Recht, dass sich das Vergangene nur über einen neuen Ansatz in der Gegenwart verstehen lässt. Männer werden zum Beispiel von Frauen gespielt. Ein berühmter Feldherr kann so als gebrochene Figur aufgefasst werden, die er sicherlich auch war. Aber können wir unsere Gegenwart aus einer ähnlichen Distanz heraus betrachten? Können wir uns Siebert als Frau denken? Marga als Mann? Können wir, indem wir alle Zuordnungen aufheben und alle äußeren Merkmale vertauschen, die Funktion der Weltmechanik offenlegen?

Um es noch besser zu verstehen, verlegen wir unsere Gegenwart für einen Moment in das Ägypten der Vergangenheit. Dabei ist Ägypten lediglich eine Metapher. Ägypten ist immer eine Metapher. Wie oft wir auch nach Ägypten reisen mögen, sobald wir wieder zuhause sind, hat sich Ägypten wieder zu einer Metapher verkürzt. Es ist uns tatsächlich nicht möglich, anders über Ägypten zu denken. Deshalb ist es uns auch unmöglich, Siebert in Ägypten an einem Fenster stehen zu sehen. Obwohl die weißgetünchten Kuben Aussparungen haben, die man als Fenster bezeichnen könnte. Siebert könnte es sich in Ägypten nicht erlauben, derart passiv zu sein. Die Passivität ist ein Kennzeichen unserer Gesellschaft. Schon deshalb passt das alles nicht zusammen. Und warum sollte es uns nicht so wie mit Ägypten auch mit anderen Ländern, mit anderen Orten, mit anderen Dingen, selbst mit anderen Menschen ergehen? Selbst wenn wir die Weltmechanik genauer beschreiben und nach den Plänen des alten Siebert rekonstruieren könnten, so würde sie nie eine historische Bedeutung für uns bekommen, sondern immer wieder als Symbol verkürzt in unserem Denken auftauchen.

Es stimmt, diese Probe aufs Exempel ist einleuchtend. Eine Weltmechanik muss von ihrer Definition her für die ganze Welt Gültigkeit haben. Wenn wir aber schon bei Ägypten scheitern, dann kann es sich um keine Weltmechanik handeln.

Wir dachten immer, dass ein Symbol die Realität nicht verkürzt, sondern erweitert?

Ihr habt eine falsche Vorstellung vom Symbolischen. Das Symbolische ist wie eine Währung. Es ist wie Geld. Geld ist die dritte Ware, durch die wir die Dinge, die nicht gegeneinander aufzuwiegen sind, auf einen Nenner bringen. Das Symbolische ist ein Bild, auf das wir uns einigen, damit wir in der Lage sind, Unvergleichliches miteinander zu vergleichen.

Aber warum müssen wir es überhaupt miteinander vergleichen?

Weil wir es tauschen wollen. Wir leben vom Tausch. Wie sonst sollten wir leben?

Ist das Unbegreifliche an der Weltmechanik vielleicht gerade der Umstand, dass sie sich dem Tausch verweigert, dass sie sich gegen das Geld und gegen das Symbolische wendet?

Das mag sein. Sie würde damit die absolute Hoffnungslosigkeit versinnbildlichen.

Aber wieso? Nicht mehr in der Ordnung des Symbolischen, nicht mehr in der Ordnung des Geldes verharren zu müssen, steckt darin nicht eine große Hoffnung?

Diese Hoffnung ist naiv. Ihr seid wirklich unvorstellbar naiv. Die Weltmechanik ist die absolute Zerstörung. Wenn jenseits des Geldes und des Symbolischen aber nur die absolute Zerstörung wartet, dann sind wir dem Geld und dem Symbolischen auf immer ausgeliefert. Das meinen wir mit absoluter Hoffnungslosigkeit.

Wird in der viel zu wenig beachteten Figur der Marga vielleicht der gescheiterte Versuch dargestellt, den eigenen Tod zu denken? Wenn wir uns an die kurze und durchaus banale Geschichte der beiden in ihrer Wohnung erinnern, so scheint es, dass diese Geschichte zuerst aus der Perspektive von Marga erzählt wird, denn sie sieht Siebert am Fenster stehen. Der Schuss aber, vielmehr der Moment, in dem die Kugel durch die Fensterscheibe dringt und Marga trifft, bleibt ausgespart. Nicht ohne Grund. Der Schuss muss ausgespart bleiben, weil die Erzählperspektive nur scheinbar zu Siebert wechselt, der den Schützen auf der Straße sieht und dem Schuss ausweicht. Tatsächlich existiert eine Lücke, die durch den Tod der Erzählerin, Marga, entsteht, da sie ihren eigenen Tod nicht wahrnehmen, den entscheidenden Moment des Todes folglich nicht erzählen kann. Anschließend geht es weiter. Die Realität ist aufgehoben. Deshalb verhalten sich die Menschen unnatürlich. Sie sind naiv und unverstellt. Die Geschichte ist dennoch keine Parabel. Die Handlungen und Gespräche wirken nur deshalb befremdlich, weil sie das, was nicht erzählt werden kann, in sich tragen.

Der Antigone-Mythos wurde bereits genannt. Wir erfahren jedoch nichts über das Begräbnis von Marga. Siebert trägt Margas Leichnam nur immer weiter durch die nächtliche Stadt. Siebert aber ist nicht Antigone. Deshalb bricht die Erzählung an dieser Stelle erneut ab. Marga ist insofern Antigone, weil es ihr nicht gelingt, einen Leichnam zu begraben. Dieser Leichnam ist ihr eigener. Es geht um den Satz aus dem Matthäus-Evangelium, wo es heißt: »Lass die Toten ihre Toten begraben.« Lässt sich dieser Satz mit Antigone zusammendenken? Kann es sein, dass die Toten, die dieser Aufforderung Folge leisten, keine Ruhestätte für sich selbst finden? Der Tote, der »seinen« Toten begräbt, wäre von diesem Toten unterschieden. Er wäre demnach nicht tot. Nicht unterschieden wäre er nur, wenn er sich selbst begraben würde. Nur ich kann mein eigener Toter sein. Deshalb kann man diese Aussage auch als Aufforderung verstehen, sich selbst zu begraben.

Findet dieser Umstand nicht in dem Urteil Ausdruck, das Kreon über Antigone spricht, nämlich lebendig begraben zu werden?

Nachdem Antigone ihr Grab gefunden hat, bringt sie sich um. Kreon setzt damit die Anweisung Jesu um: Die Toten sollen sich selbst begraben. Er stellt sich damit gegen das Gesetz der Götter, aber nicht gegen das Gesetz Gottes, besser des Menschensohns.

Verfolgt die postmortale Theorie Sieberts nicht einen ähnlichen Ansatz, nämlich über den Tod hinauszudenken?

Siebert gab Marga gegenüber als Rechtfertigung für sein Nichtstun vor, an einer neuen Existenzphilosophie zu arbeiten. Von einer sogenannten postmortalen Theorie ist nichts bekannt.

Und noch etwas: Gibt es eine Verbindung von Marga/Antigone zum alten Siebert? Ist der alte Siebert, Margas Schwiegervater, mit Ödipus, Antigones Vater, gleichzusetzen? Antigone führte den blinden Ödipus. War nicht auch der alte Siebert blind oder verlor er nicht das Augenlicht bei der Gasexplosion im zweiten Stock des Privatmuseums in der Dolmenstraße, als die Pläne für die Weltmechanik auf immer verlorengingen? Und ist nicht das Grab des Ödipus seinen Kindern unbekannt, was auf die fehlende, besser gekappte Verbindung von Siebert zum alten Siebert hindeutet?

Ist mit der Gasexplosion das bislang immer lapidar als »Brand« bezeichnete Unglück gemeint? Und wenn ja, gab es zu ungefähr derselben Zeit nicht einen weiteren Brand, nämlich im Waisenhaus an der Neugasse?

Woher kommt die Vorstellung, dass der alte Siebert blind war oder bei einem Unglück erblindete? War es nicht vielmehr so, dass er als Arzt versuchte, eine damals grassierende Blindheit in der Bevölkerung, wahrscheinlich durch mangelnde Hygiene, verschiedene Infektionen und Vitamin-A-Mangel hervorgerufen, zu heilen?

Gab es diese Blindheit wirklich oder handelt es sich erneut um ein recht banales Symbol?

Warum wurde die Verbindung zwischen dem alten und dem jungen Siebert eigentlich gekappt? Und von wem? Es wird immer behauptet, Siebert hätte die Verbindung zu seinem Vater abgebrochen, Gründe dafür werden allerdings keine angegeben. Kann es nicht sein, dass der alte Siebert seinen Sohn verstoßen hat, weil der ihm nicht bei der Konstruktion der Weltmechanik folgen wollte? Besteht aber nicht noch mehr Grund zur Annahme, dass es keinerlei Verbindung zwischen Siebert und dem alten Siebert gab und gibt?

Wäre dann der Bergfels in der Südstadt mit dem Hügel Kolonos gleichzusetzen? Und befand sich nicht auf dem Hügel Kolonos ein Hain, in dem sich die Erinnyen aufhielten? Wären die Erinnyen dann mit dem Sportverein Südstadt gleichzusetzen?

Der Sportverein Südstadt hat vor allem junge Männer als Mitglieder. Aber wir haben noch gar nicht über die sogenannten »Erinnyen der neuen Ordnung« gesprochen. Angeblich nur Mitläuferinnen, waren sie vor allem im Hintergrund tätig und für eine Reihe grausamer Exekutionen verantwortlich. Nach den Jahren der Reedukation, die sie unbeeindruckt durchliefen, zogen sie sich offiziell aus dem politischen Geschehen zurück und richteten sich in Einfamilienhäusern rund um den Bergfels in der Südstadt ein.

Nur um ganz sicherzugehen: Mit der neuen Ordnung ist die alte Ordnung gemeint, oder?

Ja, die alte Ordnung nannte sich neue Ordnung, weil sie den Weg zu einer Neuordnung oder Umordnung auf immer versperren wollte. Sie wollte die letzte Ordnung sein und war es in vielerlei Hinsicht auch.

Ödipus war nicht nur Vater der Antigone, sondern gleichzeitig auch ihr Halbbruder. Lebten Siebert und Marga nicht wie Geschwister zusammen? Verhinderte Marga nicht mithilfe des Bluttuchs jegliche körperliche Annäherung zwischen ihnen?

Der alte Siebert wurde mit Ödipus gleichgesetzt, nicht der junge Siebert. Der junge Siebert entspräche gemäß dieser Geschwistertheorie entweder Eteokles oder Polyneikes. Es stimmt, dass das Bluttuch den Moment der vergehenden Unschuld, auch des vergehenden Unwissens über die Endlichkeit des Lebens und die Existenz des Todes symbolisiert. Die Verbindung von Unschuld mit dem gleichzeitigen Verlust der Unschuld. Dass das Bluttuch aber die Keuschheit zu bewahren hilft, ist eine Profanisierung und Banalisierung der städtischen Folklore.

Natürlich wachsen neue Generationen von Theoretikern nach, die das Ganze von einer völlig anderen Warte aus sehen. Sie sehen die Stadt als Text. Und sie haben recht. Die Stadt ist ein Text.

Erst jetzt fällt uns auf, dass die Stadt gar keinen Namen hat, dass wir sie folglich überhaupt nicht ein- oder zuordnen können. Es gibt gewisse Fixpunkte. Zwei, drei Straßennamen, ein Museum, ein Friedhof und zwei Bahnhöfe, der Ostbahnhof und der alte Bahnhof, sollen uns die Stadt als etwas Reales vorgaukeln, das sie nie und nimmer ist.

Sich nicht mehr auf eine scheinbar realistische Erzählung zu konzentrieren hat etwas Befreiendes, weil sich jetzt vielleicht die immer noch fehlenden Lücken schließen und die immer noch unbeantworteten Fragen beantworten lassen. Das Schließen der Lücken und das Beantworten der Fragen darf man sich allerdings nicht so vorstellen, als würde Fehlendes einfach aufgefüllt, vielmehr entsteht durch die veränderte Perspektive ein komplett anderes Bild der Stadt und der in ihr lebenden Personen.

Wenn man die immer wieder auftauchende Blindheit vieler Einwohner tatsächlich symbolisch auffasst und mit dem in diesem Zusammenhang, wenn auch aus unzutreffenden Gründen, genannten alten Siebert in eine Verbindung bringt, könnte man sagen: Die Bewohner der Stadt haben keinen Einblick in ihr eigenes Schicksal.

Sie nehmen das Angebot nicht an, das ihnen der alte Siebert unterbreitet. Immerhin stellte er ihnen seine Villa zur Verfügung, außer eben dem zweiten Stock, wo er an der Weltmechanik arbeitete, die er aber, um eine Beunruhigung zu verhindern, gegenüber den Einwohnern noch nicht einmal so nannte. Er forderte sie auf, seinen Garten zu betreten und sich dort niederzulassen, und ließ sie mit dem teuersten Geschirr bewirten. Edles Silber, Kristallgläser. Was allerdings auch in gewissem Sinne naiv war. Der alte Siebert hatte einfach den Bezug zur Realität verloren. Vielleicht nicht zur Realität, aber zur Gegenwart. Er verstand nicht, dass man sich durch sein Verhalten auch verhöhnt fühlen konnte. Das Haar stand ihm wirr um den Kopf, und unbeholfen tatschte er nach den Wangen der Kinder. Es waren die Kinder der Einwohner, die durch die Tulpenbeete rasten. »Kann man hier grillen?«, wurde er gefragt. »Natürlich«, sagte der alte Siebert, »natürlich. Grillen und Ball spielen.« Für einen Moment schien alles möglich. Später am Abend sah das wieder völlig anders aus. Zwei Leichen lagen vor dem Kellereingang, weil sie es nicht mehr rechtzeitig vom Grundstück des alten Siebert nach Hause geschafft hatten. Der alte Siebert stand im zweiten Stock am Fenster. Er konnte es nicht richtig verstehen, doch schien in alldem eine Logik zu liegen. Seine beiden Töchter kamen vom Tennisspiel nach Hause. Beide noch ohne Nachwuchs. Der alte Siebert wusste, dass er nicht mehr lange Zeit haben würde. Die Wolken welkten über der Stadt dahin. Die Stadt war in sich zusammengesunken. Wenige Türme. Kaum Hochhäuser. Die Straßenzüge ziel- und belanglos. Willkürlich in sich selbst verknotet. Noch zwei Nächte bis Sonntag. In der ersten Nacht legte sich die jüngere Tochter zu ihm, in der zweiten die ältere. Der alte Siebert merkte nichts davon. Er würde die Schwangerschaften nicht mehr erleben. Ein Zeitungsreporter fragte Jahre später und in einem ganz anderen Zusammenhang, ob er nicht vielleicht doch reinen Tisch machen wolle und alles erzählen. Der alte Siebert hatte auch schon einmal mit dem Gedanken gespielt, aber mittlerweile erschien es ihm unnötig. Zeitraubend vor allen Dingen. Und würde es wirklich noch jemandem nutzen?

Hier geht nun aber wirklich alles durcheinander. Es fängt mit einer angeblich symbolischen Interpretation an, springt dann sofort in einen reportageartigen Realismus und endet mit einer Paraphrase auf, was soll das sein?, Lot und seine Töchter? Und wenn wir schon bei Lot sind, ist es nicht interessant, dass Lot seine Töchter zu Beginn der Legende zur Vergewaltigung anbietet, nur damit seine Gäste verschont bleiben? Vielleicht könnte man darin den alten Siebert erkennen, der ebenfalls bereit war, seinen Sohn für eine Idee zu opfern.

Einer Idee zu opfern? Welcher Idee? Und wie wäre denn diese Opferung vollzogen worden?

Es handelt sich natürlich um die Idee der Weltmechanik. Und gut, »opfern« ist wahrscheinlich ein etwas zu starker Ausdruck.

Opfern heißt, dass man etwas darbringt, dem eigenen Zugriff entzieht und einer höheren Macht zur Verfügung stellt.

»Dem eigenen Zugriff entzieht und einer höheren Macht zur Verfügung stellt« klingt recht harmlos. Tatsächlich stirbt in den meisten Fällen jemand. Besonders, wenn etwas einem Gedanken geopfert wird.

In viktorianischen Romanen steht »opfern« für den Vorgang der Ejakulation. Wenn jemand opferte, intransitiv, dann geschah das folglich einer höheren Macht wegen. Die eigene Lust, selbst die eigene Beteiligung wurde so verschleiert.

Die eigene Lust wird beim Opfern immer verschleiert.

Wäre in diesem Zusammenhang nicht endlich einmal zu klären, was es mit den Körperteilopferungen auf sich hat?

Und was ist mit dem Filmausschnitt, auf dem ein älterer Mann zu sehen ist, der mit einem Kind tanzt?

Die Legende vom großen Wandgemälde der Weltmechanik, das sich angeblich im zweiten Stock des Privatmuseums und davor für über hundert Jahre in der streng bewachten alten Remise am Lindholmplatz befunden haben soll, dieses unglaubliche Gemälde, das man völlig unterschiedlich wahrnimmt, je nach der Seite, von der aus man es betrachtet oder abgeht, dieses Gemälde, dessen Maler verbannt, mit einem Malverbot belegt und sogar verstümmelt worden sein soll, ist in Wirklichkeit nichts anderes als die Vergegenständlichung eines Konzepts, das in der Aufklärung auftauchte und für die allgemeine Bevölkerung, das, was der Bürgermeister der Stadt, seinerzeit den »erinnerungslosen Haufen« nannte, nicht erklärbar, nachvollziehbar oder einzuordnen gewesen wäre. Deshalb hatte man dieses riesige Wandgemälde mit der Absicht anfertigen lassen, es der Allgemeinheit eben nicht zugänglich machen zu wollen, obwohl es genau für sie geschaffen war, nämlich um den Begriff der Weltmechanik zu fassen, der sich aber nicht im Betrachten des Gemäldes erklärte, sondern in dem gedanklichen Raum, der für den Einzelnen dadurch entstand, dass eine bildliche Erklärung des Begriffs existierte, diese bildliche Erklärung aber nicht zugänglich war. Die Herstellung des Bildes und sein Verbergen waren Akte der Aufklärung, weil sie die Beschäftigung mit dem Begriff zurück in den Einzelnen verlegten. Alle Legenden, die sich um das Bild rankten, entstanden aus der Beschäftigung mit dem Begriff. Und ist es nicht ergreifend und sogar rührend, dass die Phantasie so vieler Menschen für so viele Jahre um ein Gemälde kreiste, das sie nie zu Gesicht bekommen hatten und nie zu Gesicht bekommen würden, sodass viele es sich unwillkürlich als Darstellung einer Schlacht imaginierten oder einer Paradies-, oft auch Höllenlandschaft, die sich in ihrer Phantasie mit immer feineren Details, immer kräftigeren Konturen konkretisierte?

Ob man sich natürlich über das Bildliche einem abstrakten Begriff nähern kann, bleibt fraglich. Es entspricht aber dem Geist der Aufklärung, es zumindest versucht und damit das Denken selbst, wenn auch nicht analytisch, sondern eher imaginär in Bewegung gesetzt zu haben, wodurch es unwillkürlich mehr ein Projekt der Nachmoderne wurde, auch wenn der Begriff der Weltmechanik aus der Aufklärung stammte und eben das Begrifflose und die Leere eines Gegenstands gleichermaßen bezeichnete. Die Vorstellung aber eines verborgenen Bildes, das, einem Glaubensakt gleich, einen Begriff und dessen Darstellbarkeit voraussetzt, das sich am Gegenständlichen entzündet, ohne dieses je fassen oder sich auch nur vorstellen zu können, fasst die mehrfachen Benennungen von einem nie ruhenden Denkprozess zusammen, sodass sich hier leerer Begriff ohne Gegenstand, leerer Gegenstand eines Begriffs, leere Anschauung ohne Gegenstand und leerer Gegenstand ohne Begriff zu einem zusammenfinden. Und da dieses Eine nur in der Ruhe existiert, jedoch niemals zur Ruhe kommen kann, wird es zu Recht als Weltmechanik bezeichnet.

Leider sind andere Gemälde der Zeit nicht so genau beschrieben und die meisten, im Gegensatz zu Filmen, Romanen und Träumen, überhaupt nicht archiviert oder dokumentiert. So bleibt die Beschreibung eines im Aufgang des Privatmuseums hängenden Bildes, das eine Frau hinter einem Vorhang zeigen soll, ungenau. Da das Bild diese Frau nur ausschnitthaft darstellt und allein ihr Gesicht und die in Kopfhöhe um einen Stoff geklammerten Hände zeigt, kann man die Vermutung nicht ganz von der Hand weisen, es handele sich bei dem umklammerten Stoff keineswegs um einen Vorhang, sondern um das Bluttuch. Zudem falle der Stoff, den man als Vorhang interpretiert hatte, ganz anders, als es die langen Bahnen gewöhnlicher Vorhänge tun, und entspreche mit seiner grauen Farbe und den unregelmäßigen dunkelroten Flecken darüber hinaus ohnehin nicht der Farbgebung von Vorhängen, wie sie in den gutbürgerlichen Wohnungen der Stadt vorzufinden gewesen wären.

Könnte es sich bei diesem Porträt nicht um die Darstellung einer Frau handeln, die in Erinnerung an ihren Verlobten, den Piloten des auf dem Nahrthalerfeld abgestürzten Abfangjägers, am Fenster steht und das Einzige, was ihr von ihm geblieben ist, nämlich sein Halstuch, an ihr Gesicht presst?

Wird Marga nicht an einer Stelle als eine Frau beschrieben, die, bevor sie das brennende Haus verlässt, noch schnell einen falschen Kniff in der Fenstergardine glattstriche?

Hat Siebert sie so beschrieben? Und soll der Vorhang auf das Fenster verweisen, an dem sie folglich stand und nicht Siebert? Würde das nicht auch erklären, warum sie von der Kugel des Soldaten getroffen wurde und nicht er?

Die Frage nach Margas angeblichem Verhältnis wird durch diese Verknüpfung nicht beantwortet.

Ihr Verhältnis mit Dr. Ritter?

Wir haben, um das nun zum wiederholten Male zu sagen, Dr. Ritter als Liebhaber von Marga bereits definitiv ausgeschlossen. Dr. Ritter gehört zusammen mit Dr. Hauchmann und dem alten Siebert zu einer Art Ärzte-Triade. Um es kurz zu machen: allesamt Männer, die kein großes Interesse an Frauen hatten, sondern sich ganz der Forschung widmeten.

Spielen bei diesen Forschungen nicht Kinder, insbesondere Jungen, eine Rolle?

Es ging unter anderem um die Heilung einer grassierenden Blindheit.

Wenn Dr. Ritter als Liebhaber Margas auszuschließen ist, bliebe also noch die Verbindung Margas zu dem Soldaten. Auch hier gibt es, wie bei Dr. Ritter, zwei Soldaten, einen, den Marga nachts trifft, und einen, der auf Siebert schießt. Es könnte sich natürlich um ein und denselben Soldaten handeln.

Es gibt noch den Soldaten, der Marga entlässt.

Eine weitere Triade also? Oder eine Figur in ihrer dreifachen Erscheinungsform, einmal als Liebender, einmal als Rächer und einmal als Befreier.

Was das angeht, so sind wir einer falschen Chronologie aufgesessen, die wahrscheinlich von Siebert in Umlauf gesetzt wurde. Tatsächlich war Marga bereits mit einem Soldaten verlobt, bevor sie Siebert kennenlernte. Dieser Soldat war jedoch kein Infanterist, sondern Pilot eines Abfangjägers. Bei einem Probeflug stürzte er mit seiner Maschine auf dem Nahrthalerfeld ab. Wir sehen Marga auf dem Gemälde mit dem Bluttuch folglich als eine Frau, die ihrem Verlobten nachtrauert. Dass sie mittlerweile eine Beziehung zu Siebert begonnen hat, ist kein Widerspruch, da diese Beziehung rein platonischer Natur ist. Dabei hilft ihr das einzige Andenken an ihren Verlobten, das Bluttuch, das sie nachts zwischen sich und Siebert legt, um eine Annäherung zu verhindern. Das Bluttuch, das Marga auf dem Porträt umklammert, symbolisiert folglich die ewige Treue dem Gefallenen gegenüber. Natürlich ist die Beziehung zu einer Frau, die einen anderen nicht vergessen kann, belastet. Deshalb wird Siebert in verschiedenen Schilderungen als Versager oder Traumtänzer, oft auch als impotent beschrieben, ähnlich der Darstellung des in der Regel greisen Zimmermanns Joseph, dem man im Mittelalter zusätzlich die Flasche als Attribut beifügte, um damit eine aus dem Alkoholismus entstandene Zeugungsunfähigkeit anzudeuten. Im Falle Siebert ist es nicht der Alkohol, sondern die weltfremde Beschäftigung mit einer sogenannten neuen Existenzphilosophie.

Die Rache Sieberts an dem Soldaten, mit dem er Marga angeblich ertappte, wäre aber nicht nur eine Umdeutung aus der Vergangenheit in die Gegenwart, sondern eine treffende Darstellung der Gefühle, die Siebert heimsuchten und die man als Eifersucht auf einen Toten bezeichnen könnte. Gegen dieses Gefühl der Eifersucht ist man machtlos, da man sich nur noch in der Phantasie oder an einem zum Stellvertreter erklärten anderen rächen kann.

In diesem Zusammenhang treffen wir auf das verwandte Motiv: Rache an einem Toten. Bei der Rache an einem Toten geht es nicht um ein Vergehen des Toten, das nachträglich bestraft werden soll, sondern um das, was die Erinnerung an ihn in der Gegenwart bewirkt.

Gegen die Profanisierung des Bluttuchs hatten wir bereits Einwände erhoben. An dieser Stelle bleibt zu fragen, wie Marga in den Besitz des Bluttuchs gekommen sein soll.

Kann es sein, dass es sich bei dem Geschwisterpaar, das zu dem abgestürzten Abfangjäger auf dem Nahrthalerfeld läuft und das Tuch des Piloten an sich nimmt, um Marga und Siebert handelte? Wir dürfen uns nicht von scheinbaren Anachronismen irritieren lassen.

Ist es nicht bezeichnend, dass der Begriff der Weltmechanik, der einst das niemals ruhende Denken bezeichnete, anderthalb Jahrhunderte später in einem Gebäude der Macht verkörpert wird, einem Gebäude von der Größe eines Staudamms, und nicht zufällig mit einem solchen verglichen wird, da man eine ungeheure Anstrengung auf sich nehmen muss, um die Wucht der Gedanken aufzuhalten und einzudämmen? Mehr noch, dieser gigantische Palast oder Tempel war zum leeren Gegenstand eines Begriffs verkommen und musste deshalb ununterbrochen mit Menschenleben gefüttert werden, sodass man nicht sagen kann, ob die Vernichtungsmaschinerie aus dem Fehlen des Begriffs oder aus dessen Leere, die beständig danach drängte, gefüllt zu werden, entstand.

Auch der Begriff der Glasheiligen hat uns lange Zeit Rätsel aufgegeben. Nach ersten erfolglosen Untersuchungen und Nachforschungen glauben wir, dass es sich um eine Fehlinterpretation des Wortes Eisheiligen handelt, vielleicht auch um eine bewusste Umdeutung dieses Begriffs, da man Eis in seiner Transparenz und leichten Zerbrechlichkeit durchaus als eine Art Glas auffassen kann.

Wie Erinnerung und die Konstruktion von Geschichte funktioniert, kann man sehr gut am Beispiel der Ulmenallee sehen. Dort gab es, neben bewohnten und leerstehenden Mehrfamilienhäusern, die alte Zoohandlung und die Pension Guthleut. In der alten Zoohandlung soll ein Widerstandskämpfer an dem Biss einer giftigen Schlange ums Leben gekommen sein. In der Pension Guthleut hingegen soll ein Junge bei einem laienhaft ausgeführten Exorzismus den Tod gefunden haben. Beide Geschichten sind nicht nachweisbar, erklären sich aber sofort, wenn man sie zusammenliest und die Schlange als Symbol begreift. Einen Hinweis darauf konnte man bereits durch die Verwechslung der Ulmenallee mit der Dolmenstraße und dem sich angeblich dort befindlichen Privatmuseum erhalten, in dem nach verschiedenen Aussagen vor allem Nachbildungen von Autounfällen, Eisenbahnunglücken und Flugzeugabstürzen, also Katastrophen oder Unfällen, zu sehen waren, anderer Meinung nach die sogenannten Körperteilopferungen, die ebenfalls einen Hinweis auf die symbolische Versehrung hätten liefern können.

Was ist die symbolische Versehrung?

Man kann eine einfache Geschichte kompliziert und eine komplizierte Geschichte einfach erzählen, und immer wird die Art des Erzählens die jeweilige Komplexität der Geschichte bestimmen, denn eine Geschichte existiert nur in ihrem Erzähltwerden und verweist nur scheinbar auf etwas Geschehenes. Mit dieser banalen Erkenntnis kann man sich jedoch nur schwerlich anfreunden, wenn einem nichts als eine Geschichte zur Verfügung steht, um eine Tat, unter Umständen sogar Teile des eigenen Lebens zu rekonstruieren.

Was verbirgt sich hinter dem neugegründeten Sportverein der Südstadt? Handelt es sich tatsächlich um einen Verein, der Jugendliche fördert, oder um eine radikal-politische Organisation mit fragwürdigen Zielen?

Was sind fragwürdige Ziele?

Natürlich kann man die Geschichte um Siebert auch als Schlüsseltext interpretieren, der das Leben unter der Ceauşescu-Regierung oder dem deutschen, italienischen oder spanischen Faschismus abbildet. Und natürlich mag das Verfahren, sich ein anderes Land und eine andere Zeit als Interpretationsfolie zu imaginieren, sinnvoll sein, nur ist es damit nicht getan, da die Erzählung immer weiter voranschreitet, aber noch nicht zu Ende ist, sodass eine solche Interpretation zwangsweise zu kurz greifen muss. Öffnet sich aber als einzige Alternative nur die Tür des Individuellen, die uns beständig lockt und gleichzeitig bedroht? Denn wohin sollte sie schon führen? An einen Tisch mit zwei alten übergewichtigen Männern, die kurzatmig über mit Austern gefüllten Tellern hängen und sich junge Mädchen und junge Knaben zur Verlustierung ins Zimmer winken lassen? Weiter reicht unsere Vorstellung von Individualität eben nicht. Danken wir also den verschiedenen Ausformungen des Faschismus dieser Welt, dass sie unsere Phantasie in ihre Schranken gewiesen haben, denn einer solchen Realität ist selbst die einfallsloseste Phantasie vorzuziehen, sodass wir uns lieber in unserem eng abgesteckten und oft vorgegebenen Rahmen um uns selbst drehen, uns lieber zu Hause verstecken, als noch einmal mit stolz geschwellter Brust nach draußen zu gehen, wo uns lediglich ein menschenverachtendes Rumgezerre erwartet. Die Erzählung mag hier noch nicht aufhören, aber die Interpretation kann sich jederzeit aus ihr zurückziehen und sie einfach machen lassen.

Vielleicht ist es, wie bereits gesagt, eben doch nur eine wunderliche, vielleicht berührende oder eben nur groteske Liebesgeschichte, die wir nur erfassen können, wenn wir endlich den Versuch aufgeben, in alles etwas hineinzugeheimnissen, als müsse es immer und überall um mehr gehen, obwohl es doch schwer genug ist, dass es wenigstens einmal um das geht, um was es geht. Diese Liebesgeschichte wäre natürlich ebenso von Anfang an dem Unglück anheimgegeben, und bei jeder glücklichen Sekunde wüssten wir bereits, dass uns diese glückliche Sekunde nur deshalb so ausführlich und ausgedehnt vorgeführt wird, damit es eine Fallhöhe gibt, aus der die Protagonisten später niederstürzen. Und natürlich geht es uns in unserem Leben nicht viel anders. Wir bringen zwar in der Regel keine Menschen um, laufen nicht Amok und ruinieren uns niemals so komplett, wie es uns in der Literatur beständig vorgeführt wird, aber es fühlt sich genauso an. Und deshalb verstehen wir auch sofort, dass alles Erzählte nur Bilder eines verletzten Inneren zeigt. Aber wäre es nicht dennoch enttäuschend, wenn sich das alles zu einem beliebigen Unterhaltungsroman entwickelte oder eben auch zu einem Roman der sogenannten gehobenen Literatur, der aber dennoch seine Grenzen einhält, seine Vorgaben nie überschreitet und alles bis ins letzte Detail auspinselt?

Die Entzauberung der Welt wird in Not- und Kriegszeiten zurückgenommen. Aus der Not heraus und der Erfahrung der Hilflosigkeit wird der Kosmos der Vergangenheit innerhalb weniger Monate wieder zum Leben erweckt, regieren Zaubersprüche und Flüche und eine grundsätzlich animistische Denkweise. Vor dieser Grundlage müssen wir die Lebensgeschichten ebenfalls betrachten.

Man muss sich natürlich an einem Punkt und trotz aller brauchbarer Ansätze die Frage stellen, ob es sich nicht bei alldem doch nur um eine Parabel handelt, die unsere Zeit darstellen soll. Natürlich wäre dann zu fragen, was unsere Zeit denn ist und durch was sie sich auszeichnet. Ist unsere Zeit vielleicht die Zeit, die einem gleichzeitig vertraut und banal erscheint und dann wieder so seltsam und fremd, dass man genau sie nicht in eine Parabel fassen könnte?

Wie würde die Geschichte von Marga und Siebert in der Jetztzeit erzählt? Dass sie in einem Plattenbau sitzen und in ihrer Aussichtslosigkeit eine Kampfgruppe gründen, tatsächlich Attentate begehen, und zwar gemeinsam, während wir immer noch auf die Männer als Täter und die Frauen als Mitläuferinnen starren?

Oder sollen wir davon ausgehen, dass alle Theater spielen und uns mit ihren erfundenen Geschichten nur abspeisen und ablenken? Einfach weil es die wirkliche Geschichte nicht gibt?

Es muss die wirkliche Geschichte geben. Wir können uns so nicht aus der Affäre ziehen. Es muss sie geben. Wir erleben es Tag für Tag. Wir erleben es am eigenen Körper.

Vielleicht ist es nur die Geschichte, die wir uns erzählen, weil wir glauben, ohne eine wirkliche Geschichte nicht existieren zu können. Alles würde sich auflösen. Alles würde verschwimmen. Unser Leben wäre nur noch ein leerer Begriff ohne Gegenstand. Das wäre unerträglich.

Könnte es nicht auch befreiend sein?

2

LISTE BISLANG NICHT GENANNTER PERSONEN,
GEGENSTÄNDE UND ORTE

ALGENIA: Sie isst beim Frühstück nie von ihrem eigenen Gedeck, sondern von dem ihrer beiden toten Brüder Eugenius und Malgenius. Sie wurde von der sterbenden Denise verflucht und darf an ungeraden Tagen nur die linke, an geraden nur die rechte Hand benutzen.

ANNA-CORINNE GUTHLEUT: Die ehrgeizige Mutter des Gegenpapstes Siegbert. Sie begeht mithilfe der Nadel Gerlhab und der Schere Simphar eine Reihe schrecklicher Taten, um die Karriere ihres Sohnes zu fördern.

ARGA: Als sie in das Schlafzimmer der zwei Liebenden kommt, werden im selben Moment auf der Straße die beiden Leichen von Bertrand und Bernhard vorbeigetragen. Sie sieht in einem Lichtreflex auf dem nackten Rücken von Hugo ihr Spiegelbild und erblickt darin ihren nahenden Tod.

ANTON: Als er im Frühjahr bemerkt, dass die von ihm im Winter um seinen Garten errichtete Mauer den Pflanzen und selbst hochgewachsenen Bäumen das Licht nimmt, besteigt er sie mithilfe der hohen Leiter und versucht sie abzutragen. Während er oben steht und zum ersten Mal seit Jahren hinunter in die Stadt schaut, sieht er den Hochzeitszug von Elisa auf der Straße vorüberziehen. Er stürzt, ob aus Schrecken, Unachtsamkeit oder selbstmörderischer

Absicht ist nicht zu sagen, rückwärts in die Tiefe, überlebt gelähmt und wird von Elisa zur Pflege aufgenommen. Versehentlich gibt Elisas Vater, Simrod, Anton an einem Samstagnachmittag, als Elisa aus dem Haus ist und er auf Anton aufpasst, von dem vergifteten Fleisch zu essen.

ARNULF: Er nannte sich Graf, war aber ein einfacher Bauernjunge. Er soll den großen Brand in Niedergau gelegt haben. Arnulf ertrank bei einem Spaziergang im Obergauer See. Man sagt, er habe gemeint, in einer Schlingpflanze die abgeschnittene Strähne Lottelieses zu erkennen, sich danach gebückt und sei in die Tiefe gezogen worden.

BERTRAND: Verantwortlich für den rechten Holm und die gradzahligen Sprossen der hohen Leiter. Eine der beiden vorbeigetragenen Leichen. Er hielt die Leiter während der Sturmnacht.

BERNHARD: Verantwortlich für den linken Holm und die ungradzahligen Sprossen der hohen Leiter. Die zweite der vorbeigetragenen Leichen. Er stand während der Sturmnacht auf der Leiter.

BISCHOF MARTIN: Bischof Martin war ein einfacher Priester, der nach einem missglückten Exorzismus sein Amt verlor und danach lange Jahre als Schankwirt des Goldenen Drachen in Niedergau lebte, bis er eines Tages vom Gegenpapst Siegbert zum Bischof ernannt wurde.

BORIS: Der Wirt des Goldenen Schwans in Obergau, der Zimmer mit dem Blick auf die unergründliche Grube vermietet und versehentlich oder aus Geldgier Bischof Martin die sieben eitrigen Wunden zufügte, da er ihn, nachdem die beiden Leichen abtransportiert wurden, im Zimmer der zwei Liebenden unterbringt, ohne das für Nora entsprechend präparierte Bett zu entfernen. Mehrere Gäste erlitten starke gesundheitliche Schäden durch das verdorbene Fleisch, das Boris von Simrod erworben hatte. Dies wiederum war die Strafe für seine Entlohnung Simrods mit Kurmünzen. Da man ihn vom Teufel besessen glaubte und die Verletzung Martins und die Vergiftung der Gäste als vorsätzlich herbeigeführt ansah, wurde er an die rechte der beiden letzten Pappeln am Waldesrand neben Denise aufgeknüpft.

DENIS UND DENISE: Denise wurde müde während ihrer Wanderungen und sagte zu Denis:»Bitte lass mich hier ausruhen.« Darauf nahm Denis ein Seil, schlang es Denise um den Hals und hängte sie an die linke der beiden letzten Pappeln am Waldesrand.»Ich sehe schon die Stadt«, rief Denise, als sie dort oben baumelte, doch es war bereits zu spät. Bertrand und Bernhard, die beiden Leiterträger, liefen an ihr vorbei, ohne ihr Schreien zu hören, da man sie nach Niedergau zu den gerade aus dem Knaben Sichelwiehn entstandenen siebzehn siebzehnköpfigen Drachen gerufen hatte. Denis ging unbeirrt weiter und kam zu Franka, die gerade ihre Kuh melkte. Er bot ihr an, ihr Vieh zu zählen, und erfand dabei die moderne Form der Schlachtung und die nichtdezimale Zählung.

ELISA: Nachdem Anton sie verlassen und sich hinter der hohen Gartenmauer zurückgezogen hatte, verlor sie den Verstand und bat ihren Vater Simrod, einen Hochzeitszug zusammenzustellen, mit ihr als Braut, einem Schauspieler als Bräutigam und weiteren Schauspielern und Bekannten als Hochzeitsgesellschaft, damit sie jeden Tag zusammen um die Mauer von Antons Garten ziehen konnten, um so vielleicht eines Tages sein Herz zu erweichen und ihn zurückzugewinnen.

EUGENIUS: Sein Vater hatte ihn und seinen Bruder Malgenius enterbt und den Hof und das angesparte Vermögen ihrer Schwester Algenia vermacht.

FAHLBEEREN: Hätte der Erstgeborene von Arga, der Halsstarre, die Fahlbeeren besessen, hätte er die Drachen auch ohne die hohe Leiter besiegen können. Die Fahlbeeren wuchsen erst in dem Moment am Strauch, als Michael mit ausgebreiteten Armen wie der Gekreuzigte nach ihnen griff, weil er sie dort zu sehen meinte. Es handelt sich dabei um ein Unzeitigkeitswunder.

FRANKA: Nachdem Denis ihr Vieh vernichtet hatte, musste sie sich in der Leiterwerkstatt von Eugenius verdingen und dort Sprossen zurechtsägen und anschließend schmirgeln. Sie verliebte sich in Hugo und tötete ihre Rivalin Nora, indem sie den Wirt Boris umgarnte und das Bett im Zimmer der zwei Liebenden mit angespitzten Sprossen präparierte.

GEGENPAPST SIEGBERT: Vermutlich der leibliche Vater des Halsstarren, der dessen Mutter verstieß und dazu zwang, ihr Neugeborenes auf dem überwachsenen Pfad im Wald zwischen Obergau und Niedergau auszusetzen.

DER GOLDENE DRACHE: Eine Schankwirtschaft in Niedergau. Angeblich wurde sie an dem Ort errichtet, an dem der durch Bischof Martin zu seiner Zeit als Priester durchgeführte Exorzismus zum Tod des Knaben Sichelwiehn führte.

DAS GOLDENE GLOCKENSPIEL: Zwischen Antons Garten und der unergründlichen Grube befindet sich im Salzwederturm das goldene Glockenspiel. Es muss einmal im Jahr am Sonntag vor Pfingsten um Mitternacht von einem Mann, der noch nie mit einer Frau verkehrt hat, aufgezogen werden.

DER GOLDENE SCHWAN: Eine Schankwirtschaft in Obergau. Wie alle Schankwirtschaften der Gegend ursprünglich vom Gegenpapst Siegbert finanziert.

GUNNAR: Als sein Herr, Graf Arnulf, die Hochzeit mit Lotteliese kurzfristig absagt, isst er sämtliche Zimtwalken des umsonst bereiteten Festbanketts. Er erleidet dadurch einen Blutstau, der zur völligen Lähmung führt. Als ihm der herbeigerufene Arzt ein Gegenmittel spritzt, wird der Blutstau so unvermutet und mit einer solchen Wucht gelöst, dass es Gunnar den Kopf wegreißt und das angestaute Blut aus seinem offenen Hals herausspritzt. Bei der Sage, aus dem bis an die Bäume in der Nähe geratenen Blut seien die Roteckern entstanden, handelt es sich um eine sogenannte Umkehrungslegende, da es die in den Zimtwalken verarbeiteten Roteckern waren, die den Blutstau Gunnars überhaupt erst verursacht hatten.

HANS: Er entdeckte als Erster den überwachsenen Pfad, der zwischen den beiden Pappeln am Waldrand entlangführt, an denen Denise und Boris hängen. Der Pfad zeigt sich nur, wenn man dort mit zur Seite ausgestreckten Armen entlanggeht und so die Haltung des am Kreuz für die Menschheit gestorbenen Christus nachahmt, da dieser auch unschuldig zwischen zwei Verbrechern hing. Hans hatte durch die Herstellung der Kurmünzen den linken Arm ohnehin beständig gelähmt und steif zur Seite ausgestreckt. Als er zufällig eine der letzten Fahlbeeren an einem Strauch sah und mit der Rechten nach ihr griff, entstand in seiner Haltung die Imitatio Christi, die den überwachsenen Pfad zu seinen Füßen erscheinen ließ.

DER HALSSTARRE: Der Halsstarre lebte im Wald zwischen Obergau und Niedergau auf dem damals noch unerkannten überwachsenen Pfad. Von seiner Mutter Arga gleich nach der Geburt ausgesetzt, wurde er von der Wölfin Eimar aufgezogen. Nachdem sie von einem Jäger getötet wurde, lebte er in ihrem Fell und ernährte sich von Roteckern. Er ist der Einzige, der das jeweilig richtige Gegenmittel für jeden einzelnen der siebzehn Köpfe der siebzehn Drachen kennt, aber von den Bewohnern von Obergau und Niedergau wegen seines Äußeren gemieden und selbst in Notzeiten nicht um Rat gefragt wird, da sie seine Rache fürchten.

HAUSMEISTER SERGE: Er wurde von der Mutter des Gegenpapstes Siegbert, Anne-Corinne Guthleut, mithilfe der Schere Simphar kastriert. Es ist unklar, ob er erst danach zu einem Frauenhasser wurde, was sich unter anderem in seiner hartnäckigen Verfolgung der einstigen Volksschullehrerin und späteren Taube Numria zeigt, oder es bereits vorher war.

HERRMANN: Der Bruder Noras, der sich aus Trauer um ihren Tod verpflichtet, bei der täglichen Hochzeitsprozession Elisas teilzunehmen. Als zusätzliche Erschwernis trägt er eine Eisenstange mit sich. Mit dieser Eisenstange fügt er dem durch die Prozession stürmenden Pferd Zaron eine schwere Wunde zu, sodass es nur bis zur unergründlichen Grube gelangt.

HUGO: Einer der zwei Liebenden. Er liegt bereits tot auf Nora, als Arga das Schlafzimmer betritt und in dem Muttermal auf seinem Rücken ihr eigenes Gesicht und ihren nahen Tod zu erkennen meint.

DER JÄGER GUTHART: Er erlegt aus Versehen die Wölfin Eimar, als er im Auftrag von Hausmeister Serge nach der Taube Numria schießt.

KLEINLENCHEN: Wie in jedem Ort gibt es auch in Obergau ein Kind, das nicht wachsen will oder kann. Nicht größer als ein Fingerhut, hatte Kleinlenchen es sich in den Kopf gesetzt, den Halsstarren zu heiraten. Aus einem Haar der Wölfin Eimar und einer Rotecker nähte sie ihr Hochzeitskleid, wurde aber auf dem Weg zur Kirche beim Einsturz des Salzwederturms vom herabstürzenden goldenen Glockenspiel erschlagen.

DER KNABE FÄHLMANN: Der Knabe Fählmann ist der treuste Diener des Gegenpapstes Siegbert. Dessen Geliebte, Arga, hatte die aus ihrer Beziehung entstandenen Kinder, den Knaben Hugo und ein mit der Bezeichnung der Halsstarre belegterJunge, dem weder Taufe noch eine richtige Namensgebung zuteilwurden, ausgesetzt oder abgegeben, um ihr Verhältnis zum Gegenpapst nicht zu gefährden. Da sich Argas Beziehung zu Siegbert nicht verbesserte, der Gegenpapst sich im Gegenteil immer abweisender gegenüber Arga verhielt, verfiel sie einer wahnhaften Eifersucht, in der sie den Knaben Fählmann verdächtigte, ein Verhältnis mit Siegbert zu haben. Alle gegenteiligen Beschwörungen des Knaben nützten nichts, Arga lauerte ihm auf der Wendeltreppe des Salzwederturms auf und brachte ihm mit der Nadel Gerlhab einen tödlichen Stich am Hals bei.

DIE KRÄHE KAMILLA: Die Krähe Kamilla kann den von Arga im Eifersuchtswahn erstochenen Knaben Fählmann nicht mehr retten. Sie bleibt aber während seiner Agonie neben ihm sitzen und streichelt mit dem Schnabel seinen nackten Arm, bis er verstirbt.

DIE KURMÜNZEN: Zur Finanzierung seines Papsttums von Gegenpapst Siegbert hergestelltes und unter die Leute gebrachtes Falschgeld.

DIE HOHE LEITER: Die hohe Leiter ist Bertrand und Bernhard anvertraut. Sie ist von großer Bedeutung, weil man ohne sie nicht in die unergründliche Grube hinab oder zu den 289 Köpfen der siebzehn siebzehnköpfigen Drachen hinaufkommt. Auch braucht man sie, um einmal im Jahr das goldene Glockenspiel aufzuziehen. Angeblich ist das Holz der Leiter aus den beiden Pappeln am Waldrand gemacht, in welche die beiden untrennbaren Liebenden Marga und Siebert nach ihrem Tod verwandelt wurden und an denen Denise und Boris hängen. So ist die hohe Leiter auch ein Symbol dafür, dass selbst die Götter nach dem Tod der beiden Untrennbaren deren Verbindung nicht völlig lösen konnten, da sich die beiden getrennten Pappeln in den Holmen verkörpern, die durch die Sprossen wieder vereint wurden.

LOTTELIESE: Zwei Jahre und drei Monate nachdem Lieselotte im Niedergauer Bach ertrunken war, brachte ihre Mutter ein Mädchen zur Welt, das sie und ihr Mann in Erinnerung an die verstorbene Erstgeborene Lotteliese nannten. Lotteliese war ein schüchternes Mädchen, das eine weißblonde Strähne zwischen ihren ansonsten pechschwarzen Haaren hatte. Diese Strähne gefiel dem Grafen Arnulf so gut, dass er Lotteliese, kaum war sie alt genug, zur Frau erwählte. In der Nacht vor der Hochzeit schneidet Anna-Corinne Guthleut mithilfe der Schere Simphar diese Strähne ab, weil sie nur mit ihr die zwei rebellischen Kardinäle Jeremie und Norbert fesseln kann. Als Arnulf seine Braut ohne die weißblonde Strähne am nächsten Tag vor der Kirche sieht, sagt er die Hochzeit ab und lässt Lotteliese in eine Kammer des Salzwederturms sperren, angeblich bis die weißblonde Strähne nachgewachsen sei. Doch über dieses Warten starben er und seine Braut, denn das weißblonde Haar wuchs nach dem Schnitt durch die Schere Simphar nur einen Millimeter in zehn Jahren. Daher auch stammt der Ausdruck, mit dem in Obergau eine sehr lange Zeit beschrieben wird: Bis Lotteliese blond ist.

MALGENIUS: Er überlistete seinen Bruder, indem er Bertrand und Bernhard die hohe Leiter lieh. Zusammen mit Franka versuchte er beim goldenen Glockenspiel das tote Vieh wieder zum Leben zu erwecken. Das wurde durch die Taube Numria verhindert.

MICHAEL: Er ging direkt hinter Hans durch den Wald, als sich der überwachsene Pfad zwischen den beiden Pappeln noch nicht geschlossen hatte, und sammelte die auf dem Boden liegenden Roteckern auf, die aus den Blutstropfen des Herrn am Kreuz entstanden waren. Mit ihnen wollte er die sehrende Wunde von Siegesmund heilen. Als ihn aber die an der linken der beiden letzten Pappeln am Waldesrand hängende Denise ansprach und anbot, wenn er sie mithilfe der Roteckern befreie, ihm jeden Tag bis an ihr Lebensende zu Willen zu sein, opferte er die Roteckern und damit die Heilung Siegesmunds. Denise war zwar lebendig und auch bereit, sich ihm täglich hinzugeben, behielt jedoch den Körper der seit achtzehn Monaten bei Wind und Wetter am Waldesrand baumelnden Leiche einer Gehängten.

DAS MUTTERMAL HUGOS: Das Muttermal auf Hugos Rücken weist ihn als Bruder des Halsstarren aus. Als Arga das Zimmer der zwei Liebenden betritt, erkennt sie in dem Muttermal ihren zweiten Sohn und durch die beiden im selben Moment auf der Straße vorbeigetragenen Leichen auch sein Schicksal und das ihres Erstgeborenen, des Halsstarren, dass nämlich beide Kinder vor ihr sterben werden. Sie weiß nicht, dass Hugo bereits tot auf Nora liegt und der Halsstarre von den siebzehn siebzehnköpfigen Drachen in siebzehn Teile zerrissen wird, weil er zwar alle 289 Gegenzauber den richtigen Köpfen hätte zuordnen können, ihm aber die hohe Leiter fehlte, die Bertrand und Bernhard nicht mehr rechtzeitig nach Niedergau hatten bringen können.

DIE NADEL GERLHAB: Die Nadel Gerlhab wird seit vielen Generationen in der Familie des Gegenpapstes Siegbert vererbt. Siegberts Mutter, Anna-Corinne Guthleut, stach mit der Nadel Gerlhab dem Kardinal Stanislaus das linke Auge aus und durchstieß mit ihr die Waden der Kardinäle Syvert und Sybert während eines von ihnen begangenen unkeuschen Aktes und heftete sie so für die sieben Tage der Papstwahl aneinander.

NIEDERGAU: Durch den Wald von Obergau getrennt. Es ist nichts weiter über Niedergau bekannt, als dass es dort eine Schankwirtschaft mit dem Namen »Zum goldenen Drachen« gibt, die von Bischof Martin nach dem Verlust seines Priesteramts und vor seiner Berufung zum Bischof betrieben wurde. Angeblich ruht auf Niedergau ein Fluch.

NORA: Eine der zwei Liebenden. Sie ist bereits tot, als Hugo nachts in ihr Zimmer kommt, um mit ihr zu schlafen.

NUMRIA: Numria war Lehrerin in der städtischen Volksschule der Stadt und stand zufällig auf dem Schulhof, um eine Zigarette zu rauchen, als der letzte Zauber der sterbenden Denise sie traf und in eine Taube verwandelte. Der Hausmeister Serge erschlug sie noch am selben Tag, da sie nicht fliegen und sich nicht vom Schulhof wegbewegen konnte. Am anderen Tag war sie jedoch wiederauferstanden. Also vergiftete sie der Hausmeister. Doch der Tod hielt wiederum nur vierundzwanzig Stunden. Also ergriff Serge sie und setzte sie in die Linde beim goldenen Glockenspiel, wo sie das Glück der Liebenden verhindert. So sorgte sie unter anderem dafür, dass die Verbindung von Malgenius und Franka nicht zustande kam und die Wiederbelebung des von Denis getöteten Viehs scheiterte.

OBERGAU: Durch den Wald von Niedergau getrennt.

ROTECKERN: Die vergegenständlichten Blutstropfen des Herrn am Kreuz. Der Halsstarre ernährt sich von ihnen, und Michael sammelte sie, um mit ihrer Hilfe die sehrende Wunde Siegesmunds zu heilen.

SALVATER: Er gibt Hugo im Tausch gegen dessen Pferd Zaron das Geld, mit dem Hugo den Wirt Boris besticht, um von ihm nachts in das an Nora vermietete Zimmer gelassen zu werden. Salvater schiebt Hugo dabei Kurmünzen unter, die dieser unwissend an Boris weitergibt. Auch Boris bemerkt nicht, dass er Kurmünzen erhalten hat, und bezahlt damit Simrod, der sich mit dem vergifteten Fleisch an ihm rächt. Als bekannt wird, dass Salvater die Kurmünzen im Auftrag von Gegenpapst Siegbert herstellt und vertreibt, näht er sich nachts in den Bauch von Zaron ein, um so unerkannt aus der Stadt zu fliehen.

SAVERT: Er versucht jeden Sommer aufs Neue, den Schnee von der anderen Seite des Waldes zu Siegesmund zu bringen. Als es ihm einmal gelang und eine Handvoll noch nicht zerschmolzen war, bat er Bernhard und Bertrand, ihm die hohe Leiter zu leihen, um zu Siegesmund in die unergründliche Grube hinabzusteigen. Bertrand war bereit, aber Bernhard weigerte sich, sodass Savert ihn verfluchte.

DIE SCHERE SIMPHAR: Sie wird von Anna-Corinne Guthleut zu einer Reihe fürchterlicher Taten benutzt. So kastriert Anna-Corinne Guthleut mit der Schere Simphar in der Nacht, bevor er das goldene Glockenspiel aufziehen soll, den Hausmeister Serge. Später schneidet sie die weißblonde Strähne aus Lottelieses Haar, sodass diese von Arnulf verstoßen wird. In der Nacht, als Siegbert durch die falschen Stimmen der Kardinäle Stanislaus, Syvert und Sybert zum Gegenpapst gewählt wird, stolpert Anna-Corinne Guthleut und fällt rückwärts in die offene Schere Simphar, die mit ihren beiden Klingen Anna-Corinnes Schädel bis zu den Augen durchbohrt. Nichts anderes als diese durch die Pupillen nach außen dringenden Scherenspitzen zeigt das Wappen Siegberts, und nicht etwa Augen, die Strahlen aussenden, wie oft und eben fälschlicherweise gesagt wird.

DIE SEHRENDE WUNDE: Im Gegensatz zum sogenannten Wanderwundmal der sieben eitrigen Wunden ist die sehrende Wunde ein ortsgebundenes Wundmal, das allein Menschen heimsucht, die in der unergründlichen Grube liegen, wie Siegesmund. Angebliche Heilungsversuche, wie zwei Hände Sommerschnee oder zwölf ungeöffnete Roteckern und eine bereits offene, können nur helfen, wenn man den von der sehrenden Wunde Befallenen aus der unergründlichen Grube nach oben holt, was allein die an der linken der letzten beiden Pappeln am Waldesrand hängende Denise weiß, die man jedoch danach fragen müsste.

SICHELWIEHN: Der Knabe Sichelwiehn quälte seine Geschwister und brachte vielen Tieren den Tod, weshalb er zum Priester Martin nach Niedergau gebracht wurde, der den Jungen heilen sollte. Der Priester sprach die nötigen Gebete und besprengte den Knaben mit Weihwasser, worauf der in siebzehn Teile zersprang und jedes dieser Teile die Gestalt eines Drachen annahm, von denen jeder wiederum siebzehn Köpfe hatte. Jeder dieser siebzehn Köpfe der siebzehn Drachen war mit nur einem bestimmten Mittel zu besiegen: der eine mit einem Zauberspruch, der andere mit einer

Kurmünze, der dritte mit einem Stück Zimtwalke, der vierte mit einem Stück verdorbenem Fleisch vom Vieh Frankas, der fünfte mit einem Stück gesundem Fleisch vom Vieh Frankas und so weiter. Zusätzlich kam man nur mit der hohen Leiter an die Köpfe der Drachen heran, die sich ständig aufbäumten, hin- und herbewegten und Feuer spien. Bot man einem der Köpfe ein falsches Gegenmittel an, so wuchsen aus ihm siebzehn weitere Köpfe.

DIE SIEBEN EITRIGEN WUNDEN: Man kann die sieben eitrigen Wunden als sogenanntes Wanderwundmal bezeichnen, das in Obergau die Runde macht, jedoch unterschiedlich auf die davon Befallenen wirkt. Während Nora sofort an den Wunden stirbt, trägt Bischof Martin sie bis zu seinem Lebensende. Es ist unklar, ob die sieben eitrigen Wunden für den missglückten Exorzismus verantwortlich sind und das Zerspringen von Sichelwiehn verursachten.

SIEGESMUND: Er liegt in der unergründlichen Grube und wartet auf den Sommerschnee, den Savert ihm von der anderen Seite des Waldes bringen soll, um seine sehrende Wunde zu schließen. Beim Zug der zwei Leichen stolperten die Träger mit Bernhards Sarg, der in die Grube fiel, so, wie es Savert prophezeit hatte, als ihm Bernhard die hohe Leiter verweigerte.

SIMROD: Der Vater von Elisa, der das verdorbene Fleisch des von Denis getöteten Viehs an den Wirt Boris verkauft, um damit die tägliche Hochzeitsprozession seiner Tochter zu bezahlen.

DIE UNERGRÜNDLICHE GRUBE: Eine ehemalige Jauchegrube, die Siegesmund für teures Geld an die Bauern der umliegenden Höfe verpachtete und in die er stürzte, als der Salzwederturm entzweibrach und das goldene Glockenspiel herabstürzte und Kleinlenchen erschlug.

DIE BEIDEN UNTRENNBAREN: Auch die sich untrennbar Liebenden genannt. Eigentlich die sich untrennbar Hassenden, die jedoch wegen eines Zaubers ihren Hass als Liebe ansahen und sich deshalb ein Leben lang nicht voneinander lösen konnten. Ursprünglich hatten die beiden keinen Namen. Der Volksmund nannte sie später Marga und Siebert.

DER ÜBERWACHSENE PFAD: Ein ehemaliger Flusslauf, der versiegte und von angeblich heilenden Kräutern überwachsen wurde. Er weist den Weg zwischen den beiden Pappeln aus dem Wald, ist aber nur zu bestimmten Zeiten und nur für auserwählte Menschen zu sehen.

UNZEITIGKEITSWUNDER: In einem Unzeitigkeitswunder entsteht etwas durch eine Handlung, die durch das erst Entstehende ausgelöst wird. So entstehen die Fahlbeeren erst in dem Moment, als Michael in der Haltung des Gekreuzigten nach ihnen greift. Hierbei handelt es sich um ein Unzeitigkeitswunder erster Ordnung. Ein Unzeitigkeitswunder zweiter Ordnung ist zum Beispiel die Entstehung der Wölfin Eimar durch die Aussetzung des Halsstarren.

DIE WÖLFIN EIMAR: Als Arga ihr Neugeborenes auf dem überwachsenen Pfad aussetzt, entsteht aus mehreren Tierkadavern die Wölfin Eimar, die das Kind aufzieht und ihm später, nachdem sie vom Jäger Guthart erlegt worden ist, als Heimstatt dient.

ZARON: Das treue Pferd Hugos, das dieser dem Falschmünzer Salvater verpfändet. Als Salvater fliehen muss, näht er sich in den Bauch von Zaron ein. Zaron trabt durch die Stadt und stürmt auf Elisas Hochzeitszug zu, in der Hoffnung, dort aufgehalten und erschlagen zu werden. Er wird aber von Herrmann lediglich verletzt. Mit letzter Kraft schleppt Zaron sich zur unergründlichen Grube, wo die Naht an seinem Bauch aufgeht und Salvater nach unten und auf Siegesmund stürzt.

ZIMTWALKE: Ein süßes Gebäck, das von Bäcker Grabert hergestellt wird. Der zimtartige Geschmack stammt nicht von Zimt, sondern von Roteckern, die in den Teig gemischt werden. Bei übermäßigem Verzehr von Zimtwalken kann es zu einer Stockung des Blutes kommen, so wie es Gunnar passierte.

DIE ZWEI PAPPELN AM WALDRAND: Die Legende erzählt, dass es sich um ein Paar handelte, dem es ein Leben lang nicht gelungen war, sich zu trennen, und dem die Götter deshalb den Wunsch erfüllten, nach ihrem Tod getrennt am Waldesrand zu stehen.

3

AUSGESCHLOSSENE VARIANTEN UND TROPEN

1. *Ein zweiter Mord*

Völlig unerwartet geschieht ein zweiter Mord, der nichts oder nur wenig mit den bislang geschilderten Personen und den Verbindungen zwischen ihnen zu tun hat. Dieser Mord zielt allein darauf, die kurz bevorstehende Enthüllung der Beziehungen zwischen den Ärzten Dr. Ritter, Dr. Hauchmann und dem alten Siebert sowie ihrer gemeinsamen Machenschaften zu verschleiern.

Mögliche Varianten der Tat:

A. HOMICIDA EX NIHILO: Der Mörder, ein völlig unbekannter Mann, reist mit dem Zug an und ermordet in einer Großküche in der bislang noch nicht erwähnten Weststadt eine dort arbeitende Küchenhilfe durch einen gezielten Pistolenschuss. Danach lässt er sich überwältigen oder richtet sich selbst, was die Ermittlungen erschwert, zumindest hinauszögert. Es wird eine Beziehungstat vermutet, und die Aufmerksamkeit richtet sich auf das siebzig Kilometer entfernte Städtchen Niedergau, aus dem sowohl Täter als auch Opfer stammen.

B. HOMICIDA EX MACHINA: Das, was für die Stärke der Variante A gehalten wurde, entpuppt sich als ihre Schwäche. Die völlige Bezugslosigkeit der Tat zum bisherigen Geschehen verhindert keineswegs die unwillkürlich darauf folgende Suche nach Verbindungen zum bereits Geschilderten, da nichts, was in einem Kontext erzählt wird, außerhalb dieses Kontexts steht. Das Niedergauer Paar könnte leicht eine Variante oder Spiegelung von Marga und Siebert sein. Die Ablenkung wäre somit missglückt, da die Aufmerksamkeit erneut und unter Umständen noch bewusster auf das alte Thema gerichtet wird. Aus diesem Grund erscheint es sinnvoller, eine rudimentäre Verbindung zwischen dem Täter und den übrigen Personen zu etablieren. Der Täter könnte zum Beispiel einer jener Überlebenden des Zugunglücks sein, die seit Wochen in der Stadt umherirren und sich vor allem in der Weststadt aufhalten. Tat und Ermittlung blieben im Wesentlichen unverändert.

C. HOMICIDA EX VICINIA: Variante B wirft jedoch ebenfalls Fragen auf: Wie kommt ein Überlebender des Eisenbahnunglücks an eine Waffe? Warum wurde er nicht bereits vorher, spätestens an der Pforte zur Großküche angehalten, weil sein Äußeres (entsprechende Wunden, zerrissene Kleidung) auffällig war und ihn verdächtig machte? Deshalb scheint es sinnvoller, eine bereits etablierte Figur den Mord begehen zu lassen. Zum Beispiel Dr. Ritter. Die Verbindung zu Marga und Siebert, sowie zu Dr. Hauchmann und dem alten Siebert würde in diesem Fall nicht geleugnet, sondern im Gegenteil offensiv angesprochen. Durch die unerklärliche Tat Dr. Ritters würde die Aufmerksamkeit jedoch in eine andere Richtung gelenkt, sodass man sich vom allgemeinen Geschehen abwenden und ganz auf Dr. Ritter konzentrieren könnte. Zur Not könnte man Dr. Ritter als irrsinnig diagnostizieren und damit die in den Körperteilopferungen bereits anklingenden, aber nie als solche benannten Menschenexperimente allein ihm in die Schuhe schieben. Es wäre eine Art Bauernopfer, das jedoch den wahren Drahtzieher rettet.

D. TERTIUM DATUR (EIN DRITTER MORD): Falls der Täter, der die Küchenhilfe in der Großküche der Weststadt erschießt, sich nicht selbst richtet, wird er von einer dritten Person erschossen. Das kann auch noch nach seiner Verhaftung geschehen. Die Konzentration auf den Mörder des Mörders kann verschiedene Ermittlungslücken schließen, zum Beispiel das Problem der völligen Verbindungslosigkeit (siehe A) beheben. Bei dem zweiten Täter könnte es sich zum Beispiel um einen Arbeitskollegen von Marga oder einen Patienten von Dr. Ritter handeln, einen Mann mit einem ausgeprägten Rechtsbewusstsein, der in der neuen Zeit aus verschiedenen Gründen nicht Fuß fassen konnte. Obwohl diese Verbindung selbst nichts besagt, da sie sich nicht auf den Mord in der Großküche selbst bezieht, wird sie als Erklärung für die ursprüngliche Tat akzeptiert, wenn beide Mordtaten parallel untersucht werden und sich dadurch scheinbar überlagern und verzahnen.

E. VICTIMA HOC FECIT (DAS OPFER WAR ES): Nicht der Mörder wird in den Mittelpunkt gerückt, sondern sein Opfer. Der Mörder wird gemäß Variante B weiterhin als Überlebender des Eisenbahnunglücks geschildert, der bei seinem Herumirren in der Weststadt eine Waffe findet, von Hunger getrieben die Großküche aufsucht und, weil man ihm dort den Zugang verweigert, sich mit Gewalt Zutritt verschafft, wahllos um sich schießt und dabei die Küchenhilfe Olga trifft, die noch vor Ort ihren Verletzungen erliegt. Da untersucht werden muss, ob es sich bei dem Tod Olgas tatsächlich um einen Zufall handelt und nicht unter Umständen eine geplante Tat durch den scheinbar unkontrollierten Amoklauf verschleiert werden soll, wird das Leben des Opfers genauer untersucht. Man findet heraus, dass Olga ihren Heimatort Niedergau nicht ohne Grund verlassen hat, konzentriert sich im Weiteren auf die genaueren Umstände ihres Weggehens, kommt auf ihre Familiengeschichte zu sprechen und hat sich damit so weit vom eigentlichen Thema entfernt, dass man die Schwächen der anderen Varianten behoben hat.

F. DE FALSUM QUOD LIBET (AUS FALSCHEM FOLGT BELIEBIGES): Beliebig viele Varianten, die auf der falschen Grundannahme beruhen, dass der Mörder ein irrgeleiteter Einzeltäter aus Niedergau ist.

2. Siebert ist tot

VARIANTE 1. Siebert stirbt bereits als Junge an dem abgestorbenen Arm, der seinen Körper vergiftete. Als er meint, in einer anderen Welt zu sein, ist er tatsächlich im Jenseits. Dieses Jenseits ist die Hölle, in der seine Mutter als Trugbild existiert und der Teufel als Dr. Ritter, der ihm in einem nie enden wollenden Zyklus jeden Abend den Arm auskugelt und über Nacht absterben lässt, um ihn am nächsten Morgen einzurenken und zu bandagieren. Dies wiederholt sich Tag für Tag, wie es überhaupt Kennzeichen der Hölle ist, dass sich alles wiederholt und eine Existenz ohne beständige Wiederholung sich nicht mehr denken lässt.

VARIANTE 2: Siebert ist der auf dem Operationstisch in der Gottfried-Helm-Straße verstorbene Kranke. Marga wäre dann, anders als bislang behauptet, die Krankenschwester, die den Arztspion hoch in den Hof und wieder zurück in den notdürftig im Lazarett der alten Brauerei eingerichteten Operationssaal verfolgt und ihn, wenn auch nicht absichtlich, dazu bringt, in einer Kurzschlusshandlung die Innereien Sieberts aus dessen gerade wegen einer banalen Blinddarmoperation geöffneten Bauchhöhle zu zerren. Aus Verzweiflung gibt Marga nach diesem Vorfall ihre Anstellung als Krankenschwester auf und beginnt ein Tagebuch, in dem sie das Leben beschreibt, das Siebert mit ihr zusammen hätte führen können. Dieses Tagebuch raubt ihr nicht nur sehr viel Zeit, sondern unterwirft ihr Leben immer mehr einem Zwang, sodass sie schließlich nur noch den Ausweg sieht, sich durch ihr eigenes Ableben aus diesem Konstrukt zu befreien.

VARIANTE 3: Siebert ist beim Sturz vom Karmelitersteg in den Fluss ums Leben gekommen. Sein Körper wird vom reißenden Wasser erfasst und in Richtung Bergfels getragen, wo er durch eine Kanalöffnung ins Innere und dort in eine Höhle gerät. Sein Körper verrottet und kontaminiert das aufsteigende Kondenswasser, das nicht durch den Kupfergehalt, sondern durch seine verfaulenden Organe rötlich gefärbt wird. Da die Einwohner der Südstadt, besonders die in den neuen Einfamilienhäusern lebenden Erinnyen der neuen Ordnung, die Rinnsale des Bergfelsens als Heilmittel benutzen, kommt es zu einer Reihe von Todesfällen, die als späte Rache an den sich allgemein als Mitläuferinnen und völlig Unbeteiligten darstellenden Frauen interpretiert werden. Die Suche nach einem Täter bleibt erwartungsgemäß erfolglos.

3. *Marga und das Mysterium des geschlossenen Zimmers*

Als Siebert am Abend nach seiner missglückten Arbeitssuche nach Hause zurückkehrt und die Wohnungstür öffnen will, ist diese von innen verschlossen. Da Klopfen und Rufen folgenlos bleiben, bricht er die Tür mithilfe zweier Nachbarn gewaltsam auf. Tatsächlich steckt der Schlüssel von innen. Marga liegt tot auf dem Fußboden. Sie wurde erschossen. Allerdings ist das Fenster unversehrt. Einen weiteren Ein- oder Ausgang gibt es nicht. Die Polizei untersucht Decke und Boden und selbst die Wände genau, kann jedoch keinerlei Geheimgänge oder versteckte Fluchtwege entdecken. Siebert ist nicht nur über den Tod Margas verzweifelt, sondern vor allem über die nicht zu erklärende Todesursache. Als Philosoph ist er für Rätselhaftes und Unerklärliches ohnehin anfällig, sodass er sich innerhalb kürzester Zeit immer tiefer in eine Unzahl von theoretischen Überlegungen verstrickt, die dazu führen, dass er sein sonstiges Leben noch mehr vernachlässigt und völlig aus dem Gleichgewicht gerät.

Dass Marga die Schusswunde auf der Straße oder im Hausflur zugefügt wurde und sie sich mit letzter Kraft in die Wohnung schleppte, um hinter sich die Tür abzuschließen und dann tot zu Boden zu fallen, ist auszuschließen, da sich sonst auf der Treppe oder vor der Wohnungstür Blutspuren hätten finden müssen. Ein Selbstmord scheidet hingegen durch das Fehlen einer Waffe aus. Nach einigen Jahren des verzweifelten Grübelns stirbt Siebert resigniert und verbittert.

Für die Rekonstruktion eines möglichen Tatablaufs haben sich im Laufe der Zeit zwei Ansätze etabliert.
LÖSUNG 1: Margas Tod ist vorgetäuscht. Arzt und Sanitäter, die sie abtransportieren, nachdem Siebert sie gefunden hat, sind von ihr oder ihrem Geliebten bestellt. Die mit Absicht rätselhaft dar-

gestellte Auffindesituation dient dazu, Siebert durch eine falsche Fährte abzulenken und zu beschäftigen, sodass Marga ungestört eine neue Existenz beginnen kann.

LÖSUNG 2: Siebert war der Täter. Er schießt in der gemeinsamen Wohnung auf Marga, trifft sie aber absichtlich nicht tödlich, sondern verwundet sie lediglich so schwer, dass sie nur noch kurze Zeit leben wird. Siebert will ein zweites Mal auf sie schießen, bemerkt jedoch in dem Moment, als er den Abzug betätigt, dass keine Munition mehr in der Waffe ist. Hektisch durchsucht er die Wohnung nach einer weiteren Patrone und läuft schließlich in den Keller, weil ihm einfällt, dass sich dort noch Munition befinden muss. Marga schleppt sich mit letzter Kraft zur Tür und verschließt diese von innen, um sich vor Siebert in Sicherheit zu bringen. Siebert hat Marga die vergebliche Suche nach Munition jedoch nur vorgespielt. Seelenruhig verlässt er das Haus, beseitigt die Waffe und kehrt nach einigen Stunden zurück, um mit den beiden Nachbarn als Zeugen die Tür gewaltsam aufzubrechen und die inzwischen ihren Verletzungen erlegene Marga vorzufinden. Sein anschließender Rückzug, weil er sich angeblich der Lösung dieses nach außen hin rätselhaften Mordes verschrieben hat, ist ebenfalls nur gespielt. Zumindest zu Beginn. Dann jedoch setzt die Reue über seine Tat ein, die sein Denken in eine metaphysische Richtung lenkt, da er nun darüber nachsinnt, inwieweit seine Tat vorherbestimmt war oder nicht. Auch hier endet sein Denken in einer Sackgasse.

Die zeitweise kursierende Erzählvariante »Siebert in der Zelle« ist hingegen relativ banal. Es handelt sich um einen forcierten Selbstmord, bei dem der Erhängte gezwungen wird, auf einem langsam schmelzenden Eisblock zu stehen.

4. Das Fünfzehn-Gestirn oder Die Weltmandel

Die Weltmechanik befindet sich in einer Villa am Maubachersee und wird dort von fünfzehn Offizieren dirigiert, die das Haus nicht verlassen dürfen. Stirbt einer von ihnen, bleibt seine Stelle vakant.

Sind alle fünfzehn verstorben, schwingt die Weltmechanik aus und es kommt zum Haltejahr, gefolgt vom Großen Durchkämmen, bei dem in den fünfzehn Landesteilen fünfzehn neue Offiziere gesucht werden, um eine neue Ordnung einzuleiten und nach einer Zeit der Unruhe und Konfusion die Weltmechanik erneut in Gang zu setzen.

Die Erzählung des Knaben Sichelwiehn, der während eines Exorzismus in siebzehn Teile zersprang, von denen jeder zu einem Drachen mit siebzehn Köpfen wurde, ist eine volkstümliche Bearbeitung des Fünfzehn-Gestirns. Dass Sichelwiehn in siebzehn Drachen mit je siebzehn Köpfen und nicht, wie man annehmen könnte, in fünfzehn Drachen mit je fünfzehn Köpfen zerfällt, hängt mit einer Vermischung seiner Legende mit der des Heiligen Alexius zusammen, der am 17. Juli 417 starb, nachdem er zuvor siebzehn Jahre lang unter der Treppe seines Vaterhauses in Rom gelebt hatte. Davor hatte er ebenfalls siebzehn Jahre unter der Treppe einer Kirche im griechischen Edessa zugebracht. Die Tatsache, dass Alexius seine Braut am Hochzeitsabend verließ, bevor er die restlichen 34 Jahre seines Lebens unter Treppen verbrachte, mag ein Hinweis auf Siebert und seine gescheiterte Verbindung zu Marga sein. (War Siebert nicht 34, also ein Jahr älter als Jesus, als er starb?)

Tatsächlich wurde das Fünfzehn-Gestirn nach den Quindecimviri des römischen Staates gebildet, ein Kolleg von fünfzehn Männern, die für Weissagungen zuständig waren und an den Pforten der Unterwelt unter der Herrschaft der Großen Mutter lebten, sodass zu vermuten ist, dass ihre Zahl sich von den fünfzehn Toren Ninives herleitet, der Stadt der Göttin Ischtar. Zur Großen Mutter gelangen wir aber mithilfe der fünfzehn auch auf anderem Weg, weil eine Mandel fünfzehn Einheiten zählt, und die Heilige Gottesmutter in einem mandelförmigen Heiligenschein dargestellt wird, der Mandorla. Es liegt nahe, Marga mit der Heiligen Jungfrau Maria in Verbindung zu bringen, da sich ihre Namen nur in einem Buchstaben unterscheiden. Dies würde ihre Beziehung zu Siebert als Jesus erklären (siehe unten).

Vollkommen verfehlt ist hingegen die Gleichsetzung von Marga mit Maria Mandl (oder Mandel Maria, wie es auf ihrer Zellentür im Krakauer Gefängnis stand), Aufseherin im Konzentrationslager Auschwitz-Birkenau. Margas Leumund mag unklar sein, aber sie gehörte niemals zu den Erinnyen der neuen Ordnung oder zu deren Umfeld. Sonst müsste sie auch nicht in einer Einzimmerwohnung mit Toilette über dem Gang am Lindholmplatz wohnen, sondern wäre Besitzerin eines der neuen Einfamilienhäuser am Bergfels. Zudem wäre ihre Vergangenheit nicht ungeklärt, da sie rehabilitiert wäre wie Maria Mandl, für die ihre Heimatstadt Münzkirchen in Oberösterreich im Jahr 1975 beim Kreisgericht Ried eine Todeserklärung erwirkte, nach der Maria Mandl als Gefangene in jenes Konzentrationslager eingeliefert worden sei, in dem sie als Wärterin für die Folterung und Ermordung Tausender weiblicher Häftlinge verantwortlich war, dass also nicht sie andere ermordet hatte, sondern vielmehr selbst ermordet worden war; ein Beschluss, der über vierzig Jahre gültig blieb und erst im April 2017 offiziell aufgehoben wurde.

Bereits 1962 war eine beschönigende Geschichte der Maria Mandl unter dem Titel »Mariandl« mit Rudolf Prack, Waltraut Haas, Hans Moser und Gunther Philipp verfilmt worden. Sicherheitshalber verlegte man die Spielhandlung aus der oberösterreichischen Heimat von Maria Mandl in die niederösterreichische Wachau und ließ die Berlinerin Conny Froboess die siebzehnjährige, also erst nach dem Zusammenbruch des Nationalsozialismus geborene Mariandl spielen, obwohl Froboess Jahrgang 1943 war. Man bediente sich in diesem Machwerk eines Liedes, das in den letzten Tagen des Nationalsozialismus kursierte und die Frau beschrieb, die auf die perfide Idee gekommen war, das Mädchenorchester von Auschwitz ins Leben zu rufen, das ihre Gräueltaten musikalische begleiten musste. Das »Berliner« Mariandl bekam einen harmlosen Text verpasst, damit die ursprünglichen Zeilen in Vergessenheit gerieten, die lauteten:

»Mariandl, andl, andl, um meinen Hals da ist ein Bandl, Bandl.
Du ziehst es fest und hängst mich hoch auf dem Abort.«

5. Siebert als Jesus manqué oder
Das metaphorische Gehen in der Gottferne

Die Stadt steht für die regio dissimilitudinis, den Bereich der Ungleichheit und Gottesferne. Siebert ist der Menschensohn, der am Fenster steht und das alltägliche Irrgehen betrachtet. Ähnlich dem müßigen Gott, ist er der müßige Erlöser, dessen menschlicher Anteil ihn seine Aufgabe verfehlen lässt, obwohl er statt lediglich 33 sogar 34 Lebensjahre für deren Erfüllung zur Verfügung hat. Die Anhänger des Monophysitismus, die im Gegensatz zur kirchlichen Lehre die Meinung vertreten, Jesus habe nach der Menschwerdung nur eine einzige, nämlich göttliche Natur, nehmen die Allegorie des müßigen Jesus als Warnung vor der Gefahr, Jesus zwei gleichberechtigt und nebeneinander existierende Naturen, eine göttliche und eine menschliche, zuzusprechen, da die menschliche die göttliche in Zeiten der Versuchung zu übertrumpfen und damit den Erlösungsauftrag infrage zu stellen drohe. Der Tod Margas wäre in diesem Kontext folgerichtig als Tod des nicht erlösten Menschen zu interpretieren.

6. Laienspieler und Brieföffner oder Ein problematischer
Übersetzungsversuch führt zu mangelhafter Reedukation

In den ersten Monaten ihres Bestehens wurde die Reedukationsbühne am Sarinplatz vor allem durch eigene Produktionen bekannt, in denen gesellschaftspolitische Themen der neuen Ordnung kritisch verhandelt wurden. Als man in einem Stück die Weltmechanik thematisierte und mit unverhohlenen Anspielungen garnierte, machte der alte Siebert seinen Einfluss geltend und sorgte dafür, dass zukünftig ausschließlich bereits bestehende Produktionen, vorzugsweise Übernahmen aus dem Ausland, gespielt wurden. Als Erstes kam eine Adaption von Sartres Einakter *Huis clos* auf die Bühne, der 1944 in Paris uraufgeführt worden war. Bekanntermaßen gibt es in dem für Inès, Estelle und Garcin reservierten Höllenraum lediglich zwei Requisiten, nämlich einen

Coupe-papier und eine Bronzestatue von Barbedienne, passend zu den Second-Empire-Möbeln der Einrichtung. Gleich zu Beginn, als Garcin vom Diener in das Zimmer geführt wird, alles inspiziert und sich nach den üblichen Marterwerkzeugen der Hölle erkundigt, die hier fehlen, entdeckt er den Coupe-papier und fragt den Diener, was das sei. (»Qu'est-ce que c'est que ça?«) Der antwortet: »Das sehen Sie doch, ein Coupe-papier.« (»Vous voyez bien: un coupe-papier.«) Worauf Garcin automatisch fragt: »Gibt es hier denn Bücher?« (»Il y a des livres, ici?«), was der Diener verneint. Garcin beschließt den kurzen Wortwechsel mit der Frage: »Wozu ist er dann nütze?« (»Alors à quoi sert-il?«), und der Diener zuckt mit den Achseln.

Hier gibt es ein nicht leicht zu umschiffendes Problem für die Übersetzung. Die einzige bewegliche Requisite, die im Verlauf des Stücks zudem eine besondere Rolle spielt, heißt auf Französisch nicht nur anders als im Deutschen, sondern wird auch in einem völlig anderen Zusammenhang verwendet. Der Coupe-papier ist dazu da, die unaufgeschnittenen Bögen von Büchern aufzutrennen, während der Brieföffner dazu dient, Briefumschläge zu öffnen. Entschließt sich der Übersetzer dazu, die deutsche Bezeichnung nicht zu verwenden und zum Beispiel Papiermesser zu sagen, so hat er zum einen damit noch immer nicht den kulturellen Hintergrund des Originals verdeutlicht, zum anderen aus dem Alltagsgegenstand des Originals etwas Besonderes und Exotisches gemacht. Übersetzt er aber »coupe-papier« einfach mit Brieföffner, erscheint Garcins Anschlussfrage unverständlich. Der Übersetzer, der für die Reedukationsbühne am Sarinplatz arbeitete, wählte die Übersetzung Brieföffner und formulierte den kurzen Dialog wie folgt um:

»Was ist das denn?«
»Das sehen Sie doch: ein Brieföffner.«
»Ach, bekommt man hier denn Post?«
»Nein.«
»Wozu ist er dann nütze?«
Achselzucken.
Eine unter normalen Umständen durchaus akzeptable Lösung, die

jedoch bereits nach der ersten Aufführung einen Sturm der Entrüstung auslöste. In der Feuilletonspalte der Zeitungsnotausgabe hieß es, diese Inszenierung stelle erneut unter Beweis, dass die Bevölkerung auf immer in Knechtschaft und Abhängigkeit von den Alliierten gehalten werden solle. Ein Brief, der etwa einen Friedensvertrag oder eine Freisprechung von Schuld beinhalten könne, sei nicht zu erwarten, der Brieföffner allein dazu da, die enttäuschte Erwartung zu versinnbildlichen und dem Gefangenen die Möglichkeit zur Selbsttötung zu geben, wie in den entsprechenden Gefängniszellen, in denen die als Kriegsverbrecher Angeklagten säßen. Wörtlich hieß es unter anderem: »Sartre hat recht, wenn er behauptet: Die Hölle, das sind die anderen. In diesem Fall diejenigen, die uns eingesperrt haben und eine Normalisierung verhindern. Diejenigen, die uns an der Kandare halten, indem sie uns einen Brieföffner hinlegen, der unsere Hoffnung nähren soll. Dabei hätten wir mit Eintritt in dieses Umerziehungslager längst alle Hoffnung fahren lassen sollen.«

7. Die Straße

Siebert steht am Fenster, schaut jedoch nicht auf eine beliebige Straße, sondern auf die Durchgangstraße IV. Deshalb liegen auch Tote auf der Straße. Sie sind wie Zehntausende andere der »Vernichtung durch Arbeit« zum Opfer gefallen. Der Sportverein Südstadt entspräche in diesem Kontext der Heeresgruppe Süd.

8. Das Schlottermännlein

Das Schlottermännlein ist eine der ersten Spielfiguren der Nachkriegszeit. Angeblich aus den reedukativen Marionettentheatern entwickelt, repräsentiert das Schlottermännlein die reaktionäre und revisionistische Weltsicht der alten Ordnung. Unter dem Titel »Schlottermännleins Abenteuer« findet es zusammen mit seinen Kumpanen Kuli Koffer und Fürchtewald Spenst auch Eingang in frühe Produktionen des Kinderfunks.

Das Schlottermännlein lebt in Otterberg und besteht aus einem abgetragenen, fadenscheinigen grauen Anzug, der sich in Not und Bedrängnis winzig klein zusammenfaltet und in seinem Begleiter Kuli Koffer versteckt. Sein Erkennungssatz lautet: »Schlitter, Schlatter, Schlotter, da beißt mich glatt der Otter.« Das Schlottermännlein ist der zynische Versuch, die Figur des Muselmanns in Form einer Kindergeschichte auf die Gruppe der Täter zu übertragen. In ihm drücken sich Angst wie Hoffnung besagter Täter aus, sich vor der eigenen Verantwortung drücken und einfach verschwinden zu können. Gleichzeitig weckt das Schlottermännlein durch Name und Aussehen Mitleid und provoziert den Rückschluss, die Täter seien die Opfer, inhaltslose Hüllen, denen nicht einmal das Skelett geblieben ist. Bezeichnenderweise interpretierte man das Schlottermännlein bis in die siebziger Jahre hinein als ein Symbol der Angst und Unsicherheit dem Neuen gegenüber, ohne eine Verbindung zum Muselmann der Konzentrationslager herzustellen. Die Hörspielproduktion wurde oft wiederholt und war in den fünfziger und sechziger Jahren für Kinder in etwa das, was »Soweit die Füße tragen« für Erwachsene war. Es ist nicht mehr festzustellen, ob es eine bewusste Wahl oder eine unbewusste Fehlleistung war, dass man die Melodie des Kaffee-Kanons von Carl Gottlieb Hering für die Titelmusik der Hörspielreihe verwandte. Dort heißt es im Text bekanntlich: »Sei doch kein Muselmann, der es nicht lassen kann«, das durch die Textzeile ersetzt wurde: »Hier kommt der Schlottermann, schaut, was der machen kann.« Dennoch hörten die Erwachsenen den Originaltext in ihrem Kopf mit und fanden sich darin bestätigt, dass der Muselmann aus eigener Schuld im Vernichtungslager gelandet war, da er »es« einfach nicht hatte lassen können.

9. *Kausalketten und Zählgeschichten*

Sie tauchen im Kinderlied vom Jockel auf, den der Bauer ausschickt, oder in dem über 2500 Jahre alten aramäischen Chad gadja, das am Sederabend des Pessach-Fests als Abschluss der Haggada gesungen wird: sogenannte Zählreime, die eine eigene Kausalkette erstellen und zum Lernen, aber auch zur Beruhigung aufgesagt werden. Marga kennt eine solche Zählgeschichte, und auch der alte Siebert erinnert sich mithilfe solcher Reihungen an Dinge und Personen, die ihm sonst längst entfallen wären. In Sieberts Unterlagen wurden keine entsprechenden Aufzeichnungen gefunden, dennoch ist überliefert, dass auch er einen eigenen Zählreim besaß, der wie folgt gelautet haben soll:

> Die Schlange raubte mir den Schlaf.
> Sie lief, versteckte sich als Schaf.
> Das Schaf fiel in ein leckes Boot.
> Das Boot versank im Morgenrot.
> Das Morgenrot war Blut von dir.
> Nicht Blut von einem wilden Tier.
> Es war der Tropfen und das Fass.
> Es war Verfügung und Erlass
> Und warf uns vor als Schlangenfraß.

10. Der Siebert-Effekt

Der Siebert Effekt ist die Umkehrung des Mandela-Effekts. Der Mandela-Effekt ist eine Form kollektiver Fehlerinnerung. Tausende unabhängig voneinander befragte Menschen meinen sich an etwas zu erinnern, das tatsächlich nie existierte, so etwa, dass die Symbolfigur des Monopoly-Spiels ein Monokel trägt. Ebenso meinen viele, die Beerdigung Nelson Mandelas bereits im Jahr 1986 im Fernsehen gesehen zu haben, als Mandela noch in Haft saß. Beim Siebert-Effekt verhält es sich umgekehrt, obwohl etwas geschehen ist, nämlich Marga erschossen wurde, der alte Siebert fragwürdige Experimente in den oberen Stockwerken seines Privatmuseums in der Dolmenstraße durchführte, Lager in der Ulmenstraße existierten und so weiter, erinnern sich die meisten Einwohner der Stadt nicht daran.

11. Marga und Siebert als Opfer einer Fehde

Siebert hat nicht Marga und Marga nicht Siebert getötet. Der Schuss des Soldaten, der Siebert verfehlt und Marga trifft, versinnbildlicht das wirkliche Geschehen. Tatsächlich nämlich tötete ein Offizier Marga, was einen anderen Offizier, der Marga heimlich Avancen machte, derart erboste, dass er aus Rache nun Siebert tötete, angeblich mit den Worten: »Tötest du meinen Zögling, töte ich deinen Zögling.«
Diese Erzählung weist erstaunliche Parallelen zur Ermordung von Bruno Schulz auf. Felix Landau, einer der perfidesten Schlächter der Nazis, war im damals polnischen Drohobycz stationiert und mit der systematischen Vernichtung der Juden befasst. Er lebte zusammen mit seiner Sekretärin Gertrude Segel in einer Villa, von deren Balkon sie je nach Laune auf Tauben oder im Garten arbeitende Juden schossen. Schulz, der zu dieser Zeit im Ghetto von Drohobycz lebte, wurde von Landau dazu verpflichtet, die Kinderzimmer seiner Villa mit Märchenmotiven auszumalen. Mitte November 1942 zog Landau mit seinen Männern wieder einmal durch die Straßen und erschoss willkürlich mehr als 200 Juden, darunter auch Dr. Loew, einen Zahnarzt, bei dem der SS-Mann Karl Günther in Behandlung war. Als Karl Günther von der Ermordung seines Zahnarztes erfuhr, erschoss er wenige Tage später, am 19. November 1942, ebenfalls auf offener Straße, den von Landau geschätzten Bruno Schulz und rechtfertigte sich angeblich mit dem Satz: »Du hast meinen Juden getötet – und ich deinen!«

12. Marga und Siebert aktuell

Woran der Roman scheitert, nämlich den Marga-und-Siebert-Stoff in die aktuelle Gegenwart weiterzuführen und eine Verbindung zu aktuellen Themen zu knüpfen, gelingt glücklicherweise einigen hervorragenden Theaterproduktionen der Gegenwart.

1. M und S

M und S ist eine sogenannte »farbenblinde« Produktion des Theaterkollektivs Bunt-Weiß Essen, die stark kritisiert wurde. So hieß es unter anderem: »Ob es eine bewusste Provokation sein soll oder ob das Kollektiv tatsächlich so naiv ist, den Begriff der Farbenblindheit so auszulegen, dass wir es einmal mehr mit einer komplett ›weißen‹ Inszenierung zu tun haben, die sich auch thematisch nicht weiter auf das einlässt, was der Besucher sich von einem im Vorfeld entsprechend beworbenen Abend erhofft haben mochte, lässt sich aus diesem operettenhaften und mit uralten Kalauern gespickten Ringelpiez nicht erschließen.«

2. Margo et Sieberta en Cis-Jordanie

Eine gender-neutrale Produktion. Anders als Samuel Beckett, der seinem Theateragenten lapidar schrieb: »All-woman Godot, out of the question«, hatten Marga und Siebert nichts gegen eine freie Interpretation ihrer Personen, sodass die Figuren im Verlauf des siebenstündigen Abends mehrfach ihre geschlechtliche Identität wechseln. Diese Inszenierung lässt allerdings erneut offen, wie genau es sich mit der Geschlechtszugehörigkeit der Eltern des Kretins verhält und ob deren doppelter Geschlechtertausch tatsächlich vor seiner Geburt stattfand.

3. 100 Prozent Siebert-Apparat

Eine Produktion der Theatergruppe Mimimi Dossier, die Laien, also Menschen, genauer Lebensexperten mit Aspekten aus dem Leben von Marga und Siebert konfrontiert. Die Experten versuchen die geschilderten Lebensumstände nicht als von sich getrennt zu begreifen, sondern mithilfe einer gleichzeitig spontanen und insistierenden Befragung, die sich naturgemäß von Aufführung zu Aufführung verändert, in ihren konkreten gesellschaftlichen Alltag zu überführen. Auf diese Weise gelingt es ihnen, das im Roman eher artifiziell durchdeklinierte Konzept aufzusprengen und dem Text, unter anderem durch Verlegung der Spielhandlung aus einem unschlüssig gezeichneten Nachkriegsdeutschland in die Favelas Rio de Janeiros, neues Leben einzuhauchen.

4. MSU

In MSU (Marga-Siebert-Untergrund) werden die Charaktere Marga und Siebert als Terroristen einer neuen Querfront dargestellt. Das Attentat, das im Roman nur am Rande erwähnt wird und von dem bis zuletzt nicht sicher ist, ob es tatsächlich stattgefunden hat und welche narrative Funktion ihm vom Autor zugedacht war, wird in dieser Bearbeitung in die Mitte des Geschehens gerückt. Wir sehen Marga und Siebert zu Beginn des Stücks nach einer Explosion tot auf dem Bühnenboden liegen, während um sie herum Beamte Beweismittel vernichten. Die beiden Toten erwachen langsam wieder zum Leben, ziehen maskiert los, um wahllos Menschen zu erschießen. Verschont bleiben einzig die Ermittlungsbeamten, die unbeeindruckt von dem Geschehen Papiere schreddern, Waffen auseinandernehmen, Wohnungen umbauen und immer genau dann, wenn Marga und Siebert in Bedrängnis geraten, einen neuen Unterschlupf bereitstellen. Besonders eindrücklich ist der zweite Akt, wenn sämtliche Opfer des MSU in Hasenkostümen erscheinen und sogenannte Nähkinder, entsprechend den Auflaufkindern des Fußballs, an den Händen halten und gemeinsam das Lied von der Regenbogennaht anstimmen (»Unser Regenbogen hat eine Naht, ganz ungelogen, und ist durch Einsatz von Chemie gebogen ...«); bewegend vor allem, wenn man weiß, dass die von Santiago Sierra engagierten Kinder die verwendeten Hasenkostüme zuvor für 43 Cent die Stunde, eingeschlossen in düsteren Kellerräumen, mit der Hand zusammennähen mussten. Nach seiner Premiere wird dieses Stück erst im Jahr 2134 das nächste Mal aufgeführt, dann, wenn auch die vom hessischen Landesamt für Verfassungsschutz verhängte Schutzfrist für NSU-Dokumente abgelaufen ist.

IV

1

Wir waren gewohnt, Halstücher zu tragen und in Chören zu singen. Unsere Handarbeitslehrerin sagte oft: »Am leichtesten verlieben sich zwei Menschen ineinander, wenn sie einen dritten hassen.« Ich verstand weder etwas von Liebe noch von Hass. Zwei meiner Mitschülerinnen erschlugen eine Woche später den Zeitungsausträger mit einem Stein. Oder mit einer Axt. Genaues erfuhren wir nicht. Ich verstand nicht, was man gegen den Zeitungsausträger haben konnte. Auch war ich mir nicht sicher, ob unsere Handarbeitslehrerin das gemeint hatte. Konnte man nicht jemanden hassen und ihn dennoch am Leben lassen? Als man die beiden aus der Klasse holte, sahen sie tatsächlich aus wie ein Liebespaar. Da kein Polizeiauto zur Verfügung stand, wurden sie nebeneinander durch das Dorf geführt. Wir standen am Fenster und winkten ihnen nach. Dann zogen wir unsere Halstücher enger und sangen das Lied von der wahren Freundschaft. Immer wenn wir Freundschaft sangen, dachten wir: Liebe.

Am Mittag standen wir barfuß im Schnee. Um ehrlich zu sein, zogen wir uns nackt aus, stellten uns wie Soldaten in Reih und Glied nebeneinander auf, schlossen die Augen und versuchten, uns ebenfalls nackte Soldaten vorzustellen, die uns gegenüberstanden. Jede von uns würde sich einen von ihnen aussuchen, und gemeinsam würde jedes dieser Paare einen dritten Menschen hassen und Kinder zeugen. Als wir schon blaugefroren waren, zogen wir uns wieder an. Wir liefen zum Zoo. Die Käfige waren leer. Viele der Tiere hatten während der Bombenangriffe das Leben verloren oder wa-

ren geflohen. Den Rest hatte man notschlachten müssen. Kamelfleisch schmeckt widerlich. Orang-Utan-Fleisch auch.
»Es schmeckt wie Menschenfleisch«, sagte ein Mädchen aus dem Chor.
»Woher weißt du, wie Menschenfleisch schmeckt?«, fragte die Chorleiterin. Wir lachten.
»Jetzt bist du auch bald dran«, dachte ich. »Ich werde mir jemanden zum Lieben aussuchen und dich hassen. Und dann wirst du sehen, was du davon hast.« Doch schon am nächsten Tag tat mir das Mädchen leid. Ich wollte erfahren, woher sie das mit dem Menschenfleisch wusste. Obwohl ich nicht denselben Heimweg hatte, begleitete ich sie nach der Schule. Als wir an einem leeren Lagerraum vorbeikamen, sagte ich: »Ich muss dir etwas zeigen.« Sie senkte den Kopf und folgte mir. Wahrscheinlich dachte sie, dass ich sie jetzt mit einem Stein oder einer Axt erschlage. Stattdessen küsste ich sie. Sie war erleichtert und küsste mich zurück. Das wollte ich nicht. Ich biss ihr in die Lippe. Sie ließ nicht ab von mir.
»War das Liebe?«, dachte ich.
»Ist das Liebe?«, schrie ich.
»Ja«, schrie sie zurück, »ja, das ist Liebe.« Wir küssten uns erneut, und diesmal biss sie mir die Lippe blutig, und ich dachte: Ja, das ist Liebe. Wir beide konnten uns lieben, weil wir einen Dritten hassten, nämlich uns selbst. Beide hassten wir abwechselnd die eine, dann wieder die andere, während wir uns immer heftiger küssten und bissen.
Für den nächsten Tag hatte ich einen Plan. Nach der Schule wartete sie schon auf mich.
»Wir wollen Kinder haben«, sagte ich.
»Ja«, sagte sie.
»Aber keine Menschenkinder.«
»Nein«, sagte sie. Wir gingen in den leeren Zoo und legten uns in dem ersten Käfig auf den Boden.
»Wir zeugen jetzt einen Affen«, sagte ich.
»Ja«, sagte sie und drückte ihren Kopf zwischen meine Beine.
»So geht das nicht«, rief ich. »Wir brauchen ein Stück vom Affen.

Irgendetwas.« Wir suchten den Boden ab und fanden einen abgenagten Stock. »Hier«, sagte sie, »ein Affenstock.« Ich legte mich wieder auf den Boden und zog meine Strumpfhose und meine Unterhose bis zu den Knien herunter.
»Komm in mich, Affenstock«, rief ich, und sie schob den Stock in meine Scheide. Es schmerzte. »Ich hasse den Affenstock«, schrie ich.
»Ja«, schrie sie, »ich auch, ich hasse ihn auch.« Es war wunderbar, jemanden zu lieben. Ich zog mich an und stand auf.
»Morgen zeugen wir eine Giraffe«, sagte ich. »Dann bist du dran.«
»Ja«, sagte sie, »ja, eine Giraffe. Dann sterbe ich bei der Geburt, denn ihr Hals ist zu lang und ihre Hörner zu scharf.«
»Es gibt nichts Schöneres, als bei der Geburt zu sterben«, sagte ich. Das war ein zweiter Satz, den unsere Handarbeitslehrerin oft wiederholte. Hand in Hand gingen wir nach Hause. Bevor wir uns vor ihrem Elternhaus verabschiedeten, fragte ich sie noch einmal: »Woher weißt du das mit dem Menschenfleisch?« Sie griff in ihre Manteltasche, holte ein kleines Döschen heraus und gab es mir. Ohne es zu öffnen, steckte ich es ein. Es war schön zu lieben und geliebt zu werden. Wir freuten uns auf nächsten Donnerstag, wenn wir unserer Handarbeitslehrerin unsere Liebe gestehen würden. Sie wird es begreifen und sich für uns freuen. Gleichgültig, ob wir dazu einen Stein nehmen oder eine Axt.

2

Elsbeth war das einzige Mädchen in unserer Klasse mit einem Vater. Einmal gingen ich und meine Freundin nach der Schule mit zu ihr, um ihn anzusehen. Er lag auf dem Sofa in der Küche und sah aus wie tot.
»Ist er tot?«, fragte ich leise.
»Du kannst ruhig laut sprechen, er hört dich nicht.«
»Ist er tot?«, wiederholte ich etwas lauter.
»Ich weiß nicht. Wenn man tot ist, verwest man. Aber er verwest nicht. Er liegt nur da. Ich glaube nicht, dass er tot ist.«
»Isst er denn etwas?«, fragte meine Freundin.
»Ich habe ihn noch nie essen sehen«, sagte Elsbeth, »aber die Lebensmittel werden weniger, ohne dass ich oder Mama etwas davon nehmen.«
»Was sagt denn deine Mutter?«
»Sie sagt nichts. Sie lässt ihn einfach dort liegen. Einmal die Woche wird er gewaschen. Aber dabei darf ich nicht zuschauen. Es ist furchtbar anstrengend, meinen Vater zu waschen. Meine Mutter stöhnt ganz laut dabei und ist danach geschwitzt.«
»Wir wollen einmal zusehen, wenn dein Vater gewaschen wird«, sagte ich.
»Das geht nicht.«
»Doch, das geht. Wir können uns unter dem Waschtisch verstecken oder in der Speisekammer oder uns ganz oben auf der Anrichte zusammendrücken.«
»Meinetwegen, aber dann müsst ihr schon um drei da sein. Meine Mutter kommt um vier nach Hause. Um halb fünf wäscht sie ihn. Um sechs gibt es Abendbrot.«
»Darf ich ihn mal anfassen?«, fragte ich.

»Ja.«

Ich ging langsam zum Sofa und berührte mit dem ausgestreckten Zeigefinger vorsichtig seine Nasenspitze. Die Nasenspitze war weich und feucht. Wie bei einem Hund.

»Nein, er ist nicht tot«, sagte ich.

Elsbeth zog die großen Stiefel ihres Vaters an und stapfte damit durch die Küche. »Wollen wir Pfannkuchen machen?«, fragte sie.

»Habt ihr denn Mehl und Eier?«

»Eier haben wir keine, aber Mehl und Quark. Wenn man das vermischt, kann man auch Pfannkuchen machen.« Wir zündeten das Feuer im Herd an und ließen das alte Fett in der Pfanne heiß werden.

»Ich habe eine Idee«, sagte ich.

»Was denn?«, fragte Elsbeth.

Ich nahm die Pfanne mit dem heißen Fett und trug sie langsam zum Sofa.

»Jetzt leg seine Hand rein«, sagte ich.

»Oh ja«, sagte meine Freundin. Elsbeth lachte. Sie nahm die herabhängende linke Hand ihres Vaters und legte sie in die Pfanne. Es zischte und Hunderte kleine Bläschen schwammen im Fett um die Finger. Die Pfanne war schwer. Ich konnte sie nicht mehr gerade halten, und das heiße Fett schwappte heraus und tropfte auf den Bauch von Elsbeths Vater. Seine Hand plumpste schlaff zu Boden.

»Wenn er lebt, dann verfault ihm jetzt die Hand«, sagte ich.

»Ja«, sagte meine Freundin, »wenn sie nicht verfault, dann ist er tot.«

»Vielleicht fehlt ihm die Lebensenergie«, sagte ich.

»Lebensenergie?«, wiederholten Elsbeth und meine Freundin. Es war ein Wort, das ich von meiner Mutter kannte. Mir fehlt die Lebensenergie, sagte sie oft abends. Manchmal auch morgens. Ich hatte mir immer etwas dabei vorgestellt, konnte es den beiden aber nicht erklären.

»Habt ihr Kartoffeln?«, fragte ich Elsbeth und stellte die Pfanne auf den Herd zurück.

»Ja«, sagte sie und holte einen weißen Blecheimer unter der Spüle heraus.

»Ich brauche drei Kartoffeln«, sagte ich.
»Wie groß?«
»Egal.« Sie gab mir drei Kartoffeln, und ich nahm die Kartoffeln und legte sie dem Vater auf den Bauch.
»Habt ihr Kupfermünzen?« Elsbeth und meine Freundin antworteten nicht.
»Nur geliehen. Ihr bekommt sie gleich zurück. Und Schrauben.«
»Schrauben?«
»Ja. Hat dein Vater keinen Werkzeugkasten?«
»Doch.«
»Dann hol drei Schrauben und schau, ob er auch Kabel hat.« Elsbeth ging zum Besenschrank und holte den Werkzeugkasten ihres Vaters heraus. »Hier ist auch eine Rolle Kabel.«
»Dann schneide vier Stücke ab, zwei lange und zwei kurze. Und mach die Isolierung an den Enden ab.« Elsbeth gab mir die Schrauben. Dann schnitt sie zusammen mit meiner Freundin die Kabelstücke zurecht. Ich steckte in die linke Seite jeder Kartoffel eine Kupfermünze und in die rechte jeweils eine Schraube. Dann zwirbelte ich das freie Ende des einen kurzen Kabels um die Schraube der ersten Kartoffel und verband es mit der Kupfermünze der zweiten. Mit dem zweiten kurzen Stück verband ich die zweite Kartoffel mit der dritten Kartoffel. Den unteren Teil des einen langen Kabels wickelte ich um die freie Kupfermünze der ersten Kartoffel, den unteren Teil des anderen Kabels um die freie Schraube der dritten.
»Jetzt passt auf«, sagte ich. Ich nahm die beiden oberen Kabelenden, das eine in die linke, das andere in die rechte Hand, und schob das linke Kabelende in das linke Nasenloch des Vaters und das rechte Kabelende in das rechte.
»Und?«, fragte Elsbeth.
»Warte.« Ich drückte die Nase des Vaters zusammen und schloss den Stromkreis. Es zischte, und Funken sprühten aus der Nase und aus dem Mund des Vaters. Elsbeth und meine Freundin klatschten in die Hände. »Mehr!«, riefen sie. »Mehr!« Ich drückte die Nase noch kräftiger zusammen und noch mehr Funken und Schwefeldampf kamen zum Vorschein.

»Wie ein Drache!«, rief Elsbeth.

»Ja!« Die Funken fielen auf das Unterhemd des Vaters und die Fettspritzer fingen Feuer.

»Der Vater brennt!«, rief meine Freundin.

»Mein Vater brennt!«, rief Elsbeth und klatschte in die Hände.

»Vielleicht gibt ihm das Lebensenergie«, sagte ich und öffnete das Fenster. Der Wind, der die Straße entlanggeweht kam, schlug mir angenehm kühl gegen das Gesicht und fachte das Feuer auf dem Bauch des Vaters an.

3

Die Tür ging auf, und meine Freundin stand einen Moment lang im Türrahmen. Sie schaute in das Halbdunkel des Saals. Sie trug das weiße Kleid mit den blauen Tupfen. Das Kleid, das ihre Oma ihr nach dem Exorzismus aus den Resten des großen Baldachins genäht hatte. Sie sah mich nicht sofort. Das war mir recht. Ich wollte sie beobachten. Seit damals war ihre Haut durchsichtig. Sie veränderte die Farbe beim Gehen. Wie bei einem Chamäleon. Ihre Haut reagierte auf Menschen. Waren es zu viele Menschen, bekam sie einen Ausschlag. Dann musste sie den Saal verlassen und für eine Viertelstunde allein in einem Raum sitzen. Sie trug Strumpfhosen und Handschuhe und einen Schal. Aber man sah es an ihrem Gesicht. Ihr Gesicht war besonders empfindlich. Es war so empfindlich, dass sie sich selbst nicht mehr im Spiegel ansehen konnte. Ihre Mutter musste ihr die Haare machen. Oder ich.
»Was siehst du, wenn du in den Spiegel schaust?«, fragte ich sie.
»Siehst du einen Schädel?«
»Nein, keinen Schädel.«
»Eine Teufelsfratze?«
»Nein«, sagte sie, »das ist vorbei.«
»Ja, aber was siehst du dann?«
»Ich sehe nichts«, sagte sie. »Als ob ich blind wäre. Genau so.« Wir stellten uns nebeneinander vor den Spiegel.
»Schau ganz genau«, sagte ich. »Siehst du wenigstens mich im Spiegel?«
»Ja«, sagte sie, »dich sehe ich.«
»Und wenn ich meine Hand auf deinen Kopf lege?«
»Dann sehe ich deine Hand.« Ich nahm den Lippenstift von ihrer Mutter und malte ihre Lippen rot an. »Jetzt schau noch mal. Was

siehst du jetzt?« Sie schrie auf und rannte aus dem Bad, die Wohnung hinaus und die Treppen hinunter auf die Straße. Ich lief ihr hinterher.

»Du musst es abwischen!«, rief ich, aber sie hörte mich nicht mehr. Sie war nur noch ein winziger Punkt am Ende der Straße. Ich bekam Seitenstechen und blieb stehen. Am Abend wurde sie von einem Waldarbeiter ohnmächtig zurückgebracht. Die Mutter rief den Pfarrer. Der Pfarrer ließ ausrichten, er könne sich in seinem Alter keinen zweiten Exorzismus zumuten. Ich saß an ihrem Bett und hielt ihre fiebrige Hand. Der Wind drückte gegen das Fenster.

»Der Satan will rein«, dachte ich.

»Der Satan ist tot«, sagte meine Freundin. Ich war froh, dass sie wieder sprach.

»Woher weißt du das?«, fragte ich sie.

»Ich habe ihn aus mir ausfahren sehen.«

»Aber vielleicht ist er in jemand anderen gefahren?«

»Das glaube ich nicht.«

»Warum?«

»Er sah krank aus. Ganz grün im Gesicht. Außerdem hatte er viel Blut verloren.«

»Wo hat er das Blut verloren?«

»In mir. Ich habe immer noch sein Blut in mir. Einmal im Monat fließt es aus mir raus.«

»Wir müssen das Blut auffangen.«

»Warum?«

»Wenn wir das Satansblut haben, kann uns keiner besiegen.«

»Ich weiß nicht.«

»Wir können uns mit dem Blut einschmieren. Dann sind wir unverwundbar. Wenn wir das Blut mit Lehm vermischen, können wir einen künstlichen Menschen schaffen, der für uns Einkaufen geht und den Müll runterbringt und unsere Hausaufgaben macht.«

»Das nützt doch nichts. Wir schreiben doch auch Arbeiten.«

»Die schreibt er auch. Er kann sich unsichtbar machen und uns die Lösungen ins Ohr flüstern. Oder in Fräulein Bienert fahren und sie quälen. Er kann die stellvertretende Rektorin hoch zur Aula führen und das Fenster öffnen und sie runterschauen lassen auf den Schulhof und zu ihr sagen: Das und noch viel mehr kann alles dir gehören, wenn du dich hinunterstürzt. Und dann denkt sie, das ist eine Mutprobe, und springt, weil sie glaubt, er fängt sie auf. Aber das tut er nicht. Und dann liegt sie unten im Schulhof wie Dr. Waldschmidt.«

»Das war gruselig«, sagte Elsbeth. »Ich dachte, der lebt noch, weil seine Finger gezuckt haben.«

»Er hat auch noch gelebt. Sie haben ihn in den Keller getragen und dort gewartet, bis er ganz tot war. Seitdem schneiden sie keine Frösche mehr auf in Bio, sondern seine Organe. Und das Skelett im Bioraum, das ist auch er. Mit dem Satansblut können wir ihn wieder lebendig machen. Dann rächt er sich und bringt alle um, die ihn getötet haben.«

»Aber er ist doch selbst gesprungen.«

»Nein, sie haben ihn gestoßen.«

»Warum gestoßen?«

»Weil er alles über sie wusste.«

»Niemand weiß alles über jemanden.«

»Doch, Dr. Waldschmidt.«

»Dann war Dr. Waldschmidt Gott.«

»Oder der Satan.«

»Den Satan kann man nicht töten. Man kann ihn nur dazu bringen, dass er in einen Blecheimer fährt. Dann schüttet man ihn hinter dem Dorf aus. Er hat für einige Stunden keine Orientierung und irrt herum. Manchmal fährt er in einen Baum oder einen Weiher, manchmal in ein Tier. Dann hat man einige Zeit Ruhe.«

»Dann war Dr. Waldschmidt Gott.«

4

Elsbeth hat die Geisterkarte verloren. Auf der Geisterkarte sind alle Seelenlöcher eingezeichnet. In den Seelenlöchern sitzen die Seelen der Verstorbenen und warten, dass der Himmel sich bis zur Erde senkt und sie eine Wolke mit der Hand erwischen.
»Haben Seelen denn Hände?«, fragte meine Freundin.
»Dann eben mit dem Mund«, sagte ich.
»Wollen sie die Wolke essen?«
»Nein, sie wollen, dass die Wolke sie nach oben zieht. Die Wolken sind der Seelenaufzug.«
»Die Seelen sitzen in den Seelenlöchern«, sagte Elsbeth, »weil sie im Freien sofort verbrennen.«
»Selbst im Winter?«
»Ja, selbst im Winter. Wenn eine Seele verbrennt, hört man ein eigenartiges Knistern. Die alten Frauen bekreuzigen sich und den Männern springt der Hosenlatz auf.«
»Und die Jäger nehmen den Gewehrlauf in den Mund und drücken ab.«
»Und die Pfarrer begehren ihres Nächsten Hab und Gut.«
»Und die Frauen bringen Kinder ohne Kopf zur Welt.«
»Und den Ärzten verdorren die Hände.«
»Und die Köpfe der kopflosen Kinder tauchen auf den Dachfirsten auf, wo sie Grimassen schneiden, bevor die Krähen sie verschleppen.«
»Aber es verbrennen nur Seelen, die sich noch erinnern«, sagte ich.
»Seelen, die ungeduldig sind und zu früh nach einer Wolke greifen.«
»Wenn sie sich nicht mehr erinnern, dann wissen sie auch nicht mehr, wie man greift«, sagte Elsbeth.

»Das Greifen verlernt man als Allerletztes. Deshalb darf man sich auch nicht neben aufgebahrte Tote stellen, denn sie können noch bis zum siebten Tag nach dir greifen.«
»Sie haben aber nur noch einen Griff übrig.«
»Das stimmt, aber diesen Griff kann niemand mehr lösen. Selbst der Pfarrer nicht. Selbst der Arzt nicht.«
»Ich kannte ein Mädchen, nach dem hat seine aufgebahrte Oma gegriffen. Sie mussten den Arm der Oma absägen, und das Mädchen lief mit dem Arm am Handgelenk aus der Trauerhalle, die Allee entlang und über den Marktplatz, wo Hunde sie angefallen und den toten Arm abgefressen haben.«
»Wir sprechen aber nicht von Toten, sondern von Seelen. Die Seelen sitzen in den Seelenlöchern, um alles zu vergessen. Sie atmen Staub und werden vom Wurzelwerk durchbohrt, und wenn sich ein Käfer auf sie setzt, nimmt er die Erinnerungen der Seelen auf, verpuppt sich und wird ein Falter.«
»Bevor er sich verpuppt, meint er, er sei Gott.«
»Weil er nicht weiß, wie sich ein Mensch erinnert.«
»Für Käfer sind Menschen Gott. Und für Regenwürmer sind Käfer Gott. Und für Wurzelwerk sind Regenwürmer Gott und immer so weiter.«
»Nur Gott hat keinen Gott. Darum ist er das ärmste Geschöpf.«
»Gott tut mir leid«, sagte meine Freundin.
»Mir auch«, sagte Elsbeth. »Die Welt muss furchtbar leer für ihn sein.«
»Vielleicht sollten wir ihm ein Bild malen?«
»Oder eine Grußkarte schreiben.«
»Was soll darauf stehen?«
»Der Anfang ist klar«, sagte ich. »Lieber Gott. So fängt alles an. Aber dann?«
»Vielleicht: Lieber Gott, es tut uns leid, dass du keinen Gott hast und als einziges Geschöpf fern von Gott leben musst ohne Aussicht auf Erlösung.«
»Das ist gut. Und dann backen wir ihm noch Plätzchen. Und basteln ihm noch was.«

»Was denn?«
»Einen eigenen Beichtstuhl.«
»Stimmt. Wenn Gott keinen Gott hat, kann er auch nicht beichten.«
»Er weiß nicht, wie schön es sich anfühlt, wenn man sündigt.«
»Habt ihr schon mal gesündigt?«, fragte ich.
»Ich habe Zuckerwatte in Asche gewälzt und bin damit bei Anbruch der Dunkelheit zu den Seelenlöchern gegangen und habe so getan, als sei die Zuckerwatte eine Regenwolke. Siebzehn Seelen sind aus ihren Löchern gesprungen und knisternd verbrannt.«
»Wie riechen verbrannte Seelen?«
»Nach Schwefel und Mottenkugeln.«
»Meint ihr, dass es Gott tröstet, wenn wir an ihn glauben, weil er selbst niemanden hat, an den er glauben kann?«
»Vielleicht sollten wir ihm schreiben, dass er an uns glauben kann.«
»Oder an Dr. Waldschmidt.«
»Und an unsere Heilige Schrift: die Westermann Monatshefte.«
»Vereinigt mit dem Türmer, Monatsschrift für Gemüt und Geist.«
»Es gibt keinen Geist, nur noch Gemüt.«
»Es gibt keinen Zweck, nur noch Mittel.«
»Und Axel Kreuzmann ist Dr. Waldschmidts Stellvertreter auf Erden.«
Elsbeth und ich lachten. »Du bist in Axel Kreuzmann verliebt«, sagten wir.
»Er ist schlauer als Hans, Otto und Karl und trägt sein Kreuz aufrecht.«
»Das ist kein Kreuz, das ist ein Penis«, riefen wir und lachten wieder.

5

Manchmal hasse ich alle Menschen. Ich mag nicht, dass sie die Straße mit mir entlanggehen und aus Hauseingängen kommen und immer so tun, als hätten sie etwas zu erledigen. Am liebsten würde ich ihre Köpfe abschneiden und jeden Kopf in ein Einmachglas legen und einen Spiegel davorstellen, damit sie sehen, wie furchtbar und armselig sie sind. Zweimal am Tag käme ich vorbei und würde scharfen Pfeffer in die Einmachgläser streuen, damit ihnen die Augen tränen und die Nase läuft. Und ich würde mich vor sie setzen und Schokolade essen, während sie keine Luft mehr bekommen und nicht wissen, ob sie ertrinken oder ersticken oder beides zusammen.

Ich laufe mitten auf der Straße zwischen den Schienen der Straßenbahn. Die Straßenbahn kommt hinter mir angefahren und klingelt. Ich reiße meinen Mund auf. Ich könnte die ganze Welt verschlingen aus Wut. Aber ich spucke nur mein halb verdautes Pausenbrot vor mich auf das Kopfsteinpflaster.

Ich möchte ein Flummi sein und gegen alle Fensterscheiben und alle Schaufensterscheiben und die großen Scheiben in der Turnhalle springen, damit sie kaputtgehen und die Scherben auf die Menschen prasseln und in ihren Rücken steckenbleiben wie Stacheln in einem Igel. Dann würde ich diese Scherbenigel zwischen zwei große Mühlsteine pressen und mich auf ihnen herumwälzen. Elsbeth müsste kommen und meine Freundin und beide würden mir helfen und sich auf mich legen, damit ich nicht explodiere wie eine der vielen Granaten, die neben den Waldwegen versteckt zwischen Pilzen liegen. Wie schön es aussieht, wenn ein Dackel durch die Luft fliegt, und wie er sich freut und mit den Ohren wackelt. Oft will er gar nicht mehr auf den Boden zurück und der Jäger muss ihn herunterschießen. Er wird durchlöchert wie ein Sieb und das Blut regnet auf den Jäger und seinen grünen Hut und verstopft seine Flinte, sodass er sich nicht mehr wehren kann, wenn ihn die Wölfe anfallen und zerreißen. Und selbst fünf Wölfe sind zu schwach und können mich nicht bezwingen. Und selbst die großen Maschinen, die hinter dem Wald die Grube ausbaggern, können mich nicht festhalten. Ich trete die Grube mit Sand und Lehm wieder zu. Die Riesenmaschinen schmelzen unter meinem Blick. Ich knete sie mit einer Hand zusammen, mit der anderen schlage ich den Arbeitern die Schädel ein.

»Warum«, schreie ich, »warum ist niemand stark genug, um mich zu besiegen? Um mich unten zu halten, um meine Gedärme und mein Herz und meine Organe vor dem Zerplatzen zu bewahren?« Elsbeth und meine Freundin schauen mich ängstlich an. »Warum habt selbst ihr mich verlassen?«, schreie ich.

»Aber wir halten dich doch fest«, sagen sie.

»Nein, ihr haltet mich nicht. Nichts hält mich. Niemand hält mich. Ich hasse euch«, schreie ich, bis mir der Hals wehtut. Elsbeth läuft weg und kommt mit einer Schlange wieder. »Hier«, sagt sie und hält mir die Schlange vors Gesicht. »Das ist die Schlange des Jüngsten Gerichts. Sie gebietet dir Einhalt. Sie bringt dich zur Besinnung.« Ich freue mich. Endlich ein Wesen, das mich in die Knie zwingt. Die Schlange des Jüngsten Gerichts! Die Tränen schießen mir aus den Augen. »Ja«, sage ich. »Ja, ich bete dich an. Ich verehre dich. Ich opfere dir meine Eltern und meine Geschwister und alles, was je auf dieser Erde gelebt hat, auf dieser furchtbar kleinen, unwürdigen, miesen Erde. Dieser zu einer Scheibe gepressten Kugel. Dieser zu einer Kugel aufgeblasenen Scheibe. Dieser von Gott ausgekotzten Murmel. Ja, alles soll dir gehören.« Die Schlange senkt den Kopf. Die Schlange schmiegt sich an mich. Die Schlange schaut zu mir auf. »Nein«, schreie ich, »nein, um alles in der Welt. Nicht auch noch du. Ich will nicht, dass du schwach wirst. Ich will jemanden, der mich besiegt, der mich davor bewahrt zu zerspringen.« Ich beiße der Schlange den Kopf ab. Ich knote ihren kopflosen Körper um meinen Hals und laufe auf die Brücke. Ich will, dass der Zug auf die Straße und dort auf die Autos stürzt. Nein, ich will, dass ein Flugzeug auf den Zug und der Zug auf die Autos und die Autos auf die Menschen und die Menschen auf die Kinder und die Kinder auf die durchlöcherten Dackel und die auf die giftigen Ameisen stürzen. Und das Gift der Ameisen wird durch die durchlöcherten Dackel und dann durch die Kinder und von den Kindern durch die Erwachsenen weiter durch die Autos und die Eisenbahnen und die Flugzeuge nach oben in den Himmel gespritzt, wo es Gott mitten ins Auge trifft und Gott blind wird und nicht mehr weiß, wo er langgehen soll, was gefährlich ist, denn der Himmel ist nicht da oben und besteht nicht aus Wolken und nicht aus weicher Watte, so wie die Hölle auch nicht da unten ist und nicht aus Feuer und dunklen Kohlen besteht, sondern alles ist wie ein Himmel-und-Hölle-Spiel, das sich beständig und nach allen Seiten hin auf- und zufaltet, und wenn man nicht aufpasst, dann stürzt man vom Himmel in die Hölle, denn man muss beständig über die Zacken und Kanten springen, weil ich einfach nicht aufhöre, diese Zacken auf- und zuzuklappen, auch wenn alle Menschen und auch die Engel und selbst Gott »Hör doch auf! Hör doch endlich auf!« schreien. Aber ich höre nicht auf. Es gibt keinen Himmel, den man sich für immer erkaufen kann. Es gibt keine Ruhe. Nicht vor dem Tod und auch nicht danach. Es gibt keine Ruhe. Keinen Moment, in dem man nicht aufpassen muss. Keinen einzigen. Immer muss man aufpassen. Selbst Gott muss aufpassen. Alle müssen aufpassen, sonst landen sie in der Hölle. Und mir ist egal, was mit ihnen in der Hölle passiert, weil ich es gar nicht sehen will, weil ich vor allem die Teufel nicht sehen will, weil die Teufel auch nur Schwachköpfe sind und Schwächlinge. Viel zu schwach für mich, so wie die Schlange, so wie alle. Alle. Ihr alle.

»Ihr habt mich alle verlassen«, schreie ich. »Warum habt ihr mich alle verlassen? Warum habt ihr mich nicht daran gehindert zu explodieren? Warum nur? Warum?«

Elsbeth und meine Freundin fassen sich an den Händen und tanzen um mich herum. »Du bist Wasser und Feuer, Erde und Luft«, singen sie. »Wasser, Feuer, Erde und Luft.«

Ich sehe die Wolken über ihren Köpfen. Ich sehe ein Flugzeug aus den Wolken herausschießen. Das Flugzeug hat einen langen Stachel an seiner Schnauze. »Es wird uns alle aufspießen«, rufe ich. Die Wolken rasen über den Himmel und streifen die Häuser und senken sich immer tiefer in die Straßen und treiben die Menschen vor sich her. Sie zwängen sich in die Hauseingänge und die Geschäfte. Sie erdrücken die Kinder und zerquetschen die Hunde. Sie packen mich und schlagen mich gegen den Felsen, so oft und so lange, bis ich wieder zu mir komme.

»Was war?«, frage ich Elsbeth und meine Freundin. Sie sitzen neben mir und lackieren sich die Nägel mit Dackelblut.

»Nichts«, sagen sie.

»Ja«, sage ich. »Nichts. Das war es. Ihr habt recht. Nichts.«

6

Obwohl die Sommerferien eine halbe Ewigkeit dauerten, waren sie eines Tages vorbei. Alle Erwachsenen und alle Kinder wurden vor Gericht gestellt. Die Erwachsenen kamen vor ein Erwachsenengericht, die Kinder vor ein Kindergericht. Die Erwachsenen konnten mit Freisprüchen rechnen. Wir Kinder nicht. Das Kindergericht kannte nur Nachsitzen, Karzer und die Todesstrafe. Die Erwachsenen hatten Rechtsanwälte und Verteidiger. Wir Kinder nicht. Während wir auf den Prozesstag warteten, versuchten wir unsere Verteidigungsrede zu verfassen. Hans und Otto spielten Käsekästchen. Karl lag neben ihnen auf einem Feldbett. Er wollte ihnen seine Verteidigungsrede diktieren. Aber sie hörten nicht zu.
Karl sagte: »Ich bin unschuldig. Und selbst wenn ich schuldig bin, bin ich durch meine Lähmung schon gestraft genug.«
»Du bist gar nicht mehr gelähmt«, sagte Hans. »Du hast den Zug entgleisen lassen, und mein Onkel hat ein Bein verloren, und unser Bäcker ist gestorben, und jetzt schmecken die Brötchen nach nichts.«
»Mein Opa hat bei dem Zugunglück seinen Kopf verloren«, sagte Otto. »Und unser Metzger ist gestorben. Jetzt schmecken die Würste auch nach nichts.«
»Deine Eltern haben gar kein Geld für Würste«, sagte Karl.
»Weil mein Opa tot ist und ihnen nichts mehr dazugeben kann.«
»Gerade hast du gesagt, er hat den Kopf verloren. Glaubst du, man kann ohne Kopf leben?«
»Es gibt einen Ritter ohne Kopf. Der reitet durch das Land und ist unbesiegbar.«
»Wie kann er durch das Land reiten ohne Kopf? Er sieht doch nichts.«

»Er hat ein treues Pferd, das alles sieht.«
»Aber mein Opa hat kein Pferd.«
»Warum nicht?«
»Weil wir es schlachten mussten.«
»Dann seid ihr selbst schuld.«
Das Gerede der drei Dummköpfe lenkte mich ab. Immer wieder verschrieb ich mich und musste von vorn anfangen.
»Wie weit bist du?«, fragte ich Elsbeth.
»Ich hab erst den Anfang.«
»Was für einen Anfang?«
»Da, wo ich erzähle, dass ich unschuldig auf die Welt gekommen bin und meine Eltern mich hinter dem Haus in einen Schacht geworfen haben, in dem ich sieben Tage und sieben Nächte liegen musste. Deshalb bekam ich die Englische Krankheit, denn es fiel kein Licht in den Schacht und ohne Licht ...«
»Ich weiß«, sagte ich. »Und du?«, fragte ich meine Freundin.
»Ich hab so was Ähnliches geschrieben.«
»Was denn?«
»Ja, eben auch das mit der unschuldigen Geburt und mit dem Schacht.«
»Ihr könnt doch nicht beide dasselbe schreiben. Das nehmen sie euch nicht ab.«
»Dann schreibe ich, dass meine Eltern mich an einen Baum gebunden haben. Das ist genauso schlimm.«
»Ihr müsst euch keine Lügen ausdenken.«
»Das sind keine Lügen.«
»Sie wollen nur wissen, ob wir Tatmenschen sind.«
»Was sind Tatmenschen?«, fragten beide.
»Das weiß ich auch nicht«, sagte ich.
»Ein Tatmensch ist jemand, der eine Tat begangen hat«, sagte meine Freundin.
»Warum nennt man ihn dann nicht Täter?«, fragte Elsbeth.
»Weil Tatmensch besser klingt«, sagte ich. »Zerbrecht euch darüber nicht den Kopf, sondern merkt euch einfach die drei wichtigsten Antworten. Erstens: Der Körper des Menschen ist wie eine

Zwiebel, die über sich selbst weint. Zweitens: Das Gehirn des Menschen ist wie eine Walnuss, die über sich selbst nachdenkt. Und drittens: Der Tod kennt weder Zeit noch Hobel.«
»Das Dritte verstehe ich nicht«, sagte Elsbeth.
»Das heißt, du hast die anderen beiden verstanden?«, fragte ich.
»Nicht so richtig. Aber ich weiß, was eine Zwiebel und was eine Walnuss ist, obwohl ich noch nie eine gegessen habe.«
Es schellte zur Stunde. Die Handarbeitslehrerin kam herein. Ihr waren in der Nacht alle Zähne ausgefallen. Sie stellte sich hinter das Pult. Vor sich breitete sie ein rotes Samttuch aus. Darauf reihte sie die kleinen Stifte nebeneinander auf. Einzeln gingen wir nach vorn, legten die linke Hand in ihren leeren Mund und fühlten das Zahnfleisch mit den vielen Löchern. Anschließend nahmen wir jede zwei Zähne und gingen zurück zu unserem Platz. »Das ist unsere Abschlussarbeit vor den großen Ferien«, sagte die Handarbeitslehrerin. »Wir basteln uns Ohrringe.«
Ich sah nach draußen und über den breiten Pausenhof die Straße entlang bis zu den Lastwagen, die auf uns warteten.

7

»Ihr müsst nicht mehr marschieren«, sagte die zahnlose Handarbeitslehrerin.
»Wir müssen nicht, aber wir wollen«, sagten wir. Letzte Woche mussten wir noch. Jetzt mit einem Mal nicht mehr.
»Wo marschiert ihr denn hin?«
»Zum Friedhof.«
»Was wollt ihr auf dem Friedhof?«
»Wir wollen Elsbeth helfen, ihren Vater zu begraben.«
»Ist Elsbeths Vater gestorben?«
»Nein. Er will einfach nicht sterben. Deshalb begräbt sie ihn.«
Wir gingen im Gleichschritt den Flur hinunter, über den Schulhof und dann in Richtung Friedhof. Die Frauen winkten uns aus ihren Küchenfenstern zu. Die Männer ließen ihre Arbeit sinken und schauten uns nach.
»Ihr seid die neue Generation«, rief der Pfarrer und machte ein Kreuzzeichen.
»Ja, das sind wir«, sagten wir. »Und deshalb werden Sie bald eingesperrt.«
Der Pfarrer lächelte. »Aber warum denn, meine Lieben?«
»Weil wir die Kirche hassen.«
»Ihr hasst die Kirche? Aber was hat sie euch denn getan?«
»Sie hält Jesus gefangen in einer Monstranz und verfüttert ihn an Schweine.«
»Aber nein«, sagte der Pfarrer und schüttelte den Kopf, »Jesus hat sich selbst für uns geopfert, um uns zu erlösen.«
»Das ist eine Lüge«, sagten wir. »Er wurde von euch verleumdet, eingefangen, ans Kreuz geschlagen und verfüttert.«
»Das ist das Geheimnis unseres Glaubens.«

»Das Geheimnis eures Glaubens ist, dass sein Leib schon seit tausend Jahren aufgebraucht ist und ihr jetzt selbstgebackene Oblaten verteilt.«

»Aber nein, meine Lieben, aber nein, das versteht ihr ganz falsch.«

»Wir verstehen das ganz richtig. Wir haben einen neuen Gott. Er heißt Dr. Waldschmidt. Er ist für uns herabgestürzt und wird seitdem im Keller gehalten und zerteilt. Aber jetzt Adieu, wir müssen weiter.«

Wir marschierten weiter. Das Kopfsteinpflaster war wie blank poliert unter unseren Schuhen. Die Fensterläden klapperten, und aus den Kellerluken kam der Geruch von alten Kartoffeln. An der Straßenecke stand eine schwangere Frau.

»Wird es ein Erstgeborener?«, fragten wir.

»Ja«, sagte die Frau.

»Dann versprich ihn uns.«

»Was meint ihr? Ich verstehe euch nicht.«

»Wir brauchen einen Erstgeborenen für unsere neue Religion. Wir haben einen neuen Gott, Dr. Waldschmidt. Außerdem einen Rest Satansblut in Elsbeths Körper und ihren Vater, den wir jetzt lebendig begraben. Also fehlt uns noch ein Erstgeborener.«

»Ich weiß nicht, was ihr von mir wollt«, schrie die Frau.

»Das haben wir doch gesagt: Wir wollen deinen Erstgeborenen. Gib ihn uns freiwillig, sonst holen wir ihn mit Gewalt. Aber jetzt Adieu, wir müssen weiter. Du hörst von uns.«

Es war wunderbar, so durch die Stadt zu marschieren. Der Himmel leuchtete stahlblau, und der Wind blies uns ins Gesicht. Die Katzen zwängten sich in Mauerritzen. Vor dem Friedhof stand der Steinmetz.

»Wir brauchen einen Stein«, sagten wir.

»Was für einen Stein?«, sagte der Steinmetz. »Meint ihr einen Grabstein?«

»Nein, keinen Grabstein. Einen unbehauenen Stein, der aussieht, als sei er behauen.«

»Davon habe ich viele.«

»Lüg nicht. Davon hast du keinen einzigen. Du willst uns behauene Steine für unbehauene verkaufen.«

»Ihr würdet den Unterschied nicht merken.«
»Doch, würden wir. Ein behauener Stein ist völlig nutzlos.«
»Aber wofür braucht ihr einen unbehauenen Stein, der aussieht wie behauen?«
»Wir haben einen neuen Gott, Dr. Waldschmidt, einen Rest Satansblut, einen Erstgeborenen und einen lebendig begrabenen Vater. Was uns fehlt, ist ein unbehauener Stein, um alles zusammenzufügen.«
»Damit kann ich nicht dienen«, sagte der Steinmetz.
»Du willst nicht dienen«, sagten wir, »aber du wirst dienen.«
»Doch, doch, natürlich. Warum sollte ich nicht wollen? Ich lebe davon, dass ich Steine verkaufe.«
»Und weil du uns keinen Stein verkaufst, wirst du bald nicht mehr leben.«
Wir marschierten hinein in den Friedhof. Die Kirschblüten und die Apfelblüten und die Aprikosenblüten wurden vom Wind in einem Wirbel in die Luft gehoben und fielen auf uns nieder. Von Weitem sahen wir Elsbeth an einem offenen Grab stehen.
»Ich habe auf euch gewartet«, sagte sie.
»Ja, hier sind wir. Wie verabredet«, sagten wir. »Lebt er noch?«
»Natürlich. Warum sollte er jetzt auf einmal tot sein?«
Eine nach der anderen gingen wir zur Bahre mit dem Vater und horchten an seinem Herz. Es klopfte. Wir hielten unsere Taschenspiegel vor seine Nase, und sie beschlugen.
»Ja, er lebt«, sagten wir und stellten uns links und rechts von der Bahre auf.
»Sollen wir ein Gebet aufsagen?«, fragte Elsbeth.
»Nein«, sagten wir. »Unsere Religion kennt keine Gebete.«
»Dann vielleicht ein Lied.«
Ja, damit waren wir einverstanden. Wir sangen das Lied vom fehlenden Körpergefühl und der Sonne mit den drei Augen.
»Unser Gott hat auch drei Augen«, sagten wir. »Selbst wenn er ein Auge zudrückt, sieht er alles.«
»Ja«, sagte Elsbeth, »es gibt kein Erbarmen mehr. Endlich kein Erbarmen mehr.«

Wir hoben die Bahre mit Elsbeths Vater und ließen ihn in das Grab gleiten. Er plumpste ganz gerade hinein. Als wir die Erde auf ihn schaufelten, kam ein Bussard mit einer toten Maus im Schnabel und setzte sich auf einen Baum neben dem Grab.

»Das ist ein gutes Zeichen«, sagte Elsbeth.

»Ja«, sagten wir, »ein sehr gutes Zeichen.«

8

Wir führten die Kleinen im Gänsemarsch den Hügel hinunter. Es begann in großen Flocken zu schneien.
»Die Welt geht unter«, schrien sie.
»Unsinn«, sagten wir, »ihr wisst gar nicht, was ein Weltuntergang ist. Früher hatten die Schneeflocken einen Kern aus Eisen. Man musste laufen, um den Flocken zu entkommen. Sie zerschlugen alles, was ihnen in den Weg kam.«
»Auch die Kinder?«
»Gerade die Kinder.«
»Und die Katzen?«
»Gerade die Katzen.«
»Gab es denn keine Schirme?«
»Nein. Wir hatten im Sommer aus dem Bezug der Schirme Röcke genäht.«
»Aber warum?«
»Weil wir arm waren.«
»So arm?«
»Noch ärmer. Viel ärmer. Ihr habt ja keine Ahnung.«
Die Kleinen rissen sich los und wälzten sich im Schnee. »Wir machen eine Lawine«, schrien sie. »Wir rasen ins Tal.«
»Ihr wisst nicht, was ihr da sagt.«
»Doch. Wir wissen, was wir da sagen. Wir rasen ins Tal und in den Bäckerladen und essen den ganzen Kuchen auf.«
Ein Mädchen saß am Rand und weinte.
»Was hast du?«, fragten wir sie.
»Ich will keine Lawine sein.«
»Du musst auch keine Lawine sein.«
»Aber ich will eine Lawine sein.«
»Gerade hast du gesagt, du willst keine Lawine sein.«

»Ich will eine sein und in den Bäckerladen rasen und den ganzen Kuchen aufessen. Aber ich habe Angst.«
»Du brauchst keine Angst zu haben. Wir gehen hinunter ins Dorf und kaufen dir ein Stück Kuchen.«
»Ich will aber alles. Alles.«
Der Himmel zog sich weiter zu. Der Schnee fiel so dicht, dass man die Kleinen kaum noch erkennen konnte.
»Sammelt euch. Wir müssen ins Tal. Sonst werden wir eingeschneit!«, riefen wir.
»Wir wollen eingeschneit werden«, riefen sie.
»Dann lasst euch einschneien. Wir gehen jetzt.« Wir machten ein paar Schritte in Richtung Tal, aber die Kleinen folgten uns nicht. Wir drehten uns um und riefen: »Ihr werdet erfrieren!«
»Wir wollen erfrieren!«, riefen sie zurück.
»Ihr wisst nicht, was ihr da sagt.«
»Doch«, schrien sie, »wir wissen, was wir da sagen. Erfrieren ist ein schöner Tod. Man schläft ein.«
»Ja, aber man wacht nicht mehr auf.«
»Wir wollen nicht mehr aufwachen.«
»Wollt ihr denn nie mehr Kuchen essen?«
»Nein.«
»Und eure Mama sehen oder euern Papa? Die wären bestimmt ganz traurig.«
»Die sollen traurig sein.«
»Aber warum?«
»Weil sie ...« Die Antwort wurde von einer Schneeböe verschluckt, die über uns hinwegraste. Wir verloren das Gleichgewicht, fielen nach vorn und sackten in ein Schneeloch. Eine zweite Wehe raste über uns hinweg und ließ noch mehr Schnee auf uns fallen. Ein paarmal wurden wir um uns selbst gedreht, dann war es dunkel. Mit einer Hand drückten wir den Schnee vor unserem Gesicht etwas zusammen. Wir horchten nach den Kleinen. Doch es war völlig still. Wir wussten nicht mehr, wo oben war und wo unten. Wir riefen mehrmals: »Hört ihr uns?«
Nach einer Weile kam eine Antwort. »Ja, wir hören euch.«

»Wo seid ihr?«
»Wir sind hier im Schnee.«
»Wo?«
»Hier oben.«
»Grabt uns aus. Wir sind hier unten.«
»Warum grabt ihr euch nicht selbst aus?«
»Wir können uns nicht bewegen. Wir sind verschüttet.«
»Wir sind auch verschüttet.«
»Seht ihr den Himmel?«
»Ja. Der Himmel ist wieder ganz blau.«
»Könnt ihr euch bewegen?«
»Ja, wir bauen gerade einen Schneemann.«
»Dann seid ihr nicht verschüttet. Ihr müsst uns helfen. Grabt uns aus.«
»Uns ist kalt.«
»Dann wird euch warm.«
»Wir haben Hunger.«
»Grabt uns aus, dann gehen wir ins Dorf und jeder kriegt ein Stück Kuchen.«
»Ein großes.«
»Ja, ein großes.«
Wir hörten ein Scharren und ein dumpfes Klopfen.
»Was macht ihr?«
»Wir bauen den Schneemann.«
»Könnt ihr uns nicht erst ausgraben? Wir haben nur noch wenig Luft.«
»Dann dürft ihr nicht so viel sprechen.«
»Ja. Helft ihr uns?«
»Nicht sprechen.«
Wir warteten. Die Kälte schien etwas nachzulassen. Mit einem Mal wurde es still.
»Was ist?«
»Der Schneemann ist fertig.«
»Grabt uns aus.«
»Wir wollen jetzt nach Haus.«

»Ja. Wir gehen nach Haus. Aber grabt uns erst aus.«
»Wir gehen schon vor und ihr kommt nach.«
»Nein. Wir gehen alle zusammen.«
»Wir wollen nicht mehr warten.«
»Wir haben euren Schneemann noch gar nicht gesehen.«
»Er steht genau über euch.«
»Schön. Grabt uns jetzt aus.«
»Dann müssen wir ja den Schneemann kaputtmachen.«
»Wir bauen einen neuen.«
»Das ist aber ein ganz besonderer Schneemann.«
»Schiebt ihn zur Seite.«
»Der Schneemann kann sprechen.«
»Ja. Er sagt sicher, dass ihr uns ausgraben sollt.«
»Nein, das sagt er nicht.«
»Was sagt er denn?«
»Er sagt, wir sollen ganz schnell ins Tal laufen.«
Die Kleinen lachten wie wild und schienen um den Schneemann herumzutanzen.
»Wir laufen jetzt ganz schnell ins Tal«, riefen sie.
»Nein! Nein!«, schrien wir.
»Doch! Doch!«, schrien sie.
»Wir haben Angst!«, schrien wir.
»Ihr braucht keine Angst zu haben«, riefen sie, »der Schneemann passt auf euch auf.«

V

1

Kurz danach löste sich nicht nur die Konstruktion der Zeit, sondern verschwammen auch räumliche Strukturen und Formen, wurde seine Welt durchlässig, drehte sich die Verandatür in den Angeln, heizte der offene Herd die Küche auf, klapperten die Rollläden und schellte das Telefon, ohne dass jemand am anderen Ende war, wenn er abnahm. Vor dem Schlafengehen hieß ihn seine Mutter das Köfferchen packen und neben das Bett stellen. Lag er dann bis zum Hals zugedeckt unter dem Plumeau, den Kopf tief eingesunken in einem von der Mutter seiner Mutter handbestickten Paradekissen, durfte er nicht eine Sekunde das klamme Händchen vom leise in den Scharnieren quietschenden Ledergriff des Köfferchens nehmen, weshalb er ihn im Dunkeln in eine aufrechte Balance zu bringen versuchte, um die Finger einen Augenblick öffnen zu können und sich den um ihn kreisenden Träumen zu ergeben und, sei es auch nur für einen Moment, einzunicken.

Das feingeschnittene und in unendlich vielen Pastellstrukturen aufgetragene Gesicht einer Heiligen kam herabgeschwebt und drehte verlegen ein paar Kreise um seinen Kopf. Dabei wollte er doch nur Trost, wollte doch nur hören, dass er und Mutter auch ohne die unersetzlichen Papiere weiterleben und nicht bereits beim Verlassen des Hauses als identitätslos erschossen würden. Doch das Gesicht sah ihn nur an und hatte mehr Fragen als Antworten.

Die Engländer, die Russen und die Amis, sie waren abwechselnd Freund und Feind, kamen, um zu vernichten, dann wieder, um zu befreien, schossen in leere Kuhställe und übersahen das Versteck der hochrangigen Offiziere im Eiskeller, das ihnen auch der alte Siebert nicht verriet, denn die Offiziere hatten ihn einmal ihr Pferd die Straße hinaufreiten lassen, als das Aartal noch wie von Ludwig Richter gemalt dalag und Anlass zu der Hoffnung gab, der Feind würde sich zwischen den aufgetürmten Wolken und dicht begrünten Ästen schlicht und einfach verlaufen oder auflösen; wie in einem Bilderrätsel, wo man den auf ewig eingesperrten Jäger erst zwischen einem Felsstück hängen sieht, wenn man das Bild von der richtigen Seite betrachtet und das Moos als Haar und den efeuumwachsenen Ast als Flinte zu deuten weiß. Sonntags durchschritten die Engel weiterhin das Dorf und behüteten die Monstranz und die Weiblein, die ihr und dem im letzten Kriegsjahr wegen eines geringfügigen geistigen Defekts immer noch freigestellten Geistlichen folgten. Der Himmel und das Wäldchen, die glitzernden Pfützen und gekehrten Hofeinfahrten: Normalität als Hoffnung.

Doch war der alte Siebert überhaupt auf dem Land? War er nicht in den engen Häuserschluchten gefangen, die ineinanderstürzten wie Dominosteine, denen man die Augen ausgeschossen hatte? Und apropos Augen: Warum um alles in der Welt fehlten die plötzlich auch seiner Mutter? Wachte der alte Siebert nämlich aus seinem von kurzen Traumklingen zerschnittenen Schlaf auf, so starrten ihn nur zwei tiefschwarze Löcher aus dem ohnehin maskenhaft starren Gesicht an. Sie lag nicht mehr neben ihm im ehelichen Bett, sondern rannte davor hin und her, deutete, vor Schreck verstummt, mal dahin und dann wieder dorthin, weil sie in der Aufregung vergessen hatte, ob man Phosphorwunden mit Wasser eindämmen konnte oder gerade nicht. Die Haare der Mutter waren zerzaust, ihr Gesicht blass, das Nachthemd transparent, ohne darunter etwas zu zeigen. Draußen brannte die Straße und über ihm das Dach und neben ihm das Bett und unter ihm die Dielen. Dennoch fand der alte Siebert Zeit zu überlegen, an wen ihn diese Frau erinnerte, und fand es wenig später heraus, als sie auch noch die Arme in die Höhe warf und den Mund zu einem stummen Schrei öffnete. Sie sah wie der Geist in seinem Märchenbuch aus, dem einen, mit den Kunstmärchen von Hauff und Andersen und den Jugendstilillustrationen, eigentlich nicht kindgerecht, oft formal kühl und deshalb an dieser einen Stelle besonders beeindruckend, weil das Gespenst nur eine schmale Säule aus silbrigem Rauch war, die zwischen einer Gruppe von Tannen hauste.

Und genau dorthin brachte ihn die Mutter in dieser Nacht, zusammen mit dem Köfferchen, und ließ ihn dort allein zurück. Viel später sollte er auf der vereisten Straße, die vor diesem Waldstück vorbeiführte, einen Unfall haben und aus dem schmalen Rückfenster des brennenden Käfers kriechen, sich jedoch nicht an damals erinnern, da die immer neuen Bedrohungen ihm keine Zeit zum Erinnern ließen und er sich vergangenheitslos zum Erwachsenen ausformte und, weil er keine Vergangenheit kannte, meinte, er habe sich selbst geschaffen.

Wachte er auf, meinte er in einem der Schalensitze seines Labors eingenickt zu sein und rief nach dem Chauffeur, den es längst nicht mehr gab. Statt seiner erschien eine Pflegeschwester, dem Heiligenbild wie aus dem Gesicht geschnitten, allerdings mit nach hinten zum Dutt gebundenen Haar und einer Tätowierung im Nacken, von der allein die Spitze muttermalähnlich über den hochgeschlossenen Kittelkragen ragte: ein Füllhorn mit Früchten, das umgekippt seinen Inhalt über den Rücken ergoss und einer Kasperlemütze glich, weshalb der alte Siebert sie auch entsprechend Kasperle rief. Kasperle kam und wischte ihm den Mund und fuhr ihm mit der Hand über die schweißnasse Stirn und sagte, dass der Chauffeur heute seinen freien Tag habe und sie als Frau das Auto nicht zu fahren verstehe, worauf sich für den alten Siebert die Welt einen Augenblick lang wieder ordnete und er sah, dass es gut war, so wie man immer dann, wenn es wirklich nicht anders geht, sieht, dass es gut ist.

Ein anderer an seiner Stelle hätte einen solchen Moment genutzt, diesen als Geschenk dargebotenen Frieden angenommen und das entsprechende Dokument, der Einfachheit halber und eher ungenau als Patientenverfügung bezeichnet, unterschrieben, um damit, wie man nach wie vor auf den Fluren vor den Zimmern sagte, seinen Frieden mit dieser ohnehin friedlichen Welt zu machen. Ganz ohne Anstrengung. Doch der alte Siebert wurde von Ruhe schon immer beunruhigt und von Anstrengungslosigkeit zur Anstrengung angespornt, weshalb er bereits mit dem nächsten Atemzug »Kasperle, ein Martinus!« schrie und sich zufrieden zurücklehnte, um die eigene brüchige Stimme an den eiskalten Kachelwänden des geschmacklosen Bungalows widerhallen zu hören. Und Kasperle kam und brachte ihm seine vierzig Tropfen Novalgin in einem Cocktailschwenker: Heute mit Kirsche, weil gestern Olive dran war. Es war ohnehin egal, denn der alte Siebert nahm die eine wie die andere, wie es schon immer seine Angewohnheit gewesen war, und streckte sie Kasperle hin, damit es danach schnappe.

Dann wieder verschwamm ihm die ohnehin oft undeutliche Trennung zwischen Ursache und Wirkung und warf schier unlösbare Fragen auf: Hatte eigentlich einer seiner letzten Freunde, Professor Hauchmann vom Starnberger See – derselbe, für den er sich noch immer ein Faxgerät hielt, mit dem dieser ihm interessante Zeitungsausschnitte zukommen ließ –, ihn angerufen oder er ihn? Und musste man wirklich immer eine Vorwahl wählen, wenn man nach außerhalb telefonieren wollte? Müsste man dazu nicht wissen, wo derjenige sich genau in dem Augenblick, in dem man ihn erreichen wollte, aufhielt? Und war das nicht schlicht und einfach unmöglich und ein Unding, da selbst Professor Hauchmann, der noch einmal fünf Jahre älter als der alte Siebert war, manchmal ausging und sich dann gerade eben nicht in seiner Tutzinger Wohnung befand, weshalb die Tutzinger Vorwahl in diesem Fall unbrauchbar und sogar falsch wäre, wodurch wiederum das ganze System der Telefonvorwahl infrage gestellt und generell ins Wanken gebracht würde, da man dem durchschnittlichen menschlichen Gehirn eine übersteigerte Gedächtnisleistung abverlangte, die nur von einzelnen Genies zu leisten wäre, zu denen sich der alte Siebert nicht zählte, obwohl er einmal die Zahl Pi bis 120 Stellen hinter dem Komma hatte aufsagen können und auch sonst im Kopfrechnen immer noch fit war und selbst im Maschineschreiben auf 60 Anschläge die Minute kam, auch wenn man natürlich nicht lesen konnte, was er da geschrieben hatte, denn beides hatte er noch nie gekonnt, schnell und gleichzeitig richtig schreiben, schließlich hatte er dafür ein Leben lang seine Sekretärinnen.

Der alte Siebert versank vorübergehend in ein tiefes Schweigen, denn er sah die unendliche Reihe an unterwürfigen Schreibkräften, zuverlässigen Kameradinnen und selbstlosen Helferinnen vor seinem inneren Auge vorüberziehen, Hunderte von Frauen, die über viele Jahrzehnte ihren Beitrag geleistet hatten, damit er an seiner großen Aufgabe hatte arbeiten können.

ADELGUND, die ihn auf die Idee gebracht hatte, auch die Augen von Neugeborenen zu präparieren, um zu sehen, ob sich auf deren Netzhäuten bereits Bilder ausmachen ließen. Ein Schritt, der wesentlich zur Klärung der Frage beitrug, ob Kinder während der Geburt die Augen offen oder geschlossen halten.
ADELHEID, die ihn regelmäßig vor dem Abendbrot mit ihrem unverkennbaren Satz »Gefangene dürfen das Abendglöckchen nicht hören« an seine Pflicht gemahnte und nach draußen trieb.
ALWINE, die bunte Augenklappen für die Kleinsten häkelte.
BORGHILD, die in halsbrecherischem Tempo wichtige Depeschen und oft auch frische Präparate auf ihrer DKW quer durch die Stadt transportierte, den Schwesternkittel unten weit aufgeknöpft, um besser sitzen zu können.
EDELBURG, die Frau eines befreundeten Geheimrats, die ihm während eines Banketts in einem Hinterzimmer die Augen ihrer Enkel versprach, wenn er ihr für diese eine Nacht zu Willen sein würde.
ENGELGARD, die das Lied vom letzten Tröpfchen aus dem kleinen Henkeltöpfchen perfekt rückwärts singen konnte.

ERDMUTE, die Erfinderin des nächtlichen Nackt-Tennis.

ERNA, die immer ein Sahnetörtchen für ihn in ihrem Schreibtisch bereithielt.

FRIEDEGARD, die sich der Astrologie und dem Runenlegen verschrieben hatte und die für Augenextraktionen günstigsten Zeiten berechnete.

GELMUT, die auf den glorreichen Einfall kam, über die oberste Heeresleitung, zu der sie gute Beziehungen besaß, einen Sondererlass zu erwirken, der es allen ordentlichen und außerordentlichen Vollstreckungsorganen verbat, den Männern, die zum Tod durch Erschießen oder einer anderen Hinrichtungsart verurteilt waren, weiterhin die Augen zu verbinden. So konnten gerade in den letzten Kriegsjahren für die Wissenschaft unermesslich wertvolle Optogramme isoliert werden. Als herausragendes Beispiel sei an dieser Stelle nur Odilo S. zu nennen.

GISELTRAUD, sie wurde vom alten Siebert bis an sein Lebensende abgöttisch verehrt. Er nannte sie Mamu, Mamutschka oder, neutraler, Alma Mater, da er angeblich ihr seine wissenschaftliche Karriere verdankte. Giseltraud war eine einfache Küchenhilfe im Haus von Sieberts Eltern, die dem kleinen Siebert eine besonders große Zuneigung entgegengebracht hatte. Da sie seit früher Kindheit blind war, meinte der alte Siebert in ihr ein Vorbild für die positiven Auswirkungen des fehlenden Augenlichts auf den Charakter zu erkennen. In jugendlicher Schwärmerei schrieb er in einem Schulaufsatz, an ihrem Beispiel könne man erkennen, wie die fehlende Sehkraft den Charakter auf unvorstellbare Weise veredele, und krönte seinen Exkurs mit dem Ausspruch: Unter den Einäugigen ist die Blinde Königin.

GIESINDE, die er nach ihrem Zerwürfnis nur noch Gesindel nannte.

HEILBURG, ein unvergesslicher gemeinsamer Ausflug in das Waldstück hinter dem Nahrthalerfeld endete in einem grotesken Unfall, bei dem Heilburg aus dem Auto geschleudert wurde und mit dem Kopf in einem hohlen Baumstumpf landete.

HELMTRUD, sie konnte nicht verlieren und hatte die Angewohnheit, Spielsteine zu verschlucken.

ILSE, sie schlich sich in das Waisenhaus an der Neugasse ein, um an sogenanntes »Augenmaterial« zu gelangen, verliebte sich aber unglücklicherweise in den Anstaltsarzt Dr. Hauchmann und endete in der Irrenanstalt.

IRMLINDE, mit ihr fuhr er nachts durch die Straßen auf der Suche nach aus Einrichtungen geflohenen Waisenknaben.

IRMTRUD, die würdige Nachfolgerin von Irmlinde, die allerdings das Autofahren nicht vertrug und dem alten Siebert deshalb das Fallenstellen beibrachte.

LUDWIGA, ihr Mann war Fleischer, sie selbst liebte die Oper. Als der alte Siebert nicht auf ihre Forderung einging, sie als einzige Geliebte zu behalten, legte sie sich eingewickelt in ein abgezogenes Hirschfell auf den Waldweg vor Ortrauds Hütte und ließ sich vom alten Siebert überfahren.

MALWINE, zusammen mit Minna und Notburg das Dreigespann, das dem alten Siebert oft aus einer Verlegenheit geholfen hatte, weil sie Augen innerhalb weniger als einer Stunde extrahieren und entsprechend präparieren konnten, was gerade in Notzeiten von unschätzbarem Wert war.

MINNA, sie hielt bei den »Rasche« genannten Extraktionen der Augen (»Wir haben heute noch drei Raschen«) den Kopf.

NOTBURG, sie konnte mit dem Einsatz ihres Körpers einen erwachsenen Mann für eine Rasche fixieren, falls Narkosemittel oder entsprechende Vorrichtungen wieder einmal fehlten.

ORTRAUD, sie war die Unberührbare. Immer in lange, weiße Gewänder gehüllt, die bis zum Hals geschlossen waren, konnte sie ein Diktat ohne Block aufnehmen und noch Tage später aus dem Gedächtnis wiedergeben. Dennoch wurde sie von Ludwiga verdächtigt, ein intimes Verhältnis mit dem alten Siebert zu haben. Tatsächlich galten die Treffen der beiden in Ortrauds Waldhütte dem Praktizieren altertümlicher Heilrituale.

OSWINE, als der alte Siebert bei ihrem ersten Zusammensein entdeckte, dass sie sechs Zehen am linken Fuß hatte, verließ er sie sofort und erwirkte über Dr. Hauchmann ihre Einweisung.

RICARDA, führte ihn in die Geheimnisse der Uterographie ein.

ROTRAUT, sie lief neben dem abfahrenden Zug her, der den alten Siebert zu einer Tagung nach Göttingen bringen sollte, stolperte dabei und stürzte unglücklich zwischen zwei Waggons, sodass sie schwerverletzt und ohne Bewusstsein bis zum Zielbahnhof des Doktors mitgeschleift wurde, wo er sie entdeckte und ins Bewusstsein zurückrief. Noch Jahre später, seit diesem Tag an den Rollstuhl gefesselt, beschrieb sie ihr unvergleichliches Glück, das Gesicht des Doktors damals in Göttingen so unerwartet wiedergesehen haben zu dürfen.

RUNHILDE, Todfeindin von Walfriede. Besiegte diese bei einem Duell mit Wurfgeschossen am Lindholmplatz.

SIEGBERTA, auf ihrer ersten Reise mit dem alten Siebert nach Tirol schoss sie einen Siebenender, pflückte zwei Edelweiß, trank einen Achtelliter Enzianschnaps und verliebte sich in einen jungen Trentiner, mit dem sie in der kleinen Kemenate, in der sie beide ihre erste gemeinsame Nacht verbrachten, an einer Gasvergiftung starb.

THEKLA, konnte bis zu sechs Augäpfel gleichzeitig jonglieren.

THEODELINDE, sie war sich ihrer Bestimmung ganz gewiss und starb doch viel zu früh durch die von einer über sie hinwegfliegenden Krähe fallengelassenen Haselnuss, die durch die Kraft des Falls ihren Schädel trepanierte. Vergeblich versuchte sie kurz vor dem Schwinden aller Sinne, sich noch selbst und mit bloßen Händen die Augäpfel zu extrahieren.

UDALBERTA, zusammen mit Werngard und Wilma der Kern der neuen Erinnyen. Angeblich besaßen alle drei gemeinsam nur ein Auge, das sie sich während ihrer Strafzüge gegen die sogenannten »Ordnungsungehorsamen« abwechselnd zuwarfen. Aus diesem sogenannten »Augenwurf der Erinnyen« entstand später der beliebte Gruppensport »Blindball«.

WALFRIEDE, hatte sich bei einem Sturz im Weinkeller des alten Siebert beide Arme gebrochen, weshalb sie beim Duell gegen Runhilde unterlag.

WERNGARD, sie verstand es, das mit Udalberta und Wilma gemeinsam geteilte Auge während ihrer Strafzüge mit dem Mund zu fangen und mit der Zunge über den Mundinnenraum von hinten in die rechte leere Augenhöhle zu pressen.

WILMA, selbst ohne Auge traf sie zielsicher auf bis zu fünfzig Meter jedes bewegliche Ziel allein mithilfe ihres überdurchschnittlich guten Gehörs. Von ihr übernahm der alte Siebert die Idee zum Audiogramm, der Präparierung des letzten gehörten Klangs aus dem Trommelfell. Diese brillante Idee konnte vom alten Siebert nicht mehr umgesetzt werden, obwohl er in seinen letzten Lebensjahren intensive Forschungen zu diesem Thema durchführte und mehrere hundert Ohrenabdrücke abnahm und katalogisierte.

WILTRUDT, die des alten Sieberts Manneskraft mit Holunderblütencremes und Einläufen stärkte und eine Verehrerin des Waldes und besonders der Eiche war.

WUNHILD, die sich am Abend, nachdem er sie verstoßen hatte, in seinem Labor vergiftete, wo er sie am anderen Morgen nackt und von ihr selbst zur Präparation vorbereitet auf dem Seziertisch vorfand.

Gab es nicht zu all diesen Namen und Erinnerungen ein entsprechendes Fotoalbum, und warum enthielt Kasperle ihm ausgerechnet dieses eine Album vor? Aus Eifersucht? Konnte sie nicht verstehen, dass ein Mann in seiner Position der weiblichen Bewunderung geradezu zwangsläufig ausgesetzt war? Er ließ Kasperle kommen und sich in den Lederfauteuil gegenüber setzen. Dann befragte er sie nach ihren Gedanken und Träumen, leuchtete ihr mit seiner Stablampe mal in die linke, dann in die rechte Pupille, holte den Refraktionsaugenspiegel aus der Schatulle mit dem violetten Samt, wusste dann aber mit einem Mal nicht mehr, wie genau er anzuwenden war und ob man mit ihm die Unverstelltheit einer Weibsperson überhaupt ermessen oder zumindest annäherungsweise ermitteln konnte, weshalb er auf Unverfänglicheres auswich und nach dem Mittagessen fragte, ob Gäste kämen und wo Kasperle einzudecken gedenke.

Kasperle sagte zu alldem nur Ja und Amen, deutete mal nach draußen, mal in Richtung Esszimmer und versuchte den Radius des Außen so eng wie möglich zu halten, denn Erklärungen führten zu weiteren Verunklarungen und einem langen, der Gesundheit wenig zuträglichen Räsonieren über den Zustand der Welt. So sprach der alte Siebert ganz unvermittelt, jetzt, da Udo Jürgens tot war, diesem Udo Jürgens seine Hochachtung aus, lobte die Sendung, die er über Udo Jürgens im Fernsehen gesehen hatte, und teilte die Fakten mit, die in den letzten Tagen tausendfach zu hören waren, als hätte er sie gerade entdeckt und dürfte sie auf keinen Fall nur für sich behalten. Unverhofft vertraut mit dem, was er sein Leben lang als degenerierte Jugendkultur und inhaltslosen Unterhaltungsquatsch abgetan hatte, erwähnte er anerkennend die über tausend Lieder, die Udo Jürgens geschrieben hatte, und konnte sich nicht darüber beruhigen, dass er mit dem Dings, dem leukämiekranken Tenor, du weißt schon, Kasperle, ein Duett gesungen und gemeinsam mit diesem jungen Teufelsgeiger aus England ein Stück gespielt hatte, und zwar, das müsse er betonen, in durchaus ansprechendem Arrangement.

Er war nur noch eine Hülle, die sich mit Spekulationen über den Inhalt zusammenhielt. Immer wieder tauchte bei diesen Umrundungen unwillkürlich sein Doktorand Dr. Ritter auf, der, wahrscheinlich wegen seines für ihn immer noch relativ leicht zu erinnernden Namens, stellvertretend für all diejenigen geworden war, die er überflügelt, in ihre Schranken verwiesen und vor allem tatsächlich überlebt hatte. Wie klein das Grab vom Ritterchen gewesen sei, kaum größer als ein Kindergrab, so als sei Ritterchen gegen Ende noch einmal auf sein wirkliches Maß geschrumpft, das er hinter allerlei präpotentem Getue ein Leben lang zu verbergen gesucht habe. Ihm habe letztlich doch das Quäntchen Genialität gefehlt, aber auch die nötige Portion Wagemut, die es eben brauche, um auf eigenen Beinen stehen und etwas darstellen zu können in der Welt der Medizin. Zudem habe er seine Frauengeschichten nicht richtig in Ordnung halten können und noch dazu, wahrscheinlich aus kleingeistigem Geiz, seine Geliebten unter den Müttern seiner kleinen Patienten gesucht, die er dann praktischerweise auch noch in seiner Praxis empfangen habe. Ihm habe eben schon immer ein Gefühl für Stil gefehlt, das gewisse Etwas, mit dem man sich auf dem gesellschaftlichen Parkett bewege, und so habe seine Protektion letztlich auch nichts genützt, weshalb Ritter vorübergehend in den Bau habe gehen müssen, um eine über alle Maßen aufgeblasene Strafe wegen einer Pecadille abzusitzen, irgendeine aufgeplatzte Naht oder was auch immer, die er in seiner unbeholfenen Tölpelhaftigkeit nicht habe wegreden können. Und als er dann aus dem Gefängnis entlassen worden sei, da sei es natürlich ganz zu Ende gewesen mit der Karriere. Er habe das Räsonieren nicht lassen können, und die wenigen Abende, die sie noch gemeinsam verbracht hätten, um der alten Tage zu gedenken, seien immer unerträglicher geworden, sodass ihn die Nachricht von Ritterchens Tod auch etwas erleichtert habe, bei aller Tragik, die so ein verfehltes Leben eben auch immer in sich trage. Und genauso wie Ritters Leben, und das sei die wirkliche Tragödie, sei auch die Bestattung gewesen, stillos und banal. Kopfschüttelnd habe er vor dem winzigen Grab gestanden und es einfach nicht glauben können, dass in diesem von Kieseln eingefassten Beet Ritterchen seine letzte Ruhestätte gefunden haben sollte, denn wenn er auch nicht viel auf dem Kasten hatte, so war er äußerlich ein durchaus stattlicher Mann gewesen, zumindest in den Anfangsjahren, als Ritterchen noch Mitglied der Gesellschaft für neuen Magnetismus gewesen war, aus der man ihn natürlich bei Antritt seiner Gefängnisstrafe habe ausschließen müssen, denn wie leicht bringt ein zweideutiger Name eine ganze Organisation in Misskredit, und natürlich, wenn man weder Familie noch einen Verein habe, der hinter einem stehe, dann ende das alles recht schnell in solch einem winzigen Kieselbeet, um das dann ein paar Unverzagte herumstünden und dem unbegabten Priester zuhörten, wie er seine Verse ablese. Nein, selbst für Ritterchen sei das eine unwürdige Veranstaltung gewesen, weshalb er schon beizeiten dafür sorgen werde, dass es bei seiner Bestattung anders zugehe. Das Grab sei deshalb so klein, so habe er beim Verlassen des Friedhofs erfahren, weil es sich um ein Urnengrab handele, was natürlich die Größe erkläre, aber nicht, warum Ritterchen sich auf so etwas eingelassen habe. Wahrscheinlich aus Geiz, einem bis in das Jenseits hinübergeretteten Geiz, denn dass Ritter gar nichts an Grundstücken, Schmuck oder anderen Werten in die neue Zeit hineinretten habe können, das sei schlicht und einfach nicht vorstellbar, obwohl man es nie genau wisse.

Gegen den Verfall körperlicher und geistiger Kräfte helfe nur eins, und das sei eben die Arbeit, die habe ihn jung gehalten, da müsse man nur einmal die Beweglichkeit seiner Finger anschauen, vor allem aber die vollkommene Ruhe, mit der er die Starnadel halte und eben immer noch bediene, auch wenn es in seiner Villa nicht so komfortabel sei und er oft die Narkose selbst erledigen müsse, aber das sei damals in Notzeiten ohnehin gang und gäbe gewesen. Gerade gestern habe er erst wieder die Netzhaut aus einem albinotischen Augenpaar gelöst, was ihm vortrefflich und ohne den geringsten Einriss gelungen sei, allerdings habe er zum wiederholten Male feststellen müssen, dass sich seine Annahme, albinotische Augen würden genauere Optogramme hinterlassen, da das Licht von außen nicht allein durch die Pupille, sondern auch durch die Iris auf die Netzhaut fällt, wohl nicht bestätigen lasse. Im Gegenteil, durch den diffusen Lichteinfall verschwämmen die abgebildeten Objekte noch mehr als bei einem normalen Auge.

Aber es sei nun einmal das Los des Wissenschaftlers, seiner Eingebung und Berufserfahrung Folge leisten zu müssen, auch wenn man seiner Umwelt, geschweige denn der Bevölkerung oft nicht erklären könne, dass man bei allem, was man tue, in ihrem Interesse arbeite. Dass man sich in ihrem Interesse die Nächte um die Ohren schlage, in ihrem Interesse die Familien seiner beiden Töchter vernachlässige, auch wenn es noch keine Enkelkinder gäbe, obwohl da wohl etwas in Aussicht stehe, aber er wolle nicht zu viel verraten, weil die wirkliche Mechanik des Lebens, der Welt und damit natürlich auch des Sterbens, die wirkliche Mechanik, das verstehe er erst jetzt in seinen letzten Lebensjahren, die hänge an einem seidenen Faden, wie man so schön sagt, und sei abhängig von den kleinsten Dingen und winzigsten Regungen. Und nur deshalb habe er sich aufgeopfert, habe er sich die Nächte um die Ohren geschlagen, im Interesse des großen Ganzen, das viel zu oft vom kleinen Halben aufgefressen werde, oder habe er das schon gesagt?

Schweigen?, wiederholte der alte Siebert die Frage, nein, daran denke er nicht. Das könne nur Menschen einfallen, die nichts zu sagen hätten und sich nur deshalb von jedem Dahergelaufenen über den Mund fahren und sich Pläne und Schaltkreise aufschwatzen ließen, um immer weiter das Alte, das Bequeme, mit einem Wort: den Schlendrian beizubehalten. Natürlich, er sei ja nun nicht völlig weltfremd, könne man durchaus auf so etwas verfallen, aber, ehrlich gesagt, war Schweigen noch nie seine Stärke, selbst jetzt nicht, wo er besser schweigen sollte, um am Ende nicht noch die Bezüge gekürzt zu bekommen wegen seiner unbequemen Meinung, die angeblich nicht mehr in die Zeit passe, wo sie doch verantwortlich für diese Zeit sei, diese Zeit sozusagen gebildet habe, aus dem Nichts heraus, aus den Trümmern heraus, denn was hätten sie denn anderes gehabt, damals, außer einer Idee und eben der Kameradschaft?

2

Die Deutsche Psychoanalytische Gesellschaft, sagt der alte Siebert, sei bereits 1929 in Gesellschaft zur Arischen Geist-Erforschung (GAG) und 1943 wiederum in Sonderarbeitsgruppe A (SAA) umbenannt worden, weshalb er sich außerstande sehe, irgendeinem hergelaufenen Carl Müller-Braunschweig Rede und Antwort zu stehen, selbst wenn der Regen einlullend gegen die Fensterscheiben schlage und es nach billigem Kaffee rieche und der Körper das falsche Selbst quasi von selbst abstoße und als Emanation neben sich stelle, also relativ einfach zu betrachten und zu analysieren sei, selbst ohne das eigene Zutun. Doch wozu solle man das Falsche als Falsches erkennen, wenn es einem nicht zum Wahren, besser zum Richtigen führe, das es jedoch nicht gebe, da es sich bereits in einer Art Gegenbewegung zum Falschen hin zurückentwickelt habe, gerade indem es versucht habe, sich von ihm entfernt zu etablieren?

Erstens sei er selbst auf die Idee gekommen, zweitens habe er diese Idee wieder verworfen, und zwar aus gutem Grund, und als dann die Mitscherlichs damit gekommen seien, warum um alles in der Welt solle er sie dann auf einmal wieder gutheißen? Jemandem die Unfähigkeit zu trauern zu unterstellen und so zu tun, als sei er durch diese Unfähigkeit nicht allein in seiner Wahrnehmung, sondern in seinem ureigenen Ausdruck eingeschränkt, das erinnere ihn an diese sehr einfach gestrickte Psychosomatik, die auch nichts anderes wolle, als beständig an Stellen einen sprachlichen Ausdruck zu finden, an denen Sprache eben versage.

Damals habe er sich sofort nach Erhalt der Depesche reisefertig gemacht, den Wagen vorfahren lassen und den alten Krupp von

Bohlen im Schloss Blühnbach bei Salzburg besucht. Der habe dort nämlich eine ziemliche Show mit seiner Krankheit abgezogen, weil er auf Verhandlungsunfähigkeit rauswollte. Er habe ihm bei Cognac, und Zigarren, die er selbst mitgebracht und von seinem Chauffeur habe anreichen lassen, ins Gewissen geredet und ihn daran erinnert, dass er bereits vor 35 Jahren schon einmal als Kriegsverbrecher verurteilt worden sei und er diese doppelte Auszeichnung, die kaum jemand in seinem Leben erreichen würde, auf keinen Fall ausschlagen und unter keinen Umständen auf das Angebot Amerikas und der Sowjetunion eingehen solle, seinen Sohn Alfred statt seiner vor Gericht zu stellen. Obwohl die Opferung des Sohnes natürlich in jeder bedeutenden Dynastie von jeher eine wichtige Rolle spiele und zur Stabilisierung der Familienstruktur beitrage und darum auch entsprechend gepflegt werden müsse, was er selbst an seinem unfähigen, um nicht zu sagen kretinhaften Sprössling unter Beweis gestellt habe, obwohl er sich an dieser Stelle den Vorwurf nicht ersparen könne, viel zu lange damit gewartet zu haben. Solch ein Schritt müsse allerdings immer einer höheren Berufung folgen und dürfe nicht von unfähigen Besatzern verordnet werden, wobei verordnet nicht der richtige Ausdruck sei, denn diese Besatzer hätten ihre mangelnden Führungsqualitäten ja gerade dadurch bewiesen, dass sie nichts verordneten und den Gefangenen im Gegenteil, so als sei man in einer höheren Töchterschule, Vorschläge unterbreiteten.

Auf deutschem Boden seien seines Wissens nur der Schöngarth und der Strasser hingerichtet worden und auch das nur, weil sie an abgeschossenen Piloten der verbündeten Feinde das vollstreckt hätten, was ihnen nach Kriegsrecht nicht nur zustehe, sondern heilige Pflicht sei. Er selbst habe mehrere solcher Befehle erteilt und einmal sogar eigenhändig, als er mit seinem Jeep zufällig über das Nahrthalerfeld gefahren sei und dort einen gerade abgestürzten Jagdflieger gesehen habe, den ohnmächtigen Piloten mit dessen Halstuch erdrosselt, um ihm die Schmach einer Festnahme, mit anschließender Gefangenschaft und entsprechender Folterung, die ohnehin zwangsläufig zur Hinrichtung führe, zu ersparen. Das sei ein Soldat dem anderen schuldig. Bedauerlicherweise seien im selben Moment seine Kinder angerannt gekommen. Der Kretin und seine Schwester. Ihm, dem Kretin, habe er den gerade unter seinen Händen verstorbenen Feind natürlich gezeigt und ihn selbst noch einmal, natürlich zum Spiel, am Tuch ziehen lassen, aber ein Mädchen habe seine Unschuld zu bewahren, bis sie vom Mann zur Frau gemacht werde, weshalb er die beiden abgelenkt und ihnen kurzerhand, und weil nichts anderes zur Hand war, das Halstuch des Piloten als Trophäe geschenkt habe, damit sie es als Erinnerung an die Heldenhaftigkeit ihres Vaters bewahren sollten, auch wenn es aus billigem Stoff gewesen sei und einige Flecken von dem Blut aufgewiesen habe, das dem Piloten aus dem Maul geflossen sei, als er das Tuch mit einem geübten Ruck um seinen Hals zugezogen habe. Die Kinder hätten glücklicherweise nichts bemerkt, der Kretin in seiner unbeschreiblich stumpfen Beschränktheit ohnehin nicht und seine Schwester dank ihrer jungfräulich reinen Unschuld ebenfalls nicht. Mit Knicks und Diener hätten sie das Tuch in Empfang genommen und seien damit davongelaufen. Er aber habe noch der letzten nicht minder heiligen Pflicht nachkommen und dem toten Piloten mit seinem Ehrendolch beide Augen aus den Höhlen bohren müssen, um sie zu Forschungszwecken in sein Labor zu bringen, da er bereits damals seine ganze Schaffenskraft, abgesehen von der Erfüllung seiner Pflichten als Soldat natürlich, dem wissenschaftlichen Nachweis der Optographie gewidmet habe und es ihm bereits zu diesem Zeitpunkt und trotz der widrigen Umstände gelungen war, eine Sammlung von weit über tausend präparierten Augenpaaren und entsprechend aufbereiteten Netzhäuten zusammenzutragen. Ganz einzigartig auf dem gesamten Globus seien seine Präparate und vor allem die vielen hundert dokumentierten Bilder gewesen, die sich vor dem Tod in die Netzhaut eingebrannt hatten. Bedauerlicherweise habe er nur wenige davon vor den Besatzern retten können, und das notgedrungen auf recht pikante Art. Zum Glück hätten einige Kameraden ihm wenig später eine Lizenz zur Leitung eines Privatmuseums besorgt, sodass er seine

Forschungen nach außen hin habe umwidmen und weiterführen können, auch wenn er einen Stock für Besucher habe freiräumen müssen, wo er natürlich nicht die geretteten Präparate oder Umsetzungen besagter letzter Bilder habe ausstellen können, sondern stattdessen vor allem kindgerechte Nachbildungen von Autounfällen, Eisenbahnunglücken und Flugzeugabstürzen. Es habe sich bei diesen Katastrophen übrigens um viele jener Ereignisse gehandelt, durch die ihm die schicksalshafte Vorsehung einen Großteil seiner Präparate quasi frei Haus geliefert habe.

Eine Namensliste, gefolgt von einer kurzen Beschreibung des jeweiligen letzten Bildes zusammen mit einer möglichen Interpretation des abgebildeten letzten Objekts sämtlicher katalogisierter und einst auch als Präparat vorhandenen Optogramme, habe er sich in das Innenfutter seines Kleppermantels einnähen lassen, obwohl er sie auch auswendig aufsagen könne. So etwa, um nur einige wenige zu nennen:

ADALBERT G., SCHWEISSER: Diagonaler, an beiden Enden ausgefranster Streifen. Herabstürzender Deckenbalken.

BALDUR S., WIDERSTÄNDLER: Halbrunde, gezackte Linie. Kreissäge.

BERTRAM W., HAUSIERER: Zwei dunkle Löcher über einer senkrechten Linie. Gesicht des behandelnden Arztes.

DIETGER L., LEUTNANT: Verwischte Spirallinien. Schlingpflanzen.

ECKHARD G., WILDERER: Kleiner heller Punkt. Loch im Sack. (Der Wilderer wurde vom Förster und seinen Gehilfen in einen Sack gesteckt und ertränkt.)

EGINHARD J., MAURER: Leicht gezackter Punkt. Nagel. Lange Zeit wurden die Retinae bei Augenverletzungen zur Isolierung von Optogrammen für untauglich erachtet, da die verletzte Pupille oder Iris zu viel Licht einströmen lässt. Bei Eginhard J. gelang es mir zum ersten Mal, ähnlich wie im Fotolabor, die Überstrahlung der Netzhaut mit technischen Hilfsmitteln zu reduzieren, sodass auf dem augenscheinlich konturlosen Augenhintergrund der den Augapfel verletzende Nagel auszumachen war.

INGBERT SCH., SCHLINGENLEGER: Halbkreisförmige Linie mit Aussparungen. Wahrscheinlich Teil eines Hufes.
KNUT B., LANDRAT: Vier Punkte. Mistgabel.
NEITHARD R., SABOTEUR: Zwei Wellenlinien. Wahrscheinlich bildliche Umsetzung eines Stromstoßes.
NORFRIED R., PFARRER: Gezackter Stern. Teil der Monstranz.
NOTKER U., STELLUNGSLOS: Tiefliegender senkrechter Balken. Brustbein seiner Geliebten.
ODILO S., WIDERSTÄNDLER: ein spitzer, glänzender Punkt. Dieses Optogramm ist ein ganz seltener Glücksfall, denn es bildet die auf den zum Tode Verurteilten zukommende Gewehrpatrone ab. Normalerweise zeigt die Retina des Erschossenen, so sie nicht durch den Schuss selbst zerstört wird, eher schwer zu deutende Muster. Hier jedoch muss Odilo S. genau in dem Moment, da die Kugel den Gewehrlauf bereits verlassen, ihn aber noch nicht erreicht hat, einem Herzinfarkt erlegen sein, sodass sich die Patrone als letzter Eindruck auf der Retina abbilden konnte. Ein weiteres Beispiel für den Wert der Optographie in der Wissenschaft und Rechtsprechung, da Odilo S. vom juristischen Standpunkt aus nicht durch unmittelbare Fremdeinwirkung zu Tode kam, sondern nur mittelbar, quasi durch Androhung derselbigen. Etwas, das ohne die Optographie nie hätte festgestellt werden können.
OSWIN W., PENSIONÄR: In einen Zipfel mündende Linie. Kissen.
RODERICH T., SEKRETÄR: Vier im leichten Halbkreis angeordnete runde Flecken. Fingerkuppen.
SCHWERTHELM A., RECHTSANWALT: Eine Art aufgeplatztes Ei. Es handelt sich bei diesem Präparat um das Bild der linken Netzhaut, das sich von dem der rechten unterscheidet, da nur das rechte Auge Schwerthelms zur Zeit seines Todes aufgrund einer kurz zuvor vorgenommenen Extraktion des linken Auges noch funktionsfähig war. Das Abbild des aufgeplatzten Eis ist nichts anderes als der extrahierte Augapfel, der dem verbleibenden Auge als Objekt vorgehalten wurde. Auf der Retina des zuvor in vivo extrahierten Auges ist hingegen eine scharfkantige Linie zu erkennen, die unschwer als Skalpell zu deuten ist.

SEBALD D., WIDERSTÄNDLER: Mehrere schwarze Flecken. Die mit offenen Mündern lachenden Schöffen bei der Hinrichtung.
SIGISBERT N., RICHTER: Zwei sich leicht überlagernde Ovale. Das Experiment mit Schwerthelm A. brachte mich auf die Idee, ein Auge in vivo zu extrahieren und Blutversorgung und Sehnerv am Leben zu erhalten, um den Augapfel über die Nasenwurzel hinwegführen zu können, damit das bewerkstelligt werde, was die Natur uns bislang versagt hatte, nämlich sich selbst ins Auge sehen zu können. Als Optogramme finden sich auf beiden Netzhäuten zwei sich überlagernde Ovale.
STURMHARD F., WAGNER: Hunderte kleine Punkte. Sand, der in eine Grube geworfen wird.

Dass die Optographie eine übergreifende Wissenschaft sei und nicht nur für die naturwissenschaftlichen Fächer interessant, sondern auch für Ethnologie, Anthropologie und vor allem Theologie, hätten nur ganz wenige begriffen. Aber woher kämen denn die in allen Kulturen ähnlichen Bilder einer Hölle bzw. eines Himmels? Woher die Vorstellung, man würde von Teufeln gemartert, von Dämonen gefoltert, von Engeln emporgehoben und von Göttern erlöst, wenn nicht aus einer frühkulturellen und natürlich mangelhaften Interpretation jener Bilder, die auf der Retina der Toten zurückgeblieben und von den Nachkommen in großem Staunen betrachtet worden seien? Warum sprach man denn von alters her davon, dass Seher, Dichter und Weise blind seien, wenn nicht, um sie als diejenigen zu beschreiben, denen es vergönnt war, den Blick nicht nach außen, sondern nach innen auf die Retina selbst zu lenken, um aus ihr die letzten Geheimnisse des Menschen herauszulesen? Dieses Mysterium, das sich in jenem absoluten und unfassbaren Bild manifestiert, das entsteht, wenn der Mensch noch ist, jedoch nur bewahrt werden kann, weil er nicht mehr ist. So sei das Optogramm der Schlüssel zu allem, vor allem aber zu den letzten und damit ersten Fragen unseres Menschseins, weshalb ihn als Wissenschaftler ein tiefes Entsetzen ergreife, wenn er daran denke, wie viele Abermillionen ungenutzter und für immer unentschlüsselter Retinae in unserer Mutter Erde verwest seien, und es sei geradezu unvorstellbar, was die Wissenschaft bereits hätte leisten können, wenn ein sentimentaler Aberglaube sie nicht immer wieder in ihrer Ausübung behindern würde. Dabei führe man immer noch mechanisch eine Geste aus, nämlich die, mit der man dem Toten die Augen schließe, die aus einer Zeit stamme, in der man die Augäpfel des gerade Verstorbenen entfernt und durch Nüsse, Kastanien oder kleine Lehmballen ersetzt habe. Priester seien damals zugleich Wissenschaftler gewesen, hätten die Augen an sich genommen und die Hinterbliebenen getröstet, indem sie die Netzhaut präpariert und das auf ihr vorgefundene Bild entsprechend gedeutet hätten. Nicht allein, um das Leben des Verblichenen zusammenzufassen, sondern um die aus dem Optogramm gewonnene Weisheit in Form von Prophezeiungen und Verhaltensweisen für das Volk zu verkünden.

Nicht aber nur die Heiden hätten die Optographie und Deutung der letzten Körperbilder praktiziert. Auch das frühe Christentum habe davon gewusst, und erst in der Neuzeit, als das Wissen um diese geheime Lehre in Vergessenheit geraten sei, habe man die Bilder der Heiligen, die ihre Zungen, Ohren, Augen oder Köpfe vor sich auf einem Samtkissen trugen, nicht mehr zu deuten gewusst und die Aufforderung, den jeweils letzten Eindruck des betreffenden Organs festzuhalten, als Darstellung der am Heiligen ausgeübten Folter interpretiert. Irgendwann in naher Zukunft aber werde die Wissenschaft so weit sein, nicht nur das letzte Bild aus der Retina präparieren zu können, sondern aus dem Trommelfell den letzten Klang, aus den Nasenschleimhäuten den letzten Geruch, aus den Fingerkuppen die letzte Berührung und aus der Zunge (in Verbindung mit dem Kehlkopf) das letzte Wort. Es werde kein Geheimnis mehr geben, und endlich könne die Gesellschaft gemäß der bislang noch weitgehend verborgenen Fähigkeiten des Menschen ausgerichtet werden. Dann werde nicht mehr Äskulap der Heilige der Mediziner sein, auf den sie ihren unzureichenden Eid schwören, sondern die Heilige Lucia.

Dass sich der Sinn eines Lebens allein von dessen Ende her begreifen lasse und ihn nur deshalb, und nicht aus einer Spielerei oder Laune heraus, die Optographie so fasziniert habe, sei für viele seiner Weggefährten unverständlich geblieben, weshalb sie auch zu Recht und im Gegensatz zu ihm bereits das Zeitliche gesegnet hätten. Sein Leben lang, und das sei das große Gewicht gewesen, das selbst er nicht habe tragen können, weshalb ihm der überragende wissenschaftliche Durchbruch und eine allgemeine Anerkennung letztlich versagt geblieben seien, hätten ihn unfähige und ängstliche Menschen behindert, denen in letzter Minute doch die eigene Existenz, so mickrig sie auch gewesen sein mochte, wertvoller erschienen sei als das große Ganze. Deshalb seien sie zum Futter der Weltmechanik geworden und nicht, wie er, zum Fütterer. Denn die Alternative vom Fressen oder Gefressenwerden existiere in Wirklichkeit nicht, weil wir alle, die wir da seien, in tiefer Ehrfurcht und Ergriffenheit vor der Weltmechanik stünden und uns entscheiden müssten, ob wir sie zu füttern gedenken oder selbst zur Speise werden.

Unfassbar aber bleibe für ihn der Vorgang, den er mit äußerlicher Gefasstheit, jedoch innerlicher Verzweiflung habe mehrfach mitansehen müssen und der dem gesamten Weltenlauf zutiefst widerspreche, dass nämlich ein Fütterer aus eigenem Zutun zum Gefütterten degeneriere, denn nicht das Opfern des eigenen Lebens mache einem zum Gefütterten, sondern allein das Aufgeben einer Idee. So etwa, wenn Streicher seinerzeit auf Irre plädiert habe, während Ley vor dem Prozess zumindest noch auf die Idee gekommen sei, seine Unterwäsche zu zerreißen und daraus einen Strang zu fertigen, mit dem er sich ins Jenseits befördert habe. Mumm hingegen habe Raeder gehabt, der den alliierten Kontrollrat nach seiner Verurteilung zu lebenslänglicher Haft, was damals nicht mehr als ein paar Jährchen bedeutete, gebeten habe, das Urteil in Tod durch Erschießen umzuwandeln. Göring habe um dasselbe gebeten, allerdings hatte man ihn da bereits zum Tod durch Erhängen verurteilt. Aber selbst das sei aus reiner Schikane abgelehnt worden. Er habe es ohnehin als ein Versagen der Verteidigung angesehen, dass die ganze Generalität in pulveris vor Gericht habe erscheinen müssen. Und natürlich übernehme man für sämtliche Befehle die volle Verantwortung, allerdings, so wie es sich gehöre, vor einem deutschen Gericht und nicht einem willkürlich zusammengewürfelten Haufen. Den Trick aber mit den drei Zyankalikapseln, den habe Göring von ihm, denn nur so sei er sein Leben lang durch die Welt gekommen: Eine recht auffällig irgendwo am Körper versteckt, sodass sie bei der ersten Leibesvisitation gefunden werden konnte, die zweite versenkt in einer Dose Nivea Creme und die dritte schließlich, falls man von seinem Gepäck getrennt würde, in einer Vorrichtung im Stiefelabsatz.

3

Der alte Siebert verließ das Haus übereilt, ohne Stock und ohne Hut, wie man es ihm vor beinahe neunzig Jahren zu einer Melodie beigebracht hatte, auch nicht wohlgemut, sondern eher in Panik. Weshalb ihm das Schicksal der kleineren Zwillingsschwester mit einem Mal so am Herzen lag, oder auch das Schicksal ihres Verlobten, wusste er selbst nicht zu sagen. Er wusste nur, dass er die kleinere Zwillingsschwester einholen und beschwören musste, die Hochzeitsvorbereitungen auf dem Lande wie geplant durchzuführen und nichts übers Knie zu brechen, schon gar nicht bei einer solch weitreichenden Entscheidung. Obwohl die Straße tief verschneit war, spürte der alte Siebert keine Kälte. Allerdings stand vor der Parkbucht mit seinem Auto ein Lieferwagen, und es war ihm unangenehm, die Paletten herunterhievenden Arbeiter zu bitten, ihre Tätigkeit für einen Moment zu unterbrechen. Womöglich würde man ihn ohnehin nicht verstehen, nicht weil er in der Eile vergessen hatte, sein Gebiss einzusetzen, sondern weil es meist Leiharbeiter aus den Ostgebieten waren, die solche Arbeiten hier verrichteten. Der Schnee war nicht vereist und ließ sich ganz leicht von der Windschutzscheibe herunterklopfen. Der alte Siebert trat einige Schritte zurück, um zu sehen, ob er nicht vielleicht doch um den Lastwagen herumrangieren könnte, und stieß dabei gegen einen Radfahrer, der ihn, da er ohnehin anhalten musste, fragte, ob er nicht wisse, dass sich genau hier in der Gegend ein Kinderschänder herumtreibe. Eine hinzugeeilte Frau mit Einkaufstasche wiederholte die Frage auf eine merkwürdig eindringliche Manier, so als bestehe in diesem Moment dringender Handlungsbedarf. Wandten sich diese Menschen mit ihren Sorgen an ihn, weil sie ihn noch von damals her kannten, zumindest an seiner immer noch tadellosen Haltung und seinem Charakterschädel ablesen konnten, dass er keinen Moment zögern würde, um entsprechende Direktiven zu erteilen und innerhalb kürzester Zeit eine Mannschaft aufzustellen, die das Viertel wieder sicher machen würde, gerade für Frauen mit Einkaufstaschen und Männer auf Rädern? Er musste unbedingt daran denken, Kasperle einen Auftrag zum Druck entsprechender Visitenkarten zu erteilen. Gerade in solchen Momenten brauchte man eine Visitenkarte, die man den Menschen mit dem Satz »Ich werde mich darum kümmern« oder »Sie können sich auf mich verlassen«, besser noch »Sie können auf mich zählen« in die Hand drückte. Doch welche Berufsbezeichnung sollte auf so einer Visitenkarte stehen? Ophthalmologe? Doktor der Spezialmedizin, wie sein eigentlicher Titel lautete? Am besten einfach Professor. Der alte Siebert verharrte noch einen Moment mit dem Rücken im Schnee, betrachtete den grauen Himmel über sich, aus dem jederzeit neue Flocken fallen konnten, und beschloss, zu Fuß zum Bahnhof zu gehen und dort die Bahn zu nehmen.

Der Bahnhof war kleiner, als er ihn in Erinnerung hatte. Lediglich zwei Perrons und auch die Halle nicht freundlich und lichtdurchflutet wie damals, als er noch manchmal mit Kasperle sonntagabends hierhergegangen war, um ein Würstchen im Schlafrock zu essen, sondern vom Ruß der Dampflokomotiven eingeschwärzt. Jegliche Restauration war verschwunden, die früher einmal einladenden Türen mit buntgestreiften Stühlen davor mit Brettern vernagelt. Es gab noch nicht einmal einen Automaten, aus dem er sich ein Sandwich hätte ziehen können. Verwundert war der alte Siebert jedoch vor allem über die Leere des düsteren Gebäudes. Weder Reisende noch Züge waren zu sehen, nur ein alter Mann stand in der Nähe des Ausgangs vor einer Art Plan. Den sprach der alte Siebert notgedrungen an. Wenige Züge würden hier noch fahren, erklärte ihm der Alte, weil der neue Bahnhof im Westen der Stadt alles übernommen habe, weshalb er dorthin müsse, wolle er zu Hochzeitsvorbereitungen aufs Land. Während der Alte sprach, rückte er unangenehm nah an den alten Siebert heran, berührte ihn wie zufällig, bis sich der alte Siebert diese plumpe Form der Annäherung schließlich verbat, ohne daran zu denken, dass es sich vielleicht um besagten Kinderschänder handeln könnte.

Der alte Siebert trat auf den Bahnhofsvorplatz, um nach der Haltestelle der Straßenbahn zu schauen, die der Alte ihm empfohlen hatte. Auf der anderen Seite versammelte sich gerade eine Gruppe junger Frauen mit lustigen Hüten und Tröten, alle in durchsichtigen Blusen, unter denen man sogar die Brustwarzen erkennen konnte. Sie tranken Schnaps aus kleinen Fläschchen und sangen so unbeschwert, dass der alte Siebert hinüberging, um sich nach dem Grund ihrer Fröhlichkeit zu erkundigen. Es sei ein Junggesellinnenabschied, bekam er zur Antwort, und als er nicht richtig verstand, trat eine kleine, zierliche Person mit einer Frisur, wie er sie seit den Vierzigern nicht mehr gesehen hatte, auf ihn zu, reichte ihm einen Pfirsichschnaps und sagte: »So etwas wie ein Polterabend, nur dass es die Braut allein mit ihren Freundinnen noch einmal krachen lässt.« Der Pfirsichschnaps schmeckte angenehm süß, auch wenn das Fläschchen eine zweite, seitliche Öffnung hatte, aus der dem alten Siebert beim Trinken immer etwas über das Kinn und sein heute Morgen erst frisch angezogenes Nyltesthemd tropfte.

Nannte man dieses zu Strähnen geflochtene und nach oben gesteckte Haar nicht Entwarnungsfrisur? Nicht nur weil die Haare während der Bombenangriffe im Luftschutzkeller möglichst praktisch hochgebunden und nicht im Weg zu sein hatten, sondern weil dieses Geflecht auch an die nach Abzug der Geschwader gerufene Parole »Alles nach oben!« erinnerte? Gerade wollte er das junge Fräulein danach befragen, als sie das Wort an ihn richtete und wissen wollte, ob er sie denn gar nicht erkenne. Für einen Moment war der alte Siebert erneut von den frei unter den transparenten Blusen wippenden Brüsten ihrer Begleiterinnen abgelenkt, die jetzt in einer Art Ringelreihen um sie beide tanzten, als seien sie ein Paar und Mittelpunkt einer Gesellschaft. Als er genauer hinsah, erkannte er Katharina, völlig unverändert, bis auf die Bluse natürlich, die sie niemals getragen hätte.

»Haben wir nicht damals auch auf dem Land geheiratet?«, fragte der alte Siebert.
»Wir hatten es zumindest vor.«
»Bei deiner Tante?«
»Genau.«
»Aber du hast kurz zuvor die Verlobung gelöst, weil ich Jude war und du Arierin oder umgekehrt du Jüdin und ich Arier und du mich nicht gefährden wolltest. Habe ich mich dafür eigentlich je bei dir bedankt?« Dem alten Siebert liefen vor Rührung Tränen über das Gesicht.
»Wir waren beide Arier und du hast mich sitzen lassen, nachdem die Praxis meines Vaters, auf die du es wohl abgesehen hattest, zerbombt worden war.«
»Das ist doch Unsinn. Eine ganz niederträchtige Unterstellung: Ich habe doch selbst eine eigene Praxis.«
»Aber erst seit nach dem Krieg.«
»Der Krieg ist doch nie vorbei.«
»Da hast du ausnahmsweise mal recht.«
»Ich habe aber deinen Hut und deine Handtasche dabei, die wollte ich dir schon seit damals zurückgeben.« Der alte Siebert streckte Katharina beides entgegen.
»Das ist nett, aber ich brauche das alles nicht. Nicht mehr.«

Während der alte Siebert in Richtung des Schnellrestaurants auf der anderen Seite des Bahnhofsvorplatzes ging, überlegte er, was er mit Damenhut und Handtasche anfangen sollte. Behielt man einen Damenhut auf, wenn man ein Lokal betrat? Legte man die Handtasche neben sich auf einen Stuhl oder stellte man sie vor sich auf den Tisch? Und gab es nicht, um genau diese Frage zu lösen, eine entsprechende Erfindung? Einen vergoldeten Haken mit einer drehbaren Scheibe am oberen Ende, den man bei sich trug und mit dem man die Handtasche bequem seitlich an den Tisch hängen konnte, sodass sie nicht mehr im Weg und doch jederzeit verfügbar war? Und war dieser Handtaschenhalter nicht ein eingetragenes Patent oder zumindest ein deutsches Gebrauchsmuster, das auf den Namen Peterle lautete? Wurde dieses Peterle nicht in einer schwarzen Pappschachtel in der Größe eines Zigarettenetuis geliefert? Und hatte er die Idee für dieses Peterle seinerzeit nicht zusammen mit einer kleinen Skizze Katharinas Vater unterbreitet? Hatten nicht beide damals Zigarren geraucht und Cognac getrunken und auf eine rosige Zukunft angestoßen und sich darüber verwundert, dass erst ein Mann auf eine solch geniale und gleichzeitig so simple Idee hatte kommen müssen, aber erst jetzt darauf hatte kommen können, weil in den Wirren des Krieges und der generellen Rohstoffknappheit immer mehr Männer an der Heimatfront die Handtaschen und Hüte ihrer ehemaligen Verlobten auftrugen? Und hatte man den Vater nicht um die Einkünfte aus ebenjenem Patent oder Gebrauchsmuster betrogen, weil plötzlich nur Personen mit gelben Sternen auf den Kitteln in den Fabriken arbeiten durften und selbst die Kinder am Mittag draußen auf den Stoppelfeldern mit solchen Sternen auf den Pullovern herumliefen und nicht mehr mit dem alten Siebert spielen durften, weil er als Einziger nicht so einen Stern auf seinem braunen Hemd hatte, das ihm ohnehin viel zu groß war, weil es die Mutter aus einem Hemd seines Vaters zurechtgeschnitten hatte, so wie seine Frau später in der Nachkriegszeit wiederum dieses Hemd für seinen Sohn zurechtschneidern würde und dessen Frau wiederum für dessen Sohn und immer so weiter, weil es wirklich ein riesiges und selbst nach vier Generationen immer noch zu großes Hemd war, aber aus einem phantastischen Stoff gemacht, strapazierfähig, so wie man es heute gar nicht mehr kennt, also praktisch nicht kaputtzukriegen. Der alte Siebert schaute an sich herunter und lächelte, denn er trug genau dieses braune Hemd, natürlich umgearbeitet zu einem schlichten Wochentagskleid in klassischem Schnitt, passend zu Hut und Handtasche.»Was aber um alles in der Welt ist nur aus Peterle geworden?«, dachte der alte Siebert und vergoss zum zweiten Mal an diesem Tag bittere Tränen.

VI

1

**AUSZÜGE AUS DER OFFIZIELLEN CHRONIK
DES WAISENHAUSES AN DER NEUGASSE
ERSTELLT VON ILSE KAHR**

Kuno S., 9 Jahre, und Gerfried L., 11 Jahre, halfen am Donnerstagnachmittag einem Bauern bei der Kartoffelernte, als zur Zeit des Angelusläutens eine Marienerscheinung auf dem Feld niederging. Beide Jungen erlitten durch diese Erscheinung starke Verletzungen. Im Krankenhaus musste Gerfried das rechte Bein abgenommen werden. Kuno trug einen Leberriss davon.

In aussichtslosen Fällen beten wir zum Heiligen Bernhard Leuth. Bernhard Leuth wuchs in der Diaspora auf und war vom wahren Glauben abgeschnitten. Es war ein aussichtsloses Unterfangen, da er weder lesen noch schreiben konnte und von Geburt an gelähmt, taub und blind war. Auch hatte kein Mensch aus seiner Umgebung ein Interesse daran, ihm den Glauben näherzubringen. In dieser völlig aussichtslosen Situation konzentrierte sich der Heilige Bernhard Leuth auf sich selbst und entwickelte aus sich heraus den heiligen Glauben, der ihm offenbart wurde, sodass er das Kind in der Krippe vor sich sah, den Leidensweg und den Tod am Kreuz. Er selbst wurde aus Versehen zerstückelt, als man sein altes Bett zersägte, zwischen dessen Matratzen er sich in einer Nacht der Heimsuchung und Angst versteckt hatte.

Am Samstag, den 5. Mai wurde an einer Wegkreuzung Siegfried P., 13, von einem außer Kontrolle geratenen Fahrzeug angefahren, erfasst und mehrere hundert Meter mitgeschleift. Die Ärzte ersetzten die in großen Flächen abgeschürfte Haut seiner nackten Beine mit Schafsdarm. Seitdem war es ihm nicht mehr gestattet, karfreitags am Gottesdienst in der Kapelle teilzunehmen.

In der Nacht zum Pfingstmontag fegte ein starker Sturm über die Anhöhe, den Garten und die Einrichtung. Bevor Pfarrer Kuhnert, Dr. Hauchmann oder ich etwas veranlassen konnten, hatten die Knaben ihre Schlafsäle verlassen und sich im Kellergewölbe zusammengefunden. Nur wenige Minuten später wurde die linke Hälfte des Dachs eingerissen und zwei schwere Deckenbalken stürzten dort herab, wo eben noch die Jungen geschlafen hatten. Als man die Knaben befragte, wie sie auf die Idee gekommen seien, die Schlafsäle zu verlassen, gaben sie an, Warmund T., 14, habe sie geweckt und dazu aufgefordert. Warmund war der Einzige, der nicht im Keller anwesend war. Am nächsten Tag wurde er auf dem Dach des kleinen Marienpavillions entdeckt. Wie er dort hingelangt war, konnte er nicht sagen, da er die Stimme verloren hatte, die er bis heute, dem Tag dieser Niederschrift, nicht wiedererlangt hat, trotz aller Bemühungen von Doktor Hauchmann und dem hinzugezogenen Dr. Ritter. Die anderen Jungen verehren Warmund aus Dankbarkeit, weil er ihnen zweifellos das Leben gerettet hat. Warmund lässt jedoch niemanden in seine Nähe, sondern tritt, schlägt und spuckt nach jedem Knaben, der ihm zu nahe kommt. Er sitzt im Speisesaal in einem Abstand von fünf Metern allein am Kopf des Tisches. Das Essen wird ihm mit einem langen Stab zugeschoben.

In der Nacht nach dem Brand hatten alle Knaben von einem tiefen Wasser und einem darin schwimmenden Fisch geträumt, den einige als Wal, andere als Hai bezeichneten. Dieser große Fisch habe Angst gehabt und sei immer im Kreis geschwommen, obwohl er durch keinen Käfig, kein Gitter oder eine andere Einfriedung in seiner Freiheit beengt worden sei. Man habe ganz deutlich seine Tränen gesehen und seine Verzweiflung bemerkt, und schließlich sei er ohne eine weitere Verletzung gestorben und nach oben an die Wasseroberfläche getrieben. Einige der erregbareren und als nervös eingestuften Knaben konnten diese Traumgestalt nicht erzählen, ohne dabei erneut in Tränen auszubrechen.

Volkwin T., 11, erschien verwirrt und noch im Nachthemd zum Frühappell. Er gab vor, sich nicht mehr anziehen zu können, da über Nacht seine rechte Hand mit der linken vertauscht worden sei und er die Finger zwar bewegen, jedoch nicht mehr koordinieren könne. Tatsächlich schloss sich seine Rechte, sobald man ihm etwas in die Linke legte und umgekehrt. Auch bewegten sich seine Finger wurmartig und wie unabhängig voneinander, während er sprach, sodass einige der anderen Knaben wie gebannt auf seine Hände starrten, dabei in eine unerkannte Verzückung gerieten und den Herrn priesen.

Mehrere Knaben liefen am Himmelfahrtstag nach Erhalt der Heiligen Kommunion aus der Kapelle nach draußen in den Garten der Anstalt, wo sie ihre Köpfe nacheinander in den mit Wasser gefüllten Eimer am Brunnen steckten. Nach ihrem Verhalten befragt, gaben sie an, sie würden ohne Wasser ersticken und könnten sich nur eine beschränkte Zeit an der freien Luft aufhalten.

Es war am selben Abend, dass drei Paare Waisenknaben Rücken an Rücken im Speisesaal erschienen und behaupteten, sie seien magnetisch und könnten sich nicht mehr voneinander lösen. Dr. Hauchmann und Pfarrer Kuhnert versuchten die Paare mit aller Gewalt zu trennen, jedoch ohne Erfolg. Gelang es ihnen, einen der beiden Körper auch nur wenige Zentimeter vom anderen zu entfernen, so schnellte dieser alsbald in seine Ausgangslage zurück. Vereinzelt erhoben sich Löffel und Gabeln von den Tischen und hafteten an den Stirnen der Knaben. Dr. Hauchmann bereitete daraufhin im Keller eine provisorische Entmagnetisierungsmaschinerie vor, ein treppenförmiges Gebilde, über das die zuvor entkleideten Körper der Jungen gezogen wurden. Zum großen Erstaunen des herbeigerufenen Lehrkörpers löste sich nicht allein die Magnetisierung, sondern einer der Jungen spuckte etliche Eisennägel, verbogene Stricknadeln und ein Drahtgeflecht aus.

Lambrecht P., 15, rezitierte ein obszönes Gedicht und behauptete schriftlich auf einem Zettel, seine Zunge habe sich verselbstständigt und er könne nicht mehr das reden, was er denke, sondern müsse, sobald er den Mund öffne, dem Befehl seiner eigenständigen Zunge Folge leisten, auch wenn es ihn selbst grause, das anzuhören, was er von sich gebe. Es stellte sich heraus, dass es sich bei dem, was der Knabe wiedergab, um immer dieselbe Beschimpfung handelte, die an dieser Stelle in ihrem genauen Wortlaut zu Protokoll gegeben werden soll.

»Oh, ihr stumpfzahngehäuteten, schwachgewebsverflunderten und hohlhautkandierten Schleimwurfempfänger. Ihr, die ihr sumpfgeschwängertes Krötenmus, muspelhainiges Bratpatat und hornsgedrehte Knorpelfetzen in eure falikalischen Gewebslöcher hineinschmoriert! Ihr Fettschwammgeborsteten und Holpergestückelten! Ihr Hemdsgeärmelten und Jausebreiigen! Euch, hochhals gezwängte Schlammschachthausierer und siebzwergig versummte Bohnenplattbügler, werde ich mein schmundsgerechtes und hundsgehechtes, mein rundsgezechtes und wundgenächtes Geschwäusel mitten ins gewalkte Hirn verkrätzen, dass ihr in Schrangst und Flecken verzinkt und euren Schweinsblasenhirnen der schleimdottrige und speischludrige Garaus versallbläut wird. Ihr weißfaslig ausgeschmurgelten Trepanierschädel, an denen die Watschlappenohren blödhalsig verbaumeln und die Spritzblutnasen sickergrubendumpfig verstückquatschen! Ihr beulrattigen Stelzstackel mit Euren schwielbewarzten Schmandbappen! Euch, allein euch, warne ich und versackrunzel mich gleichzeitig in triebläufiger Esche. Ja, wir streben des anderen Tod. Doch und nochmals nein!«

Am Dienstag erschienen einige Jungen trotz der bereits relativ warmen Witterung in Zwillich und Pullovern sowie tief ins Gesicht gezogenen Mützen. Ihr Sprecher, Gebhard D., 14, behauptete, man wolle sich auf diese Art vor einem Gedankenzugriff schützen. Bei genauer Befragung stellte sich heraus, dass die Jungen meinten, die Lehrer der Anstalt könnten direkt in ihr Inneres sehen und dort sowohl Gedanken als auch Gefühle erkennen und ablesen. Dr. Hauchmann ließ sie sämtlich entkleiden und in seine Mumifizierbatterie legen, worauf sie sich nach einigen Stunden beruhigten.

Der bislang nur ungenügende Leistung erbringende Landolf M., 11, erschien mit einem scheinbar menschlichen Augapfel auf der ausgestreckten linken Hand zum Lateinunterricht und berichtete in makellosem Latein, wie ihm diese zweite Sehkraft alles Wissen der Welt zugänglich mache. Befragt, wo er den Augapfel herhabe, gab er an, ihn im Garten bei der Mauer an der Südseite gefunden zu haben. Nachforschungen ergaben, dass es sich höchstwahrscheinlich um ein Auge des vor zwei Tagen verschwundenen Hildebrand K., 13, handelt. Damit scheint sich der Verdacht zu bestätigen, nach welchem der Zögling Hildebrand ein Opfer jener herumstreunenden Banden geworden war, die seit dem Eisenbahnunglück am Hagelberger Friedhof die Stadt unsicher machen.

Da immer mehr Knaben eigenartige Sprachfehler entwickelten, teilweise rückwärts sprachen oder Silben vertauschten, oft stotterten und stammelten, zudem behaupteten, fliegen, schwimmen oder durch Wände gehen zu können, schlug Pfarrer Kuhnert vor, einen Exorzismus, bei dem er selbst zu assistieren gedachte, durchzuführen. Dr. Hauchmann hatte große Bedenken gegen dieses überholte und altertümliche Ritual, das dem Geist der neuen Ordnung widerspreche, und plädierte dafür, die Jungen eine Weile seiner alleinigen Obhut zu überlassen. Würde sich auch nach einigen Wochen intensiver Förderung immer noch keine Besserung einstellen, erkläre er sich bereit, einem Exorzismus zuzustimmen. Man ging auf Dr. Hauchmanns Vorschlag ein. Umgehend machte sich eine seit Langem nicht mehr gekannte Stille im Refektorium breit, die von allen anwesenden Lehr- und Verwaltungskräften als gutes Zeichen gedeutet wurde.

In der Nacht erschien dem erst kürzlich verwaisten Frowein A., 12, eine eigenartige Gestalt, die angeblich auf den Namen Sichelwiehn hörte. Niemand im ganzen Waisenhaus hat diesen Namen je zuvor gehört. Auf die Frage hin, was dieser Sichelwiehn denn vermöge, gab Frowein zur Antwort: »Nichts, absolut nichts. Wirklich nichts. Darin liegt ja gerade seine Einzigartigkeit.« »Und doch ist er dir erschienen«, wandte Dr. Hauchmann ein, »was ja auch nicht gerade wenig ist.« Worauf Frowein den Kopf schüttelte und sagte: »Nein, selbst das ist er nicht.«

2

GEHEIME CHRONIK DES WAISENHAUSES AN DER NEUGASSE
TAGEBUCH DER SCHWESTER ILSE KAHR

Dr. Hauchmann und ich sind ein Paar. Ich assistierte ihm heute bei einem kleinen, wie er sagte, unbedeutenden Eingriff am Rücken des Winfried C., 11. Dabei berührten sich immer wieder zufällig unsere Hände. Selbst durch die Handschuhe spürte ich ein magnetisches Kribbeln. Ich ließ noch in derselben Nacht meine Zimmertür unverschlossen, doch er suchte mich nicht auf. Erst drei Tage später steckte er mir im Vorübergehen eine Notiz zu, auf der er mich bat, nach dem Abendessen zum Marienpavillon zu kommen, weil dann alle Knaben und Angestellten beschäftigt seien. Als ich kam, stand er bereits dort im Gegenlicht der untergehenden Sonne und rauchte eine Zigarette. Er erklärte mir, dass wir uns heimlich verloben könnten, er aber sein Leben der Wissenschaft verschrieben habe, weshalb er von seiner Verlobten und späteren Ehefrau unbedingte Unterstützung bei seiner aufreibenden Arbeit verlange. Ich willigte, ohne zu überlegen, ein. Wir gaben uns darauf die Hand. Wieder durchfuhr mich ein Stromstoß.

Martin, Dr. Hauchmann, ist ein wunderbar fürsorglicher Mann. Ich kann mir keinen besseren Vater vorstellen. Er hat einen ganz eigenen Blick auf die Jungen. Kinder, so sagt er, sind die geborenen Spione. Sie drängen nach Erkenntnis, ohne selbst zu wissen, warum. Mit dem gleichen Impuls, mit dem die Katze nach dem Wollknäuel läuft, der Hund nach dem Stock springt, sucht das Kind Wissen. Es macht dabei keine Unterscheidungen, ob dieses Wissen sinnvoll, nützlich, brauchbar oder direkt umsetzbar ist, sondern nimmt alles gleichermaßen auf. Darin ist das Kind dem Erwachsenen überlegen, der immer auswählt, einteilt, kategorisiert und dabei oft Wichtiges außer Acht lässt. Dann sollte man Kinder zu Spionen ausbilden, sagte ich lachend. Ja, sagte er ernst und sah mir in die Augen, das sollte man.

Um die Knaben besser erziehen zu können, muss man nicht nur ihre Körper, sondern auch ihren Geist, ihre Gefühle, überhaupt alles kennen. Wir müssen das Förderbare fördern, sagt Martin, und ich stimme ihm aus ganzem Herzen zu. Wie habe ich die Handarbeitsstunden gehasst! Wie oft mir die Finger an den Nadeln zerstochen! Und wie gern hätte ich auch einmal eine Laubsägearbeit gemacht wie meine Brüder. Doch genau darin wurde ich nicht gefördert. Die Jungen verstehen oft nicht, dass es nur zu ihrem Besten ist, wenn Martin sie nackt und mit ausgestreckten Armen, auf die er eine Reihe von Gewichten platziert, in der Turnhalle stehen lässt. Es gefällt ihnen etwas besser, so vermute ich, wenn ich bei ihnen eine M.E.F. durchführe (Messung der Erektionsfähigkeit). Das Glied von Utz-Jürgen M., 13, richtete sich bei einer solchen Messung umgehend auf, spritzte jedoch Sperma auf mich, als ich das Maßband anlegen wollte. Die anderen Jungen lachten. Na, da wird deine spätere Frau aber nicht viel Freude an dir haben, sagte Martin. Wir beide haben den Geschlechtsverkehr noch nicht vollzogen.

Das Erlebnis mit Utz-Jürgen hat Martin auf die Idee zu einem neuen Test gebracht. Er nennt ihn S.T. (Staminatest). Bei diesem Test muss ich das Maßband so lange an das erigierte Glied eines Jungen halten, bis es wieder erschlafft, und anschließend die Zeitspanne notieren. Zusätzlich, ob es ohne oder mit einem Samenerguss zur Erektionsabnahme kommt. Ich weiß, dass es dem wissenschaftlichen Ethos nicht genügt, den Martin in seiner Arbeit pflegt, aber ich spüre bei dieser Tätigkeit eine Art von Erregung. Ich wünsche mir, auch einmal das Maßband an Martins Gemächt halten zu dürfen.

Der Glaskörper ist ein stabiles, verschließbares Glasgefäß in Form eines großen Aquariums, das Martin eigens von einer Glasbläserei hat anfertigen lassen. Die Kinder sind den Amphibien noch so nah, erklärt er mir, dass sie sich in einer entsprechenden Umgebung noch bis ins Alter von acht, neun Jahren innerhalb der evolutionären Entwicklung atavistisch zurückverwandeln können. In dieser Verwandlung können sie viel über die Grundlagen unserer Kulturgemeinschaft erfahren. Wasser in Körpertemperatur umgibt sie, und tatsächlich wirken sie wie kleine Lurche, wenn Martin sie in die Kugeln steigen lässt und den Deckel schließt.

Martin erklärt mir, dass der Mensch einerseits zu Recht als Krone der Schöpfung bezeichnet werde, man diese Sonderstellung jedoch falsch interpretiere. Überlegen sei er den anderen Lebewesen nur insofern, als er das Gedächtnis der Schöpfung in sich aufbewahrt habe. Die Aufgabe des Pädagogen sei es, den Heranwachsenden dieses »Schöpfungs-Gedächtnis« zugänglich zu machen, so wie er es mit dem Glaskörper oder mit den Flugversuchen am Hochtrapez tue. Er sei beileibe kein Träumer, glaube aber, dass bei realistischer Einschätzung in zehn bis fünfzehn Generationen das selbstständige Fliegen und Leben unter Wasser für den Menschen möglich sein müsse – ein beständiges Training sowie eine Weiterentwicklung seiner Methodik natürlich vorausgesetzt. Wie etwa sei es sonst zu erklären, dass Warmund F. sich nach dem großen Sturm auf dem Dach des Marienpavillons wiederfand? Hier habe sich in Verbindung mit einem günstigen Aufwind eine sogenannte »Vorwegnahme« verwirklicht. Vorwegnahmen habe es zu allen Zeiten und in allen Ländern gegeben. Menschen gelinge es in bestimmten Ausnahmesituationen, einzelne Entwicklungsstadien zu überspringen und dabei auf die im Menschen angelegten Möglichkeiten vorauszuweisen. Warmunds Verhalten nach dieser Vorwegnahme sei bedauerlicherweise ebenso typisch. Da es ihm nicht möglich sei, dieses außergewöhnliche Ereignis gedanklich und vor allem körperlich nachzuvollziehen, habe eine »Spontan-Degeneration« eingesetzt. Um nichts anderes aber gehe es in seiner pädagogischen Arbeit, als die Knaben zu befähigen, eine Vorwegnahme ohne anschließende Spontan-Degeneration zu erleben, da allein auf diese Art eine entwicklungsbiologische Veränderung der Zellstruktur erreicht werden könne. Die Kopplung des Genies an den Wahnsinn sei übrigens eine der vielen Fehlinterpretationen, mit denen man versucht habe, Vorwegnahmen mit anschließenden Spontan-Degenerationen zu erklären. Vom Genie-Begriff hält Martin nichts, da er ihm unbrauchbar zur Beschreibung dessen erscheint, was tatsächlich in den betreffenden Menschen vor sich gehe. Die Beobachtung einer sogenannten Vorwegnahme durch andere werde hingegen als Wunder bezeichnet.

Die einzige Möglichkeit, Martin näherzukommen und ihn ganz an mich zu binden, besteht darin, mich komplett auf seine pädagogische Arbeit zu konzentrieren und mich unentbehrlich für seine Versuche zu machen. Als ich ihn gestern ganz unwillkürlich fragte, ob nicht auch andere Bereiche des Erziehungs- und Lehrbetriebs von seinen wissenschaftlichen Erkenntnissen profitieren könnten, etwa beim Erlernen von Sprachen, der Mathematik und Ähnlichem, sah er mich mit einem solch liebevollen Blick an, dass die kühnsten Hoffnungen in mir geweckt wurden.

Martin führte mir heute seine hypnotische Lampe vor. Die hypnotische Lampe erinnert mich an eine kostbare Monstranz, bei der sich allerdings dort, wo auf dem Goldkranz Edelsteine sitzen, eine Unzahl abwechselnd aufblinkender Lämpchen befinden. Die Hände hat man fest um den Sockel der Lampe zu legen, die in einer Vorrichtung verankert auf einem Tisch steht. Das Zimmer wird verdunkelt und das Gerät in Betrieb gesetzt. Man darf den aufleuchtenden Lichtern nicht bewusst mit den Augen folgen, sondern muss unbeteiligt geradeaus schauen. Die hypnotische Lampe befindet sich noch in der Konstruktionsphase, wirkt aber bereits, sodass ich nach nur fünf Minuten in einen angenehmen Schlaf verfiel, in dem ich ohne Angst sah, wie zwei teufelsartige Gestalten, es waren nackte Männer mit rot eingesalbten Körpern und erigierten Gliedern, eine Frau peitschten. Die Frau empfand dieses Peitschen als angenehm, wand sich auf dem Boden und verwandelte sich schließlich in eine Schlange.

Um uns immer unbeschwerter im Äther bewegen zu können, müssen wir den sogenannten Siderischen Körper trainieren. Martin hat zu diesem Zweck einen Ausdruckstanz entwickelt. Dabei müssen die Knaben im unschuldigen und natürlichen Zustand der Nacktheit versuchen, in den sie umgebenen Ätherkörper hineinzuspringen und dessen Bewegungen zu folgen. Ich kann dieses komplexe System des Tanzes nur unzureichend beschreiben. Eine geglückte Vereinigung mit dem Ätherkörper beim Tanz erkennt man an der Erektion des Gliedes. Als ich Martin frage, ob ich diesen Tanz auch erlernen könne, wird er unwillig und sagt, ich sei zu alt und außerdem eine Frau. Unverzeihlicherweise breche ich in Tränen aus, worauf er einlenkt und sagt, ich habe eine viel bedeutendere und wichtigere Aufgabe, nämlich ihm bei seiner Mission zur Seite zu stehen.

Mir geht das Bild von der Frau, die sich in eine Schlange verwandelt, nicht aus dem Kopf. Ich weiß nicht genau, was es bedeutet, habe aber das Gefühl, dass sich in ihm meine Bestimmung verbirgt. Ist die Schlange, das Amphibion, nicht auch Teil unserer Entwicklungsgeschichte, die wir in uns tragen? Und wurde sie nicht fälschlicherweise verschmäht, obwohl sie doch beides kann, an Land und im Wasser leben? Aus Scham habe ich Martin nichts von den peitschenden Teufeln und der Schlange erzählt, sondern gesagt, dass ich während der Sitzung mithilfe der hypnotischen Lampe meinen Siderischen Körper habe sehen können.

Die mit Eiswürfeln gefüllten Wannen, in die sich die Knaben legen müssen, dienen nicht, wie ich anfänglich meinte, zur Abhärtung, sondern zur Sensibilisierung und »Transparentmachung« der Haut, damit der Siderische Körper, der jeden Menschen und jedes Wesen umgibt, in unseren stofflichen Leib eindringen und sowohl das individuelle als auch das evolutionär in uns angelegte Wachstum fördern kann. Und tatsächlich, wenn ich nach dem Eisbad die blau geforenen Körper auf Hautspannung und Muskeltonus hin untersuche, meine ich durch das Zittern hindurch ein Leuchten wahrzunehmen, das aus jeder einzelnen Pore dringt. Martin lobte meine feine Wahrnehmung und betonte noch einmal die Notwendigkeit der weiblichen Mitarbeit mit gleichzeitig auferlegter Zurückhaltung. Allerdings, fügte er hinzu, aber das könne ich ja nicht wissen, sei das von mir wahrgenommene Leuchten, die von ihm in Versuchen nachgewiesene und teilweise kurzzeitig auch für das Auge des Laien sichtbare Außenhülle des Siderischen Körpers, die sich nach dem Kältebad nicht auf-, aber anlöse und so fähig sei, in den sogenannten Fleischkörper einzudringen und diesen energetisch aufzuladen.

Ich kann, das ist nun einmal meiner weiblichen Natur und ihrer Schwäche geschuldet, eine gewisse Eifersucht nicht unterdrücken, obwohl diese Regung natürlich jeglicher Grundlage entbehrt. Nachdem Ralph F., 13, das Fischbad im Glaskörper über eine halbe Stunde hat ausdehnen können und Martin seiner Lunge anschließend erstaunliche 200 cm^3 Wasser entnehmen konnte, war Martins wissenschaftliches Interesse an dem außergewöhnlichen Knaben geweckt. Am Mittwoch nach dem Eisbad, beim sogenannten »Zitterappell«, hatte Ralph zusätzlich eine Erektion, obwohl nach dem Eisbad der Gliedumfang nicht gemessen wird. Martin sah darin eine Bestätigung der besonderen Gaben, die dieser Junge in sich trägt, und begann einen individuellen Entwicklungsplan für ihn auszuarbeiten. Getrennt von den anderen Jungen wohnt Ralph nun in dem ehemaligen Studierzimmer von Dr. Waldschmidt im Westbau, das nach dessen Verschwinden unbenutzt ist. Verletzt es mich, dass Martin mir scheinbar nicht genug vertraut, um mich an den Förderungen dieses auserwählten Jungen teilnehmen zu lassen? Warum schließt er mich aus und hält die Akte mit den Daten des Knaben unter besonderem Verschluss? Wäre es nicht auch für meine Arbeit mit den anderen Jungen von Interesse, etwas über die Entwicklungsmöglichkeiten des Zöglings Ralph zu erfahren? Auch bin ich nicht mehr auf der Höhe der Forschung, da ich die neuen Förderungen, die sich Martin für Ralph ausdenkt, nicht kenne.

Ich muss mich stärker auf meine eigene Arbeit konzentrieren und darf sie nicht immer wieder vernachlässigen. Anfänglich als eine Überraschung für Martin gedacht, habe ich begonnen, an mir selbst Förderungen vorzunehmen und Messungen auszuführen. Ahmte ich zuerst die Anordnungen von Martin nach, nahm Eisbäder und versuchte, tänzerisch Kontakt mit meinem Siderischen Körper aufzunehmen, so merkte ich schon bald, dass der weibliche Körper weitere Möglichkeiten zu bieten hat, die in den Untersuchungen Martins, die sich bislang nur auf Knaben beschränken, notgedrungenerweise fehlen.

Zwei Aufsätze, die ich bei meinen Studien in der Anstaltsbibliothek entdeckte, haben mich bei meiner Entwicklung einer eigenen weiblichen Förderung ein großes Stück weitergebracht. Da ist zum einen »Od und Raumlosigkeit« von Prof. Dr. Wittich Schmidt-Gunzel und zum anderen »Lücke und Kenosis« von Dr. Tuisko Bahrenkamp. Beide betonen die Leere als Grundvoraussetzung sowohl für das sogenannte »Einströmen des Ods« als auch für das Herausbilden von übernatürlichen Fähigkeiten. Ich habe nach den Angaben von Schmidt-Gunzel und unter Zuhilfenahme der mir zur Verfügung stehenden, zugegebenermaßen primitiven Mittel einen Odmeter gebaut und in den vergangenen Tagen Messungen an mir vorgenommen, die erstaunliche Ergebnisse lieferten. So liegt die Odströmung während des Monatsflusses um ganze 17,3 Gunzel höher als an normalen Tagen. Und dabei handelt es sich nur um einen Mittelwert, da die Odströmung während der fünf Tage, die meine Unpässlichkeit anhielt, bis auf 23,7 über normal anstieg und nie unter 12,9 über normal sank.

Auch wenn es mich noch so sehr drängt, Martin von meinen Erkenntnissen zu berichten, muss ich warten, bis ich ein wirkliches Ergebnis vorzuweisen habe. Dieses Ergebnis darf sich nicht an mir zeigen, da leicht der Vorwurf der Manipulation und Fälschung laut werden könnte, sondern muss an einem der Knaben in Erscheinung treten.

Ich habe meine Studien vertieft und bin auf den Aderlass gestoßen, der den weiblichen Monatsfluss für den männlichen Körper nachbildet und im Krankheitsfall eine Stärkung und Heilung durch Entleerung bewirkt. Wäre es nicht sinnvoll, gerade bei Knaben, die sich in dem Alter befinden, in dem bei Mädchen die Regel zum ersten Mal einsetzt, durch eine Förderung in Form eines Aderlasses die Hebung der Odströmung zu bewirken?

Kein anderer ist für meinen ersten Versuch tauglicher als Ralph F., der besonders gut auf Förderungen anspricht. Eigentlich wollte ich meinen ersten Versuch noch genauer ausarbeiten, doch die Vorsehung hat es so eingerichtet, dass ich am Vormittag nach dem von mir astrologisch errechneten besten Termin (dreieinhalb Tage nach Vollmond) allein mit den Knaben bin, da der gesamte Lehrkörper zu einer Konferenz in die Südstadt geladen ist. Einen Nachschlüssel zum Studierzimmer im Westbau habe ich bereits angefertigt. Ich werde die nächsten Tage noch verstärkt an der von mir entwickelten Förderung arbeiten und vor allem die Lanzette, mit der ich den Odschnitt am Glied des Knaben vornehmen werde, nachts in die Odbatterie legen, um sie entsprechend zu sterilisieren und aufzuladen.

Morgen früh ist es so weit. Zur errechneten Zeit (10 Uhr 17) werde ich vollkommen nackt, wie es die Förderung erfordert, hinauf zum Studierzimmer gehen, die Tür aufschließen, dem Zögling Ralph befehlen, seine Hose herunterzulassen, und ihm mit der Lanzette den Odschnitt zufügen, der an der Oberseite des Gliedes ausgeführt wird. Das herausfließende Blut werde ich im Odkelch auffangen und später für eigene Förderungen verwenden. Nach meinen Berechnungen müsste sich die Wunde durch den vermehrten Odausstoß innerhalb von siebeneinhalb Minuten selbstständig schließen. Am Abend werde ich Martin zum Marienpavillon bestellen und ihm sämtliche Untersuchungsergebnisse und Ausarbeitungen zur eigenen Weiterverwertung überreichen. Ich bin sicher, dass er um meine Hand anhalten wird.

3

BEIBLATT ZUR OFFIZIELLEN CHRONIK DES
WAISENHAUSES AN DER NEUGASSE
EHRUNG DES KNABEN RALPH FÄHLMANN

Es kommt nicht häufig vor, dass uns ein trauriges Ereignis zugleich mit Stolz und Hoffnung erfüllt. Dieses Dokument, zu Ehren des heldenhaften und ruhmreichen Zöglings des Waisenhauses an der Neugasse, Ralph Fählmann, verfasst von mir, dem stellvertretenden Direktor dieser Einrichtung, soll an einen der unglücklichsten Momente in der langen Geschichte unserer Anstalt erinnern und zugleich Auszeichnung für einen Knaben sein, der im Alter von vierzehn Jahren sein Leben zur selbstlosen Rettung der im Waisenhaus beschäftigten Schwester Ilse Kahr hingab.
Im Folgenden sei der Hergang kurz geschildert:
Vor zwei Tagen, am Morgen des Achten diesen Monats, waren mehrere Mitglieder einer der zahlreichen sich in unserer Stadt seit dem großen Eisenbahnunglück aufhaltenden marodierenden Gruppen in unsere Anstalt eingedrungen. Eine durch die Kirchenleitung wie in jedem Jahr anberaumte Konferenz im Residenzsaal der Südstadt hatte zur Folge, dass zu diesem Zeitpunkt außer dem Küchenpersonal und zwei weiteren Schwestern keinerlei Mitglieder des Lehrkörpers oder des Direktoriums vor Ort waren. Schwester Ilse war mit der Aufsicht der Knaben betraut. Während die meisten Schüler der Erledigung ihrer Hausarbeiten nachgingen, befand sie sich mit einigen Zöglingen zur Leibesertüchtigung in der Turnhalle. Etwa zu dieser Zeit müssen sich die vier oder fünf Gewalttäter Zutritt zum Grundstück des Waisenhauses verschafft haben und in die Turnhalle eingedrungen sein.

Zur Erklärung sei hier angefügt, dass unmittelbar nach dem Eisenbahnunglück auf der Strecke zum Ostbahnhof vor mittlerweile sechs Wochen etliche Verwundete unter Schock den Unfallort verlassen haben und seitdem ziellos durch unsere Straßen irren. Einige Schwerverletzte wurden bereits an verschiedenen Orten tot aufgefunden. Andere schlossen sich offenbar zu Banden zusammen und durchstreifen seitdem unsere Heimatstadt, um Unschuldige zu überfallen und auszurauben. Vonseiten der Stadt wurde der Bevölkerung bislang keinerlei Hilfe zuteil. Deshalb gründeten beherzte Bürger vor wenigen Wochen den Sportverein Südstadt, der vor allem in den Abend- und Nachtstunden patrouilliert, um Gewalttaten und Einbrüche einzudämmen. Der Überfall auf unsere Einrichtung kam jedoch unerwartet und wurde außerdem zu einer für die marodierenden Gruppen untypischen Tageszeit ausgeführt.

Offenbar hatte man zuvor unsere Einrichtung ausgekundschaftet und sich über die vorübergehende Abwesenheit des Lehrpersonals informiert. Um eine Flucht zu verhindern, wurden die Knaben in den hinteren Teil der Turnhalle gedrängt, wo sie sich entkleiden mussten. Dann hatten die unschuldigen Zöglinge mitanzusehen, wie Schwester Ilse die Kleider von Leib gerissen wurden und die Männer Anstalten machten, sich an ihr zu vergehen. In diesem Moment öffnete sich die Seitentür, welche die Marodeure zu verriegeln vergessen hatten, und der Zögling Fählmann betrat nichtsahnend die Halle. Er hatte sich nach Fertigstellung einer Arbeit im Studierzimmer des Nordturms zu seinen Kameraden gesellen und an der Körperertüchtigung teilnehmen wollen. Als er sah, was sich in der Turnhalle zutrug, überlegte er nicht lange und stürmte auf die ihm natürlich haushoch überlegenen Männer zu, schlug, biss, trat und verletzte dabei einen der Eindringlinge durch einen Stoß in die Augengegend so nachhaltig, dass dieser zu Boden stürzte. Das brachte die drei übrigen Gesellen nur mehr gegen den Knaben auf. Furchtbar wurde er traktiert und schließlich mit einem Messerstich in den Unterleib außer Gefecht gesetzt.

In der Zwischenzeit war es den anderen Zöglingen gelungen, nach draußen zu entkommen und Hilfe zu holen. Als diese eintraf, bot sich ein Bild des Grauens. Der Ort des fröhlichen und unbeschwerten Spiels war in ein Schlachtfeld verwandelt worden. Überall lagen Kleidungsstücke, waren Blutlachen und Blutspritzer zu sehen. Die Banditen waren geflohen und hatten den Zögling Fählmann im Garten zwischen Turnhalle und dem Turm am Westbau sterbend zurückgelassen. Fählmann muss sich noch ein letztes Mal hinauf in sein Studierzimmer geschleppt haben, denn es fanden sich Blutspuren im Treppenhaus des Turms, die bis zu seiner Kammer reichten. Schwester Ilse, zum Entsetzen aller noch immer unbekleidet, war durch den fürchterlichen Schock nicht nur verstummt, sondern des Verstandes beraubt.

Der Zögling Ralph Fählmann starb noch am selben Nachmittag. Schwester Ilse wurde in das städtische Sanatorium eingeliefert. Wenn er auch nicht ihre seelische Sammlung hatte retten können, so ist es dem Zögling Fählmann doch gelungen, ihre körperliche Unversehrtheit zu bewahren. Dass er, ohne zu überlegen, sein noch so junges Leben dafür in die Waagschale geworfen hat, werden wir alle, die wir den Vorzug hatten, ihn als Lebenden kennen zu dürfen, niemals vergessen und auf immer in unserem Herzen bewahren.

VII

JULIUS SIEBERT
DIE EXISTENZIELLE SACKGASSE
PHILOSOPHISCHE VERSUCHE UND NOTATE

Einleitung

Die Krankheit der letzten Lebensjahre, das unzusammenhängende, sich immer wieder unterbrechende, vor allem in vielem widersprechende Werk, das Verschwinden seiner Lebensgefährtin, die nie geklärte Verbindung zu einem versuchten Attentat, machen es schwer, sich den nachgelassenen Schriften Sieberts unvoreingenommen zu nähern. Den Menschen Siebert und sein von einer Epoche der Umstürze und Verwerfungen geprägtes Leben jedoch vor sein Werk zu stellen, um nur demjenigen Zutritt zu gewähren, der die Prämisse des Biographischen akzeptiert, würde dieses reichhaltige Gedankenbilde in seinen Möglichkeiten unterschätzen. Die Verhältnisse der letzten Lebensjahre Sieberts, in denen er die meisten seiner erhaltenen Schriften verfasste, waren prekär und bedingten eine gedankliche Unschärfe und Hast, die nicht immer das Genialische beförderte, aus dessen Drängen es doch letzten Endes entstand.

In ungeordneten und sich überschneidenden, oft widersprechenden Notizen versuchte er, eine sogenannte »postmortale Theorie« zu entwerfen, die den von ihm als »mangelnde Theorie« bezeichneten Denkansätzen entgegenstehen sollte. Geprägt von den Erlebnissen der jüngsten Zeit, postuliert er neben der Unmöglichkeit menschlicher Gemeinschaft die Unmöglichkeit des Religiösen und verweigert jeden Ausweg aus der »existenziellen Sackgasse«,

indem er die Funktion der Psychoanalyse und anderer Annäherungsmethoden an das Unbewusste infrage stellt. Weitere Ansätze finden sich in seiner aus einer »Philosophie des Wirkungslosen« und einer »Philosophie der Unbeteiligtheit« bestehenden »Philosophie der Annahme«.
Siebert war ein Denker seiner Zeit, und genau deshalb fiel er aus ihr heraus. Keine Zeit will sich selbst reflektieren, vielmehr eine Zukunft haben und keine Gegenwart. Diese mangelnde Resonanz wirkt auf das Werk Sieberts zurück und schreibt sich darin ein. Seinen eigenen Mangel unterstellt er dem Blick der anderen. Sein philosophischer Entwurf ist einer von vielen Versuchen, sich aus einer Gesellschaft und einer Epoche zu lösen, der er sich nie zugehörig fühlte. Siebert gelang am Ende seines Lebens keine Unterscheidung mehr zwischen seinem individuellen Schicksal, seinen privaten Beziehungen und den gesellschaftlichen Vereinnahmungen. Die Notizen und Tagebucheinträge Sieberts zeigen, dass er in die existenzielle Sackgasse geraten war, in die er seine Generation in seinem einzigen publizierten Aufsatz blindlings laufen sah. Er stirbt unter ungeklärten Umständen mit vierunddreißig Jahren.
Ob es vom editorischen Standpunkt eine richtige Entscheidung war, aus den knappen Notizen Sieberts die von ihm nur als Entwurf vorliegenden Ansätze einer postmortalen Theorie sowie einer Philosophie der Annahme herauszufiltern und hier wie eigene Werke zu präsentieren, mag dahingestellt sein. Es ist der Versuch, eine Struktur in Sieberts Denken einzuführen, die er selbst vermutlich strikt abgelehnt hätte. Um dennoch einen Einblick in seine Arbeitsweise zu geben, fügen wir daher zwei Kapitel an, in denen wir eine Aufteilung in persönliche und philosophische Notate unterlassen haben: den von Siebert selbst so übertitelten Text »Unfertiges zur Liebe« und »Attentat und Existenzbegehren«, ein von uns gewählter Titel, der dem Umstand Rechnung trägt, dass in diesen Aufsätzen politisches Denken und persönliche Bedenken, ungehemmte Reflexion und zielgerichtete Analyse in eins fallen.

I

GRUNDLAGEN EINER PHILOSOPHIE DER ANNAHME
(BESTEHEND AUS EINER PHILOSOPHIE DES WIRKUNGSLOSEN UND EINER PHILOSOPHIE DER UNBETEILIGTHEIT)

1. Philosophie des Wirkungslosen

1. Das Denken verhindert die Radikalität. Deshalb gebärden sich viele Denker so radikal. Sie wollen das Korsett der Dialektik, der Logik, der Konsequenz verlassen. Dem widersteht das Denken. Die Tatmenschen greifen diese Gedanken als Argumente auf. Doch es sind nicht die Argumente, die zur Tat führen. Vielmehr eignet sich die Tat diese Argumente im Nachhinein als Rechtfertigung an.

2. Was wäre damit gewonnen, eine Wirkung zu erzielen?

3. Was wäre damit gewonnen, keine Wirkung zu erzielen?

An dieser Stelle muss die Philosophie des Wirkungslosen, will sie sich selbst nicht auflösen, bewusst abbrechen. Auf die Philosophie des Wirkungslosen muss die Philosophie der Unbeteiligtheit folgen, nicht als Schlussfolgerung, sondern als Mittel, um die Philosophie des Wirkungslosen zu erreichen. Die Philosophie der Unbeteiligtheit muss der Philosophie des Wirkungslosen folgen, weil sie ihr vorausgeht. (Dies ist kein Widerspruch, denn oft können wir das, was einer Sache vorausgeht, nur im Nachhinein durch die Sache selbst erkennen. Es ist sogar der Regelfall.)

2. Philosophie der Unbeteiligtheit

Die Philosophie der Unbeteiligtheit beschäftigt sich nur mit einer einzigen Frage: Wie kann ich über mich nachdenken, ohne das, über das ich nachdenke, zum Objekt zu machen?

Dieser Frage ist nichts hinzuzufügen. Dieser Frage darf nichts hinzugefügt werden, da eine Zufügung die Frage aufhebt, aber nicht beantwortet.

II
ZWANZIG ANSÄTZE ZU EINER THEORIE DES POSTMORTALEN

1. Wie kommt es, dass mich das Alltägliche, das Immer-Wiederkehrende, in das ich mich in meiner Panik stürze, genauso ängstigt, wie es mich vor der Panik bewahrt?

2. Was für eine Leerformel die Redefreiheit ist!. Als ginge es darum, etwas zu sagen, und nicht vielmehr darum, wem ich es sage.

3. Jedes winzige Indiz lässt eine weitere Schale von Interpretationen entstehen, die wie ein tödlicher Kokon den Sinn am Ausschlüpfen hindern. Eben war es noch fruchtbar, und nun stirbt es schon ab. Was bleibt, sind Hüllen und Gespinste.

4. Kann es über die Sinnsuche hinaus einen weiteren Sinn geben? Welcher sollte das sein? Und wie sollte er erfasst werden?

5. Nur im Märchen wird das Falsche zum Wahren. Wie das Geschenk der unechten Perlenkette, die der Prinzessin als einziges Andenken blieb und ihr so teuer wurde, dass es nichts Wertvolleres, nichts Echteres in ihrem Besitz gab als dieses Unechte.

6. Ist das Leben der richtige Begriff oder die Abwesenheit des Begriffs?

7a. Entdeckte man die prinzipielle Sorge des Menschen, wäre alles im ursprünglichen Sinn »gut«. Vielleicht sind es gar nicht die Triebe, der Kampf zwischen Wunsch und Realität, Wahn und Wirklichkeit, Geist und Instinkt, sondern nur eine kleine Sorge, in der sich alles trifft.

7b. So wie der Phobiker seine Ängste in einer gegenständlichen Bedrohung hypostasiert, so könnte jeder seinen Lebenssinn, den Grund für sein Durchhaltevermögen, in dieser Sorge finden.

8. Vielleicht lässt die äußere Bedrohung die Ängste des Alltags gar nicht vergessen, sondern ist Gegenstück der inneren Befürchtungen und gibt uns die Möglichkeit, die ureigenen Sorgen zu erkennen und nicht länger vor sich selbst verbergen zu müssen. Genau deshalb erscheint die Gefahr lebenswerter als die Gefahrlosigkeit.

9. In der Umarmung zerfällt das Ich zum bewegungslosen Gegenstand. Die erhoffte Ruhe ist nur die leblose Ruhe der Gegenständlichkeit und nicht der erhoffte Lebensfriede.

10. Es ist nicht der Schlaf der Vernunft, der die Ungeheuer gebiert, sondern das ewige Wachen der Vernunft, das die Ungeheuer selbst in den Schlaf hineintreibt. Ein Schlaf wie ein calvinistischer Himmel, um keinen Deut besser als die Welt, die man zu verlassen versucht. Das war auch der Haken, den Hamlet erkannte, wenn er nicht den Tod als eine Form des Schlafs fürchtete, sondern die Träume, die dort erscheinen könnten. Besser ist es also, das endliche Elend des Lebens zu ertragen, als es gegen ein Elend einzutauschen, aus dem es kein Entrinnen mehr gibt.

11. Vielleicht beschäftigt sich die Psychoanalyse deshalb so intensiv mit den Träumen, weil sie Angst hat, selbst als Traum enttarnt zu werden.

12. Wie verdoppelt man die Angst eines Menschen?
Durch die Frage: »Wovor ängstigst du dich?«

13. Der Blick des Anderen, über den Sartre geschrieben hat, die Scham, die er hervorruft, indem man sich der eigenen Personenhaftigkeit bewusst wird, dieser Blick ist noch stechender, noch beißender, wenn es der Blick der Geliebten ist, der fehlt.

14. Wie ein nicht ausgesprochenes Verbot oder Tabu scheint die Versagung zu bestehen, ein Wort nicht mehrmals hintereinander sagen zu dürfen, damit es sich nicht vom Objekt löst, als dessen Stellvertreter es fälschlicherweise angesehen wird. (Die Faschisten wenden in ihren Massenversammlungen genau diese Technik der Wortwiederholung an, um den Bereich der logischen Argumentation zu verlassen.)

15. Die tiefste Verletzung ist die, in der das Andere so weit eindringt, dass es immer Gegenwart bleibt.

16. Vielleicht sind alle Worte, die wir tagsüber reden, nur durch unsere Träume in der Nacht bedingt.

17a. Ist ein Unterschlupf bereits ein Ziel? Und verwenden wir nicht oft unsere ganze Kraft darauf, diese zufällig aus einer äußeren Bedrohung oder einer Laune heraus gewählte Herberge mit dem auszustatten, was wir anschließend als angestrebten Sinn vorweisen können?

17b. Eine Umkehrung der Anstrengung: Nicht ein Ziel wird angestrebt, sondern es wird angestrebt, das Erreichte als Ziel zu definieren. Viele, wenn nicht die meisten Denksysteme ließen sich so entlarven.

18. Im Tod heben sich die unterschiedlichen Perspektiven auf. Alle Perspektiven fallen, im Wortsinne, »zusammen«. Der Tod ist damit nicht nur das Immer-Andere, sondern auch das Perspektivlose, weil er keinen Blick mehr hat und keine Zeit mehr kennt. Der Ausdruck, die Augen eines Toten seien »gebrochen«, verweist genau darauf. Wie ein Stab im Wasser »gebrochen« ist in unserer Wahrnehmung von ihm, so sind die Augen des Toten gebrochen, da sie selbst keinen Blick mehr haben und für uns in der Gebrochenheit existieren, als Werkzeuge des Sehens noch da zu sein, ohne selbst zu sehen, sondern nur noch gesehen werden zu können. Die post-

mortale Theorie ist folglich der Versuch, das Nicht-mehr-sehen-Können im Zustand des reinen Gesehenwerdens zu denken.

III

UNFERTIGES ZUR LIEBE

Der Betrogene sein heißt, es sich nicht leichtmachen zu können. Selbst das Gewicht zu sein, das man nicht abwerfen kann, weil man ohne es nichts mehr wäre.

Da sie das Andere und Fremde sucht, suche auch ich zwangsweise das Andere und Fremde, weil ich sie suche. Da ich mit ihr suche, kann sie mir nicht fremd sein. Deshalb bin ich mir selbst das Fremde, aber nie für sie, da mein Mit-Suchen das Fremdsein ausschließt.

Ein Gefühl, als hätte ich ihren Blick gesehen, der mich nicht kennt und mich nur als Störung wahrnimmt.

Wie er ihr sofort einen Ort zuwies in seinem Leben und sich dabei achtlos bewegte in ihrer Gegenwart, ohne Worte, Gesten oder Erklärungen. Und sofort war sie für das ewig Entfernte, das unvermittelbar Fremde auf immer entflammt.

Die Aporie der Liebenden: Sie sind ohne Zeit und müssen Raum überbrücken.

Ein Mensch, einmal berührt, kann keinem anderen mehr wirklich gehören.

»Mein Verhalten mag dir widersprüchlich vorkommen, aber ich kann es dir einfach nicht erklären im Moment. Du musst mir Zeit lassen, dann wirst du alles verstehen. Das verspreche ich dir.«
Auch ohne solch schreckliche Sätze in Schönschrift auf einem linierten Papier hätte sie mich verlassen können. Solche Sätze trös-

ten nicht. Dass sie nichts erklären, sagen diese Sätze selbst. Sie werfen aber neue Fragen auf, weil sie vorgeben, es gäbe einen Grund. Das Verstehen wird in die Zukunft verlagert. Das ist ein religiöser Topos. Deshalb sitze ich am Schreibtisch und versuche, mit meiner Theorie eines neuen existenziellen Denkens Antworten zu finden. Unter anderem auf solche unbeantworteten Fragen.

Sie hatte gewartet, bis der Gips abgenommen worden war. Sie hatte mich zum Arzt begleitet, obwohl ich gesagt hatte, es sei nicht nötig. Doch, es sei nötig, hatte sie gesagt und mich begleitet. Sie kam mir unkonzentriert vor. »Jetzt, wenn ich mich endlich etwas besser konzentrieren kann, wird sie unkonzentriert«, dachte ich noch. Mir war nicht in den Sinn gekommen, dass sie nicht unkonzentriert war wie ich, sondern unruhig, weil sie an die bevorstehende Trennung dachte. Sie dachte daran und überlegte, wie viele Tage sie noch würde bleiben müssen, nachdem der Gips abgenommen worden war, damit es nicht so aussah, als hätte sie absichtlich noch einige Tage gewartet. Drei oder auch nur zwei Wochen kamen nicht infrage, soviel Geduld konnte sie nicht mehr aufbringen. Zwei oder drei Tage waren zu wenig. Sie errechnete das Datum der Trennung, wie später einmal ihre fruchtbaren Tage und dann den Tag der Geburt. Es konnte keine glatte Woche sein, also wurden es genau neun Tage. Neun Tage, nachdem der Gips abgenommen worden war.

Ich meinte mich an einen Satz aus der Bibel zu erinnern, der anfing: »Am neunten Tage aber ...« Doch ich musste mich geirrt haben. In der Bibel war die Sieben von Bedeutung, die Drei und die Zwölf.

Ich wartete neun Tage und fuhr dann zur ausgelagerten theologischen Bibliothek an der Stiftskirche, um in einer Konkordanz nachzusehen. Nein, ich hatte nicht ebenfalls neun Tage gewartet, sondern hatte nur in der ersten Woche mittwochs keine Zeit, dem einzigen Wochentag, an dem die Bibliothek geöffnet war. Und so ergab sich dieser Zeitraum zufällig. Ich ärgerte mich, dieser Zahl so viel Bedeutung beizumessen. Diese Zahl lenkte mich erneut ab. Gerade hatte ich meine Gedanken etwas besser zusammenhalten können, da lenkte mich diese Zahl ab. Es war natürlich nicht diese Zahl, die mich ablenkte, sondern das Gefühl, verlassen worden zu sein – aus einem Grund, den sie nicht benennen konnte.

Ich fand eine Stelle in der Konkordanz, die so ähnlich klang wie der Satz, an den ich mich zu erinnern geglaubt hatte. Die Stelle lautete: »Aber am neunten Tage des vierten Monats nahm der Hunger überhand in der Stadt, und hatte das Volk vom Lande nichts mehr zu essen.« Der Satz schien etwas über mein Leben auszusagen. Die Stadt, in der ich geblieben war. Das Land, auf das sie gezogen war. Der Hunger, den wir beide hatten. Der Hunger, der immer wiederkam, aber nie wirklich überhandnahm.

Selbst Sätze, die mir von selbst in den Sinn kamen, beunruhigten mich, denn sie wollten nicht nur hingeschrieben, sondern immer genauer durchdacht, entsprechend modifiziert, ergänzt und erweitert werden. Das ist der Vorgang des Schreibens. Und gerade diesem Vorgang fühlte ich mich nicht länger gewachsen. Ich hätte gern mit ihr darüber gesprochen, traute mich aber nicht, weil es dem Eingeständnis einer Impotenz gleichgekommen wäre. Ich konnte unmöglich eine zweite Impotenz eingestehen. Selbst die erste hatte ich nicht wirklich eingestanden. Aber natürlich hatte sie sie eines Tages bemerkt. Eine Zeit lang lässt sich auch die körperliche Impotenz verbergen. Man kann etwas vorschieben. Zur Not die Stimmung verderben. Dennoch wird es irgendwann offenbar. Beim ersten Mal kann man es abtun. Beim zweiten Mal einen Scherz darüber machen. Danach ist alles eine Ausrede. Auch wenn es davor schon Ausreden waren. Ausreden, die sie nicht bemerkt hatte, nun aber rückwirkend als solche erkannte.

Der Geschlechterkampf ist deshalb so unerbittlich, weil es nicht darum geht, den anderen zu besiegen, sondern zu vernichten. Ein

Sieg wäre immer noch eine Niederlage, da das Nachgeben und Aufgeben des anderen nicht nur dessen größere Liebe, sondern auch dessen Überlegenheit unter Beweis stellen würde, sodass der Kampf weiter angefacht werden muss, indem das Nachgeben als Betrug und Finte interpretiert und als Vorwurf formuliert wird.

IV
ATTENTAT UND EXISTENZBEGEHREN

Ich frage mich, ob architektonische Gegebenheiten Taten provozieren können, etwa das Fehlen eines Gehsteigs ein Attentat.

Lastet eine Bedrohung lang genug auf einem, kann man sich nicht mehr länger als Individuum wahrnehmen. Deshalb auch meint man, in Diktaturen gäbe es weniger Verbrechen, weil man sich als Teil eines Kollektivs unter einer Herrschaft versteht und sich nicht länger individuell bedroht fühlt. Das Attentat löst das Kollektiv auf und führt zwei Individuen zurück in die vereinzelte und direkte Konfrontation. Es erscheint logisch, dass die Herrschenden das individuelle Attentat wiederum zurückführen wollen auf ein Kollektiv, es uminterpretieren als Attentat auf den Staat, das Kollektiv, damit sie das Recht haben, einen anderen Staat dafür verantwortlich zu machen und anzugreifen. Dabei geht es im Attentat darum, die individuelle Ebene wiederherzustellen. Das Attentat ist eine Form des Existenzbegehrens.

Es gibt Gemeinsamkeiten zwischen einer alten und einer neuen Existenzphilosophie. Beide werden durch die Tat bestimmt. Ich denke viel über die Tat nach. Als Philosoph versuche ich, der Tat voraus zu sein. Als Steckenpferd-Historiker bin ich der Tat hinterher. Beides sind Entwürfe einer Existenz. Sind sie deshalb sinnvoll?

Nachdem sie ausgezogen war, hatte ich gehofft, mich besser auf meine Arbeit konzentrieren zu können. Ich hatte gehofft, mich sofort in die Arbeit versenken zu können, um nicht an sie denken zu müssen. Stattdessen stand ich am Fenster und blickte hinaus wie immer. Wenn ich Tabak hatte, rauchte ich und dachte darüber nach, wie ich ihren Auszug hätte verhindern können. Ich hatte zwei Fotografien von ihr. Auf dem einen Bild saß sie am Strand, den Kopf auf die Knie gelegt. Auf dem anderen saß sie im Herbst auf einer Bank unter einer Kastanie. Zuerst dachte ich, es sei die gefällte Kastanie vom Lindholmplatz. Aber das konnte nicht sein. Wenn ich diese beiden Fotos betrachtete, war mein Gefühl für sie klar.

Ich wandte mich von dem Entwurf einer zeitgemäßen Existenzphilosophie ab und erneut dem Attentat zu. Ich hatte das Gefühl, dass die Beschäftigung mit dem Attentat eine Art Verbindung zwischen ihr und mir wiederherstellte und festigte. Da ich auf die Erklärung, warum sie mich verlassen hatte, warten musste, wollte ich etwas anderes aufklären. Dieses Gefühl erschien mir erst einleuchtend und verständlich, dann wieder infantil. Das Schwanken zwischen diesen beiden Polen übertönte mein uneingestandenes Begehren. Natürlich beschäftigte ich mich im Rahmen meiner Entwicklung einer zeitgemäßen Existenzphilosophie auch mit dem Begehren. Ich hätte diesen Satz also gut für meine Arbeit verwenden können. Inzwischen war mir meine Arbeit allerdings so ferngerückt, dass ich mich nicht einfach an den Schreibtisch setzen und etwas hinschreiben konnte. Noch nicht einmal diesen Satz.

Ich habe meine Blätter vor einigen Tagen zusammengeräumt und in eine Schachtel gelegt. Es gibt noch nicht einmal mehr einen herumliegenden Stift. Ich würde allerdings auch Stift und Papier für die Beschäftigung mit dem Attentat benötigen. Aber ich verspürte auch hier einen Widerwillen, anzufangen. Es ist derselbe Widerwille, der es mir untersagt, Bücher von vorn zu beginnen. Ich kann mich einfach nicht dazu bringen, dem Diktat des Autors zu folgen und mit der ersten Seite anzufangen. Ich muss zuerst die Mitte aufschlagen. Treffe ich dort auf einen interessanten Gedanken, ist ein Vertrauensverhältnis zwischen mir und dem Autor hergestellt. Jetzt erst kann ich mich ihm überlassen und das Buch von vorn beginnen. Ebenso hätte ich auch mit ihr wieder von vorn anfangen können. Wir waren in der Mitte. Und während sie diese Mitte als

Ende begriff, verstand ich diese Mitte als eine Möglichkeit, wieder von vorn anfangen zu können, noch einmal alles genau zu betrachten und in der Wiederholung zu vollenden.

In unserer Existenz geht es allein um die Möglichkeit, etwas, das wir haben oder hatten, wiederzuerlangen. Alle anderen Ziele sind vorgeschoben und lenken von dem tatsächlichen Ziel ab, das Erlebte noch einmal zu erleben. Die Lebensphilosophie weiß nichts davon, aber die Märchen und Sagen.

Deshalb heißt es auch, dass man sich *nach* etwas sehnt. Wir sehnen uns nach einem Ort, der dahinter liegt, nach einer Zeit, in der das Ersehnte bereits vergangen ist, damit wir es dort noch einmal wiederholen können.

Begriff der Existenzbegierde: Wir müssen zu einer Begierde gelangen, die die Existenz so begehrt, wie sie selbst von der Existenz begehrt wird, zu einer für die Existenz notwendigen Begierde, die wir begehren.

So wie ich mich an das Elternhaus erinnere, das symbolisch für etwas, vielleicht für Heimat, steht, so flackert immer wieder eine Erinnerung auf, die ich nicht fassen kann. Dieses Aufflackern ist fest mit einem Objekt, einem Straßenzug, einem Hauseingang, einem Hinterhof verbunden und für mich ohne dieses Objekt nicht zu beschreiben. Es ist ein unscharfes Flackern, das nicht für etwas anderes stehen, nicht zum Symbol für etwas anderes werden, nicht eine Basis der Existenz bilden kann. Und doch kann es unmöglich um die in diesem Flackern aufscheinenden Bilder selbst gehen. Unmöglich.

Nur das, dem der Grund fehlt, ist Existenz.

Das Grundlose und die Wiederholung sind die beiden Prinzipien der Existenzbegierde. Ich versuche, mir eine Heimat zu errichten.

Heimat ist dort, wo ich die Existenzbegierde spüren kann. Ich versuche, mir eine Heimat zu errichten und die Existenzbegierde zu spüren, indem ich das Attentat wiederhole. Die Sehnsucht bedient sich der Wiederholung. Was aber ist mit Situationen, die sich nicht wiederholen lassen? Dort, wo Wiederholung versagt, sprechen wir von einer Katastrophe. Lässt sich ein Attentat wiederholen? Lässt sich eine Liebe wiederholen? Lässt sich ein Kennenlernen wiederholen? Lässt sich ein Wunder wiederholen? Oder ist das Wunderbare am Wunder die Tatsache, dass es etwas Unwiederholbares wiederholt? Von außen betrachtet sind es Narren, die die Eucharistie feiern, aber vielleicht steckt genau in dieser Wiederholung des Nicht-Wiederholbaren das Wunderbare, das von außen nicht zu begreifen ist.

Das Attentat als Eucharistie, weil es das Individuelle wiederholt, wieder herausholt aus dem verschütteten Allgemeinen und weil es selbst nicht wiederholbar ist.

VIII

1

Ich war neun, vielleicht zehn, als der Kinderarzt Dr. Hauchmann meiner Mutter eröffnete, ich sei schlicht und einfach ein Kretin, nicht etwa zurückgeblieben für mein Alter, und schon gar nicht frühreif oder weiterentwickelt, auch wenn ich manchmal außergewöhnliche Sätze von mir gebe, die ich, so seine Vermutung, irgendwo aufgeschnappt haben müsse und einem zufälligen Impuls folgend kontextlos reproduziere, sodass es nur hier und da rein zufällig so wirke, als könne ich einer Unterhaltung folgen und sie sogar kommentieren.

Die Diagnose brachte meiner Familie Erleichterung. Mein Bruder konnte mich nun stundenlang im Schnee liegen lassen, meine Schwester mir die Schnürsenkel unter dem Tisch zusammenknoten, beide in der Gewissheit, dass ich mit Erfrierungen oder Blessuren durch einen Sturz nichts anderes unter Beweis stellte als meine verstiegene und beharrliche Blödheit. Meine Mutter wusste nun, warum sie nie eine wirklich innige Beziehung zu mir hatte aufbauen können und ich ihr bereits mit knapp zwei Jahren ihren eigenen Worten nach »suspekt« erschienen sei. Mein Vater konnte sich ganz auf meinen Bruder als zukünftigen Nachfolger und Leiter seiner Straßenmeistereien konzentrieren. Und auch ich durfte endlich ungehindert mit Puppen spielen und Fotos von Männern in Uniform aus den Illustrierten schneiden, um ihnen anschließend die Augen mit einer Schere zu durchbohren. Letzteres hatte ich zu Beginn nur getan, um herauszufinden, ob es meine Eltern entsetzen würde. Da ich jedoch keinerlei Reaktionen bei ihnen hervorrief und mir zu Beginn nicht sicher war, ob sie einfach nicht sahen, was ich tat, oder es nicht sehen wollten, wiederholte ich diese Tätigkeit so lange, bis sie anfing, mir wirklich Spaß zu machen, auch wenn ich nicht genau sagen konnte, was mir daran gefiel. War es der frühkindliche Sadismus, den Dr. Hauchmann verstärkt angelegt in mir vermutete, schon deshalb, weil mir keine intellektuellen Möglichkeiten der Kompensation meiner ursprünglichen Triebe zur Verfügung standen, oder vertiefte ich mich auf diese Weise in meine eigene Welt, in der es keinerlei vernünftige Regeln mehr gab, nachdem man mich zum Idioten erklärt hatte?

Die in der Vergangenheit regelmäßig ausgesprochene Drohung, dass ich in ein Erziehungsheim kommen werde, wenn sich mein Verhalten nicht radikal ändere, wurde, da man nun begriff, dass ich dieses Verhalten nicht unter Kontrolle hatte und unfähig zu irgendeiner Form der Veränderung war, nicht länger wiederholt, stattdessen in die sachliche und konkrete Zukunftsaussicht umformuliert, mit zehn Jahren in das Waisenhaus an der Neugasse gebracht zu werden, da man dort viel besser für mich sorgen und mich entsprechend meiner besonderen Anforderungen würde behandeln können. Als ich darauf hinwies, dass ich doch kein Waise sei, obwohl ich mir schon im selben Moment nicht mehr völlig sicher war, lachte man und schüttelte den Kopf über diese völlig schwachsinnige Bemerkung.

»Mach dir darüber mal keine Gedanken«, sagte mein Vater und schnipste eine zusammengerollte Kugel Brotteig hinüber zu meinem kleinen Tisch. Ich fing die Kugel mit dem Mund auf, er klatschte in die Hände und beugte sich zu meiner Mutter. »Was ihm da oben fehlt, das macht er motorisch wett.«
»Vielleicht kann er doch noch etwas werden«, flüsterte meine Mutter, »Sportler zum Beispiel.«
»Wie denn?« Mein Vater verdrehte die Augen. »Er wüsste ja nicht, wo er hinrennen soll oder was überhaupt tun.«

»Und wenn man ihn beim Fußball oder Handball ins Tor stellt?«
»Damit er die Bälle mit dem Mund fängt?« Mein Vater schüttete sich aus vor Lachen, und meine Mutter und meine Geschwister stimmten schließlich in dieses Lachen mit ein.

Aber nicht alles wandte sich für mich zum Schlechteren. Wurde ich bislang bei selbst nur vorsichtig geäußerten Plänen für meine Zukunft ausgelacht und über mehrere Stunden, oft Tage hinweg gehänselt, konnte ich jetzt meine Berufswünsche ungehindert vortragen, ohne den geringsten Widerspruch hervorzurufen. Beifällig nickten meine Eltern und stellten manchmal sogar Nachfragen. »Kartograph? Warum denn nicht? Du warst doch schon immer gut in Zeichnen.« Natürlich blieb ich skeptisch. Hatte man mich einfach völlig aufgegeben oder sah man nach der Diagnose ein genaueres Bild meiner Zukunft vor sich, in dem sich Möglichkeiten nun ganz anders bewerten ließen? Würde mir eine Ausbildung im Waisenhaus dabei helfen, ein ganz normales Leben zu führen? Gut, was hieß in meinem Fall schon normal? Das mit der Normalität war überhaupt das grundlegende Problem, denn seltsamerweise hielt ich mich immer weiter für normal. Aber wahrscheinlich war gerade das ein Beweis für meinen Kretinismus.

Ich hatte mir einen alten Kalender besorgt und ihn für das laufende Jahr umgeschrieben, um genau mitverfolgen zu können, wann ich in das Waisenhaus an der Neugasse kommen würde. Vielleicht, dachte ich manchmal, ist es dort gar nicht so schlecht. Schließlich hatten die meisten oder vielleicht sogar fast alle übrigen Kinder keine Eltern oder sonstigen Verwandten mehr. Sie würden mich um meine Familie beneiden, und abends würde ich ihnen erzählen, wie es ist, Eltern und sogar noch Bruder und Schwester zu haben. Ich würde natürlich nicht von meinen wirklichen Eltern und Geschwistern erzählen, sondern entsprechend andere Figuren an ihre Stelle setzen. Meine Mutter würde blond und groß sein und wunderbar volle Lippen haben, immer von einem gütigen und freundlichen Lächeln umspielt, sobald sie mich in dem großen Saal sah, den mir meine Eltern zur Verfügung gestellt hatten, mit sämtlichen Illustrierten des Globus, in denen die Seiten mit Soldatenbildern schon von Dienerinnen markiert waren, siebzehn ebenso wunderbar blonden und hochgewachsenen Frauen, nur eben viel jünger als meine Mutter, aber mit genau demselben Lächeln, weshalb sie auch für diese Tätigkeit ausgesucht worden waren. Frisch geschliffene Scheren verschiedenster Größen lagen zu meiner Verfügung bereit, und obwohl die große Tür zur Veranda immer offenstand, um den Wind vom Meer hereinzulassen, bewegte sich kein Blatt von seinem Platz, sondern wurde von glänzenden Edelsteinen auf dem Marmorfußboden – natürlich nur im Sommer –, im Winter auf den warmen Holzdielen fixiert. Es war eine Arbeit, die ich zu erledigen hatte, und eine Aufgabe mit einer Bedeutung wie jede andere Arbeit auch.

Das alles würde ich den armen Waisen im Waisenhaus an der Neugasse erzählen und auch, dass mein Bruder und meine Schwester ihre Form nicht halten konnten. Und wenn die Waisen mich fragen würden, was es damit auf sich hätte und was es genau bedeute, »seine Form nicht halten zu können«, würde ich ihnen erklären, dass jeder Mensch wie sie und ich, und dabei würde ich auf jeden Einzelnen zeigen und mit demselben Lächeln, wie ich es meiner ausgedachten Mutter angedichtet hatte, jeden Einzelnen anschauen und ihm schon dadurch Mut machen und Trost spenden, um dann fortzufahren und zu erläutern, dass jeder Mensch einen inneren Stabilitätssinn besitze, der es ihm erlaube, jeden Tag gleich oder zumindest ähnlich auszusehen, dass jedoch in ganz seltenen Fällen dieser sogenannte Stabilitätssinn fehle und sich die davon betroffenen Menschen, so wie eben mein Bruder und meine Schwester, beständig verwandelten. Aber in was verwandeln sie sich denn?, würden meine armen Waisen nur zu gern erfahren, und dann würde ich ihnen erzählen, dass ich meinen Bruder schon als Schwein, als Gans, als Pfau, als Affen, als Maus, ja selbst schon als ein Stück Käse gesehen hätte, ebenso meine Schwester, die manchmal aussah wie eine der schweren Gardinen in meinem Ausschneidesaal, dann wieder als Tomate über das Parkett gerollt kam. An dieser Stelle würden sie lachen, und ich würde sagen: »Genug für heute. Morgen erzähle ich euch mehr.« Ich sah nicht, dass in dieser von mir ganz unwillkürlich phantasierten Geschichte mehr Wahrheit steckte, als ich ahnen konnte. Dies erfuhr ich durch Zufall einige Wochen später.

Bislang hatte ich morgens, wenn die Putzfrau kam, ihr immer im Weg gestanden, was sie schon oft beklagt hatte. Jetzt, einmal als Kretin diagnostiziert, brachte man im Schlafzimmer meiner Eltern eine stabile Öse an der Decke an und zog mich mit einem Seil nach oben. Nun war ich der Putzfrau zwar aus den Füßen, wurde jedoch, weil sie noch die anderen Zimmer zu machen hatte, oft dort oben von ihr vergessen, weshalb ich nicht selten den ganzen Tag über dem Ehebett meiner Eltern vereinsamt hin- und herschaukelte. Das Seil schnitt mir in den Leib, vor allem aber war mir kalt und furchtbar langweilig. Einige Male blieb ich sogar über Nacht dort oben hängen und wurde nicht einmal von meinen Eltern bemerkt, die nach Hause kamen und sich ungeniert unter mir bewegten, sich entkleideten und Beschäftigungen nachgingen, die man normalerweise nicht vor den Augen anderer, sondern in der Zurückgezogenheit der eigenen Kammer verrichtet, in der sie sich ja schließlich auch befanden.

Ich versuchte, mich dort oben möglichst still zu verhalten, und so erfuhr ich viele interessante Dinge, etwa, dass meine Mutter in Wirklichkeit, nämlich dann, wenn sie ihre Kleider ablegte, ein Mann war, mein Vater hingegen eine Frau. Warum das so war, konnte ich nicht herausfinden, vielleicht hatte es etwas damit zu tun, dass meine Mutter als junger Mann ein junges Mädchen nicht nur aus Versehen getötet, sondern danach noch aus Angst vor Entdeckung der Tat zerstückelt und aufgegessen hatte. Wahrscheinlich hatte das weibliche Fleisch in ihm eine Veränderung hin zur Frau ausgelöst, die ihm sehr gelegen kam, da er nun die Tat vertuschen und ganz unauffällig seine Identität wechseln und sich als

Frau ausgeben konnte. Mein Vater hingegen, der als Mädchen auf die Welt gekommen war, hatte meines Wissens nach niemanden getötet und aufgegessen, schon deshalb nicht, weil Mädchen in der Regel nicht aggressiv veranlagt sind und weniger zu Gewalttaten neigen, mit Ausnahme meiner Schwester vielleicht. Ich überlegte, ob meine Schwester in Wirklichkeit ein Junge war und ihr Zwillingsbruder umgekehrt ein Mädchen und man mich völlig zu Recht für einen Kretin und Idioten hielt, da ich als Einziger in der Familie mein Geschlecht nicht wechseln konnte beziehungsweise nicht wusste, wie man es wechselte.

Ehrlich gesagt wusste ich noch nicht einmal, was für ein Geschlecht ich hatte, schon gar nicht, wenn ich dort oben unter der Decke hing und nach unten auf meine Eltern sah, die Perücken und Suspensorien ablegten und als merkwürdige Wesen durch das Schlafzimmer schlurften, denn natürlich hatte ihnen das Leben mit einer anderen Identität jede Individualität geraubt. Lag darin der Grund, dass sie mich so bald wie möglich loswerden wollten?

In dieser familiären Welt, in der nichts so war, wie es schien, nichts so schien, wie es war, fühlte ich mich in meiner Rolle zeitweise durchaus wohl. Alles würde sich ohnehin bald zum Besseren wenden. Nachmittags, insofern mich die Putzfrau wieder heruntergelassen hatte, saß ich auf den Treppen hinter unserem Haus und schaute in den Garten. Vormittags, wenn ich unter der Decke hing, dachte ich darüber nach, ob meine Mutter mich gezeugt und mein Vater mich zur Welt gebracht hatte, oder ob ich, genauso wenig wie mein Bruder oder meine Schwester, überhaupt auf natürlichem Weg, wie immer dieser Weg auch ausgesehen haben mochte, auf diese Welt gekommen war. Vielleicht hatten meine Eltern vor ihrer Ehe andere Beziehungen gehabt, damals noch mit ihrem ursprünglichen Geschlecht, und vielleicht stammten meine Geschwister und ich einfach aus diesen Beziehungen. Es war verwirrend. Aber diese Verwirrung beruhigte mich auf eine eigenartige Weise, sodass ich den Rest des Tages völlig gedankenlos zubringen konnte.

Meine Mutter, also mein Vater, also der von der Anlage her männliche Teil meiner Eltern, schien aber noch ein anderes düsteres Geheimnis mit sich herumzutragen. Mein Vater, also meine Mutter, also der von der Anlage weibliche Teil meiner Eltern, erwähnte ihr gegenüber einmal so etwas im Streit und sagte, dass er sie jederzeit auffliegen lassen könne deswegen und dass er sein ganzes Imperium von Straßenmeistereien dann dichtmachen könne. Das war natürlich nicht im Sinne des männlichen Teils meiner Eltern, besonders nicht, weil nach außen hin ja der weibliche Teil meiner Eltern, der die Vaterrolle spielte, für die Straßenmeistereien zuständig war.

Zwei Dinge wollte ich noch herausfinden, bevor man mich in das Waisenhaus an der Neugasse abschob: Zum einen, wusste meine Schwester vom wahren Geschlecht meiner Eltern, und zum anderen, hatten meine Geschwister tatsächlich das Geschlecht, das sie nach außen hin vorgaben zu haben? Gerade bei Zwillingen lässt sich das Geschlecht relativ leicht vertauschen. Deshalb bat ich die Putzfrau, mich doch zur Abwechslung einmal im Zimmer meiner Geschwister an die Decke zu ziehen, was sie auch tat. Allerdings entdeckten sie mich sofort, als sie von der Schule nach Hause kamen, zerrten an dem Seil und bewarfen mich von unten mit altem Obst, bis die Öse aus der Verankerung geriet und ich nach unten stürzte.

So zogen sich die Tage bis zu meiner Übersiedlung ins Waisenhaus dahin.

2

Weil es keinen Anfang gab, kann es kein Ende geben.

Nicht die Schöpfung ist das zentrale Anliegen der Genesis, sondern die Benennung des Anfangs.

Das tröstende Wort lautet: Im Anfang war.

Alles, was folgt, wurde später hinzugedichtet, weil man die Markierung des Anfangs als Heilsversprechen nicht mehr verstand.

Die Bibel aber markiert Anfang und Ende. Darin liegt ihr Trost.

Die Psyche kennt keinen Anfang. Deshalb kommt der Schmerz zu keinem Ende.

Die Psychoanalyse schiebt das Ende in einem scheinbar unendlichen Prozess vor sich her.

Trost ist nie das, was ist, sondern das, was kommen soll.

Die Verzweiflung darf nie so groß werden, dass ein Trost im Moment benötigt wird.

Ich kann mich nicht selbst denken.

Darum ist der Mensch größer als Gott, weil er einen Gedanken schaffen konnte, den er selbst nicht denken kann.

Allmacht zeigt sich nicht in der Fähigkeit, sondern in der Unfähigkeit.

Etwas Unbewältigbares hinterlassen: Uns selbst.

Dass wir nicht leben können, zeigt sich schon in unserer Grammatik. Das Präsens ist fragil und wird schnell zum Futur. Es kommt ein Schiff geladen heißt immer: Es wird kommen. Nie, dass es tatsächlich kommt.

Ich habe versucht, ein verbindliches Präsens zu finden. Es ist mir nicht geglückt.

Ich habe versucht, den Anderen zu begreifen. Es ist mir nicht geglückt.

Der Andere macht sich begreifbar, indem er sich entzieht.

Der Begriff vom Anderen heißt Entzug.

Ich habe Dr. S. nicht vertraut. Gerade deshalb bin ich bei ihm geblieben. Denn ich dachte, Vertrauen zeigt sich gerade dort, wo man nicht vertraut. Jemandem vertrauen, dem man vertraut, erschien mir zu einfach. Aber jemandem vertrauen, dem man nicht vertraut, das erschien mir eine Herausforderung. Und ich wusste, dass jede Heilung eine Herausforderung braucht.

Ich habe keine Familie, weil ich meine Familie bin.

Ich bin Vater, Mutter, Zwillingsbruder und Kretin. Weil ich das alles bin, bin ich nichts.

Dr. S. versuchte, ein Familienmitglied nach dem anderen wegzuanalysieren.

Es ist ihm gelungen. Jetzt bin ich nichts.

Ich frage ihn (Präsens? Zukunft?): Was jetzt?

Er weiß darauf keine Antwort.

Ich gehe jeden Tag die Allee im Regen hinauf und versuche, das Nichts noch etwas zu halten.

Es fühlt sich an, als müsste ich jeden Augenblick zerspringen.

Zerspringen, um aus meinen Einzelteilen wieder meine Familie zu bilden.

Das hat Dr. S. nicht bedacht, als er mich auseinandernahm.

Es gibt keine Heilung. Es gibt nur ein Wegschauen. Im Hinschauen ist alles wieder da. Genauso wie es war und immer sein wird.

Dr. S. gibt mir Tabletten gegen das Zerspringen. Er gibt mir Tesafilm fürs Zusammensetzen.

Ich bleibe stehen und schaue die Passanten an. Der Regen fällt ihnen ins Gesicht. Gegenüber geht ein Fenster auf. Es ist elf Uhr früh. Ich schaue an dem Stubenmädchen vorbei ins getäfelte Wohnzimmer. Ich schaue durch das Wohnzimmer und durch die Diele und die Küche hindurch in den Garten hinter dem Haus. Dort sitzt ein Mädchen. Es hält die Hände ausgestreckt. Könnte das nur Dr. S. sehen, er würde alles verstehen und könnte seine Behandlung endlich beenden und mich freischreiben.

Was heißt »freischreiben«?, fragt Dr. S..

Es heißt, was es heißt.

Die Passanten bleiben stehen und schauen mich an. Der Regen rinnt mir über das Gesicht. Hinter mir geht ein Fenster auf. Es ist elf Uhr früh. Sie schauen an dem Stubenmädchen vorbei ins getäfelte Wohnzimmer und durch die Diele und die Küche bis in den Garten, wo der Kleine allein sitzt. Wo ist seine Schwester? Wo seine Eltern? Er hält den Kopf gesenkt. Es sieht aus, als hätte er Angst. Kann er schon Angst haben? Ist er dazu nicht zu klein? Eine Wolke senkt sich über den Garten. Die Äste der Bäume schlagen gegen das Vordach des Anbaus. Könnte Dr. S. diese Szene sehen, er würde sofort verstehen. Er würde eins und eins zusammenzählen. Er würde eine Verbindungslinie zeichnen zwischen den beiden Gärten. Er würde dem Kleinen den Nagel aus der Hand nehmen und ihm einen Drops in den Mund stecken. Es gibt nicht viel mehr, was man tun kann.

Ich frage Dr. S., weshalb er mir den Drops verweigert. Er antwortet nicht. Aber ich kenne die Antwort auch so: Ich bin noch nicht so weit.

Ich gehe in abgezählten Schritten die Allee weiter hinauf bis zur Kirche. Ich betrete die Kirche. Wenige Menschen, meist ältere Frauen, sitzen in den Bänken. Ein Mann spielt auf dem Harmonium. Der Pfarrer und zwei Messdiener treten vor den Altar. Ich schaue nach oben in die Kuppel der Apsis, dort hängt der Kleine. Er scheint zu schlafen. Wie winzig er von hier unten aussieht, denke ich. Der Pfarrer wandelt zuerst Wasser in Wein und dann sich in Dr. S.. Ich knie nieder. Bin ich endlich würdig? Er tritt mit einer Hostie zu mir. Ich sehe auf der Hostie das Bild des Kleinen. Nimm ihn ganz in dich auf, sagt er und legt mir die Hostie auf die herausgestreckte Zunge. Wird dann die Schnur durchgeschnitten?, frage ich und deute auf das Seil, das den Kleinen oben zwischen den Putten hin- und herschaukeln lässt. Das ist deine Nabelschnur, sagt Dr. S.. Wenn du bereit bist, können wir ihn freischneiden. Bist du denn bereit? Ich bin nicht würdig, sage ich, aber es braucht nur einen Schnitt, und meine Seele wird gesunden. Nur einen Schnitt.

Ich stehe am Platz der Brüderschwesterlichen Einheit am unteren Ende der Allee und betrachte die Passanten. Sie sammeln die ersten Kastanien und verwandeln sie mit Streichhölzern in Pferde, Schweine und Igel. Es regnet. Dr. S. hat sich als Bettler verkleidet. Ich gebe ihm mein ganzes Kleingeld. Er reicht mir dafür einen zusammengefalteten Zettel, auf dem noch einmal sein Therapieansatz der Symbolischen Versehrung erläutert wird. Diesmal so, dass auch ich ihn verstehen kann. Man sieht eine aufgezeichnete Straße und eine Frau, die vor ein Auto läuft. Ich verstehe genau, was er mir damit sagen will.

War das auch eine Symbolische Versehrung, damals bei Jesus?, frage ich Dr. S.. Er schüttelt den Kopf. Nein, er hat nie versucht, sein Leben zu retten.

Ich stehe am Eingang zum Garten neben den Mülltonnen und schaue durch den Regen auf den Kleinen, der immer noch auf der Schaukel sitzt. Er hat den Drops gelutscht, sage ich zu Dr. S.. Er nickt, lächelt und sagt: Das ist gut.

Ich stelle die drei Fragen nach Vergangenheit, Zukunft und zukünftiger Vergangenheit.

Der Kleine muss nass bis auf die Knochen sein, denke ich. Meine Eltern kommen verkleidet als Touristen. Sie wollen einen italienischen Badeort besuchen. Sie haben sich den Urlaub verdient. Meine Mutter trägt einen Korb mit Fleischwaren. Mein Vater schwingt ein Lasso über seinem Kopf. Sie sind ausgelassen. Italien ist ein kleines Planschbecken am Ende des Gartens. Meine Eltern gehen an dem Kleinen auf der Schaukel vorbei. Für sie scheint die Sonne, während er im Regen sitzt. Sie breiten eine Decke auf der Wiese aus und legen ihre Kleider ab. Ich sehe, dass mein Vater eine Frau, meine Mutter ein Mann ist. Ich weiß nicht, ob das irgendeine Bedeutung hat, sage ich zu Dr. S.. Er zuckt mit den Schultern und sagt: Glaube eher nicht.

Ich habe das Gefühl, dass mein Körper einzelne Organe abstößt. Dann beginnt die Therapie endlich zu wirken, sagt Dr. S.. Das verstehen wir unter Symbolischer Versehrung: Der Körper opfert ein Organ, um sich selbst zu erhalten. Es ist wie im Staat. Es ist wie überall auf der Welt. Der Abstoßung wird viel zu wenig Aufmerksamkeit gewidmet, dabei ist sie der Mechanismus der Zukunft.

Dr. S. wird über diesen Heilerfolg in der nächsten Ausgabe von »Eigendrehimpuls«, der Monatsschrift der Gesellschaft für neuen Magnetismus, berichten.

Ich stehe auf der Allee und sehe die Passanten an. Auch sie sind allein. Auf immer allein. Einerseits fühle ich mich leicht, weil mir ein Organ fehlt. Andererseits schaue ich immerzu, ob es nicht irgendwo liegt. Aber wahrscheinlich ist das so in der Übergangszeit. Ich werde mich bestimmt daran gewöhnen.

Ich erinnere mich an einen Ausflug mit meinen Eltern. Wir fuhren an einem Ferientag mit dem Auto zu einem Landgut. Dort parkten wir das Auto und stiegen aus. Unser Auto stand ganz allein auf dem großen staubigen Platz vor dem Landgut, während wir um das Gebäude herum in den Park liefen. Bevor wir durch das Tor gingen, drehte ich mich noch einmal um und schaute zurück. Und ich sah, dass ich dort, wo ich eben noch gewesen war, jetzt fehlte, und bekam fürchterliche Angst. Ich spürte, dass ich vergangen war. Ich sah an mir herunter, doch es half nichts. Ich sah meine Eltern an. Doch es half nichts. Ich sah noch einmal zurück. Für immer würde ich dort fehlen, wo ich eben noch gewesen war. Ich versuchte, dieses Erlebnis zu vergessen. Doch es kehrte zurück und wiederholte sich immer und immer wieder, oft zufällig, wenn ich mich umdrehte und auf dem Schulhof die ausschwingende Schaukel sah, auf der ich gerade noch gesessen hatte, den Mauervorsprung, von dem ich gerade noch gesprungen war. Dann sah ich mich nicht nur an den Orten, die ich gerade verlassen hatte, sondern auch an denen, die ich erst betreten würde, weil auch sie nur Durchgang sein würden. Schließlich überzog sich alles um mich herum mit einem grauen Film, der mir immer nur das zeigte, was einmal da gewesen war, aber jetzt nicht mehr da war. Später verstand ich, dass genau das die Definition von Dasein ist.

Meine Eltern fahren auf einer hellblauen Vespa an mir vorbei. Sie sind unbeschwert. Auch das Kofferradio, das meine Mutter unter dem Arm hält, ist hellblau. Die Sonne scheint. Die Bäume der Allee werfen breite Schatten auf die Straße. Meine Eltern segeln über sie hinweg. Es ist schön, einmal alles vergessen und hinter sich lassen zu können. Ich schaue nach oben in die Wipfel der Kastanien. Der Kleine schaukelt an seinem Seil hin und her. Er ist eingeschlafen und lächelt im Schlaf.

3

NOTATE ZU FASCHISMUS UND VERLASSENHEIT

Vielleicht ist das Verlockende und Faszinierende an jedem faschistischen System, dass es sich auf die grundlegendsten Fragen beschränkt, ohne sich zu verzetteln und vor allem ohne humanitäre, gefühlsmäßige, ästhetische und ethische Skrupel dabei zu haben. Die grundlegendste Frage aber ist die nach der Strukturierung von Raum und Zeit. Es ist die Frage, mit der alle Mythen beginnen und mit der auch die Bibel beginnt. Alles andere ist abgeleitet. Einen Platz zu füllen, Menschen in bestimmte Richtungen marschieren zu lassen, Gebäude zu bauen, Länder einzunehmen, das alles befriedigt den sonst ewig unbefriedigten Geist. Nicht umsonst dominiert der Begriff des Raums den Faschismus. Der Einzelne erkennt sich im Volk ohne Raum wieder, weil auch er tagtäglich mit seiner inneren Raumlosigkeit zu kämpfen hat. Wie kommt man auf die Idee, ein Reich das Tausendjährige zu nennen? Tausend Jahre sind lang, und doch sind sie nicht ewig. Und vielleicht liegt genau darin die Verheißung, etwas anderes zu verheißen als die stets mit suspekter Ewigkeit hantierende Religion.

Da man über zwanzig Jahre keinerlei Privatheit gelebt hatte in einer durchforschten und zur Transparenz gezwungenen Gesellschaft, musste man aus dieser Rückzugslosigkeit eine pseudohafte Privatheit errichten, in der man nach dem Zusammenbruch weiterlebte, immer in der Hoffnung, einmal zu einer wirklich neuen Privatheit zu gelangen, wobei alle Versuche gleichermaßen verkrampft blieben. Alle sehnen sich nach dem Privaten, aber niemand wusste, was das Private sein sollte. Deshalb schaute man es sich von anderen ab, die es genauso wenig wussten.

Würde man je das riesige unbekannte Dahinter vergessen können, mit dem man so viele Jahre gelebt hatte? Die Todesmaschinerie? Konnte es danach noch eine saubere Trennung zwischen Bewusstem und Unbewusstem geben? Hatte die Topologie der Psychoanalyse nicht durch den Faschismus ihre analytische Kraft verloren, weil das Unbewusste nicht mehr seine angestammte Funktion innehaben konnte? Es konnte nicht länger unzugänglich und versteckt sein, weil es ein allen bekanntes kollektives Versteck gegeben hatte, das nun die Vorstellung eines Unbewussten kontaminierte. (Keine Psychoanalyse nach Auschwitz sozusagen.)

Die Toten kehren auf verschiedene Weisen zurück: Sie hängen an Bäumen, stehen in Fluren, treiben in Flüssen vorbei, vor allem liegen sie auf Speichern und in Kellern. Sie wissen sich und auch uns nicht zu helfen.

Hinter der Weltmechanik lauert ein Atheismus, und der heißt Gott. Sich auf Gott zu berufen ist der größte Atheismus. Ich schaffe mir mein eigenes Über-Ich, schaue über mich hinweg in einer Perspektivmultiplikation, einer mise en abyme inverse. Rudolf Heß: Durch seine Taten errichtet er die Weltmechanik, mit dem aber, was er vor Gericht sagte, mit dem Leugnen des eigenen Tuns, setzte er diese Weltmechanik auch für die folgende Ordnung und die folgenden Generationen weiter in Gang. Die systematische Vernichtung der Juden, die Unterstützung eines in seiner Grausamkeit unvorstellbaren Regimes, das ist die Weltmechanik. Sein Schlusswort aber vor dem Nürnberger Prozess ist die Perpetuierung dieser Weltmechanik über ihr eigenes Bestehen hinaus. Man kann die Taten vielleicht aus einer entfernten Ahnung heraus verstehen, die letzten Worte von Rudolf Heß entziehen sich jeglichem Verständnis.

»Ich verteidige mich nicht gegen Ankläger, denen ich das Recht abspreche, gegen mich und meine Volksgenossen Anklage zu erheben. Ich setze mich nicht mit Vorwürfen auseinander, die sich mit Dingen befassen, die innerdeutsche Angelegenheiten sind und daher Ausländer nichts angehen. Ich erhebe keinen Einspruch gegen Äußerungen, die darauf abzielen, mich oder das ganze deutsche Volk in der Ehre zu treffen. Ich betrachte solche Anwürfe von Gegnern als Ehrenerweisung. Es war mir vergönnt, viele Jahre meines Lebens unter dem größten Sohne zu wirken, den mein Volk in seiner tausendjährigen Geschichte hervorgebracht hat. Selbst wenn ich es könnte, wollte ich diese Zeit nicht auslöschen aus meinem Dasein. Ich bin glücklich, zu wissen, dass ich meine Pflicht getan habe meinem Volke gegenüber, meine Pflicht als Deutscher, als Nationalsozialist, als treuer Gefolgsmann meines Führers. Ich bereue nichts. Stünde ich wieder am Anfang, würde ich wieder handeln, wie ich handelte, auch wenn ich wüsste, dass am Ende ein Scheiterhaufen für meinen Flammentod brennt. Gleichgültig was Menschen tun, dereinst stehe ich vor dem Richterstuhl des Ewigen. Ihm werde ich mich verantworten, und ich weiß, er spricht mich frei.«

Karl-Heinz Kurras sagt mit achtzig Jahren, sieben Jahre vor seinem Tod und vierzig Jahre nachdem er Benno Ohnesorg ermordete: »Fehler? Ich hätte hinhalten sollen, dass die Fetzen geflogen wären, nicht nur ein Mal, fünf, sechs Mal hätte ich hinhalten sollen. Wer mich angreift, wird vernichtet. Aus. Feierabend. So ist das zu sehen.«

Um uns selbst auf die Schliche zu kommen, müssten wir tausend Bewegungen und Gesten beobachten, analysieren und erkennen. Etwa wie die Mutter, und ich greife nur willkürlich ein Beispiel heraus, nach dem Auspacken eines Geschenks das Geschenkpapier zusammenfaltet oder nicht zusammenfaltet und stattdessen zerknüllt – in meinem Fall zusammenfaltet. Wie sie, nachdem sie ein Päckchen geöffnet hat, den Pappkarton zerreißt. Zerreißt sie den Pappkarton, bevor sie den Inhalt aufmacht oder erst danach?

Schaut sie dabei das Kind an, das ihr gegenüber am Tisch sitzt, oder blickt sie auf ihre Hände, die die Pappe sorgsam in gleichmäßige Stücke zerreißen? Spricht sie, während sie den Karton zerreißt, mit dem Kind? Und ist das Kind beruhigt, weil die Augen der Mutter nicht auf ihm ruhen, sondern auf der Pappe, die sie zerreißt, während sie zu ihm spricht? Stellt sich in diesem Moment ein Wohlgefühl ein, weil die Mutter anwesend ist, ohne das Kind anzuschauen? Denn schaute sie es an, würde sie einen Mangel an dem Kind entdecken. Jetzt aber, während sie die Pappe zerreißt, liegt ihre Konzentration beinahe ganz auf dem Vorgang des Zerreißens und nur ein winziger Rest, fast wie ein Automatismus, bleibt bei dem Kind, zu dem sie spricht, während ihre Finger die Pappe an der Kante fassen und sich ruckartig gegeneinander bewegen. Und nur darum, weil die Mutter auf etwas konzentriert und abgelenkt ist, fühlt sich das Kind sicher, denn die Mutter ist anwesend und spricht zu ihm, beachtet es aber nicht, denn ein Beachten würde, wie bereits gesagt, eine Kritik der Mutter hervorrufen, eine Kritik an dem Kind, das die Arme nicht richtig hält und dessen Gesicht nicht so geschnitten ist, wie es der Mutter gefiele, weil seine Augen entweder verschlagen schauen oder eben nicht verschlagen, dafür aggressiv und herausfordernd, denn selbst wenn das Kind die Augen niederschlägt, verbirgt es lediglich seine Verschlagenheit oder Aggression. Nur deshalb entsteht in dem Moment der Ablenkung durch das Zerreißen der Pappe für einen Augenblick ein Wohlempfinden in dem Kind, und es möchte, dass dieser Augenblick nicht vorbeigeht, und es möchte der Mutter Pappe zum Zerreißen nachreichen, unauffällig natürlich. Und wie enttäuscht ist das Kind deshalb, wenn ein Päckchen angekommen und bereits ausgepackt auf dem Küchentisch liegt, wie desinteressiert und deshalb von der Mutter als undankbar gescholten ist es an den Geschenken, die es vorsichtig und zugleich hastig öffnet, in der Hoffnung, die Mutter werde ihm das Papier abnehmen und es konzentriert zusammenfalten. Am liebsten würde das Kind das Papier so schnell wie möglich herunterreißen, aber es muss aufpassen, dass es das Zusammenfalten nicht gefährdet, weil ein Riss die Mutter davon abbringen könnte, das

Papier zusammenzufalten, weil es nun unbrauchbar geworden war. Natürlich wurde gebrauchtes Geschenkpapier nicht noch einmal benutzt. Aber es wurde aufgehoben. Die Mutter würde sich hüten, gebrauchtes Geschenkpapier für ein eigenes Geschenk zu verwenden, da man nie sicher sein konnte, jemanden etwas in dem Papier zu schenken, das von ihm selbst stammte. Darüber hinaus zeugte es von schlechtem Benehmen, gebrauchtes Geschenkpapier zu benutzen, genauso wie es umgekehrt von schlechtem Benehmen zeugte, das Geschenkpapier achtlos zusammenzuknüllen. Was einmal als Geste dem Schenkenden gegenüber gedacht war, hatte sich verselbstständigt und wurde in einem Karton als Beweis der eigenen guten Manieren gesammelt. Und wenn allein eine solche Geste so viele Möglichkeiten des Verhaltens, so viele Möglichkeiten der Beziehung hervorrief, wie viele unendliche Möglichkeiten ließen sich noch finden, etwa gegenüber dem leergegessenen Teller, dem ausgekratzten Eisbecher, dem abgerissenen Schnürsenkel und vielem mehr – man käme nie zu einem Ende. Es wäre tatsächlich die endlose Analyse. Die Lösung, die dem Kind kurz in den Sinn kam, nämlich der Mutter das Geschenk zum Auspacken hinzuhalten, existierte allein für den Kleinen, der deshalb auch an seinem Zustand festhielt und sich weigerte, ihn aufzugeben. Das Papier unachtsam aufzureißen und die Mutter keines Blickes zu würdigen, das konnte nur der Zwillingsbruder, und gerade weil diese beiden Lösungsmöglichkeiten bereits in Beschlag genommen waren, konnte das Kind sie nicht auch noch verwenden, sondern nur abwarten und hoffen.

Die Bedeutung des wandernden, hinwegwandernden Gottes. Des frierenden Gottes. Des schwitzenden Gottes. Des blutenden Gottes.

Es gab eine Faszination für Tatorte, für Rätsel, ebenso für Gottesbeweise. Gleichzeitig, da die Tatorte überwogen, die versteckten Lager zwar versteckt, aber dennoch vorhanden waren, eine Faszination für Orte ohne jede Atmosphäre, Gesichter, die nichts mehr aussagten, sondern ausdruckslos verharrten.

Niemand kam auf die Idee, die Trümmer und Ruinen symbolisch zu interpretieren. Das Leben in Trümmern und Ruinen mochte vielleicht rückwirken auf die Menschen, aber wie sollten sie darin die Krater erkennen, die aus ihrem Unbewussten nach oben ragten und die man nicht einfach abschlagen und einebnen konnte, ohne die Möglichkeit zu einem neuen Bewusstsein zu verlieren?

Dass das realistisch Geschilderte als Märchen, das Märchen als realistisch geschildert gelesen werden müsste.

Die Umkehrung der Symbolik, die so geschickt vorgenommen wird, dass sie nicht nachweisbar ist.

Die Entwicklung des Alltags als Ort der Unaufmerksamkeit und damit Geborgenheit.

Warum zerstört niemand die Weltmechanik? Warum kommt niemand auf die Idee?

Und was ist die Psychoanalyse in Bezug auf die Weltmechanik? Was die Philosophie? Apologie oder Gegenentwurf?

Wir suchen die Auflösung einer Geschichte, die Lösung für ein Rätsel, die Erklärung eines Wunders, das heißt, wir suchen die Enttäuschung. Die Enttäuschung ist der eigentliche Genuss, weil wir sofort beginnen, die Auflösung einer neuen Geschichte, die Lösung eines neuen Rätsels, die Erklärung eines neuen Wunders zu suchen. Und doch gelingt es uns nicht, bei einer nicht aufgelösten Geschichte, einem nicht gelösten Rätsel, einem nicht erklärten Wunder zu verharren.

Die Brachstellen, die noch viele Jahre zu sehen waren, wiesen auf das beruhigte Unbewusste hin, das nur noch Pfütze war, flacher See, eine Oberfläche, die man umging und in der sich nichts spiegelte.

Anerkennen, dass uns die Erinnerung vereinsamt und isoliert.

Es ist wichtiger, dass es einmal ein Labyrinth gab, als dass es ein Labyrinth gibt. Alles, was es einmal gab und nicht mehr gibt, entfaltet seine Wirkung noch stärker.

Ein Mythos entsteht nur, wenn man selbst das Ende nicht fürchtet, damit es andere fürchten.

Weltmechanik und Höllenmaschine.

Geschichten werden erzählt, um eine bestimmte Geschichte nicht zu erzählen. Weil wir aber wissen, dass man keine Geschichte von Grund auf erfinden kann, suchen wir in diesen Geschichten nach Anhaltspunkten, die uns zur wirklichen Geschichte führen sollen.

Die Vergangenheit ist entweder zusammengesetzt oder unvollendet.

Kann der Körper zur Sprache kommen?

Die Erinnerungen des Körpers, das Gefühl, in einem Bett zu liegen, während sich jemand über einen beugt, die Arme fixiert, man durch ihn hindurch an die Decke schaut, wo der Bruder hochgezogen hängt, obwohl er dort nicht hängen kann. Das Nicht-Erinnerte des Körpers, der sich über einen beugt und wieder geht, das Licht ausmacht und geht, die Tür schließt und geht. Man kann nicht benennen, an was man sich klammert.

Wir können das Gefühl nicht fassen, um das es geht. Wir können es nicht fassen. Es ist eine Brücke. Eine Straße. Ein Tag im Dezember. Es ist nur der eine Tag. Mehr Zeit ist nicht.

Dass die Lösung darin besteht, die Frage zu vergessen, mag für andere gelten, aber nicht für diejenigen, die Fragen in sich tragen, die bereits vergessen wurden. Man kann diese Fragen nicht beantworten. Nur immer wieder annehmen, ohne dass etwas dadurch gelindert würde.

Nicht Fremde, Feinde sind wir uns selbst.

IX

1

LITERATUR

Lassen sich die Romane und Erzählbände, die in besagten Jahren erschienen, einer gewissen Gattung zuordnen, die man als »von der Zeit gezeichnet« oder »von der Epoche geprägt« beschrieben und unter der Kategorie »Neue Verhaltenheit« zu fassen versucht hat? Können Romanciers wie Klarthen, Röhming, Arnbruch, Milden, Nehmhard, Erzähler wie Stehlmater, Grünreich-Frey, Anrath oder Dichterinnen wie Hortenz, Kriebald oder Zierweil, gar ein dichtender Philosoph wie Siebert wirklich als Einheit begriffen werden, und wenn ja, worin liegen ihre Gemeinsamkeiten, wenn man über den Zufall hinwegsieht, dass sie eine Epoche teilten? Wir können an dieser Stelle nur einige Titel nennen, um sie der Vergessenheit zu entreißen und wenigstens darauf hinzuweisen, dass es sie einmal gab – in einer Zeit, die, bevor sie begonnen hatte, schon wieder verschwand.

Tatsächlich dachte man für einen Moment, die Romane der Zukunft bräuchten keine Figuren mehr und würden sich weitgehend von Chronologie und Realismus befreien. Doch dieser Wunsch entpuppte sich schon bald als naive Träumerei, die in der ersten Euphorie nach dem Zusammenbruch eine den Wissenschaften ähnliche, illusionäre Zukunftsvision entwarf, in der man meinte, sich schon bald eigenständig durch die Luft bewegen und ausschließlich von Pillen ernähren zu können. Die Literaturgeschichte aber ist in ihrer konservativen Beharrlichkeit uneinsichtig und brutal und mäht einen geraden Weg durch alle Vielfältigkeit. Ein paar Besonderheiten lässt sie als Attraktionen links und rechts am Wegesrand stehen, doch die haben mit dem planierten Weg nicht viel gemein. Das Narrativ des Stockens, Stotterns und Stammelns, das in verschiedenen frühen Romanen auftauchte und als traumatologische Prosa eine eigene Sprache zu etablieren versuchte, wurde bereits mit den ersten Publikationen als umständlich und unverständlich, vor allem aber als »die Zeit verfehlend« abgelehnt, sodass eine ganze Schriftstellergeneration sich auf eine gekünstelte Art des Schreibens kaprizierte, die in dem Prozess der künstlerischen Verdrängung entstand und heute unter dem Begriff »moderne deutsche Literatur« firmiert. In diesen Romanen »ruhten« Dinge in Armen von Personen, Sätze »drangen« wahlweise nach draußen oder nach drinnen, Priester »besaßen einen Blick für Menschen«, diese Menschen »erhoben« sich nicht nur in der Kirche, sondern auch in Straßencafés von ihren Sitzen, meist hatten sie »gute Gesichter« und »richteten« anschließend ihre Hemdkragen. »Buben fächelten gegen die Hitze an«, Männer »wandten« sich um, »schulterten ihr Gepäck«, »deuteten landeinwärts« und »berichteten Wissenswertes« vom »sagenumwobenen Rhein«, sie »nickten sanft«, während »ihre erstaunlich blauen Augen ein Lächeln bewahrten«, da sie wussten »was die Höflichkeit verbot«. Kurzum, ein einziges Grauen, das sich, kaum war der erste Schock überwunden, breitmachte und beharrlich über viele Jahrzehnte und bis heute hielt.

Sachbuch

ROBERT MÜNCH, *Labyrinthische Verkehrsplanung als Vergegenständlichung unbewusster religiöser Hoffnungen*, Sigmaringen 1949–1953.
Loseblattsammlung, die den Versuch unternimmt, das neu entstehende Straßennetz als Abbild gesellschaftlich unterdrückter Prozesse zu lesen. Wenn auch im Ansatz längst überholt, weisen ei-

nige Beiträge über die Zeit hinaus. Unter anderem: Markward Neuner, »Kreuzweg – Kreuzung – Kreisel, Versuche, sich aus dem Weg zu gehen«; Henning Dorschig, »Was immer gilt, Straßenschilder und Heilsversprechen«; Wolfhard Thomas, »Ölwechsel und letzte Ölung. Der Personenkraftwagen und seine Stellvertreterfunktion«; Landhelm Hubricht, »Wir sind nur Gast auf Erden. Das Viatikum und die Raststätte«.

XAVER BROHMMICHEL, *Urbewusstein und Größen-Ich – Versuche zum Vokabular der nationalsozialistischen Psychoanalyse*, Sigmaringen 1951.
Listet alphabetisch das Vokabular der von Erwin Mittenstaat in den Jahren 1929–1945 entwickelten sogenannten Arischen Geist-Erforschung in Abgrenzung zur Terminologie der neuzeitlichen Psychiatrie auf.
Ein historisch bedeutendes Werk, da bereits heute kaum noch jemand weiß, was unter Begriffen wie Wahnwillkür, Wandelbefehl, Wandelstarre, Willensbeweis, Wirkungsnotstand, Wirrkur oder Wunderschöpfung zu verstehen ist.

ERHARD STRIEHMANN, *Gegenläufige Weltmechanik*, Sigmaringen 1948.
Das große, beinahe viertausend Seiten in drei Bänden umfassende Werk des Sigmaringer Philosophen, in dem er die Weltmechanik in allen Zeiten und Kulturen beschreibt und bis hinunter in den von ihm als azephalisch bezeichneten Mikrokosmos nachzeichnet.

HENNING LÖHLEIN, *Betrachtung zur allgemeinen Psychopathologie*, Sigmaringen 1953.
Beschreibt eine Reihe typischer psychischer Störungen der Nachkriegszeit, wie z.B. dass Menschen nicht ertragen konnten, wenn Dinge aufgestapelt wurden oder Spielzeug an der Seite einen Zapfen für einen Schlüssel zum Aufziehen hatte.

TOBIAS REHMEYER, *Retinadiagnose für den Privathaushalt*, Sigmaringen 1951.
Rehmeyer, ein Schüler von Prof. Dr. Siebert, versucht, dessen Forschung auf dem Gebiet der Optogramme für den Laien nutzbar zu machen. Dazu dienen vor allem ausführliche Bauanleitungen für ein elektrisches Optometer, einen Refraktionsbestimmer sowie Keratoskop und Strabometer.

Belletristik

HORST NEHMHARD, *Die Ruhe des Rechtecks*, Roman, Sigmaringen 1947.
Ein Kriegsheimkehrer kann in seiner Heimatstadt nicht mehr Fuß fassen und begeht eine Gewalttat.

HORST NEHMHARD, *Traumlose Nachtruhe*, Roman, Sigmaringen 1947
Die Geschichte der Apothekerfamilie Wiehmayer bietet Nehmhard erneut die Gelegenheit, sein erzählerisches Können zu entfalten. In einer stürmischen Oktobernacht des Jahres 1905 kommt Ulrich zur Welt. Seine Mutter stirbt bei der Geburt, der Vater erhängt sich aus Gram im Wehrturm der Grevenburg, die einst zum Besitz seines Großonkels gehörte. Ulrich wächst bei einer Tante auf und kommt kurz vor Ausbruch des Ersten Weltkriegs in die Fouquet de Belle-Isle Knabenschule, wo er den zwei Jahre älteren Gunnar kennenlernt. Gunnars Eltern führen in vierter Generation die einzige Apotheke in Traben-Trarbach und drängen darauf, dass ihr Sohn diese später einmal übernehmen wird. Gunnar ist jedoch ein unsteter Geist, den es immer wieder in die Ferne treibt, auch wenn die Eskapaden des gerade einmal Dreizehnjährigen meist am Ufer der Mosel ihr frühes Ende nehmen. Zudem hat er andere Pläne, möchte dichten, oder wie er zu Ulrich sagt: »Nicht Verse schmieden, sondern ziselieren.« Ulrich beneidet Gunnar um dessen entschlossenes Auftreten und kann Tobias überreden, dem alten Hausmeister Gurtlaub den Schlüssel zum Materialienraum zu ent-

wenden, um aus den dort aufbewahrten Chemikalien einen Gifttrank zu mischen, den Ulrich am nächsten Morgen vor den Augen seiner Klassenkameraden zu sich nehmen will. Als Ulrich jedoch nicht wie erwartet an dem Trank erkrankt, sondern stattdessen von einer hartnäckigen Akne geheilt wird, erweckt er die Aufmerksamkeit von Gunnars Eltern, die ihn zu adoptieren beschließen.

HORST NEHMHARD, *Unbewusste Planung*, Roman, Sigmaringen 1947
Nehmhard nimmt hier noch einmal den Erzählstrang von *Traumlose Nachtruhe* auf. Wir begegnen Ulrich siebzehn Jahre später. Tobias hat seinen Traum von der Künstlerkolonie in Salzgitter inzwischen verwirklicht, weiß aber nicht, dass Tamara völlig verarmt in Lübeck lebt. Gunnar kehrt erkrankt von einer Schiffsreise nach Sigmaringen zurück, wo er im dortigen Krankenhaus auf Ulrich trifft, der einer alten Freundin einen Besuch abstatten will. Im folgenden Gespräch erfährt Ulrich, dass Hanna bei einem Dreisinenunfall auf dem Werksgelände ums Leben kam und nun Eckhardt die Firmenleitung übernommen und als Erstes eine Verminderung der Wirkstoffsubstanzen in der Tablettenherstellung angeordnet hat. Ulrich verlässt erregt das Krankenhaus und telegraphiert Tobias, der wenige Tage später mit einem Trupp Bologneser Anarchisten anreist und gegen Ulrichs erklärten Willen den Neubau des Hogensteiner Werks in die Luft sprengt. Dabei kommt Monika, Tobias Tochter aus der Verbindung mit Waltraud, ums Leben.

HORST NEHMHARD, *Geschichte der Endlichkeit*, Roman, Sigmaringen 1948.
Ein totgeglaubter Soldat kehrt in seinen Heimatort zurück und wird von den Dorfbewohnern als wiederauferstandener Messias verehrt. Nachdem er sich anfänglich wehrt, fügt er sich schließlich in seine Rolle. Eine der ergreifendsten Szenen im Werk Nehmhards ist die Beschreibung der Kreuzigung am Schluss des Buches, die mit den Sätzen endet: »Das Kreuz aber wollte nicht halten und schwankte im Unwetter über den Köpfen der Bauern hin und her.

Fählmann war verstummt, hielt den Kopf dennoch immer noch trotzig gen Himmel gereckt. Als man ihm den Essigschwamm an einer Mistgabel reichte, begannen seine Augen zu strahlen: Er war in die ewige Unschuld zurückgekehrt.«

HORST NEHMHARD, *Manisches Kritzeln. Verstreute Notizen*, Sigmaringen 1948.
Nachdem Nehmhards Verlag die Publikation der unter dem Titel »Aufzeichnungen eines Unbeteiligten« geplanten vierzehnbändigen Gesamtausgabe wegen mangelnder Subskribtionen hatte einstellen müssen, entschloss man sich, wenigstens Nehmhards Notizen der Öffentlichkeit zugänglich zu machen. Die nur mangelhaft editierte Ausgabe listet ohne Quellenangabe Hunderte von kurzen Einträgen auf, die teilweise aus Nehmhards Romanwerk, teilweise aus seinen Tagebüchern, teilweise aus Notizbüchern der Jugendzeit entnommen sind. Nehmards Witwe, Hulda Brauerbach-Nehmhard, wurde unterstellt, ähnlich wie Nietzsches Schwester, Elisabeth Förster-Nietzsche, an einer Art »Willen zur Macht« zur Rehabilitierung der »Neuen Ordnung« zu arbeiten und dabei auch vor offensichtlichen Fälschungen nicht zurückzuschrecken. Das Bild, das Braucherbach-Nehmhard hier von ihrem verstorbenen Mann zu zeichnen versucht, entspricht in keinster Weise dem feinfühligen Autor von *Unbewusste Planung* oder *Traumlose Nachtruhe,* dem es als sensiblen Stilisten niemals unterlaufen wäre, jeden zweiten Eintrag mit »Wohlan« zu beginnen und seine Freude über die »im Unrat knackenden Kiefer meiner Feinde« auszudrücken.

HORST NEHMHARD, *Der Sturz vom Karmelitersteg*, Erzählungen, Sigmaringen 1949.
Posthum veröffentlichte Sammlung von kurzen Texten, die nicht an die Qualität von Nehmhards Romanen heranreicht. Das wiederkehrende Motiv des Prostituiertenmords in Nehmhards frühexpressionistischem Stil erinnert den Leser unwillkürlich an die zwanziger Jahre und wurde deshalb vom Publikum der Nachkriegszeit nur zögerlich aufgenommen.

HELMUT ARNBRUCH, *Wenn du gehst, nimm diesen Weg*, Roman, Sigmaringen 1953.
Der harmlose Wochenendurlaub eines jungen Ehepaars endet in einer Katastrophe. Marga und Julius Siebert sind seit einem halben Jahr verheiratet und fahren zum ersten Mal für ein Wochenende in einen kleinen Kurort im Schwarzwald. Während eines ersten Spaziergangs vertraut Julius seiner Frau an, dass er in eine dumme Sache hineingeraten sei. Er habe versucht, den Buchhalter seiner Straßenmeisterei wegen einiger von diesem verursachten Unregelmäßigkeiten zu erpressen, doch der habe den Spieß umgedreht und mit gefälschten Dokumenten eine Reihe von Spuren gelegt, die nun ihn, Julius, als Schuldigen dastehen ließen. Er müsse den Mann auszahlen und das könne er nur mit dem Geld von der Brandversicherung. Langsam begreift Marga, dass Julius sie auf diese Wochenendfahrt eingeladen hat, um währenddessen das gemeinsame Haus niederbrennen zu lassen und die Versicherungssumme zu kassieren.

ENNO KLARTHEN, *Lass mich sehen!*, Roman, Sigmaringen 1950.
Eine Stadt wird von einer epidemischen Blindheit heimgesucht. Drei Ärzte haben ein Gegenmittel entwickelt, dessen Ausgangsstoff jedoch aus Zapfenzellen Neugeborener besteht. In einer Stadtversammlung treffen Befürworter und Gegner der Therapie aufeinander. Der Arzt Dr. Hauchmann versucht, die anwesenden Schwangeren von der Zellenspende ihrer Embryos mit dem Argument zu überzeugen, sie könnten ihr Erstgeborenes ohnehin nicht sehen, jedoch alle noch folgenden Kinder, da man die Epidemie mit ihrer Hilfe besiegen werde. Schließlich tritt eine bereits erblindete Hochschwangere vor und erklärt sich bereit, ihr Kind der Medizin zur Verfügung zu stellen.
Klarthens Roman erlebte etliche Auflagen und wurde erst in den siebziger Jahren nicht mehr nachgedruckt, als bekannt wurde, dass der Arzt Klarthen während des Nationalsozialismus als Befürworter der Euthanasie in entsprechenden Einrichtungen tätig gewesen war.

2

TAFELBILDER

GERHARD GÜNTHER
Vier Männer umstehen einen liegenden Passanten, Öl, 1947
Das eindrücklichste Bild aus Günthers Vier-Männer-Zyklus. Im Schein einer Straßenlaterne, aus leicht erhöhter Perspektive gesehen, stehen vier Männer um einen auf dem Trottoir liegenden Körper, von dem sich wegen des langen grauen Mantels nicht genau ausmachen lässt, ob es sich um eine Frau oder einen Mann handelt. Einem Stil verpflichtet, der die »Neue Beharrlichkeit« nicht verleugnet, sind diese vier Männer – anders als auf den übrigen Bildern des Zyklus – nicht durch Kleidung, Haltung und Insignien voneinander zu unterscheiden. Darüber hinaus blicken sie gemeinsam auf den Liegenden und scheinen durch ihn zu einer Einheit verschmolzen.

VOLKBERT FRANKEL
Heimkehr, Öl, 1948
Eine Straße im Schnee, kleine Häuschen, im Hintergrund ein Kirchturm, geschlossene Hoftore. Ein Mann ist mit dem Rad unterwegs. Man sieht ihn verschwindend klein am Ende der Straße, vielleicht ist es auch nur der Schatten einer eingefrorenen Schneewehe.

SIEGBERT GUMBACH
Hühnerknochenwurf, Gouache, 1951
Der prominenteste Vertreter der von ihren Kritikern als »Neue

Unentschlossenheit« bezeichneten Bewegung der Mannheimer Malschule bewegt sich in diesem Bild immer noch auf der Grenze zwischen Realismus und Abstraktion. Der futuristisch anmutende verwischte Arm des im grauen Nebel verschwindenden Werfers und der Hühnerknochen, der in seinem Fall einen Bogen über einer scheinbar aus dem Boden wachsenden Stadt beschreibt, reißen das Bild kompositorisch auseinander und lassen den Betrachter ratlos zurück.

ZOLTAN ZONARY
Sterbender Großvater, Öl, 1946
In hyperrealistischer Manier ausgeführt, liegt ein greiser Mann unter einer Decke auf einem Sofa. Das Abendlicht dringt durch die zugezogenen Gardinen. Über ihm eine Winterlandschaft mit einem gestürzten Pferd. In der Ecke der Kammer, für den Betrachter kaum zu erkennen, ein kleiner verängstigter Junge mit einer Kröte in der Hand.

WOLFRAM WEBER
Die Siebert'sche Villa als Ruine, Triptychon, Öl, 1947
Der früh verstorbene Wolfram Weber ist einer der wenigen Maler, die sich mit zeitkritischen Themen befassten. Das Triptychon »Die Siebert'sche Villa als Ruine« steht dabei eindeutig im Zentrum seines Schaffens. Siebert'sche Villa war ein zeitweise gebräuchlicher Euphemismus für die außerhalb der Stadt gelegenen Lager. Weber bildet jedoch nicht das Lager selbst ab, sondern nimmt den Begriff wörtlich und entwirft eine prächtige Villa in der Nähe eines Kalkfelsens mit ihren Bewohnern – einer Familie mit einem Zwillingspaar und zwei Angestellten. In spätimpressionistischer Machart ausgeführt, sehen wir die Villa auf den drei Tafeln im wechselnden Tageslicht, das immer einen jeweils anderen Teil marode und zerstört erscheinen lässt und so das unbeschreibliche Grauen in den harmlos wirkenden Alltag einschreibt.

3

FILME

Die zehn Jahre zwischen Zusammenbruch und wirtschaftlicher Erstarkung seien die atheistischsten in der Geschichte Deutschlands gewesen. Weshalb sich die Menschen nach dem Zusammenbruch des Politischen als symbolische Ordnung nicht verstärkt der Kirche zuwandten, ist bis heute unklar. Lag es allein daran, dass die Kirche zu stark mit dem Politischen verknüpft gewesen war? Das Private als symbolische Ordnung musste erst herausgebildet werden, und allein dazu dienten die unablässig produzierten und in Lichtspieltheatern gezeigten Filme, die versuchten, eine Darstellung des Individuellen an den zusammengebrochenen Heimatbegriff zu koppeln. Die Jugendlichen in diesen Filmen rannten orientierungslos in der offensichtlich nicht länger funktionierenden Ordnung der Erwachsenen umher, und in keiner der Produktionen fehlt eine Führerfigur, die von außen in das Geschehen eingreift und das Ungeordnete ordnet. Diese Führer trugen keine Uniformen mehr, sondern leichte Sommeranzüge, waren also auf gewisse Weise nahbar geworden. Die unentschlossen dargestellten Mädchen und Frauen fanden sich unter der Ägide dieser Autoritäten mit den unfähigen und weltfremden Jungen und Männern zu Paaren zusammen, während der Führer nach seinem ordnenden Eingriff die Szenerie wieder verließ. Hierin zeigt sich der entscheidende Unterschied zur jüngsten Vergangenheit – und nicht in einer Abkehr vom Führerprinzip: Es ist nicht länger der Führer, der kommt und bleibt und alles zugrunde richtet, sondern der Führer, der kommt, ordnet und geht, um vielleicht zu einem späteren Zeitpunkt wiederzukehren – hier wird der christliche Einfluss deutlich –, sollte die neu geschaffene Ordnung nicht von Dauer sein.

Wie kann man die Filme beschreiben, die in diesen Jahren in der Stadt gezeigt wurden? Lag es an der unzureichenden Ausrüstung, den zugigen Kellerlöchern, mit Bettlaken abgehangenen Hinterzimmern, den Projektoren, die oft mangels Strom mit der Hand angetrieben wurden, den kulturell ausgehungerten Zuschauern, die sich aneinanderdrängten und jede Einstellung, jede Bewegung kommentierten? Sind sie uns nicht immer noch zum Greifen nahe, die Silhouetten, die den Horizont abschreiten, die Erdlöcher, die sich unerwartet auftun, um Mensch und Tier gleichermaßen zu verschlingen, die Wolken, aus denen Leitern und Stricke herabhängen, um den Menschen Hoffnung zu schenken? Ton war meist nicht vorhanden oder konnte nicht abgespielt werden. Manchmal sprachen einige Zuschauer die Dialoge mit und interpretierten nicht eindeutige Stellen mit einer Überzeugung, die umgehend eine weitere Interpretation provozierte, sodass es nicht selten zu Streit und Schlägerei kam.

Es gab nicht nur das alte, vorgefundene Material aus den Archiven der offiziellen Kinos und den sogenannten Giftschränken der Zensurbehörden, das aus unterschiedlichen und oft nicht mehr nachvollziehbaren Gründen zurückgehalten worden war und nun offiziell in den verschiedensten Winkeln der Stadt gezeigt wurde, sondern es wurden mit einfachsten Mitteln auch neue Filme gedreht. Darunter erfreuten sich vor allem die Puppenfilme über die Abenteuer der »Eisenbahnräuber« besonderer Beliebtheit und legten den Grundstein zu einer neu entstehenden Filmindustrie.

Die Mittel waren, wie bereits gesagt, einfach, wenn nicht gar primitiv, die Schauspieler oft versehrt, kränklich und unfähig, etwas anderes auszudrücken als die sie selbst heimsuchenden Gefühle. Dennoch entstanden große Werke, die mit den aufwändigen Produktionen anderer Zeiten und Länder durchaus Schritt halten konnten. An erster Stelle ist hier die »Chronik des Wir« (Deutschland 1946) zu nennen, die realistische Schilderung einer durch die Kriegswirren weit zerstreuten Familie, die im Untergrund zu überleben versucht, sich aber in alltäglichen Streitereien, Scharmützeln, Eifersüchteleien und Beziehungsproblemen verschleißt und sich am Ende gegenseitig ans Messer liefert. Unvergesslich Georg Grothe in seiner Rolle als Schwiegervater Kurt, der in seinem Monolog, der mit dem Satz »Ob's wieder Tag wird?« beginnt, das beklemmende Gefühl der Ausweglosigkeit hervorruft, oder Grethe Starrmann, die mit dem irrlichternden Flackern ihrer Mimik den Feuerschein der brennenden Häuser in Erinnerung bringt, wenn sie ihr langsam ersterbendes »Aber ich hab doch ... Aber ich wollt doch ... Aber es sollt doch ...« hervorstößt.

Ganz anders »Der Riese von Otternheim« (Deutschland 1948), der sich der Motive der Märchenwelt bedient. Eine schwäbische Kleinstadt wird von einem Riesen belagert, der alle Fuhrwerke mit Nahrung verschlingt und die Stadt langsam aushungert. Zwei Freunde machen sich auf und besiegen den Riesen mit einer List. Nachdem sie, als symbolischer Hinweis auf die gerade überwundene Diktatur, seine beiden Augen aus den Höhlen gerissen haben, betrachten sie auf seiner Netzhaut das vergangene Leben des Riesen aus dessen Sicht. Hier benutzt Regisseur Friedmann Hoyer eine für die Zeit innovative Montagetechnik aus Dokumentarfilm und Spielszenen und entwirft ein beklemmendes Panorama der jüngsten Vergangenheit.

Der erfolgreichste Film der Zeit war gegen alle Erwartungen jedoch Eugen Monscharts »Weiße, weiße Wand« (Deutschland 1948). Aus einer einzigen, noch dazu starren Kameraposition sehen wir über dreieinhalb Stunden nur das Gesicht des großen Richard Brühme, der in einem Monolog sein Leben erzählt und sich extrem wandelbar, lediglich unterstützt von einfühlsamer Beleuchtung, an eine Zeit erinnert, die sich über mehr als ein einziges Menschenleben zu erstrecken scheint. Allein der Anfang, wenn Brühme beinahe eine Viertelstunde nach Worten sucht, sich immer wieder unterbricht, schweigt, stammelt, dann wieder stumm weint, ist aus der Filmgeschichte nicht mehr wegzudenken.

Mit dem Film »Die hundert Netzhäute des Dr. S.« (Deutschland 1951) schließt der deutsche Film wieder an die Qualität internationaler Produktionen an, was sich unter anderem an der Adaption von Fritz Lang im Jahr 1960 unter dem Titel »Die 1000 Augen des Dr. Marbuse« zeigt. Dr. S. ist ein längst pensionierter Augenarzt, der von seiner als Privatmuseum getarnten Villa aus eine kriminelle Vereinigung von Ärzten leitet, die Organe zur Herstellung von Gelatine vertreiben. Eindrucksvoll ist die letzte Szene, in der Dr. S. rückwärts über die Brüstung in das heiße Gelatinebad stürzt und die Kamera nah an das sich langsam auflösende Gesicht heranfährt. Subtil wird der Abspann mit einer Szene unterlegt, der einzigen Farbsequenz im ganzen Film übrigens, in der ein kleines Mädchen in völliger Unschuld einen Wackelpudding isst.

4

TRÄUME

Träume wurden in der Neuzeit lange als individuelle Erfahrungen angesehen, die man zwar bis zu einem gewissen Punkt analysieren kann, um auf Wünsche, Ängste und Verdrängtes des Träumenden zu stoßen, die aber darüber hinaus keinerlei allgemeine oder gar gesellschaftliche Bedeutung haben. Drei amerikanische Psychologen dokumentierten dankenswerterweise über anderthalb Jahre die Träume von 50 Einwohnern der Stadt und konnten aus einem Fundus von wiederkehrenden Traumbildern ein Kompendium erstellen, in dem sich, ähnlich dem alter Bücher der Traumdeutung, eine mögliche Bedeutung verschiedener in unterschiedlichen Zusammenhängen auftauchenden Motive, Gegenstände, Personen und Interaktionen finden lässt. Der Traum wird so zum kulturellen Abbild einer spezifischen Epoche. Fast scheint es so, als hätten die ungeordneten Zeiten eine Ordnung in den Träumen erfordert und auch durchaus erzeugt. Natürlich bleibt das, was den Traum ausmacht, jener unauflösliche Rest, auch hier erhalten und bietet genügend Anlass zur Reflexion.
Es folgt eine Auswahl einiger Motive.

ABFANGJÄGERBLICK: Es ist der Blick des Stürzenden, der jedoch nicht mit dem Aufprall endet, sondern sich weiter in den Boden hineinschraubt und dort in oft drastisch dargestellte Bereiche des eigenen Unbewussten dringt. Da der Träumende beim Absturz verstarb, folglich nicht mehr existiert, können die sonst einer Zensur unterliegenden Trauminhalte ungehindert dargestellt werden.

Begegnung mit dem toten Partner: Der Träumende erfährt von einem Dritten, dass sein Ehepartner nicht mehr lebt, begegnet diesem aber wenig später, ohne dass er Kontakt mit ihm aufnehmen kann. Dieser Traum fand sich vorwiegend bei Soldatenwitwen und Frauen, deren Männer noch als vermisst galten. Im Gegensatz zur oberflächlichen Interpretation, die auf eine Ermutigung hindeuten könnte, den vermissten Partner als tot anzuerkennen, die Trennung zu akzeptieren und ein neues Leben zu beginnen, symbolisiert dieser Traum bei Frauen die Angst vor einer ungewollten Schwangerschaft, bei Männern die vor dem Verlust der Manneskraft.

DOPPELGÄNGER: 1. Der Träumer sieht den Doppelgänger einer anderen Person neben dieser stehen. Nur er sieht diesen Doppelgänger, die betroffene Person nicht. Bedeutung: Der Träumende möchte seine Bindung zu dieser Person lösen und imaginiert sich einen Doppelgänger, damit dieser zukünftig seinen Platz einnimmt. 2. Der Träumer sieht seinen eigenen Doppelgänger. Bedeutung: Der Träumende möchte sich aus einer Bindung lösen und verdoppelt sich, um seinen Doppelgänger weiter anwesend sein lassen zu können, während er sich selbst unbemerkt entfernt. 3. Der Träumer sieht den Doppelgänger einer anderen Person, der sich im Verlauf des Traums in einen Doppelgänger von ihm selbst wandelt. Bedeutung: Der Träumende hat den Wunsch, sich aus der Bindung mit der Person zu lösen, deren Doppelgänger zu Beginn des Traums erscheint, sodass er auf eine Lösung wie bei Motiv Doppelgänger 1 hofft. Er merkt jedoch im Verlauf des Traums, dass ihm diese Trennung nicht gelingen wird, sodass er sich selbst zum eigenen Trost verdoppelt.

DER HERUMLIEGENDE TOTE: Meist aus der Vogelperspektive (siehe auch: Abfangjägerblick) oder von einer erhöhten Warte aus gesehen (siehe: Fensterblick), wird ein auf dem Boden liegender einzelner Toter in einem sonst unauffälligen Straßenbild betrachtet. Oft kümmern sich die übrigen Passanten nicht um ihn, sodass im

Betrachter der Zweifel entsteht, ob der dort Liegende tatsächlich tot ist oder ob dort überhaupt jemand liegt und es sich nicht vielmehr um eine Illusion handelt. Dieser Zweifel führt zu einer weiteren Steigerung des ohnehin beim Anblick des Liegenden entstandenen Angstgefühls. In diesem Traum spiegelt sich eine Erfahrung aus Kriegstagen, als man immer wieder, wenn auch im Zusammenhang mit Kriegshandlungen, Tote herumliegen sah. Dieses Herumliegen der Toten führte zu einer sogenannten »evolutionären Rückbesinnung«, da das Bestatten, zumindest das Bedecken von Toten eine kulturelle Errungenschaft ist, während man früher den Toten an seinem Sterbeort liegen ließ und diesen umgehend floh, so wie es heute[1] noch die Senoi im Nordosten von Malaysia oder die Kubu in Südsumatra tun. Während Letztere durch den Einfluss der Europäer gewisse Bestattungsformen (Baumhöhlen- oder Plattformbestattung) inzwischen übernommen haben, meiden sie immer noch für mehrere Monate den Fundort des Toten und vernachlässigen dabei auch Anpflanzungen oder Siedlungsbauten. Das Traummotiv des herumliegenden Toten tauchte wahrscheinlich auch deshalb verstärkt auf, weil es in Kriegssituationen oft nicht möglich war, den Ort des Leichenfunds umgehend zu verlassen, wie man es in Kulturen der Vorbestattungszeit tat, was zu einem psychisch nicht auflösbaren Konflikt führte, der in diesem Traummotiv bearbeitet wird.

FENSTERBLICK: Um sich von den dargebotenen Trauminhalten zu distanzieren, meint der Träumende an einem Fenster zu stehen und nach draußen auf eine Straße zu sehen, auf der ihm der Traum als Theaterstück präsentiert wird. Der Traum endet abrupt in dem Moment, in dem eine der Erscheinungen auf der Straße den vorgegebenen Rahmen verlässt und sich etwa dem Träumenden am Fenster zuwendet, ihn beschimpft oder bedroht.

---

[1] Der Begriff »heute« bezieht sich natürlich auf den Zeitpunkt der Untersuchung. Verweise auf geographische, kulturelle oder sonstige Gegebenheiten der Zeit wurden belassen und nicht aktualisiert.

Kröte: Die Kröte ist im Traum der Wächter, der den Träumenden daran hindert zu träumen, indem er einen anderen Traum über den geträumten legt. Taucht eine Kröte im Traum auf, so weist sie als personifizierter Zensor darauf hin, dass alle Trauminhalte vorgespiegelt sind und deren Interpretation sinnlos ist, da sich der wirkliche Traum unter diesen vorgespiegelten Motiven befindet.

Schonkopf-Räthel versuchte in einer Analyse von etwa 200 Krötenträumen dennoch den wirklichen Trauminhalt eines sogenannten zensorischen Krötentraums hinter dem vorgespiegelten zu ermitteln und konnte feststellen, dass der zensorische Krötentraum ein festes Repertoire an Personen und Gegenständen aufweist, mit denen der vorgespiegelte Trauminhalt ausgestattet ist. Beinahe immer taucht eine Villa auf, sowie ein Elternpaar, dass die oft zu zweit erscheinenden Kröten nicht als Kröten, sondern als ihre leiblichen Kinder wahrnimmt. Zudem gibt es meist einen gedächtnislosen Kalfaktor und ein Dienstmädchen. Geschehnisse in diesem Umfeld gehören zum sogenannten zensorischen Traum und brauchen nicht weiter beachtet oder interpretiert zu werden. Aufmerksamkeit sollte nach Schonkopf-Räthel hingegen sekundären Objekten geschenkt werden, etwa Gemälden, die in der Villa hängen, Wandteppichen mit entsprechenden Motiven oder offen herumliegenden Aufzeichnungen, da sich aus ihnen der darunterliegende Trauminhalt ablesen lässt.

PERSPEKTIVMULTIPLIKATION: Auch Gottesblick, umgekehrter Droste-Effekt oder mise en abyme inverse genannt. Hier handelt es sich um den Blick auf eine Situation, die den Betrachter dieser Situation miteinschließt. Der Träumende steht zum Beispiel an einem Fenster und schaut auf die Straße, sieht aber sich selbst dabei am Fenster stehen und das sehen, was er sieht. Die Perspektivmultiplikation ist ein sogenannter, durch die Traumzensur bedingter, unvollständiger Distanzierungsversuch.

UNSCHÄRFE: Die Unschärfe im Traum deutet auf einen Gefühlsüberschuss des Träumenden hin. Eine Hand etwa, die dem Träumenden eine graue Strickjacke zu reichen scheint, an der gerade ein Knopf festgenäht wurde und die der Träumende nicht genau ausmachen kann, führt ihn umgehend zurück in die behütete Welt seiner Kindheit, als die Objektwelt in der eigenen Wahrnehmung noch nicht vom eigenen Ich geschieden war. Dieser Traum kann, je nach Grad der Emotion, zu einem inneren Wohlgefühl, aber auch zu einer durch den Traum initiierten Ohnmacht im Schlaf (Oneiroiden Synkope) führen.

X

Erkenntnis und Untergang

1

IM MYSTISCHEN ZEITALTER

Im mystischen Zeitalter, das heißt der Zeit vor dem großen Eisenbahnunglück, das ich nur überlebte, um in die später sogenannte geschichtslose oder dunkle Epoche einzutauchen, und dies nur mit einer Kohlenschaufel bewaffnet, in jenem mystischen Zeitalter also verliert sich meine Erinnerung, sodass ich nicht sagen kann, ob es die Welt oder die Zeit, oder eine andere Welt oder andere Zeit, vor mir gab oder diese vielmehr zusammen mit dem Unglück, von dem ich noch berichten werde, in Erscheinung trat.

Es war ein Zeichen des mystischen Zeitalters, dass die Sprache keinerlei Ordnung besaß, es keine Abfolge gab, man folglich auch auf nichts wartete und nichts vermisste.

In diesem Zeitalter nun, so sagt man, finde sich nichts außer unseren Erinnerungen. Dies ist einer der Gründe, warum diese Zeit sich beständig bewegt und man sie auch als »dunkel« bezeichnet, weil sie wie ein trübes Glas ist, ein See von unergründlicher Tiefe, der nichts anderes zu sein scheint als der Spiegel für unsere Hoffnungen und Gedanken.

Seliges Zeitalter, das du keine Marga, keine Stadt und keine unglückliche Familie in einer Villa an Kalkfelsen kanntest, nicht einmal ein Ich.

Nach dem Eisenbahnunglück brachte man mir die Kranken auf Bahren. Später stieg ich in frisch ausgehobene Gräber, verbrachte die Nacht unter Kieferzweigen und hörte das Winseln der Karpfen in den Reusen und das Atmen der Füchse in den Fallen. Die Stadt entstand hinter einer weglosen Böschung, mit stillgelegten Hallen, durch deren eingefallenes Glasdach mit eingeknickten Flügeln eine Taube rutschte, Förderbändern, von deren porösem Gummi in unregelmäßigen Abständen vergessener Kies nach unten in die eingebackenen Reifenspuren fiel, und Kränen, an deren steifgefrorenen Galgen verrottende Werkbänke baumelten. Es gab eine abgelegene Bucht, womöglich einen Hafen und an einem See einen Rest von Strand, den jedoch wegen einer Prophezeiung keiner der Bewohner betrat.

Ich kroch in ein altes Autowrack zwischen den Containern und wachte mit Ruß im Gesicht und an den Händen auf. Als ich mich über ein Ölfass beugte, um mich zu waschen, roch ich Pinien, Birken und Eichen. Von weither tauchte zum ersten Mal das hinter Luftschichten verzitterte Bild der Siebert'schen Villa auf.

Ich sah die Landschaft des Eisenbahnunglücks vor mir. Es war immer dasselbe Bild: Ein Tal mit einem in einer leichten Kurve entgleisten Zug. Zur Linken ein Friedhof, zur Rechten eine weite Wiese.

Es ist ein heißer Sommertag. Marga ist ein Mädchen, vielleicht zwölf. Sie hat ein schräges Gesicht mit kleinen Schrammen über den Augen und an den Nasenflügeln. Die Haare kleben in dünnen Strähnen über den Ohren. Sie ist ein geruchloses Kind, oft stumm. Ich weiß nicht, was sie von mir hält. Zum Zeitpunkt des Eisenbahnunglücks hatten wir uns bereits verloren. Der Zug entgleiste an einer Stelle, die wir beide kannten, weil wir oft am Hagelberger

Friedhof spielten. Marga nahm mich bei der Hand und zog mich hinter sich den Weg neben dem Zaun entlang, später dann über einen langen gewachsten Flur.

Und dann noch dieses Bild: Marga sitzt an einem milden Maitag in einem Garten. Es regnet. Man hat den Stuhl, auf dem sie sitzt, unter das Vordach des Schuppens gestellt. Der Himmel entfaltet sich breit über den Mietshäusern.

Auf einem Acker, der, so meine ich gehört zu haben, Nahrthalerfeld genannt wird und zwischen der Siebert'schen Villa und der Stadt liegt, war ein Unglück passiert. Es war nicht klar, ob es sich um eine Frau handelte, die vom Blitz getroffen worden war und deren Kind, vom Spielen zur sterbenden Mutter zurückgeeilt, seinen Arm nicht mehr aus den im Todeskrampf um sein Handgelenk versteiften Fingern hatte befreien können und nach Tagen des Hungers und der Angst von dem fast liebevollen Biss eines Marders aus seinen Qualen befreit worden war, oder ob es sich um ein Eifersuchtsdrama handelte, bei dem ein Mann seine Frau während der Feldarbeit erschossen hatte, um sich anschließend neben ihrer Leiche zu entmannen, oder ob sich eine scheinbar sinnloses und gleichermaßen unerklärliche Tragödie zwischen Mann, Frau und Tier zugetragen hatte, aus der nicht abzulesen war, wer wem hatte schaden wollen. Wie bei fast allem, was ich hörte, fiel mir Marga ein, weil ich unwillkürlich fürchtete, sie in einer solchen oder ähnlichen Situation wiederzufinden.

Wir liefen, alle aus unterschiedlichen Gründen alarmiert, den kleinen Kiesweg entlang, aus dem Garten hinaus, die Allee hinauf zur Landstraße. Jemand sagte mir, es sei nicht ratsam, sich immer wieder von neuem auf bislang unbekannte Menschen einzulassen. Vielleicht war es der Professor, vielleicht der Zeitungsvertreter, vielleicht das Dienstmädchen, ein Passant oder jemand, der hinter einem Baum hervortrat, um sofort wieder im Dunkel des Waldstücks zu verschwinden.

Es dauerte fast eine Stunde, bis wir das Feld erreichten. Unsere Schritte waren immer langsamer geworden, auch meine, obwohl ich aus einem Gefühl der Angst und Vorahnung zunächst allen vorausgeeilt war. Die Kinder ließen sich vom Dienstmädchen tragen, hangelten mit ihren Ärmchen aber beständig nach dem unebenen Boden, als suchten sie dort etwas.

Eine große Anzahl Menschen hatte sich auf dem Feld in einem Kreis aufgestellt. Als wir näher kamen, machten sie uns ungefragt Platz. Es war nicht Marga, die dort auf dem Boden lag. Von einem Kind, einem Marder, einem Mann oder dessen abgetrenntem Glied war ebenfalls nichts zu sehen. Aber etwas abseits stand ein Auto mit offenen Türen. Wir starrten auf die am Boden liegende Frau und hofften, sie würde sich wieder bewegen, nicht, weil wir an ihrem Schicksal Anteil nahmen, sondern weil wir uns eine Erklärung erhofften.

Nach einiger Zeit, der Himmel bezog sich gerade, hörten wir das Geräusch eines quer über das Feld heranfahrenden Lieferwagens. Er hielt an, und ein Mann stieg aus. Dieser Mann kletterte auf den Kühler und sagte, er sei der mit der Untersuchung des Falls betraute Beamte und wir sollen zurücktreten. Er öffnete die hintere Wagentür, wählte aus der Gruppe von immer noch unbeweglich Herumstehenden zwei Männer aus und ließ sie einen toten Marder, ein totes Kind, einen toten Mann und ein abgetrenntes männliches Glied aus dem Laderaum holen und zur Unglücksstelle tragen. Einer Frau neben mir wurde übel. Sie knickte in den Beinen ein und stützte sich an meinem Oberarm ab. Dann bat sie mich, sie nach Hause zu begleiten.

Sie wohnte in einem kleinen Häuschen, von dem aus man die Westseite der Siebert'schen Villa sehen konnte. Vor vielen Jahren, so erzählte sie, habe sie dort auch einmal als Dienstmädchen gearbeitet. Davor habe die Villa angeblich ihr gehört, was mir schwerfiel zu glauben. Nachdem ich eine Weile in ihrer Wohnküche gesessen hatte, wollte ich mich verabschieden, doch sie verwickelte mich in ein Gespräch und erzählte mir von der Wohnung ihrer Eltern und der mit Kartons, Kisten und Koffern vollgestellten Diele. Leer und grau sahen diese ausgeräumten Zimmer aus und nur zwei Bilder waren an den Wänden hängengeblieben. Auf dem einen sah man eine alte Papierfabrik an einem schmalen Kanal in der Abenddämmerung. Davor stand ein Auto. An das andere Bild konnte sie sich nicht mehr genau erinnern. Womöglich war ein Mann an einem Fenster darauf abgebildet. Sie wusste nicht mehr, ob ihre Eltern umgezogen oder nur verreist waren. Sicher war, dass sie einen Zug bestiegen hatten und langsam aus dem Bahnhof hinaus- und über ein flaches Feld gefahren waren, dem ähnlich, auf dem man nun die Frau gefunden hatte. Dann kam sie auf die Straße zu sprechen, in der sie gelebt hatten. Sie beschrieb die Schatten der Häuser und die Farben der Fensterläden. Sie schilderte mir den Geruch des Sommers in dieser Straße und den der Kinderhände, die sich um die grauen Gummigriffe der Fahrradlenker klammerten, wenn sie auf dem Bürgersteig die Straße hinunterfuhren. Außerdem gab es braungestrichene Tore und Frauen, die Wäsche auf Leinen hängten. Schließlich erzählte sie von einem Schiff, aber ich konnte ihr nicht mehr zuhören und musste sie auf der Stelle verlassen, denn ich sah Marga auf diesem Schiff stehen, mit dem Fotoapparat und dem abgewetzten Buch, in das sie in der Nacht aus Schmerz ihre Zähne geschlagen hatte.

Ich ging nicht zur Villa, wo man mich bestimmt schon vermisste, sondern den Weg entlang, von dem ich meinte, dass er in Richtung Unglücksstelle führte. Mehr weiß ich nicht zu sagen. Und das ist nur ein Beispiel und einfach so dahinerzählt. Mich kostet es eine große Anstrengung, mich nicht selbst beim Erzählen immer wieder zu unterbrechen und mich zu fragen, ob diese Geschichte in ihrer märchenhaften, gleichzeitig im Gegensatz zum Märchen pointenlosen Schlüssigkeit tatsächlich auf diese Art hat geschehen können. Was war aus dem Unglück geworden und dem Ordal, das der Mann auf dem Kühler des kleinen Lastautos hatte veranstalten wollen? Was aus den Menschen, mit denen ich zu dieser Stelle gegangen war? Alles erinnerte immer an etwas anderes, nie an sich selbst. Jede Erinnerung war Symbol und führte von sich weg hinein ins Unbekannte. In welche Richtung war ein Gedanke aufzuschlüsseln? Oder gab es nichts aufzuschlüsseln, weil es nur ein Märchen war? Dann aber wäre das Leben erst recht eine Qual.

Vor hundert Jahren, ich sage diese Zahl einfach so dahin, denn ich habe mir das Nennen von Zahlen zu Beginn eines Berichts von anderen abgehört, vor hundert Jahren also, kam ein Schiff zu der kleinen Bucht, an der sich heute die Siebert'sche Villa befindet. Im Vorübersegeln warf der Kapitän, vielleicht auch nur einer der Matrosen, zwei abgenagte Hühnerknochen an Land, worauf sich die Felsen in Kalk verwandelten, die Tiere diesen Platz aber von jenem Tag an mieden. Das Meer schien zu bellen unter dem Bug des Schiffes. Das Pfeifen der gestärkten Segel im Wind ahmen die Kinder der Stadt noch heute nach, indem sie leere Dosen an eine Schnur binden und durch die Luft wirbeln.

Natürlich gab es bereits vor der Stadt eine Stadt. Etwas zu gründen, zu erfinden oder zu entdecken ist nie ein Vorgang der Innovation, sondern der Ordnung. Das Unbestimmte wird bestimmt, das Ungeordnete geordnet, das Unausgesprochene gesagt. Der unbestimmte Artikel in den bestimmten verwandelt. Letztlich ist das der Widerspruch der Metaphysik: Das Unaussprechbare sagen zu wollen und im Prozess des Sagens das zu ordnen, was sich gerade dadurch auszeichnet, keiner Ordnung anzugehören.

Bei der Erfindung der Schrift handelt es sich ebenfalls um den Vorgang des Ordnens. Es ist der Versuch, die Sprache zu ordnen, weshalb Schrift und Sprache nichts gemein haben. Eher ist es wahrscheinlich, dass die Schrift der Sprache vorausging und – weil die Schrift nicht »lebbar« ist – in der Unordnung der Sprache ihre Umsetzung finden musste, so wie sich das einsame, »nicht lebbare« Göttliche, dass man ebenfalls als Ordnung ansehen kann, erst den Menschen mit seiner Unordnung schaffen musste, um sich zu verwirklichen.

Es ist nun einmal so, dass uns das Fehlende, oder das, von dem wir glauben, dass es uns fehlt, in einem viel höheren Maße beschäftigt als das Anwesende. Das Fehlen besitzt eine Eigentümlichkeit, die es für uns gleichzeitig verwirrend wie unwiderstehlich macht: Das Fehlen ist nämlich die Essenz des Fehlenden und nicht eine seiner Eigenschaften. Das Fehlen ist damit dem Sein vergleichbar. So war meine fehlende Erinnerung mittlerweile zum Fehlen an sich geworden, das sich nach Belieben mit einem fehlenden Objekt schmückte, da es sonst für mich nicht spürbar gewesen wäre. Beliebte Schmuckobjekte waren: Marga, die Stadt, das Eisenbahnunglück und Fensterläden.

In der philosophischen Terminologie der Stadt wird das Sein als das Nichts bezeichnet und umgekehrt. Dabei werden diese Begriffe jedoch weiterhin und ganz wie im gewöhnlichen Sprachgebrauch antagonistisch benutzt und nicht etwa einander gleichgesetzt, wie es andere Philosophen in ihrer Phänomenologie, allerdings mit dem Zusatz »rein«, tun.

Die Stadt kannte vormals nur das Sprechen über das Abwesende, folglich nur die dritte Person Singular und Plural. Beide durften jedoch niemals, es sei denn aus magischen Gründen, in der Gegenwart Dritter benutzt werden, da man dem anwesenden Dritten durch das Gesprochene sonst Schaden zufügte. Genauso empfinde ich alles, was ich sage, als Sprechen über eine Abwesende, nämlich Marga.

Jetzt noch einmal ein weiterer Versuch zu Marga: Sie kam in einer Fruchtblasenhaube zur Welt. Sie wurde durch das Ohr empfangen, dann ausgesetzt auf einem Floß aus Bast und Halm und angeschwemmt im trüben Hafenwasser der Stadt, in der die Sonne sich selbst im Sommer in den engen Straßen, Gassen und Hinterhöfen verfängt, sodass die Häuser, von langen Schatten umspielt, in seltsame Perspektiven auswuchern und auf schmalen Fundamenten Kronen treiben: Balkone, Wintergärten und Dachterrassen, von denen aus man über die sich beständig in den Straßen lagernden Dünste und Nebel hinweg bis auf die anliegenden Felder blicken konnte.

Die Menschen erschienen flach und grau, wenn sie die Straßen betraten, nie in Bewegung, sondern wie Spielfiguren mit beiden Beinen in einen eigenen Grund verwurzelt, der sich über dem Kopfsteinpflaster oder Asphalt abhob und untrennbar mit ihnen verbunden war. Sie achteten darauf, mit den sie umgebenden Häusern in ständigem Kontakt zu bleiben, während die fern abgetriebenen Sonnenstrahlen über die Spitzen der Bauten huschten und die schmalen, sich nach unten verjüngenden Fassaden wie Pappe wellten.

Der im stehenden Wasser des Hafens auslaufende Meeresarm belebte die Stadt nicht, sondern versickerte selbst im sülzeartigen Schlick, durch den sich nur noch gelegentlich ein Frachtschiff schnitt. Die Werften streckten ihre mit Gerüsten und Kränen verspannten Rostmäuler in einem leeren Gähnen gegen den abgesägten Horizont. Der Rhythmus der Taue, die mit ihren in den Enden eingelassenen Eisenhaken gegen die Rostflocken der Stahlträger schwangen, wurde nur manchmal von zwei sich ineinander verkanteten Bohlen synkopiert, was zu einem schreienden Quietschen führte, ähnlich dem Schrei, mit dem eine unter Krähen verirrte Möwe im Flug abdreht.

Die wenigen Schiffe blieben in sicherer Entfernung vor den Kaimauern verankert und wurden mithilfe kleiner Boote entladen. Immer waren es Ballen und Kisten mit Leinen, Seilen und verschnittenen Planken, die den scheinbar unersättlichen Hunger der Stadt nach fasrigen Geweben, Schnüren und Holz stillen sollten, nie jedoch Tiere, Pflanzen oder Lebensmittel, so als wären die Bewohner darauf aus, jedes Zeichen von Leben zu vermeiden, während sie sich selbst in einen immer tieferen Schlaf webten, ihre Häuser mit Planen und Gerüsten verkleideten und, wie zum Trotz gegen die sich ihnen verweigernde Sonne, nur gegen Abend ihre fahlen und mit Leinen umspannten Körper aus den Fenstern lehnten.

So glichen die Straßen, in denen kein Moos zwischen den Mauersteinen, kein Gras aus den Fugen des Pflasters wucherte und selbst im Herbst kein Blatt die Straßen entlangwehte, dem schlickversiegelten Wasser des Hafens, aus dem man einen schimmelblau verdrehten Schweinekopf oder einen hirngrau ausgelaugten Hundekadaver auftauchen zu sehen erwartete, nie jedoch etwas Lebendiges wie eine Fischflosse oder den Kopf eines Schwimmers. Fast überflüssig zu erwähnen, dass jegliche Sportarten in der Stadt verpönt waren und nur an Festtagen zu kultischen Zwecken nachgeahmt wurden.

Zu meinem großen Bedauern vergesse ich selbst die Dinge wieder, an die ich mich einmal erinnert habe, weshalb ich versuche, alles, was von einer gewissen Bedeutung für mich oder andere sein könnte, umgehend aufzuschreiben. Anfänglich diktierte ich meine Erlebnisse den Menschen, die mir begegneten, doch musste ich feststellen, dass die Papiere oft sehr nachlässig behandelt wurden und nicht selten verlorengingen, weil sie für diejenigen, denen ich meine Eindrücke schilderte, nicht die gleiche Bedeutung hatten wie für mich. So erging es sogar meinem Bericht über das Eisenbahnunglück.

Man darf sich nun den Verlust des Gedächtnisses nicht so vorstellen, dass man sich an nichts mehr erinnert und allem wie zum ersten Mal begegnet. Im Gegenteil, in einem oft schmerzlichen Prozess, vergleichbar mit den Schmerzen, die das Blut verursacht, wenn es in einen abgestorbenen Arm zurückfließt, strömen beständig unterschiedlichste Empfindungen und Gedanken, Bruchstücke, Fragmente, Satzfetzen, Gerüche, Geschmäcker, verwischte und verschwommene, oft verzerrte Bilder, Klänge, Schreie, Gesichter, Handbewegungen, Silhouetten und Landschaften durch mich hindurch, ohne dass ich sie festhalten oder gar benennen könnte. Definitionen tauchen zwar ebenso auf, nur sind sie von den Objekten getrennt und durchziehen die Bilder selbstständig mit einem eigenen Gewebe. Ob es sich bei einem Gefühl oder Gedanken um eine Erinnerung handelt und ob sich diese Erinnerung auf das eigene Erleben oder auf etwas Erzähltes bezieht, lässt sich dabei unmöglich sagen.

Am meisten stört und irritiert mich der Verlust meiner Sprache. Natürlich spreche ich, bediene mich aber einer seltsam ausgeschmückten und altertümlichen Erzählweise, die unmöglich meine eigene sein kann. Ahme ich etwas Fremdartiges nach, weil ich sonst ganz verstummen müsste? Ab und zu gehe ich neben anderen Menschen her und versuche Sätze nachzusprechen, die ich bei ihnen höre, doch kaum dass ich sie selbst sage, haben sie sich schon wieder in dieses Reden verwandelt, das immer wie aus weiter Ferne zu kommen scheint. Es hat etwas von einem offiziellen Ton, so als zitierte ich aus alten Chroniken. Imitiere ich damit eine Körperlosigkeit oder versuche ich, einen allgemeingültigen Körper nachzubilden? »Warum redest du nicht einfach so, wie dir der Schnabel gewachsen ist?«, sagte mir einmal jemand – ich habe vergessen wer. Aber genau daran lag es: Mir war kein Schnabel gewachsen. Ich war nicht ich. Ich sprach als Fremder zu einem Fremden. Und noch etwas fiel mir auf: Auch wenn meine Erinnerung fragmentiert und lückenhaft war und unterschiedliche Ereignisse auftauchten und wieder verschwanden, ohne dass ich hätte sagen können, ob ich sie selbst erlebt hatte oder nicht, war die mich beherrschende Sprache vollkommen einheitlich, beschrieb alles gleichermaßen und rückte es dadurch in eine ferne Zeit, die mir zwar jeden Rückschluss auf meine Existenz verweigerte, mich aber auch nicht bedrohte.

Anfänglich hatte ich versucht, die Erinnerungsfetzen wie Träume zu behandeln und aus einer Distanz zu betrachten. Ich musste jedoch bald feststellen, dass es einen Willen zur Erinnerung zu geben scheint, der eine stark realitätskonstituierende Funktion erfüllt. Ich durchlief daraufhin eine Phase, in der ich versuchte, meine Erinnerungen zu ordnen, zu sortieren und einer gewissen Probabilitätsbewertung (dieser Ausdruck stammt mit Sicherheit vom Professor) zu unterwerfen. Dies hatte jedoch noch verheerendere Auswirkungen auf mein Bewusstsein. Zweifel begannen sich so tief in mir einzugraben, dass ich schon bald unfähig war, meiner Arbeit im Haus der Sieberts nachzugehen, meine nebenbei betriebene Suche nach Marga fortzusetzen oder die Stadt näher zu erkunden. Da der Versuch, mich zu erinnern, gleichzeitig dazu führte, dass ich, wie oben erwähnt, immer mehr vergaß, entschloss ich mich, meine Erinnerungen in ihrer ganzen Widersprüchlichkeit und wie sie mir in den Sinn kamen, anzunehmen. Ähnlich wie ich meine artifizielle Sprache annahm, weil mir einfach nichts anderes übrig blieb.

Wir verscharrten die Toten notdürftig, weil wir nur eine Kohlenschaufel besaßen, mit der wir den steinigen Boden des Hügels abwechselnd aufhackten. Es wehte ein eisiger Wind, und die Lokomotive lag immer noch wie ein verletztes Ross stöhnend auf der Seite und verlor Dampf und Wasser. Die umgekippten Waggons waren mit den Inhalten der aufgeplatzten Koffer angefüllt, und schon in der ersten Nacht, als wir noch damit beschäftigt waren, die Toten zu bergen, fanden sich die ersten Ratten ein, die mit ihren raschelnden Bewegungen Pfade durch die Kleiderberge bahnten, was aus der Ferne des Hügels, wo wir die Nacht neben den ausgehobenen Gräbern verbrachten, fast wie das Zirpen von Grillen klang.

Bevor ich zu den Sieberts kam, die mich als Faktotum aufnahmen, war ich umhergeirrt und hatte die Nächte in Ställen verbracht. Ich bewirkte kleinere Wunder und vergab lässliche Sünden, wovon eine Reihe Votivtafeln Zeugnis geben, die mich mit einer geschulterten Kohlenschaufel zeigen.

Professor Siebert sprach einmal beiläufig davon und behauptete, einige dieser Votivtafeln selbst zu besitzen. Auf meine Bitte hin, sie sehen zu dürfen, willigte er zwar ein, gab aber vor, sie erst heraussuchen zu müssen, wozu er bislang noch keine Zeit fand. Sollte mich der Professor also bereits bei meiner Ankunft in der Villa erkannt haben, oder war diese Ankunft gar nicht so zufällig, wie ich immer angenommen hatte?

Hier haben wir übrigens ein ganz typisches Beispiel für mein Erinnern, denn ich weiß nicht, ob Professor Siebert mir das Motiv mit der Kohlenschaufel schilderte, oder ob ich es selbst erinnerte, was hieße, dass ich selbst eine oder mehrerer solcher Votivtafeln gesehen haben müsste. So begleitet mich die beständige Unsicherheit, mit Menschen, Dingen oder Erlebnissen konfrontiert zu werden, die ich eigentlich kennen müsste, aber nicht kenne oder erkenne. Gibt es Marga vielleicht gar nicht? Ist unsere Begegnung nur ein Trugbild, das sich für eine Erinnerung ausgibt?

Ich begriff langsam, was es mit der Anamnese auf sich hat, sowohl in ihrer platonischen als auch medizinischen Bedeutung, da ich ein Urbild erinnere, das ich vor meinem jetzigen Leben kannte, und mit diesem Wiedererkennen auf die Vorgeschichte meiner Krankheit stoße. Die Amnesie ist hingegen eine Krankheit, unter der wir nicht leiden, wenn wir sie haben, sondern erst leiden, wenn wir sie nicht mehr haben und sie nur noch in unserer Erinnerung fortbesteht. Es ist unmöglich, sich ihr zu nähern, sie ist ein geschlossenes System, da sie nicht erinnern lässt und nicht zu erinnern ist.

Ich verdanke dem Ehepaar Siebert sehr viel. Frau Siebert ist Mitte vierzig, ihr Mann gut zwanzig Jahre älter. Die meiste Zeit gehen sie sich aus dem Weg, als gäbe es etwas Unaussprechliches zwischen ihnen, an das sie sich erinnern müssten, sobald sie miteinander sprechen.

Frau Siebert sucht nach Vergnügungen und spiritueller Erweiterung ihres Selbst, während sich Professor Siebert ganz seiner Arbeit widmet. Mit den beiden Kindern, es handelt sich vermutlich um ein Zwillingspaar, hat man sich inzwischen abgefunden. Sie kamen vor ungefähr zehn Jahren zur Welt, wie mir Frau Siebert an einem Abend, als sie schon sehr viel getrunken hatte, gestand, entwickelten sich jedoch direkt nach der Geburt nicht mehr weiter. Ein befreundeter Astrologe des Hauses erklärte dies damit, dass sie schon in vollkommener Reife die Welt betreten hätten. Ich jedoch weiß, dass es sich bei den beiden Kindern um Kröten handelt, und dass sie für Kröten völlig normal geraten sind. Wenn ich meine wacklige Staffelei im Garten vor der Veranda aufstelle und anfange, die zwischen Keilrahmen aufgespannte Leinwand zu bemalen, offenbart sich mir regelmäßig die wahre Gestalt der beiden, die ich, so wie sie sich mir darbietet und meinem Können gemäß, festhalte.

Frau Siebert fragte mich zwar immer wieder, so als ahnte sie etwas, nach den Kröten auf meinen Bildern, wechselte aber sofort das Thema, sobald ich ihr darauf zu antworten versuchte. Professor Siebert hingegen schüttelte nur den Kopf, wenn er vom Haus durch den Garten zu seinem Labor an mir vorbeiging. Heute hocken die beiden Kinder auf dem Tisch. Das Maul der einen Kröte ist nach Osten hin geöffnet, während die andere so tut, als wäre sie aus Marmor, wozu sie ihren Körper mit dem restlichen Puderzucker des Napfkuchens bestäubt hat. Beide scheinen stumm und blind, stehen jedoch in beständigem Kontakt zu einem Stein weiter hinten im Garten, den ich deshalb ebenfalls auf meinem Bild darstelle. Ich vermute in ihrer Haltung den Ansatz eines Rituals, in dem vielleicht eine Ausrichtung und Öffnung dem Numinosen gegenüber dargestellt werden soll, so wie es sich auch bei der Konstruktion von gotischen Kirchenportalen findet.

Beide Kinder, oder Kröten, oder eben der Einfachheit halber Krötenkinder sind für mich nicht zu unterscheiden. Je ununterscheidbarer uns Lebewesen erscheinen, desto mehr sind sie Tier für uns, dies gilt übrigens auch für Menschengruppen, wie ethnologische Untersuchungen zeigen. Umgekehrt gibt es bei Zoologen und Tierbesitzern, bei denjenigen, die das einzelne Tier zu unterscheiden wissen, oft eine Tendenz zur Vermenschlichung. Es ist dies der »enzyklopädische Fluch«. Die Einteilung in Arten, Gruppen, Rassen etc., die uns Wissen verfügbarer machen soll, lässt uns am Ende nur noch diese Einteilungen wissen, während wir das, was sie einteilen und um dessentwillen diese Einteilungen doch einst entworfen wurden, nicht mehr zu sehen vermögen.

Professor Siebert ist als Mediziner in der Forschung tätig. Den Puls der Kinder fühlt er jedoch mit dem Daumen. Natürlich muss es ihm so entgehen, dass es sich um Kaltblüter handelt. Er besitzt die feinsten Messer und Skalpelle. Mit ihnen ist man in der Lage, dünnste Gewebeschichten zu entfernen. Es gehört zu meinen Aufgaben, die beschrifteten Gläser, in denen Hautpartikel wie in einem seelenlosen All umherschweben, zu entstauben, zu polieren und zu ordnen. Auf seinem Arbeitstisch befindet sich ein Kasten roter Gummibänder, der immer gefüllt zu sein hat. Mit diesen Bändern hält er verschiedene Papiere zusammen. Das Haus verlässt er nie ohne Hut, da er den Wettereinflüssen stark ausgesetzt ist. Auf dem Grundstück trägt er immer dieselbe Kleidung: weite braune Hosen, Sandalen, darüber einen zum Hemd abgeschnittenen Arztkittel.

Seine Frau hingegen ist eine Dame. Bei Gesellschaften löst sich der Reißverschluss ihres Kleides, während sie tanzt. Mit jeder Drehung rutscht das Kleid ein Stück tiefer. Sie verabscheut Unterwäsche, obwohl sie eine Unmenge davon besitzt. Das Dienstmädchen nutzt das aus und bedient sich schamlos. Ist Frau Siebert schließlich ganz nackt, laufe ich herbei und werfe ihr einen Pelz über. Die Gäste klatschen verlegen. Manche Männer blicken abschätzig, andere gierig, ich aber bemerke in ihrer Nacktheit eine Art von Traurigkeit, die ich mit der Geburt der Krötenkinder in Zusammenhang bringe.

Die Traurigkeit drückt sich vor allem in der Diskrepanz zwischen ihrer sonst vornehmen und gepflegten Garderobe und der unbeholfenen Nacktheit ihres Körpers aus. Da ihr Mann bei den Gesellschaften nur anfangs anwesend ist und sich schon wenig später wortlos zurückzieht, gilt ihre Nacktheit vielleicht auch ihm oder einer Erinnerung, die sie mit ihm zu teilen hofft.

Professor Siebert sammelt in seiner Freizeit gepresste Blumen und Abdrücke von Kinderohren. Er spricht aus diesem Grund während seiner Spaziergänge durch die umliegenden Felder regelmäßig spielende Kinder an und bittet sie, ihre Ohren, zuerst das rechte, dann das linke, in ein Stück Ton, das er in ein feuchtes Tuch eingewickelt in seinem Tornister bei sich trägt, zu drücken. Es geht ihm, wie er andeutete, um den Entwurf einer Theorie betreffs der Ausbildung verschiedener Hirnzentren, die ihren Ausdruck in Form und Größe des Ohrs findet. Ich frage mich, ob ihm in diesem Zusammenhang noch nie aufgefallen war, dass seine Kinder keine Ohren besitzen. Der größte Schatz seiner Sammlung besteht in den zufälligen Funden von Ohrabdrücken, so wie sie sehr selten während des Spiels im Sand und feuchten Boden zurückbleiben, ein einziges Mal sogar eingepresst in die Rinde eines Baums. Ich hingegen finde einen Abdruck meines Ohrs oft beim Aufwachen auf meinem linken Oberarm, den ich aus Gewohnheit beim Schlafen unter den Kopf schiebe. Außerdem meine ich mich an einen Abdruck von Margas Ohr auf meinem Bauch oder meinem Ohr auf ihrem Bauch zu erinnern.

»Diese Ohrabdrücke«, sagte mir der Professor einmal, »das ist mehr als nur eine Spielerei, obgleich auch gegen eine Spielerei nichts einzuwenden wäre. Es ist jedoch keine. Weit davon entfernt. Ich möchte Sie nicht mit Details langweilen, aber das Organ des Hörens ist in seiner äußeren Anlage, also allein durch die Form der Muschel, von einer solchen unverfälschlichen Prägnanz, dass ich es mit nichts zu vergleichen wüsste. Und ich meine wirklich unverfälschlich. Schon als junger Medizinstudent interessierte ich mich deshalb für die Darstellung des Ohrs in der Kunst. Sie können mir glauben«, fuhr er fort, »ich habe Unglaubliches gesehen, gerade während der Krieges, aber ein Mensch ohne Ohren ... Wir konnten einiges machen, selbst mit unseren primitiven Mitteln seinerzeit. Wir haben Narben kaschiert, so gut es ging, eine fehlende Nase wieder aufgebaut, ein weggeschossenes Kinn ersetzt. Aber die Ohren: unmöglich. Obwohl man es nicht meinen würde, obwohl man denkt, dass man sie einfach mit den Haaren verdecken könnte. Weit gefehlt. Wenn Sie fragen, was am meisten auffällt, wenn es fehlt, wird Ihnen ein Laie und selbst viele meiner Kollegen antworten: Die Augen. Nicht umsonst war es von jeher das Bemühen, fehlende Augen zu ersetzen, und schon sehr bald, bevor man Emaillearbeiten kannte, malte man sich einfach eine Pupille auf ein Stück Nussschale, das man sich dann vor das fehlende Auge band. Nicht anders haben es die Soldaten auf den Inseln gemacht, und ich selbst habe einige dieser Prothesen in meiner Sammlung. Ich stimme zu, dass das fehlende Auge dem Gegenüber schnell Unbehagen oder sogar Ekel verursacht, weil man nicht weiß, ob und wie man wahrgenommen wird. Die fehlenden Ohren hingegen verunsichern den Betrachter auf eine viel tiefere, ich möchte sagen, existenziellere Art und Weise. Es ist für mich, je länger ich mich mit dem Ohr beschäftige, kein Zufall, dass der Gehörgang mit dem Gleichgewichtsempfinden in einer nicht aufzulösenden Verbindung steht. Ich habe, angeregt durch die vielen Trommelfellrupturen bei Detonationen und Explosionen, begonnen, eine Sammlung unterschiedlicher Formen dieser Einrisse anzulegen. Hier geschieht nämlich etwas ganz Wunderbares, das Trommelfell verbindet sich derart mit dem Schall, dass es dessen Schwingungen in sich eingräbt. Ist die Schallwelle zu stark, reißt das Trommelfell und hinterlässt noch im Riss einen Abdruck des Klangs, der es vernichtete. Es gleich darin übrigens dem Optogramm, dem letzten auf der Retina hinterlassenen Bild. Ich vertrete die Theorie, dass wir zu viel Gleiches hören, und dass allein darin der Grund zu suchen ist, warum wir im Alter immer schlechter wahrnehmen, was um uns herum gesprochen wird. Durch die immer gleichen

Frequenzen graben sich im Laufe unseres Lebens bestimmte Spuren immer tiefer in das Trommelfell, sodass dieses schließlich in seinem Mitschwingen gebremst wird. Es ist zur Hohlform geworden, die starr Zeugnis des Gehörten abgibt, ohne noch länger mitschwingen, das heißt hören zu können. Natürlich kann man das Auge blenden, sich Nase und Zunge verätzen, doch kein anderes Sinnesorgan als das Ohr lässt in auch nur annähernder Weise das, was es wahrnimmt, so tief in sich einzeichnen.«

Mittlerweile habe ich mir folgenden Satz zurechtgelegt, um meine morgendliche Panik zu besänftigen: »Ein jeder hat Zeit zu verbringen, und so verbringe ich die meine eben in der Siebert'schen Villa.«

Eins der seltsamsten Phänomene des menschlichen Lebens ist die meiner Meinung nach willkürliche Einteilung in genutzte und vertane Zeit. Ich weiß, dass diese Einteilung Grundlage des Lebenssinns ist. Aber ein Unsinn ist es dennoch.

Da ich ohne Vergangenheit lebe, vermag jederzeit unvermutet aus dem beständigen Fluss des Vergessens ein Bild aufzutauchen und mich mit sich zu ziehen. Sei es nun Marga oder die Toten des Eisenbahnunglücks, deren Gräber langsam mit Efeu überwuchern und deren Grabstein sich mit weißlichem Pilz und grünlichem Schimmel besetzt. Ich meine in der Färbung des Hafenwassers der Stadt übrigens oft diese verwitterten Gräber zu erkennen.

Es war mühselig, ohne Werkzeug und nur mit einer Kohlenschaufel einen Grabstein zu setzen, weshalb wir auch alle Toten auf einem einzigen Stein verewigten. Da wir die Namen der Toten nicht wussten, dachten wir uns Namen aus. Wir fanden einen Stein in der Nähe der Waldlichtung und trugen ihn zu den frisch zugeschütteten Gräbern. Während sich die anderen entfernten, um ein Nachtlager zu bereiten, hieb ich so lange mit der Schaufel auf den Stein ein, bis meine Arme gefühllos wie von selbst ausholten und niederschwangen und mein Atem wie das Hecheln eines angeketteten Tieres klang. Das Behauen des Steins aber war wie eine Form des Trauerns, wobei ich bemerkte, dass der Körper viel stärker trauert als der Geist, der dazu neigt, Gefühle zu beschwichtigen.

Das Vergessen ist kein einmaliger Akt, der vollzogen und danach abgeschlossen ist, sondern ein beständiger Prozess. Die Hauptaufgabe des Gehirns, und die Wissenschaft weiß das viel besser als ich, ist ja das Vergessen. Das Vergessen ist das Einzige, was das Gehirn wirklich kann und beständig tut, auch wenn es uns gleichzeitig, wahrscheinlich um uns abzulenken, andere Tätigkeiten vorspiegelt.

Professor Siebert bestätigte meine Theorie im Großen und Ganzen, fügte aber einschränkend hinzu, dass es sogenannte Schübe des Nichtvergessens gebe, die er in anderem Zusammenhang auch »Gesamterinnerungsprozesse« nannte. Ich kann das aus eigener Erfahrung bestätigen. Was ich während solcher Schübe denke, ist überhaupt nicht zu benennen. Ich habe dennoch einmal versucht, etwas davon aufzuschreiben. Diese Notate finden sich in der verschollenen Kladde, die ich in der Nacht nach der Begegnung mit Marga im Hotelzimmer auf dem Läufer vor dem Bett vollschrieb. Manchmal bohre ich jedoch nur einen Bleistift durch alle Seiten, abrupt und ohne dass ich etwas dagegen tun könnte.

Professor Siebert tritt aus dem Haus und bleibt eine Weile neben mir stehen, während ich den Weg zu Ende reche. Er will mich ein Stück bei meinem samstäglichen Ausflug begleiten, sagt er und schaut zwischen den herabhängenden Weidenzweigen hindurch zu dem Stein, den die Krötenkinder in regelmäßigen Abständen fixieren, wenn sie sich im Garten aufhalten.

Die Krötenkinder schlafen oft bis in den Nachmittag hinein, ebenso Frau Siebert, die oft ganze Tage nicht zu sehen ist, weil sie unter allen möglichen Krankheiten leidet. Der Professor steht zeitig auf, geht aber sofort in sein Labor. Diesen Umstand machte ich mir zunutze und grub eines Morgens mit meiner Kohlenschaufel einen Ring um besagten Stein, um herauszufinden, was es mit ihm auf sich hat. Ich konnte an der Beschaffenheit des Bodens sofort erkennen, dass der Stein seit Jahrzehnten nicht von der Stelle bewegt worden war. Während ich die Grube wieder zuschüttete und festtrat, fühlte ich mich beobachtet. Als ich mich umdrehte, erschienen für einen Moment zwei kleine Silhouetten in dem Fenster der linken Dachgaupe der Villa. Im selben Moment begann es derart zu schütten, dass ich selbst die wenigen Meter bis zum Seitenanbau, wo mein Zimmer liegt, nicht zurücklegen konnte, ohne völlig durchnässt zu werden.

Auf meine Bemerkung hin, dass mir die Stadt wie eine Einheit erscheine, der man, wenn es nicht allzu lächerlich klänge, ein eigenes Denken und Fühlen zuschreiben könnte, nickte der Professor überraschenderweise bestätigend mit dem Kopf. »Das haben Städte so an sich«, sagte er, »und die Menschen früher wussten das auch sehr gut. Deshalb haben sie eine Mauer um ihre Stadt gebaut und niemanden einfach so hereingelassen. Nur heute denken die Leute, sie würden selbst eine Stadt konstituieren, und bauen wild drauflos. Bald wird es gar keine Städte mehr geben, höchstens noch ein paar, die als Touristenattraktionen erhalten werden, eben weil sie aus der Zeit stammen, in der man noch wusste, was eine Stadt ist. Heute handelt es sich nur noch um wild besiedeltes Land. Aber wild besiedeltes Land ist noch lange keine Stadt, es bleibt Land. Die Stadt ist die Antithese des Landes und nicht etwa ein Teil von ihm.«

»Es kommt immer auch darauf an«, fuhr er fort, »was man aus seinen Möglichkeiten macht. Rom, zum Beispiel, die Stadt schlechthin. Ab urbe condita, mit der Gründung der Stadt beginnt die Geschichtsschreibung, beginnt die Zeitrechnung überhaupt. Eine bestimmte Art der Zeitrechnung natürlich, eine der Linearität, etwas ganz anderes als die Zeitauffassung der Bauern vom Land, die zyklisch ist und sein muss. Und in diesen Unterscheidungen finden sich natürlich auch die unterschiedlichen Götter wieder, die linearen, ewigen Himmelsgötter und die zirkularen, im Zyklus des Sterbens und der Wiedergeburt befindlichen Erdgötter. Vielleicht dass die Steingötter zwischen diesen beiden Extremen vermitteln könnten, nicht zuletzt weil sie das wichtigste Element der Stadt in sich tragen.«

Diese letzte Bemerkung machte mich hellhörig. Wieso sprach Professor Siebert mit einem Mal über Steingötter? Dachte man diesen Gedanken zu Ende, erschien es durchaus schlüssig, die zwischen Stadt und Land vermittelnde Gottheit in Gestalt eines Zwillingspaares zu erkennen? Nicht nur wegen der Städtegründer Romulus und Remus, sondern auch um die Vereinigung von Stadt und Land zu symbolisieren? Lag ich mit meiner Vermutung über die Krötenkinder also gar nicht so falsch?

»Der Ritter«, so der Professor weiter, »der die Jungfrau aus den Klauen des Drachen befreit, befreit in Wirklichkeit die Stadt, weil sie es ist, die bedroht ist, während die Jungfrau nur als Opfer und zum Zeichen, dass das Individuum hinter der Stadt zurückzustehen hat, vor den Toren angekettet ist.«

Ich musste bei diesen Worten unwillkürlich an Marga denken, gerade weil es wieder ein Samstagnachmittag war und wir uns der Stadt näherten. War sie mir als Symbol der Stadt erschienen und nur deshalb in mir haftengeblieben, sodass ich zu Recht immer wieder nur auf die Stadt traf, obwohl ich Marga suchte?

Mir fiel auf, dass der Professor etwas hinkt, was er jedoch zu verbergen sucht, indem er sich im Gehen bückt, um vorgeblich ein paar Grashalme zu zupfen, oder indem er sich nach über den Weg hängenden Ästen streckt. Schließlich kamen wir an eine Stelle, die ungefähr in der Mitte zwischen dem Anwesen der Sieberts und der Stadt liegt. Der Professor hielt an, um sich von mir zu verabschieden. Dabei zog er für mich völlig unvermutet das olivgrüne Heft, in das ich einige meiner Erinnerungen nach dem Eisenbahnunglück notiert habe, zusammengerollt aus der Innentasche seines Kittels und reichte es mir. »Man muss versuchen, sich aus allem herauszuhalten«, sagte er dabei. Ich fragte ihn darauf, wie man sich aus einem Krieg oder einem Eisenbahnunglück heraushalten könne. »Indem man mitten hineingeht«, lautete seine Antwort

An einem Vormittag nach den Messungen öffnete der Professor eine der beiden Stahltüren seines Laboratoriums und ließ mich in den angrenzenden Raum blicken. Die Maschinen, die dort an den Wänden aufgereiht standen, schienen mir veraltet. Auf einem großen runden Tisch in der Mitte lag die lebensgroße schematische Zeichnung eines Mannes, darüber stand in der Handschrift des Professors »Der Mensch im Krieg«. Ringsherum waren Stapel mit Papieren aufgebaut. »Der Wissenschaftler kämpft nicht«, sagte der Professor mit einer weit ausholenden Geste, »er begründet den Kampf.«

In dieser Nacht träumte ich, dass ich gefesselt auf der Skizze in dem angrenzenden Raum lag. Die Krötenkinder saßen vor mir und hörten telegraphische Meldungen ab, die sie an den Professor weitergaben. Sie trugen die Anzüge von Kriegsberichterstattern. Der Professor übertrug die ihm mitgeteilten Daten in eine Tabelle, ich aber konnte durch das Papier, auf dem ich lag, durch den Tisch hindurch auf ein Schlachtfeld blicken.
»Der Wissenschaftler lebt nicht, er schreibt«, sagte der Professor.
»Der Untersuchte fliegt nicht, er treibt«, sagten die Krötenkinder und lachten.
Ich wachte auf und ging in den Garten zu dem Stein. Obwohl es früh am Morgen war, fand sich kein Tau auf ihm.

Frau Siebert erwähnte bei einer Festivität, sie war auch zu diesem Zeitpunkt schon reichlich angetrunken und wieder kurz davor, ihr Kleid abzustreifen, die Villa sei aus dem weißen Knochenkalk der

Patienten des Professors erbaut, während das Meer in der Bucht davor aus blaugefärbtem Blut bestehe. Mir fiel daraufhin ein, dass der Professor allmorgendlich darin schwimmt, um sich, wie er sagt, zu stählen. Den Badeanzug trägt er dabei um seine Knie gewickelt, weil sie seine verwundbarsten Stellen sind.

Als ich eines Nachts wieder einmal nicht schlafen konnte und die Flure entlangging, sah ich durch den Spalt der angelehnten Tür die beiden Krötenkinder mit Leintüchern um die Hälse erdrosselt in ihren Betten liegen. Starr vor Schreck fiel mir mein Zimmerschlüssel aus der Hand, worauf der Professor, den ich bis zu diesem Augenblick nicht bemerkt hatte, herbeieilte, für meinen Begriff etwas zu übertrieben lachte, auf die vier brennenden Kerzen am Bettende wies und mich beruhigte, indem er mir das Gesehene als Analogie erklärte. Die Krötenkinder waren am nächsten Morgen zugegebenermaßen wieder wohlauf. Dennoch hegte ich Zweifel. Der Professor benutzte in diesem Zusammenhang zum ersten Mal die Begriffe Berufung und Vorsehung.

Ich habe mittlerweile immer deutlicher das Gefühl, dass es sich bei der sogenannten »dunklen Epoche« und dem ebenfalls immer wieder auftauchenden »mystischen Zeitalter« um zwei unterschiedliche Begriffe für ein und denselben Zeitabschnitt handelt, der nicht nur eine Kultur von einer anderen trennt, sondern auch mein Erinnern von meinem Erleben. Vielleicht aber auch mich und Marga.

Ich denke an Margas Satz, dass Krieg vor allem Geruch sei. Ich kenne Margas Kriege nicht. Ich war zu klein. Ich trieb mich nicht mit Pferden durch die Stadt. Eine Dosenfrucht, halb angeschimmelt, ein Finger, der darin bohrt, ein Tischtuch, darin abgewischt die Hand, eine Spüle, ein Riss im Fenster und der Hafenwind. Der Begriff, der hinter alldem steht, heißt »Faschismus«, aber wir können ihn nicht benutzen, weil er nichts aussagt und niemals etwas aussagen wird.

Ich fragte Professor Siebert, warum die Stadt keinen Namen hat. Er meinte, die Namenslosigkeit der Stadt stünde in einem engen Zusammenhang mit ihrer Geschichte – er benutzte in diesem Zusammenhang den Ausdruck »ihrer traurigen Geschichte«, wollte jedoch auf meine Nachfrage hin das Adjektiv nur so dahingesagt haben. Dadurch, dass die Stadt aber keinen Namen besitze, fuhr er fort, sondern nur Stadt genannt werde, trage sie den grundsätzlichsten und ursprünglichsten Namen überhaupt, den ihrer Funktion.

Dass ich den Professor Professor, die Stadt Stadt oder das Dienstmädchen Dienstmädchen nannte, entsprang einer völlig gegensätzlichen Auffassung: Alles war für mich von einer leicht verletzbaren Einzigartigkeit umgeben, die ich niemals wagen würde, mit einem Namen zu erfassen, sodass ich eher Zuflucht zu den Funktionen nahm, immer in dem Bewusstsein, damit nur einen lächerlich geringen Ausschnitt der so benannten Person zu beschreiben. Marga hatte keine Funktion, nicht einmal die Andeutung einer Funktion.

Am Morgen fand ich einen Brief von Marga halb unter den Fußabstreifer geklemmt vor meiner Tür. Ich roch daran, um herauszufinden, ob ihn vielleicht das Dienstmädchen oder Frau Siebert in der Hand gehabt hatten, konnte aber nichts Spezifisches wahrnehmen. Während ich den Brief mit geschlossenen Augen gegen meine Nase presste, sah ich Marga an Bord eines Dampfers vor mir. Sie nimmt den Fotoapparat von der Schulter und knipst vorbeitreibende Seeigel, die das Leiden des Städtegründers symbolisieren. Ihr Kabinennachbar, ein schmaler schwarzhaariger Mann mit großen Augen, friert die ganze Nacht, obwohl sie ihm ihre Decke gegeben hat. Die Fische jagen unter dem starren Mond an den Bullaugen vorbei. Ihr Reisebegleiter verlangt nach Dosenfleisch. Da ich nicht weiß, wie ich Marga antworten soll, wage ich nicht, den Brief zu öffnen, sondern stapfe in den Garten, um den Kiesweg zu rechen.

Die Sonne geht langsam über der Meeresbucht auf, und für einen Augenblick kann man tatsächlich meinen, das Wasser habe einen blutroten Schimmer. Das Dienstmädchen kommt von ihrer Messung aus dem Labor und scheint zu erschrecken, mich so früh zu sehen. Ich beeile mich, nach unten ins Labor zu kommen, in der Hoffnung, dass einer der Kittel noch warm von ihrer Haut ist. Der Professor teilt mir mit, dass er mich mit einer neuen Aufgabe betrauen wolle. Jemand müsse einmal Ordnung in seine Aufzeichnungen und Notizen bringen. Er nimmt ein bereitgelegtes Konvolut von Blättern und Ordnern und drückt es mir mit den Worten in die Hand, dass es sich um ihm interessant erscheinende Ausschnitte und Kopien von Fakten allgemeinerer Natur handele, die ich noch einmal abschreiben solle.

Einschub: Aus Professor Sieberts Notizen

Ein Kollege untersuchte die Träume von Soldaten, denen ein Bein amputiert werden musste, und verglich sie mit den Träumen von Patienten, die bereits mit nur einem Bein zur Welt kamen. Während die von Geburt an Einbeinigen, die sich in ihren Träumen übrigens ausnahmslos ohne Krücken vorwärtsbewegten, regelmäßig Menschen oder Gestalten begegnen, denen ebenfalls ein Körperteil fehlt, entwickeln Patienten, die ihr Bein erst im Erwachsenenalter durch eine Amputation verloren hatten, die sogenannte »Trichtersicht«, die das fehlende Körperteil bei sich selbst und bei anderen aus dem Blickfeld verbannt, es folglich nicht klar ist, ob es tatsächlich fehlt oder nur nicht zu sehen ist.

Ich habe ähnliche Erfahrungen in einem anderen Bereich gemacht. Da der Verlust einer Ohrmuschel fast ausschließlich von einer Schnittverletzung herrührt, glauben sich davon betroffene Patienten im Traum oft von Schneidewerkzeugen bedroht, während sie für alle anderen körperlichen Gefahren unempfindlich zu sein scheinen. Ein neunjähriger Junge, dem im Spiel ein Hund die linke Ohrmuschel abgebissen hatte, verdeutlichte mir diesen Zustand auf eindrucksvolle Weise, da er nach seinem Unfall auch im Wachzustand behauptete, durch Feuer gehen und aus dem Fenster springen zu können, ohne dass ihm auch nur das Geringste dabei geschehe. Ein weiterer Beweis, dass der Größenwahn aus einem Verlust oder einer anderen Minderwertigkeit entsteht. Der Junge verstarb übrigens, als er während eines Spaziergangs mit seinen Eltern aus Übermut in einen reißenden Fluss sprang, damit dieser ihn schneller zum Ziel bringen sollte.

Eine Theorie besagt, dass Dinge, unabhängig von dem Stoff, aus dem sie gemacht sind, gemäß ihrer Form verbrennen. Das Feuer ist das Element der Form. Es nährt sich mit dem Inhalt und bildet die Form dessen nach, was es zerstört. Feuerwehrleute wissen das und berichten von naturgetreuen Abbildern der zerstörten Häuser, die

die Flammen in den Himmel zeichnen. Umgekehrt ist das Wasser das Element des Inhalts, das keine Form kennt. Weil es reiner Inhalt ist, vermag es das Feuer zu löschen.

Es ist nichts Ungewöhnliches, dass Menschen, die einem grausamen Schicksal entkommen konnten, die zum Beispiel aus einem Kriegsgebiet flohen, derart von inneren Vorwürfen geplagt werden, dass sie manchmal darum flehen, ihr einstiges Schicksal wiederzuerlangen. Im Schrecken auszuharren heißt, an sich selbst zu leiden, wegzugehen heißt, an den anderen zu leiden.

Ein anderer Kollege beschäftigt sich mit einer seltsamen Ausprägung der Allolalie, bei der in einer sonst normalen Sprechweise Anfangsbuchstaben von Substantiven verlorengehen, jedoch nur dann, wenn das auf diese Weise entstehende Wort ebenfalls einen Sinn ergibt. Der Satz »Im Traum erschien mir gestern Nacht ein Mann auf Krücken« würde von einem mit der sogenannten Versalinkonzilianz Befallenen wie folgt verändert: »Im Raum erschien mir gestern Acht ein Mann auf Rücken.« Diesen so veränderten Satz würde der Patient jedoch nicht auf diese Weise wiedergeben, sondern in seinem Bemühen, nur sinnvolle Aussagen zu produzieren, dergestalt verändern, dass er etwa folgendermaßen lautet: »Ich sah gestern in einem Raum acht Männer auf dem Rücken liegen.« Es ist daher schwer, die Versalinkonzilianz zu bestimmen, da man sie von Erscheinungen des Fabulierens, Halluzinierens und Irreredens zu unterscheiden und aus ihnen herauszufiltern hat. Besagter Kollege hatte zudem herausgefunden, dass sich dieser Krankheitstypus generell erst nach Erlernen von Lesen und Schreiben herausbildet und als Ursache die von dem Schweizer Rüchar beschriebene »Abecedaire Aphasie« zu nennen ist. Im Krankheitsverlauf der Abecedairen Aphasie ist das Kind nicht mehr in der Lage, nach Erlernen des Alphabets weiterhin auf normale Art und Weise Wörter oder Sätze zu bilden, weil es sich diese zuerst vorbuchstabieren muss. Es handelt sich folglich um eine Zivilisationskrankheit, wie die meisten Sprachunregelmäßigkeiten ohnehin mit der Bekämpfung des Analphabetismus in einem direkten Zusammenhang stehen.

Unser Verhältnis zu Tieren scheint sich vor allem durch die beiden Kategorien »abhängig« und »parasitär« zu bestimmen. Während wir unabhängig nicht-parasitäre Tiere (Großwild, Vögel) achten, fürchten oder bewundern, bauen wir affektive Bindungen vor allem zu abhängig parasitären Tieren (Hund, Katze, Hauszuchttiere) auf. Geradezu ekelerregend empfinden wir im Allgemeinen jedoch unabhängig parasitäre Tiere (Ratten, Wanzen, Flöhe, streunende Katzen), eben weil sie es wagen, ohne unsere Erlaubnis von uns zu leben. Ekel ist hierbei die verbrämte Ohnmacht dem Verdacht gegenüber, dass uns am Ende Tiere züchten und von unseren Produkten leben könnten. Ließe sich ein abhängig nicht-parasitäres Tier denken?

Ergänzung:
Ich fand heraus, dass scheinbar kopflose Tiere wie Schlangen, Schnecken oder manche Fische beim Menschen einen besonderen Widerwillen hervorrufen, und bekam dies auch am eigenen Leib zu spüren. Wahrscheinlich ist die Funktion des Kopfes nicht zuletzt der, wichtiger Orientierungspunkt für den zu sein, der mich betrachtet.

Es beschäftigt mich der Unterschied zwischen der menschlichen und der tierischen Seele, der Unterschied also zwischen Psyche und Thymos. Thymos, den wir mit den Tieren teilen, der aber allein deshalb schon eine andere Bedeutung und Wirkung haben muss, weil er im Tier allein regiert und sein Wirkungsfeld nicht teilt. Thymos ist das Organ der Regung, das Knochen und Glieder in Bewegung setzt und zusammen mit ihnen stirbt, also kein eigenes Schicksal nach dem Tod hat wie die Psyche. Die menschliche Seele erscheint mir im Vergleich zur tierischen als schwerer, weil sie sich verändert und Erfahrungen aufnimmt. Anders als beim Tier etwa, kommt es mir so vor, als würde die Seele durch dieses Lernen und Erfahren immer träger und verursachte schließlich den Tod, um sich vom Körper, der ihm diese Schwere der Erfahrung bereitete, zu lösen und ein neues und unbeschwertes Leben zu beginnen. Der Thymos hingegen, der eigentlich die heftige, spontane, oft unkontrollierte Bewegung ausdrückt und im Neuen Testament vom Lebensatem zum Begehren und schließlich zum Zorn mutierte, bleibt immer in sich erhalten und vergeht zusammen mit dem Körper. Unsere Erinnerungen sind deshalb so bestimmend, weil es einen Zeitpunkt gab, da in uns die tierische Seele überwog, eine Zeit, in der wir alles so annahmen, wie es ist, ohne daran zu denken, dass es auch anders sein könnte. Aus diesem Etwas-für-sich-Nehmen entstanden die tiefsten Eindrücke, die uns ein Leben lang begleiten. Dorthin zurückkehren, wo ich zum ersten Mal eine Musik hörte, zum ersten Mal ein Buch las, ein Bild sah, das am Ende der Museumshalle durch einen Gang getrennt hing, und nichts von Musik, Büchern und Bildern wusste, nicht einmal wusste, dass es sie gab, sondern sie einfach annahm, zusammen mit all dem, was ich selbst in diesem Moment war. Die Verbindungslosigkeit, die wir uns später antrainieren, um das, was wir betrachten, und das, was uns bei dieser Betrachtung umgibt, voneinander zu trennen, dieses mühselige Lernen der Psyche, lässt jeden neuen Eindruck, im Gegensatz zu dem ungehinderten Aufnehmen der ersten Empfindung, verblassen. Und blieben wir im Ununterscheidbaren, erfüllten wir nicht automatisch den Symptomkatalog einer Geisteskrankheit oder degenerierten zum Tier selbst? Es ist kein Wunder, dass sich in der menschlichen Vorstellung Seele und Körper unterscheiden, denn die Seele muss immer etwas anderes sein und bleiben. Sie ist Hauch, Atem oder Schatten, und wenn sie uns losgelöst begegnet, so wird sie zum Auslöser von Angst und Schrecken. Sie ist unsichtbar, und doch belädt sie sich und findet selbst nach der Lösung vom Leib keine Ruhe, sondern wandert umher. Der Thymos der Tiere hingegen bleibt ungestüm bis zuletzt, er ist nichts anderes als das Tier selbst und drückt sich vollständig in seiner Erscheinung aus. So ist das Tier immer beseelt. Zumindest solange ihm der Mensch keine Psyche zuspricht.

So suchen die Seelen, kaum dass sie sich aus dem Körper entfernen, ein Gefäß, sei es nun Fass oder Vase, um sich dort niederzulassen, weil sie von einer großen Angst überfallen werden durch ihren ungeschützten Zustand. Deshalb gilt es in manchen Kulturen zu Recht als sträflich, einen Sterbenden in einem Zimmer ohne Gefäße unterzubringen, und es scheint mir, dass der Brauch, die sterblichen Überreste in einer Urne zu bestatten, eine materialistische Umdeutung dieser vorübergehenden Seelenbehausung ist, die man in den Gefäßbeigaben antiker Gräber erkennen kann.

Es ist die Angst der Seele, die den Menschen gebiert. Denn so wie der Geist einen Aufenthaltsort sucht, eine Erinnerungsstätte, so will sich auch die Seele erinnern. Die Erinnerung der Seele aber ist der Körper. Bietet man ihr jedoch Schutz in einem Gefäß, kann sie diese Erinnerung vergessen, zur Ruhe kommen und sich auflösen.

Ach, könnten die Seelen der verstorbenen Körper sich einmal dazu durchringen, selbst auch zu sterben, sich nicht zu bergen, sondern einfach durch die freie Luft zu fahren und von ihr zerschnitten zu werden, das Leben wäre für uns alle ein anderes, und die Frage, woher wir kommen, löste sich ein für alle Mal auf, und das mystische Zeitalter verlöre seinen Glanz.

Es war mitten in der Nacht, als ich, Margas Brief immer noch ungeöffnet in meiner linken Hand, auf der kleinen Couch in der Bibliothek des Professors aufwachte. Viel zu schnell, und fast so, als wollte ich mein Erschrecken mit dem sofort über mich hereinbrechenden Schwindel bekämpfen, sprang ich auf und lief zum Fenster. Der Brief glitt mir aus der Hand und schwebte langsam über dem Läufer dahin. Draußen warf der Mond einen hellen Fleck auf den Stein, der durch die Schatten der ihn umgebenden Bäume aussah, als hätte man Türme und Häuser in ihn gemeißelt. Marga auf dem Dampfer, wie kam ich darauf? Ich selbst in einem Zug. Ich roch das Abteil, spürte den orange-gelben Stoff des Vorhangs gegen meine Stirn wehen, fühlte die Schuhspitzen meines Gegenübers, obwohl sie meine Füße nicht berührten, hörte das klappernde Wackeln der Koffer auf den Gepäckablagen, schmeckte den Rest eines Schlucks lauwarmen Kaffees und sah das Grün des Draußen in das Braun des Drinnen strömen.

Vielleicht handelte es sich um den letzten Augenblick vor dem Unglück. Doch obgleich ich mit all meinen Sinnen wahrzunehmen schien, was um mich herum vor sich ging, schien die Erinnerung, so es eine war, fremd, so als säße ich nicht selbst in dem Abteil, sondern ein anderer, den ich aus der Ferne beobachtete. Die Erinnerung brach ab und wurde gefolgt von dem Bild eines Mannes, der überstürzt eine Wohnung verlässt. Und obgleich diese Szenen äußerlich nicht das Geringste miteinander gemein hatten, entsprangen sie demselben Gefühl, diesem Gefühl, das mich von Bild zu Bild trieb, ohne anhalten zu können, in der Hoffnung, an einer bestimmten Stelle wieder in das Abteil zurückkehren zu können.

Stimmen sprechen. Nicht zu mir, sondern miteinander. Eine Frau sitzt mit gespreizten Beinen auf der Tischkante und lacht. Der Mann, der die Wohnung verlassen hat und hastig die Treppen hinuntereilt ist altmodisch gekleidet, mit Hut und Schirm. Ein blaukariertes Geschirrhandtuch liegt über einer Stuhllehne. Es ist ein Verhör. Zigarren werden geraucht. Ich selbst bin nicht beteiligt.

Der Verhörte gibt vor, die Sprache nicht zu verstehen, in der er befragt wird. Das Zimmer sieht aus wie das Abteil mit geschlossenen Fenstern. Die Vorhänge sind grau mit ausgefransten Rändern. Dazwischen Gummibaumblätter. Als er die Straße betritt, läuft dem Mann der Regen in den Hemdkragen.

Linien aus Eisenstaub, die ein Junge gegen Abend über den Boden der leeren Turnhalle zieht.

Der Regen fällt beständig seit zwei Tagen. Die Krötenkinder sind unruhig im Haus. Sie schneiden Scherenschnitte aus schwarzem Pappkarton und bauen sich aus Decken schmale Gänge und Tunnel in den langen Fluren der Villa. Das Dienstmädchen bringt ihnen am Mittag Kekse und Kakao, und erst wenn die Dämmerung langsam aus den schweren Regenwolken nach unten sinkt, stehen sie für eine Viertelstunde fast andächtig zwischen den Pflanzen am Flurfenster und schauen nach draußen. War es während der allmorgendlichen Vermessungen nicht so, als wolle der Professor etwas an mir oder dem Dienstmädchen entdecken, das sich in uns verbirgt und nur durch eine versteckte Regelmäßigkeit offenbart, einen Muskeltonus, eine Absonderung von Schweiß, einen bestimmten Schlag der Lider, sodass wir uns innerlich davor fürchteten, einer uns selbst unbekannten Struktur Ausdruck zu geben, die unsere versteckten Atavismen, unser verborgenes Symptom, unseren versteckten Schwanz anderen deutlich zeigt?

Der Professor und seine Ärztefreunde aus alten Tagen wissen sich diese Strukturen zunutze zu machen. Sie hoffen auf eine Übernahme der Stadt, indem sie über das Bewusstsein der Menschen hinweg mit ihren verborgenen Symptomen, versteckten Wünschen und verdrängten Ängsten kommunizieren. Nur ich scheine zurzeit davon ausgenommen, da ich kein Bewusstsein habe und deshalb auch kein Unbewusstes haben kann.

Ich steige mit der Familie Siebert auf einen Berg. Der Professor doziert vom rechten Glauben. Dieser rechte Glauben, von dem der Professor gerne und besonders in Gegenwart seiner Familie spricht, bezieht sich, das betont er immer wieder, auf nichts Jenseitiges. Den Anblick seiner Kinder ignoriert er, wenn auch aus anderen Gründen als seine Frau. Für ihn sind es einfach »unverbesserliche Kretins«, die es nie zu etwas bringen werden. Während er spricht, dränge ich mich im Halbdunkel dicht an Frau Siebert. In meiner Verzweiflung ist es mir manchmal recht, dass sie versucht, sich für Marga auszugeben.

Bedeutet Verzweifeln, an seinen Zweifeln zugrunde gehen?

Ich habe längst nicht alles erzählt. Frau Siebert schält sich oft vor mir aus den Kleidern, und nicht nur das eine Mal, als sie mein Modell sein wollte. Angeblich will sie mir Wunden zeigen und Kratzer – sie neigt zur Selbstzerstümmelung, sagte mir der Professor einmal nebenbei –, doch ich schaue nur auf ihre Brüste, die sie wie zufällig, damit man die Narben an den Rippen besser sieht, nach oben hält. Ich weiß, dass es nicht richtig ist, nicht das und nicht mein Verlangen nach dem Kittel, den das Dienstmädchen morgens während der Vermessung trägt. Die Krötenkinder erscheinen unvermutet, während ich mit Frau Siebert anstoße, und lecken den verschütteten Bananenlikör – fast denke ich an Libation und nicht an Zufall – vom Boden auf. Frau Siebert stört sich nicht an ihnen, gibt mir die Brust und nimmt mich zwischen ihre Schenkel. Die Krötenkinder schieben sich gegenseitig als Schubkarren durch das Zimmer, lachen und sprechen rückwärts miteinander. Während Frau Siebert in halb gespielter Leidenschaft ihre Lippen auf meine presst, sehe ich aus den Augenwinkeln, wie uns ein unbewegtes Krötenauge ernst fixiert. Ich drehe mich hastig um. Die Krötenkinder tragen Morgenmäntel aus Seide in Blau und Rosa und reichen sich Cocktails mit Olive und Kirsche. Frau Siebert bricht sich einen roten Nagel an meiner Schulter stumpf, sie weiß, was sie will, und gibt nicht eher Ruhe, bis sie es bekommt. Ich sehe den Kindern an, dass sie mich durchschauen. Klebrig bleiben Likör und Frau Sieberts Lippenstift an meinem Kinn zurück. Draußen in der Halle ahmen die Krötenkinder ihre Mutter nach und lackieren den Zehennagel, den sie nach dem Aufpicken der Eierschale nicht abgeworfen haben, sondern als Waffe mit sich herumtragen.

Der Himmel war nach unten gewölbt und leckte an unseren Gesichtern. Im Tal war die erleuchtete Villa zu sehen, und mit einem Mal roch ich die aufgeschnittenen Feigen, die das Dienstmädchen bei Festivitäten auf einem Glastablett durch die Halle trägt.

Nichts kehrt zurück, nicht die klamme Ofenbank in der Küche, nicht unser Spiel auf der Treppe zum Keller mit den Fleischkonserven. Wir schossen danach und fielen wie tot in den Kohlenstaub. Der Geruch der angeschmorten elektrischen Leitungen, die über dem manchmal nur noch an ein paar Spinnweben in kleinen Plättchen nach unten hängenden Verputz liefen und Margas Hand gegen meine heiße Backe. Die Kreidekreise, die ich am Mittag nach der Schule auf die Kacheln malte, bevor meine Mutter mit dem Gemüsekorb unter dem Arm in die Küche gehetzt kam, und die sie am Abend, wenn sie ihr Haar schon zusammengebunden trug, mit dem aus einem alten Hemd gerissenen Lappen wieder abwischte. Nicht um mich zu bestrafen, sondern um Platz zu schaffen für den nächsten Tag.

Und hinter uns die Stadt. Und vor uns die Stadt. Und um uns die Stadt. Hohle Maiskolben lagen auf dem Weg, Kohlblätter angenagt daneben.

Während der Professor weiter nach oben stieg, gefolgt von den Kindern, die seinen Stechschritt imitierten, blieb ich mit Frau Siebert zurück. Ich ließ meine Arme hängen und sah in ihre Augen. Dort war nichts von dem Glanz, den ich aus Margas Augen kannte. Frau Siebert, die in ihrer Verzweiflung meine Gedanken lesen kann, zog eine mit Belladonna gefüllte Pipette aus ihrer Tasche, die ich ihr noch rechtzeitig aus der Hand schlug. Es ist tragisch, dass nur Verzweifelte sich gegenseitig anziehen. Da jedoch ein jeder nur sich selbst für verzweifelt hält, weil er die Verzweiflung des anderen nicht erkennen kann, fühlt er sich vom anderen nicht gerettet, sondern nur noch tiefer in sein Unglück hineingetrieben. Und doch fällt uns nichts anderes ein.

Da ich ahnte, dass Frau Siebert anfangen wollte zu reden, legte ich ihr die Hand auf den Mund. Starr stand sie vor mir und schaute zu den Lichtern der Villa. Starr aufgerichtet war ihr Nacken, nicht leicht gebogen wie der Margas. Stand ich hinter Marga, so senkte sich ihr Nacken wie von selbst nach vorn, und zwischen den Haaren kam ein Stück Haut zum Vorschein, über das ich mit meinem Mittelfinger strich. Eine plötzliche Sehnsucht nahm mir den Atem. Ich lief an Frau Siebert vorbei, überholte den Professor mit den Kindern und warf mich am Gipfel des Hügels auf den Schieferboden. Jetzt wollte auch ich eine Religion.

Das Gerede des Professors vom wahren Glauben, das ich noch vor wenigen Minuten als Geschwätz angesehen hatte, erschien mir mit einem Mal, wie ich dort auf dem langsam in der Nacht erkaltenden Boden lag, ungemein kostbar, sodass mich, als ich seine Stimme näher kommen hörte, ein Gefühl der Dankbarkeit und Rührung überkam.

Ich betete um Wundmale, doch es erschien mir nur das Bild von Marga in ihrer Kabine auf dem Dampfer, wie sie sich zur Seite drehte, ungeschützt, weil sie ihre Decke weggegeben hatte.

Eine Religion fordert immer eine existenzielle Vorgabe, obwohl sich erst später herausstellt, ob das, was man dafür hielt, überhaupt Religion war.

Waren mir denn nicht auch die Toten des Eisenbahnunglücks am Gartenzaun der Villa erschienen und hatten zu mir gesprochen?

Warum erinnerte ich mich nicht daran, sondern dachte nur an Frau Sieberts Schlafzimmer und wie sie sich darin bewegte, und dass ich Marga verraten würde?

Professor Siebert war inzwischen ebenfalls auf dem Hügel angekommen. Er rammte eine silberne Fahnenstange in den Boden und verteilte kleine Dosen mit Himbeermarmelade an die mit Taschenlampen in den Mäulern zu seinen Füßen hockenden Kinder. Ich sah, dass die Kinder Pfadfinderhalstücher trugen, und erinnerte mich an meinen Traum, in dem sie mit Krawatten gefesselt auf Frau Sieberts Bett gelegen hatten. Unfähig, mich zu rühren, blieb ich liegen. Die Krötenkinder näherten sich meinem Gesicht und leckten schmatzend meine Tränen ab. Der Professor begann mit einer Predigt, während die Kinder mit ihren Krallen vor meinen Augen Zeichen in den Boden kratzten, die ich nicht deuten konnte. Mein Kopf wollte zerspringen.

Erkenntnis und Untergang zeigen sich auf dieselbe Weise. Es gibt kein Tor zum Himmel, das sich unterschiede von dem zur Hölle, es gibt nur eine Tür, vor der wir uns wiederfinden, eben in der existenziellen Erfahrung des Glaubens. Wir treten ein, danach wissen wir ohnehin nicht mehr zwischen dem einen und dem anderen zu unterscheiden. Obwohl wir meinen, dass Himmel und Hölle dahinter existieren, existieren sie nur davor. Es sind keine Verfasstheiten des Jenseits, sondern des Diesseits.

Der Professor stieß mich leicht mit dem Fuß an, um zu sehen, ob ich noch lebte. Mein Körper krümmte sich unter der Berührung, wie eine Schnecke in sich zusammenfährt. Marga, sagte ich. Ich sah den schwarzen See und ihr bleiches Bein, während die Sonne in einem grünlich glitzernden Streifen um den Hügel sank. Eine Windböe schlenkerte über das Wasser und griff eine Strähne aus ihrem hochgebundenen Haar.

Um die Entstehung der Stadt ranken sich viele Geschichten und Legenden. So heißt es einmal, der Städtegründer sei in Wirklichkeit einer der Ureinwohner der Stadt gewesen, der erste nämlich, der es gewagt habe, die Stadt zu verlassen, worauf er bei seiner Wiederkehr diese überhaupt erst hätte erkennen und damit gründen können. Wie jedoch sein Leben und die Stadt vor dem Antritt seiner Reise ausgesehen haben mochten, davon schweigt die Überlieferung.

Andere leugneten eine Schiffsfahrt und behaupteten, der Gründer sei einem Schlund entstiegen, in dem die Menschheit zuvor festgehalten worden sei. Diesen Schlund dachte man sich einmal unter der Erde, ein anderes Mal irgendwo am Firmament, während man die Stadt als den Stein ansah, der den Schlund bis zu ihrer Gründung geschlossen gehalten hatte.

Als mich der Professor mitten in der Nacht, mit heißer Stirn, flatterndem Puls und tränenden Augen in der Bibliothek über seinen Notizen fand, und ich, auf seine Frage, was ich hier mache, ohne mein hastiges Überfliegen der Zeilen auch nur für einen Moment zu unterbrechen, stammelte, dass ich herausfinden müsse, ob man in der Stadt sterbe, hielt er es für angebracht, mir strengste Bettruhe und eine am folgenden Tag beginnende Therapie zu verordnen. Er klingelte nach dem Dienstmädchen, das in einem schnell übergeworfenen Morgenrock erschien, und hieß sie mich in mein Zimmer bringen. Absichtlich ließ ich meinen glühenden Kopf etwas schwerer als unbedingt nötig gegen ihren Hals fallen und hoffte, selbst jetzt in meinem Zustand, einen Blick auf den Kittel, den sie vielleicht darunter trug, zu erhaschen. Ich erkannte jedoch nur den Träger eines der vielen Unterröcke von Frau Siebert, die sich das Dienstmädchen im Laufe der Zeit angeeignet hatte. Ich sank auf mein Bett, und der Wind wehte kühlend vom Stein am Ende des Gartens her durch das Fenster, und das Dienstmädchen setzte sich zu mir und öffnete meinen Hemdkragen und summte leise, damit ich einschlief. Ihre Haut roch nach Bananenschale und Kasperlepuppe. Ich schloss die Augen bis auf einen dünnen Spalt. Ich dachte an die leergewischten Kacheln und meine Kreidestücke in dem Zigarettenkästchen. Eigentlich malte ich die Kreise damals nur noch, damit Mutter dachte, ich spiele und sei noch ein Kind.

Der Professor reichte mir ein Glas mit einer blautrüben Flüssigkeit, die er mich in den Mund nehmen und dort für mindestens fünf Minuten, ohne zu schlucken, halten hieß. Der gefüllte Mund, erklärte er mir, würde ein Gefühl des frühkindlichen Gesättigtseins in mir hervorrufen, das mich empfänglicher für hypnotische Einflüsse werden lasse. Ich konnte seinen Anweisungen kaum Folge leisten, weil ich zu ersticken glaubte. Die Flüssigkeit schien sich in meinem Mund in Sand zu verwandeln und in Richtung meiner Kehle zu drängen. Um mich abzulenken, schaute ich im Labor umher. Ich sah, dass die wenigen Pflanzen verhängt waren. Nachdem die notwendige Zeit verstrichen war, gab er mir eine silberne Schale, in die ich die Flüssigkeit, die sich in der Zwischenzeit grau gefärbt hatte, zurückfließen ließ. Der Professor stellte die Schale neben sich auf den Tisch und erklärte mir, dass sich eine erfolgreiche Behandlung an einer erneuten Farbänderung ablesen ließe. Nun sollte ich die Augen schließen und mir einen Kreis vorstellen, während er einige Wörter las, die mich in einen tiefen Schlaf versetzen würden. Die Übersichtlichkeit der Welt verursachte einen Schwindel in mir. Ich konnte nicht schlucken und nicht sprechen, und immer noch, obwohl mein Mund längst leer war, schien es wie dünner Sand meine Kehle hinabzurieseln. Schließlich versank ich in einem Schlaf, der so tief war, dass ich träumte, ich würde schlafen.

Ich sehe Männer in grauen, zerschlissenen Anzügen, mit verschiedenen Wunden, am hinteren Zaun der Villa stehen, dort, wo man eigentlich nicht hinkommt. Sie stehen und schauen mich an. Dann winken sie mich herbei. Als sei ich auf der falschen Seite.

Die Villa erstrahlt im Suchscheinwerferlicht. Zehn nach fünf. Es kommt ein Schiff geladen: Dosenfleisch. Es ist die Theorie der Seelenflecken, die Frau Siebert von mir übernommen hat. Auf allen vieren kriecht sie durch die Wohnung, wälzt sich auf der Couch und gibt vor, Abdrücke der Seele in den Räumen zu erkennen. Ihr Charme verblasst dabei. Notwendigerweise.

Ich stehe am Abend in der Eingangshalle der Villa, um einen Augenblick zu verschnaufen. Ich höre ein leises Quieken, gehe langsam zu einer der Säulen und schaue dahinter nach. Eins der Krötenkinder liegt mit bandagierten Armen in einem kleinen, selbstgezimmerten Bett. Das andere, in einem weißen Kittel, ist gerade dabei, die Binden abzurollen. Beide lachen. Als der Verband ganz entfernt ist, sehe ich, dass die Arme des einen Kindes verstümmelt sind. Sofort stürze ich nach oben in das Schlafzimmer von Frau Siebert. Tatsächlich hat sie keine Hände mehr. Sie ist ohne Bewusstsein. Ihre Arme liegen über der Bettdecke und enden in frisch blutenden Stümpfen.

Die Krötenkinder sitzen auf dem Bett und schmieren die Stümpfe ihrer Mutter mit Salz ein. Kurz bevor ich umfalle, ziehen mich die Kinder am Hosenbein. Sie sagen, ich sei der Gärtner, und wollen mich tätowieren.

An dieser Stelle erbrach ich mich. Die Flüssigkeit in der Schale hatte sich wieder in ein gräuliches Blau zurückverwandelt. Der Professor versuchte, mich mehrere Male vergeblich aufzuwecken, brachte mich schließlich auf mein Zimmer, wo ich spät in der Nacht erwachte, nur mit einem einzigen Wort, das alle anderen gelöscht zu haben schien und das ich, wieder einmal, in seiner Banalität und Einfachheit nicht verstand. Ich trank gierig eine ganze Karaffe Wasser und schlich dann in die Bibliothek, um mich mithilfe von Professor Sieberts Notizbuch zu normalisieren. Von dem, was ich gesagt hatte, war mir das meiste unverständlich. Das Wort, mit dem ich aufgewacht war, hieß Bluttuch.

Es war gegen Ende meiner Zeit als Dokumentenmaler, als ich den Professor wieder einmal zu einem befreundeten Arzt und Kollegen begleitet und die beiden dort während des gemeinsamen Pfeiferauchens gemalt hatte. Als ich gegen Abend meine Malsachen zusammenpackte, hörte ich beide im Nebenzimmer heftig debattieren. Dem Professor wurde vorgeworfen, dass es ein sträfliches Versäumnis gewesen sei, mich im Zustand der völligen Erinnerungslosigkeit nicht genauer befragt zu haben, weil ich durch das Fehlen meines Gedächtnisses nicht nur über die tatsächlich existierende, sondern über alle möglichen Welten hätte Auskunft geben können. So nah sei der Professor der Wahrheit gewesen, so nah, hörte ich seinen sonst eher zurückhaltend wirkenden Kollegen immer wieder aufgeregt rufen.

Dunkler Winternachmittag, wenn das Zeitungspapier für den Kohlenstaub auf dem Boden vor der Tür liegt. Ein stechender Kältezug, der sich im Garten über dem Harsch sammelt. Lektionen von toten Göttern und dem Willen der Stadt.

Nicht der Mensch sagt: »Gott ist tot«, sondern Gott sagt: »Der Mensch ist tot.« Und in diesem Moment verspürt der Mensch den wirklichen, den einzigartigen Nihilismus, weil er dieses Nichts in sich noch nicht einmal benennen kann, weil es etwas viel Umfassenderes und Ergreifenderes ist, als er sich es je hatte vorstellen können. Denn das Nichts, mit dem er sich bisher beschäftigte, war ein fassbares Objekt, dessen er sich zu bemächtigen wusste, nun aber spürt der Mensch das eigene Objektsein in der Veränderung Gottes. Erst jetzt ist er tatsächlich »geworfen«, nämlich: *weg*geworfen.

Ich verstand, dass ich durch meine Erinnerungslosigkeit diesen theo-nihilistischen Zustand, dieser Nichtung des Menschen durch Gott, automatisch in mir verwirklicht hatte und dass ich deshalb auch die Stadt verstand, in deren Gründungsmythos die Veränderung der Götter miteingeschrieben war.

Der Mensch ist ein hingeworfenes Körnchen Salz auf dem Eis, ein Blatt im Wirbelsturm, ein Auge ohne Lid.

Wohin konnte ich fliehen? In Frau Sieberts Zimmer, um mich für kurze Augenblicke in die weichen Kissen zu stürzen, aus denen mir doch nur die Erinnerung an Tabletten und amputierte Hände entgegenstieg? In das Zimmer des Dienstmädchens, dessen weichen Körper ich im Sessel und auf dem Hocker vor der Kommode nachzufühlen versuchte?

Die alten Illustrierten, die wir uns früher unter den Kopf geschoben hatten beim Schlafen, deren Rätsel immer die Lösung fehlte, herausgerissen, um Kartoffeln darauf zu schälen. Eine Zeichnung, darin ein Gesicht. Felder mit Zahlen zum Ausmalen. Punkte zum Verbinden. Ein Mann mit dem Kopf im Boden und den Füßen in den Baumwipfeln. Er hält die Hände lächelnd von sich gestreckt, darin die Wundmale. Der Wind bläst durch seinen hautlosen Körper. Zwei Bilder zum Fehlersuchen, auf dem einen scheint er zu schlafen, während er auf dem anderen spricht.

Ein losgerissener Luftballon kreist über der Stadt. Das Nahrthalerfeld und die Wiesen, getrennt von einem Bach und toten Katzenkadavern und einem angefaulten Kohl. Eine Leiter, eine Treppe, ein Geländer, eine Brüstung, der Weg am Lindholmplatz entlang am Abend. Blaue Vorhänge mit unregelmäßigen Quadraten. Linien hier und da vor dem Küchenfenster. Allein.

In der Abenddämmerung sehe ich, dass die Krötenkinder ein genaues Abbild der Villa aus Pappe gebaut haben. Dicht aneinandergedrängt sitzen sie in ihrem Zimmer und schieben kleine Figuren auf dem Kiesweg hin und her. Sie ritzen sich gegenseitig mit ihrem langen Zehennagel ins Fleisch und lassen Blut in eine kleine Schüssel laufen, die das Meer vor der Sandsteinbalustrade darstellen soll. Wie von selbst gehen die Vorhänge vor ihrem Fenster zu.

Die Krötenkinder sind betrunken. Ihre dicken, wulstigen Zungen hängen ihnen aus den Mäulern. Freundschaftlich stoßen sie mir gegen die Beine. Sie nehmen einen Strohhalm vom Tisch und blasen sich gegenseitig auf. Durch die transparente Haut sieht man ihre Herzen schlagen. Auf ihren Köpfen haben sie Haare, ich weiß nicht, ob künstlich oder echt, die sie sich zu kunstvollen Zöpfen gebunden haben. Sie springen an den Bäumen hoch und lassen sich ins Gras fallen. Dann legen sie sich wie zerquetscht vor das Auto des Professors und machen Fotos von sich in Kreideumrandungen. Kichernd verschwinden sie im Gartenhäuschen und kommen mit Bildern nackter Frauen zurück. Sie nageln die Bilder an die Wand, stellen sich in einiger Entfernung davor auf und lassen ihre Zungen im Wettbewerb nach vorn schnellen. Als das Licht verlöscht, sinken sie erschöpft auf dem Kiesweg zusammen und schlafen ein.

Die Krötenkinder spielen mit vom Professor aussortierten Labormaterial. Sie halten sich Elektroden an die kleinen Schenkel und schicken Strom hindurch, um zu sehen, wie es willenlos an ihnen zuckt. Sie werfen den Bunsenbrenner an und übergießen sich mit Brennspiritus. Dann trinken sie selbstgebrannten Wachholderschnaps aus Reagenzgläsern und nehmen mit einem Spatel Proben ihrer Spucke. Als sie gerade dabei sind, in Chinosollösung zu baden und sich die Bauchhaut von der Bauchdecke abzuziehen, ruft das Mädchen zum Abendbrot.

Das Dienstmädchen erzählt mir, es gäbe in der Stadt eine nicht mehr benutzte Kirche und in dieser Kirche ein Gemälde in einem mattschwarzen Rahmen. Das Gemälde hieße: »Der Heilige Justinus fordert die Herausgabe der Krötenhäute«. Zu sehen sei ein stattlicher Mann in einer weißen Kutte, der seine linke Hand fordernd ins Bildinnere halte, während seine rechte einen einfachen Stock umklammere, aus dem jedoch an der Spitze blühende Zweige brechen. Rings um den Heiligen versinke das Bild in dunkelbraunen Schattierungen. Offenbar befinde sich der Heilige vor einer Felsenhöhle, in deren Eingang hockende Gestalten zu erkennen seien. Mit ausgestreckten Händen reiche eine der Gestalten, eine Frau, die Häute zweier Kröten nach oben. Zur linken Seite des Heiligen lodere ein kleines Feuer und bilde zusammen mit seiner Hand und den hingehaltenen Häuten ein spitzwinkliges Dreieck, in dem sich die Bewegung vorwegnehme, mit welcher der Heilige die Bälge später in die Flammen werfen werde. Träte man näher heran, so erkenne man zu Füßen des Heiligen, zwischen den Spitzen seiner Sandalen und den Knien der Frau im Höhleneingang, zwei bloße Krötenleiber, denen trotz der Dunkelheit des Farbauftrags Adern und Muskeln aufs Genaueste eingezeichnet seien. Seltsam sei jedoch, dass beide geschundenen Krötenleiber, von denen der Kopf des einen auf dem Bauch des anderen ruhe, zu lächeln scheinen.

Der Professor spricht mit mir meist nur im Vorübergehen und ungefragt. Er versucht, mir gewisse Theorien nahezubringen, doch wird sein Bemühen dadurch erschwert, dass er sich oft eines medizinischen Fachjargons bedient, außerdem in der Regel ungehalten auf Zwischenfragen reagiert. Ich notiere mir gewisse Ausdrücke, um sie, wenn ich seine Notizen ins Reine schreibe, in seiner Bibliothek nachzuschlagen. Doch ich muss feststellen, dass sich keinerlei medizinische Fachbücher finden lassen. Seiner Bibliothek nach scheint sein Hauptinteresse der Staatstheorie zu gelten.

So als sei sie darauf aus, mir jeden Tag eine Neuigkeit mitzuteilen, erzählt mir das Dienstmädchen, dass sich bei ihrer ehemaligen Herrschaft eine kleine Replik der Kohlenschaufel, mit der ich die Opfer des Eisenbahnunglücks verscharrt hatte, befunden habe und dass sich solche Repliken in vielen Haushalten der Stadt finden ließen, während das Original in der Halle des Rathauses auf einem Sockel stehe und von jedem Besucher mit der Hand berührt werde, was zur Folge hatte, dass sich an dem verrußten Holzstiel schon seit Jahren nur noch ein hauchdünnes löchriges Eisennetz befinde. Dadurch sei meine Person im Volksglauben zum Fischer geworden, da man den Ursprung der Schaufel vergessen und sie als Kescher gedeutet habe.

Diese Erzählung macht mich traurig, weil ich älter zu sein schien, als ich bislang angenommen hatte. Wahrscheinlich stand mir nur noch der Tod bevor.

Dann erinnerte ich mich, dass mir der Professor bei einem unserer Spaziergänge bereits von dem Schaufel-Kescher in der Rathausvorhalle erzählt hatte, der von den Einwohnern der Stadt nicht mit mir in Verbindung gebracht, sondern als Insignie des Städtegründers angesehen wird.

»Die Ambivalenz der Symbole«, hatte er fast beiläufig gesagt, während wir uns schräg gegenüber vom Rathaus für einen Moment auf eine kleine Parkbank setzten, »das ist es, was wir uns zunutze machen müssen. Es ist der Anfang jeder Soteriologie. Alle Symbole besitzen diese Doppeldeutigkeit, und es braucht nur einer zu kommen, und zu sagen: ›Hier, das ist gar kein Kescher, sondern eine Schaufel‹, und irgendeinen Beweis dafür anzubringen, vielleicht den verrußten Stiel, und schon laufen sie dem nach. Also müssen wir zusehen, dass sie uns nachlaufen.« Er hatte gelacht und meine Hand getätschelt. »Gerade, dass es sich um ein Fangnetz handelt, hätten wir uns gar nicht besser ausdenken können. Da haben wir den Fischerkönig, alt, vergessen und impotent, und gleichzeitig einen jungen kräftigen Mann, der einfach sagt: ›Hier, die Schaufel, damit hebe ich etwas aus dem Boden, damit schaffe ich was.‹«

Die Krötenkinder haben mir einen zusammengefalteten Zettel zukommen lassen. Außen stand: Checklist für eine Reise nach Südamerika. Als ich den Zettel auffaltete, las ich:
1. Tannenzapfen und Reisig sammeln
2. Alle Sammelbilder verkaufen
3. Ein Foto von Marga
4. Schiffszwieback

Zuerst war ich gerührt. Dann fragte ich mich, ob es nur eine ihrer üblichen Finten war, mit der sie etwas ganz anderes bezweckten, als sie vorgaben.

Die Straße im Schnee. Kleine Häuschen. Kopfsteinpflaster. Im Hintergrund ein Kirchturm. Kein Mensch auf der Straße. Geschlossene Hoftore. Es ist dieses eine Bild, mehr noch als Marga selbdritt, das ich zu malen versäumt habe. Ein Mann ist noch mit dem Rad unterwegs. Man sieht ihn verschwindend klein am Ende der Straße, vielleicht ist es auch nur der Schatten einer eingefrorenen Schneewehe. Vielleicht hätte ich nur dieses Bild malen sollen, und alles wäre anders geworden.

Es ist die Haut, die immerzu nach dem anderen schreit und ihn doch, so er kommt, von sich stößt. Es geht nicht um die Trennung von Körper und Geist, sondern von Haut und Geist und Haut und Körper. Doppelt getrennt sind wir und nur mangelhaft zusammengenäht.

Wie lässt sich Hoffnungslosigkeit besser beschreiben denn als ein Fenster im Firmament, durch das niemand auf uns sieht? Vielleicht als ein alter Dotter, auf dem das Licht müde in zwei Punkten wandert, als fiele es durch ein weit entferntes Fenster, das gerade jemand schließt.

Ich sehe aus einiger Entfernung, wie Professor Siebert etwas Rohes in den Mund steckt. Ich hoffe, dass es sich dabei um eins der Krötenkinder handelt.

Diese Hoffnung überkommt mich ungewollt, da ich nichts gegen die Krötenkinder habe, auch nicht will, dass sie aufgefressen werden, schon gar nicht von ihrem eigenen Vater.

Aus der Weite erscheint alles zart und verletzlich, aus der Nähe hingegen undurchdringlich.

Dem Professor rinnen rechts und links kleine Blutbäche aus dem Mund und am Kinn herunter. Ich laufe hin, um ihn zu beglückwünschen, um vielleicht nach dem zweiten Kind zu suchen und es ihm an den Hinterbeinen hinzuhalten, damit er ihm ebenfalls den Kopf abbeißt und es auch verschlingt.

Sofort bin ich also bereit, mich zu einem Helfer zu machen, so wie ich auch sofort bereit war, die Leichen des Zugunglücks mit der Kohlenschaufel auf dem Hügel zu verscharren. Auch wenn danach die dunkle Epoche für mich begann, auch wenn davor das mystische Zeitalter lag, das ich mir so vorstelle, als habe ich es in einer Badewanne verbracht, umsorgt von einer Mutter, die mir die Butterbrote gewürfelt auf einem Holzbrett brachte und mir den Kakao anrührte und abkühlen ließ, bis er trinkfertig war, und dies alles in einer Wohnung mit blaugestrichenen Wänden und Teppichen sogar im Bad, so dass ich nichts an die Füße ziehen musste, sondern nur einherging im allgemeinen Wohlgefallen.

Als ich näher komme, sind es nur einige Kirschen, die sich Professor Siebert in den Mund stopft. Das Blut auf seinem Gesicht ist Kirschsaft. Ist es den Krötenkindern gelungen, sich in Kirschen zu verwandeln?

Worauf läuft mein Nachsinnen hinaus, wenn ich am Ende nur auf meine Bereitschaft zu töten stoße? Was ist mit der Papierfabrik, mehr noch mit dem Zeitungsvertreter, der mich aufnahm und den ich hinterrücks ans Messer lieferte? Dabei hatte *ich* meine Heilkräfte verloren und kläglich versagt. Die Menschen standen enttäuscht und wütend in dem angemieteten Hinterzimmer der Gaststätte. Gleich würden sie mich packen und nach draußen schleifen. Deshalb schrie ich: »Dort sitzt er und zählt euer Geld!« Ob ich allerdings selbst Hand anlegte und ihn mit den anderen vor die Tür schleppte oder sogar mit zum Tümpel fuhr, um ihn hineinzustoßen und mit dem Brett, das man mir reichte, auf den Kopf zu schlagen, während der Abend wie ein Tintenschwall aus den Wolken stürzte, das will ich nicht glauben, kann es aber auch nicht mit Sicherheit ausschließen.

Frau Siebert war allein auf ihrem Zimmer. Sie weinte. Sie ging auf und ab. Sie öffnete das Fenster, doch in diesem Moment schien selbst die sonst vom Meer gekühlte Nachtluft wie eine graue Mauer vor dem Haus zu stehen. Sie schloss das Fenster wieder und ging zum Tisch. Sie nahm die beiden Messer und trennte sich die Hände ab. Es war eine Geste, als wolle sie ein Märchen nachbilden. Wie kann man sich beide Hände abschneiden?, fragte ich mich. Hatten vielleicht doch die Krötenkinder etwas damit zu tun? Erst viel später, als wir ihr Zimmer räumten und die Sachen, die nicht im Garten verbrannt wurden, in Kartons verstauten, fand ich die Skizze zweier Hände, von denen jede einen Krummdolch hält. Die Klinge des einen Dolches zeigte nach unten, die des anderen nach oben, die Hände lagen an den Handgelenken über Kreuz, sodass jede Hand die andere in einer gleichzeitigen Bewegung hätte abtrennen können. Frau Siebert hatte allerdings nicht miteinkalkuliert, dass die Schnittrichtungen unterschiedlich waren und sich die Hände im Moment des beidseitigen Schneidens voneinander wegbewegen würden. Erst bei einem tatsächlichen Versuch fiel ihr die Unmöglichkeit ihres Plans auf. Nun konstruierte sie aus den Resten verschieden legierter Drähte aus dem Bestand des Professors eine Schlinge, die beide Hände in dem Moment, in dem sie sich voneinander wegbewegten, an den Handgelenken abtrennen würde. Ich weiß nicht, ob auch das Symbol gewählt war, das auf ihre unglückliche Beziehung zu ihrem Mann hindeuten sollte, denn im Auseinandergehen meinen die Liebenden sich zu beschneiden und zu töten, während sie in dem Moment, in dem sie bewusst auf sich einstechen, sich selbst zu bewahren und zu schützen glauben. Als ich ihre Skizzen fand, diese Skizzen, die aus keiner Spielerei entstanden waren, sondern aus einer tiefen Verzweiflung, fragte ich mich, ob das symbolische Denken und Handeln von Frau Siebert überhaupt einen Sinn hatte. Was ich meine, ist, konnte es ihr Leben retten oder musste sie nicht vielmehr einsehen, dass das Symbolische eben nicht das Reale verändert, sondern unabhängig von ihm dahinlebt? Aber gerade an diesem Sinn, nicht etwa an dem Fehlen von Sinn, nein, gerade an diesem übergeordneten Sinn erkrankte Frau Siebert, ja, an ihm allein zerbrach sie.

Ich habe die Sinnlosigkeit noch nie zu Gesicht bekommen. Was mir überall begegnete, war die Sinnhaftigkeit. Es war der Sinn des Lebens, der die Menschen tyrannisierte und sie unterdrückte und sie am Ende umbrachte. Ihre Angst, dem Sinn nicht gerecht zu werden, den Sinn zu verfehlen, ihn nicht zu finden, nicht zu erreichen, setzt ihn ja voraus. Am Anfang war der Sinn, das Wort, der Logos, das Gesetz, und dieses Gesetz des Sinnes vertrieb uns aus dem Paradies und ließ uns anfangen, zuerst andere und dann uns selbst abzuschlachten. Reiß dein Auge aus, wenn es dich stört, aber wehe du vergreifst dich am Sinn. Die Hände stiften den Sinn. Sie schreiben die Worte auf, sie ziehen die Karten, sie begreifen, fangen, führen zum Mund, umarmen den Geliebten und halten sich schützend vor das Gesicht, wenn er schlägt. Dem Sinn entkommen hieß für Frau Siebert, ihre Hände zu opfern. Deshalb legte sie ihre Hände in die Schlinge.

Ich denke manchmal an die Tage nach ihrer Verstümmelung. Es war eine seltsame Ruhe um die Villa. Ich sprach mit niemandem, und an einem Morgen, der Himmel war dunkel, hatte ich das Gefühl, als könnte ich jeden Augenblick aus diesem Schweigen heraus eine andere Sprache, vielleicht die der Kröten, verstehen. Es roch nach Kampfer und Kresse. Dann nach frischgepflückten Erdbeeren. Ich sah durch das Fenster, wie Frau Siebert mit ihren neuen Handprothesen Erdbeeren zerdrückte. Es war Teil eines Rehabilitationsprogrammes. Heute lernte sie, Greifen und Ziehen miteinander zu verbinden und damit das Pflücken. Die Krötenkinder lagen zu ihren Füßen und ließen sich den Saft, der durch die ungeschickte Handhabung der Prothesen aus den Erdbeeren quoll, in die Mäuler laufen. Kirschen und Erbeeren. Ich sah keine Verbindung. Hände und Ohren. Auch nicht. Ohren und Augen. Ebenfalls nichts.

Vielleicht gab es einfach keine Verbindungen. Dazwischen befanden sich die Kinder. Sie träumten nachts mit offenen Mäulern und schmatzten. Alles schien ihnen gewiss, keine Frage offen, kein Rätsel existent. Das unterschied sie von uns. Dennoch verstanden sie es, in Lücken zu existieren. Das war es, was sie uns voraus hatten.

Ich möchte meinen Körper einwickeln und verbinden und glaube, dass mir das Gefühl der Enge wieder etwas von meiner sexuellen Lust zurückgeben könnte. Zwei Kittel, von denen ich meinte, dass sie nicht mehr benutzt werden, habe ich aus dem alten Fass neben der Treppe zum Labor gefischt und unter meiner Jacke auf mein Zimmer geschmuggelt. Ich habe angefangen, sie mit einer stumpfen Gartenschere auseinanderzuschneiden. Dünne Bahnen an einem Stück. Damit umwickelte ich probeweise meine Waden. Ein angenehmes Gefühl setzte ein. Blut staute sich, mein Glied richtete sich ein Stück auf. Ich wurde von einem leichten Schwindel erfasst und lief zum Schrank, um mehr Stoff zu finden, den ich in Bahnen würde schneiden können, um mich damit ganz einzuwickeln. Eine Wunde versorgen. Dann einen Menschen. Mich versorgen. Mich einwickeln. Mumifizieren. Die Binden garantieren mir den Zusammenhalt des Körpers. Nun kann ich mich endlich ganz auflösen in ihnen. Im Grunde ist es ein merkwürdiger und doch gleichzeitig logischer Einfall, dass sich in den Filmen, die von einem unsichtbaren Menschen handeln, dieser, um sich sichtbar zu machen, mit Binden umwickelt, sodass der Unsichtbare, der ja nur in einer sichtbaren Form Zeichen werden kann, als Umwickelter auftaucht und wie verwundet zu sein scheint in seiner Unsichtbarkeit, sodass er diese Unsichtbarkeit wie eine Wunde versorgen muss. Es ist eine soziale Wunde. Der Unsichtbare, wäre er nur unsichtbar, wäre nichts. Der Unsichtbare entsteht erst in der Möglichkeit, sichtbar zu werden oder sichtbar gewesen zu sein. Die Theologie bedient sich der gleichen Ambivalenz und schafft daraus die Dreifaltigkeit. Die Dreifaltigkeit lautet: der unsichtbare Leib, der sichtbare Leib und die Wunde. Der unsichtbare Leib ist der Heilige Geist, der sichtbare Leib ist Gottvater, die Wunde ist

Christus. Der unsichtbare Leib ist das Wirken des Unsichtbaren; dieses Wirken kann nicht zugeordnet oder bestimmt werden, es ist daher wie nicht gewirkt. Das ist das Problem des Heiligen Geistes, dem er sich stellen muss, will er in Verbindung mit dem Menschen treten. Der sichtbare Leib ist der sichtbar gemachte Leib des Unsichtbaren, ist das Wirken durch einen Bewirkenden. Der perspektivische Sammelpunkt der Wirkungen findet sich im sichtbar gemachten Unsichtbaren, das heißt in dem umwickelten unsichtbaren Leib, im Leib Gottvaters. Dieser Leib aber verweist auf eine Wunde. Er hält den Gekreuzigten in seinen Armen. Die Wunde ist Verbindungspunkt der Dreifaltigkeit: Obgleich sie geschlagen werden muss, steht sie am Anfang. Unsichtbar wird man nur aus einer Verletzung heraus, und verletzt muss man werden, um nicht länger unsichtbar zu bleiben, sondern sichtbar zu werden. Das ist der Kreislauf. So hält der Gekreuzigte die Taube und diese den Vater und dieser den Gekreuzigten.

An dieser Stelle verstand ich, was die Krötenkinder damit meinen, wenn sie sagen, dass die Erde auf dem Rücken einer Kröte ruhe, die auf dem Rücken einer anderen Kröte stehe und diese wiederum auf dem Rücken einer anderen und so weiter, bis zu einer letzten Kröte, die mit den Füßen auf der Erde stehe. Es ist ein Kreislauf. Warum ich mich aber einwickeln möchte in Binden, um starr in meinem Zimmer zu liegen, weiß ich nicht. Hat es damit zu tun, dass ich hilflos sein muss, um mich zu spüren?

Ich blättere zur Beruhigung in der Zeitung. Dort sind die Probleme so gelagert, als hätten sie eine Logik, als trüge jedes Problem die Lösung schon in sich, so als müsse man sie nur eben noch finden. Die Psychoanalyse hat die Dreifaltigkeit so interpretiert wie ich. Eine Interpretation nützt aber nichts, auch wenn sie schön ist, so wie für Wissenschaftler Formeln schön sind. Und dann die Dunkelheiten, die nicht zählbar sind, und das Nichts, das alle Zahlen frisst und wieder ausspuckt.

Frau Siebert trägt eine enge Lederhose, die ihr gut steht, was ihr jedoch nicht steht, ist die Art, wie sie sie trägt. Sie wiegt sich vor mir hin und her. Dabei hält sie die Augen geschlossen, als würde sie auf eine innere Musik hören. »Du musst die Töne erraten, die ich höre.« »Fis.« »Ja richtig, weiter, weiter.« Sie dreht sich und bei jeder Drehung nenne ich einen Notennamen. Sie dreht sich immer schneller. Ihre Arme fliegen auseinander, ihr Mund öffnet sich. Sie ist nicht mehr zu bremsen. Schließlich fallen mir keine Noten mehr ein. Ich wende mich von ihr ab, nehme meinen Rechen und gehe an den Ölfässern vorbei zur Rückseite der Villa. Die Krötenkinder hocken dort im Schatten des Efeus auf dem Boden beieinander. Ich sehe, dass beide an einer Spindel drehen. Als sie mich hören, lassen sie die Spindel schnell in ein frisch ausgehobenes Loch im Boden fallen. Dann legen sie sich vor mir auf den Rücken und zeigen mir ihre hellen Bäuche als Geste der Demütigung.

Ich sank neben ihnen auf die Knie, legte mich in derselben Haltung wie sie auf die Wiese und schloss die Augen. Es gab einen Moment der vollkommenen Stille. Dann spürte ich, wie sich eine der beiden auf meine Stirn, die andere auf meinen Bauch setzte. Ich erinnerte mich nun an alles, wusste alles, hatte jedes auch noch so kleine Detail zu meiner Verfügung, roch jedes einzelne Kraut, auf dem ich lag: Wurmfarn, Eisenkraut, Vogelknöterich, irgendwo mussten Akeleien in der Nähe stehen, meine Hände auf einem verknoteten Wurzelstock, vielleicht von einer Blutwurz. Ich spürte meine Glieder nicht so, wie man sie im Fieber spürt, heimgekehrt in die Küche nach einem Nachmittag im Regen, in dem unerwarteten Schmerz der ersten Krankheit, sondern wie ich mir den Schmerz einer anatomischen Skizze vorstelle, in der die Haut bereits von den Muskelfasern gelöst ist. Die Namen, um die ich so lange gerungen hatte, die Bezeichnungen und Benennungen, die mir als so ungemein wichtig erschienen waren, spielten keine Rolle mehr, sie ergaben sich von selbst, waren mit einer Selbstverständlichkeit da, in der sie sich selbst beständig vertauschten, ersetzten und ergänzten, kurz, es kam auf das Wort nicht mehr an. Auf was aber dann?

2

BESCHREIBUNG DER ELF BILDER, DIE ICH WÄHREND
MEINER REKONVALESZENZ MALTE

Meine Beschäftigung mit der Malerei scheint aus der Zeit unmittelbar nach meinem Eintritt in die dunkle Epoche zu stammen. Da ich nach dem Eisenbahnunglück die Fähigkeit, Umwelt und Menschen mittels Sprache zu verstehen, verloren hatte, musste ich, auf eine gewisse Art und Weise taub und stumm, ein anderes Medium suchen, um die Welt zu ordnen. Professor Siebert förderte meine Fähigkeiten, indem er mich bei wichtigen Spaziergängen oder -fahrten sowie Unterredungen mit Kollegen zu seinem Begleiter machte, dessen Aufgabe darin bestand, kleinere Skizzen von Personen und der Umgebung anzufertigen, um diese später in einem Gemälde auszuführen. Professor Siebert schätzte den Umstand, dass meine bildnerische Begabung an einen Verlust von Sprache gekoppelt war, durchaus richtig ein und ließ mich deshalb ohne jeden Vorbehalt Zeuge intimer Unterhaltungen privater oder fachlicher Natur werden. Die Bilder, die ich anfertigte, schmücken noch heute die Flure der Villa, und Frau Siebert bemerkte oft, wenn sie mir beim Malen über die Schulter schaute, dass ich doch wieder einmal so etwas Prächtiges wie zur Zeit meiner »Dokumentenmalerei« auf die Leinwand bringen solle – ein von ihr geprägter Ausdruck für meine frühe Malerei, die ich lieber als »Auftragsmalerei« bezeichne, obgleich ich dafür weder Auftrag noch Entlohnung erhalten habe.

Folgende Bilder habe ich gemalt:

1. Die Furcht des Heiligen Sebastian

Dies war mein erstes eigenständiges Werk nach der Dokumenten- oder Auftragsmalerei. Hier sind, nicht nur stilistisch, noch sehr starke Ablösungsprobleme zu erkennen. Zum einen trägt die Figur des Heiligen Sebastian ganz deutlich meine eigenen Züge, zum anderen wagte ich noch nicht, mich ganz von einer Vorgabe zu lösen, weshalb ich die Darstellung eines Heiligen wählte, eines Heiligen, dessen Schicksal ich in der kleinen Kirche am Marktplatz, in der ich damals öfter auf Professor Siebert wartete, dargestellt fand. Ich fühlte mich sofort von dem pfeildurchbohrten Jüngling angezogen und identifizierte mich schon bald mit ihm.

Ich stellte mich in einer Renaissancelandschaft dar. Im Hintergrund der Hügel, auf dem wir die Toten nach dem Eisenbahnunglück begraben hatten, von Gewitterwolken umhangen. Ihm als Pendant gegenüber, fast unkenntlich in das Schwarz der Nacht gestellt, eine Art Turm zu Babel, verlassen, menschenlos, Symbol meiner eigenen sprachlichen Verwirrung. Ein kleiner Weg schlängelt sich zwischen Turm und Hügel in ein Tal hinein. Links und rechts weite brachliegende Felder, ab und zu eine der Scheunen, in denen ich nächtigte und Wunder wirkte. Im Vordergrund stehe ich, nur mit einem Tuch um die Lenden. Zu meinen Füßen liegt die Kohlenschaufel. Ich schaue angstergriffen aus dem Bild, noch haben sich keine Pfeile in meinen Leib gebohrt. Die einzigen Verletzungen sind Hautabschürfungen an meinem rechten Oberschenkel und rechten Oberarm.

Mir trat während des Malens das Bild der abgezogenen Haut vor Augen, vielleicht als Symbol für mein verlorenes Gedächtnis, vielleicht aber auch als Rudiment einer Erinnerung. Ich glaubte nämlich, dass Marga und ich uns gegenseitig tätowiert oder ein Stück Haut abgeschält hätten, und dies, obwohl ich an meinem Körper keine Narben finden konnte. Ich kannte damals die Geschichte des Apostels Bartholomäus nicht, auch nicht den Mythos des Marsyas, sonst hätte ich bestimmt einen der beiden für meine Darstellung gewählt. Dass ich ausgerechnet in meinem ersten eigenen Bild einer Vorahnung Ausdruck zu verleihen sollte, kam mir jedoch nicht in den Sinn; Eher beschäftigte mich das im Bildtitel dokumentierte Phänomen des Verlesens, das mich in den ersten Wochen meiner Rekonvaleszenz auf Schritt und Tritt begleitete und mir die Furcht zur Frucht und das Fruchtbare zum Furchtbaren werden ließ.

2. Wandlung von Rosen in Wein

Vom Titel her immer noch stark dem Genre der Legendendarstellung verhaftet, obwohl es sich, im Gegensatz zur Furcht des Heiligen Sebastian, eher um eine beinahe parodistisch verfremdete Darstellung handelt, die eine bekannte Legende, nämlich die der Heiligen Elisabeth, weiterspinnt und das unter ihrem Mantel in Rosen verwandelte Brot weiterverwandelt in Wein, so als seien die Rosen eine Art eucharistischer Zwischenschritt. Weder Brot noch Rosen noch Wein sind jedoch auf dem Bild selbst zu sehen. Ein Paar sitzt an einem Tisch vor einem Fenster und beugt sich einander zu. Durch das Fenster sieht man auf die Dächer der Stadt. In der Ferne ein Kirchturm, hinter dem sich der herbstliche Abendhimmel rötlich färbt. Ich dachte an Marga und mich, als mir das Motiv einfiel, doch beim Malen wurde die männliche Figur zu einem Fremden, weshalb ich als Zitat die Furcht des Heiligen Sebastian als kleines gerahmtes Bild in der düsteren Ecke des Alkovens über dem noch unbenutzten Bett einfügte. Diesmal war der Blick des Heiligen Sebastian auf das Paar gerichtet, sein Lendentuch zu Boden gefallen und sein Geschlecht von einem Pfeil durchdrungen. So verwandelte sich der Wein zu Essig. Dann legen sie sich vor mir auf den Rücken und zeigen mir ihre hellen Bäuche als Geste der Demütigung. Während ich malte, schien sich im Malen selbst jene Verwandlung zu vollziehen, die ich eher zufällig als Titel gewählt hatte. Ich musste bemerken, dass eine weitere, nicht zu unterschätzende Schwierigkeit in der Abkehr von der Dokumentenmalerei darin bestand, dass sich mein Suchen im Prozess des

Malens schmerzlich gegen mich richten konnte. Schmerzlicher, als ich je vermutet hatte. Das Malen befreite mich nicht, sondern trieb mich immer tiefer in das Bild hinein, bis ich am eigenen Leib erfuhr, was ich dargestellt hatte.

3. Die Familie Siebert beim Mittagessen

Ich versuchte, der nervenaufreibenden und strapaziösen Arbeit an den ersten beiden Bildern, die ich neben meinen Verrichtungen im Haushalt der Sieberts abgeschieden in meinem Zimmer unter den schlechtesten Lichtverhältnissen zustande gebracht hatte, durch ein, wie ich glaubte, heiteres und unbeschwertes Motiv zu entfliehen, ein Motiv, das zudem noch den Vorteil hatte, im Freien und an Modellen ausgeführt werden zu können. Professor Siebert, der nichts von meiner heimlichen Arbeit an der »Furcht« und den »Rosen« ahnte, vielmehr glaubte, ich habe die Malerei ganz und gar aufgegeben, war höchst erfreut, als ich ihn darum bat, seine Familie beim sommerlichen Mittagessen im Garten porträtieren zu dürfen. Er sah dies als eine Fortsetzung meiner Dokumentenmalerei, während ich, so muss ich ehrlich gestehen, mir zu diesem Zeitpunkt selbst nicht vollkommen sicher war, ob ich nicht gerade dorthin zurückkehren wollte, eben weil mir die Arbeit am Eigenen so schwerfiel.

Dennoch erbat ich mir, im Gegensatz zu den Gelegenheiten, als ich ihn begleitet und er regelmäßig Blickwinkel und Tageszeit meiner Arbeiten bestimmt hatte, absolute Freiheit und vor allem Diskretion bis zur Fertigstellung des Bildes, worauf der Professor bereitwillig einging. Die erste Sitzung, bei der die Familie so ungezwungen wie möglich ihr Essen zu sich nehmen sollte, war schlichtweg eine Katastrophe. Frau Siebert hatte schon am frühen Vormittag, während sie sich von dem Dienstmädchen die unterschiedlichsten Kleider für das Essen vorführen ließ, zu trinken angefangen, sodass sie zum Zeitpunkt des Essens nicht mehr in der Lage war, aufrecht zu sitzen. Meine erste flüchtige Skizze zeigt deshalb das

Dienstmädchen in Frau Sieberts Nähe, diese beständig stützend. Es entging mir dabei nicht, dass zwischen den beiden seltsame Blicke gewechselt wurden, und damit nicht genug, Frau Siebert dem Mädchen, das immer noch eins ihrer Kleider trug, in das offene Dekolleté langte oder an den Schenkeln hochstrich, so als wolle sie übermütig auf etwas anspielen, was vor nicht allzu langer Zeit in ihrem Schlafzimmer vorgefallen war. Professor Siebert schien von alledem nichts zu bemerken, zumindest nahm er keine Notiz davon, sondern las abwechselnd in einer über den halben Tisch ausgebreiteten Zeitung und einem mitgebrachten Notizbuch, während er gläserweise Wasser trank, in das die Krötenkinder mit ihren Zungen kleine Steine warfen.

Die Krötenkinder waren, obgleich sie sich beständig bewegten, wie eingefrorene Figuren, eindimensional, ausgeschnitten aus Pappe, als verberge sich hinter ihnen noch etwas anderes. Ich brachte an diesem Tag nichts weiter zustande als eine durchaus eindrücklich zu nennende Darstellung der Umgebung, die mich an das ausstaffierte Bühnenbild eines kleinen Theaters erinnerte, eher noch an einen Festsaal, den man zeitweilig zu einer Spielstätte umfunktioniert hatte. Links von der Terrasse, auf der sich der langgestreckte Tisch befand, war die Vorderseite der Villa zu sehen, rechts ein Teil des Gartens, im Hintergrund schließlich, abgegrenzt von einer Sandsteinbalustrade, die Bucht mit dem hier immer flachen und ruhigen Meerwasser. Es kam mir vor, als bewegte sich die gesamte Familie Siebert in diesem Prospekt mit traumwandlerischer Sicherheit, während sonst jedes einzelne Familienmitglied für sich genommen eher unruhig, wenn nicht gar konfus wirkte, sodass ich mir vornahm, der Umgebung noch mehr Aufmerksamkeit zu schenken.

Das Familienporträt stoppelte ich recht und schlecht aus Skizzen und frei erfundenen Figuren zusammen, wobei ich zur Darstellung der Krötenkinder, die ich kaum als die Kröten abbilden konnte, als die sie mir erschienen, das Illustriertenbild eines Zwillingspaares in Konfirmandenanzügen benutzte, obgleich mir das tatsächliche Alter der Kinder, um ehrlich zu sein, selbst ihr Geschlecht, völlig schleierhaft war. Das Bild fand keine besonders begeisterte Aufnahme in der Familie, außer bei dem Dienstmädchen, das jedoch mehr von der Tatsache beeindruckt war, dass ich sie überhaupt mit abgebildet hatte. So fand ich es bereits am nächsten Tag an der klammen Wand der Kellerstiege wieder, an der sonst nur die aufgeleimten Puzzles großer Meister von Frau Siebert hingen.

Als später der Koch zu uns kam, diente es – groß genug angelegt hatte ich es in meinem Übereifer – als Ersatz für eine fehlende Tür, die den Zugang von der Kammer des Dienstmädchens zu dem nebenliegenden Gerümpellager, das für den neuen Hausangestellten freigeräumt worden war, versperren sollte. Das Dienstmädchen bestand darauf, obgleich das als Querformat gemalte Bild zu einem Hochformat umfunktioniert werden musste, man ihm zudem einen einfachen Überstrich, selbst ein nicht ganz billiges Übertapezieren mit ein paar Resten der in der Villa sonst verwandten Samttapete angeboten hatte, dass die Bildseite zu seinem Zimmer wies, denn so konnte es sich, wenn es auf dem Bett lag, allabendlich als das sehen, als das es die Stelle bei den Sieberts überhaupt angenommen hatte, nämlich als Familienmitglied.

Auch in den folgenden Jahren war dem Bild kein besonderes Glück beschieden. Als sich die Geschichte mit der Geburt des Spinnenkindes und der vermeintlichen Schwangerschaft des Dienstmädchens, von der ich noch erzählen werde, zutrug, durchstieß der Koch eines Nachts die Leinwand mit brachialer Gewalt, um in das Zimmer des Mädchens zu gelangen. Die äußeren Ränder des Bildes, die ich in dem leicht verzogenen Rahmen am anderen Tag vor meiner Zimmertür fand, wiesen nun seltsamerweise genau das auf, was ich als Einziges bei meiner Darstellung des Mittagessens der Familie Siebert tatsächlich erfasst hatte: den die Familie scheinbar dominierende Hintergrund, den ich als solchen auch erneut aufzog. Die Familie Siebert war so zur Leerstelle verkommen, während sich durch die Geschichte des Bildes dessen eigentlicher Ausdruck nicht nur bewahrt, sondern erst gezeigt hatte.

Als ich an diesem Abend vor den neu gerahmten Rändern des alten Bildes saß, schien ich, nachdem ich schon lange aufgehört hatte, danach zu suchen, sogar aufgehört hatte, zu malen, eine Antwort auf meine Frage bekommen zu haben, was eigentlich der Sinn meiner Malerei gewesen war. Ich verstand, dass ich als Darstellender nur Teil des Dargestellten bin und dass viele andere Faktoren, die Zeit, der Betrachter, der Zerstörer, der Fälscher, Käufer und Verkäufer, die Wand, an der es hängt, das Licht, das es beleuchtet, im Grunde die ganze Welt, die das Bild um sich herum schart, an ihm mitarbeiten und es, solange noch ein Fetzchen von ihm übrigbleibt, weitermalen, wenn auch nicht jeder einen Pinsel dazu benutzt.

4. Verschiedene Ansichten der Meeresbucht

Aus Interesse an der unmittelbaren Umgebung, in der ich lebte und arbeitete, und dem bereits erwähnten Einfluss auf die Familie Siebert, begann ich zunächst die Bucht zu verschiedenen Tageszeiten zu malen, so wie sie von der Terrasse aus zu sehen war. Ich merkte schon bald, dass das Licht seltsamerweise einen nur sehr geringen Einfluss auf das Erscheinungsbild des Meerwassers und der es vom übrigen Meer abgrenzenden Landzunge hatte. Vielmehr verstärkte sich durch den am Himmel scheinbar abgleitenden Lichtfall mein erster Eindruck der Kulissenhaftigkeit. Lag es an dem unwegsamen Gelände, das ich wenig später auf meinem Weg in die Stadt zu durchqueren anfing, oder dem als Fluch gedeuteten Hühnerknochenwurf des Schiffskapitäns oder eines seiner Matrosen, den Frau Siebert bösartigerweise und auch nur, wenn sie getrunken hatte, in die Erzählung von der aus Patientenknochen erbauten Villa uminterpretierte, dass ich nie einen Menschen oder ein Tier auf den niedrigen Felsen der Bucht gesehen habe? Manchmal bewegte sich ein Schatten zwischen den beiden Pinien. Immer am späten Nachmittag und schneller, als die Sonne sank. Aber bis ich zur Brüstung gelaufen war und den Feldstecher von dem Haken mit Professor Sieberts Badesachen genommen und angelegt hatte, war auch er längst verschwunden.

5. Der Stein (unvollendet)

Indem ich den Felsbrocken am Ende des Gartens malte, versuchte ich herauszufinden, ob es mit meiner Idee, dass die Krötenkinder als eine Art Zwillingsgottheit von einem, vielleicht sogar diesem, Stein abstammten, etwas auf sich haben könnte. Ich wusste ja mittlerweile, dass sich des Nachts kein Tau auf diesem Stein bildete und, obgleich er nach Einschätzung des Professors bestimmt einhundert bis einhundertfünfzig Jahre an demselben Platz liegen dürfte, in seiner näheren Umgebung weder Regenwürmer, von denen es im Garten sonst nur so wimmelte, noch Schaben oder Silberfischchen zu finden waren. Das Fehlen von Ungeziefer, das zum Speiseplan der Kröte gehörte, konnte auf eine Verbindung zu den Krötenkindern hindeuten. Was aber war der Stein selbst?, fragte ich mich, während ich versuchte, seine verschiedenen Grauschattierungen und Ockerabstufungen auf meiner immer noch behelfsmäßigen Palette aus einem Stück fester Kartonage, das ich im kleinen Vorraum des Laboratoriums gefunden und mitgenommen hatte, zu mischen. Es hatte natürlich selbst mit diesem Pappstück etwas Besonderes auf sich, wie es mir überhaupt schien, dass alles im Bereich der Villa etwas verbarg oder für etwas anderes stand. Zwei Tage nämlich nachdem ich diesen von mir als Abfall angesehenen Karton an mich genommen hatte, hörte ich, wie der Professor die wenigen Außenstufen von seinem Laboratorium hinauf in den Garten stürzte und seine Frau, die sich bei solchen Gelegenheiten sofort und bevor er das Wort an sie richten konnte, abzuwenden pflegte, lauthals nach einer wichtigen Notiz fragte. Natürlich zielte die Frage in Richtung der Krötenkinder, die schon oft Papiere und sogar wichtige Dokumente des Professors für ihr kindliches Spiel benutzt hatten. Der Professor hatte nämlich die

Angewohnheit, mit den Krötenkindern nur über seine Frau zu kommunizieren, und oft schien es so, als koste es ihn Mühe, überhaupt einen Gruß an sie zu richten, was allerdings anderen Beobachtungen von mir widersprach, während derer ich die Krötenkinder zusammen mit dem Professor in eine mir geheimnisvoll anmutende Arbeit vertieft angetroffen hatte, ein Umstand, den ich auch in einem meiner Träume vom Laboratorium verarbeitet hatte. Fast schien es so, als spiele der Professor seine Unbeholfenheit den Krötenkindern gegenüber nur, um sein sonstiges Verhältnis zu ihnen zu verschleiern. Frau Siebert reagierte nicht, die Kinder sprangen laut kreischend vom Mittagstisch, der wie immer auf der Terrasse gedeckt war, und ich trat unwillkürlich einen Schritt vom Fenster meiner Kammer im Anbau zurück ins Zimmer, blickte dabei eher zufällig auf die farbverschmierte Behelfspalette und erkannte eine mir zuvor völlig entgangene Notiz in der Handschrift des Professors. Sofort kratzte ich die Farbe herunter und schrieb die wenigen Worte und Maße – ich erinnere mich noch an »Stuhl« oder »Sitz«, begleitet von einer kleinen Zeichnung eines Sessels – auf einen Zettel ab. Da ich es nicht wagte, dem Professor meine wenn auch unwissende Aneignung der Notiz zu gestehen, mir gleichzeitig klar war, dass ich den farbverschmierten Karton nicht einfach an die bewusste Stelle zurücklegen konnte, verfiel ich auf die mir heute mehr als naiv erscheinende Idee, meine Kopie während der nächsten morgendlichen Messungen auf den Boden des Labors gleiten zu lassen, damit sie der Professor dort finden würde. Nicht allein, dass mir dieser Gedanke überhaupt in den Sinn kam, ich führte ihn anderentags auch gleich aus, mit der fast wahnwitzig zu nennenden »Verbesserung«, dass ich meine Abschrift direkt in die Tasche des abgeschnittenen Ärztekittels lancierte, der, während ich mich dahinter umzog, über dem Paravent hing. Ich wollte einfach sichergehen, dass der Professor den Zettel nicht übersah, doch gerade dadurch, so ist mir heute klar, erweckte ich Misstrauen, eine Tatsache, die mir viele Unannehmlichkeiten bescheren, mir aber schlussendlich zu einer wenn auch schmerzlichen Klarheit verhelfen sollte.

Was aber war nun der Stein selbst? Im Gegensatz zu den Tieren ohne Gliedmaßen, wie Schlangen oder bestimmten Fischen, denen gegenüber, weil sie wie ein verselbstständigter Schlund erscheinen, Ekelgefühle eher normal sind, erscheint der Stein als körperloser Kopf, unbeweglich, jedoch eben gerade aufgrund dieser Unbeweglichkeit weise, denn er versteht es auszuharren. Der Stein ist die materialisierte Hoffnung des Menschen, der Bewegung, das heißt der Veränderung, für immer entfliehen zu können, um sich in einer geordneten Umgebung niederzulassen, nichts mehr begreifen zu wollen, nur noch Kopf zu sein, und dies vollkommen gelassen, obwohl uns doch das reine Kopfsein, das wir vielleicht in unseren abstrakten Vorstellungen anzustreben gewillt sind, am meisten schreckt, weil der Kopf ohne Körper allem hilflos ausgeliefert ist. Deshalb umgeben wir uns mit Steinen. Darin liegt der Triumph, das scheinbar Unverwüstliche und Angstlose, wenn schon nicht zerstören zu können, uns doch dienstbar zu machen. Wir zerteilen den Stein und bauen Häuser um uns und eine Stadt als Festung und ruhenden Pol vor dem unbeständigen Meer, das sich nicht mehr an einen Strand ergießt, sondern in einem steinernen Hafen aufgefangen wird. Wir bewundern den Fels, den Berg, und ahmen ihn mit unseren Städten nach, uneinnehmbar und dicht aneinandergedrängt. Er ist die Ordnung des Steins, durch den wir die in ihn eingeschriebenen Gesetze empfangen.

6. Darstellungen der Krötenkinder in unterschiedlichen Erscheinungsformen

Ich fertigte diese verschiedenen kleinformatigen Bilder zu einer Zeit an, als ich begann, mich für Herkunft und Existenz der Krötenkinder zu interessieren. Während ich damit beschäftigt war, möglichst viel fachliches Material zu sammeln, bemerkte ich bei meinen Versuchen, die unruhigen und in meiner Gegenwart nie länger als wenige Minuten auf einem Platz verharrenden Krötenkinder darzustellen, dass der Zugang zu ihnen nur ein intuitiver sein konnte. Da ich mir nie ganz sicher war, ob meine Umgebung die Kinder auch als Kröten erkannte, versuchte ich durch meditative Versenkung unterschiedliche Ausprägungen ihrer Körper zu imaginieren, aufzumalen und anhand der Reaktionen, welche die Bilder bei ihren Betrachtern auslösten, festzustellen, was andere sahen, wenn sie die Krötenkinder betrachteten. Frau Siebert schien allem auszuweichen, was zweifach auftauchte, und die Existenz ihrer Kinder, wenn sie nicht unmittelbar, wie zum Beispiel bei einer Begegnung während einer Mahlzeit auf der Terrasse, mit ihnen konfrontiert wurde, rundheraus zu leugnen. Ich muss zugeben, dass ich es nie tatsächlich gewagt hatte, sie auf ihre Kinder anzusprechen, so konfliktbeladen schien mir das Thema, so weit zurückgedrängt, dass es sich längst in ihrem Verhalten ausdrückte, im Blick ihrer Augen, im Zucken ihrer Lippen und im kurzen unmotivierten Lachen und viel zu lauten Sprechen, ohne dass jemand in ihrer Nähe zu sein hatte. Manchmal spürte ich, wie ihr Blick auf mir ruhte, dann strahlte ihr Gesicht eine ungeschminkte Hilflosigkeit aus, fiel unter der immer frischen Frisur zusammen, und ein anderer wäre vielleicht aufgestanden, um mit ihr zu reden, doch hätte ich nicht gewusst, worüber. Der Professor nickte immer nur beifällig, gleichgültig, ob sich ihm das Bild zweier Kröten auf der Freitreppe seiner Villa oder zweier gegen den Stein im Garten anrennenden Jungstiere darbot. Manchmal fragte er nach einem kleinen technischen Detail oder wies mir einen freien Platz in der Halle oder den oberen Fluren für das Gemälde zu. Aus dem halbunterdrückten Gekicher des Mädchens wurde ich ohnehin nicht schlau, obgleich ich ahnte, dass sie mehr wusste, als sie zugab.

7. *Rötelstudien von Frau Siebert (nach Modell)*

Es war an einem lauen Sommerabend, wenige Tage nachdem ich das Familienporträt der Sieberts abgeschlossen hatte, dass mich Frau Siebert auf dem Weg vom Garten zu meinem Zimmer in Höhe der Terrasse abpasste. Sie stützte sich mit den Armen nach hinten auf den noch nicht abgeräumten Tisch, vielleicht weil sie lasziv wirken wollte, vielleicht aber auch nur, weil sie getrunken hatte. Sie sprach mich auf meine Malerei an, erwähnte wie nebenbei, dass sie auch schon als Modell gearbeitet habe, und fragte mich schließlich, da wir nun schon einmal beim Thema waren, ob ich mir nicht die Zeichnungen, die man von ihr gemacht habe, ansehen wolle. Obgleich ich kein sonderliches Interesse daran hatte, wagte ich nicht, ihr Angebot abzulehnen, und folgte ihr auf das Zimmer, das ich bislang für das gemeinsame Schlafzimmer der Sieberts gehalten hatte, obwohl es Frau Siebert immer als ihr Zimmer bezeichnete und in dem es außer einem ringsum von Schrankwänden umgebenen, großen Himmelbett kein weiteres Mobiliar gab. Nachdem sie die Jalousien heruntergelassen hatte, griff sie sich eine neben dem Bett platzierte Flasche und goss sich etwas in ein schon benutztes Glas auf dem Nachttisch. Sie trank in einem Zug, ließ sich aufs Bett fallen und bat mich, aus dem obersten Fach eines der Schränke eine großformatige Mappe herauszunehmen und ihr zu bringen. Nachdem ich das getan hatte, rollte sie sich etwas auf die Seite und öffnete die Mappe mit einer Hand. Die Zeichnungen waren allesamt von einer schwülstigen Erotik. Man sah Frau Siebert, umgeben von Phantasietieren, Früchten und Palmen, nackt und in den unterschiedlichsten Posen. Ich versuchte mich auf die Zeichentechnik zu konzentrieren, fragte mit belegter Stimme nach Maler und Zeit, und konnte mich dennoch dem Anblick von Frau Sieberts üppigem Körper, der eine gewisse Erregung in mir aufkommen ließ, nicht entziehen. Ich dachte an Marga, schließlich, als das nichts nützte, an das Dienstmädchen, weil ich mich daran erinnern wollte, wie sie, ebenso wie ich, als Hausangestellte ausgenutzt wurde.

Meine Hände wurden feucht, Schweiß trat auf meine Stirn. Frau Siebert lächelte und band immer noch liegend wortlos ihr Kleid auf. Sie war darunter nackt, ihr Körper eine Spur älter als auf den Zeichnungen, aber dadurch fast noch attraktiver. Während sie sich nach der Flasche neben dem Bett bückte, fiel das Kleid von ihr ab. Ich dachte an meinen Traum. Ihr Hintern sah tatsächlich dem einer Kuh ähnlich. Ich meinte das Krächzen der Krötenkinder zu hören. »Ihr Mann...«, sagte ich, weil mir nichts anderes einfallen wollte. »Mein Mann ...«, lachte sie. Seltsame Bilder kamen mir in den Sinn: Ich finde ein Stück Darm bei den Tonnen und blase es auf. Es glänzt bläulich und schleift mich mit sich über die Wiese zur Veranda. Gerade ist Essenszeit. Die Tischplätze werden von den Kindern in Mückenbeinen abgezählt. Wer keinen Stuhl findet, muss sich mit dem Professor unterhalten. Er langweilt mit seinem endlosen Gerede über den Heiligen Sebastian. Die Kinder springen aufgeregt in den Schüsseln umher und probieren Teller als Hüte auf. »Se – bas – tian, Se – bas – tian, schütz unser Haus, zünd' andre an«, schreien sie. Ein Signalschuss ertönt. Frau Siebert fährt mit dem abgespreizten kleinen Finger der linken Hand zwischen ihren Brüsten entlang. Ich weiß, ich muss etwas tun. Und das war der Moment, in dem ich ihr vorschlug, sie zu zeichnen.

8. Rötelstudien des Dienstmädchens (nach Kurzskizzen)

Da mich während der allmorgendlichen Messungen im Laboratorium des Professors lange Zeit die Phantasie verfolgte, das Dienstmädchen könnte denselben Kittel tragen wie ich, beschloss ich schließlich eines Morgens herauszufinden, was es mit dieser Phantasie auf sich hatte. Ich stand früher auf als gewöhnlich und versteckte mich hinter den angerosteten Stahlfässern, die neben der Treppe zum Labor aufgereiht waren. Nach einer Weile erschien das Dienstmädchen und ging noch verschlafen die taunassen Stufen hinunter. Es sah so aus, als hätte sie sich nur schnell einen Sommermantel übergeworfen und die Morgentoilette auf die Zeit nach der Messung verschoben. Nachdem ich die zweite Stahltür ins Schloss fallen hörte, folgte ich ihr leise, um durch einen Mauerriss, den ich neben dem Türrahmen entdeckt hatte, in das Innere des Laboratoriums zu schauen. Der Ausschnitt war leider ungünstig, sodass ich nur Teile des Paravents erkannte, doch allein die Vorstellung, dass sie sich in diesem Moment dahinter auszog und nach einem der vielen Kittel in der Tonne langte, erregte mich. Ich meinte, in dem sonst nur dumpf und muffig riechenden Vorraum ihren Duft wahrzunehmen, und einen Moment lang fragte ich nicht mehr, welche Bedeutung in alledem liegen könnte, suchte nicht mehr nach Erinnertem oder Vergessenem, sondern fühlte nur meinen heißen Atem, der mir von der Mauer zurück ins Gesicht geworfen wurde, und das Blut, das in mein Glied strömte. Später erst fiel mir auf, dass der Ausschnitt, den ich durch den Spalt vom Laboratorium erkennen konnte, ähnlich dem Ausschnitt war, den ich durch das Brett auf der Wanne in meinem Traum vom Professor und den Krötenkindern gesehen hatte.

In dieser Nacht träumte ich von einem Sturm. Die Krötenkinder klammerten sich an die weit aus den großen Fenstern der Villa wehenden Vorhänge. Fast übers Meer flatterten sie und spuckten und krächzten dabei, weil sie die Mutter witterten, die sich als Kuh verkleidet zum Haus zurückschlich. Der Professor war eingenickt. Während die Blitze über den Himmel zuckten und dem Stein eine Fratze nach der anderen aufzeichneten, kam der Gärtner und rammte die Kuh mit einem Besenstiel. Die Krötenkinder warfen mit der freien Klaue Eier nach mir. »Du bist der Gärtner, und der Stiel ist dein Glied«, schrien sie, und sie hatten recht. Ich wachte auf und dachte, dass ich schon einmal weiter gewesen war, am Anfang nämlich, als ich zu den Sieberts kam und sich Traum, Wahrnehmung und Erinnerung noch nicht unterschieden.

Auf den Rötelstudien, die ich aus dem Gedächtnis von dem Dienstmädchen anfertigte, ist es selbst nicht zu sehen, dennoch ruft das Betrachten dieser Zeichnungen dieselbe Erregung in mir hervor, wie ich sie an besagtem Morgen spürte. Ein Bild ist nur mit Streifen überzogen, es ist der Faltenwurf des Kittels, den das Mädchen trug und gegen den ihre Brüste von innen drückten. Auf einem anderen Blatt sieht man Teile der Tonnen und dazwischen ein paar Stufen der Treppe. Wieder roch ich das Mädchen vermischt mit dem feuchten Geruch der Dämmerung, hörte ich die Stahltür ins Schloss fallen wie eine Ankündigung. Man kann nicht das malen, was man begehrt, obwohl ich es später aus einer Verzweiflung heraus bei Marga probierte; aber vielleicht begehrte ich Marga gar nicht, sondern sehnte mich nur nach ihr, weil sie begriff, was ich vergessen hatte, weshalb wir zumindest in diesem wechselseitigen Prozess des Vergessens und Erinnerns auf immer miteinander verbunden waren.

In den Zeichnungen versuchte ich auch deshalb das Umfeld der Erregung und Begierde darzustellen, um der Begierde und dem Begehrten selbst einen Raum zu geben. Versucht man das Begehrte selbst darzustellen, schränkt man es ein und beraubt es seiner Begehrlichkeit. So ist die Abstraktion notwendig, um die Realität des Gefühls fassbar zu machen. Und doch besteht hier ein Widerspruch, den ich im Versuch, Marga darzustellen, bemerkte.

9. Rötelstudien von Marga (imaginiert)

Dieser Widerspruch war im Grunde ein tief religiöser. Wenn Gott als erstes Gebot die Weisung ausgibt, sich kein Bildnis von ihm zu machen, gerät der Mensch in einen tiefen Konflikt, der ihn in der Vergangenheit immer wieder dazu trieb, genau dieses Gebot zu übertreten, ein Gebot, das die Religionen selbst schon bald missachteten, und zwar zwangsläufig missachten mussten, weil die abstrakte Vorstellung die Liebe ausschließt. Das Gebot, sich kein Bildnis zu machen, ist nicht deshalb so schwer zu befolgen, weil man nicht ohne ein Bild Gottes leben könnte, sondern weil der Gläubige diesen Gott, der von sich behauptet, er sei die Liebe, gleichermaßen lieben will. Die Abstraktion jedoch führt uns in die Klarheit der Logik, in die Unbestechlichkeit der mathematischen Formeln, jedoch nicht in die Liebe; und wenn doch in die Liebe – denn es ist vorstellbar, dass der in den Konflikt geratene Gläubige versuchen könnte, eine neue Definition der Liebe zu finden, oder gerade aus diesem unüberwindbaren Widerspruch heraus zu lieben –, so doch nie zum Geliebten selbst.

Einen anderen Weg, sich mit dem Darstellungsverbot auseinanderzusetzen, beschritt die negative Theologie. Sie setzte zu einem Zeitpunkt ein, an dem sich das Jahrtausende währende Darstellungsverbot in den Gläubigen zu der Ansicht gewandelt hatte, man könne Gott nicht nur nicht darstellen, sondern noch nicht einmal bedenken. Da ich nun einmal, selbst als Gläubiger, denken muss – zumindest in der westlichen Welt, während die östlichen Religionen oft genau beim Nichtdenken ansetzen, interessanterweise genau in dem Moment, in dem eine Existenz Gottes immer unwichtiger wird –, denke und beschreibe ich das, was Gott nicht ist, ähnlich meinen Rötelstudien des Dienstmädchens, bei denen ich allerdings nicht ihre Negation, sondern das, was sie umgab, darstellte, was jedoch gleichermaßen nicht sie war, um ihr eine Leerstelle zuzuweisen, in der sie sich unbenannt und nicht darstellbar ausbreiten konnte. Gott offenbart sich uns als immerwährende und durch nichts zu ersetzende Vakanz. Alles, was ich an diese Stelle setze, ist immer nicht Gott, und alles, was nicht an dieser Stelle steht, ist es auch nicht. Man kann an diesem Bild unschwer die Gründe für die verschiedenen philosophischen und religiösen Irrtümer erkennen. Leicht könnte man zum Beispiel glauben, wenn alles, was ich an diese Stelle setzen kann, nicht Gott ist, muss Gott alles andere sein, doch das wäre nur eine billige Annäherung an den Pantheismus. Oder, die nihilistische Variante, indem man den Platz der Offenbarung Gottes, die Vakanz, mit Gott selbst verwechselt, und so weiter.

Ich muss gestehen, dass ich selbst, geleitet von einem schlechten Gewissen, sowohl die Zeichnungen von Frau Siebert als auch die des Dienstmädchens durch eine Art negative Theologie, oder besser Analogie, zu rechtfertigen suchte. Ich schämte mich zum einen meiner Begierde für das Dienstmädchen, die ich glaubte, mit meiner Sehnsucht nach Marga nicht vereinbaren zu können, zum anderen meiner Schwäche gegenüber Frau Siebert, und wollte mich aus diesem unangenehmen Gefühl befreien, indem ich mir sagte, ich würde in beiden nur das sehen, was Marga nie und nimmer war. Kaum war der Gedanke gedacht, wurde mir seine Unhaltbarkeit auch schon bewusst, da ich den Vergleich zu Marga in der Auswahl meiner Relata, die das Geschlecht mit Marga teilten, festgelegt hatte.

Wenn jemand, ohne genauere Kenntnisse der Umstände, meine Zeichnungen von Marga betrachten würde, könnte er sie auf den ersten Blick für anatomische Studien halten. Anatomie ist immer Durchdringung und damit auch Auflösung dessen, was uns begegnet. Marga aber sollte sogar »bis auf die Knochen« Marga sein, unteilbar, nicht auflösbar in Gewebe, Sehnen oder Muskeln. Ich verfiel, wie so oft, dem Fehler, der imaginären Anatomie, die ich zügig und schnell in drei Nächten entwarf, zu misstrauen und als Ungenügen, ähnlich meinem mangelnden Unterscheidungsvermögen zwischen Traum und Realität, misszuverstehen.

Ich holte mir daher beim Professor Rat. Während er mir im Laboratorium lange Vorträge über die verschiedenen Hautschichten hielt, mir in Spiritus eingelegte Hautproben zeigte und die zur sogenannten »sauberen Häutung« nötigen Skalpelle, Lanzetten und Messerchen vorführte, fand ich in seiner umfangreichen Bibliothek, zu der er mich, wahrscheinlich aus Zerstreutheit, durch einen schmalen Geheimgang führte, Darstellungen, die mehr meinem Interesse entsprachen. Nachdem er mir die entsprechenden Folianten vorgelegt hatte, ließ mich der Professor schnell allein. Er schien von dem Thema Haut wie besessen, und ich verstand nun auch, warum er meine Darstellung des Heiligen Sebastians, dem ja ein Stück Haut fehlte, mit einem teuren Rahmen versehen und exponiert an der Stirnwand seines Arbeitszimmers hatte aufhängen lassen.

Es kam mir immer wieder so vor, als beschäftigten sich der Professor und ich mit denselben Fragen, jedoch aus völlig unterschiedlichen Gründen. Dem Professor schien es eher um das zu gehen, was er untersuchte, während ich in dem, oder durch das, was ich suchte, zu etwas anderem gelangen wollte. Die Fragen, die für mich durch die Beschäftigung mit der Anatomie aufgeworfen wurden, waren so zahlreich und überwältigend, das mein Projekt einer »Margatomie« nicht über die Rötelstudien hinauskam. Vor allem beschäftigte mich das fast natürlich entstehende Problem der Teilung, das ich im Blick wiederfand, der immer nur einen Ausschnitt der Geliebten zulässt, sodass es mir unmöglich erschien, Marga tatsächlich zu begreifen, und dies in einem wortwörtlichen Sinn, da ich meine Hand, selbst meinen Körper, immer nur auf einen Teil von ihr würde legen können, immer nur Stellen küssen, Teile betrachten und im Betrachten vor allem ihren Blick bräuchte, mir zugewandt. Ein anderes Problem war die Diskrepanz zwischen Statik und Bewegung; hier löste ich mich von der bildlichen Darstellung und verlor mich in Vorstellungen, von denen ich später erzählen werde.

10. Das Laboratorium

Nachdem ich die Malerei endgültig aufgegeben hatte, stellte sich mir oft die mit Reue durchsetzte Frage, weshalb sich unter meinen Werken kein Bild über den Krieg fand. Dass ich ihn selbst nicht erlebt hatte, war keine ausreichende oder befriedigende Antwort. Auch Marga hatte den Krieg nicht erlebt, und trotzdem beschäftigte er sie, so wie er mich beschäftigte und immer wieder in meinen Träumen heimsuchte, nicht allein als Möglichkeit oder als abstrakter Topos, sondern als Erinnerung. Als ich in meinem vorletzten Bild das Laboratorium des Professors darstellte, war ich mir selbst nicht darüber im Klaren, warum mich dieser Raum so faszinierte. Heute würde ich sagen, und dies ist ein im Grunde seltsamer Gedanke, bei dem ich Herrn Professor Siebert mehr als unrecht tue, dass dieser Raum für mich auf eine bestimmte, leider immer noch nicht von mir genauer zu benennende Art und Weise den Krieg, oder etwas, das mit dem Krieg in einem engen Zusammenhang steht, symbolisierte. Wenn Marga schreibt, der Krieg sei vor allem Geruch, so ist für mich der Krieg vor allem dieses Laboratorium. Vielleicht nur, weil es wie ein Bunker neben dem Haus liegt, man die Stufen hinabsteigen muss, durch die erste, meist unverschlossene Stahltür in den unordentlichen und schlecht beleuchteten Vorraum gelangt, dann durch eine weitere, immer verriegelte und nur vom Herrn Professor zu öffnende Stahltür in den eigentlichen Untersuchungsraum. Dieser Raum, von dem noch viele andere versteckte Türen zu Kellergewölben unter der Villa und unterirdischen Verstecken im Garten abzugehen scheinen, ist nachlässig mit Schränken und Regalen zugestellt und vermittelt eine so undurchdringliche Unordnung, dass man kaum glaubt, hier könnten zielgerichtete Untersuchungen durchgeführt werden.

Das Laboratorium scheint wie eine auf kleinstem Raum umgesetzte Versinnbildlichung des Krieges, der das undurchsichtige Chaos mit kühler Strategie, die großen und tödlichen Ideologien mit dem Nebenbeibemerkten und Hingekritzelten vereint. Messungen von Köpfen und Armbeugen fanden hier statt, weiter nichts. Man entkleidete sich hinter dem Paravent, nahm einen alten Kittel aus der Tonne, während der Professor ein paar Daten in ein Heft notierte: Das war alles. Trotzdem hing eine Schwere in der Luft, die ich nicht anders als die Schwere von Erinnerung bezeichnen kann, und diese Schwere hatte den Geruch des Krieges, den Geruch der Verbindung von Stahl und Papier.

11. Das Bild ohne Titel

Zwei Frauen, die sich sehr ähnlich sehen, die eine vielleicht etwas älter. Im Mittelpunkt ein Stuhl, beide halten die Hand auf der Lehne, vor ihnen ein junger Mann auf dem Boden liegend, schlafend oder tot. Seine Haut wie transparent, als könnte man durch ihn hindurchsehen. Im Hintergrund die Stadt.

3

WAS DIE KRÖTENKINDER SAGEN

Vorbemerkung
Da sie für mich bislang der Inbegriff der Aus-sich-heraus-handelnden-Kreatur gewesen waren, hätte ich gerade den Krötenkindern[1] niemals eine Sprache oder die Fähigkeit des Ausdrucks zugetraut. Wenn überhaupt jemand, so bestimmten sich die Krötenkinder al-

---

[1] Was bedeutete es, dass die Krötenkinder zu zweit waren? Wurde durch die scheinbare Synchronizität ihrer Handlungen die Handlung noch bedeutender, fast unhinterfragbar und nicht zu widerlegen (wobei eine Handlung nie zu widerlegen ist)? Waren sie nicht eins und doch getrennt, und spiegelten sie in ihrer Dualität, die jedoch durch die Gleichheit ihres Handelns wieder aufgehoben wurde, nicht meine eigene Gespaltenheit und deren mögliche Überwindung? Waren sie Zwillinge? War ich selbst ein Zwilling, mit Marga als meinem verlorenen Teil? Auch wenn ich sie anfangs hasste, zumindest ignorierte und nur heimlich mit Misstrauen betrachtet hatte ich in ihnen immer die Möglichkeit gesehen, jenseits aller Erinnerung zu leben. Der Stein am Ende des Gartens, zu dem sie nachts krochen: Was bedeutete es, dem Stein zu entstammen, dem angeblich niedersten Leben, dem Mineral, dem Unbeweglichen, das wir in seiner Unbeweglichkeit beständig meinen behauen zu müssen? Vielleicht kehrte sich einmal alles um und würde so sein, wie es tatsächlich war. Dann würden wir sehen, dass die von uns erstellte Stufenleiter genau umgekehrt funktioniert, nicht mit Gott an der Spitze, gefolgt von uns, seinem Ebenbild, sondern mit dem Stein als höchster Kreatur, die vor uns allen existierte und uns alle überdauern wird. Der Stein, unser Schöpfer, den andere Kulturen längst als Gott verehren, wir hingegen nur symbolisch in der Stadt, gefolgt von Pflanze und Tier, und erst dann der Mensch und die Lücke, aus der heraus Gott entsteht.

lein durch ihr Handeln, dann, wenn sie hinter dem Haus im Schatten des Efeus saßen und Löcher gruben oder sich abwechselnd in kleinen Karren die Flure entlangschoben. Was mich aber am meisten an ihnen anzog, so wie es mich gleichzeitig in bestimmten Situationen abstieß, war die Tatsache, dass sie sich in ihrem unerklärten Handeln jenseits aller Moralvorstellungen aufzuhalten schienen. Oder hatten sie eine Moral, die nur ich nicht verstand?

Ich hatte versucht, erneut mit dem Professor über sie zu reden, doch er war meinen Fragen ausgewichen und hatte angefangen, von seiner Studienzeit zu sprechen. Damals, er sagte nicht ausdrücklich Kröten, doch warum sollte er, wenn ich ihn nach seinen Kindern fragte, sonst darauf kommen?, habe er, wie alle anderen Studenten auch, dies sei nun einmal das normale Prozedere eines Medizinstudiums, Tiere sezieren müssen, was ihn, der nie auch nur das geringste Problem darin sehe, sich mit menschlichen Organen, Innereien, ja selbst Fäkalien, beschäftigen zu müssen, eine große Überwindung gekostet habe. Vielleicht sei er seinerzeit auch, und zwar aus der irrigen Annahme heraus, dass sich das menschliche Ohr in seiner spezifischen Ausprägung als einziges Organ deutlich von denen der Tiere unterscheide, auf sein Fachgebiet gekommen, obwohl, wie er mir gegenüber nochmals betonte, dies eine völlig haltlose, selbst für einen sich im ersten Semester befindlichen Studenten hanebüchene These sei, weil gerade im Gegenteil das äußere Ohr an dieser Stelle dem ersten und zweiten Kiemenbogen, das Mittelohr der Schlundtasche des Ektoderms entstamme.

Er ließ eine kurze Einführung in die Entstehung des Ohrs folgen, von der ich mir nur, und ich weiß nicht, ob dies so verkürzt stimmt, behalten habe, dass verschiedene Räume des Ohrs und des Gleichgewichtssystems nicht schon von Geburt an vorhanden sind, sondern in den ersten Lebensjahren ausgebildet, er nannte es, meine ich, pneumatisiert werden. Er glaubte damit, erfolgreich meiner Frage ausgewichen zu sein und das Thema gewechselt zu haben. Er entging mit diesem Themenwechsel dem Vorwurf, etwas nicht besprechen zu wollen, während er es gleichzeitig dennoch verschwieg, nur eben eingehüllt in einen Wortschwall, der an mir vorbeistürzte, ohne aufgenommen werden zu können.

Warum hatte ausgerechnet der Professor zwei Kinder bekommen, die offenbar, so wie er es als junger Student in seinem Wahn vor sich gesehen hatte, keine Ohren besaßen? Für den Professor war die ganze äußere Welt, wie er nicht müde wurde zu betonen, ohnehin im Körper des Menschen angelegt. Was man in der Antike als die sieben Weltwunder beschrieben habe, seien die Wunder der menschlichen Physiognomie. Ja, er versteifte sich sogar darauf, diese sieben Weltwunder leichthin im Körper nachweisen und deren Entsprechungen aufweisen zu können. So seien die ägyptischen Pyramiden etwa die Vorwölbungen der Medulla oblongata und nicht umsonst als Grabstätten mit dem Zentralnervensystem in einem letalen Zusammenhang zu sehen, ebenso wie sich der Pons Varoli, zum Gehirn gehörig, im Koloss von Rhodos wiederfinde, während es sich bei dem Tempel der Artemis um das Cranium selbst handele und so weiter. Das größte, leider nicht in den Heptalog aufgenommene Wunder sei für ihn jedoch nach wie vor das Labyrinth. Man stelle sich vor, das Organ, das dem Menschen den aufrechten Gang und die Orientierung im Raum ermögliche, finde sich umgesetzt in einem Irrgarten, in einem Gang, dessen Mitte oder Ausgang man suche und in dessen Innerem das Grauen warte, das eingeschlossene Animalische, die Bedrohung des Menschen durch seine Vergangenheit, seine Herkunft. In die Irre laufen, sagte er, könnten wir nur, weil wir eine Orientierung besitzen. Es sehe aber nur so aus, als gingen wir frei umher, während wir in Wirklichkeit durch die Fähigkeit der Orientierung in diesem Irrgarten gefangen blieben, in dem Irrgarten unserer kleinen bescheidenen Welt.

Der Professor sagte zwar »bescheiden«, doch ich spürte genau, dass er diese Bescheidenheit der menschlichen Existenz im Inneren verfluchte und sich gegen sie zur Wehr setzen wollte, ohne zu wissen wie. Als Arzt und Chirurg, der immer wieder versucht hatte, den Menschen wiederherzustellen, um ihn erneut in diesen Irrgarten hinauszuschicken, musste er erkennen, dass dieser Irrgarten zwei unüberwindbare Fronten hatte: eine wirkliche, weit entfernt im Hinterland der Stadt liegende, und eine ideelle, im Tod allgemein.

Wenn Frau Siebert davon sprach, dass Kröten keine Haut besitzen, so spürte ich ihren Schmerz und ihre Verzweiflung. Es wurde in diesem Moment nebensächlich, ob sie ihre Kinder als Kröten erkannte oder nicht, da sie für die Kreatur ganz allgemein Mitgefühl empfand, natürlich nicht zuletzt auch für sich selbst, da sie sich auch als hautlos empfand, als empfänglich für Fremdes und empfindlich für Anderes, obgleich nicht die Empfindlichkeit das Problem der Menschen zu sein schien, sondern eher die Tatsache, dass sie keine Konsequenzen aus dieser Empfindlichkeit zogen, sondern an Durchhalte- und Abhärtungsprogrammen arbeiteten, jeder für sich, angeblich, um zu überleben.

Das Abschreiben von Untersuchungsergebnissen und endlos langen Listen mit für sie sinnlosen Daten entsprach nun am allerwenigsten dem, was sich Frau Siebert unter ihrem zukünftigen Leben einmal vorgestellt hatte. Doch sie überspielte ihre Empfindsamkeit, verzichtete darauf, sich zu wehren, und warf stattdessen die scheinbare Unverwüstlichkeit ihres Lebens in die Waagschale und hielt durch. Sie sagte, sie habe nie gewusst, was ihr Mann da eigentlich mache oder gemacht habe, und auch jetzt interessiere sie nicht, warum er mich oder das Dienstmädchen allmorgendlich vermesse. Wenn die Antworten zu aufdringlich werden, die Schlüsse zu zwingend, flüchten wir ins Symbolische, und wenn es uns die Hände kostet.

War ich in der Gegenwart des Professors nicht in der Lage, einen eigenen Gedanken zu äußern, so fielen mir in der Stille meines Zimmers immer wieder Widersprüche und Unklarheiten in seinen zahlreichen Denkmodellen auf. Ich formulierte gewissenhaft Fragen, vergaß diese aber, sobald ich ihm gegenüberstand, sodass unsere Treffen Stückwerk blieben, Begegnungen, die keinerlei Einfluss auf meine oder seine, geschweige denn unsere gemeinsame Entwicklung hatten. So fiel mir zum Beispiel am Abend, nachdem er mir von den körperlichen Entsprechungen der Weltwunder erzählt hatte, auf, dass es sich um einen sprachlichen Trugschluss handelte, zudem um eine anachronistische Interpretation, und dass mir ein ähnlicher Trugschluss schon einmal in Beziehung zu ihm, der Villa und der Stadt untergekommen war. Schon früher waren die Menschen mit fadenscheinigen linguistischen Tricks beruhigt worden: Man interpretierte einen Begriff, der mit dem eigentlichen Problem nichts zu tun hatte und am besten aus einer alten und vergessenen Sprache stammte, so lange um, bis er zerfiel und endlich eine passende Behauptung hergab.

Nichts anderes tat Professor Siebert, wenn er die Weltwunder als menschliche Projektionen von Nervenenden und Gehirnteilen in der Welt deutete. Umgekehrt hatten diese Teile ihre Namen aber erst durch das Vorhandensein architektonischer oder künstlerischer Werke erhalten. Ich schrieb mir diesen Einwand sofort auf, formulierte ihn die halbe Nacht um und lernte ihn auswendig, um den Professor am anderen Morgen damit zu konfrontieren. Tatsächlich gelang es mir, wenn auch zögerlich und keineswegs so brillant wie noch kurz davor in meinem Zimmer, ihm meinen Einwand vorzulegen. Doch wenn ich geglaubt hatte, dass er allein schon im Dienste unseres gemeinsamen Projekts eine begriffliche Unklarheit eingestehen müsse, so hatte ich mich getäuscht. Er lächelte nur mild, schüttelte den Kopf und wischte meinen Einwand mit einer Bemerkung über verschiedene Formen der Logik zur Seite.

Wenn wir als Kinder durch Zufall ein Tier auf der Straße oder auf dem Feld sahen, sei es nun ein Hund an der Leine oder ein winziger Käfer, so blieb Marga stehen und hielt den Atem an. Nach wenigen Sekunden bewegten sich ihre Finger, als würde sie das Tier aus der Entfernung abtasten. Ihre Backen begannen zu glühen, ihre Augen strahlten, ihre Lippen bewegten sich, ohne etwas zu sagen. Sah ich sie dann später im Hof, hatte ich das Gefühl, das Tier neben ihr im Sandkasten sitzen zu sehen und beneidete ich sie darum. Alles hätte ich dafür gegeben, um auch so ein Tier neben mir zu wissen. Selbst die Kiste mit den Reliquien.

Ich musste unwillkürlich, und dies wurde natürlich auch von einem Vergleich des Professors ausgelöst, an die Hängenden Gärten der Semiramis denken. Der Professor hatte für sie keine Entsprechung im menschlichen Nervensystem gefunden, und auch mir fiel keine passende Analogie ein. Dann sah ich das offene Küchenfenster vor mir. Meine Mutter hatte kleine Töpfe mit Kräutern und Pflanzen auf das Fensterbrett gestellt. Die Kresse blühte zur selben Zeit, in der die Brombeeren reif und unerreichbar an den dicht verwucherten Sträuchern hingen. Die gelborangenen Blüten schienen zum Feld hin auszuwuchern, ein hängender Garten. Ich dachte an die Balkone, die über dem Hof thronten. Und dann dachte ich doch an den Körper einer Frau. Ich hatte diesen Frauenkörper aus dem Auto gezogen und zum Feld hin geschleift. Die Haut dieser Frau war weiß, ihre Augen geschlossen. Sie schien nicht mehr zu atmen. Sie lag zwischen den Gräsern in ihrem graugrünen Regenmantel, und der Regen fiel gerade stark genug, damit die Gräser zu duften anfingen und der Boden aufquoll und nach Lehm roch.

Was tat ich dort? Warum holte ich keine Hilfe? Warum saß ich und starrte auf die im Halbdunkel verschwimmende Papierfabrik auf der anderen Seite des schmalen Kanals? Man kann einen Menschen nicht zurücklassen. Nicht wirklich. Wenn er nicht mehr gehen kann, müssen wir uns neben ihn hocken und dürfen nicht mehr von seiner Seite weichen, selbst wenn die Nacht kommt und die Kälte. Wenn er nicht mehr gehen kann, können wir auch nicht mehr gehen. Nur deshalb bleiben wir stehen, wenn jemand hinfällt.

Wir müssen warten, ob er aufsteht, um selbst weitergehen zu können. Das ist Instinkt, nichts weiter. Die Krötenkinder jedoch, obgleich Tiere, schienen genau diesen Instinkt nicht zu besitzen. Und auch mir schien er, wie ich neben der leblosen Frau im Regenmantel saß, verlorengegangen zu sein.

EIN BEISPIEL AUS DEM BIBELKOMMENTAR
DER KRÖTENKINDER

2. Mo 23:19: »Das Beste von den Erstlingen deine Feldes sollst du in das Haus des Herrn, deines Gottes bringen. Du sollst das Böcklein nicht kochen in seiner Mutter Milch.«

Die Interpretationen des an drei Stellen (außerdem noch: 2. Mo 34:26 und 5. Mo 14:21) auftauchenden Verbots, das Böcklein in der Milch der Mutter zu kochen, sind vielfältig. Manche sagen, es sei ein Verbot, ein Kalb, solange es säugt zu schlachten, andere Interpreten weisen auf den Erntedank hin und erinnern an den heidnischen Brauch, ein Kalb in der Milch der Mutter zu kochen, diese Milch sodann auf Felder und Bäume zu versprühen, um eine weitere gute Ernte zu sichern. Die meisten jedoch nehmen dieses Verbot wörtlich und vermeiden es, Fleisch in Milch zu kochen.

Wir hingegen halten allein die Erwähnung, noch dazu die mehrfache, für eine tiefenpsychologische Aussage, in der sich das gesamte Elend des biblischen Menschen auftut und als Tragödie verwirft. Man stelle es sich vor: Das Kalb liegt in dem, was seine Mutter allein ihm zur Nahrung produziert, doch es wird damit nicht genährt, sondern vielmehr zu Tode gebracht. Es liegt ein traumatisches Entsetzen in diesem Tod. Das Kalb, getrennt von der Mutter, wird mit einem Teil der Mutter getötet. Die Mutter, getrennt vom Kalb, tötet mit einem Teil von sich, noch dazu dem, mit dem sie es nährte und weiter zu nähren gedachte, ihr Kind. Gleichgültig, ob verboten oder nicht –, denn das Verbot manifestiert allein die Existenz des Verbotenen – ist dies eine der grausamsten Stellen der Bibel. Mutter und Kind werden nicht nur auseinandergerissen, sie sterben aneinander. Der biblische Mensch spricht hier allein von sich. Er spricht von seinem Gefühl des Gefangenseins in einer familiären Struktur, der er allein durch den Tod zu entkommen meint.

Betrachten wir den biblischen Menschen etwas genauer. Was ist ihm der Leib? Seltsamerweise erscheint ihm das Aas, eigentlich der Leib, der durch sich selbst stirbt, dessen Blut nicht vergossen wird, als unrein (5. Mo 14:21). Und diese Unreinheit ist umfassend, greift auf alles über, das mit diesem Körper in Berührung kommt, ob Gefäß, Kleidung, Erde oder Samen. Der Leib hingegen, dessen Blut vergossen wird, ist rein und kann verzehrt werden. Zu Ende gedacht, entspricht das einer Aufforderung zum Töten.

Der biblische Mensch lebt in einem Universum der Schrecken, und die Bibel ist sein Psychogramm. Betrachten wir nur die Plagen (2. Mo 7–11), deren Teil wir auch selbst sind. Schon in der ersten Plage taucht das Bild vom Böcklein in der Milch in anderer Gestalt erneut auf. Das Wasser des Nils verwandelt sich in Blut. Die Menschen können es nicht mehr trinken, eine Entsprechung des Böckleins, das die kochende Milch der Mutter nicht mehr trinken kann, verknüpft mit dem Problem der Unreinheit: Ich komme mit Blut in Berührung, kann mich aber nicht davon reinigen, weil das Wasser, in dem ich mich sonst reinige, das Blut selbst ist.

Wir verstehen den Geist der Bibel folgendermaßen: Alles, was genannt wird, ob verneinend oder bejahend, existiert und wird gefördert. Alles, was genauer genannt wird, verweist auf das Ungenannte. Ein Beispiel (5. Mo 22:6): »Wenn du unterwegs ein Vogelnest findest auf einem Baum oder auf der Erde mit Jungen oder mit Eiern und die Mutter sitzt auf den Jungen oder auf den Eiern, so sollst du nicht die Mutter mit den Jungen nehmen, sondern du darfst die Jungen nehmen, aber die Mutter sollst du fliegen lassen, auf dass dir's wohlgehe und du lange lebest.«

Während uns die nähere Umschreibung des Fundorts vielleicht überflüssig erscheint, ist sie dem biblischen Menschen wichtig, da er aus ihr eine Schlussfolgerung zieht: Da das Haus nicht genannt wird, kann ich bei meinen Hühnern etc. anders verfahren. Es ist das wesentliche Element der Verbote und Gebote in der Bibel, etwas freizugeben. Deshalb schenken wir dem Unterschied zwischen der Verneinung oder Bejahung keine weitere Beachtung.

Die unnötige dreimalige Wiederholung des Verbots vom Böcklein in der Milch der Mutter, die einige Apologeten damit begründen, einmal sei das Kochen, dann das Essen, dann der erzielte Gewinn gemeint, ist in Wirklichkeit eine Potenzierung der Grausamkeit. Immer und immer wieder wird das Bild vom Kalb in der Milch der Mutter beschworen, ein Wahngebilde, dem sich eine große Gemeinde Gläubiger hingab und hingibt. Das Tier wird zu einer Projektionsfläche der gesellschaftlichen und familiären Zusammenschlüsse, die ihren inneren Zusammenhang längst verloren haben und allein noch aus wirtschaftlich-politischen Gründen existieren. Gleichzeitig wird von langer Hand das Bild vom Lamm Gottes entworfen, als des Herrn, der sich in die Tiefen der menschlichen Psyche hinabbegibt, indem er Tier wird. Die Pieta ist somit nichts anderes als das übersetzte Bild vom Böcklein in der Milch der Mutter. Wichtig ist aber noch etwas anderes: Der Leib des Herrn war nicht Aas, denn er starb nicht von selbst, vielmehr wurde seine Seite geöffnet und sogleich flossen Blut und Wasser heraus. Der Herr war durch seine Schlachtung rein und heilig geworden. Es wäre zu fragen, ob der Märtyrertod nicht aus diesem Reinheitsgedanken entstand.

AUSZUG AUS DEM TRACTATUS LOGICO-BUFONICUS[1]

1	Wir sagen: Die Welt ist alles, was im Fall ist.
1.1	Die Welt ist die Gemeinheit der Tatsachen, nicht der Dinge.
1.11	Die Welt ist in der Tat Sache, also Tatsache dadurch, dass alles in ihr Sache ist.
1.12	Es ist allein Tat, die Gesamtheit der Sachen zu bestimmen, derjeingen, die im Fall sind, und derjenigen, welche nicht.
1.13	Die Sachen der Tat sind die Dinge im Raum.
1.2	Die Welt zerfällt durch die Tat in Sachen.
1.21	Eines mag im Fall sein oder nicht im Fall sein, nichts wird übrig- oder gleich bleiben.
2	Was im Fall ist, die durch die Tat bestimmte Sache, ist das Verhalten der Sachen zueinander.
2.01	Das Verhalten der Sachen ist ein Gegenüberstellen von Gegen-ständen. (Das Gegenüberstellen von Gegenständen als die Sache konstituierende Tat nennen wir Ge-stellen, das Ergebnis dieses Ge-stellens Ge-stell.)
2.011	Es ist dem Ding wesentlich, Teil einer sich verhaltenden Sache, also Teil eines Ge-stells zu sein.

---

[1] Die Unmöglichkeit, ein Bild der Welt zu entwerfen, steht am Anfang des Tractatus logico-bufonicus. Was die Krötenkinder versuchen, ist innerhalb dieser Unmöglichkeit zu denken. Dabei sehen sie sich auf der Seite der Dinge, vielleicht weil sie sich vom Menschen als Ding behandelt fühlen, was wiederum bedeuten würde, dass sie den Blickwinkel des Menschen auf sich übernehmen. Ich glaube jedoch, dass sich gerade aus ihrem isometrischen Blick (dem Blick, der keine bestimmte Perspektive kennt) auf Ding, Tier und Mensch die Spannung ihres Denkens entwickelt.

2.012 Im Zufall ist alles logisch: Kommt das Ding im Ge-stell vor, so muss sich das Ge-stell gegenüber dem Ding verhalten. Das Ge-stell ist dem Ding gegenüber verhalten, indem es sich so lange zurückhält (ver-hält), bis das Ding es benötigt – und dies obgleich es durch die Gegenüberstellung von Dingen entstand.

2.0121 Es erschiene gleichsam als Bestimmung, wenn dem Ding, das allein für sich bestehen könnte, nachträglich ein Gestell passen würde. Wenn die Dinge dem Ge-stell zuvorkommen können, so muss dieses schon in ihnen liegen. Während das Verhalten der Sachen (der Sachverhalt), gleichzeitig das Gegenüberstellen der Dinge, als auch ihr Zurückhalten beinhaltet, indem der Mensch sie zwar miteinander vergleicht, sie einordnet und katalogisiert, jedoch davon abhält, eine eigene Beziehung miteinander einzugehen, steht bei der Lage der Sachen (der Sachlage) die Beziehung der Dinge untereinander im Vordergrund. Der Mensch ist bei der Sachlage ausgeschlossen und wird hier selbst zum Ge-stell, während im Sachverhalt durch das Verhalten der Dinge das Ge-stell gleichsam als Drittes erzeugt wird. (Der Mensch wird folglich durch die Sachlage als Ge-stell erzeugt, so wie er selbst im Sachverhalt, seinem Verhalten der Dinge zueinander, das diese Dinge beinhaltende Gestell erzeugen wird. Anders ausgedrückt: Die Sachlage, die dem Sachverhalt immer vorausgeht, erzeugt durch die Lage der Sachen zueinander den Menschen. Dieser wiederum eignet sich im Sachverhalt, im Verhalten der Dinge zueinander, die Dinge an. So entsteht durch die Tat des Menschen, die Dinge miteinander in Bezug zu setzen, Welt. Der Mensch steht folglich zwischen einer Sachlage und einem Sachverhalt. Um es noch einmal zu sagen: Die Sachlage ist der ursprüngliche Zustand der Dinge zueinander, der ihn erzeugt. In ihn vermag er nicht einzugreifen. Greift er ein, verändert er die Sachlage und schafft einen Sachverhalt, da die Dinge jetzt nicht länger zueinander »liegen«, sondern sich vielmehr zueinander verhalten müssen. Aus diesem Verhalten entsteht in der Folge die Welt.)

2.0122 Das Ding ist selbstständig, insofern es in allen möglichen Sachlagen vorkommen kann, aber diese Form der Selbstständigkeit ist eine Form des Zusammenhangs mit dem Sachverhalt, also eine Form der Unselbstständigkeit. (Es ist unmöglich, so wie wir dies im vorhergehenden Satz hypothetisch konstruierten, die Lage der Sachen zueinander von dem Verhalten der Sachen zueinander zu trennen, da sich durch die Lage der Sachen der Mensch, mit ihm wiederum das Verhalten der Sachen zueinander und damit die Welt gründet. Der Mensch hat nicht die Wahl in einer quasi kontemplativen Haltung gegenüber der Sachlage, der Lage der Sachen zueinander, zu verharren und dadurch einen Sachverhalt zu vermeiden und damit die Entstehung der Welt, da es eine Qualität des Menschseins ist, Sachverhalte zu erzeugen. Es ist die Art des Menschen, auf Sachlagen zu reagieren.)

2.0123 Durch den die Sachlage ablösenden Sachverhalt wird die Sache zum Gegenstand. (Die Sache ist das unerkannte, den Menschen nicht erzeugende Ding in der Sachlage. Durch die Sachlage, die Lage der Sachen zueinander wird der Mensch erzeugt und die Sache in seiner Betrachtung zum Ding. Verändert der Mensch die Sachlage, indem er die Dinge zueinander im Sachverhalt verhält, entsteht der Gegenstand. Die Bezeichnung Sachverhalt behält für das durch den Menschen ausgeführte Verhalten der Dinge zueinander seine Bedeutung, da der Mensch im Begriff, einen Urzustand herzustellen, den Zustand vor der Sachlage, als er noch nicht erzeugt war und die Dinge Sachen waren, die Dinge nicht in Sachen zurück-, sondern vielmehr in Gegenstände weiterverwandelt und mit den Gegenständen die Welt erzeugt. Die im Begriff des Sachverhaltes sich widerspiegelnde Absicht des Menschen ist von Wichtigkeit, da es nicht in der Absicht des Menschen lag, Dinge in Gegenstände zu verwandeln und dadurch die Welt zu erzeugen, sondern vielmehr durch seine Tat die Sachen erneut zu schaffen und sich mit ihnen. Die Sachen sind Sachen, nur solange sie in keiner Beziehung zueinander stehen (sei es nun die Sachlage, die sie zu Dingen, oder der Sachverhalt, der sie zu Gegenständen macht). Der Mensch, erzeugt durch die Sachlage, erkennt nur Dinge und sich selbst als durch Dinge erzeugt. Um sich selbst zu verwirklichen, eine Qualität seines Menschseins, ist er darauf aus, Tatsachen zu schaffen, das heißt, die Dinge als Sachen und sich selbst als frei und nicht durch Sachlagen erzeugt zu begreifen. In dieser Tatsache schafft er jedoch Sachverhalte und damit Gegenstände und mit ihnen die Welt.)

2.01231 Um einen Gegenstand zu kennen, muss ich alle externen Eigenschaften als Möglichkeiten erleiden. (Indem der Mensch durch den Sachverhalt die Welt schuf, ist er nun in zweierlei Hinsicht ausgeliefert: Zum einen ist er durch eine Sachlage bedingt, die er nicht verändern kann, da er durch den Versuch seiner Rückführung einen Sachverhalt schuf, zum anderen ist die durch ihn bedingte Welt eine, die sich nun zu ihm verhält. Die inneren Gegebenheiten dieser Welt, ihre Entwicklung von der Sache über das Ding zum Gegenstand, von der Sachlage über die Tatsache zum Sachverhalt, kennt der Mensch, was jedoch ein Gegenstand darstellt, das muss er in allen Möglichkeiten dieses Gegenstandes erleiden.)

2.0124 Deshalb ist die Welt die Gemeinheit der Tatsachen, nicht der Dinge.

2.013 Jedes Ding ist, gleichsam, in einem Raume möglicher Sachverhalte. Diesen Raum kann ich mir leerdenken, nicht aber das Ding. (Jedes Ding ist also schon Gegenstand, da es durch mein Erkennen auch mein Verhalten ihm gegenüber bewirkt. Indem ich den Raum »leer-denke«, das heißt alle Gegenstände aus ihm herausdenke, bis er leer zu sein scheint, behalte ich ein mögliches Konstrukt von Sachverhalten. Das Ding jedoch lässt sich nicht leerdenken, da es sich immer mit Sachverhalten anfüllt, sobald ich es bedenke. Denke ich es ohne Sachverhalte, was eine Lösung meines Problems wäre, mich gegenüber dem Ding unfrei und durch es bestimmt zu fühlen, löst nicht nur es, sondern ich mich zusammen mit ihm auf. Es mag auch hier ein Lösungsansatz liegen: mich mit dem Ding zusammen aufzulösen, mich zusammen mit ihm leerzudenken und damit nicht mehr zu sein, doch löst sich hier nicht das Problem meiner Unfreiheit und Determiniertheit durch das Ding, da ich allein die Wahl habe, zusammen mit ihm zu leben oder zusammen mit ihm zu sterben.)

2.0131 Der Mensch entstellt die Welt. (Indem er die Welt durch das Ding begreift und indem er das Ding in Form des Gestells zwischen sich und die Welt stellt.)

2.014 Die Gegenstände enthalten die Möglichkeiten aller Sachlagen. (Es bleibt also die Hoffnung bestehen, durch die Sachverhalte doch noch zu den Sachlagen zu gelangen, das heißt für den Menschen, durch das Erleiden der Möglichkeiten der Gegenstände, folglich durch die Welt, sich gegenüber den Dingen zu befreien.)

2.0141 Die Möglichkeit seines Vorkommens in Sachverhalten ist die Form des Gegenstandes.

2.02 Der Gegenstand ist ein Fach. (Es ist die Frage, was wir in diesem Fach vorfinden.)

DIE 3 PHILOSOPHISCHEN SÄTZE DER KRÖTENKINDER[1]

1. »Wir sagen: Die Welt ist alles, was im Fall ist.«[2]

1 Später verwarfen die Krötenkinder ihren Tractatus logico-bufonicus mit seinen mehreren hundert Sätzen und Ableitungen und beschränkten sich auf folgende drei Sätze.
2 Es ist durchaus schlüssig, dass sich die Krötenkinder in der Entwicklung ihrer Philosophie an Wittgenstein anlehnten, denn sie tragen in sich selbst den metaphysischen Widerspruch, über die Dinge, die einen existenziell beschäftigen, nicht sprechen zu können. Vielleicht existiert dieser Widerspruch generell, und zwar dahingehend, dass man nicht von sich selbst zu sprechen vermag, sondern nur über sich selbst als einen anderen. Die Sprache von mir selbst müsste sich von allen anderen sprachlichen Äußerungen unterscheiden, doch damit nicht genug: Sie müsste so wandelbar sein, dass jeder Gefühlsausdruck, der mich im Moment des Sprechens überkommt, sofort in ihr Eingang findet. Bei der Rekonstruktion des mystischen Zeitalters der Stadt stellte man, wie bereits erwähnt, fest, dass die Bewohner der Stadt anfänglich nur das Sprechen über Abwesendes kannten. Mag dies auch in der Verehrung des abwesenden Städtegründers begründet sein, so drückt umgekehrt die Vorschrift, nur über Abwesendes sprechen zu dürfen, das Bewusstsein aus, dass der Sprecher nicht über sich selbst, da er notwendigerweise anwesend ist, sprechen kann. Daran gewöhnt, über mich selbst wie über einen Dritten zu sprechen, scheint mir das Tier, das über sich schweigt, in direktem Kontakt mit seiner Seele zu sein, sodass der Thymos des Tiers gleichzeitig Ausdruck für die Einheit des Tiers von sich selbst ist, die Psyche hingegen Kennzeichnung für die Trennung des Menschen von sich selbst ist. Eingebettet in das perverse System von Abhängigkeiten, das wir geschaffen haben und beständig durch unser Verhalten stärken, werden die Tiere jedoch dazu degradiert, sich anzupassen und zu betteln. Wir, die wir ihren Lebensbereich zerstörten, um uns anschließend als ihre Retter und Wohltäter aufzuspielen, leugnen so ihre Beseeltheit. Der Tausch- und Verwertungsaspekt, den wir dem Tier aufzwingen, und sei es nur der, dass es uns Treue und Liebe schenken

2. »Wir sagen:[3] Der Mensch entstellt die Welt.«[4]

muss, wird, denn so geschieht es bei jeder Form der Unterdrückung, auf uns selbst zurückschlagen. Die Krötenkinder aber, die nie sprachen, deren Handlungen jedoch menschlich zu sein schienen, wirkten gerade darum auf mich jenseits jeglicher Moral, weil sie sich nicht in der Sprache zu einem anderen machten und ihre Handlungen nicht als die eines anderen mit Gründen eines anderen legitimierten. Sie waren Handlung, und dies mehr, als es sich ein Existenzialist für den Menschen würde träumen lassen können.

3 Schon im Sagen selbst gibt es in der Philosophie der Krötenkinder gewisse Schwierigkeiten. Bekanntlich lautet der letzte der drei Sätze ihres Tractatus »Wir sagen: Worüber man nicht sprechen kann, darüber muss man reden.« In der Literatur wird dieser Satz fälschlicherweise oft als »Worüber man nicht sprechen kann, darüber muss man reden« zitiert, was zu einiger Verwirrung, gleichzeitig zu einigen interessanten Theorien geführt hat. In der Sprachwissenschaft sah man diesen Abschluss und gleichzeitigen Ausblick als einen Hinweis auf die notwendigerweise stärkere Beachtung des Sprachvollzugs, der Performanz, die man dem Reden gleichsetzte. Das Sprechen sollte demnach die aus ihrem Vollzug herausgenommene und in einem der Schrift ähnlichen Rahmen analysierte Rede sein, während das Reden immer den Kontext der Rede miteinschließt. Dies ist eine durchaus zutreffende Beobachtung, die, nach meiner Kenntnis des philosophischen Ansatzes der Krötenkinder, als ein Aspekt ihres Denkens zum Tragen kommt. Die Krötenkinder nehmen die Unterteilung in »sprechen« und »reden« ganz bewusst vor, doch ist dies nicht die einzige Unterteilung innerhalb aller möglichen sprachlichen Äußerungen. Viel zu wenig wurde bislang der Tatsache Beachtung geschenkt, dass die Krötenkinder jeder ihrer Äußerungen ein »Wir sagen« vorausschicken, dass sie also, ohne es explizit zu benennen, eine Dreiteilung vollziehen zwischen Sagen, Sprechen und Reden. Was vermag aber nun das Sagen zu sein, wenn wir das Sprechen als die kontext- und performanzlos darstellte und analysierte Rede, die Rede hingegen als die in den Kontext und die Performanz eingebundene Rede betrachten, noch dazu, wenn wir der Tatsache Beachtung schenken, dass das Sagen allein in der konjugierten Verbform der ersten Person Plural in der Philosophie der Krötenkinder Eingang findet? Ich glaube, dass eine erste Antwort in ebendieser Form des Verbs zu finden ist. Nicht grundlos stimmt sie mit der des substantivierten Verbs, dem Sagen, überein. Das Sagen scheint für die Krötenkinder das zu sein, was sich aus einem individuellen Rahmen hinausbewegt und die Grenze der privaten Äußerung

überschreitet. Nicht umsonst bediente man sich lange Zeit des Pluralis Majestatis, um den Eindruck des mit Macht und Würde ausgestatteten Sagens zu vermitteln. Das Sagen der Krötenkinder ist jedoch ein anderes, wie sich aus dem Zusammenhang ihrer sonstigen philosophischen Anschauungen unschwer erschließen lässt. Den Krötenkindern scheint es in ihrem gesamten Denken in erster Linie um eine Überwindung des dialogischen, das heißt sich gänzlich innerhalb des Logos abspielenden Prinzips zu gehen. Nicht mehr das von der Dialektik geforderte Zwiegespräch, wie es sich seit Plato in Wissenschaft und Literatur wiederfindet, sondern ein Sagen, dass aus dem gemeinsamen Wissen und Erfahren des tertium datur entspringt, wobei im konkreten Fall der Krötenkinder dieses in der Rede, quasi epiphanisch, auftauchende Dritte, das der Unberedtheit oder Unartikuliertheit sein könnte, Unberedtheit als das Sagen der Dinge, Unartikuliertheit als das Sagen der Tiere. Wenn ein Tier sagt, dass es etwas sagt, dies aber anschließend nicht in seiner Sprache, sondern in der des Menschen tut, mehr noch, selbst die Ankündigung schon in der Sprache des Menschen verfasst, entsteht daraus ein unüberwindbarer Widerspruch. Das Sagen der Krötenkinder ist gleichzeitig ein Schweigen, weil sie in ihrem Sagen ihr Tiersein verschweigen. Sie schweigen von sich als Tier. Damit bekommt das Wir eine seltsame Bedeutung, es scheint, als sprächen nicht länger sie selbst, sondern andere über sie, die sie mit ihrem Sprechen vereinnahmen, so wie der Mensch seine endlose Rede über die stummen Dinge ausschüttet. (Dies verdeutlicht sich schon in der Tatsache, dass wir uns fragen müssen, was denn die Sprache der Tiere im Gegensatz zur menschlichen ist. Bestimmt nicht das von der Wissenschaft für die einzelnen Gattungen festgelegte System aus Lauten und Bewegungen, das sich von der menschlichen Sprache ableitet und immer das Unvermögen auf der Seite des anderen vermutet, nicht aber das Unvermögen der eigenen Sprache mitdenkt.) Das Sagen wird also nicht nur Zeichen des Ungesagten und Verschwiegenen, sondern Bildnis all der Dinge und Wesen, die selbst nichts sagen, über die vielmehr gesagt wird. Ich wage an dieser Stelle nicht zu sagen, ob sich eine positive Möglichkeit der gemeinsamen Artikulation des Verschwiegenen und Stummen darin finden mag, oder ob sich im Sagen nur noch das bittere Eingeständnis der Niederlage desjenigen findet, der nicht Anteil am Reden und Sprechen hat, doch glaube ich zu ahnen, dass die Krötenkinder in ihrem Sagen eine Form des Unartikulierten postulieren, die sich der Logik und dem Logos, der Vernunft und dem Sinn, dem Dialog und der Konsekutivität entzieht und gleichzeitig überschreitet, um zu einer dritten Form der Artikulation jenseits des Sprechens und Redens zu gelangen. Diese dritte Form würde auch eine Aufhebung der Unterscheidung von

Singular und Plural beinhalten, die im Sein der Krötenkinder, nicht nur als Amphibien, sondern auch als Zwillingspaar, bereits angelegt ist. Als Neutrum stehen sie zwischen den Polen und weisen auf den dritten Weg, der bereits in der griechischen Grammatik aufgezeigt wird, wenn der Plural des Neutrums im Verb den Singular fordert. Zoa trechei – Die Tiere läuft, so lautet das Beispiel, das Pascal neben der umgekehrten Erscheinung des Altfranzösischen, Je fesons, anführt und das nicht ohne Grund, auch wenn Pascal noch den Menschen in die Mitte seiner »Balance« platziert und nicht die Kröte, bzw. natürlich die Kröten. Viel gäbe es noch über die Verbindung der Krötenkinder zu Pascal zu sagen, doch eine Aussage des Philosophen muss hier noch stellvertretend für viele andere genannt werden: »Die Macht der Fliegen: Sie gewinnen Schlachten, hindern unsere Seele am Handeln, fressen unseren Leib.« Pascal nennt hier nicht zufällig die Nahrung der Kröten. Gleichzeitig führt uns diese Aussage weiter zu Wittgenstein, der das Ziel seiner Philosophie mit den Worten beschrieb: »Der Fliege den Ausweg aus dem Fliegenglas zeigen.« Pascal sieht den Menschen, selbst dessen Seelenheil, durch die Fliege bedroht, Wittgenstein möchte die Fliege retten, die Krötenkinder zeigen den Fliegen einen eigenen Ausweg, indem sie sich mit ihnen verbinden und sie einverleiben oder, um mit Wittgenstein zu sprechen, die Frage verg-essen.

4 Ich komme an dieser Stelle nicht umhin, auf einen Widerspruch in der Philosophie der Krötenkinder aufmerksam zu machen. Der oben angegebene Satz erscheint in ihrem Tractatus unter der Nummer 2.0131 in der Form: »Der Mensch entstellt die Welt. (Indem er die Welt durch das Ding begreift und indem er das Ding in Form des Gestells zwischen sich und die Welt stellt.)« Dieser ohnehin im Gesamttext etwas abrupt auftauchende und den Gedankenfluss durchaus unterbrechende Satz scheint mir später hinzugefügt oder verändert worden zu sein. Er entspricht der Gesamtphilosophie ihres Tractatus durchaus, indem die Beziehung des Dings, oder der Sache (für mich Symbol für das Tier und damit das Subjekt selbst, denn es sind Kröten, die hier sprechen) zum Menschen untersucht wird. Dass der Mensch die Welt entstellt, erscheint, durch den Anhang der Klammer genauer ausgeführt, sofort einsichtig: Der Mensch stellt die Dinge zwischen sich und die Welt, womit er die Welt entstellt. Nun heißt es aber an anderer Stelle (2.01): »Das Verhalten der Sachen ist ein Gegenüberstellen von Gegen-ständen. (Das Gegenüberstellen von Gegenständen als die Sache konstituierende Tat nennen wir Ge-stellen, das Ergebnis dieses Ge-stellen Ge-stell.)« Dies verstehe ich dahingehend, dass es sich bei dem Ge-stell um nichts vom Menschen Entwickeltes, sondern um das Ergebnis eines dingbezogenen Verhaltens zwischen den Dingen handelt. Mehr noch, in

2.0121 heißt es: »Während das Verhalten der Sachen (der Sachverhalt), gleichzeitig das Gegenüberstellen der Dinge, als auch ihr Zurückhalten beinhaltet, indem der Mensch sie zwar miteinander vergleicht, sie einordnet und katalogisiert, jedoch davon abhält, eine eigene Beziehung miteinander einzugehen, steht bei der Lage der Sachen (der Sachlage) die Beziehung der Dinge untereinander im Vordergrund. *Der Mensch ist bei der Sachlage ausgeschlossen, und wird hier selbst zum Ge-stell,* während im Sachverhalt durch das Verhalten der Dinge das Ge-stell gleichsam als Drittes erzeugt wird. (*Der Mensch wird folglich durch die Sachlage als Ge-stell erzeugt,* so wie er selbst im Sachverhalt, seinem Verhalten den Dingen zueinander, das diese Dinge beinhaltende Gestell erzeugen wird. Anders ausgedrückt: *Die Sachlage, die dem Sachverhalt immer vorausgeht, erzeugt durch die Lage der Sachen zueinander den Menschen.* Dieser wiederum eignet sich im Sachverhalt, im Verhalten der Dinge zueinander, die Dinge an. So entsteht durch die Tat des Menschen, die Dinge miteinander in Bezug zu setzen, Welt. Der Mensch steht folglich zwischen einer Sachlage und einem Sachverhalt. Um es noch einmal zu sagen: Die Sachlage ist der ursprüngliche Zustand der Dinge zueinander, der ihn erzeugt. In ihn vermag er nicht einzugreifen. Greift er ein, verändert er die Sachlage und schafft einen Sachverhalt, da die Dinge jetzt nicht länger zueinander ›liegen‹, sondern sich vielmehr zueinander verhalten müssen. Aus diesem Verhalten entsteht in der Folge die Welt.)« (Hervorhebungen von mir.) Wir sehen also, dass der Mensch in der Sachlage, dem ursprünglichsten Verhältnis der Dinge zueinander, selbst zum Gestell wird. Erst dann ist er in der Lage, Sachverhalte zu schaffen, indem er die Sachen zueinander in Beziehung setzt. Der Mensch wird durch die Sachlage erzeugt und schafft daraufhin Sachverhalte. Das heißt, die Dinge schaffen sich den Menschen als Gestell, so wie er sie anschließend als Gestell benutzt. Die Dinge stellen den Menschen zwischen sich und die Welt, entstellen demnach die Welt gleichermaßen, bevor der Mensch die Welt durch die Dinge entstellt. Bei eingehender Beschäftigung mit diesem scheinbaren Widerspruch drängte sich mir immer mehr der Verdacht auf, dass die Krötenkinder an dieser Stelle von Gott sprechen. Dies wird klar, wenn wir uns von der Vorstellung lösen, dass Gott eins ist, was ohnehin nur wenige Religionen behaupten, in denen meist eine Teilung (Gott, Vater, Sohn, Heiliger Geist etc.) weiterlebt. Stellen wir uns nun vor, dass Gott etwas sei, das sich zueinander verhalten kann, und dass aus diesem Verhalten der Mensch entsteht. Gott verhält sich zu sich und schafft aus diesem Zustand Welt und Mensch, er ent-stellt die Welt, da sie aus ihm ent-steht. Damit jedoch nicht genug. Nun nimmt der Mensch Gott und entstellt seinerseits diesen, indem er einen Sachverhalt

3. Wir sagen: Wovon man nicht sprechen kann, darüber muss man reden.[5]

zwischen sich und Gott schafft, der anders als die Sachlage, aus der heraus der Mensch entstand, Gott im Sinne des Menschen zwischen sich und die Welt stellt. Der Mensch, der sich rühmt, in seiner Kultur und Kunst die Schöpfung nachzuschaffen, Gott nachzueifern, schafft tatsächlich, indem er durch sein Tun Gott entstellt, eine entstellte Welt. Diese Entstellung Gottes durch den Menschen besteht vor allem darin, etwas zu tun, das er schlicht und einfach nicht tun kann. Dies mag man Anmaßung oder Irrtum nennen. Tritt der Mensch zu Gott in eine Beziehung, ist dies eine Entstellung des Sachverhaltes, aus dem er entstand, somit eine Entstellung der Welt. Die Äußerung der Krötenkinder dahingehend betrachtet, würde einen gänzlich neuen Aspekt ihrer Stellung zur Schöpfung und zum Menschen bedeuten. Natürlich müsste man dazu meine Spekulation, dass sie das Ding mit Gott gleichsetzen, die sich an keiner Stelle wörtlich, wenn auch durchaus sinngemäß, belegen ließe, eingehender überprüfen. Vollziehen wir die Gleichung und setzen wir das Ding mit Gott gleich, so scheint dieser Gott nicht nur ein schweigender, sondern auch ein ruhender Gott zu sein, ein Gott, der sich in einer Sachlage befindet, der obendrein in der Welt des Menschen gegenwärtig ist, jedoch nicht in seinem Herzen oder als Vorstellung im Himmel, sondern als das, was er, ohne nachzudenken, benutzt und ausnutzt. Kurz gesagt: Das, was der Mensch als seelenlos, stumm und nur in seiner von ihm selbst zugewiesenen Funktion, was auch in seiner Funktionslosigkeit bedeuten kann, betrachtet, ist Gott. Hier allein findet sich Gott. Deshalb ist der Blick nach oben Blick und das humanistische Gottesbild ein Irrtum und eine Lüge. Dort, wo der Mensch meint, Verbindung zu Gott aufzunehmen, lügt er und betrügt sich. Dort, wo er ausbeutet, benutzt und seinem Zweckdenken folgt, befindet er sich in Kontakt zu Gott.

5 Darüber ist bereits alles gesagt.

Einige Miszellaneen zur Kulturgeschichte der Kröte

»L'orgueil des enfants-crapauds n'a pas son pareil. Ils en viennent même à se prendre pour les créateurs du monde.«

»Ils sont sauvages et fragiles à la fois et comme ils savent se rattraper à tous – y compris à leurs propres idées – leur survie est assurée en toute circonstance.«

Georges-Louis Leclerc de Bufon, *Histoire naturelle, générale et particulière des enfants-crapauds*. Paris 1769.

Die Bezeichnung Bufo infantis in der Herpetologie weist auf zwei Dinge hin: zum einen auf die Gattung Krötenkinder, zum anderen, wenn man »infans« in seiner wörtlichen Bedeutung als »nicht sprechend« versteht, auf die Tatsache, dass man glaubte, die Kröte könne sprechen, weshalb man durch das Epitheton darauf hinwies, dass diese Art der Kröten es, im Gegensatz zu allen anderen Krötenarten, nicht tut. Es ist zu vermuten, dass die Krötenkinder mit Absicht nicht sprechen, sondern schweigen, wenn sie nicht sogar etwas verschweigen. Der Volksglaube verschiedener afrikanischer Stämme schreibt dem Affen eine besondere Klugheit zu und behauptet, er schweige nur, damit er nicht zur Arbeit herangezogen werde. Die Kröten scheuen die Arbeit jedoch nicht, ihr Schweigen ist deshalb noch gewichtiger. Daher spricht man auch davon, eine Kröte verschluckt zu haben, wenn man nicht mit der Sprache herausrücken will, während die Kröte durch ihr Erscheinen aus dem Mund eines Toten dessen letztes Geheimnis preisgibt, so wie es auf einem Grabstein auf dem Alten Friedhof in Freiburg zu sehen ist, wo das Bildnis eines Totenkopfs mit Kröte und Nagel auf die Legende verweist, nach der bei der Herrichtung eines toten Mannes zur Bestattung eine Kröte aus dessen Mund gekrochen kam, woraufhin man seinen Schädel genauer untersuchte und den Nagel entdeckte, mit dem ihn seine Frau im Schlaf ermordet hatte.

Man ist immer gezwungen, im Begriff »Buffo« »Buffo«, und damit den doppeldeutigen Charakter der Krötenkinder mitzudenken: jenseits aller Moralvorstellungen als Vertreter einer fröhlichen Wissenschaft des Überlebens.

Es ist viel über den sogenannten Krötenstein, den man auch Bufonit, Crepaudia, Batrachos und Batrachyt nennt, spekuliert worden. Albertus Magnus setzt ihn mit dem Borax Lapis gleich, und wieder andere meinen, in ihm den versteinerten Zahn eines Seewolfs zu erkennen. Manchmal ist er ein kleines, rundes Knöchelchen, das übrigbleibt, wenn man eine tote Kröte auf einen Ameisenhaufen legt und abnagen lässt. Lessing beschreibt ihn als hohles Steinchen, das eine blinde Henne vor ihm ausscharrte. Der Krötenstein, den man als Amulett oder in einen Ring eingearbeitet trägt, soll Wunden durch Bestreichen heilen, im Besonderen aber durch Schwitzen und Wechsel der Farbe Gift anzeigen.

Den Krötenkindern war folgende Legende aus der eigenen Genealogie die liebste: Jedem Lebewesen wurden bei der Schöpfung Körper und Geist als zwei verschiedene Entitäten mitgegeben, damit es im Lauf seines Lebens eine Verbindung zwischen ihnen herstelle. Manche Tiere spien den Geist sofort aus und liefen gefühllos und als reiner Körper durch die Welt. Andere empfanden den Geist als Zaumzeug, das man ihnen gewaltsam angelegt hatte, weshalb sie sich gebärdeten, als würde sie etwas behindern oder ihnen Schmerzen bereiten. Wieder andere, darunter der Mensch, pflegten und förderten den Geist in ihrem Inneren, bis sie ihn als das Wesentliche erachteten und davon träumten, nur noch Geist zu sein, unbelastet von einem Körper, der nun wiederum ihnen zum

Gefängnis und zur Qual wurde. Allein der Kröte gelang es, den Geist mit dem Körper zu verbinden, ihn durch alle Adern und Poren fließen und so Körper und Geist eins werden zu lassen. Diese einzigartige Vollkommenheit erreichte die Kröte jedoch nur durch die Erkenntnis, dass eine Verschmelzung nur dann gelingt, wenn beide Teile zugleich erhalten bleiben. Deshalb bildete sich aus dem Zusammenschluss von Körper und Geist in ihnen der Krötenstein: ein Stück Materie, von jeglicher materieller Funktion befreit, allein von Geist durchflutet. Dieses Dritte machte die Vereinigung der zwei erst vollkommen und wurde selbst Teil der Einheit, die nun Dreiheit war.

Im fünften Jahrhundert wurde die Kröte in Norditalien Symbol für die gerade zum Dogma erhobene Zwei-Naturen-Lehre der katholischen Kirche, nach der Jesus »wahrer Gott« und »wahrer Mensch« zugleich ist. Auch hier diente der Krötenstein zur Erklärung, dass die Kröte nach dem Vorbild Jesu Christi Körper und Geist unwandelbar, ungetrennt, ungeteilt und unvermischt in sich bewahrt. Im frühen Mittelalter wurde das Symbol der Kröte dann von einer schwäbischen Sekte, den Krottenbrüdern, aufgegriffen, die von ihrem Heiland als dem »Gekrötzigten« sprach und ihn in Form der Kreuzkröte, Bufo calamita, verehrten. Der Beiname, calamita, der den Magneten bezeichnet, weist auf den Glauben hin, die Kreuzkröte sei magnetisch und würde Metalle und damit auch Münzen anziehen, wenn man sie in einem fadenscheinigen Leinensack bei sich trage.

In Guyana ist die Gelbe Wabenkröte (Pipa arrabali) heimisch. Zur Zeit der ersten Missionierung war es üblich, dass die Heilsgeschichte mit kostümierten Wabenkröten auf tragbaren Bühnen nachzuspielen, um den Einheimischen den Glauben auf diese Weise nahezubringen. Bald sonderten sich einige Gläubige ab, schufen große Abbilder der Wabenkröte und wandelten verschiedene Bibelstellen entsprechend ab. So sprachen sie nicht länger vom Weinstock und seinen Reben, sondern von der Pipa und ihren Eierwaben. Da die Kirche ohnehin in vielen Erdteilen gegen Krötengottheiten anzukämpfen hatte, war ihr eine solche Vermischung besonders unangenehm, weshalb man mit grausamer Härte gegen die Pipaisten vorging. Man nahm sie gefangen und folterte sie, indem man ihnen die Zungen herausriss. Das sollte als Verhöhnung der Pipa-Gottheit gelten, die zur Familie der Zungenlosen, der Aglossa, gehört. Diese Grausamkeiten führten, anders als erwartet, nicht zu einer Einschüchterung der Bevölkerung, sondern zu einer Solidarisierung mit den Pipaisten. Die zur Abschreckung auf Straßen und Plätzen ausgestellten Zungen wurden nachts heimlich eingesammelt, zerkleinert und einem ausgewählten Krötenpaar gefüttert, das auf diese Weise die Sprache wiedererlangen und eine neue Lehre verkünden sollte. Die Pipa-Feste waren wegen des kollektiven Leckens an psychotropen Kröten und orgienhaften Ausschweifungen berüchtigt. Die Kirche bat die portugiesische Regierung um Hilfe, die umgehend zur Verstärkung eine Armada sandte, die Küste des Landes abriegelte und im Inneren einzelne Dörfer umzingelte, bis die ausgehungerten Einwohner aufgaben und ihrem Irrglauben abschworen. Über 5000 Wabenkröten sollen in einer Nacht eingefangen und dem Feuer übergeben worden sein. Etwa 150 Jahre später tauchte der Ketzer Bernardo Nunes auf, der sich als neuer Messias feiern ließ und eine Heilslehre verkündete, nach der die christliche Trinität durch die Quaternität von Kröte, Mensch, Heiligem Geist und Mutter Gottes ersetzt werden sollte. Diese Vierfaltigkeit fand Nunes in den vorn vierfach geteilten Zehen der Asterodaktylus Pipa wieder, die er als himmlischen Boten verehrte, da sie als sogenannter Sternfinger Himmel und Erde verbinde und Anteil am Wissen beider Sphären habe. In einem Werk über die Sekte der Asterodaktylen aus dem frühen 19. Jahrhundert beschreibt der Verfasser die Lehre dieser Gemeinschaft mit scharfer Ironie als die Vereinigung »des bestirnten Himmels über mir und der Kröte in mir«. Dass die seit dem Mittelalter in Europa bekannten Sternsinger ursprünglich Sternfinger hießen und drei Kröten waren, nämlich Capensibufo, Melanophryniscus (Schwarzkrötchen) und Bufo bufo (Erdkröte), die ihre Initialen

C, M und B mit ihren Krallen in das Türholz katholischer Häuser schlugen, um deren Bewohner vor den sieben Plagen zu bewahren, ist bislang nicht mit Sicherheit nachzuweisen.

Zu Beginn der Naturforschung hielt man die Kröte offensichtlich in der gesamten Schöpfung für präsent. Sie erscheint als Pflanze (Krötenbins, Krötenblume, oder Toadflax, Leinkraut), als Pilz (Krötenpilz, Toadstool), als Fisch (Crapaud de mer), als Vogel (Crapaud volant) und selbst als Mensch (kleine Kröte).

Die Kröte ist als Bufo faber eins der wenigen Tiere, das Gerätschaft und Werkzeug herstellt. Der Krötenschemel (Toadsiege) ist nur das bekannteste Beispiel. Außerdem finden sich bearbeitete Muscheln, die Krötentröglein genannt werden und den Kröten angeblich als Trinkgefäß dienen, sowie geschickt gefaltete Blätter, couverts de crapaud, die die Kröte zur Aufbewahrung von Nahrung nutzt.

Chlodwig, der drei Kröten in seinem Wappen führte, behielt dies auch nach seiner Bekehrung zum Christentum bei. Vor einer großen Schlacht hatte er jedoch einen Traum, in dem sich die drei Kröten in drei Lilien verwandelten. Er ließ sein Wappen daraufhin entsprechend ändern und gewann die Schlacht. Andere Herrscher folgten seinem Vorbild, weshalb wir dort, wo früher einmal Kröten in Wappen zu sehen waren, heute ausschließlich Lilien vorfinden.

Die Zipfelkröte ahmt in ihrer Färbung den Schatten eines flachen fallenden Blattes im Herbst nach. Sie selbst kann sich angeblich mit dem Wind in die Luft erheben und in den Wolken verschwinden.

Ähnlich wie der etruskische Gott Tinia, der durch seinen Blick die Welt in eine östliche und eine westliche Hälfte teilte, wurde die Kröte durch ihr oft langes unbewegtes Dasitzen und Starren zu einem Wesen, das die Welt strukturiert.

Die Römer meinten sogar, gleich einem Urmeter, Cardo und Decumanus, also die senkrechte und waagerechte Achse der Landvermesser, in dem im Krötenkopf vermuteten Krötenstein gleichsam eingeschlossen vorzufinden.

Die Kröte war damit zugleich, da der Decumanus Maximus immer eine Straße, jeder fünfte Decumanus einen Feldweg bildete, Beschützer der Wege, wobei sich lange Zeit der Aberglaube hielt, eine Kröte könne nicht rückwärtsgehen, das heißt, den Weg, den sie gekommen war, nicht mehr zurückgehen, sondern würde, so sie nicht weiter vorwärtsgehen kann, verharren und eingehen.

So ist die Kröte ein Tier, das kein »Dahinter« kennt, weshalb man sie nur von hinten fangen kann.

Was sich hinter einer Kröte befindet, wurde dem Chaos zugeordnet.

Luther beschreibt die Welt als »hinter kretricks pful« (»der sich hinter dem Krötenrücken befindliche Sündenpfuhl«), und manche Gasthäuser und Schankwirtschaften mit zweifelhaftem Ruf nannten sich »Hinter dem Krötenrücken« oder »Zum Krötenrücken«, ohne zu wissen, was damit gemeint war.

Kommt die Kröte an einen Kreuzweg, so verliert sie durch die Überschneidung mit dem eigenen, beständig auf die Welt projizierten Fadenkreuz die Orientierung und beginnt sich in den Boden einzugraben. Die Römer interpretierten diese Handlung als ein Kennzeichen des Wissens um tieferliegende Wege.

Die geheimen Wege, die die Kröte kannte, waren natürlich die zur Unterwelt, weshalb man Kröten den Platz für den Mundus Cereris festlegen ließ, den Schacht zur Unterwelt, aus dem an Festtagen die Geister der Verstorbenen emporstiegen und der Mittelpunkt jeder römischen Stadt zu sein hatte.

Wahrscheinlich rührt die sprichwörtliche Feindschaft des Zerberus und der Kröte von dem Umstand her, dass die Herrin des Zerberus, Hekate, Beschützerin des Kreuzwegs ist. Es gibt deshalb auch Quellen, die die Bezeichnung Kröte für Geld nicht aus dem Glauben ableiten, sie sei magnetisch, sondern auf den antiken Aberglauben zurückführen, es reiche nicht aus, Charon, der einen über den Styx bringt, eine Münze zu geben, auch Zerberus müsse mit einem Geschenk bedacht werden, am besten mit einer toten Kröte. Im Laufe der Jahrhunderte verschwand die Kröte als Tier, blieb aber als Name für ein Geldstück erhalten.

4

DIE DREI SIEBERT'SCHEN MÄRCHEN[1]

1. Der ersetzte Tod

»Nein wie unfruchtbar und mühsam«, heißt es in einem älteren Kommentar, »ist es, sich dem Tod zu nähern, ihn, der durch uns alle geht, wie Schatten und wie Licht, zu ergreifen, um zu sagen: Hab ich dich! Nun steh' mir Antwort wenigstens, wer du bist, der mir das Leben wagt zu nehmen!«
Es gibt eine Fülle von Legenden, Sagen und Märchen, die sich darum drehen, dem Tod wenigstens diese eine Frage stellen zu dürfen, bevor dieser Hand an den Fragenden legen darf. Eng damit verwandt ist der Mythenkreis, in dem ein Sterbender versucht, den Tod mit sich zu reißen, sich sozusagen ausmalt, der Tod müsse mit ihm sterben, um so in einem Selbstopfer seine Familie, die Stadt, am Ende die ganze Menschheit vor dem Schicksal zu bewahren, das ihn gerade ereilt. Es ist deshalb kein Wunder, dass derjenige, der in einem anderen stellvertretend für Richter, Henker, Exekutierer etc., dem Verurteilten einen letzten Wunsch[2] zuspricht, da-

---

[1] Es handelt sich dabei um drei Märchen aus der Sammlung von Frau Siebert.
[2] Viel gäbe es über diesen letzten Wunsch des zu Tode Verurteilten zu sagen. Er heißt nicht umsonst »Letzte Bitte«, weil diese Bitte den eigentlichen Wunsch, nämlich am Leben zu bleiben, ausschließt. Der Wunsch ist aber generell an einen Ausschluss gekoppelt. Der Ausschluss ist geradezu konstituierend für den Wunsch. Nein, das Wünschen hat nie geholfen. Die wirkliche Aufforderung des Wunsches lautete schon immer: »Verweigere mich. Wünsch mich nicht.« Nur so erlangt man sein Glück. Ich kann also davon ausgehen, dass ich mir

mit dieser noch einmal Herr über sein Leben zu sein glaubt, gleichzeitig, wie in einem symbolischen Mysterienspiel, einen kurzen Aufschub erhält, der einem Sterbenden normalerweise nicht zukommt. Die unbarmherzige Wirkung des Todes besteht nicht zuletzt in der zeitlichen Komponente, die mit ihm einhergeht. Oft dreht sich das Bemühen eines Menschen im Märchen deshalb allein darum, den Zeitpunkt des Todes zu erfahren, da das Wissen um den Zeitpunkt dem Tod vieles von dessen Schrecken nimmt.

So kehrte an einem wolkenverhangenen Abend, von fern hörte man schon das Grollen eines heranziehenden Gewitters, ein mittelloser Wandersgeselle in einen Gasthof ein, um dort nach einer Schlafstelle für die Nacht zu fragen. Er besitze nicht nur keinen roten Heller, sondern habe zudem seinen Sack mit Werkzeug und Gesellenbrief verloren, man müsse ihm also, solle er sich als Gegenleistung für ein Bett und ein Stück Brot nützlich machen, Hammer, Nägel, Säge und was sonst vonnöten sei, zur Verfügung stellen. Dann aber sei er gewillt, eine vortreffliche Arbeit auszuführen. Der Wirt hörte dem Gesellen mit wacher Miene zu, hieß, kaum dass jener geendigt hatte, eine Wurstplatte und einen Krug Wein bringen und sprach, während dieser sich am Dargebotenen gütlich tat, wie folgt:»Ich hätte da schon etwas, was in Ordnung zu bringen ist und was noch kein Meister aus der Gegend zuwege brachte. Sollte es dir gelingen, so magst du unter meinem Dach leben, solange es dir behagt, und dreimal am Tag ein solches Essen vorfinden.« Als der Geselle nun erfahren wollte, um was es sich handele, erzählte ihm der Wirt, dass sich in seinem alten Weinkeller eine Kiste befinde, die er gern vernagelt und mit eisernen Beschlägen versehen haben wolle, geradeso, dass sie niemals wieder zu öffnen sei. »Und dieses Stück soll niemandem aus der Gegend gelungen sein?«, wunderte sich der Geselle im Stillen. »Das müssen ja recht

irgendwann einmal etwas gewünscht habe und diesen Wunsch nun ausbaden muss.

seltsame Menschen sein, die hier leben.« Gleich willigte er ein und ließ sich zu besagtem Keller führen. Der Wirt leuchtete ihm den Weg, verabschiedete ihn aber an der Tür, die er hinter ihm wieder zu verschließen gedachte, nicht ohne ihn darauf hinzuweisen, dass die Kiste erst vernagelt werden dürfe, wenn Mitternacht vorbei sei. »Was ist mit dem Werkzeug?«, wollte der Geselle wissen. »Werkzeug wirst du da unten mehr als genug finden. Das haben all die anderen zurückgelassen, die hier ihr Glück versuchten.«

Als der Geselle, den ein kalter Lufthauch aus dem Kellerloch heraus anwehte, wissen wollte, warum diese denn das zurückgelassen hätten, womit sie sich verdingten, gab der Wirt nach längerem Zögern an, dass keiner von ihnen die Nacht und den Versuch, die Kiste zu vernageln, überlebt habe. Nun war es dem Gesellen gar nicht mehr wohl in seiner Haut. Doch ließ er sich nichts anmerken, sondern wünschte dem Wirt eine gute Nacht.

Nachdem dieser die Tür des Weinkellers von außen verschlossen hatte, sah sich der Geselle im Licht seiner Kerze in dem feuchten Gewölbe um. In der Mitte stand wie beschrieben eine längliche Kiste aus fein geschliffenem Birnenholz, die beinahe so aussah wie ein Sarg. Daneben ein passender Deckel und ringsherum verstreut Nägel, Beschläge in allen Größen sowie Sägen, Hämmer und Beitel. Der Geselle fing an, die für ihn passenden Werkzeuge herauszusuchen, legte den Deckel vorsorglich auf die leere Kiste und setzte sich darauf, um abzuwarten, dass es von der Kirchturmuhr her Mitternacht schlagen würde. Er war etwas eingenickt, als er von einem Rucken geweckt wurde, das durch die Kiste zu gehen schien. Gerade noch hörte er den letzten Schlag der Glocken, als der Deckel sich zusammen mit ihm darauf zur Seite schob. Der Geselle erschrak, griff sich dann aber beherzt den bereitgelegten Hammer, schob den Deckel zurück auf die Kiste und fing an, sie festzunageln. Kaum jedoch hatte er den ersten Nagel zur Hälfte im Holz versenkt, da sprang ihm dieser wieder entgegen. Er ließ sich nicht entmutigen und versuchte es ein zweites und ein drittes Mal, je-

doch ohne Erfolg. Schließlich nahm er den Deckel ab und sah nach, wer mit solch großer Kraft seine Arbeit zu verhindern trachtete. In der Kiste lag ein hagerer Mann, dessen Augen in tiefschwarzen Löchern im Kopf saßen.
»Verzeiht«, sagte der Geselle, »ich habe Sie nicht bemerkt. Wäre es Ihnen vielleicht möglich, sich einen anderen Schlafplatz zu suchen? Ich habe nämlich den Auftrag, diese Kiste für immer zu verschließen.« Der Alte schüttelte sich vor Lachen.
»Was glaubst du eigentlich, wer du bist?«, fuhr er den Gesellen an, nachdem er sich etwas gefasst hatte. »Und vor allem, was glaubst du, wer ich bin?«
»Ich weiß es nicht«, antwortete dieser. »Aber wer Ihr auch seid, Ihr müsst die Kiste verlassen, denn ich werde meinen Auftrag erfüllen, komme, was wolle.«
»Komme, was wolle? Du bist dreist, Bürschchen. Achte auf deine Worte, schließlich sprichst du mit dem Tod.«
»Wenn Ihr der Tod seid, so weiß ich nicht, warum Ihr Euch hier in eine Kiste legt. Habt Ihr nicht genug zu tun?«
Der Tod richtete sich halb auf. »Was erlaubst du dir? Wie und wann ich meine Arbeit verrichte, ist allein meine Angelegenheit. Und wenn du mich bei der Arbeit sehen willst, so werde ich dir sogleich eine Kostprobe geben. Ich glaube nur, dass sie dir nicht viel Freude bereiten wird.«
»Wenn Ihr die Kiste nicht verlassen wollt, so muss ich sie mit Euch darin vernageln«, sagte der Geselle.
»Das haben schon andere vor dir versucht«, sagte der Tod mit fast sanfter Stimme, »und schlecht ist es ihnen bekommen. Warum meinst du wohl, hat dich der Wirt hierhergeschickt? Auch er träumt davon, unsterblich zu sein und den Tod zu besiegen.«
»So bitte ich Euch ein letztes Mal, hinauszutreten und mich nicht länger bei meiner Arbeit aufzuhalten«, wiederholte der Geselle ungerührt und bückte sich nach seinem Werkzeug.
»Ich werde hinaustreten, aber nur, um dein Lebenslicht auszublasen, Elender.« Der Tod richtete sich langsam und schwerfällig auf und stieg aus dem Sarg. Kaum kam er jedoch neben dem Gesellen

zu stehen, da packte dieser den Deckel, legte sich selbst in die Truhe und begann mit einigen Winkeln, Haken und Ösen den Deckel von innen an der Kiste zu befestigen. Der Tod stemmte sich wohl von außen dagegen, zog und schob, doch gelang es ihm nicht mehr, den Deckel auch nur um ein Haar zu bewegen. Da stieß er einen langen Schrei aus, denn seine Kraft begann zu schwinden.

»Warum holt Ihr mich nicht, Gevatter?«, rief der Geselle aus der Kiste.

Ein Beben ging durch den Tod. Er sank zu Boden. »Ich kann nicht«, hauchte er mit ersterbender Stimme. »Ich vermag dem Menschen nur den Tod zu bringen, indem ich seinen Platz einnehme. Nimmt aber ein Mensch meinen Platz ein, so ist es um mich geschehen. Über Jahrtausende haben die Menschen versucht, mich zu besiegen, indem sie mich zu verjagen, verscheuchen, bekämpfen oder bestechen suchten. Sie wollten mich einnageln in einer Kiste und starben vor Angst, wenn sie mir begegneten. Meine Kraft aber besteht allein darin, den Menschen von seinem Ort zu vertreiben. Nie aber kam auch nur einer auf den Gedanken, sich an den Platz des Todes zu begeben, aus Angst, dort zu sterben. Nimmt jedoch ein Mensch meinen Platz ein, so muss ich leben, und weil ich lebe, bin ich sterblich.« Damit sank er vollends zu Boden.

»Der Tod ist immer eine Gleichzeitigkeit«,[3] hörte ihn der Gesel-

---

[3] Er ist insofern eine Gleichzeitigkeit, als der Tod erlitten, das heißt gestorben, und gesehen, das heißt festgestellt werden muss. Er ist weiterhin eine Gleichzeitigkeit, als der Tod »eintritt«, das heißt er betritt etwas anderes, nämlich das Leben. Er ist darüber hinaus eine Gleichzeitigkeit, weil er als Vorstellung des Todes unser Leben begleitet und bestimmt. Die Gleichzeitigkeit des Todes zeigt sich im Bild des tanzenden Todes. Der tanzende Tod ist die Bewegung, die zum Stillstand führt. Tanzt der Tod, weil der Mensch nicht mehr tanzen kann im Sterben? Wir begegnen manchmal in unseren Träumen jemandem, der tot ist, von dem wir aber nur wissen, dass er tot ist, weil er sich wie ein Lebender verhält. Ist die Gleichzeitigkeit nicht auch die Gleichzeitigkeit unseres eigenen Lebens, unserer Anwesenheit, die Voraussetzung für den Tod ist? Muss das Kind nicht erst lernen, dass Menschen, die gerade nicht anwesend sind, deshalb nicht unbedingt tot sind? Und muss es danach

le noch hauchen, doch verstand er nicht, was er damit meinte. Als der Wirt am nächsten Morgen die Kellertür aufschloss, zuerst seine beiden Hunde hinunterließ und, als diese freudig kläfften, selbst hinabstieg, fand er die Kiste tatsächlich verschlossen vor. Er zog und zerrte am Deckel, vermochte ihn jedoch nicht zu bewegen. Sonderbarerweise fanden sich weder eingeschlagene Nägel noch Beschläge an dem Sarg. Auch blieb der Geselle verschwunden, obgleich er sich seine Belohnung redlich verdient hätte.[4]

nicht wieder lernen, dass Menschen, die gerade nicht anwesend sind, dennoch tot sein können? Auch das ist die Gleichzeitigkeit des Todes, seine beständige Anwesenheit in der Abwesenheit des anderen.

[4] In einer anderen Fassung des Märchens sieht der Wirt den toten Tod und hört den Gesellen aus dem Sarg um Hilfe rufen. Er stemmt daraufhin den Deckel auf, um den Gesellen zu befreien, muss jedoch erkennen, dass dieser inzwischen die Stelle des Todes angenommen hat und nun dessen Arbeit erledigt, deren erstes Opfer er selbst wird. Denn der Tod kann nur in seiner Personifikation überlistet und überwunden werden, nicht jedoch als Erscheinung.

2. Das Rätsel

Das Rätsel aber existiert nur ein einziges Mal,[1] während alle anderen Rätsel dazu dienen, es zu verschleiern.[2] Das Rätselhafte des einen Rätsels ist jedoch nicht seine Lösung, sondern die Suche nach ihm. Wir suchen in dem einen Rätsel die eine bestimmende Frage unseres Lebens. Das Rätselhafte dieses Rätsels ist aber, dass diese Frage keine Antwort besitzt, sondern Frage bleibt.

[1] Es ist fraglich, ob das Rätsel nur ein einziges Mal existiert. Vielleicht existiert das eine Rätsel nur für eine bestimmte Epoche und erfüllt in dieser Zeit durchaus seinen Zweck als »einziges Rätsel«. Die Lösung des einzigen Rätsels lässt es jedoch zu einem beliebigen Rätsel, einem von vielen, werden. Dadurch findet ein Paradigmenwechsel statt, der ein neues Rätsel fordert und erschafft. Die Griechen befreiten sich vom ägyptischen Ra durch den Sturz der Sphinx, auch wenn ihnen klar war, dass nun wiederum sie ihren Helden zu opfern hatten, den Klumpfuß, der vielleicht sogar aus den Reihen der Rätselsteller selbst kam. Alexander ging erst gar nicht auf die Rätselstellung ein, er löste den Knoten nicht, sondern hieb ihn mittendurch, obgleich Aristoteles-Schüler, der im Grunde eine Frage an die andere gereiht hatte. Es ging Alexander darum, den Osten zu beherrschen, nicht das Rätsel zu lösen. Um zu herrschen, darf man die Fragestellung nicht annehmen, geschweige denn versuchen, einen Antwort zu finden. Obwohl Alexander dieses Rätsel umging, holte ihn der Eselsfuß ein, den viele Rätsel haben. Das Gift, mit dem man dem König den Garaus machte, war eiskaltes Wasser aus dem Felsen Nonakris, das sich nur in einem Eselhuf sammeln und aufbewahren lässt, weil es alle anderen Gefäße zerfrisst. Tatsächlich scheinen Alexander im Alter Trunksucht und Paranoia eingeholt zu haben, denn er fing an, auf Vorzeichen zu achten, die seinen Untergang andeuten sollten. Die wahre Symbolik seines Lebens zeigt sich jedoch in der Dopplung von Handlungen und Ereignissen. So kommt etwa der Schatten zweimal bei Alexander vor. Als Junge zähmt Alexander das Pferd Bukephalos, weil er erkennt, dass es vor seinem eigenen Schatten erschrickt und er es nur gegen die Sonne drehen muss. Später in seinem Leben begegnet Alexander Diogenes, auf den nun er einen Schatten wirft. Diogenes erschrickt jedoch nicht und bittet Alexander lediglich, ihm aus der Sonne zu gehen. In einem besonders engen Verhältnis stehen Alexanders Geburt und Tod. Alexanders Mutter, Olympias, war eine Bacchantin, die bekannt dafür war, bei den Umzügen zu Ehren des Dionysos Schlangen bei sich zu tragen. Nach

ihrer Vermählung mit Philipp, sah dieser durch einen Türspalt, wie eine große Schlange bei seiner Frau lag. Seit diesem Zeitpunkt verschmähte er seine Frau. Außerdem verlor er das Auge, mit dem er die beiden beobachtet hatte. Alexander aber wurde durch ein merkwürdiges Ereignis auf seinen nahenden Tod hingewiesen. Eines Morgens trafen Bedienstete einen Gefangenen in Alexanders Kleidern auf dem Königsthron an. Als man ihn fragte, wer er sei, gab er zur Antwort, sein Name laute Dionysus und er sei auf göttlichen Befehl aus dem Kerker befreit und hierhergeschickt worden. Die Lebenszeit des Helden ist von den Göttern nur entliehen. Die Götter schaffen den Helden und vernichten ihn. Die Rätsel nahmen in Alexanders Leben, nachdem er sich dem Rätsel des Gordischen Knotens nicht gestellt hatte, immer weiter zu. Rätsel lassen sich nur erfahren, nicht umgehen. So ging es auch Ödipus, der zwar darauf kam, dass der Mensch die Antwort auf das Rätsel der Sphinx war, nicht aber, was sein eigenes Menschsein bedeutete. So geht mit dem Rätsel auch immer die Frage einher: Was fange ich mit der Lösung an? Das einmal abgelegte oder gelöste psychische Problem zum Beispiel, das mich Jahrzehnte beschäftigte, erscheint mir nun, da ich die Antwort weiß, banal. Doch türmen sich nicht schon wieder neue Rätsel auf, die sich aus der Antwort ergeben? Und ist die Verlockung nicht groß, all diesen Rätseln mit der immer gleichen Antwort begegnen zu wollen? Dann aber halte ich lediglich an demselben Problem fest, perpetuiere es im gelösten Zustand und trage es als Kennzeichen mit mir herum, eben weil es mein Kennzeichen schon immer war und auch bleiben muss. Deshalb spüren wir zusammen mit der Erleichterung eine tiefe Unzufriedenheit, wenn wir uns von einer Krankheit oder einem Schicksalsschlag erholen. Wir spüren, dass in der Lösung nicht nur die Erleichterung zu finden ist, sondern auch die Infragestellung unserer bisherigen und zukünftigen Existenz. Und wer könnte das schon ertragen?

2 Ein positiver Ansatz bestünde darin, sich die Haltung Lessings den Religionen gegenüber zu eigen zu machen und die vielen Rätsel als eine Entwicklung zum einen Rätsel hin zu verstehen. Die vielen Rätsel hätten dann Anteil an dem einen Rätsel. In ihrem Erraten-Werden geben sie ihr wirkliches Geheimnis preis, dass sie nicht das eine Rätsel sind, sondern nur eins von vielen beliebigen Rätseln. Das Erraten würde zum Erratum, die Lösung wäre die neue Aufgabe. Für das eine Rätsel stellt sich die Frage der Lösung nicht mehr, im Gegenteil, die Lösung gerät in den Hintergrund, während das Rätsel als solches an Bedeutung gewinnt. Dies wird deutlich am Beispiel der Turandot, deren drei Fragen in ihrer Anzahl willkürlich gewählt sind, da sie, als Kalaf ihre Rätsel löst, noch weitere Rätsel stellen will und allein von ihrem Vater daran gehindert wird. Turandot stellt zwar wichtige Fragen, Fragen,

die zur Orientierung in Raum und Zeit nützlich sind, denn zu wissen, was Sonne, Meer und das Jahr sind, ist von immenser Wichtigkeit, doch sind es nicht Fragen der Existenz, sondern Fragen einer entstehenden Wissenschaft, die logischerweise kein Ende finden, sondern immer wieder neu entstehen, denn die Wissenschaft hat die Suche nach der grundlegenden Sinnfrage durch einen beständigen Wissensfortschritt ersetzt, die Wahrheit durch die Wahrheitssuche. Kalaf stellt Turandot aber genau diese eine existenzielle Frage, so wie der Dichter oder Philosoph die eine Sinnfrage an die Wissenschaft stellt, nämlich die Frage nach der eigenen Bedeutung, die Frage nach dem eigenen Namen. Kalaf fragt nicht, was er ist, sondern, wer er ist. Mit dieser Frage stellt er zugleich eine Frage nach der Prinzessin, nämlich nach ihrer Haltung ihm gegenüber. Wie in einem wissenschaftlichen Ausleseverfahren ließ die Prinzessin alle Freier, die ihre Fragen nicht beantworten konnten, hinrichten. Sie schob die Rätsel vor ihre Person. Eine scheinbar objektive Versuchsanordnung ermöglichte es ihr, einer eigenen Stellungnahme auszuweichen, als diene Wissenschaft generell dem Fortschritt, gleichgültig ob man das natürliche Verhalten von Menschen beobachtet oder ihnen Kalklösungen in die Arterien spritzt, um zu sehen, wie sie darauf reagieren. Die Frage des Philosophen zielt nicht auf die Welt als ein Drittes, das man befragt, sondern auf sich selbst: Welches ist der Name des Prinzen, der nach tausendfacher Mühsal und nachdem er sein Brot erbettelte, in diesem Augenblick von Freude und Ruhm übermannt dasteht? Diese Frage ist geschickt gestellt, denn in ihr verbirgt sich eine Pointe, welche die Wissenschaft oft übersieht. Das Rätsel selbst enthält die Schilderung dessen, der es zu lösen sucht, der sich sein Brot erbettelt und tausendfache Mühsal auf sich nimmt. Darauf versteht die Wissenschaft natürlich nicht zu antworten. Turandot bittet sich eine Bedenkzeit aus. Sie spielt auf Zeit. Der Frage nach dem anderen kann man sich nur annähern, wenn man im Inneren berührt ist, sei es durch eine metaphysische Begierde oder eine irdische Liebe. So erfährt die in Kalaf verliebte Sklavin den Namen des Prinzen. Weil sie aber liebt, hält sie den Namen fälschlicherweise für etwas rein Äußerliches. Sie verrät den Namen an Turandot in der Hoffnung, dass die Wissenschaft das Rätsel lösen und sich mit dieser Lösung vom Rätsel lösen möge, damit der Prinz ganz ihr gehört. Doch diese Rechnung geht nicht auf. Die rein metaphysische Spekulation, die glaubt, das Leben vernachlässigen zu können, muss in ihrer Erkenntnis scheitern. Das Metaphysische, wenn überhaupt, findet sich allein in der Realität, als Reales, das es übersteigt. Das auch liegt in der Frage nach dem Namen. Die Wissenschaft bedient sich der Erkenntnisse der Philosophie. Turandot plappert den Namen, den ihr die Sklavin verriet, ohne Sinn und Verstand nach. Scheinbar scheint sie damit das Rätsel gelöst zu haben. Doch sie zieht nicht in Betracht, dass der Beobachter das Beobachtete beeinflusst, dass derjenige, der das Rätsel löst, es durch seine Lösung verändert. »O schöne Prinzessin, du bist im Irrtum, wenn du glaubst, meine Frage richtig beantwortet zu haben; der Sohn des Timurtasch ist nicht von Freude und Ruhm übermannt; er ist vielmehr mit Schmach bedeckt und vom Schmerz bedrückt.« Der Prinz argumentiert streng hegelianisch. Bei Hegel liest sich das folgendermaßen: »Auf die Frage: was ist das Jetzt? antworten wir also zum Beispiel: das Jetzt ist die Nacht. Um die Wahrheit dieser sinnlichen Gewißheit zu prüfen, ist ein einfacher Versuch hinreichend. Wir schreiben diese Wahrheit auf; eine Wahrheit kann durch Aufschreiben nicht verlieren; ebensowenig dadurch, daß wir sie aufbewahren. Sehen wir jetzt, diesen Mittag, die aufgeschriebene Wahrheit wieder an, so werden wir sagen müßen, daß sie schal geworden ist. Das Jetzt, welches Nacht ist, wird aufbewahrt, d. h. es wird behandelt als das, für was es ausgegeben wird, als ein Seiendes; es erweist sich aber vielmehr als ein Nichtseiendes.« Und das ist die tatsächliche Frage der Philosophie an die Wissenschaft: Wie kann ich zu allgemeinen Aussagen gelangen, wenn diese Aussagen das, nachdem ich frage, verändern? Die Bedenkzeit der Prinzessin verunmöglicht die Antwort. Eine Frage fordert die sofortige Antwort, denn auch die dazwischengeschobene Zeit verändert die Frage, sodass die verspätete Antwort nicht mehr die wirkliche Fragestellung des Rätsels trifft. Sie erfüllt sich nur noch äußerlich, jedoch ohne Wirkung. Das können wir in unserem Leben immer wieder sehen, wenn sich ein Rätsel nach Jahren löst und mit seiner Lösung Enttäuschung einhergeht, weil der entscheidende Moment, in dem existenzielle und funktionale Bedeutung zusammenfielen, versäumt wurde. Hegel verdankt dem Märchen sehr viel. »Das Hier ist z. B. der Baum. Ich wende mich um, so ist diese Wahrheit verschwunden und hat sich in die entgegengesetzte verkehrt: Das Hier ist nicht ein Baum, sondern vielmehr ein Haus. Das Hier selbst verschwindet nicht; sondern es ist bleibend im Verschwinden des Hauses, Baumes usf. und gleichgültig, Haus, Baum zu sein.« Das erinnert an das Märchen von dem Mädchen ohne Hände. In diesem Märchen glaubt der Vater, das Dort, nämlich das, was hinter seinem Haus steht, sei der Apfelbaum, wo es hingegen seine Tochter ist, weshalb er sie dem Teufel verspricht. »Das Dieses zeigt sich also wieder als vermittelte Einfachheit oder als Allgemeinheit.« In der Allgemeinheit des Dort treffen sich Köhler und Teufel, der Teufel steckt also nicht im Detail, sondern vielmehr in der Allgemeinheit, weil sich in ihr scheinbar folgenlos Rätsel beantworten und Seelen verkaufen lassen. Doch diese so erwirtschafteten Wahrheiten erweisen sich nicht nur als schal, mehr noch, diese Allgemeinheiten erhalten sich allein als Negatives: Die Wahrheiten über den Menschen, den Mann, die Frau, den Patienten, den Dichter, den Arzt, erhalten sich nur dadurch, dass sie nicht ich sind, nicht Marga, nicht Professor Siebert. Mir selbst geht es mit jeder dieser allgemeinen Wahrheiten an den Kragen, mich holte der Teufel, und er soll mich auch holen, denn das Allgemeine kann sich nur dadurch bestimmen, dass ich nicht bin. Und deshalb sind wir von einer tiefen Wehmut geplagt und möchten uns dem Allgemeinen anschließen und in der Masse aufgehen, um uns doch noch zu retten und nun selbst das Leben zu negieren. Ein Volk als Allgemeines besitzt immer Raum, da es durch die Verdrängung des Individuums entstand. Die Idee eines Volkes ohne Raum zeigt daher schon das, was es negieren wird, um sich zu erhalten, nämlich das jeweils andere Volk und den Raum dieses Volkes. Das Gefühl der Raumlosigkeit aber ist ein individuelles und so wird sich das Individuum immer die allgemeine Idee zu seiner Verwirklichung suchen, obgleich es sich dadurch selbst vernichtet. Aus diesem Grund ist das vorläufige Ende der Turandot-Geschichte zwangsläufig unbefriedigend. Die Prinzessin geht nicht weiter auf den Hinweis Kalafs bezüglich der Fragwürdigkeit der sinnlichen Gewissheit ein, sondern tut ihn als »spitzfindig« ab, ein beliebter Vorwurf der Wissenschaft gegenüber der Philosophie. Dennoch ist sie nun bereit, sich zu vermählen, wenn auch aus eher fragwürdigen Gründen. Der tatsächliche Schluss der Geschichte entwickelt sich erst, als die Sklavin Adelmulk, die den Namen Kalafs herausgefunden und an Turandot weitergegeben hatte, erscheint und sich mit zwei Messerstichen in die Brust vor den Augen aller umbringt. »Ich befreie mich durch den Tod von einer doppelten Sklaverei; ich verlasse die Ketten Altun Khans und die der Liebe, die noch schwerer sind.« Erst durch den Tod der Sklavin, die daran stirbt, dass sie den Namen, den sie nur durch ihre Liebe erfahren konnte, weitergab, quasi an die Wissenschaft verriet, kann Turandot die Bedeutung des Anderen, des Besonderen und Individuellen, empfinden. So muss der Vermählung das Begräbnis, das deshalb auch in seiner ganzen Ausführlichkeit beschrieben wird, vorausgehen. Die Sklavin wird als Tote zur Doppelgängerin Turandots erhoben. Sie wird zur aufgebahrten Prinzessin, vor der sich alle täglich verneigen müssen. Und mit einem Mal füllen sich die Rätsel Turandots mit Sinn. Nun versteht sie, was die Sonne ist, die auf die Tote scheint, obwohl diese sie nicht mehr sehen kann, das Wasser, mit dem der Sarg besprengt wird, die Erde, die den Leichnam schließlich aufnimmt. Und erst mit diesem Wissen, dem Wissen um den Tod, kann Turandot das Rätsel Kalafs tatsächlich lösen und nicht nur eine Antwort nachplappern und ihren Vater als Grund für ihre Einwilligung zur Ehe vorschieben. Jetzt erst kann sie lieben.

3. DER AFFENKÖNIG

Der König aber war kein wirklicher Mensch, sondern ein Affe.[1] Da er jedoch ein Affe war, besaß er einen Schwanz, an dem erkannt zu werden er beständig fürchtete. Als er sich vermählte, geschah dies, weil Volk und Hofstaat gleichermaßen der Meinung waren, dass zu einem König eine Königin gehöre.[2] Der König fügte sich diesem Willen und ließ seine Minister eine geeignete heiratsfähi-

[1] Jede Legende, jedes Märchen, scheint nur an den vergessenen Ursprung zu erinnern, so als stünde es vor einer Tür und redete gegen sie an, erzählte gegen sie, um sie zu öffnen, um in einem Redeschwall sich durch die Fugen zu drängen, hinein in den eigenen vergessenen und verdrängten Anfang, in das, was unser Sehnen und Denken bestimmt. Die Struktur des Märchens ist nur eine scheinbare, sie besitzt die gleiche Präsenz wie der Tagesablauf hier in der Villa, mit den kleinen Wegen zwischen Labor, Haus und Garten, mit den scheinbar immer gleichen Begegnungen. Unser Unglück ist es, dass wir in uns die ursprüngliche Struktur verspüren und sie dennoch nicht zum Ausdruck bringen können. Ich stehe im Garten auf den Rechen gelehnt und betrachte die Fußspuren im Kies. Der Wind weht die Treppe zum Labor hinunter. Das Dienstmädchen steht hinter einem der Fenster, Frau Siebert liegt im Bett. Die Krötenkinder sind zum Hügel aufgebrochen, weil sie nach etwas suchen, das mir in der Nacht unserer gemeinsamen Wanderung aus der Tasche fiel.

[2] In der Historie der Stadt, so wie ich sie in groben Zügen den Notizen des Professors entnommen habe, gab es angeblich nie einen wirklichen Herrscher. Nachdem der Städtegründer durch seinen Tod der Stadt das Leben geschenkt hatte, blieb die Stelle eines Herrschers im übertragenen Sinne sowie der Thronsaal im konkreten, vakant. Man wählte Stellvertreter, die die Amtsgeschäfte zu führen hatten, achtete jedoch peinlich genau darauf, dass keinerlei persönliche Dokumente dieser Stellvertreter zurückblieben. Verbunden mit dieser Gesichtslosigkeit ihrer Amtsinhaber, nährte sich im Volk die Hoffnung auf eine Wiederkunft des Gründers, der die Stadt aus ihrem grauen Dahingeworfensein befreien und ihr zu einer

ge Frau aussuchen.³ Dabei wusste er doch zu jeder Minute, dass er sich seiner Frau nie in seiner wahren Gestalt würde zeigen können, obgleich er ihr dies in der Trauungsformel schwören würde.⁴ Kaum neuen Vormachtstellung in der Welt verhelfen würde, dieser Welt, von der man innerhalb der Stadt so wenig ahnte, dass man die Verbindung mit ihr gleichzeitig fürchtete und doch in einer verzweifelten Todessehnsucht herbeisehnte. Obwohl ich mich kaum erinnerte, nur hier und da von Ahnungen heimgesucht wurde und oft gänzlich vergaß, in welcher Zeit ich mich befand, ließ mich der Gedanke nicht los, das Eisenbahnunglück, sowie andere wichtige Ereignisse, in den Annalen der Stadt wiederzufinden. Fragte ich den Professor danach, so meinte er, dass ich höchstwahrscheinlich aus einer anderen Stadt stamme, vielleicht aber nur eine Erzählung aus den Tagen meiner Kindheit erinnere, die keine Entsprechung in der Realität hätte. Aber der Friedhof und das Nahrthalerfeld, wollte ich einwenden, doch er wandte sich nur kopfschüttelnd ab und ließ mich den Rest des Weges zur Stadt allein weitergehen. Dort verirrte ich mich immer wieder in denselben Straßen auf der Suche nach Orten, die ich wiederzuerkennen hoffte. Die Bibliotheken hatten geschlossen, und durch die fast tauben Scheiben konnte ich erkennen, dass die hohen Regale mit Planen verhangen waren und Gerüste herumstanden, als renoviere man gerade, obwohl keine Arbeiter zu sehen waren.

3 Was war das: eine »geeignete Frau«? Nächtelang, wenn es vom Hügel her zwischen den Pinien hindurch grünlich leuchtete und ich nicht schlafen konnte, dachte ich darüber nach. War es Marga, die Abwesende, die ich dennoch bei mir spürte, weil mich der Gedanke nicht losließ, dass nur sie meine Erinnerung mit mir teilte, dass nur sie die Dinge kannte, die immer wieder in mir auftauchten, unklar und schemenhaft, sodass ich sie nicht benennen, ergreifen oder festhalten konnte, sondern in einem beständigen Gefühl des »Davor« verblieb, kurz vor dem Erinnern, dem Wissen, dem Erkennen? Wäre sie nicht die »geeignete Frau«, die mein Leben in seine Bahn zurückbringen könnte, durch die Gemeinsamkeit unserer Vergangenheit? Oder waren wir aus gutem Grund getrennt und voneinander entfernt, weil ich die Gemeinsamkeit unserer Erinnerungen nicht würde bewältigen können? Weil meine Unfähigkeit, mich zu erinnern, auf nichts anderes verwies als auf das eine Bild, vor dem ich verharrte, ohne es je zu durchdringen? Das eine ewige Symbol. Symbol, weil sich nie etwas anderes zeigen wird als ihr Name, ihre erinnerte Gestalt, und es doch in dem »Davor« meines Fühlens und Erinnerns gleichzeitig die Gewissheit gibt, dass es eben nicht um dieses Bild geht, sondern um etwas

anderes, nicht um den Blick auf die Straße, nicht um die Eisenbahn und das Bluttuch, nicht um den Abfangjäger auf dem Nahrthalerfeld und das Privatmuseum in der Dolmenstraße, sondern um etwas, das in seinem Grauen unendlich und allgegenwärtig ist, weshalb es nicht nur in meinen Träumen, sondern auch in den Namen für Fertigsuppen und Kaltschalen auftauchte, die hinaus in die Welt exportiert wurden, diese Welt, die auch mir mittlerweile, ähnlich wie den Bewohnern der Stadt, mehr als fern geworden war und die ich mit den Orten verband, an denen ich Marga vermutete. Und wenn Marga doch nicht in dieser Welt da draußen war, sondern ganz in der Nähe, hier in der Stadt? Oder sollte ich sie vergessen und eine andere »geeignete Frau« suchen? Das Dienstmädchen zum Beispiel, mit dem ich die Gänge und Schritte und Wege zum Labor des Professors jeden Morgen in der Frühe gemeinsam ging? Mit dem ich die neue Erfahrung der Nicht-Erinnerung teilte, die Jahreszeiten und das Wetter, den Geruch des Kieswegs am Abend und die Kittel, die wir aus der Tonne zogen. Lag nicht in unserem Zusammengeworfensein eine eigene Kraft? Oder Frau Siebert mit ihrem unendlichen Leid? Oder die junge Frau, die ich bei meinem ersten Ausgang in die Stadt gesehen und für Marga gehalten hatte?

4 Wir suchen alle nach einer Formel, und doch gelingt es uns meist nicht, selbst wenn wir sie gefunden haben, uns nach ihr zu richten. Die Formel ist eine Fiktion wie es eine Fiktion ist, das Symbol zu entschlüsseln oder das Leben dem Tod zu entreißen. Und doch versuchen wir genau das immer wieder aufs Neue. Immer und immer wieder. Warum fasziniert uns dieses pythagoräische, Einstein'sche, Heisenberg'sche Gesumme, das den Kosmos wie eine frohe Botschaft durchdringt? Ist die Formel wie ein Netz? Und stehen wir selbst gebannt und warten, dass sich die Maschen dieses Netzes immer enger um uns ziehen? Und was sind wir bereit, für diese Formel aufzugeben? Ich führte ein privilegiertes Leben, hier draußen in der Siebert'schen Villa, fern von der Stadt, die sich von hier viel leichter bedenken und analysieren ließe. Doch wie schnell waren die Kalksteinfelsen mit den Pinien auf dem Hügel gesprengt, die Bucht trockengelegt und zwei Straßen zu einem neuen Ausflugslokal gebaut, mit Blick auf die abendlich beleuchtete Villa, in der wir uns nur noch hinter zugezogenen Gardinen oder in den unterirdischen Geheimgängen des Professors zu bewegen wagten, die dieser dann endlich würde preisgeben müssen, genau wie seine Frau das Eingeständnis um die Besonderheit ihrer Kinder, die den vorbeidefilierenden Touristen nicht entgehen würde. Im Gegenteil, die Ämter würden versuchen, sich ihrer anzunehmen. Das traute Familienleben hätte ein Ende, und es hätte auch ein Ende mit mir, der ich mich noch einmal vergeblich auf dem Hügel zu opfern versuchen würde. Doch für wen? Für ein paar

Pilger, einige Religionstouristen, die nichts, aber auch gar nichts von dem tiefen Gefühl verstanden, das mich immer wieder überkam. Sie würden Heiligenbildchen erstehen und an der Stelle, wo mich die Lanze des Professors durchbohrte, die Inschrift einer schwarzen Marmorplatte studieren, schließlich eine kleine Replika der Kalksteinbucht mit den Pinien erwerben und wieder in ihren Bus steigen. Und dies alles hundertmal pro Tag. Die Zufahrtswege müssten vergrößert werden, mehrspurige Straßen führten direkt an der abgelegenen Villa vorbei. Ich hätte mit meiner Verzweiflungstat genau das Gegenteil erreicht. Und es waren diese Gedanken, die mich bei meinem letzten samstäglichen Ausgang vor einem Lieferwagen erschrecken ließen, der in der Nähe der Villa parkte. Ich hatte das Gefühl, etwas verhindern zu müssen, etwas, das sich vor meinem inneren Auge in Sekundenschnelle als Anschluss der Villa an die Stadt, Verlust der Abgeschiedenheit, Verhöhnung meiner Bestimmung, auch wenn ich meine wirkliche Bestimmung noch nicht gefunden hatte, zeigte. Ich drückte mich etwas seitlich gegen eine Reihe kleiner aufgeschütteter Sandhügel, die mir zuvor nie richtig aufgefallen waren. Konnte es sein, dass man mit den Arbeiten schon angefangen hatte? Dass man Schächte aushob für Leitungen und Rohre? Und noch etwas anderes kam mir in den Sinn: Hatte ich durch mein ungeplantes Erscheinen auf dem Siebert'schen Grund eine sich auf Ämter, Firmen und Spekulanten ausweitende Aufmerksamkeit erweckt, für die ich als Pionier, gedächtnislos wie die meisten Pioniere, in das bislang geschützte Gebiet der Sieberts vorgedrungen war, das sie nun in Besitz nahmen? Konnte es nicht sein, dass wir in allem, was wir sehen, entdecken, denken und sagen, in jeder Idee, Erfindung und Veränderung, sei sie auch noch so klein, immer gleichzeitig neue Möglichkeiten für alle anderen Menschen eröffnen, die diese dann, gemäß ihren eigenen Interessen und Anlagen, ausnutzen? Fand sich darin nicht der Widerspruch jedes Denkens, Suchens und Forschens? Zwar konnte man Wege aufweisen, nicht jedoch kontrollieren, auf welche Weise andere diese Wege begingen. Wenn aber jede Entdeckung, sei es nun die einer Tierart, eines Wortes oder eines Gefühls, immer auch die Möglichkeit der Vernichtung des Entdeckten, der Ausbeutung, Aneignung und Pervertierung, kurz der schutzlosen Preisgabe beinhaltet, wie sollte man überhaupt weiterdenken, weitersuchen, weiterforschen oder schlichtweg weiterleben? Das wirklich Furchtbare am Furchtbaren, das unüberwindbar Grausame am Grausamen, das alles besiegende Schreckliche am Schrecklichen war nicht allein, dass es einmal geschehen war oder noch geschieht, sondern dass es die Möglichkeit seiner Existenz in die Welt setzt. Und diese Möglichkeit begann bereits mit dem nachlässigen oder unschuldigen Hühnerknochenwurf des Städtegründers. Wahrscheinlich hätte er Gewand und Maske abgelegt, würde sie mit einem Aufschrei des Entsetzens das gemeinsame Gemach verlassen und allen von der wahren Gestalt des Königs berichten.[5] Obgleich er sich nie

begann sie noch früher, bevor er noch das erste Schiff ausrüstete und bestieg. Vielleicht begann sie noch vor seinem Wunsch, die Meere zu durchqueren und andere Kontinente zu entdecken. Sie begann mit einer unschuldigen Träumerei an einem Winternachmittag, mit Blick auf eine schmale eingeschneite Gasse, so wie ein Mord oder die Vernichtung eines Volkes mit einem Kuss beginnt, mit einem Handschlag, mit einem Gang von der Villa zur Stadt und wieder zurück. Ich liege in einem Zimmer neben dem Bett auf dem Boden und schreibe Sätze, die mir einfallen, in eine Kladde, und denke an die Frau, die ich zufällig traf und nicht mehr wiederfand, und an Marga. Und ich verliere das Heft, wie ich die Erinnerung verloren habe, und doch bleiben die Sätze, auch wenn sie niemand liest, weil eine Angestellte das Heft in den Müll geworfen hat. Doch die Sätze verändern die Welt, und vielleicht verändert sich Marga jedes Mal, wenn ich an sie denke. Vielleicht halte ich sie irgendwo gefangen, weil ich mich an sie erinnere. Und war meine Erinnerungslosigkeit vielleicht nichts anderes als der Versuch, diesem ewigen Dilemma zu entkommen? Nichts mehr zu wissen, um nicht mehr schuldig zu werden? Aber es gibt keinen Ausweg aus diesem Dilemma. Indem ich zur Villa kam, habe ich die

Straßen und Ausflugslokale mitgebaut. Ich war jetzt nur noch wenige Meter von dem Lieferwagen entfernt. Der Motor lief gleichmäßig. Ich löste mich aus meiner Deckung und näherte mich leicht gebückt. Hinter dem Steuer konnte ich die Umrisse einer Frau ausmachen. Sie schien zu schlafen, denn ihr Kopf war nach hinten in den Nacken gesunken. Ich ging zum Wagen und klopfte leise gegen das Fenster auf der Beifahrerseite. Die Frau rührte sich nicht. Ich ging um das Auto herum und klopfte nun gegen das Fenster auf ihrer Seite. Ihr Mund war offen, ihre Hände starr um das Lenkrad gelegt. Ich öffnete die Wagentür, zwängte meine Hand zwischen die Rückenlehne und ihren Hinterkopf und drückte ihn nach vorn. Er sank schwer auf ihre Brust. Ich schüttelte sie an den Schultern, doch sie regte sich nicht. Ich stellte den Motor ab und zog sie nach draußen auf den mit vermoosten Steinen eingefassten Rand des Wegs. Der Wind heulte durch die eingeschlagenen Fenster der Fabrik und trieb zwei Birkenblätter zu uns herüber, die auf der feuchten Windschutzscheibe klebenblieben. Ich legte mein Ohr an ihren Mund, dann auf ihre Brust, um festzustellen, ob sie noch atmete. Ich hielt ihre Hand und blieb neben ihr sitzen.

5 Der König erfindet sich in den

um den Posten bemüht, ihn eher durch Zufall angetragen und zugesprochen bekommen hatte, würde man ihn des Betrugs anklagen, verbannen oder vor den Toren seiner Festung auf elendigliche Art und Weise steinigen.[6] Also erfand der König, sowohl in der Hochzeitsnacht als auch in den folgenden Nächten, eine Ausrede,[7] die es ihm ermöglichte, den ihn entlarvenden Akt zu vermeiden, setzte sich aber, sobald sich seine Gattin zu Bett gelegt hatte, neben sie und berührte ihr Gesicht und ihren Körper auf eine für sie solch

Märchen und selbst in der Historie als leblose, das heißt unsterbliche Figur, weil er hinter seiner Funktion verschwindet. Und benannte ich nicht auch alle Menschen nach ihrer Funktion: das Dienstmädchen, den Professor, die Krötenkinder, selbst Frau Siebert als Frau des Professors? Nur Marga nicht. Und dann, in der Nacht, als die Papierfabrik im Blau eines Käferrückens zwischen den hellen Säulen der Birken zu glänzen begann, fuhr ich die Frau im Regenmantel in ihrem Auto zum Hafen und ließ sie dort zwischen den Stahlträgern auf dem Beifahrersitz schlafend, vielleicht auch ohnmächtig oder tot zurück.

[6] Der Tod ist dem Symbol des Herrschers miteingeschrieben, und klug ist derjenige, der, wie der Städtegründer, am Anfang seiner Herrschaft stirbt, denn jegliches Symbol besitzt seine Kraft allein durch seine Verbindung mit dem Tod. Die Fanatiker, Präsidentenmörder und Attentäter sind im Grunde diejenigen, die das Symbol des Herrschers in seiner Immanenz begreifen und es durch ihre Tat bewahren. Interessant, dass der Attentäter selbst in die Hülle eines Symbols kriecht, das ihn mit dem des Herrschers aufs Engste verbindet.

[7] Ist nicht alles Reden ein Ausreden, ein Herausreden aus dem Handeln? Manchmal dachte ich an das Schweigen der Krötenkinder, dachte daran, wie sie fremde Handlungen nachahmten und immer miteinander in Kontakt zu stehen schienen. Fast schienen sie mir die Einzigen zu sein, die sich nicht herausredeten, sondern allein das taten, was ihnen einfiel, die aus der Handlung selbst erst ersahen, zu was sie Nutze war, sie nicht planten, nicht entwarfen, nicht überdachten. Eine beständige Gegenwart, während die Ausrede eine beständige Zukunft suggeriert. Einmal, so scheint der Affenkönig seiner Gattin zu sagen, werden wir miteinander schlafen. Einmal, so scheinen die Bewohner der Stadt zu denken, werden wir in die Welt hinaustreten, wo sie noch nicht einmal ihre Häuser verlassen. Einmal, so denke ich, denke ich immer wieder, wenn es mich aus Frau Sieberts Schlafzimmer und aus dem Labor des Professors und aus meinem Bett zum Fenster treibt, um auf den Garten zu sehen, einmal, so denke ich dann, werde ich mich er-

zarte und ungekannte Art, dass sie es gern anstelle der körperlichen Vereinigung genoss. Tagsüber vertiefte sich der Affenkönig in alte Schriften, da er herausfinden wollte, wie er als Affe dazu gekommen war, einen König für Menschen spielen zu müssen.[8] In einer vergilbten Urkunde fand er schließlich den Bericht von einem verwunschenen Affen, der erst dann wieder in seiner natürlichen Gestalt würde leben können, wenn von weit her eine Frau käme, die sein Wesen auf den ersten Blick und ohne dass er es ihr selbst offinnern. Und wenn ich das sage, hoffe ich unwillkürlich, dass das Erinnern Leben bedeutet, obwohl es womöglich nichts anderes bedeutet als Tod. Warum sonst besaßen alle anderen, die ich traf und mit denen ich sprach, die Fähigkeit, sich weder zu erinnern, noch sich nicht zu erinnern, vielmehr einfach dahinzuleben, als ginge ihnen nichts voraus und als hätten sie selbst die Straßen gebaut, auf denen sie liefen, die Denkmäler errichtet, vor denen sie in gespielter Andacht standen, und die Gräber geschaufelt, in die sie sich einst legen würden?

8 Es erscheint uns oft, als würden nur wir, jeder für sich, denken und die eigene Situation reflektieren, während wir doch andere Menschen, Gegenstände, Dinge, Orte, Landschaften in einer Selbstverständlichkeit in Gebrauch nehmen, ohne uns vorstellen zu können, dass sie, die Objekte unseres Denkens, sich in unserem Denken selbst reflektieren könnten: die Landschaft in unserer Betrachtung, das Messer in unserem Griff, das Bett in unserem Liegen, der Mensch, den wir im Vorübergehen kurz erblicken, um genau zu sein, in seinem Vorübergehen und Erblickt-Werden erblicken.

Könnten wir so denken, wir würden uns selbst fremd in unserem Betrachten von uns selbst und wüssten nicht mehr, aus was dieses Selbst sich konstituiert. Der Kittel, den ich mir überzog im Labor des Professors und den ich mir warm und ausgebeult vom Körper des Mädchens dachte, wie dachte er sich selbst an mir? Und wie dachte sich das Mädchen in meinen Gedanken an sie? Wie denke ich mich im Traum, wie in den langen Spaziergängen, wie in den Stunden, die ich neben der Frau im Regenmantel saß, als ich müde wurde, meine Hand auf ihrer, das Rauschen der Birken sich in das Klingen von Sphären verwandelte und für einen Moment der schwelend blutige Geruch des Wassers heraufwehte und wieder versiegte? Nicht: Was denkt sich das Wasser, sondern: Was denkt sich das Wasser in meinem Denken von ihm? Was denkst du dir in mir, Marga, jenseits aller Briefe? Alles ist Bändigung und Zähmung. Jenseits des Todes, jenseits des Tyrannenmordes, jenseits der leeren Hülle des Symbols, die wie das Nichts nach mir schreit und ruft, die mich packt im Todesstoß, im Fangschuss und im Gnadenhieb.

fenbaren müsste, erkennen würde. So vergingen Wochen und Monate. Und während der König auf den Zinnen seines Schlosses Ausschau nach der Frau aus dem fernen Land hielt und sich bei Nacht in seiner Bibliothek vergrub, wuchs im Volk und auch bei Hof der Wunsch nach einem Thronerben. Auch seine Frau bedrängte ihn mehr und mehr, sodass ihm schließlich nichts anderes übrigblieb, als einzuwilligen, ein einziges Mal mit ihr zu verkehren. Er bat sich als Bedingung aus, dass seine Gemahlin ihre Augen während des Zusammenseins mit einem Tuch verbunden haben müsse. Die Königin willigte ein, vertraute sich jedoch am Abend vor jener Nacht ihrer treusten Dienerin an, da sie nicht verstand, warum sie ihren Gemahl nicht sehen durfte, wenn sie ihn umfing. Die Dienerin wusste Rat, hieß ihre Herrin für einen Augenblick warten, verschwand und kehrte kurze Zeit später mit einem seltsam gewirkten Tuch zurück. »Legt Euch dieses Tuch um die Augen, meine Königin«, sagte sie, »sein Stoff ist auf eine Art gewebt, die man auf der ganzen Welt nicht kennt, weshalb es magische Kräfte besitzt. Legt Ihr es neun Monate in mit Honig vermischtes Wasser, so wird auf ihm, gleich dem Kind, das in Euch wächst, das Bild jener Nacht entstehen, das Euren Augen verwehrt bleiben sollte.«[9] Die Königin war

[9] Ist es nicht so, dass zusammen mit dem Kind in der Mutter ein Bild entsteht, zusammen mit der Liebe ein Bild der Geliebten und der Liebe selbst? Zusammen mit dem Leben ein Bild ebendieses Lebens, und wir durch Bilder versuchen, das Erlebte zu verstehen, uns aber mit diesen Bildern immer weiter vom Erleben selbst entfernen? Was ist denn das Ich, das Selbst, die Zeit, in der ich mich zu befinden scheine, in der ich mich, als würde ich einen Fluss durchqueren, einen Sumpf, ein Moor, immer bereit, darin zu versinken, bewege, mühsam und langsam, schleppend, mit dem Bild meines Lebens vor mir, dem Bild meiner Vergangenheit, das nur bruchstückhaft und unkontrolliert in mir auftaucht und wieder versinkt, dem Bild meiner Zukunft, das mich magisch leitet, das ich mir selbst entwerfe, um ihm zu folgen? Das Dienstmädchen steht vor mir in einem Kittel, es friert und schaut zu Boden. Weshalb gehe ich davon aus, dass der Professor dieselben Messungen an ihr vornimmt wie an mir? Gab es nicht die Wände, die sich öffneten zu Gängen, die die Villa durchzogen, vielleicht noch weiter von der Villa wegführten? Gab es nicht andere Kammern, so wie ich sie einmal gesehen hatte, als ich mich in

der Wanne versteckt hatte? Und gab es nicht das Lachen des Professors und die Besprechungen mit seinen Kollegen, allesamt einstige Honoratioren der Stadt, drei davon ebenfalls Ärzte, die sich längst aus dem öffentlichen Leben zurückgezogen hatten, jeder in sein Labor, sein Arbeitszimmer, als würden sie immer weiter an etwas arbeiten, von dem ich nichts ahnte? Warum vermochte ich mich nicht einmal jetzt, wenige Monate später, an die Zeit meiner sogenannten »Dokumentenmalerei« zu erinnern, an das, was ich damals bei den Unterredungen des Professors mit seinen Kollegen hatte mitanhören können, um es in Bilder umzusetzen, da mir der sprachliche Ausdruck fehlte? Ist es denn so, dass die Bilder der Sprache gegenüberstehen, dass wir entweder ein Bild in uns tragen oder eine Beschreibung, und dass die beiden sich nie versöhnen, nie zueinander finden, nie voneinander lernen? Warum schmückten meine Bilder immer noch den Flur der Villa? Was bedeuteten sie dem Professor? Vermochte er aus dem Betrachten des einen Bildes eine zeitliche Abfolge, vielleicht sogar ein Gespräch oder einen Gedanken zu rekonstruieren, oder waren es für ihn nur historische Dokumente, die ihn in den Stunden des Zweifels an seinen Auftrag erinnerten? Hatte ich die Bilder nicht viel zu leichtfertig weggegeben, ohne sie genauer zu betrachten und aus ihnen mein eigenes Schicksal herauszulesen, eben weil ich damals dachte, über alles Wissen zu verfügen, mich

nicht selbst beobachten zu müssen, um daraus zu lernen, wer ich bin, in dem festen inneren Bild, das ich von mir besaß? So fiel mir »Die Furcht des heiligen Sebastians« ein, auf dem sich im Hintergrund, gegenüber dem Hügel, auf dem wir die Toten des Eisenbahnunglücks begraben hatten, ein Turm befand, den ich seinerzeit vorschnell als ein Symbol meiner eigenen sprachlichen Verwirrung gedeutet hatte und der mich heute in seiner Isolierung eher an einen anderen Turm, vermutlich aus meiner Kindheit, erinnerte. Der endlose kleine Weg, der sich von ihm ins Tal schlängelte, all die endlosen Straßen und Gassen, die ich am Nachmittag, wenn alle anderen schon längst zu Hause waren, entlanglief, immer in der Angst, zu spät zu kommen, weshalb ich tatsächlich immer wieder stürzte und mir mehr als einmal die Knie aufschürfte, einmal sogar auf frischgestreutem Schotter die ganze linke Gesichtshälfte, und meine Mutter mit einer Pinzette die kleinen Steinchen zwischen den blutigen Hautfetzen herauslesen musste. Sie legte die Steine in eine kleine abgegriffene Zigarettenschachtel, in der sie früher einmal Garnreste aufbewahrt hatte, sodass sich in mir das Bild des Garns, der Steine, der Zigarettenschachtel und der Verletzung zu einer Einheit formte, während ich auf dem Hocker saß, vor mich hin starrte und mich von den regelmäßigen Bewegungen meiner Mutter, die ein Steinchen nach dem anderen vorsichtig packte und in die Schachtel legte, in eine Art Trance wiegen ließ. Der Stein war der Vater, der Sohn das Garn und die Zigarettenschachtel der Heilige Geist. Und das verbindende Element der drei: die Verletzung. Sollte ich vielleicht nicht immer weiter meine Zeit mit unnützen und sich selbst überholenden Deutungen verschwenden, sondern stattdessen mit meiner Körperkraft die Welt bearbeiten, dass sie mir auf diese Weise ihr Geheimnis preisgibt? Und so sprang ich auf, es war um die Mittagszeit, rannte die Stufen hinunter, griff meinen Rechen, der wie immer neben den Tonnen an der Treppe zum Labor des Professors stand, und lief mit ihm zum Stein am Ende des Gartens. Ich holte aus und hieb mit aller Kraft auf das Felsstück, das mir seit Monaten ein Rätsel war. Die Harke verbog sich mit einem klingenden Ton und verdrehte sich im Stielansatz. Kleine weißliche Kratzer waren auf dem Stein zu sehen, doch ich hieb und hieb weiter, auch wenn es mir vorkam, als zerstörte ich das, über das ich so lange nachgedacht, das ich so lange betrachtet und zu ergründen versucht hatte. Und mit einem Mal roch ich das Meer, roch es wie das dunkle alte Blut, das manchen der Toten des Eisenbahnunglücks aus dem Mund gelaufen war, als wir sie uns über die Schulter geworfen und zum Hügel hinaufgetragen hatten, roch es wie das Blut an den Stümpfen von Frau Siebert, wie das Blut an den kleinen Steinchen in der abgegriffenen Zigarettenschachtel, das Blut an dem Tuch, mit dem Marga das Gesicht des Piloten abgewischt hatte, in seinem silbernen Flugzeug in dem ausgebleichten Sommergrün der Wiese. Und ich spürte die Nacht auf dem Hügel und die Nacht vor der Papierfabrik und die Nacht am Hafen. Und in meinem Schlagen des Steins hob sich der Widerspruch auf, dass der Held von einem Stein abstammt und doch nur etwas zu vollbringen versteht, wenn er gleichzeitig nicht von einem Stein abstammt. Und ich hieb auf den Stein, als wollte ich ihn in die kleinen Steine zerschlagen, die ich unter Blut und Schmerz hervorgebracht hatte, doch er rührte sich nicht, veränderte sich nicht wie der Grabstein auf dem Hügel. Und wieder hieb ich, mittlerweile nur noch mit dem Stock, der immer weiter zersplitterte und zerfaserte, bis ich meine Arme nicht mehr spürte, und ich schrie dabei an gegen das sich brechende Meer in der Bucht vor der Villa und den Wind, der wie zischendes Gas von den Kalkfelsen herunterströmte. Und als ich aufhörte, hatte der Stein seine Form nicht geändert, sondern besaß allein eine Reihe von weißen Kratzern wie eine Schrift. Und als mir der Rest des Rechens aus der Hand fiel, meinte ich, stumm und ohne tatsächliche Laute oder Worte, einen Satz auf dem Stein lesen zu können, als hätte ich ein Orakel aus ihm herausgeschlagen, hätte ich die Seherin in ihrer Höhle vergewaltigt und könnte nun für einen Moment meine wirkliche Zukunft erkennen, bevor der Regen herabströmte und den Stein in glänzendes Blei tauchte.

über diesen Vorschlag nur allzu froh, dankte ihrer treuen Magd und beschloss, alles genau so zu tun wie ihr geheißen. Als sich der König in dieser Nacht traurig ihrer Lagerstatt näherte und sie erneut bat, ihm zuliebe auf einen Erben zu verzichten, zog sie statt einer Antwort nur wortlos das seltsam gewirkte Tuch unter ihrem Kopfkissen hervor und reichte es ihm, damit er selbst es ihr anlege und überprüfe, dass auch nicht der kleinste Strahl der ohnehin nur fahl flackernden Kerzen ihre Augen erreiche. Der König tat einen tiefen Seufzer, legte ihr das Tuch um und entledigte sich in der Dunkelheit seiner Kleider, um mit ihr zu verkehren.[10]

10 Ich erinnerte mich an eine ähnliche Szene, als ich wieder einmal Frau Siebert nach oben auf ihr Zimmer gebracht hatte und sie sich betrunken auf das Bett fallen ließ und mir in abgehackten und undeutlichen Sätzen von der Krankheit ihres Mannes erzählte. Eine Erzählung, die ich nicht verstand, da ich ihren Mann immer im vollen Besitz seiner körperlichen und geistigen Kräfte gewähnt hatte. Als ich sie darauf hinwies, auch seinen Eifer hinsichtlich seiner Untersuchungen erwähnte, lachte sie nur und schob dabei ihren Rock nach oben bis über ihre Hüften. »Wie versteinert liegt er tage- und nächtelang auf seinem Bett aus Stein und rührt sich nicht. Und allein die Kinder, die verdammten, verstehen ihn, und sitzen auf seiner Brust und schreiben auf eine Schiefertafel, was er ihnen zuhaucht. Und ich soll es dann ins Reine tippen, als wäre ich seine Sekretärin und nicht seine Frau. Noch dazu, wo ich kein Wort verstehe. Von Prophezeiungen ist die Rede und das einer kommen soll, ihn erlösen und mit ihm die Villa und die Stadt und den Hafen.« Sie winselte kurz auf, während sie sich halb auf den Ellenbogen aufstützte, um etwas unter dem Kopfkissen zu suchen. »Alles Gefasel! Alles Lügen! Geschwätz! Er untersucht Steine und sammelt Ohrabdrücke und misst die Oberschenkel des Dienstmädchens und schält Hautpartikel ab und plant die Weltrevolution und die Befreiung von der geistigen Herrschaft und die Hingabe an die Konstruktion des Dinglichen und was weiß ich noch alles. Dabei ist er selbst ein Stein, ist er vertrocknet, tot, elendiglich gestorben an einem Freitagmorgen in meinem Beisein, hinübergegangen, dorthin, von wo niemand zurückkommt. Er lag in keinem Schützengraben, er nicht. Er weinte sich aus in meinen Armen. Er weinte und hatte Angst und sah sein Reich stürzen, dorthin, wo es hingehört, in die unendliche Tiefe, in das Loch, das er selbst mitgegraben hatte, als ich nur dazu gut war, seine Uniform zu bügeln und ihm vor dem Spiegel

Noch in derselben Nacht, kaum dass der König sie verlassen hatte, legte die Königin das Tuch in eine mit Honig und Wasser gefüllte Schale, deren Inhalt sie jeden Tag bis zu ihrer Niederkunft erneuerte. Als die neun Monate nun endlich vergangen waren und die Königin in ihren Wehen lag, waren ihre Gedanken trotz der großen Schmerzen nur bei dem Tuch, da sie um alles in der Welt erfahren wollte, welches Bild sich auf ihm zeigen würde. Kaum dass man ihr das Kind entbunden und in den Arm gelegt hatte, so hieß

die Schuppen von den Epauletten zu bürsten. Er kann mir nicht verzeihen, dass ich diesen Moment der Schwäche miterlebte. Deshalb hasst er mich. Und hasst mich umso mehr, weil er keinen Grund für seinen Hass benennen kann. Eine Lüge ist das alles, eine verdammte Lüge. Aber ich hoffe, dass keiner kommen wird und nach ihm fragen, um sein verfluchtes Erbe anzutreten. Das, was er in den Stahlkammern aufbewahrt, in den Kisten und Tonnen, das, was er niedergelegt hat in seinen Aufzeichnungen und Schriften. Sein wirkliches Erbe ist ohnehin etwas anderes. Etwas Jämmerliches und doch Absolutes. Etwas Todbringendes, mit Wurzeln in Vergangenheit und Zukunft. Aber das verstehst du nicht. Zum Glück.« Sie hatte gefunden, was sie gesucht hatte, und zog es hervor. Es war eine Schnur, die sie mir zuwarf. Bevor ich fragen konnte, was ich damit anfangen sollte, hatte sie schon die Hände gekreuzt und auf den Rücken gelegt. Sie atmete heftig. Doch ich dachte nur: »Und dann? Was dann? Was, wenn keiner kommt?« Ich ging zum Bett, setzte mich hinter Frau Siebert und schloss die Augen für einen Moment, riss sie aber sofort wieder auf, weil ich das Dienstmädchen vor mir gesehen hatte in derselben Pose, nur mit einem Kittel. Und auch weil ich an Marga denken musste, wie immer in solchen Momenten. Marga auf dem Dampfer mit einem Mann, Marga allein auf großer Fahrt zu fernen Ländern, das Bluttuch im Koffer, darin eingewickelt ein kleines Steinchen aus meiner Backe. Ich fesselte Frau Siebert nachlässig mit einer Schlaufe und zog ihren Rock wieder nach unten. Dann schlich ich den Gang entlang zum Zimmer des Dienstmädchens. Doch es schlief. Mein Bild vom Professor begann sich durch das, was Frau Siebert vor sich hin gesagt hatte, zu verändern. Ich sah ihn nun in Gedanken wie das steinerne Abbild eines Königs auf einem Kenotaph in einer finsteren Gruft liegen. Auch ließ mich zeitweise der Eindruck nicht los, dass es sich um keinen Zufall handelte, weshalb ich hierher zur Villa gekommen war. Ich erinnerte mich an die Ausdrücke Berufung und Vorsehung, die der Professor mir gegenüber verwendet hatte, und auch daran, dass er gedenke, etwas aus mir zu machen.

sie schon alle Anwesenden den Raum verlassen. Die Minister, die weisen Frauen und Mägde wunderten sich, folgten jedoch ihrem Wunsch. Als Letztes empfahl sich die treue Dienerin, die ihr das Tuch gegeben hatte, nicht ohne ihrer Herrin zuvor die mit einem Brett bedeckte Schüssel auf das Bett zu stellen. Als die Königin nun allein mit ihrem Neugeborenen war, deckte sie die Schüssel auf, zog das Tuch heraus und hielt es voller Erwartung gegen das durch die hohen Fenster ins Zimmer fallende mittägliche Sonnenlicht. Doch wie groß war ihr Entsetzen! Nichts anderes nämlich war auf dem Tuch zu sehen als die scheußliche Gestalt eines Affen, der sie beschlief. Erschrocken blickte sie ihr Kind an, das mit scheinbar verständigen Augen das grausame Bild auf dem Tuch betrachtete. Hastig untersuchte es die Königin von Kopf bis Fuß, stieß jedoch auf kein Merkmal, das auf die Abstammung von einem Affen verwies. »Dieser widerliche Mensch!«, dachte die Königin. »Weil er es nicht vermag, bestellt er einen Affen, seine Aufgabe zu erfüllen. Welch eine Demütigung!« Fieberhaft überlegte sie, wie sie sich für die ihr angetane Schmach würde rächen können, doch fiel ihr nichts ein, das sie nicht in die Verlegenheit gebracht hätte, ihr furchtbares Geheimnis preiszugeben und sich selbst der Schande auszusetzen. »Niemand darf je davon erfahren!«, dachte sie entschlossen, als ihr Blick auf das Neugeborene in ihrem Arm fiel.[11] »Hatte es nicht auch das Tuch gesehen?«, überlegte sie fieberhaft, und die Angst vor einer späteren Enthüllung vermischte sich mit dem Verlangen nach Rache in ihr zu einem Taumel, der ihren ganzen Körper erfasste und sie das von den Hebammen zum Durchtrennen der Nabelschnur auf dem Tisch zurückgelassene Messer nehmen ließ. Zärtlich strich sie dem kleinen Wesen über den Kopf, öffnete ihm mit ihrer linken Hand langsam den

---

[11] Dass niemand davon erfahren darf, heißt in Wirklichkeit nur, dass ich selbst nicht davon erfahren darf. Warum verließ Frau Siebert nicht ihren Mann? Warum teilte sie sein Leben immer noch mit ihm und ließ betrunken im Saal beim Tanzen die Kleider fallen wie eine Echsenhaut, als wollte sie damit sagen, dass ihre Kleidung nur Tarnung war, ein Netz, das man ihr übergeworfen hatte?

Mund, griff nach der winzigen, noch ungeformten Zunge, zog sie ein Stück nach vorn und schnitt sie mit einem Ruck ab. Sodann drückte sie ihm das Tuch mit jenem schrecklichen Bild zur Stillung der Wunde in den Mund, wartete, bis es vollgesogen war, wickelte die kleine Zunge darin ein und warf beides in das im Kamin lodernde Feuer. Das Kind aber presste sie nun, da ihr Schrecken langsam nachließ, an ihre Brust und säugte es zum ersten Mal.[12]

[12] Die Krötenkinder aber besaßen lange, klebrige Zungen, mit denen sie dennoch nicht zu sprechen vermochten. Das willentliche Schweigen der Mutter überträgt sich in dem Kind zu einer tiefgreifenden, vom eigenen Willen abgeschnittenen Stummheit. Natürlich hat das Kind das Bild gesehen, lebt in dem Kind das Wissen der Mutter weiter, ein Wissen, das es verschweigen muss. Und koppelte sich nicht auch in mir das Schweigen mit Bildern, konnte ich nicht nur dann malen, als ich meiner Sprache nicht mächtig war? Und als ich ihr nicht mächtig war, als sie sich meiner bemächtigte und mich wieder verließ, gerade wie es ihr gefiel, als ich mich beständig versprach, verlas, sprach ich nicht da das einzige Mal wirklich? Wenn die Mutter dem Kind die Zunge aus dem Mund schneidet, so bleibt dem Kind nichts anderes übrig, als sich in die Vielfalt zu flüchten und in Zungen zu reden, zu stottern und zu stammeln, denn was es zu sagen hat, ist nur in einem Lallen vorzubringen und trägt immer die Verletzung in sich. Warum hatte ich bei meiner Entwicklung von der Dokumentenmalerei hin zu meinen eigenen Themen nie ein Selbstportrait versucht? Hatte ich vielleicht aus meiner Erfahrung mit dem Porträt der Familie Siebert, das sich immer weiter zu verändern schien, bis sich im Fehlen des angeblichen Motivs das wahre Porträt der Familie, nämlich als Leerstelle, offenbarte, ein Gefühl der Angst zurückbehalten, dass es mir ähnlich ergehen könnte und ich mich außerhalb meiner Funktionen als nicht wahrnehmbar oder als tatsächlich nicht vorhanden erkennen müsste? Oder wollte ich mich einfach nicht den fremden Faktoren überlassen, die an meinem Selbstporträt weiterarbeiten würden, der Verwitterung, dem Schimmel und dem Staub, dem fremdaufgetragenen Firnis, dem verblassenden Pigment, der aufgesprungenen Grundierung? Oder schlimmer noch: dem Betrachtet-Werden? Jetzt aus dem zeitlichen Abstand und meiner Erfahrung der körperlichen Hingabe im Behauen des Steins im Garten mit dem Rechen spürte ich die Sehnsucht, mein Porträt dieser Veränderung anzuvertrauen, wie ein aus Holzresten zusammengeleimtes Flugzeug dem Wind auf dem Feld oder ein Papierboot dem schmalen Fluss, um zu sehen, was ich auch hätte werden können, oder vielleicht

noch werden würde. Doch nicht das Betrachtet-Werden durch Fremde ängstigte mich, sondern mein eigener Blick. Ich wollte mich nicht an mich erinnern, wollte mich nicht im Anschauen meines Gesichtes der Frage stellen, wer ich gewesen und wer ich geworden war. Kann man sich verändern, wenn es ein Bild von einem gibt, sich wirklich verändern, oder muss man nicht immer wieder zu dem Bild zurückkehren, um sich selbst zu suchen, sich erinnernd zu betrachten? Die meisten Maler, haben sie einmal mit Selbstporträts begonnen, malen sich immer wieder. Es ist der Versuch, der Festlegung auszuweichen und sie durch immer wieder aktualisierte Festlegungen zu ersetzen, bis sich das Malen an die Stelle der Realität setzt, so wie mich mein Erinnern-Wollen von der Gegenwart entfernt, die ich wiederum in der Zukunft versuchen werde zu erinnern, in einem ewigen, realitätsfernen Hinterhereilen. Muss sich der Künstler auf dieses Hinterhereilen am Schreibtisch, an der Staffelei, am Instrument einlassen, oder vermag er auch vorauszueilen, schneller zu sein als die Erinnerung? Oder gar nur jetzt zu sein, im Wort, in diesem Wort, jetzt?
Es fiel mir noch etwas anderes ein: das Bild der verschneiten Dorfstraße über dem Sterbebett des Großvaters, von dem der Zeitungsvertreter mir an unserem letzten gemeinsamen Abend erzählt hatte. Es kam mir so vor, als hätte ich Bilder malen müssen, die etwas anderes zeigten, als sie ausdrückten, so wie in dem Bild einer verschneiten Dorfstraße für mich in Wirklichkeit das Bild des darunterliegenden sterbenden Großvaters verborgen war, und mit ihm das Sterbezimmer, mit den geschlossenen Läden, denen man den dahinterliegenden Sommerabend anmerkt, dem Stuhl mit den hohen Armlehnen, der schweren Decke über dem ausgezehrten Kranken, die an das Pferd erinnern würde, das vor vielen Jahren auf einer regennassen Straße ausrutschte und den Großvater mit seinem Rad unter sich begrub. Und selbst wenn ich in Manier eines erzählenden Bildes auch noch diese Szene in einem winzigen, für das bloße Auge nicht erkennbaren Detail versteckte, so wäre immer noch nicht alles erzählt, nicht meine Verbindung zu diesem Bild, das für meine Zeit des Herumziehens stand, für meine Nächte, die ich in Erdlöchern verbrachte, obwohl ich nur eine einzige Nacht in einem frisch ausgehobenen Loch bei einem Waldstück schlief, doch diese Nacht, in der ich beständig meinte, Tiere näher kommen und mich beschnüffeln zu spüren, diese Nacht, in der die Zweige der Tannen und Kiefern tief über den Wegen hingen und alle Menschen in meinen Träumen gebückt gingen und es mich nicht wunderte, am nächsten Morgen tatsächlich einem gebückten Alten auf einem Waldweg zu begegnen, diese Nacht blieb stellvertretend für etwas anderes, stand als Bild für eine Zeit und verband sich mit dem Bild über dem Sterbebett, so wie ich es erinnerte.

5

Ich fragte mich, warum ich mich allen anderen gegenüber verpflichtet fühle, nur nicht gegenüber mir selbst.

Immer noch kam es mir so vor, als hätte ich einen Auftrag. Ich hatte einen Auftrag, konnte aber gerade in diesem Auftrag nicht handeln.

Die Wahrheiten multiplizierten und veränderten sich. Es gab eine Professoren-Wahrheit, eine Krötenkinder-Wahrheit, eine Frau-Siebert-Wahrheit und immer so weiter. Was fehlte, war meine Wahrheit. Nur konnte ich genau dieses Fehlen nicht spüren, weil ich das, was an seiner Stelle gesagt wurde für das Eigene nahm.

Und wenn ich stellvertretend lebte, wen vertrat ich?

Alles, was ich dachte und war, schien einer mir selbst unbekannten Prämisse zu folgen. Und es schien Kennzeichen dieser Prämisse zu sein, sich immer außerhalb von dem zu befinden, was ich dachte und war.

Es war die Lücke. Meine Existenz beruhte auf einer Lücke.[1]

---

[1] Die Lücke ist ein wichtiger Bestandteil unserer Existenz. So ermöglicht uns die Lücke, als Lücke zu genießen. Aus der Lücke entsteht der nützliche Irrtum. Die Lücke ist ursprünglich die Öffnung des Hages, die durch Querstangen beliebig zu schließen ist. Lücke ist danach der sperrbare Durchgang zwischen Häusern, das heißt, die Lücke ist immer etwas, das nach Füllung oder Sperrung drängt, die Lücke im Gedächtnis ist somit auch eine, die ich zu schließen suche, vielleicht aber

nur zu versperren, mit einer konstruierten Erinnerung, weil aus ihr jederzeit etwas hervorkommen kann, was mich bedroht und infragestellt. Hesekiel 13:5: »Sie treten nicht für die Lücken und machen sich nicht zu Hirten für das Haus Israel.« Oder in einer anderen Übersetzung: »Sie sind nicht in die Bresche getreten und haben sich nicht zur Mauer gemacht um das Haus Israel.« Was ist der Unterschied zwischen Lücke und Bresche? Die Bresche ist eine gefährliche Lücke, eine Lücke, die es zu verteidigen gilt, da sie gebrochen und gewaltsam geschlagen wurde. Derjenige, der in die Bresche springt, verteidigt die Lücke aktiv, während der Lückenbüßer passiv vor der Lücke steht oder in sie gestellt wurde. So wird in den Psalmen Gott vom Lückenbüßer zum Breschenspringer, und schon dies ist die höchste Erfahrung des Glaubens, wobei diese Erfahrung allein darauf beruht, dass unsere fehlende Erinnerung im Begriff war, geweckt zu werden und aus der Lücke hervorzukommen, wenn uns nicht Gott davor bewahrt hätte, indem er in die Bresche sprang. Wenn es heißt, dass Jesus für unsere Sünden gebüßt hat, so bedeutet das nichts anderes, als dass er in die Lücken unserer Erinnerung getreten und damit für uns eingetreten ist. Er ist der Lückenbüßer, weil er für etwas in uns steht, was wir nicht sehen können. Wir können es nicht sehen, weil uns die Erkenntnis der Lücke einen unüberwindbaren Schmerz verursacht. Die Erkenntnis der Lücke gleicht der völligen Verzweiflung. Der Selbstmörder erkennt diese Lücke. Es ist sein Versuch, den unerträglichen Schmerz zu überwinden, indem er selbst in diese Lücke springt.

Eine weitere Form der Lücke ist der Hiatus. Er entsteht dort, wo zwei gleiche Dinge, z. B. Vokale, aufeinanderstoßen. Der Hiatus sorgt für eine Entlastung wie die Lücke generell. Das Gleiche ist in der Natur nicht vorgesehen und bedroht sie durch die im Gleichen angelegte Statik. Umgekehrt erkenne ich im Hiatus, dass zwei gleiche Dinge nebeneinanderstehen, die ich unter Umständen nicht als gleich, sondern als eins angesehen hätte. Ich erkenne weiterhin, dass es die Konsekutivität (wie das Wort selbst) nicht gibt, sondern dass gerade sie ein Trugbild ist. Hier findet sich eine Verbindung zum Problem der Wiederholung, denn das Aufeinanderstoßen von Gleichem kann als Wiederholung desselben missdeutet werden. Auch gibt es eine Verbindung zu der Philosophie der Krötenkinder, die besagt, dass die Lücke sich im Ge-stell wiederfindet. Sprachlich erzeugt vor allem die Präposition eine Lücke (Hiatus), da sie sich nur scheinbar lückenlos mit dem Verb zu verbinden scheint, immer jedoch einen Spalt, wenn auch unsichtbar, hinterlässt, aus dem jederzeit mehrere Sinneinheiten entstehen können, so neben dem wörtlichen Sinn in der Regel ihm widersprechende (aufheben, verschreiben usw.). Wenn etwas hingegen klafft, dann scheint es zu uns zu sprechen. Das

Hier folgen nun meine wirklich letzten und abschließenden Überlegungen. Auch sie werden ohne Resultat bleiben. Ich hoffe nur, dass sie kein weiteres Themenfeld eröffnen. Damit wäre ich schon zufrieden. Ich werde versuchen, die Themen, eins nach dem anderen, abzubauen. Ich werde keine Fragen mehr stellen.

Also, zum letzten Mal:
Jede Erinnerung möchte sich an die Gegenwart anschließen oder wenigstens eine Linie zwischen Vergangenheit und Gegenwart beschreiben. Diese Linie wird im Vergessen unterbrochen, sodass ich nicht weiß, ob es sie überhaupt gab oder gibt. Um diese Lücke zu füllen, beginne ich, Ausreden zu konstruieren, Möglichkeiten zu erfinden und Übergänge zu schaffen. Dabei sind es die desperat für sich stehenden Gedanken und Ereignisse, die uns die Erinnerung überhaupt erst bewusst werden lassen. Was haben diese Ereignisse miteinander zu tun? Wie kam ich von dort nach da und von da nach dort? Aus diesen Lücken entstehen die Erklärungsversuche der Historie, die Abstrakta wie »Der Gang der Geschichte«. Aus diesen Lücken kamen einstmals die Mythen. Diese Mythen erklären das, was der Erinnerung fehlt. Sie verbinden das Unverbundene. Sie geben dem Zufälligen einen Rahmen der Bestimmung. Die Mythen erklären nicht Geschichte, sondern das, was der Ge-

Klaffende scheint durch ein Geräusch entstanden, denn klaffen bedeutet schwätzen, klappern, kläffen. Das heißt, aus der Lücke spricht es zu uns. Der Klafter aber ist das Längenmaß, das der Mensch mit den Armen umfassen kann, so wie er sich die Welt der Dinge aneignet, indem er sie umfasst und nach Hause trägt. Das deutlichste Beispiel aber für die Entstehung der Lücke (des Hiatus) durch das Nebeneinanderstellen von etwas Gleichem zeigt sich in der Liebe. Sobald sich zwei Menschen in gleicher

Weise lieben, entsteht automatisch eine Lücke zwischen ihnen, die zu einer Ungleichheit führt, da sie die Lücke unterschiedlich interpretieren und die Existenz der Lücke einem Mangel zuschreiben werden, entweder bei sich, beim anderen oder in ihrer Gemeinsamkeit. Tatsächlich ist die Lücke in diesem Fall nicht Kennzeichen des Mangels, sondern im Gegenteil der Vollkommenheit. Deshalb ist es von größerer Bedeutung für die Liebenden, sich über diese Lücke zu verständigen als über ihre Liebe.

schichte fehlt. Sie erinnern für mich das, was ich scheinbar vergessen habe. Denn es ist eine zusätzlich in jeder Erinnerung angelegte Lücke, dass ich nie wissen kann, ob ich etwas nur im Moment nicht weiß oder niemals wusste. Damit ich mich auf meine Erinnerung verlassen kann, muss ich grundsätzlich davon ausgehen, alles zu wissen. Nichts anderes sagen die Mythen.

Ich werde aus einer Gaststätte gezerrt. Auf dem Weg nach draußen begegnet mir ein Mann. In meiner Erinnerung glaube ich, diesen Mann später wiedergetroffen zu haben. Vielleicht kannte ich ihn aber auch schon vorher. Es fehlen mir die Teile dazwischen, die Anbindung an Vergangenheit und Zukunft, die Linearität der Geschichte. Mein Leben zerfällt in lauter kleine, unverbundene Geschichten. Manchmal tauchen dieselben Personen darin auf, und ich frage mich, wie sie von der einen Geschichte zur anderen gelangen konnten, wie ich selbst von der einen Geschichte zur anderen kam, und vor allem weshalb. Viel später, als ich die Geschichte der Begegnung vor der Wirtshaustür fast schon vergessen hatte, entdeckte ich im Zimmer von Frau Siebert ein Bild, auf dem ein Straßenzug zu sehen war. In diesem Moment meinte ich, dass sich eine Lücke schließt. Ich meinte mich zu erinnern, hatte aber nur eine weitere Geschichte unverbunden neben all die anderen Geschichten gestellt. Diese Geschichten waren nichts weiter als Versuche. Es sind Versuche, mithilfe derer ich aus dieser vielleicht unverschuldeten, wahrscheinlich aber eher selbstverschuldeten Unfreiheit zu erwachen versuchte. Die Verbindungslosigkeit ist der Schmerz, die Lücke klafft wie eine Wunde.

Mit allem, was wir sagen, versuchen wir Konsekutivität zu simulieren, und es ist kein Wunder, dass es dieses Wort eigentlich nicht gibt. Es wird durch den Begriff »Sinn« ersetzt. Sinn bedeutet nichts anderes als Konsekutivität, und auf der Suche nach diesem Sinn befinden wir uns in jeder Geschichte, ob sie sich nun in das All ausbreitet oder auf die Zelle reduziert.

Wenn ich diese Folge unterbreche, so deutet das der Hörer als Pause. Dauert die Pause zu lang, ist die Geschichte zu Ende. Ist es wirklich so einfach? Was heißt es denn, etwas abzubrechen, wenn es das Wort schon gibt? Etwas beenden, das eigentlich noch weitergehen sollte? Beschleicht uns nicht beständig der Verdacht, dass alles ein Abbrechen oder Unterbrechen ist, und entsteht mit diesem Verdacht nicht gleichzeitig die Hoffnung, dass sich irgendwo das Abgebrochene und Unterbrochene wieder zusammenfügen wird?

Es ist ein Kampf gegen die Lücken, gegen unsere Erinnerungslosigkeit. Wunderbar denkt man sich da ein völliges Vergessen, die Gnade der Amnesie. Doch es gibt das völlige Vergessen nicht, es ist nicht anders als in unserem täglichen Leben, es fehlen nur noch mehr Übergänge. Auch die Unfähigkeit zu trauern ist nichts anderes als die Unfähigkeit sich zu erinnern, das heißt die Verbindung herzustellen zwischen dem, was passierte, und dem, was ich tat. Umgekehrt ist der Wille zur Erinnerung einer der beständigsten Triebe in uns, er ist es, der für Sinn und Logik verantwortlich ist. Früher füllte man die Lücken mit den Mythen und dem Glauben, später mit philosophischen Systemen und narrativen Strukturen, dann mit der Forschung. All diese Versuche besitzen jedoch die unangenehme Eigenschaft, über ihren Zweck der Sinnfindung hinaus tatsächlich Erkenntnis zu produzieren, folglich den mühsam geschaffenen Sinn wieder zu vernichten, weshalb sie durch andere Versuche ersetzt werden müssen. Was also tun, wenn Sinn allein Konsekutivität bedeutet? Aufhören, Sinn zu erschaffen, sich auflösen in Paranoia und Schizophrenie, der uneingeschränkten Liebe, der Aufopferung?

Letzter Versuch der Sinnfindung

1. Möglichkeit: Die Männer zerrten mich ins Auto. Der Himmel hatte sich zwischen den Gehöften abgerieben und war grau und diffus auf den Platz gefallen. Wir fuhren einen unebenen Feldweg entlang. Die Männer lachten und tranken. Schließlich hielten sie

an und stießen mich nach draußen. Sie prügelten mich, tauchten mich in das trübe Wasser eines Tümpels, bis ich schließlich darin ertrank. Mein toter Körper lag sieben Tage und sieben Nächte in diesem Tümpel, und das Gewürm des Wassers kam und nährte mich und umsponn meinen Leib, bis sich meine Haut darunter schälte, abfiel und sich erneuerte. Am siebten Tage aber warf mich eine Flutwelle an Land und ich erstand wie neugeboren.

2. Möglichkeit: Die Männer zerrten mich ins Auto. Der Himmel hatte sich zwischen den Gehöften abgerieben und war grau und diffus auf den Platz gefallen. Wir fuhren einen unebenen Feldweg entlang. Die Männer lachten und tranken. Schließlich hielten sie an und stießen mich nach draußen. Sie prügelten mich, tauchten mich in das trübe Wasser eines Tümpels, bis ich schließlich darin ertrank. Ein Mädchen aus der Stadt (Marga? Das Dienstmädchen? Die schlafende oder tote Frau im Auto vor der Papierfabrik?) war uns mit dem Rad nachgefahren und hatte das Tun der Männer mitansehen müssen, ohne eingreifen zu können. Kaum waren diese jedoch verschwunden, schlich sie sich an den Rand des Tümpels und zog mich ans Ufer. Sie versuchte, mich wieder zu Bewusstsein zu bringen, doch ich hatte schon zu lange im Wasser gelegen. So saß sie und weinte. Und ihre Tränen fielen auf mich und benetzten meine Augen und meine Lippen, und während ich in meinem Leib erwachte, blieb mein Körper reglos und stumm. Ich wollte ihr (es kann nur Marga gewesen sein!) sagen, dass ich da war und sie verstand, doch sie glaubte mich weiterhin tot und zerschnitt meinen Leib und gab ihn dem Tümpel zurück, außer meinem Glied, das sie verbrannte.

3. Möglichkeit: Ich werde zum Tümpel gefahren und dort ertränkt. Weshalb sollte ich meinen endgültigen Tod bei meinen Überlegungen ausschließen?

4. Im Tümpel findet sich das Lebenskraut. Ich muss allerdings mit einer Schlange ringen, deren toten Leib ich später um meinen

Knöchel gewickelt mit mir herumtrage. Ich konnte die Schlange nur besiegen, weil ich ihr meine eigene Erinnerung opferte. Leben *und* Erinnern ist unmöglich. Sterben und Erinnern bedingen sich gegenseitig.

5. Ich selbst bin der Tümpel.

6. Ich selbst bin das Mädchen, das mich rettet.

7. Ich selbst bin die Männer, die mich in den Tümpel stoßen.

8. Ein Wetterumschwung.

9. Ein Gnadenakt.

10. Die Lücke.

Nun ist alles gesagt.[1]

---

[1] Das Amen in der Kirche, ist es nicht wunderbarer als die Eucharistie? Ja und Amen sagen, ist das nicht das eigentliche Geheimnis des Glaubens? Ist das vielleicht der einzige Ausweg, der uns zur Verfügung steht? Amen.

XI

1

A. Der lange verschollen geglaubte Schädel des ermordeten Stadtkommandanten tauchte auf einer Bank neben einer ehemaligen Bushaltestelle auf. Zwei Frauen hatten ihn dort entdeckt und gemeldet, er sei zu schwer gewesen, als dass sie ihn hätten anheben können, weshalb sie zur Gendarmerie gegangen seien, wo ihnen auf ihr Klopfen hin jedoch niemand geöffnet habe. Bei ihrer Rückkehr zu der Bank sei der Kopf immer noch dort gewesen, habe aber in die Richtung der gerade untergehenden Sonne geblickt, müsse sich also bewegt haben oder bewegt worden sein. Daraufhin seien beide von einem Grauen erfasst worden und hätten kein weiteres Mal zur Bank schauen können, sondern seien rasch heimgegangen. Diejenige der Frauen, die keine Angehörigen mehr hatte, sei in derselben Nacht verstorben. Die andere habe die Sprache verloren. Ihr Sohn sei darauf aus der Stadt zurückgekehrt und habe ein unbeholfenes Votivbild gemalt und dieses in der zerstörten Kapelle aufgehängt. Die Sprache habe die Mutter nicht wiedergefunden. Sie sei aber nicht mehr ängstlich gewesen und habe als Einzige aus dem Dorf zu der Bank mit dem Schädel schauen können, während die anderen im Vorübergehen den Blick abgewandt hätten, sodass niemand genau sagen kann, ab wann der Schädel nicht mehr dort gelegen habe.

B. In einer ehemaligen Gaststätte, die im letzten Kriegsjahr zerbombt worden war, entdeckten Kinder die unversehrte Leiche eines Priesters. Die Behörden erfuhren nur zufällig von diesem Fund, mit dem die Kinder bereits mehrere Tage gespielt hatten. Sie hatten den Priester unter anderem mit einer Phantasie-Tiara ausgestattet und mit Kleiderfetzen aus den Nähkörben ihrer Mütter geschmückt. Jedes Kind musste zu Beginn ihrer Treffen seine rechte Hand in den weit aufgesperrten Mund des Priesters stecken, und nur wer diese Mutprobe bestand, durfte an dem anschließenden gemeinsamen Spiel teilnehmen.

c. Allein im amerikanischen Sektor befanden sich immer noch siebzehn Männer, die sich für Adolf Hitler ausgaben oder dafür hielten. Fünf von ihnen erklärten sich bereit, vor Gericht auszusagen. Acht erkannten die Besatzungsmächte nicht an, und vier schienen die Frage nicht zu verstehen, vielmehr nicht zu begreifen, wo sie sich befanden und dass sich die historische Situation inzwischen verändert hatte. Die in den Nervenheilanstalten vorübergehend eingesetzten amerikanischen Ärzte erinnerten sich an einen Fall aus Maryland, wo man im vergangenen Jahrhundert zwei Frauen zusammengebracht hatte, die sich beide für die Jungfrau Maria hielten. Nach einem zunächst unverbindlichen Gespräch stellten sie sich einander vor. In der ersten Irritation beschuldigte jede die andere, eine Betrügerin zu sein, da es nur eine Maria geben könne. Als beide jedoch die Ernsthaftigkeit der jeweils anderen bemerkten, kam es zu einer Pattsituation. Schließlich fragte die Ältere einen der Ärzte nach dem Namen der Mutter Marias, da es sich, wenn die andere tatsächlich Maria sei, bei ihr dann um diese handeln müsse. Da sie ihre Wahnidee in diesem Moment aufgab, stellte sich anschließend eine Heilung ein. Etwas Ähnliches erhoffte man sich auch für einige der Adolfs. Zuerst konfrontierte man immer nur zwei miteinander, was zu unterschiedlichen, meist nicht sehr erfreulichen Ergebnissen führte. Als man schließlich sieben von ihnen auf einmal aufeinander losließ, kam es zu fürchterlichen Raufereien, bei denen sie sich regelrecht zerfleischten und tiefe Verletzungen, Abschürfungen und sogar Bisswunden zufügten.

D. Ein amerikanischer Soldat auf die Frage einer Zuschauerin während der Nürnberger Prozesse: »No, Madam, a death sentence is not a sentence spoken by someone who is dying.«

E. Dr. Heinrich Schmittbauer, ein konfessionsloser Professor mit Anstellung an der historischen Fakultät der Universität Marburg, veröffentlichte 1949 im Eigendruck unter dem Titel »Der fünfte Alliierte« seine Auffassung, dass neben den vier Siegermächten eine Vertretung des jüdischen Volkes am Wiederaufbau der Bundesrepublik hätte beteiligt werden müssen oder noch beteiligt werden solle. Diesem fünften Alliierten sei in allen vier Besatzungszonen gleiches Mitspracherecht einzuräumen, besonders aber sei er bei kulturellen und sozialen Fragen hinzuzuziehen, etwa bei der Namensgebung für Straßen, Schulen und öffentliche Einrichtungen, sowie bei der Festlegung von Feiertagen. Ohne ein solches Mitwirken sei die sogenannte Reedukation, die sich ohnehin auf das Zeigen von Micky-Maus-Filmen und Aufführen von Marionettenspielen beschränke, sinnlos, wenn nicht gar kontraproduktiv. Sechs Millionen neue Straßennamen, so eine seiner Thesen, seien das Mindeste, was man der Vergangenheit schulde. Schmittbauer war der Meinung, dass eine wie auch immer geartete Wiedergutmachung nur über eine Annahme der bislang abgelehnten, ausgegrenzten und vernichteten Kultur geschehen könne, damit es nicht bei einer hohlen Geste bleibe, sondern die Bevölkerung überhaupt erst in die Lage versetzt werde, wirkliche Trauer empfinden zu können. Als Schmittbauer sich weigerte, den Aufsatz zurückzuziehen, wurde er als »untragbar« aus dem Staatsdienst entlassen.

F. Am 6. April 2015 fingen zwei polnische Fischer, dort, wo der Bober in die Oder mündet, einen beinahe vier Meter langen und ungefähr 200 Kilo schweren Wels. Dieser Wels, so stellte sich bei späteren Untersuchungen von Biologen heraus, war zwischen 90 und 110 Jahre alt. Neben einem Dutzend Knochen, einem Schädeldach und einem Unterkiefer fand man in seinem Inneren einen unversehrten Adler mit Hakenkreuz, Abzeichen der Waffen-SS sowie zwei Knöpfe einer SS-Uniform. Man mutmaßte, dass der Wels einen SS-Offizier während der Besetzung von Polen in den 1940er Jahren verschlungen haben musste. Es konnte nicht mehr festgestellt werden, ob der Mann zu diesem Zeitpunkt noch lebte oder bereits tot war.

G. Sie standen auf dem Hügel neben der Anstalt und sahen zum Feld, auf das immer mehr Wrackteile aus dem Himmel herabstürzten. Es war wie ein umgekehrtes Feuerwerk. Der Erste riss sich den verschlissenen Kittel vom Körper und lief nackt bis zur Straße, wo er von einem Jeep erfasst wurde. Die anderen schrien und lachten, rannten dann auch hinab an dem mittlerweile zum Halten gekommenen Convoy vorbei zu dem mit Blech und Stahl übersäten Acker, auf dem sie mit ausgebreiteten Armen zwischen den harten Furchen umherstolperten, um die viel zu schweren Stücke aufzufangen, die immerzu aus den Wolken fielen und einen nach dem anderen erschlugen. Die Soldaten standen regungslos. Der Fotograf vergaß, seine Kamera herauszuholen. Später beschrieben sie das Surren des Himmels, gefolgt von einer seltsamen Stille, in der nur noch das Klicken der abgeschalteten Motoren zu hören war. Und der Ruf eines Vogels, den sie nicht kannten.

H. Es gibt eine Sehnsucht nach Kontinuität, die selbst Kriminelle auf der Flucht bei einem Namenswechsel dazu bringt, wenigstens die Anfangsbuchstaben ihres Vor- und Nachnamens beizubehalten. Kleidung und Haartracht tragen ebenfalls immer eine Spur ihres Ursprungs in sich, sodass ein aufmerksamer Beobachter den Gesuchten leicht unter seiner Maskierung ausmachen kann. Möchte der vielleicht sogar erkannt werden? Gefunden ist der bessere Ausdruck. Es ist der Gedanke der Erlösung, der sich über die Jahrhunderte hinweg so verkomplizierte, als wolle er sich selbst abschaffen: ein seltsamer Mechanismus, das Wunderbare so lange unerklärt zu belassen, bis man es beim besten Willen nicht mehr begreifen kann. Wirklich nicht mehr begreifen. Im Dunkeln strecken wir die Hand aus und ziehen sie rasch zurück, bevor wir etwas berühren. Die Anlageberater können nur andere ins Unglück stürzen, sich selbst aber nicht dadurch retten. Notare und Richter ebenso.

I. Die Tannen. Dann die Alleen. Die Felder. Der Geruch von Apfelkuchen. Eine Ladenklingel. Es ist ein Apothekerladen. Es ist erst die Klingel und dann beim Zufallen der Tür das leichte Zittern der Jalousie. Die Frage, ob etwas oder jemand da sei. Auch die Frage, wann jemand wiederkomme. Die Bitte, am Apparat zu bleiben.

J. Jetzt endlich war die Entstehung des Privaten abgeschlossen, und sie konnten ein erstes Mal in Urlaub fahren. Die Eltern hatten Schlösser für die herabgelassenen Rollläden gekauft. Sie gingen den Keller ab, den Speicher und noch einmal alle Zimmer einzeln. Am Schluss zogen sie sogar die Wäscheleine ein. Beinahe sah es so aus, als wollten sie das Haus einem etwaigen Nachfolger möglichst ordentlich und intakt übergeben. »Schaut euch alles noch einmal an«, sagten die Eltern, »und sucht euch ein Spielzeug aus. Nein, nur eins. Ihr müsst euch entscheiden. Mehr passt nicht in den Koffer.« Die Kinder schauten traurig zurück. Die Eltern waren unbegreiflicherweise fröhlich. Man wusste nicht, wo es hingehen würde. Urlaub war das Gefühl, alles verloren zu haben.

K. Wir sprachen nicht mehr von Heilung, sondern von einem fiktiven Zustand, den wir manchmal als besser, manchmal als schlechter bezeichneten. Wir sprachen von Witterung und meinten damit die Zeit, in die wir beide, jeder auf seine Art, meinten hineingerutscht zu sein. Als Kranker hat man ohnehin seine eigene Zeit. Der Krieg spielte keine große Rolle. Die Nachkriegszeit spielte keine große Rolle. Die Gegenwart spielte keine große Rolle.

L. Am Fastnachtsmontag kamen die Eltern abends ins Kinderzimmer, um Gute Nacht zu sagen, bevor sie zum Fastnachtsball in den Gemeindesaal gingen. Die Mutter hatte ihr Bajaderen-Kostüm selbst geschneidert, der Vater trug wie immer einen Anzug, nur mit einer lustigen Fliege, an der zwei Würfel mit rot blinkenden Augen hingen.

M. Nach einigen Minuten hatte ich mich wieder gefangen. Mein Körper richtete sich auf wie eine kleine, auf der Straße vergessene Puppe, die von einem Windstoß erfasst wird. Ein halbes Dutzend Menschen war inzwischen vorbeigegangen. Niemand hatte mich gefragt, was mit mir los war. Ich konnte sie verstehen. Ich wäre wahrscheinlich auch vorbeigegangen.

N. Die Geschichte war immer so erzählt worden: Das Dokument mit dem Todesurteil der Nazis sei von der Mutter verbrannt worden, als die Amis einmarschierten, weil man Angst gehabt hatte, sie würden nicht verstehen, um was es sich handelte, sondern aus den Nazi-Insignien falsche Rückschlüsse ziehen. Warum aber hatte man dann das Parteibuch aufgehoben?

O. Wir gingen den steilen Weg zurück zur Straße, legten die Schaufel in das Auto zurück und liefen an der Kirche vorbei in die heiße Innenstadt. Die meisten Lokale hatten noch geschlossen, andere sagten uns nicht zu. Wir kauften schließlich belegte Brötchen und setzten uns auf eine Bank im Schatten eines Reiterstandbilds. Beide sahen wir geradeaus, während wir aßen. Ich wusste, dass sie es sich anders vorgestellt hatte. Ich hatte es mir auch anders vorgestellt.

P. Man konnte in diesem Sommer nichts prophezeien, weil sich bereits innerhalb kürzester Zeit alles erfüllt hatte. Die Zeit ließ sich weder festhalten noch zurückdrehen. Plötzlich kamen wieder alten Linien zum Vorschein. Ich trat aus dem Bahnhof hinaus auf den Vorplatz und stand im Regen. Ein Moment der Leere. Ein Moment der relativen Stille. Die Unterführung, durch die ich vor Jahren regelmäßig gegangen war, schien in der Zeit stehengeblieben. Die Buslinien hatten immer noch dieselben Nummern, fuhren aber andere Wege. Ich ging zu Fuß. Mir fiel der falsche Gebärdendolmetscher ein, der vor Jahren bei der Beerdigung von Nelson

Mandela aufgetaucht war und unter anderem die Rede des amerikanischen Präsidenten mit sinnlosen Gesten begleitet hatte. Er gab später an, einen schizophrenen Schub gehabt zu haben. Ich versuchte mir vorzustellen, vor einer Menge Menschen zu stehen, einen schizophrenen Schub zu haben und dennoch zu dolmetschen. Irgendetwas faszinierte mich an diesem Bild. Ein Jahr später löste man diese nie ganz fassbare Szene mit den üblichen Mitteln auf: Man brachte den Dolmetscher noch einmal für einen Werbefilm vor die Kamera. Er bekam dafür einen Tag Ausgang aus der geschlossenen Abteilung der Psychiatrie.

Q. Ich kam an dem Haus vorbei, in dem eine meiner Großtanten als Dienstmädchen gearbeitet hatte. Ihre Arbeitgeber waren immer gut zu ihr, hieß es in unserer Familiengeschichte, und forderten sie sogar auf, in den Gottesdienst zu gehen und zu anderen Veranstaltungen der katholischen Kirche. Als die jüdische Familie das Haus aufgeben musste, zog meine Großtante nach Frankfurt und bekam eine Stelle als Dienstmädchen bei den Rothschilds, die sie auch sehr gut behandelten, wenig später aber ebenfalls ihren Wohnsitz aufgeben mussten. Nach dem Krieg wohnte ein mit Auftrittsverbot belegter Pianist im selben Haus in einem kleinen Zimmer zur Untermiete. Er war ein Mitläufer gewesen. Was ein Mitläufer wirklich war, ließ sich schwer sagen. Auch ich lief beständig mit und hörte mich Dinge sagen, die ich nicht meinte. Einfach aus Höflichkeit und Freundlichkeit, so redete ich mir zumindest ein, vielleicht war es aber auch nur aus Angst vor einem verdorbenen Abend.

R. Obwohl man die Eisennägel in einer Operation, die viereinhalb Stunden dauerte, aus dem Körper entfernte, kamen sie zu den hohen Festtagen zurück.
Sie kamen zurück?
Sie wuchsen aus den Handflächen, sie lagen auf der Zunge, sie kamen aus den Augen.
Aus den Augen?

Ja, seitlich aus den inneren Augenwinkeln. Sie fielen in eine goldene Schale und es waren immer sieben.
Sieben Nägel?
Ja, zwei aus den Händen, zwei aus den Füßen, zwei aus den Augen und ein Nagel auf der Zunge.
Zu den hohen Festtagen?
Nein, das stimmt nicht. Sie kamen nicht zu hohen Festtagen, weil ich nicht mehr an hohe Festtage glaube. Es ist seltsam, dass es mit dem Unglauben anfing.
Damit fängt es immer an.
Dann wurde ich in eine Talkshow eingeladen. Ich habe meine Nägel in dieser Talkshow produziert.
In welchem Zusammenhang?
Es ging um das Restrisiko bei Flugreisen. Es ging darum, den Beweis anzutreten, dass man ein Sicherheitsrisiko nie völlig ausschalten kann. Die Frage lautete: Was ist mit Menschen, die Nägel aus sich heraus produzieren können und dann mit diesen Nägeln entsprechendes Unheil anrichten? Darum ging es.
Man könnte sie röntgen.
Man kann die Nägel nicht sehen. Sie werden, erst kurz bevor sie erscheinen, im Körper produziert.
Man könnte einen erhöhten Eisengehalt im Körper feststellen.
Ich kam in ein völlig dunkles Zimmer, draußen vor dem Fenster flackerte eine Straßenlampe, und ich meinte einen Körper zu erkennen, ihren Körper. Das Zimmer war schmal, eng, zusammengedrückt wie ein unterirdischer Tunnel. Es gab keine Türen. Ihr Gesicht war sanft, beinahe entrückt.
War es ein tröstliches Bild?
Das kann ich nicht sagen. Ich meinte ein Flackern zu sehen. Dann musste ich die Augen schließen.
Und dann?
Ich schlief vor Erschöpfung auf einer Liege ein. Und es wurde dunkel. Und der Wind fegte durch die Allee. Und ich träumte, dass ich wieder vor der Papierfabrik stand und dass wir alle erschossen wurden. Einer nach dem anderen. Und dass die Flugzeuge den

Himmel nach unten drückten. Und dass die feuchten Blätter sich um sich selbst drehten.
Stimmt, ich sah dich da unten liegen. Ich sah die Soldaten die Männer in einer Reihe aufstellen. Ich sah die untergehende Sonne sich in den Fenstern der Fabrik spiegeln. Ich sah eine einzelne Wolke über dem Weiher dahintreiben. Aber sie spiegelte sich komischerweise nicht im Wasser.
Nichts spiegelt sich mehr ab einer bestimmten Uhrzeit.
Zwei Frauen standen auf dem Kiesweg und unterhielten sich. Ein Kind fuhr mit einem Dreirad hin und her. Die Soldaten fotografierten sich gegenseitig, nachdem sie den Männern die Augen verbunden hatten.
Nichts spiegelt sich mehr ab einer bestimmten Uhrzeit.

s. In der letzten Nacht, das Haus war schon leer, seine Frau schon in der neuen Wohnung, die Tochter übernachtete bei einer Freundin, ging er in den Garten und schlug ein halbes Dutzend Eisennägel in den Obstbaum. Anschließend stand er am Küchenfenster und schaute auf die schemenhaften Schatten im Garten, die eine Bewegung vortäuschten, sodass er meinte, der Baum gehe bereits jetzt vor seinen Augen langsam ein.

t. Jede Erinnerung schließt eine andere aus. Mit einem Wort: Wenn du dich erinnerst, kann ich mich nicht mehr erinnern. Gleichzeitig ist alles, an was man sich selbst nicht erinnert, irgendwo anders aufgehoben, in der Stadt, der Landschaft, den Gebäuden, den Straßenzügen, dem Wetter. Wer sich nicht erinnert, wird erinnert.

u. Darum hoffte ich immer noch auf ein Entkommen, hoffte immer noch auf einen Spätsommertag mit schrägem Licht und einem unerwartet auftauchenden Stück Wald und einem Bauernhof dahinter und einer leeren Straße. Wie angenehm war es, mit diesem Gedanken einzuschlafen und in eine Leere hineinzuträumen, über die etwas Wind durch das halb angelehnte Fenster kam und über mich hinwegstrich.

v. Sie glaubten, alle Russen seien mit telepathischen Kräften ausgestattet, könnten mit den Händen Elektrizität erzeugen und hielten Hunde, die halb Tier, halb Maschine waren. Die Amerikaner seien hingegen durch Hormongaben im Trinkwasser sämtlich zu Frauen mutiert.

w. Ab April des Jahres wurden Illustrierte vom Verkaufspersonal nicht mehr zusammengerollt und mit einem Gummi fixiert, sondern so, wie sie auf dem Stapel neben der Kasse lagen, über den Ladentisch gereicht. Die Metzger würden hingegen noch weitere Jahre die Haut von der Fleischwurstscheibe entfernen, die sie dem Kind entgegenstreckten.

x. Jetzt sind wir doch in der Falle der Chronologie gelandet. So als steuere die Geschichte in Form einer Handlung auf ihren eigenen symbolischen Wert zu.

y. An Karneval war der Hitlergruß verboten.

z. Ist das Begreifen dem Begriff vorgeordnet oder entsteht das Begreifen aus dem Begriff?

2

Was ist mit den dunklen Gassen und den ebenso dunklen, mit Holz verkleideten Hobbykellern? Was ist mit der Beziehung zwischen den Menschen? Was ist mit den einstmals staatlichen Institutionen, den Waisenhäusern und Irrenanstalten? Lief dort alles weiter wie gehabt?

Wir haben begriffen, dass es sich bei der sogenannten Weltmechanik um die von anderen bereits vor vielen Jahren beschriebenen Beeinflussungsapparate handeln soll, in der Phantasie aufgeblasen zu einem Staudamm, einem Tempel, einer Vernichtungsmaschinerie mit Zahnrädern und Schachteln, dann wieder zu einem nichtgreifbaren Symbol verkürzt. Was aber bislang noch nicht benannt wurde, ist die Beziehung der einzelnen Indidviduen, oder auch Gruppierungen, zu einem Staatsgebilde im Allgemeinen. Existierte dieses Staatsgebilde noch? Und wenn es nicht mehr existierte, wie war es zusammengebrochen? Was war mit den Lagern, die nicht weiter erwähnt wurden? Was war mit den Inseln, die man im Maubachersee aufgeschüttet hatte, um dort Menschen in erbärmlichen Baracken einzuquartieren? Um was für Menschen handelte es sich? Ist nicht anzunehmen, dass es dieselben Menschen waren, die man davor an verschiedenen Stellen der Stadt in Lagern untergebracht hatte? Warum wurden sie auf einmal in die Inselquartiere im Maubachersee verlegt? Wer hatte das veranlasst? Warum gab es keine Gegenwehr? Woher kamen die Patrouillen, die rings um den Maubachersee Tag und Nacht Streife fuhren? Hatte man ausgemusterte Soldaten dafür rekrutiert?

Natürlich mussten diese Inseln gut überwacht werden. Natürlich handelte es sich um eine Art Notlösung. Und natürlich lässt sich gerade die Insel im allgemeinen Volksglauben mythologisieren, mystifizieren und mit Andeutungen und Anspielungen auf die Kolonialzeit versehen. Wie aber hat man sich den politischen Alltag vorzustellen, die Beziehung des Einzelnen zum zusammengebrochenen beziehungsweise mühsam gestützten und aufrechterhaltenen Staat? Beschränkte man sich darauf, den Patrouillen auf der Straße auszuweichen und das Seegebiet zu meiden, obwohl es doch Sommer wurde und es heiß, brütend heiß und unerträglich in der Stadt war?

Wie hielt man die Kinder in Schach? Wie verhinderte man, dass sie mit ihren Rädern stadtauswärts fuhren? Ach so, es gab keine Räder? Dann stadtauswärts liefen, denn wenn man etwas hatte, dann Zeit. Der Schulbetrieb lief weiterhin unregelmäßig. Und nach der Schule, was sollten die Kinder schon groß machen? Also gingen sie los, trafen sich am Lindholmplatz und marschierten zum Maubachersee, um dort zu schwimmen. Was aber geschah, als sie am Maubachersee vor dem Drahtzaun standen und den Strand zugeschüttet sahen mit grobem Straßensplit und an allen Ecken Pontons entdeckten, sodass der See kaum noch richtig zu durchschwimmen war, mit den sieben aufgeschütteten Inseln und den Baracken darauf? Inseln, die jeweils noch einmal umzäunt waren. Machte sich kein Unmut in der Gruppe breit, die ja nicht nur aus Kindern bestand, die man leicht hätte abspeisen können, sondern in der sich auch Jugendliche befanden, durch die vergangenen Jahre in ihrem Machtwillen bestärkte Rowdys, die es leicht mit ein paar Soldaten aufnahmen, die bereit waren, sich zu prügeln, die ihre Zähne schon bei anderen Gelegenheiten eingebüßt hatten, die nicht davor zurückschreckten, selbst einen Messerstich, selbst einen Streifschuss, unter Umständen sogar einen Durchschuss einzustecken, und denen alles willkommen war, wirklich alles, um sich in dieser vom Staat verhängten Tristesse wieder einmal zu spüren, dieser Tristesse, die den Blick beständig auf das Elend lenkte, auf das Elend der unmittelbaren Vergangenheit und das Elend der unmittelbaren Zukunft, damit man sich am besten nicht mehr vor die Tür traute, am besten die Klappe hielt, am besten versuchte, sich im Privaten zu vergraben, diesem Privaten, aus dem sich die Geschichten und Miniaturdramen entwickelten, die die Zeitungen abdruckten?

Dieser sogenannte Staat war lediglich ein breiter Schreibtisch mit zwei Telefonen in einem holzgetäfelten Raum mit drei Türen. Die eine Tür führte in eine kleine Kammer, in der man alleine stand, nachdem alle gegangen waren, und in der man gegen die ebenfalls holzgetäfelten Wände anschrie, während man sich die Krawatte vom offenen Hemdkragen zog. Aus allen Poren quoll der alte Cognacdunst und Nikotingestank und füllte diesen kleinen Raum wie die defekte Flutungskammer eines U-Boots. Ja, es war ein U-Boot, in dem sich diese sieben Posten der Regierung befand um den neuen Staat aufzubauen. Die zweite Tür führte in den Sitzungssaal, der viel zu groß war für die sechs Männer und die eine Frau, die sich versuchten an einer Ecke des langgestreckten und mittlerweile nicht mehr blankpolierten, sondern stumpfen Tischs zu gruppieren, sich dort gegenseitig Kaffee und Cognac nachschschenkten und Feuer gaben für die ewigen Ketten von Zigaretten. An der Wand hing, mit Rissen, Flecken und Löchern übersät, das große Gemälde, das bei einer früheren Staatsgründung in Auftrag gegeben, diesmal jedoch wegen Geld- und Materialknappheit lediglich übermalt worden war, ohne dass man sich der Symbolik dieser Handlung bewusst geworden wäre: Männer, die sich zum Schwur aufstellten, die von links kamen und nach rechts gingen, weil wir in diese Richtung schreiben und es uns deshalb ein Gefühl des Fortschreitens vermittelt, während der Gang von rechts nach links Rückkehr und Resignation ausdrückt. Leicht aufwärts ging der Weg zusätzlich, um das Hoffnungsfrohe zu unterstreichen. Diese Recken, bestimmt zwei Dutzend, trugen Fahnen und Flaggen und die abgeschlagenen Köpfe ihrer Feinde, und natürlich wusste man um die mythische Verklärung dieser Gründung, dieser feierlichen Vereinigung auf dem Nahrthalerfeld, die so nie stattgefunden hatte. Man hatte das Nahrthalerfeld vor vielen Jahrhunderten einem Bauern weggenommen und dann doch nichts damit anzufangen gewusst. Es lag, etwas ungünstig geschnitten, zu nah am Wald und zu fern von der gerade sich entwerfenden Stadt, zusätzlich noch von einem Weg halbiert, von dem aus man zwar eine schöne Aussicht hatte, aber sonst weiter nichts. Je sinnloser ein Ort ist, umso leichter lässt er sich mit Bedeutung aufladen. Andere wollen ihn besitzen. Man muss ihn verteidigen. Schließlich wird er konstitutiv für das wacklige Staatsgebilde. Zuerst ließ man diesen sogenannten »Schwur auf dem Nahrthalerfeld« von einem eher auf Stadtansichten spezialisierten Kunstmaler ausführen, dann wurde er alljährlich auf dem Nahrthalerfeld, wo er nie stattgefunden hatte, nachgestellt. Die Riten heiligen den Ort. Hunderte, hieß es schon bald darauf, seien dort gefallen.

Dann stimmt es gar nicht, dass auf dem Nahrthalerfeld ein Abfangjäger abgestürzt ist?

Wohin führt die dritte Tür des holzgetäfelten Raums?

Können wir davon ausgehen, dass es sich bei dem übermalten Gemälde im Sitzungssaal um das ehemals im zweiten Stock des Privatmuseums und davor in einer Remise am Lindholmplatz untergebrachte Bildnis der Weltmechanik handelt? Stimmt es, dass der Kunstmaler Professor Meininger an manchen Stellen unter anderem deshalb, weil ihm die geeigneten Materialien fehlten, um ein entsprechend großes Werk fachgerecht auszuführen, Motive und Figuren des früheren Bildes stehenließ, sodass diese sich nun mit dem Gründungsbild der neuen Ordnung vermischten?

Ist dieser Professor Meininger verwandt mit dem Assistenzarzt Meininger, der zusammen mit dem Assistenzarzt Bechthold das von beider Chefarzt, Dr. Ritter, beschriebene Krankheitsbild der Oneirodynia Diurnae als unhaltbar entlarvt hat?

Der Kunstmaler Professor Meininger ist der Vater des damaligen Assistenzarztes und jetzigen Leiters des neuen Klinikums an der Ostflanke.

Stimmt es, dass als politisch Handelnde allein Männer auf dem Gemälde abgebildet sind, während Frauen nur als Lorbeerkränze tragende Nymphen, junge Mädchen und sogenannte Gespielinnen erscheinen?

Stimmt es, dass alle Männer, die das mit dem Nahrthaler Wappen verzierte Schild tragen, nur neun Finger haben und dass diese Zahlensymbolik auf die Geheimgesellschaft für neuen Magnetismus verweist, die von sich selbst sagt, dass sie auf neun Säulen ruhe: Hypnose, Oneirose, Morphose, Phobose, Lethose, Aitherose, Hesychiase, Aergiase und schließlich Thanatose, also auf Beeinflussung durch Schlaf, Traum, Form, Angst, Vergessen, Äther, Erschöpfung, Trägheit und Tod?

Eine Gesellschaft, geschweige denn Geheimgesellschaft für neuen Magnetismus gibt es nicht. Es handelte sich um den Magischen Zirkel der Stadt, einen Zusammenschluss von Freizeit-Magiern. Besagte neun Säulen oder Beeinflussungsmethoden existieren nicht. Bei den aufgeführten Begriffen handelt es sich um Künstlernamen von Magiern, wie etwa der Große Hypnoli, der Unbezwingbare Letholi und so weiter.

Ist es wahr, dass es sich bei den sogenannten Körperteilopferungen um einen Therapieansatz des alten Siebert handelt, bei dem die Patienten in einer symbolischen Handlung ihren gesamten mit der jeweiligen Krankheit verbundenen Schmerz in einen Körperteil hineinlegen, der anschließend durch einen Gipsabdruck isoliert wird, was angeblich zu einer Heilung des Patienten führen soll, oder wird nicht vielmehr, da psychischer Schmerz nur körperlich wahrgenommen werden kann, ein Organ ausgemacht, in dem der Patient den psychischen Schmerz wahrnimmt und dieses Organ dann entnommen, oder die jeweilige Extremität amputiert, um den Patienten von seinen Schmerzen zu befreien? Und ist die öffentliche Zurschaustellung Teil der Therapie, da durch sie noch einmal verdeutlicht wird, dass der private Schmerz des Patienten nicht länger ungreifbar in ihm wütet, sondern allgemein sichtbar von anderen wahrgenommen werden kann?

Soll hier der alte Siebert mit einem Mal als Wohltäter etabliert werden, der nicht nur seinen irrigen Versuchen nachging – man denke nur an die Optographie – und seine Umwelt in zwei Gruppen einteilte, in Helferinnen oder Forschungsobjekte, sondern einer der starrköpfigsten Verteidiger der »Neuen Ordnung« war? Sollte diese Therapie der Körperteilopferung tatsächlich existiert haben, ist sie nur ein weiteres Menschenexperiment, denn Menschenexperimente werden immer ausgeführt, um angeblich Krankheiten zu erforschen und Menschen zu heilen. Außerdem ist diese beschönigende und euphemistische Schilderung vom »privaten Schmerz«, der nun »allgemein sichtbar von anderen wahrgenommen werden kann«, nichts weiter als eine Verhöhnung derjenigen, die unter solchen »privaten« Schmerzen leiden, und passt in ihrem Revisionismus genau in unsere Zeit, in der alle Schmerzen, alle Verluste, alle Unzulänglichkeiten ins Private verlagert werden sollen, während die Opferung eines Körperteils, von sich selbst oder den eigenen Auffassungen und Gefühlen, zum Dienst an der Öffentlichkeit umdefiniert wird, und man so tut, als heile die Öffentlichkeit den ins Private Verirrten, obwohl es doch sie ist, die den Einzelnen immer tiefer ins Private hineintreibt.

Aber hat Margas Psychiater nicht mit einer verfeinerten Methode, die auf der Theorie der Körperteilopferungen des alten Siebert beruht, vielen seiner Patienten helfen können, sodass man besagte Experimente als aus heutiger Sicht natürlich zu verurteilende, aber dennoch nötige Vorstufen einer effektiveren und vor allem menschlicheren Therapieform verstehen muss?

Die vermeintliche Heilung Margas ist hier ein eher schlechtes Beispiel.

Zurück zum Maubachersee: An besagtem überhitzten Sommertag standen die schwitzenden, staubigen und durstigen Jugendlichen dort vor dem umzäunten, bewachten und mit billigem Rollsplit zugeschütteten Strand, hinter dem verlockend das blaue Wasser in der Sonne glitzerte. Natürlich hatten sie keine Drahtscheren dabei, überhaupt kein Werkzeug, höchstens ein Taschenmesser, das ihnen nichts nützte, zumindest im Moment nicht, erst später, als sie es einem der patrouillierenden Soldaten mit dem Ausruf »Schönen Gruß aus Solingen« von hinten in die Niere oder die Leber oder was auch immer rammten. Während die anderen den zweiten Soldaten festhielten und schon einmal weichschlugen, bis auch er einen Stich abbekam, diesmal von vorn und in den Magen. Dann schnappten sie sich den Jeep und fuhren so lange gegen den Zaun, bis der nachgab und man ihn vollständig nach unten biegen konnte. Schon liefen die Jugendlichen laut johlend über den Strand, stürzten sich ins Wasser und hörten eine halbe Stunde lang nicht das Geschrei und Gepfeife, das von den sieben Inseln kam.

Als sie es schließlich hörten, schwammen sie zu einer der Inseln und standen nackt und nass auf dem schmalen Streifen Erde, den man zwischen Wasser und Zaun gelassen hatte, und sahen, dass man dort nicht nur irgendwelche Männer mit Kruselbärten eingesperrt hatte, Männer mit wirren Ideen, die auch eingesperrt gehörten, sondern auch Frauen, auch junge Frauen, auch hübsche Frauen. Jetzt fingen die Jugendlichen an, mit bloßen Händen an den Zäunen zu zerren. Sie zerrten, während die auf der anderen Seite drückten. Aber die Zäune hatten ein Betonfundament und ließen sich nicht so ohne Weiteres bewegen. Die Sonne brannte. Die Jugendlichen sprangen immer wieder zurück ins Wasser und schwammen ein paar Züge, um sich abzukühlen. Wie tief war der See eigentlich? Gab es nicht irgendwo so was wie eine Furt? Konnte man nicht vielleicht mit dem Jeep einfach rüberfahren und die Zäune der Inseln genauso eindrücken wie den großen Zaun um den See? Die Jugendlichen schauten zum Strand, wo sie den Jeep zurückgelassen hatten. Aber da stand inzwischen nicht mehr nur der eine Jeep, sondern noch ungefähr zwölf weitere, aus denen Soldaten ausstiegen und in Stellung gingen. Hinter Maschinengewehren in Stellung gingen. Und sie hörten ein Brausen in der Luft. Das waren Hubschrauber. Dann gab es noch ein anderes Geräusch, das eines Jagdflugzeugs.

Am Maubachersee trafen sich früher die Liebespaare. Noch früher spielten dort die Kinder. Noch früher begrub man dort die Verunglückten. Noch früher hob man Löcher aus, um Menschen lebend hineinzulegen und zu warten, ob das vom Regen ansteigende Wasser des Sees die Löcher überfluten würde. Viele starben, manche überlebten. Später errichtete man ein Gefängnis dort. Noch später wurde aus dem Gefängnis ein Veranstaltungsort christlicher Gemeinden, die über den Wert des Menschen aus ethischer und religiöser Sicht sprachen, seinen Wert aus ethischer und religiöser Sicht. Sie nannten diese Gespräche »Gespräche über Menschlichkeit«. Noch später wurde ein Gewerbegebiet um den Veranstaltungsort gebaut. Noch später wurde der Veranstaltungsort wieder Gefängnis und das leerstehende Gewerbegebiet ein mit Stacheldraht eingefasster Schutzwall um dieses Gefängnis. Manchmal sah man einen Mann vereinzelt im Scheinwerferlicht, das von den Wachtürmen über den See streifte, am Strand stehen. Ein traumatisches Erlebnis befähigte ihn, das Zusammenfließen von Vergangenheit und Zukunft in einer verdichteten Gegenwart zu spüren, einer Gegenwart, und das war die entscheidende Voraussetzung für dieses Gespür, die ihm nichts, rein gar nichts mehr bedeutete. Man feuerte zwei Schüsse in die Luft und verjagte ihn.

Der Maubachersee lag so weit außerhalb der Stadt, dass die Kinder durch seine Nennung bereits frühzeitig den Gebrauch von Metaphern erlernten, denn sie dachten, es müsse sich beim Maubachersee um eine solche handeln, weil ihnen nichts Konkretes in den Sinn kam, wenn ihre Eltern ihn nannten. Später, als sie das erste Mal im Maubachersee geschwommen waren, hatten sie diese Metapher längst vergessen. Aber war es nicht eigenartig, dass gerade der Maubachersee einer beständigen Veränderung unterworfen war, man einmal alte Granaten dort vermutete, dann wieder eine Gasleitung in seiner Nähe defekt und das Wasser entsprechend kontaminiert schien, Tiere im Winter angeblich immer nur halb einfroren, sodass sie in einer Vorhölle mit dem Kopf über dem Eis für viele Tage weiterlebten, während ihre Körper längst abgestorben waren, weshalb man im Sommer beim Tauchen auf unterschiedlich verweste Kadaver stieß, die mit einem seltsamen Lächeln vorübertrieben und in einem mit feinen Armen lockenden Algengestrüpp verschwanden? War der Maubachersee damit nicht eine Art Seismograph für die Befindlichkeit der Stadt und hätte man nicht vielmehr ihn, gerade weil er in der allgemeinen Historie der Stadt unerwähnt blieb, zum Ort der Städtegründung erklären sollen? Stattdessen gab es immer wieder Bestrebungen, den Maubachersee zuzuschütten. Wie man eine Wunde verdeckt. Wie man die Vergangenheit so lange umdefiniert, bis nichts mehr von ihr übrig ist.

Ist es nicht ein Fehler, immer neue Informationen aufzunehmen, anstatt die alten Informationen so lange zu ordnen, bis ein einheitliches Bild entsteht? Warum wird jetzt, kurz vor Schluss, der zuvor nie genannte Maubachersee ins Spiel gebracht? Was sollen wir damit noch anfangen?

Der Maubachersee existierte schon die ganze Zeit. Nur weil etwas nicht genannt wird, kann es dennoch existieren und das Genannte ungenannt bestimmen. Die Jungen aus dem Waisenhaus an der Neugasse gingen zum Beispiel regelmäßig zum Schwimmen dorthin. Siebert verabscheute die Gegend und versuchte sie zu meiden. Marga hatte keine Meinung zum Maubachersee. Bestimmt wäre sie einmal mit Arbeitskolleginnen oder Freundinnen dorthin zum Schwimmen gegangen. Aber dazu kam es bedauerlicherweise nicht mehr.

Tatsächlich war der Maubachersee kaum frei zugängig. Selbst als man die Lager dort geräumt hatte, stürzte ein Abfangjäger mitten in den See und erschlug ein dort schwimmendes Geschwisterpaar, was als Vorwand diente, den See nach der Bergung des Abfangjägers für mehrere Jahre abzusperren.

War dieses Ereignis eine der vielen Dopplungen? So wie man den Piloten auf dem Dach des alten Bahnhofs sah, während er auf dem Nahrthalerfeld starb? So wie das Eisenbahnunglück am Hagelberger Friedhof in dem Moment geschah, als in der Pension Guthleut in der Ulmenallee der von Mitgliedern der Gesellschaft für neuen Magnetismus an einem der Knaben aus dem Waisenhaus an der Neugasse ausgeführte Exorzismus missglückte?

War die Stadt wie ein Spiegel und markieren die benannten Orte, vom Privatmuseum in der Dolmenstraße über den Hagelberger Friedhof, vom Lindholmplatz bis zum Bergfels in der Südstadt, allein die Trennungslinie zwischen Realität und Gespiegeltem?

Was aber war Gegenstand und was Gespiegeltes?

Man sah den Maubachersee als Spiegelungen der Wolken, den Bergfels gespiegelt in der Weltmechanik, das Natürliche, von dem fast unablässig die Rede war, als Vorbild des Künstlichen, das Künstliche umgekehrt als Verzerrung, sogar Verhöhnung des Natürlichen, Siebert als Spiegelung des Soldaten, den alten Siebert als Spiegelung des jungen, sodass es in dieser so angelegten Welt nur noch um die Suche nach dem einen Punkt zu gehen schien, der sich nicht spiegelte, der als das ungespiegelt Spiegelnde das ehemals unbewegt Bewegende ersetzte. Daraus entstand die Idee einer Weltmechanik, überhaupt der Wille zur Weltmechanik, in der letztlich das Private im Gesellschaftlichen verschwand und das Gesellschaftliche im Privaten, weil niemand mehr das Objekt von seinem Spiegelbild unterscheiden konnte, so wenig, dass man schließlich mit Recht davon ausging, alles sei nur noch Spiegelung, während das ursprüngliche Objekt längst abhandengekommen war.

Könnte die Weltmechanik nicht auch so zu verstehen sein? Dass sie alles verschlingt, alles vernichtet, weil sie alles spiegelt?

Ist das nicht ein bisschen harmlos? Ein bisschen arg versöhnlich?

Versöhnlich? Irgendwann gab es noch ein Davor und Dahinter. Man konnte, wenn man es darauf anlegte, den Spiegel durchschreiten und in eine Welt gelangen, in der alles umgekehrt verlief oder auf dem Kopf stand, das Ferne bei Annäherung klein wurde, Wasser trocken war und die Luft zu trinken, wo stehend Leute saßen und ein totgeschossner Hase auf einer Sandbank Schlittschuh lief. Jetzt aber durchdrang sich das alles, entpuppte sich das scheinbar Normale als gespiegelt, kippte man selbst immerzu aus dem eigenen Zentrum. Es war eine Form der Vernichtung.

Ist das nicht eine weitere Verharmlosung, verglichen mit der wirklichen Vernichtung?

Ist es nicht auffällig, dass es keine Einrichtungen mehr gab, keine Institutionen, keine Anstalten, dass alles aufgelöst schien, tatsächlich aber dennoch funktionierte?

Die Bahnhöfe waren zerfressen und zerfasert. Den Hallen fehlte das Dach, den Gleisen die Puffer. Aus Angst, zufällig eingefangen zu werden zwischen den hohen Toren und hastig überkalkten Wänden, waren die Mauern an allen Seiten aufgebrochen. Es gab Koffer, die unabgeholt aufeinandergestapelt verdreckten, und kleine graue Bahnsteigkarten, gelocht, die sich mit jedem Windzug neu um eine der mittlerweile funktionslosen Stahlsäulen sortierten. Hatten hier einmal Automaten gehangen? Hinweisschilder? Fahrpläne? Die Züge fuhren längst nicht mehr pünktlich, die Straßenzüge waren durch den Bombeneinschlag auseinandergedreht, es gab keine Hinweise mehr, nur noch Andeutungen, die man sich mit hilflosem Schulterzucken zurief. Glücklicherweise waren fast gleichzeitig die Ziele abhandengekommen. Man lief in den Städten umher, stieg in Züge und verließ sie nach einigen Stationen wieder, um zu sehen, was sich dort befand, vielmehr, so man den Ort noch erkannte, was dort fehlte. Dass vor einigen Monaten Schnee fiel und das unruhig zerfurchte Land unter sich begrub, war eine Erlösung von der Wirrnis, weil man sich jetzt darunter eine geordnete Welt vorstellen konnte, die sich nach dem Tauwetter wieder zeigen würde. Wären da nicht die abgerissenen Arme gewesen, die hier und da herausragten, und die tief eingegrabenen Blutspuren, man hätte den Krieg vergessen und sich nur noch an den grauen Mantelstoff geklammert und mit einer Kruste hartem Brot im Maul ausgeharrt. Doch irgendwer schlug einem von hinten gegen den Kopf, rannte einen über den Haufen, stieß einen vom Bahnsteig, vom Gehsteig, von jeder noch so kleinen Erhöhung, die man erklommen hatte, zurück in den Irrgarten, in dem man eine Weile herumlief, bis man müde war und es Abend wurde. Jemand hatte ein Fahrrad ohne Felgen, ein anderer eine Karre ohne Griffe, doch man kam nicht zusammen. Die Einsamkeit war unerträglich geworden und das Gieren nach Tausch und Tauschbarem auch. Beides hing miteinander zusammen. Vielleicht nicht auf den ersten Blick, und oft gab es nur den ersten Blick, weil die Zeit für keinen zweiten reichte, doch hier und da ging man in der Erinnerung noch einmal zurück zu dem, was früher einmal ein Damm gewesen war, eine Straßenecke, ein Café, um sich zu vergewissern, was man damals gemeint hatte oder gewollt. Die Kinder, die auf stumpfen Brettern über den Schnee rodelten und ihre eigenen Spuren zogen, verstanden in ihrer Erfahrungslosigkeit mehr von der Zukunft als die müden Erwachsenen, die das Leben beständig auszuhauchen schienen. Man hielt sie an und versprach ihnen eine geröstete Kastanie, natürlich später im neuen Winter, wenn es wieder Kastanien geben würde. Dann mussten sie in die Hände der Erwachsenen schauen und die Linien, die sie dort sahen, mit den vom Hügel herabgefahrenen Linien ihrer Bretter vergleichen. Das war während der wenigen Tage, als keine Flugzeuge flogen, eine Art Amüsement. Manche Jungen verlangten nach direkter Bezahlung, Zigarettenstummel zum Beispiel oder auch ein Schluck Schnaps. Andere Kinder waren dumm und ließen sich einfangen und in Verschläge sperren und quälen.

Die Liebe, das Begehren, überhaupt dieser Überschuss an Energie, der sich sein Ziel im anderen sucht, war dennoch nicht völlig verschwunden. Wer aber wusste noch zu sagen, was Ethik war oder Glaubensgrundsätze? Die über den Kopf hinwegdonnernden Flugzeugschwärme nahmen zu viel Atem, um auszuformulieren, was man sich zusammendachte. Gemüsekisten wackelten auf einem Handkarren vorbei. Hatte er also doch noch Griffe gefunden oder zog er die Karre einfach so mit ausgestreckten Armen?

Der Tod fand immer noch vereinzelt statt und wurde auch einzeln wahrgenommen, weil es trotz aller übermütigen Töterei immer noch keine andere Maßeinheit des Sterbens geben wollte. Individuelles Leid türmte sich auf, erstickte sich gegenseitig, erlöste sich nicht, wurde mal mehr, mal weniger, wurde philosophisch ungenau beschrieben und blieb so im Wesentlichen unhinterfragt.

Der Teufel war außer Dienst. Was sollte er schon darstellen? Welchen Schrecken verkörpern, welches Leid herbeibringen? Der Teufel war ein lächerlicher Geselle, und wäre der Krieg noch ein paar Jahre weitergegangen, hätten die Kirchen sich umstrukturiert und eine schlüssigere Logik entwickelt als diesen ewig gleichen, wenn auch immer wieder entsprechend verschleierten Manichäismus.

War's das?

Fast. Wir müssen noch kurz eine mündlich überlieferte Episode besprechen. Es handelt sich dabei um den Zögling Ralph Fählmann. Diese mündliche Überlieferung ist insofern interessant, als sie die im Beiblatt zur offiziellen Chronik des Waisenhauses an der

Neugasse geschilderten Ereignisse in einem anderen Licht erscheinen lässt. In dieser mündlichen Überlieferung wird beschrieben, wie jemand mit langsamen und vorsichtigen Schritten eine steinerne Wendeltreppe hinuntergeht. Und eine steinerne Wendeltreppe befand sich im Westbau, genauer in dem Turm im Westbau, wo der Zögling Ralph Fählmann ein Studierzimmer von Dr. Hauchmann zugewiesen bekam.

Das mag Zufall sein.

Es heißt: Sie hat mir zwei Stiche an meinem Glied zugefügt. Zwar hat sie nicht zu tief zugestochen, dazu war sie zu aufgeregt, zu fahrig, dennoch werde ich es wahrscheinlich nicht überleben. Ich habe ein Handtuch gegen die Wunde gepresst. Es hat sich schon zur Hälfte vollgesogen. Wenigstens kann ich noch einmal dem klammen Raum entfliehen, muss ich nicht mehr auf die Schritte hören, meinen Körper straffen, meine Muskeln anspannen, dann wieder entspannen. Ich habe beides versucht. Beides hilft nicht. Das Morgenlicht fällt durch das schmale Turmfenster. Ich sehe eine Krähe über dem Garten kreisen. Seltsam, dass manche Menschen alt werden, andere als Kinder sterben. Seltsam, dass es überhaupt so etwas gibt wie eine Lebensplanung, dass Menschen auf die Idee kommen, irgendetwas planen zu können, sich auf irgendetwas verlassen zu können. Meine Eltern fallen mir ein. Ich kenne sie nicht, aber sie haben sich bestimmt ein anderes Leben vorgestellt für mich. Und auch ein anderes Leben für sich selbst. Ich gehe die steinerne Wendeltreppe weiter hinunter. Wenigstens hinterlasse ich eine Spur. Eine Spur, die erst in vielen Jahren verblasst sein wird, wenn längst andere Jungen hier wohnen. Andere Lehrer ihnen etwas beibringen. Es ein anderes Draußen geben wird. Vielleicht ist dieses Draußen noch schlimmer als das Drinnen. Vielleicht werden sie froh sein, hier leben zu dürfen. Ich höre ein hohes Klingeln. Die Sonnenstrahlen wärmen mir für einen Moment das kalte Gesicht. Hätte ich irgendetwas anders machen können? Wenn ich alles mitgemacht hätte, zu allem Ja gesagt hätte, vielleicht hätte sie mich freigelassen. Aber was sollte ich auf die Frage, ob der weibliche siderische Körper nicht angenehmer sei als der männliche, schon antworten sollen? Und was, als sie mich fragte, ob ich nicht allein wegen ihr die Erektionen gehabt hätte? Ich war zu müde. Zu wund. Zu erschöpft. Ich dachte, wenn ich sie einfach reden lasse, an mir herummessen, herumdrücken und herumzerren lasse, geben sie irgendwann Ruhe. Die Krähe ist auf dem Rasen gelandet und geht neben mir ein paar Schritte in Richtung Turnhalle. Sie findet es interessant, dass etwas an mir heruntertropft. Dass ich mich auflöse. Sie braucht keine Angst zu haben. Ich schaue sie an. Sie schaut zurück. Wir haben keine Angst voreinander. Die Sonne. Die Wolken. Ich gehe die drei Stufen hoch und durch die offene Tür. Die anderen stehen im Kreis. Sie sind wieder nackt, warten wahrscheinlich auf Dr. Hauchmann. Irgendetwas bewegt sich in dem Kreis. Ich höre ein heftiges Atmen und ein Trappeln. Dann sehe ich einen nackten Arm. Ein nacktes Bein. Als ich näher trete, erkenne ich sie. Es ist einer der siderischen Tänze, den sie tanzt. Sie ist immer noch so nackt wie in dem Moment, als sie mein Zimmer betreten und verlangt hatte, dass ich meine Hose herunterlassen solle. Das blutige Messer hält sie noch immer umklammert. Die Jungen stehen um sie herum und zerren an ihren Pimmeln. Sie bemerken mich nicht. Ich drehe mich um, gehe wieder nach draußen. Es sind nur noch kleine Tropfen, die auf den Boden fallen. Die Krähe hat auf mich gewartet. Ich falle auf die Knie und lasse mich langsam neben sie auf den Rasen sinken. Ich werde ganz ruhig und versuche erst flach, dann gar nicht mehr zu atmen, um sie zu hören. Um sie zu riechen. Ich kann die Augen nicht mehr öffnen. Jetzt bin ich ganz leer. Ohne Blut. Ohne Gedanken. Ohne Zukunft. Ohne Vergangenheit. Ohne Plan. Ich höre ein leichtes Klacken. Die Krähe kommt näher. Sie pickt leicht mit dem Schnabel auf meinen ausgestreckten Arm. Es ist wie ein Streicheln.

Wer soll diese Geschichte überliefert haben?

Wer sollte überhaupt Geschichten überliefern? Oder Geschichte?

Es ist also alles erfunden? Warum sollte jemand das alles erfinden? Aus einem Willen zur Irreführung? Aus Machthunger?

Sind der Knabe Ralph Fählmann und der Kretin ein und dieselbe Person?

Ralph Fählmann war Waise. Der Kretin hatte Eltern.

Aber weshalb sollte er ins Waisenhaus kommen?

Das ist ungeklärt.

Wirklich? Sagt er nicht selbst an einer Stelle, dass er die anderen Waisenkinder mit seiner Familiengeschichte beeindrucken wird?

Und?

Kann es nicht sein, dass ebendiese Geschichte erfunden ist? Das würde zumindest den Widerspruch erklären, warum ein Kind mit Eltern ins Waisenhaus kommt.

Ein unwichtiger Widerspruch in Bezug auf das Ganze.

Wenn wir das Traummotiv des herumliegenden Toten auf Siebert anwenden, könnte man sagen, dass Siebert sich in einer Form der Perspektivmultiplikation selbst am Fenster stehen und den unten auf der Straße liegenden Toten betrachten sieht? Könnte es sich bei diesem Toten nicht um eine Frau, nämlich Marga, gehandelt haben? Führte diese Entdeckung zu einem Schock, dem zufolge er Marga in einer alltäglichen und banalen Situation am Frühstückstisch hinter sich imaginiert, und wird diese Situation in dem Moment, in dem Passanten die bislang auf dem Bauch Liegende umdrehen und Margas Gesicht zu erkennen ist, durch die Konstruktion des angeblichen Schusses, der die hinter ihm sitzende Marga trifft, ersetzt, um eine Form der Realität wiederherzustellen, in der sich die beiden getrennten Perspektiven von Wahrnehmung und Imagination im Ereignis des Todes Margas treffen?

Nein, ein so feinfühliger Stilist wie Nehmhard würde nie einen doppelten Genitiv verwenden. Schon gar nicht in einem Romantitel.

Handelt es sich dann vielleicht um eine Nehmhard zugeschriebene Fälschung seiner Witwe, Hulda Brauerbach-Nehmhard?

Dann wäre der Tod ein Zusammenfallen mehrerer Perspektiven in eine.

Der Tod ist ohnehin das Immer-Andere. Er ist das Perspektivlose, nicht nur weil er keinen Blick, sondern auch keine Zeit kennt.

Wäre der Schuss des Soldaten dann vielleicht nur der Blick eines Passanten, der sich um die dort auf dem Boden liegende Marga kümmert und zufällig zu Siebert nach oben schaut? Und erfüllt dieser Blick uminterpretiert in einen Schuss nicht gleich zwei Funktionen, nämlich zum einen, die Realität bis zu einem gewissen Grade wiederherzustellen, zum anderen Siebert von einem Schuldgefühl gegenüber Marga zu befreien?

Ist es möglich, dass Marga aus dem Fenster gesprungen ist, also Selbstmord begangen hat, und dass die bisher geschilderten Umstände, das Frühstück, das geschlossene Fenster und so weiter die alltägliche Situation eines Morgens darstellen sollen, um den Selbstmord Margas ungeschehen zu machen? Ist es nicht bemerkenswert, dass Siebert Marga nicht sieht, sich kein einziges Mal während des Gesprächs umdreht, sondern mit ihr spricht und dabei ununterbrochen auf die Straße und zu dem dort liegenden Passanten blickt? Erst als Marga von dem angeblichen Schuss, also Siebert von dem Blick, getroffen wird, dreht er sich um und sieht die tote Marga hinter sich liegen. Das Umdrehen findet also genau in umgekehrter Richtung statt, wie alles in Umkehrung stattfindet.

Warum können die Szenen nicht unverbunden und damit näher an der Wahrheit bleiben? Beginnt die Lüge nicht mit der Konstruktion einer Erzählung?

Es ist die Theorie der Beeinflussungsapparate, die wir noch einmal anders fassen müssen. Natürlich ist der Paranoiker ein warnendes Beispiel, aber wir ziehen die Grenze an der falschen Stelle. Solange wir eine Erzählung anstreben, ein geschlossenes Narrativ, überhaupt ein Narrativ, schon den Ansatz eines Narrativs, arbeiten wir dem Entsetzlichen zu.

Ist das nicht alles etwas sehr übertrieben und dramatisch formuliert? Das Entsetzliche, was sollte das sein?

Siebert steht am Fenster. Er schaut auf die Straße. Er meint Margas Stimme zu hören, wie sie ihm noch einmal aus der Zeitung vorliest. Er wagt nicht, sich umzudrehen. Hier haben wir das Motiv des Umdrehverbots. Indem ich mich umdrehe, entschlüsselt sich die Geschichte für mich. Indem sie sich entschlüsselt, erkenne ich den grundsätzlichen Irrtum meiner Existenz. Siebert erstarrt. Marga verschwindet. Das Fenster zeigt immer in die falsche Richtung. Es lenkt ab.

Das Entsetzliche ist das, was von der Erinnerung und der Erzählung gleichermaßen ausgeschlossen ist. Wir versuchen, dieses Ausgeschlossene durch ein geschlossenes Narrativ zu ersetzen, erreichen es selbst aber nie.

Dann wäre der Impuls, die Erzählung aufzugeben, der einzig schlüssige.

Er ist eben nicht schlüssig. Darum genau geht es doch. Er ist nicht schlüssig. Wir suchen nach dem Schlüssigen. Wir konstruieren die Erzählung. Aber wir müssen das Unschlüssige suchen. Das Nicht-Schlüssige.

Wie kann man das Nicht-Schlüssige suchen?

Wir müssen uns dem fortschreitenden Erzählen verweigern. Das ist unsere einzige Chance.

Es wäre aber dann immer noch nicht geklärt, wo Margas Leiche geblieben ist.

Und wenn Marga nicht gesprungen ist, sondern auf der Straße von einem Jeep angefahren wurde, während Siebert oben am Fenster stand und den Unfall hilflos mitansehen musste? Das Attentat wäre dann eine von Siebert imaginierte Rache an den Verursachern des Unfalls.

Fragen sind nie unschuldig. Sie etablieren ein Machtverhältnis. Sie geben eine Struktur vor. Das Fragezeichen ist nichts anderes als ein verbogenes Ausrufezeichen. Ich erschaffe Welt, indem ich sie erfrage. Indem ich sie zu ordnen vorgebe, bilde ich sie.

Was spricht dafür, die Geschichte zu ordnen?

Nichts.

Was spricht dagegen?

Alles.

Aber vielleicht geht es gar nicht darum. Denn wir haben noch nicht gefragt, wer die Fragen stellt. Ist es am Ende Siebert, der in einem nicht enden wollenden mise en abyme inverse jede mögliche Frage selbst stellt und selbst der Befrager ist, den er wiederum befragt und so weiter?

Dann wären wir alle Siebert?

Nous sommes tous des Nazis allemands.

Und Marga?

XII

Es war Ende April, als ich erfuhr, dass Marga einen Unfall gehabt hatte und mit schweren Verletzungen im Krankenhaus von Sigmaringen lag. Die Umstände, wie ich davon erfuhr, trugen dazu bei, dass ich in einen mir bis dahin unbekannten Zustand geriet, den man nur unzureichend als Krankheit bezeichnen kann, auch wenn es sich natürlich um eine solche handelte.

Ich hatte an einem Samstagmorgen das Haus verlassen, um einige Einkäufe zu erledigen, und war an einer Straßenecke vor einem Supermarkt auf zwei flüchtige Bekannte gestoßen, die dort standen und sich unterhielten. Es war eine etwas unangenehme Situation, da ich ihr Gespräch nicht stören wollte, selbst auch wenig Interesse daran hatte, mich zu ihnen zu stellen, und eben doch für einen Moment stehenbleiben musste, um sie zu begrüßen, da wir uns länger nicht gesehen hatten, was einen kurzen Gruß im Vorbeigehen befremdlich hätte wirken und den Verdacht aufkommen lassen, dass ich einen Kontakt vermeiden wollte. Nach einigen Floskeln sagte einer der beiden für mich völlig unvermutet: »Wir haben gerade von Marga gesprochen, ich weiß nicht, ob du die auch kennst, sie ist nämlich schwer verunglückt und liegt im Krankenhaus.«

Dieser Satz löste in mir eine eigenartige Verwirrung aus, da ich einerseits erleichtert war, dass man mich nicht direkt mit Marga in Verbindung brachte, also nichts von unserer Beziehung ahnte, andererseits erstaunt, dass diese flüchtigen Bekannten von ihrem Schicksal erfahren hatten, ich hingegen nicht. Genaueres wussten sie jedoch auch nicht zu sagen, also verabschiedete ich mich schon nach kurzer Zeit unter einem Vorwand, beging dann allerdings den Fehler, da ich mich von den beiden beobachtet fühlte, nicht nach Hause zurückzugehen, sondern meinen Weg in Richtung Stadt fortzusetzen.

Wäre ich nach Hause zurückgekehrt, hätte ich mich dort hinsetzen, vor mich hin starren und Gedanken und Gefühle gleichermaßen vorbeiziehen lassen können. So aber trat ich aus mir heraus und ließ mich selbst wie eine Marionette die Straße entlangschlendern, weil ich darüber nachdenken musste, was die Gefühle bedeuteten, die in mir aufgestiegen waren, als ich den Namen Marga zum ersten Mal seit so vielen Jahren wieder gehört hatte. Weshalb etwa fühlte ich mich erleichtert, dass man Marga nicht mit mir in Verbindung brachte? Warum wollte ich nicht, dass andere von meiner Beziehung zu ihr erfuhren, obwohl diese Beziehung schon über fünf Jahre zurücklag? Was hatte ich zu verbergen? Und warum störte es mich gleichzeitig, dass Menschen, die Marga nicht annähernd so nahegestanden hatten wie ich, besser über ihr derzeitiges Leben Bescheid wussten? Hatte ich ernsthaft erwartet, dass man mich benachrichtigen würde? Natürlich nicht.

Unvermutet tauchte ein recht präzises Bild vor mir auf, das nicht nur beschönigend war, sondern in eine andere Zeit zu gehören schien, da ich mir Marga in einem Sanatorium eines Kurorts der fünfziger Jahre, oder vielleicht sogar noch vor dem Krieg, vorstellte, mit einem Verband um den Kopf und um die Arme, obwohl ich nicht wusste, welche Verletzungen sie davongetragen hatte. Der Name Sigmaringen, eine Stadt, von der ich nichts weiter wusste und mit der ich nichts weiter in Verbindung brachte, als dass ich mich an ein Foto zu erinnern meinte, auf dem ein Schloss auf einer Anhöhe zu sehen war, gab Margas Aufenthaltsort etwas sagenhaft Umwobenes, als läge sie genau dort, in einem von aufreißenden Wolken umwehten Turm und wartete in dem verwunschenen Zustand, in den sie unbeabsichtigt geraten war, auf eine Erlösung, die nichts mit ärztlicher Heilkunst zu tun hatte. Ärzte mit grauen Aktenordnern gingen die düsteren Gänge entlang, Schwestern mit Hauben beobachteten die Kranke durch einen Spion in der Tür. Eine ausgeblichene Postkartenansicht, die ein Bild zeigte, das vielleicht einmal harmlos gewesen sein mochte, es aber spätestens jetzt nicht mehr war.

Die Stadt, in der ich seit vielen Jahren wohnte und durch deren Straßen ich bereits vor vielen Jahren mit Marga gegangen war, erschien mir auf eigenartige Weise verändert, genau wie die Menschen, die meinen Weg kreuzten und die ich hier und da vor Häusern stehen oder aus Autos steigen sah. Es kam mir so vor – und ich kann es nur mit diesem einen Satz beschreiben, der mir unwillkürlich in den Sinn kam –, als sei eine Vereinbarung aufgekündigt worden. Eine Vereinbarung, die uns allen in den letzten Jahrzehnten ein wenn auch nicht unbeschwertes, oder gar unbekümmertes, dennoch ein nicht zu hinterfragendes Leben ermöglicht hatte. Diese Aufkündigung war jedoch weder von der einen Seite, eben mir und den anderen Einwohnern, noch von der anderen erfolgt, einer Seite, die ich nicht genauer hätte benennen und nur insoweit eingrenzen können, dass es sich nicht um eine Stadt- oder Landesverwaltung handelte, auch nicht um eine, wie man vielleicht meinen könnte, göttliche oder zumindest philosophische Regentschaft, obwohl mir unwillkürlich der Name Carl Schmitt einfiel, der aber auf ähnliche Weise wie Sigmaringen nur als Name in mir existierte, nicht ausschließlich als Name, weil ich wusste, dass es sich um einen weiteren unverbesserlichen Nazi und Antisemiten gehandelt hatte, der hundert Jahre alt geworden war, die Theorie des Ausnahmezustands entworfen und nach dem Krieg unter dem Pseudonym Dr. Walter Haustein eine Besprechung des neuen Grundgesetzes in der Eisenbahnerzeitung veröffentlicht hatte. Es kam mir, oder besser dieser Marionette dort unten, einen ganzen Straßenzug lang so vor, als stakte aus dem reißenden Gedankenstrom in meinem Kopf hier und da ein Name, an dem sich, ähnlich wie Treibholz und angespülter Müll, im Laufe der Zeit eine willkürliche Ansammlung von Gegenständen und Begriffen festhakte, die ich allein deshalb, weil sie aus dem sonst ununterscheidbar Vorbeirauschenden herausragten, für eine Meinung hielt, die mich dazu befähigte, Gespräche mit anderen zu führen und eine Haltung gegen eine andere in Stellung zu bringen. Selbst Marga, obwohl sie über viele Jahre hinweg mein Leben geteilt hatte, war inzwischen zu solch einem Namen geworden, den ich allerdings selbst und mutwillig in diesen reißenden Fluss geworfen hatte, aus dem sie jetzt unerwartet hochgespült worden war, um eine erneute Aufmerksamkeit, zumindest ein erneutes Vergessen zu verlangen.

Doch stimmte das wirklich oder machte ich mir nicht etwas vor? War das Gefühl der Erleichterung, das ich in dem Moment verspürte, als mir klarwurde, dass die beiden flüchtigen Bekannten nichts Genaueres von mir und Marga wussten, nicht vielmehr ein Zeichen dafür, dass ich meine Beziehung zu ihr nie beendet, sondern nur verlagert hatte? Nur, wohin verlagert?

Ich ging davon aus, dass dieses Gefühl, das ich mit dem unzureichenden Begriff der Aufkündigung einer Vereinbarung umschrieben hatte, nur mich überkommen hatte und ich nur meinte, es auch in den Menschen um mich herum zu erkennen. Diese Menschen, Passanten wie Kinder, verhielten sich nicht anders als sonst, nur dass ich ihr Verhalten gespielt und vorgeschoben, angeeignet und ausgedacht empfand: eine Art Prophylaxe, mit der sie ihre Existenz gestalteten, bis sich ihnen eine andere Möglichkeit zu leben bieten würde. Dieses andere Leben wäre nicht auf die Konstruktion eines Bildes ausgerichtet, das die gegenseitige Wahrnehmung erleichterte, sondern würde sich am Ungenauen orientieren und diejenigen Dinge in den Vordergrund rücken, die einem einen beständigen Zweifel aufdrängten, weil sie nie ganz fassbar waren, so wie für mich in diesem Moment Sigmaringen oder Carl Schmitt – oder nun schon seit Längerem Marga.

Meine Einbildung von der vermeintlichen Veränderung der Menschen, die sich durch den Gedanken an die verunglückte und in einem Hospital liegende Marga in mir entwickelt und anschließend, nachdem sie einige Momente ziellos in meinem Inneren umhergeirrt war, über die Außenwelt gelegt hatte, sollte mich wahrscheinlich an etwas erinnern, dass ich selbst einmal in der Zeit mit Marga gespürt hatte, als ich diese irgendwann zwischen Jugend und Erwachsensein provisorisch und eher aus Not übergeworfene Lebensmöglichkeit für einen Moment hatte ablegen und damit die von mir eingegangene Vereinbarung hatte aufkündigen können, diese Vereinbarung, die darin bestand, das Provisorium nicht infrage zu stellen, weder bei sich noch beim anderen, sondern es mangels Besserem zu einer Art Charakter zu verfestigen. Dieses kurzzeitige und für uns beide völlig unerwartete Abstreifen unserer Charakterprovisorien hatte Marga und mir eine Möglichkeit in Aussicht gestellt, die uns bereits im Moment ihres Entstehens überfordert hatte, da wir uns zu etwas Neuem hätten entwickeln müssen, ohne dieses Neue zu kennen. Deshalb waren wir schon bald dazu übergegangen, uns die gerade frisch abgelegten Häute wieder selbst oder wechselseitig dem anderen überzuziehen. Die Möglichkeit einer Veränderung war somit nicht nur zurückgenommen worden, sondern hatte sich in einen Irrweg verkehrt, den man bereute eingeschlagen zu haben und den noch einmal zu beschreiten man sich, so der heimliche Schwur eines jeden, in Zukunft hüten würde, sodass das Zufällige und Willkürliche des erworbenen Charakters unerwartet gestärkt aus allem hervorging und man sich in der Praxis einer Paartherapeutin plötzlich das verteidigen sah, was man doch hatte überwinden wollen.

Ich muss dazu sagen, dass ich diese Interpretation unseres damaligen Zustands in den Momenten entwickelte, als ich über der ziellos durch die Straßen irrenden Marionette schwebte, denn seinerzeit hatten Marga und ich diese Veränderung lediglich als ein Schwinden unserer gegenseitigen Zuneigung interpretiert, ohne deren genauere Gründe zu kennen, und, da ein Abkühlen von Gefühlen allgemein üblich zu sein schien, als mehr oder minder schicksalshaft hingenommen.

Jetzt aber erinnerte ich mich an eine Zeit dazwischen, als unsere Beziehung bereits hoffnungslos geworden war, ich aber noch bereit war, mich dieser Hoffnungslosigkeit auszusetzen. Damals hatte ich die vielen Tage und Wochen, die ich allein verbrachte, obwohl wir beide jederzeit behauptet hätten, noch ein Paar zu sein, in einem Zustand durchlebt, in dem mir, es mag etwas dramatisch klingen, aber ich kann es nicht anders beschreiben, das Leben wie eine filigrane Haut erschien, die mich zwar noch umgab, sich aber bereits ein Stück von mir gelöst hatte, weshalb ich sie als etwas Eigenständiges empfand, durch das hindurch ich alles andere wahrnahm. Ich machte nichts anders als sonst, dachte nicht anders als sonst, fühlte nicht anders als sonst, alles aber mit einer winzigen Verzögerung, in der mir das Tun, Denken und Fühlen in seinem Automatismus vorauszueilen schien, während ich verträumt und unfähig, mich zu fassen, zurückblieb.

Wenn man an einem verregneten Abend mit leichtem Fieber in einer fremden Stadt die Straßen entlanggeht, so kann ein eigenartiges Gefühl der Entfremdung entstehen, das gar nicht einmal unangenehm ist. Der Körper geht scheinbar zielgerichtet durch die Dämmerung, obwohl ihm jegliche Orientierung fehlt, denn er ist abgelöst von dem sonst mit ihm verbundenen Narrativ, das beständig versucht, eine Ordnung aufzubauen und in diese Ordnung alles zu integrieren, was vor einem auftaucht und ringsumher geschieht. Das Trauma, ausgelöst durch einen Unfall, ein Unglück, einen Schock, ist dem Versagen zuzuschreiben, dieses plötzlich auf den Menschen einwirkende Geschehnis in das beständig konstruierte Narrativ zu integrieren. Die Suche nach Tätern, nach Gründen, nach Verantwortlichen, ist deshalb so wichtig, weil das Narrativ nicht ins Stocken geraten darf, da sonst die Lücken innerhalb der gesellschaftlichen Vereinbarung zum Vorschein kommen, die Abgründe, die zwischen uns und dem anderen klaffen, zwischen jedem Haus, jeder Straßenkreuzung, jeder Stadt, jedem Land, jedem Kontinent, vor allem aber zwischen den Menschen, gleichgültig, ob sie sich mit einer Waffe in der Hand gegenüberstehen oder aufeinander in einem Bett liegen. Dieses beständig in jedem von uns konstruierte Narrativ ist die Weltmechanik, und wie jede Mechanik unterliegt sie Gesetzen, die unumstößlich erscheinen, die man untersuchen und darlegen kann, die aber selbst nicht sichtbar werden dürfen. Nicht sichtbar zu sein gehört zum Wesen der Weltmechanik. Wird etwas durch einen Zufall, in der Regel eine Katastrophe, sichtbar, so muss dieser sichtbare Teil umgehend als nicht zur Weltmechanik gehörend in die Weltmechanik integriert werden. Diesen Vorgang, den sichtbar gewordenen Teil der Weltmechanik von ihr abzulösen und als Ausnahme, Zufall, Wunder, Phänomen, Katastrophe, Unfall oder eben Interpretation, Lüge, Verleumdung et cetera in das Narrativ zu integrieren, wird je nach Funktion Trauerarbeit, Verhandlung, Wahnsinn, Geschichtsschreibung und so weiter genannt. Die Weltmechanik zerstört, sie sondert aus, separiert, trennt, beurteilt und ordnet.

In meiner Beziehung zu Marga etwa war über einen Zeitraum von mehreren Jahren diese Weltmechanik sichtbar hervorgetreten, da wir uns nicht auf ein Narrativ hatten einigen können, beide aber durch unsere Liebe gezwungen wurden, die Erzählung des anderen genauso ernst zu nehmen wie die eigene.

In einem ähnlichen Zustand befand ich mich nun wieder, vielleicht dadurch ausgelöst, dass Marga, wenn auch nur in Gedanken und als Bild, zurückgekehrt und, ähnlich wie damals, zu einem fernen Fixpunkt geworden war, auf den ich mich bezog. Dabei erleichterte mir die Vorstellung von ihrem verbundenen Kopf und ihren verbundenen Armen eine Erinnerung an sie, da ich mir ihre genauen Gesichtszüge schon längst nicht mehr hätte vorstellen können.

Eigenartige Häuser fielen mir auf. Schmal und aus Holz hatten sie sich bislang in den Straßenzügen versteckt und traten jetzt ungeschützt hervor. Eine eingefallene, unverputzte Rückwand mit nur einem Fenster, die in einem schrägen Winkel zwischen Neubauten hervorstak. Ich entdeckte zufällig den Schriftzug eines ehemaligen

Hotels unter dem First eines mehrstöckigen Altbaus, und nachdem mein Blick einmal dort war, fiel mir auf, dass sich in den oberen Bereichen der Häuser eine ganz andere Welt befand, als man meinte, wenn man, so wie ich in all den Jahren, durch die Straßen ging und den Blick geradeaus und zur Seite gerichtet hielt. Dort oben waren eigenartige Konstruktionen vor den Fenstern zu sehen, gab es Unverputztes und Drangeschraubtes, eine Reihe überalterter Lüftungssysteme mit schaukelnden Kabeln unterbrochen von einem Blumenfenster, gefolgt von einem ausgebrannten schwarzen Loch und vieles andere mehr. Ich war auf das architektonische Unbewusste gestoßen, und in dem Maße, in dem mich meine Entdeckung faszinierte, beunruhigte sie mich. Der hinter allem lauernde Ausnahmezustand, den ich bislang in Hinterhöfe und Keller verbannt hatte, schien allgegenwärtiger, als ich angenommen hatte. Die Menschen, die dort hinter den Fenstern lebten, deren Fassade noch nicht einmal zum Schein aufrechterhalten wurde, was unterschied ihr Leben von meinem?

Es war auffällig, dass ich andere Menschen immer in eine funktionierende Gemeinschaft eingebunden vermutete, während ich mich selbst als vereinzelt und isoliert empfand. Mich und, für diesen Moment, Marga. Vielleicht war es überhaupt das Gefühl der Vereinzelung, das uns so viele Jahre miteinander verbunden oder besser aneinander gebunden hatte, denn indem jeder sich selbst einsam fühlte, konnte er den anderen wenigstens in seiner Einsamkeit begreifen, wenn auch nicht aus ihr befreien. So spürte ich noch vor dem Gefühl des Bedauerns für mich ein Gefühl des Mitleids für Marga, das mich noch offener für Verletzungen machte und ihren Kampf gegen mich komplizierter, da ich uneindeutig wirkte und mich nicht nur gegen sie, sondern zugleich auch immer sie gegen mich verteidigen wollte. Dieses Gefühl beschränkte nicht nur meine Handlungsfähigkeit, sondern erhöhte die Wirkung der von mir gegen mich selbst vorgebrachten Anschuldigungen, da ich ihre Einschätzung von mir gern geteilt hätte, dies aber aus einem letzten Rest an Selbsterhaltungstrieb nicht konnte. Dieser Rest an

Selbsterhaltungstrieb war mir suspekt und galt mir als Beweis meiner mangelnden Liebe, denn war man in der Liebe nicht bereit, sich völlig auf- und hinzugeben? Liebte ich folglich Marga nicht wirklich, weil ich weiterhin an einem Teil von mir festhielt, den ich bewahrenswert fand, obwohl er mich von Marga abgrenzte?

Ich erinnerte mich, während ich weiter durch die Straßen ging, die oberen Stockwerke anschaute und mir das Leben der Menschen hinter diesen Fenstern vorstellte, an einen Moment, in dem ich gehofft hatte, Marga würde sich in einen anderen Mann verlieben, weil sich mein Schmerz dadurch eindeutig hätte zuordnen lassen und mich vielleicht von dem unaufhörlich nagenden Zweifel, dem beständigen Leben außerhalb von mir, kurz dieser permanenten Existenz in einem Zwischenstadium, befreien können. Ich wäre wieder völlig allein und hätte mich ganz auf diese Einsamkeit konzentrieren und mich mit ihr mehr oder minder arrangieren können. Aber Marga tat mir den Gefallen nicht, was mich in anderen Momenten wieder beruhigte und tröstete. Dass wir uns schließlich doch trennten, verdankte sich einem relativ banalen Umstand: Marga zog aus beruflichen Gründen vorübergehend in eine andere Stadt und wir nutzten beide die Gelegenheit, um unsere Verbindung langsam verebben zu lassen. Noch ein-, zweimal unternahmen wir den halbherzigen Versuch, doch noch ein weiteres gemeinsames Leben ins Auge zu fassen, dann gab es eine längere Pause, in der wir beide mit anderem beschäftigt waren, und als ich Marga nach fast einem Vierteljahr wieder zu erreichen versuchte, war sie unbekannt verzogen. Ich war natürlich in der Stadt geblieben, in der ich mein halbes Leben zugebracht hatte, vermutete sie hingegen unwillkürlich im Ausland oder zumindest in einer größeren Entfernung von mir.

Nun versuchte ich, sie mir in Sigmaringen vorzustellen, versuchte mir vorzustellen, dass sie in Sigmaringen verunglückt war. Was mochte das bedeuten? Wenn Marga in Sigmaringen gelebt hatte und dort verunglückt war, so klang das dramatischer, als wenn sie in der Nähe und auf der Durchreise einen Autounfall gehabt hätte und nach Sigmaringen ins Hospital gebracht worden wäre. Auch das war nicht wirklich beruhigend, aber es fehlte die Absicht, die man vermuten kann, wenn jemand an seinem Wohnort verunglückt. Etwa, dass Marga von der Vergangenheit eingeholt worden war, sich während eines Spaziergangs durch Sigmaringen unvermutet zum Schloss aufgemacht und sich dort von einer Zinne gestürzt hatte. Was aber meinte ich mit dem Ausdruck »von der Vergangenheit eingeholt«? Von welcher Vergangenheit sprach ich? Wahrscheinlich war es ein plumper Versuch, in Klischees weiterzudenken und mich mit ihnen zu beruhigen. Denn die Vorstellung, Marga habe sich etwas angetan, überhaupt die Vorstellung, Marga sei etwas zugestoßen, beunruhigte mich zugegebenermaßen nachhaltig.

Der Eindruck, dass ich seit einigen Jahren ein merkwürdiges Leben geführt hatte, verfestigte sich während meines absurd unkoordinierten Spaziergangs. Immer und immer wieder fragte ich mich, ob tatsächlich die Nachricht von Margas Unfall ausgereicht hatte, diese doch bislang brauchbare Lebenskonstruktion derart ins Wanken zu bringen, oder ob es dafür noch andere Gründe gab. Ich hatte meinen bisherigen Zustand vielleicht nicht als glücklich, aber als zufriedenstellend empfunden und meine Bindungslosigkeit und Einsamkeit vorteilhaft ausgelegt. Und natürlich gab es Vorteile: Ich lebte in einer Distanz zu allem und glaubte deshalb frei und unbeeinflussbar zu sein. Dazu passte allerdings nicht meine strikte Einteilung des Tages, auch nicht, dass ich meine Wohnung, wie auch meinen Wohnort, so gut wie nie verließ. Ich hatte, und da war ich bestimmt nicht der Einzige, dem das in seinem Leben widerfuhr, die Optionen für meine Existenz immer weiter reduziert und so getan, als hätte ich mich bewusst für diese Reduktion entschieden. Nun merkte ich, dass es nichts anderes als die mehr oder minder schlüssige Umsetzung einer Resignation war, die sich zwangsläufig aus meinem vergleichbar unentschlossenen Lebensverlauf ergeben hatte.

Nach der Trennung von Marga hatte ich beschlossen, keine Beziehung mehr einzugehen, und hatte mich daran gehalten, wobei sich, wenn ich ehrlich war, keinerlei Gelegenheiten ergeben hatten, diesen Entschluss infrage zu stellen. Ich hatte umgekehrt auch keine Gelegenheiten gesucht, das zumindest konnte ich mir zugutehalten, und auch, dass ich nicht verärgert oder enttäuscht darüber war, dass sich dieses Thema einfach aufgelöst hatte. Immer wieder im Leben fragt man sich, wie Menschen eigentlich so werden, wie sie sind: alt, verknöchert, unwillig, resigniert? Sie fingen doch auch mal ganz einfach als Kinder an, die dann eben immer älter wurden. Wann fand denn dieser Sprung in eine Form der Existenz statt, in der sie nicht mehr auf ihr Äußeres achteten oder sich nicht mehr für andere Menschen interessierten? Das Alter war von einem gewissen Mythos umgeben. Es arbeitete im Verborgenen, trat dann irgendwann einmal nach außen und provozierte bei anderen die Bemerkung: »Mann, der ist aber auch alt geworden.« Merkten die Betroffenen das nicht auch selbst? Ich hatte immer auf diesen Moment gewartet und mich ab zwanzig selbstkritisch beäugt, dann aber war ich für einige Jahre abgelenkt gewesen, und als es mir wieder einfiel, hatte ich den Zeitpunkt tatsächlich verpasst und war bereits alt geworden. Dieses Alter, das mit einer Ansammlung von Jahren wenig zu tun hatte, war durch eine Reihe von Entscheidungen entstanden, denen ich im Einzelnen keinen großen Wert beigemessen hatte. Am Anfang stand besagter Entschluss, nach Marga keine Beziehung mehr einzugehen, dann, als ich den Nachlass meiner Mutter durchging und die Hunderte vollgeschriebener Hefte und Blöcke fand, in denen sie Italienisch, Französisch und Spanisch gelernt hatte, die Ordnungssysteme ihrer Bücher, ihre Kunstzeitschriften, von den Kisten mit Bastelmaterial einmal abgesehen, folgte die Entscheidung, nichts Neues mehr lernen zu wollen und mich für nichts Unbekanntes mehr interessieren zu lassen. Ich hatte es damals nicht so empfunden, spürte es aber jetzt umso deutlicher, dass ich allem Anschein nach in meinem eigenen Saft hatte schmoren und diesen Saft, den ich selbst ausdünstete, völlig wieder in mich hatte aufnehmen wollen, um bei meinem Tod nichts zu hinterlassen, woraus andere die Tragik meines Lebens hätten ablesen können. Nicht dass mein Leben besonders tragisch gewesen wäre, doch die tragische Auffassung, es ginge um Weiterentwicklung, obwohl doch alles nur auf den Tod hinausläuft, reichte, um voller Scham eine komplette Abnutzung von mir anzustreben.

War Marga dem Tod näher als ich in diesem Moment? Sie war fünf Jahre jünger und es wäre ungerecht, wenn sie durch ein Unglück plötzlich aus dem Leben gerissen würde und ich weiter hier herumlaufen müsste. Ich überlegte, was ich heute getan hatte und was mein Herumlaufen hier überhaupt rechtfertigte. Natürlich konnte ich als Entschuldigung anführen, dass ich durch die unerwartete Nachricht und die von ihr ausgelösten Erinnerungen nicht das hatte machen können, was ich vorgehabt hatte zu tun. Aber wenn ich darüber nachdachte, was ich getan hätte und wohin ich gegangen wäre, wenn ich nicht von Margas Unglück erfahren hätte, zeigte sich keine wirklich überzeugende Alternative. Und wenn es sich nur um ein Gerücht handelte? Genaueres hatten die beiden schließlich nicht gewusst. Konnte ich nicht einfach in meinen Ohrensessel zurückkehren und so tun, als sei nichts weiter, so tun, als hätte ich nichts gehört, als könne Marga immer noch irgendwo im Ausland sein und glücklich dahinleben?

Dieser Überlegung folgte der Verdacht, dass ich nicht nur Marga, sondern auch mich selbst gedanklich an einen Ort weit außerhalb meiner tatsächlichen Existenz verfrachtet hatte, einen Ort, den ich zwar nicht hätte beschreiben können, der aber für das stand, was man früher einmal das Eigentliche genannt hatte, den Kern der eigenen Existenz. Offenbar war meine Resignation doch nicht so umfassend wie angenommen, da sich dort noch ein existenzieller Rest von mir befand, während ich an dem Ort, den ich nannte, wenn man mich nach meiner Adresse fragte, umherging wie ein Geist, der keinen Frieden finden kann.

Ich wohnte an diesem Ort in einem Haus, aß, schlief und arbeitete dort, ging durch die Straßen und versuchte, so wenig wie möglich zur Besinnung zu kommen. Wenn wieder ein Tag zu Ende ging, war ich darüber verwundert, dass ich tatsächlich alle mir gestellten Aufgaben erledigt hatte und bereit war, weiterhin wie ein Uhrwerk zu funktionieren, ohne wie früher das Gefühl zu haben, jederzeit zusammenbrechen, aus der Haut fahren oder etwas Unüberlegtes tun zu müssen. Etwas tatsächlich Unüberlegtes und nicht etwas, das man so benannte, weil man es nicht genügend durchdacht hatte. Indem ich dieses Eigentliche, so diffus es auch wurde, sobald ich mich ihm gedanklich näherte, ausgelagert hatte, schienen alle äußeren Gefahren und Beeinflussungen, alles, was diesen immer gleichen Ablauf hätte gefährden können, gebannt, und selbst das Dahinterliegende, das Schwelende und Drohende, war so gut abgepolstert, dass nur manchmal ein schwacher Widerschein durch diese Watte drang, eine Erinnerung wie die Bilder aus dem Sanatorium in Sigmaringen, die selbst nur Erinnerungen an etwas waren, das ich gar nicht erlebt hatte.

Versuchte ich herauszufinden, was mich dazu gebracht hatte, mein Leben auf diese Weise auszulagern, so musste ich feststellen, dass dieser Grund ebenso konstruiert war wie mein symbolisches Dahinleben, das sich mit dem, was man gemeinhin als real oder wirklich bezeichnete, in fast keinem Punkt mehr traf. Der Grund, den ich mir zurechtgelegt hatte, lautete schlicht und einfach: Marga. Sie hatte mich dazu gebracht. Erst hatte sie mich ausgelagert, dann ich sie und anschließend ich mich selbst, so ungefähr hätte ich es erklärt, wäre mir diese Erklärung nicht im selben Moment absolut lächerlich erschienen. Natürlich hätte ich Belege dafür erbringen können, dass sie meine ohnehin eher kraft- und mutlosen Äußerungen des Eigenen noch weiter in mich zurückgedrängt, sozusagen im Keim erstickt hatte. Nicht geplant oder absichtsvoll, sondern weil diese Äußerungen ihren eigenen Zweifel beförderten. Worin sind wir berührbarer als in unseren Zweifeln, den winzigen Punkten, die wir offenhalten müssen, um die Verbindung zu dem, was wir ausgelagert haben, nicht völlig zu verlieren? Weiß man nämlich selbst nicht mehr um das Ausgelagerte, tritt man in eine neue Phase ein, die ein gesellschaftliches Funktionieren in der Regel unmöglich macht. Besser ist es, dann auch noch die Erinnerung an das Vergessene zu vergessen und das Vergessen als selbstständigen Vorgang an die Stelle des Erinnerns zu setzen, bis man schließlich nicht mehr weiß, was Erinnerung wirklich ist, auch wenn man von anderen hingehaltene Fotos ansah und Sätze in der Vergangenheit formulierte.

Ob Marga diese komplette Auslöschung gelungen war, wusste ich natürlich nicht. Und mir? War sie mir gelungen? Da ich in den letzten Jahren sogar die Existenz dieser Lücke vergessen hatte, wahrscheinlich ja. Und doch genügte ein einziger Satz, um mich dorthin zurückzuführen, wohin ich all das von mir Abgelöste verfrachtet hatte.

Dieser Gedankenort sah aus wie eine ganz normale Welt, mit Ländern, Tälern, Bergen, Flüssen und Städten, vor allem einer ganz bestimmten Stadt. Es gab dort Vergangenheit und Zukunft und sogar eine Form der Gegenwart, die fast genauso war wie die wirkliche Gegenwart, nur etwas besser geordnet und vor allem mit eindeutig zuordenbaren Kausalverbindungen. Anders als in der Welt des Traums herrschten hier Logik und Eindeutigkeit, die in ihrer Gesetzmäßigkeit Handeln und Denken, Ethik und Ästhetik, vor allem aber Erinnerung und Hoffnung bestimmten. Die Bäume wuchsen in dieser Welt nicht in den Himmel, man streckte sich nach der Decke und alles hatte den Anschein von Perfektion, wäre ich nicht dort als Wiedergänger aufgetaucht, dem man an seinem blutleeren Gesicht ansah, dass irgendetwas nicht stimmt. Nun war mir an diesem Gedankenort Marga wiederbegegnet und hatte mich durch ihre Erscheinung überhaupt erst darauf aufmerksam gemacht, dass ich ein Wiedergänger war und die Welt, in der ich lebte, nicht die, in der wir uns einmal bewegt und in der wir uns kennengelernt und geliebt hatten. Ich hatte mich in eine Welt der gefühllosen Weltmechnanik geflüchtet, die mir, anders als eine Traumwelt, den Eindruck vermitteln konnte, gerade nicht geflohen zu sein, sondern mich der Realität gestellt zu haben. Ich hatte meine Flucht mit perfider Genauigkeit und eingedenk sämtlicher Einwände konstruiert und war dann durch einen Spiegel in eine Welt gestiegen, die bis ins letzte Detail nach den Gesetzen von Logik und Schwerkraft ausgerichtet war. So genau ausgerichtet, dass mir umgekehrt die Realität, die ich verlassen hatte, als Reich der Willkür und Aufhebung der Naturgesetze erschien. Allein aus Gedanken erstellt, gab diese Konstruktion einer Weltmechanik vor, jeder Materialprüfung standzuhalten, da sie ohne Religion, Traum, Phantasie oder Willkür auszukommen schien. Bis ich eben jetzt und ausgerechnet dort auf Marga gestoßen war, nicht länger verheiratet im Ausland, sondern verwundet in einem Hospital in Sigmaringen, mit verbundenem Kopf und verbundenen Armen. Dieses Unglück ließ den Riss wieder deutlich werden und mich begreifen, mithilfe welcher Überlistungen ich die letzten Jahre überstanden hatte. Vor allem aber hatte dieser ferne Gedankenort mit einem Mal einen Namen: Sigmaringen.

Es war der entscheidende Fehler, dass ich Marga in diese Welt mitgenommen hatte, wenn auch nur versehentlich, wenn auch nur als Gedanke eines Gedankens, wenn auch nur weit entfernt im Ausland, glücklich und zufrieden, denn ich hatte damit unwillkürlich eine Lücke gerissen, eine Lücke, durch die das Vergangene nun eingedrungen war und meine bislang wie geschmiert laufende Weltmechanik zum Halten gebracht hatte.

Zum ersten Mal seit langer Zeit überfiel mich wieder dieses Gefühl von Angst und Panik. Ich blieb stehen, versuchte, mich zu fassen, konnte es aber nicht und musste mich gegen eine Häuserwand lehnen. Dort stand ich eine ganze Weile und starrte auf einen Zeitraum, der sich vor mir ausdehnte und zusammenzog und über die Spanne meines Lebens hinaushuschte in die Vergangenheit, aus der er einmal entstanden war.

Später lag ich für Tage und Wochen im Bett und schien nicht nur ein Jahr, sondern fünf Jahre, nicht nur fünf Jahre, sondern mein ganzes Leben zu verschlafen. In einer ungekannten Starre, in der alles an mir vorüberzog: der Blumenladen gegenüber, die schnell unter die Markise des Cafés geschobenen Stühle, als der kurze Sommerregen einsetzte und durch das offene Fenster in mein Zimmer wehte, das nach jedem unruhigen Einschlafen ein anderes war und sich zuerst in das einer unbekannten Pension, danach in das Gästezimmer meiner Tante, dann das Bügelzimmer meiner Großmutter und schließlich in das Jungmädchenzimmer meiner ersten Freundin verwandelte.

Ich versuchte, mich an so wenig wie möglich zu erinnern, aber immer wieder tauchte die Straßenecke auf, an der ich damals am Ende unseres letzten Jahres stehengeblieben war und zu ihr gesagt hatte, dass mir schwindlig sei. Ich wusste nicht, warum ich es gesagt hatte. Vielleicht hatte ich ihr Mitleid wecken, vielleicht damit sagen wollen: »Ich habe Angst. Und schon deshalb hast du nichts vor mir zu befürchten. Ich werde keinen Aufstand machen, noch nicht einmal irgendeinen Umstand. Weißt du noch, vor zwei Jahren, oder sind es schon drei, als wir nicht weit von dort mit den Rädern entlanggefahren waren und ich plötzlich nichts mehr sehen konnte, weil auf dem einen Auge plötzlich alles verschwommen war, so wie unter Wasser, und wir anhalten mussten und du mich beruhigt hast und gesagt, dass du das von deiner Migräne kennst?« Vielleicht wollte ich daran anschließen, sie daran erinnern und etwas ähnlich Beruhigendes hören, diesmal über unsere Beziehung, dass sie doch nicht auseinandergehen muss. Aber wahrscheinlich war mein Schwindel nicht richtig überzeugend, weil er zwar da war, ich ihn aber auch hätte übergehen können, denn so großartig war er nun auch wieder nicht, weshalb ich schon im Moment, in dem ich ihn erwähnte, ahnte, dass ich mir einfach nicht mehr anders zu helfen wusste.

Ich wusste mir nicht mehr anders zu helfen, weshalb alles so ablief wie immer und ich wieder einmal vorzeitig abreiste und dachte: »Das ist eine vorzeitige Rückfahrt, wie es sie schon so viele gegeben hat«, obwohl es, wie sich nachher herausstellte, die letzte Rückfahrt war und es keine weitere Hinfahrt mehr geben würde.

Es war eine merkwürdige Rückfahrt, weil der Zug umgeleitet wurde und über eine alte, noch nicht modernisierte Strecke durch dichte Wälder und an Feldern vorbeifuhr, wo man in der Ferne entzückende, ja entzückende Städtchen sah, von der Verkehrsanbindung vergessen, sodass ich beruhigt und langsam in den Schlaf geschaukelt wurde von dem langsamen Ruckeln, weil die Strecke natürlich nicht für den Hochgeschwindigkeitszug ausgelegt war, in dem ich saß und dahindämmerte.

Dieser Dämmerzustand, der mir eine unerwartete Erleichterung verschaffte, hielt mehrere Monate an. Nachdem ich zu Hause angekommen war, versuchte ich zuerst noch etwas halbherzig, Ordnung in meiner Wohnung zu schaffen. Der Schwindel war nicht länger nur eine Ausrede, sondern zwang mich immer öfter dazu, mich hinzusetzen, schließlich sogar, mich flach hinzulegen, zuerst für eine halbe Stunde, dann für eine Stunde oder zwei, und schließlich konnte ich gar nicht mehr aus dem Haus gehen. Da war es glücklicherweise bereits Frühling.

Ist es nicht eine anrührende Stelle, wenn es bei Chrétien de Troyes heißt: »Die Geschichte sagt uns, dass Parzival so sehr die Erinnerung an Gott verlor, dass er sich nicht mehr an ihn erinnerte. April und Mai gingen fünfmal vorüber, was fünf ganze Jahre machte, ohne dass er in ein Kloster einkehrte, ohne dass er Gott an seinem Kreuz anbetete.« Genau das empfand ich, als ich dort in dem sich ständig wandelnden Zimmer lag. Ich schien etwas vergessen zu haben, und die Monate gingen fünfmal vorbei, und ich erinnerte mich nicht, so sehr war es vergessen. Und alles, was vorbeizog, sah ich, ohne es benennen oder einordnen zu können.

Ich hatte in dieser Zeit viele Träume, von denen mich aber vor allem zwei noch lange beschäftigten. In dem einen war ich zusammen mit Marga in meiner Wohnung. Es war ein überaus realistischer Traum, als sollte diese bis ins letzte Detail der Tageswirklichkeit nachgezeichnete Szenerie den folgenden Schrecken umso wirkungsvoller hervorheben. Wobei Schrecken gar nicht der richtige Ausdruck ist, denn es war keiner jener Alpträume, die mich zu dieser Zeit ebenso oft heimsuchten. Wie gesagt, Marga und ich sind in meiner Wohnung, es ist eine alltägliche Szene, wir besprechen irgendetwas ebenso Alltägliches, ich hole etwas aus dem Schrank, sie steht von der Couch auf, und wir gehen beide in die Diele. Ich lege das, was ich zuvor aus dem Schrank geholt habe, ab, wende mich ihr zu und sehe neben Marga eine zweite Frau stehen, die ihr bis ins Detail gleicht, nur dass sie nicht sprechen kann. Ich weise Marga auf ihre Doppelgängerin hin, sie dreht sich um, kann sie aber nicht sehen. So wie ich aber im Traum weiß, dass diese Frau nicht sprechen kann, glaubt Marga mir, dass dort ihre Doppelgängerin steht. Ich sage ganz spontan: »Das ist doch die einmalige Chance, mit dir und noch einer Frau zu schlafen, ohne dich zu betrügen.« Wir gehen ins Schlafzimmer. Die Doppelgängerin setzt sich neben mich aufs Bett. Als ich mich wieder zu Marga umdrehe, steht sie mit dem Rücken zu mir in meinem alten Regenmantel da. Ich frage sie, was das bedeutet. Langsam dreht sie sich um und ich sehe, dass es nicht Marga ist, sondern ein identischer, wenn auch etwas jüngerer Doppelgänger von mir.

Im zweiten Traum besuche ich Marga in einem Seniorenheim. Sie wohnt dort allein und ist nicht viel älter als zum Zeitpunkt unserer Trennung, also Anfang fünfzig. Als ich unten an der Rezeption vorbei zum Aufzug will, um zu ihrem Appartement zu fahren, ruft mich die Geschäftsführerin zu sich und teilt mir mit, dass Marga verstorben sei. Ich bin entsetzt und traurig, verlasse das Haus und gehe den Weg durch den Garten Richtung Ausgang, als mir Marga entgegenkommt. Sie ist in Gedanken versunken, ihr Gesicht ruhig und entspannt. Sie scheint mich nicht zu sehen und geht an mir vorbei, und auch ich komme nicht auf den Gedanken, sie aufzuhalten oder ihr nachzusehen.

In anderen Träumen kam ich immer wieder in Zimmer, die unter Wasser standen, ging ich durch Türen und fand alles zerstört vor, was ich dahinter aufbewahrt hatte. Bilder, Fotos, beschriebene Blätter, Notizzettel, Tagebücher schwammen durchweicht davon und ich begriff, dass alles um mich herum, gleichgültig ob ungeordnet oder geordnet, nur aus Bildern bestand und ich Geschichte ebenso begriff, als ein Bild, das vorbeischwamm und nicht mehr zu mir gehörte. Immer und immer wieder starren wir auf dieselben Daten, auf dieselben Personen, mal mit Bart und mal ohne, mal in Uniform, mal in Zivil, aber alles, was wir anschauen, ist bereits beendet, selbst das, was erst vor einer halben Minute geschah: beendet, weggerückt und in ein schäbiges Narrativ gefasst, in eine banale Auflösung. Denn nur so kann etwas vergessen werden, indem es zum Faktum wird und zum Datum und damit auf immer von uns getrennt.

Noch später, wahrscheinlich war es die Zeit der Rekonvaleszenz, lag ich die meiste Zeit in der Diele auf einer dünnen Matratze, weil mir jedes der Zimmer zu direkt, zu aufdringlich, zu dominant, zu sehr mit Erinnerungen belegt erschien, während ich in diesem Durchgang eine gewisse Ruhe empfinden konnte. Manchmal schlief ich ein und konnte etwas spüren, bevor meine Gedanken es ein- oder zuordnen konnten. War es ein Triumph, dass ich zwar lebensunfähig war, ein Kretin sozusagen, es aber doch irgendwie auf eine mir selbst unverständliche Art und Weise bis hierher geschafft hatte? Manchmal hatte ich das Gefühl, transparent und durchlässig zu sein. Es stimmte, Schmerz macht durchlässig, während das Glück einen um alles betrügt, weil man sich unwillkürlich aus Angst verkrampft, es wieder zu verlieren. Vor was aber sollte ich noch Angst haben? Alles wanderte, ohne anzuhalten, durch mich hindurch. Es kam und ging, und ich fragte mich, ob man durch die Welt und durch die Zeit geht, oder vielmehr Zeit und

Welt durch einen hindurchfließen und man sich nur deshalb jede Nacht hinlegen muss, weil das der natürliche Zustand des Lebens ist und nicht das Herumlaufen und Herumsitzen, das Warten und Resignieren, das Hoffen und Resignieren, das Vergessen und Resignieren. Dann wieder wendet man den Blick von sich selbst nach außen, auf Historie, Gesellschaft und so weiter, weil man meint, den eigenen Schmerz nicht auszuhalten, und glaubt, keine Sekunde länger mit sich selbst allein sein zu können.

Ich suchte nach dem Punkt, den es nach Meinung einiger Denker nicht gibt, den Punkt, an dem ich mein Leben gleichzeitig begreifen und doch noch würde weiterleben können; dieser Archimedische Punkt, der notwendigerweise irgendwo außerhalb von mir liegen müsste, weil nur von dort mein Lebenskonzept wirksam auszuhebeln wäre. War dieses Außen also der große Gott, der mir die Hand zum Zünder führt? War Gott die Instanz, die für mich entschied? Und fühlten sich deshalb die Gläubigen, wenn man ihren Selbstzeugnissen glauben konnte, deshalb so frei, so wunderbar frei? Doch warum wollen sie in diesem Gefühl der Freiheit noch möglichst viele Menschen mit in den Tod reißen? Weil wir selbst im Metaphysischen Kleingeister sind. Deshalb.

Wahrscheinlich geht es allein darum, das Zufällige, in das man hineingeboren wird, und das ebenso Zufällige, das man daraus macht, anzunehmen. So wie die Musik, die man in den Achtzigern und Neunzigern hörte, diese furchtbare Musik, die im Abstand von weiteren Jahren allein deshalb rührt, weil sie einmal Teil des eigenen Lebens war. Und reicht es nicht, einfach nicht mehr krank zu sein und doch noch nicht gesund? Nicht mehr geliebt zu werden, aber selbst nicht aufhören können zu lieben?

Ging es vielleicht gar nicht darum, eine Antwort, sondern vielmehr eine Frage zu finden? War es mir nicht gelungen, Marga die entscheidende Frage zu stellen? Und hatten genau aus diesem Grund all die von mir als lächerlich erachteten Ordnungen und Vereinbarungen doch einen Sinn, weil sie einem einen Ersatz für diese nicht gestellte Frage an die Hand geben? Da fragt der Mann, weil ihm die wirkliche Frage, die Frage, die alles heilen würde, nicht einfällt stattdessen: Willst du meine Frau werden? Und die Frau nimmt, das ist das Schöne an diesen Vereinbarungen, diese Frage für die eigentliche Frage. So funktioniert Gesellschaft. So entsteht überhaupt Gesellschaft. Man ersetzt Fragen, die man nicht stellen kann, durch beantwortbare, vor allem stellbare Fragen. Man ersetzt Beziehungen, die man nicht führen kann, durch Vereinbarungen. Man ersetzt Gedanken, die man nicht denken kann, durch Formulierungen. Und nur so funktioniert es. Wer wie ich meint, dass er das Darunterliegende, das Eigentliche sozusagen, erreichen muss, dass es doch damals bei diesem Spaziergang im Sommer auf diesem sehr schönen, sehr breiten und gleichzeitig sehr unprätentiösen Weg im Wald eine wirkliche Frage gegeben haben muss, der scheitert nur ein weiteres Mal, so wie er bereits damals scheiterte.

Und dann kommt im Schlepptau alles andere, die ganze Idiotie, die man vornehm auch Wahnsinn oder Irrsinn nennt. Aber sie ist und bleibt in ihrem Kern eine Idiotie. Ich weiß, von was ich rede, denn ich habe auf der Suche nach der Frage mich selbst erweitert auf Zeit und Raum und bin dann wieder ganz klein geworden in der Ecke meines Zimmers, aber beides hat mich nicht weitergebracht. Fertig. Klappe zu, Affe tot. Woher kommt dieser wunderbare Ausdruck eigentlich? Ich möchte es gar nicht wissen, denn die Erklärung würde mir nur etwas von dem nehmen, das sich gerade als Feld vor mir auftut, denn es tröstet mich, ja, es tröstet mich, dass es diese Formulierung gibt: Klappe zu, Affe tot. Wenn der menschliche Geist es vermag, so eine Formulierung zu entwickeln, nicht nur zu entwickeln, sondern in Sprache umzusetzen, dann ist noch nicht alles verloren.

Später konnte ich die Wohnung wieder verlassen. Es war ein milder Tag. Ein letzter Urlaubstag für andere. Ich setzte mich ins Auto und fuhr mit offenem Fenster drauflos. Achtzig, neunzig Kilometer Autobahn, dann eine Ausfahrt und weiter auf der Landstraße. Natur hat etwas Tröstliches, wenn die Sonne scheint und man nicht irgendwo nach einem Unterschlupf suchen muss. Ein Grundimpuls für das Entstehen von Zivilisation. Ich folgte einer spontanen Regung und bog an einem Hinweisschild in Richtung eines Dorfs ab, fuhr durch das Dorf hindurch und dahinter einen engen, asphaltierten Weg zwischen den Wiesen eine Anhöhe hinauf. Dort wollte ich anhalten und mir die Beine vertreten. Der Mittag war noch einmal heißer geworden als erwartet, bereitete sich aber jetzt vor, die Wärme in den langsam heraufziehenden Abend abzugeben. Von der Anhöhe aus sah ich ein weiteres Dorf, eher eine kleine Stadt, in höchstens drei, vier Kilometern Entfernung hinter einigen Weinbergen liegen. Es gab dort etwas, das aussah wie ein Viadukt und eine parallel verlaufende Trasse, über die früher einmal ein Zug gefahren sein musste.

Ich stieg wieder ein, ließ das Auto den Weg hinabrollen und folgte der Straße zwischen den Hügeln bis zu einem stillgelegten Bahnhof, der etwas außerhalb des Ortes lag. Es gab ein altes Fabrikgebäude in der Nähe und schließlich erste Häuserreihen, die bestimmt seit mehreren Jahren leerstanden. Ich verstand nicht, was es mit diesem Ort auf sich hatte, war beeindruckt, gleichzeitig ungläubig, dann wieder begeistert von diesen erstaunlich gut erhaltenen und doch in der Zeit versunkenen und verwitterten Straßenzügen und Gebäuden und bedauerte es, meine Kamera nicht dabeizuhaben. Schließlich hielt ich an einer langen Mauer, hinter der sich ein verwilderter Garten und ein großes Gebäude befanden. Ich stieg aus und stand eine Weile unschlüssig in der kleinen Gasse. Es war seltsam, dass das Sommerwetter mir bis hierher gefolgt und dieser Ort so einfach zu erreichen gewesen war. Ich ging die Gasse hinauf, bis zu einem Eingangstor, dessen eine Hälfte ausgehängt war, weshalb ich ohne Schwierigkeiten in den Garten gelangen konnte, der das Gebäude umgab. Dieser Garten war gar nicht so verwildert, wie ich zuerst gemeint hatte. Die Bäume waren zwar unbeschnitten, aber die gepflasterten Wege noch nicht überwachsen, und auch das Gras schien vor einigen Monaten gemäht worden zu sein. Vielleicht lebte doch jemand hier in dem Haus, das einmal eine Schule oder ein Rathaus gewesen sein musste. Es gab ein Seitengebäude mit einem Turm und in der Mitte des Gartens, wo die Wege zusammenliefen, einen steinernen Trog, an dem früher eine Wasserpumpe gestanden haben mochte. Dort setzte ich mich auf den Rasen und schaute in den Himmel. Verschiedene Bilder tauchten kurz hintereinander auf. Erinnerungen an Filme oder Fernsehserien, die ich irgendwann einmal vor sehr langer Zeit gesehen und wieder vergessen hatte. Die Bilder kamen und verschwanden, ohne eine Erinnerung hervorzurufen, in schneller Abfolge, brachten aber immer eine bestimmte Jahreszeit und einen Ort, meist eine Wohnung, und Ahnungen von Menschen mit sich, die ich einmal gekannt hatte. Ich geriet durch diese von mir nicht zu steuernde Bilderfolge in einen Dämmerzustand, schlief schließlich ein und träumte, dass ich dort, wo ich mich tatsächlich auch befand, in einer tiefen Ohnmacht lag und eine Krähe zu mir kam und mit ihrem Schnabel leicht über meinen Arm fuhr.

Die Berührung des Krähenschnabels löste ein eigenartiges und ungekanntes Gefühl in mir aus, durchaus nicht unangenehm und fast so, als kehrte die Müdigkeit der vergangenen Monate noch einmal zurück, jetzt aber, damit ich mich entspannen und endgültig einem Leben hingeben konnte, das ohnehin schon längst nicht mehr meins war.

Dann wachte ich auf. Es waren vielleicht fünf Minuten vergangen. Bestimmt nicht mehr. Dennoch hatte sich das Wetter verändert. Der Himmel war grau, die Büsche und Bäume im Garten raschelten, als spürten sie einen in der Ferne aufziehenden Sturm. Ich stand auf und ging zu meinem Auto. Die Straße war leer. Mein Wagen stand verlassen dort. Allerdings eigenartig schräg. Als ich näher kam, sah ich, dass beide Reifen der rechten Seite platt waren. Ein Reserverad hatte ich. Aber zwei? Ich drehte mich einmal um mich selbst. Die Straße war leer, da hatte ich mich nicht getäuscht.

In der ganzen Stadt war mir kein einziger Mensch begegnet. Trotzdem passierte so etwas nicht von selbst. Nicht in einer Viertelstunde. Länger war ich bestimmt nicht weg gewesen. Ich holte mein Handy raus, bekam aber kein Netz. Wahrscheinlich lag dieses Anwesen doch weiter außerhalb, als ich geglaubt hatte. Also machte ich mich auf in Richtung Stadt, ging die Straße hinunter und bog nach rechts in eine Gasse ein, durch die irgendwann einmal eine Straßenbahn gefahren sein musste, denn hier und da waren noch im Boden eingelassene Gleisteile zu sehen. Die schönen alten Häuser schienen sämtlich leerzustehen, auch wenn in den meisten Wohnungen noch Gardinen vor den Fenstern hingen. Die wenigen Geschäfte hatten die Rollläden heruntergelassen. Mit gutem Willen konnte man es für die Szenerie eines normalen Samstagnachmittags halten. Etwas weiter unten sah ich, wie zwei Fußwege von rechts und links auf die Straße mündeten. Ich nahm noch mal mein Handy, bekam aber immer noch keinen Empfang. Plötzlich stürzten von links und rechts aus den Fußwegen ungefähr ein Dutzend Jungen auf die Straße. Vielleicht waren auch Mädchen darunter, das konnte ich auf den ersten Blick nicht ausmachen. Alle hatten etwas in der Hand, einen Knüppel oder einen Baseballschläger. Und alle trugen dieselben Trainingsjacken. Trainingsjacken mit der Aufschrift: Sportverein Südstadt. Es gab einen Moment der vollkommenen Stille zwischen uns. Zwischen uns und den Häusern. Zwischen uns und der Stadt. Zwischen uns und den Wolken. Alles schien die Luft anzuhalten. Und ich dachte: Ja. Ja, dachte ich. Ja. Aus ganzem Herzen: Ja.

Beiläufig gesprochen: Die Gegenstände sind farblos.
  Ludwig Wittgenstein

Inhalt

Die längst angebrochene Zeit 7

Buch I
1. Siebert am Fenster 19
2. Siebert in der Stadt 100
3. Siebert verschwindet 112
4. Blick vom Hügel zum Berg 130

Buch II
1. Die Bühne 149
2. Das Stück 160
3. Die Revision 168

Buch III
1. Weitere Deutungen 175
2. Liste bislang nicht genannter Personen, Gegenstände und Orte 201
3. Ausgeschlossene Varianten und Tropen 215

Buch IV
1. Liebe 231
2. Elektrizität 234
3. Sturz 238
4. Sünde 241
5. Hass 244
6. Tat 248
7. Bestattung 251
8. Schnee 255

Buch V
1. Schweigen und Kameradschaft 259
2. Vorrichtung im Stiefelabsatz 272
3. Bittere Tränen 281

Buch VI
1. Offizielle Chronik des Waisenhauses an der Neugasse 287
2. Geheime Chronik des Waisenhauses an der Neugasse 293
3. Beiblatt zur offiziellen Chronik des Waisenhauses an der Neugasse 302

Buch VII – Die existenzielle Sackgasse
1. Grundlagen einer Philosophie der Annahme 305
2. Zwanzig Ansätze zu einer Theorie des Postmortalen 307
3. Unfertiges zur Liebe 313
4. Attentat und Existenzbegehren 309

Buch VIII
1. Die Diagnose 321
2. Etwas Unbewältigbares 328
3. Notate zu Faschismus und Verlassenheit 335

Buch IX
1. Literatur 343
2. Tafelbilder 350
3. Filme 352
4. Träume 356

Buch X – Erkenntnis und Untergang
1. Im mythischen Zeitalter 361
2. Beschreibung der elf Bilder 411
3. Was die Krötenkinder sagen 430
4. Die Drei Siebert'schen Märchen 437
5. Letzter Versuch einer Sinnfindung 458

Buch XI
1. Sechsundzwanzig Ausschnitte   490
2. Ordnung der Geschichte   501

Buch XII
1. Marga   521

Frank Witzel
UNEIGENTLICHE VERZWEIFLUNG
Metaphysisches Tagebuch I

295 Seiten, gebunden
€ 22,- (D) / ISBN 978-3-95757-780-1
Auch als eBook erhältlich
Matthes & Seitz Berlin

Frank Witzel unterzieht in diesem kompromisslosen Tagebuch das Denken einem physisch-metaphysischen Zweifel und stellt es radikal infrage.

»Schreiben heißt die Einsamkeit verteidigen, in der man sich befindet«, schreibt María Zambrano. Wenn aber schon das Schreiben generell die Einsamkeit verteidigt, was geschieht in einem Tagebuch, das der vorgegebenen Form zwar folgt, sich aber gleichzeitig gegen sie zur Wehr setzt? Frank Witzel vertraute sich zwei Monate jeden Tag einem Tagebuch an, ohne dabei der Form des Tagebuchs zu vertrauen. Seine Aufzeichnungen sind gekennzeichnet von einer Skepsis gegenüber dem eigenen Erleben und Denken – und nicht zuletzt auch gegenüber dem Vorgang des Schreibens selbst. Witzels Umgang mit den sogenannten Fakten, die sich hier, wenn überhaupt, nur am Rande finden, heben die Aufzeichnungen im wahrsten Sinne des Wortes ins Metaphysische: Personen, Begegnungen, Reisen oder alltägliche Ereignisse werden unmittelbar von ihrer vermeintlichen physischen Existenz befreit und schon im Notieren in die metaphysische Reflexion umgelenkt. Ein eindrucksvolles Schreibprojekt, das mit diesem ersten Band seinen Anfang nimmt.

Frank Witzel

Die Erfindung der Roten Armee Fraktion durch einen manisch-depressiven Teenager im Sommer 1962

Roman

832 Seiten, btb 71423

Deutscher Buchpreis

Gudrun Ensslin eine Indianersquaw aus braunem Plastik und Andreas Baader ein Ritter in schwarzglänzender Rüstung? Die Welt des kindlichen Erzählers dieses mitreißenden Romans, der den Kosmos der alten BRD wiederauferstehen lässt, ist nicht minder real als die politischen Ereignisse, die jene Jahre in Atem halten und auf die sich der 13-Jährige seinen ganz eigenen Reim macht.

»Dies ist keine Saisonware.
Dies ist ein Roman mit Langzeitwirkung.«
Helmut Böttiger, SZ

btb

Kristine Bilkau

Die Glücklichen

Roman

Broschur, 304 Seiten, btb 71458

Ein großes Generationsporträt unserer Zeit

Isabell und Georg sind ein Paar. Ein glückliches. Bei abendlichen Spaziergängen werden sie zu Voyeuren. Regalwände voller Bücher, stilvolle Deckenlampen, die bunten Vorhänge der Kinderzimmer. Signale gesicherter Existenzen, die ihnen ein wohliges Gefühl geben. Das eigene Leben in den fremden Wohnungen erkennen. Doch das Gefühl verliert sich. Mit der Geburt ihres Sohnes wächst nicht nur ihr Glück, sondern auch der Druck. Die Jahre nach der Wirtschaftskrise haben ihre Jobs unsicher gemacht, die Mieten im Viertel steigen. Für die jungen Eltern beginnt ein leiser sozialer Abstieg. Isabell und Georg beginnen zu zweifeln, zu vergleichen und das Scheitern zu fürchten. Jeder für sich. Gegenseitig treiben sie sich in die Enge, bis das Gefüge ihrer kleinen Familie zu zerbrechen droht.

»Kristine Bilkau hat einen fabelhaft gelungenen Debütroman geschrieben, ebenso takt- wie kunstvoll, ganz ohne Händezittern und sehr lesenswert.«
Hans-Jürgen Schings, Frankfurter Allgemeine Zeitung

btb

CHRISTIANE NEUDECKER

In der Stille ein Klang
Erzählungen, Luchterhand 62077

Nirgendwo sonst
Roman, btb 74093

Das siamesische Klavier
Erzählungen, btb 74331

Boxenstopp
Roman, Luchterhand 87317

Sommernovelle
Erzählung, btb 71521

Der Gott der Stadt
Roman, Luchterhand 87566

btb